U0139858

明清文学与文献

第十三辑

杜桂萍　李小龙　主编

中国社会科学出版社

图书在版编目（CIP）数据

明清文学与文献. 第十三辑／杜桂萍，李小龙主编. —北京：
中国社会科学出版社，2023.6

ISBN 978 - 7 - 5227 - 2684 - 7

Ⅰ.①明… Ⅱ.①杜…②李… Ⅲ.①中国文学—古典文学研究—
明清时代—文集 Ⅳ.①I206.2 - 53

中国国家版本馆 CIP 数据核字(2023)第 200509 号

出 版 人 赵剑英
责任编辑 张 潜
责任校对 王丽媛
责任印制 王 超

出 版 中国社会科学出版社
社 址 北京鼓楼西大街甲 158 号
邮 编 100720
网 址 http://www.csspw.cn
发 行 部 010 - 84083685
门 市 部 010 - 84029450
经 销 新华书店及其他书店

印刷装订 北京君升印刷有限公司
版 次 2023 年 6 月第 1 版
印 次 2023 年 6 月第 1 次印刷

开 本 710×1000 1/16
印 张 25
插 页 2
字 数 385 千字
定 价 128.00 元

目　录

诗文研究

戏曲小说研究

文献考辨

诗文研究

被遮蔽的"近代":高启诗歌在明清时期的接受

颜子楠

摘　要: 明代初期,评价高启诗歌的几个基本角度就已经确立,且相互之间产生了逻辑关联。到了中期,王世贞、胡应麟基于不同的目的为高启在明诗史中定位,并大致划定了后世对高启特定诗篇的接受范围。明末清初,高启《梅花》组诗成为了诗评家关注的重点,但由于接受程度过高,这组诗反而在清人编选的明诗总集中受到了排斥。雍乾时期,王士禛的影响力与皇权的介入都左右了四库馆臣针对高启诗歌的定论。总体看来,高启诗歌在明清两代的接受史揭示出了明清读者对"近代"诗人的忽视。

关键词: 高启　王世贞　胡应麟　王士禛　接受史

在通常的文学史叙述中,高启被认为是明代最重要的诗人之一。然而相比于明代的台阁诗人、前后七子,抑或是公安、竟陵派诗人而言,人们对高启的印象相对较为统一,且高启获得的正面评价似乎远远高于其他明代诗人。造成这一现象的主要原因,不得不归结于四库馆臣的定论在很大程度上确立了高启在文学史叙述中的关键地位。① 毕竟,明代诗

---

① 四库馆臣最具代表性的说辞是:"启天才高逸,实据明一代诗人之上。其于诗拟汉魏似汉魏,拟六朝似六朝,拟唐似唐,拟宋似宋,凡古人之所长,无不兼之……然行世太早,殒折太速,未能镕铸变化,自为一家……"见(明)高启《高太史大全集》,载《钦定四库全书荟要》第410册,世界书局1985年版,第363—366页。

歌尚未完成经典化历程，今人对明诗的理解很难摆脱清人的影响。不过，如今学界已然意识到四库馆臣对明代诗歌发展的过度批判与刻意扭曲，也已经出现了一些反思高启诗歌及其定位的研究。①

在前人研究的基础上，本文采用接受史的视角审视高启其人其诗是如何在明清的六百余年间为读者所认知、评价、接受的。接受史视角即是"倡导以读者为中心来考察文学史，考察不同时期的历史'接受'所规定和解释的文学。"② 尽管六百余年的时间对于文学接受而言依旧太过短暂，但我们仍然可以观察到，在不同的时间段内，读者所关注的是高启诗歌的不同面向，而且前代读者的某些阅读行为也改变了后代读者对高启的认知方式。因此，接受研究的目的并不是为了"还原"高启其人其诗，也不是为了"纠正"前人的"偏见"，而是为了理解在历史进程中不同的阅读行为如何凸显或遮蔽了高启诗歌的某些特质。

一 明代初期：确立评价角度与构建 逻辑关联

如果采用接受史"后见之明"的视角来看，四库馆臣对高启的整体评价是明清时期不断累积的文学接受中逐渐叠加、取舍之后的产物。尽管四库馆臣的结论可能与前人有一定差异，但四库馆臣评价高启的五个基本角度在明代初期就已经确立了。具体包括对高启其人的定性（"天才高逸"）；高启诗歌的源流辨析（逐渐发展为"拟似说"）；高启在诗歌发展史中的位置（"振元末纤秾缛丽之习"）；高启英年早逝对其诗歌的影响（"行世太早，殒折太速"）；高启诗歌兼学众体，自成一家（"反不能名

① 关于高启诗歌研究的现状，左东岭《20 世纪高启与吴中诗派研究》一文所述甚为详尽。见左东岭《20 世纪高启与吴中诗派研究》，《苏州大学学报》2014 年第 3 期。比较有针对性的是何宗美《高启四辨》一文，文中着重分析了四个问题："地位：实据明一代诗人之上？""创作：怎一个'似'字了得？""渊源：'一变元风'，还是'沿袭元体'？""遭际：英年'陨折'，是否'天限'？"见何宗美《高启四辨》，载何宗美、刘敬《明代文学还原研究》，人民文学出版社 2014 年版，第 85—96 页。

② 方维规：《文学解释学是一门复杂的艺术——接受美学原理及其来龙去脉》，《社会科学研究》2012 年第 2 期。

启为何格"）。这五个基本角度之间构建出了不同的逻辑关联，使得相关的讨论在后世经久不衰。

对高启的定性与其英年早逝之间的逻辑关联是最为常见的。由于高启在世之时便已拥有了较高的诗歌声誉，对其定性的评价主要留存于同时代的人物为《缶鸣集》所撰写的序文之中。① 诗集序文的撰写自然以褒扬作者其人其诗为主，其中难免存在友人之间的客套夸饰，例如胡翰提及高启"少有俊才"，谢徽称高启"疏爽隽迈，警敏绝人"，王袆则反问"季迪……岂非其才之过人欤？"，以及"世必有因其诗而知其才者"。② 尽管为诗人定性，强调诗才的论调在一般的诗集序文中也属常见，但恰恰是因为高启三十余岁便受牵连致死，这让后人普遍感到惋惜，进而强化了人们对高启诗才的认同，因此也演变出了高启早逝与其诗才之间的逻辑关联。例如高启被腰斩之后的洪武八年（1375），同乡李志光在高启小传中发出反问，即"使启少延，则骎骎入曹、刘、李、杜之坛，奚止此哉？"③ 吕勉为高启所作的小传中也有类似的反问，"天何靳其才，年止于斯！设使登下寿，所就又可量耶？"④ 不过客观来看，早逝与诗才之间的逻辑关联并不成立；⑤ 如此构建的本质还是更偏向于情感化的表达而非理性的分析。

针对高启诗歌源流的讨论，与高启的文学史定位及其诗歌兼学众体的问题均有所关联，也相应地构建出了另外两个逻辑关联。

---

① 《明别集整理总目》中详细列出了现存高启别集的十九种影印本，见汤志波、李嘉颖《明别集整理总目》上册，中西书局 2022 年版，第 56—58 页。关于高启主要诗集的具体分析，见何宗美《高启诗文集辨证》，《文献》2014 年第 5 期。

② （明）高启：《青丘高季迪先生诗集十八卷》，载《明别集丛刊》，黄山书社 2013 年版，第一辑第十七册，第 5—7 页；（明）高启：《高青丘集》，（清）金檀辑注，徐澄宇、沈北宗校点，上海古籍出版社 1985 年版，第 979—983 页。以下文献征引以上海古籍出版社的整理本《高青丘集》为主。

③ （明）高启：《高青丘集》，（清）金檀辑注，徐澄宇、沈北宗校点，上海古籍出版社 1985 年版，第 993—994 页。

④ （明）高启：《高青丘集》，（清）金檀辑注，徐澄宇、沈北宗校点，第 997 页。

⑤ 何宗美认为，"我们不能假想在明初专制统治更趋稳固的政治生态下，若让高启假以天年便能在诗歌创作上取得更高的艺术成就"。相关论述见何宗美《高启四辨》，载何宗美、刘敬《明代文学还原研究》，人民文学出版社 2014 年版，第 109—116 页。

首先，讨论源流即是为了给与高启相应的文学史定位。按王彝转述："盖季迪之言诗，必曰汉魏晋唐之作者，而尤患诗道倾靡。自晚唐以极，于宋而复振起，然元之诗人，亦颇沈酣扵沙陲弓马之风，而诗之情益泯。"因此在王彝的评价体系中，他把高启看作是"汉魏晋唐"诗人的延续："吾固观夫季迪之诗，而不敢以为季迪之诗，且以为汉魏晋唐作者之诗也。"① 而谢徽后序中有一段话与以上王彝的论述也颇为接近："始季迪之为诗，不务同流俗，直欲趋汉魏以还，及唐诸家作者之林。"② 按谢徽所述，高启诗歌学习的对象也是由汉至唐，而"不务同流俗"则意味着高启与元末诗坛的主流风气不同。因此在其同时代人物的眼中，高启是作"一变元风"的典范而存在的。当然，在此之后的数百年间，由于后人文学史、批评史视角的变化，又产生了高启"沿袭元体"的观点。③

其次，讨论源流即是为了凸显高启诗歌兼学众体，足以自成一家。王祎肯定高启"于诗则已能自成家，与唐宋以来作者，又不知孰先孰后也"④。王彝也使用了类似的句式来夸耀高启的成就："今汉魏晋唐之作，其诗具在，以季迪之作比而观焉，有不知其孰为先后者矣。"⑤ 李志光和吕勉的小传则在高启的诗学源流方面花费了较多的笔墨，以此来凸显高启兼学众长。如吕勉认为高启"诗之高古类魏晋，冲淡如韦、柳，和畅如高、岑，放适如王、孟，质直如元、白。乐府多拟汉制，其新声虽张籍、王建所不逮……自唐以来，为世诗豪，而自成一大家者也"⑥。又如李志光认为高启"上窥建安，下逮开元、大历，以后则藐之。天资秀敏，故其发越特超诣，拟鲍、谢则似之，法李、杜则似之……所谓前齿古人于旷代，后冠来学于当时者"⑦。这个评价与日后四库馆臣的定论比较接

---

① （明）高启：《高青丘集》，（清）金檀辑注，徐澄宇、沈北宗校点，第980—982页。

② （明）高启：《高青丘集》，（清）金檀辑注，徐澄宇、沈北宗校点，第982—983页。

③ 何宗美：《高启四辨》，载何宗美、刘敬《明代文学还原研究》，人民文学出版社2014年版，第105—109页。

④ （明）高启：《高青丘集》，（清）金檀辑注，徐澄宇、沈北宗校点，第980页。

⑤ （明）高启：《高青丘集》，（清）金檀辑注，徐澄宇、沈北宗校点，第981页。

⑥ （明）高启：《高青丘集》，（清）金檀辑注，徐澄宇、沈北宗校点，第997页。

⑦ （明）高启：《高青丘集》，（清）金檀辑注，徐澄宇、沈北宗校点，第993—994页。

近，尤其是"拟似"与"法似"之说，但李志光又特别提及了"大历以后则藐之"，因此原则上将高启诗歌不应存在"拟宋"的状况。①

此外，在高启去世二十余年之后，其内侄周立针对高启的赞誉又衍生出了一个新的评价角度，即关于"四杰"的排名。周立于永乐元年（1403）重新整理刊刻了《缶鸣集》并撰写了一篇序文，② 其中赞美高启"其诗之平易流丽，才之富赡俊逸，大篇短章，备乎众体而自称家"。更重要的是，周立提到高"时与嘉陵杨基孟载、浔阳张羽来仪、郯郡徐贲幼文，名重当世，人称为'高、杨、张、徐'，比唐之四杰也"③。在高启诗歌接受史中，这应该是首次有人将杨基、张羽、徐贲与高启并称。但周立的表述方式显得颇为刻意，因为他先提及了另外三人的名号，结尾又加上了"人称为高、杨、张、徐"一句，正是在向读者强调，高启务必要排在另外三人之前，从而联想到"初唐四杰"的故事。

> 勃与杨炯、卢照邻、骆宾王皆以文章齐名，天下称"王、杨、卢、骆"，号"四杰"。炯尝曰："吾愧在卢前，耻居王后。"④

如此看来，"初唐四杰"是当时通行的称谓，毕竟当事人杨炯也曾听闻自己的排名。然而明初"四杰"的称谓看似是周立的创造，因为"北郭诸友"的称谓在当时更为常见，且当事人高启、徐贲集中也有以此为题的诗作。

周立"四杰"之说影响极大，主要原因是在弘正时期，文坛领袖李东阳无意间的一段评语被后世诗评家多次转引。

> 国初称高、杨、张、徐。高季迪才力声调过三人远甚，百余年来亦未见卓然有以过之者，但未见其止耳。张来仪、徐幼文殊不多

---

① 关于四库馆臣"拟宋似宋"的判断将在第四节进行讨论。

② 此为《缶鸣集》丙本，见何宗美《高启诗文集辨证》，《文献》2014年第5期，第154—155页。

③ （明）高启：《高青丘集》，（清）金檀辑注，徐澄宇、沈北宗校点，第983—984页。

④ （宋）欧阳修、宋祁：《新唐书·文艺传上》第18册，中华书局1975年版，第5741页。

见，杨孟载《春草》诗最传……今人类学杨而不学高者，岂惟杨体易识，亦高差难学故耶？①

此条中"高季迪才力声调过三人远甚"的观点在后世的接受极广。李东阳的《麓堂诗话》本为"公余随笔，藏之家笥，未尝出以示人"，而其门人王铎将之抄录后刊行于世，大致出版时间为弘治十七年（1504）至正德五年（1510）之间。由于其"随笔"的性质，李东阳诗话的写作风格"一是内容比较散漫，二是存在时间跨度"②。鉴于此，我们无法具体判断李东阳对高启的评价是出于何种动机。不过既然李东阳提及"国初称高、杨、张、徐"，则基本上可以判断，他阅读过周立所编的《缶鸣集》，抑或是徐庸于景泰元年（1450）刊刻的《高太史大全集》。③ 无论如何，藉由李东阳强大的影响力，"四杰"的评价角度与对高启的定性产生了新的逻辑关联，而后世之人也就不再追问"四杰"一说到底是由何人在何时提出来的了。

综上所述，明代初期对高启诗歌的接受，主要集中在六个评价角度的确立，即对高启其人的定性、高启诗歌的源流辨析、高启在诗歌发展史中的位置、高启英年早逝对其诗歌的影响、高启诗歌兼学众体，以及周立的"四杰"并称。而更重要的是，这六个评价角度之间被构建出了四种较为明显的逻辑关联，即定性与早逝、源流与发展史、源流与兼学众体、定性与"四杰"说。正是这些逻辑关联的构建造成了以上评价角度的复杂化，使得后世诗评家对这些宏大而抽象的议题也一直保有较高的热情。至于高启是否足以与前代的诗歌大家匹敌④，是否延续了元代的

---

① （明）李东阳：《麓堂诗话》，载《历代诗话续编》下册，中华书局 2006 年版，第1375 页。

② 关于李东阳诗话的出版时间与具体形式，见马云骎《李东阳〈麓堂诗话〉考论》，《北京大学学报》（哲学社会科学版）2005 年第 6 期。

③ 周立所编的《缶鸣集》是徐庸刊刻《高太史大全集》的主要底本，见何宗美《高启诗文集辨证》，《文献》2014 年第 5 期，第 154—156 页。

④ 如吴宽论高启"虽雄不敢当乎子美，高不敢望乎魏晋，然能变其格调，以仿佛乎韦、柳、王、岑于数百载之上，已成皇明一代之音，亦诗人之豪者哉！"见（明）高启《高青丘集》，（清）金檀辑注，徐澄宇、沈北宗校点，上海古籍出版社 1985 年版，第 987 页。

诗歌风气①，是否超越了其他明初诗人等具体问题②，不同的诗评家给出了不同的答案。相比之下，为这些宏大的议题所遮蔽的，正是对高启具体诗歌文本的接受与分析。

二 明代中期：王世贞与胡应麟的明诗史规划

在明代中期，高启诗歌的接受迎来了一次转变。与高启相关的宏大议题依然被延续，但讨论的语境已然不同。"以'阶段论'审视明诗，几乎成为明中期以后文学批评的共同视点，不仅陈束如此，另有唐元荐、王世贞、胡应麟等概莫能外。他们心中无一不具一个明诗史的大框架，在其框架中无一不把高启置入'明初'来定位"③。王世贞与胡应麟积极地构建明诗史的行为，使得高启诗歌接受的基本立场产生了变化，从中能够观察到王、胡二人自我标榜的意图；另外，对高启单篇作品的接受也是在这一时期开始出现的。

王世贞执掌文坛多年，因此他对高启的评价，在后世具有颇深的影响。表面上看，王世贞采用了一种主观审美的方式表达了自己对高启诗歌的看法。"高季迪如射雕胡儿，伉健急利，往往命中；又如燕姬靓妆，巧笑便辟"④。当后世评论家收集关于前人评价时，一般都会摘抄这条评语，但大多不会提及这条评语到底是在何种语境里产生的。而这条评论纯用比喻手法，因此让人很难明确地理解其本意何在，尤其是"如燕姬

---

① 如胡缵宗论高启"诗袭元，高季迪其杰然者。"见（明）胡缵宗《愿学编》，载《续修四库全书》第938册，上海古籍出版社1995年版，第451页。

② 如唐元荐与杨慎书中提及，"洪武初，高季迪、袁可潜一变元风，首开大雅，卓乎冠矣！二公而下，又有林子羽、刘子高、孙炎、孙贲、黄玄之、杨孟载辈羽翼之"。见（明）杨慎《升庵诗话》，载《历代诗话续编》中册，中华书局2006年版，第774页。

③ 何宗美：《高启四辨》，载何宗美、刘敬《明代文学还原研究》，人民文学出版社2014年版，第91页。

④ （明）王世贞：《艺苑卮言》，载《历代诗话续编》中册，中华书局2006年版，第1032页。《艺苑卮言》的版本较为复杂，本文所用是较为常见的八卷本而非四部稿本。关于八卷本与其他版本之间的关系，见魏宏远《王世贞〈艺苑卮言〉的文本生成及文学观之演进》，《陕西师范大学学报》（哲学社会科学版）2016年第6期。

靓妆，巧笑便辟"的评语明显带有贬义。

王世贞的这条评论见于《艺苑卮言》，他将自己对明代前辈的评价分为"诗""文"两类，均为"某某如某某"的表述方式。在"诗"的部分，王世贞总共评论了107人，高启被列在第一位，此后依次是刘基、袁介、刘崧、杨基、汪广洋、徐贲、张羽等，排在最后的是谢榛与魏裳。① 这种排序大致是按照诗人活跃的时代，依次从明初排到嘉靖朝（1522—1566）；但把谢榛排在几乎最后的位置，意味着这一排序应该是李攀龙、王世贞与谢榛交恶之后修订的。② 尽管将高启排在第一位，然而这种大致按照时间先后的排序方式并不能够帮助我们理解王世贞到底如何看待高启在明代诗歌发展史中的地位。

《艺苑卮言》在刊刻后广为流传，因此接受度较高，但王世贞对高启的评价到底如何，仅仅看《艺苑卮言》的这条评论是不够的。查阅王世贞早年刊刻出版的《明诗评》一书，我们会发现《明诗评》中对高启的评价与《艺苑卮言》中的评价略有关联；尤其是《明诗评》对人物的排序更能反映出王世贞如何看待高启在明代诗歌发展脉络中的位置。

《明诗评》原本附于《凤洲笔记》中，而《凤洲笔记》刊行于隆庆三年（1569），是王世贞"早年作品之弃稿"③。王世贞在《明诗评》序言中明确表示了贬低宋诗的意图，并极力吹捧李梦阳、何景明的诗歌。《明诗评》共评论118人，其排序完全是按照王世贞的个人喜好而定的，占据前5位的是：李梦阳、何景明、李攀龙、徐祯卿、谢榛。此外，严嵩排在第18位，而排在最后一位的竟然是李东阳。高启在《明诗评》中位列第12位，远远高于《艺苑卮言》中提及的其他明初诗人：刘崧位列第36位，杨基位列第38位，汪广洋位列第39位，刘基位列第100位，

---

① （明）王世贞：《艺苑卮言》，载《历代诗话续编》中册，中华书局2006年版，第1032—1036页。

② 王世贞以好恶定诗人排名，尤其是针对谢榛，见叶晔《"五子"诗人群列与王世贞的文学排名观》，《文学遗产》2016年第6期。

③ 魏宏远：《王世贞〈凤洲笔记〉献疑》，《学术交流》2012年第5期。

张羽位列第 105 位，徐贲位列第 106 位。①（表1）

表1 《艺苑卮言》与《明诗评》排名对照表

	高启	刘基	袁介	刘崧	杨基	汪广洋	徐贲	张羽
《艺苑卮言》排名（总107人）	1	2	3	4	5	6	7	8
《明诗评》排名（总118人）	12	100	无	36	38	39	105	106

王世贞在《明诗评》中对高启的评价比《艺苑卮言》中更为清晰。

> 悲哉乎！元格下也。太史因沿浸淫，虽忽忽未振；而弘博凌厉，殆骎骎正始。一时宿将选锋，莫敢横阵。格姑左次弗论。评其辞，快若迅鹘乘飚，良骥蹑景，丽若太阳朝霞，秋水芙蕖。纵负可点之瑕，奚废连城之赏，词家射雕手也。若使少就沈思，兼友古调，岂出何、边下哉？②

王世贞的论调很明显是针对《升庵诗话》中"季迪一变元风"的观点而发，认为高启属于元诗的延续。从"评其辞"以下数语可以看出，王世贞所认同的仅仅是高启诗歌的措辞。由此推测，《艺苑卮言》中"如射雕胡儿"的评论，大致指的是高启诗歌的措辞很有特色；而"如燕姬靓妆"，应该指的是高启诗歌的格调太低。最后，王世贞认为高启诗歌如果更加磨练，则可以达到何景明、边贡的水准（何、边在《明诗评》中分别排名第 2 位和第 7 位）。关于这一看法，或可从王世懋的《艺圃撷余》中找到呼应。

---

① （明）王世贞：《明诗评》，载《明代传记丛刊》第 8 册，明文书局 1985 年版，第 1—11 页。

② （明）王世贞：《明诗评》，载《明代传记丛刊》第 8 册，明文书局 1985 年版，第 26 页。

　　高季迪才情有余，使生弘正，李、何之间，绝尘破的，未知鹿
死谁手。杨、张、徐，故是草昧之雄，胜国余业，不中与高作仆。①

　　王世懋此条的前半部分将高启与李梦阳、何景明对比，这和王世贞
将高启与何景明、边贡对比的状况类似，但显然王世懋对高启的评价更
高。此条的后半部分将高启与杨基、张羽、徐贲对比，则很接近李梦阳
"高季迪才力声调过三人远甚"的观点。

　　简而言之，王世贞在《明诗评》中对高启的评价相对较高，认为高
启确实在国初诗人中崭露头角，但与"前后七子"相比则不如。同时，
《明诗评》的排序以及对高启的评价很清晰地展现了王世贞早年的文学观
念，宗尚唐诗，贬斥宋、元诗，推崇李梦阳、何景明，而其最终目的还
是为了标榜李攀龙与自己的诗歌理念。换言之，王世贞创造出了一种诗
歌的线性发展叙述，即宋元诗水平卑下，而明诗的水平则随时间发展逐
渐提升，直到李攀龙与自己所处的时代达到顶峰。

　　不过，王世贞在文坛活跃了长达四十余年，其晚年的文学思想有所
转变也已经成为了学界共识——王世贞对高启的评价也展现出了这种转
变。《弇州山人四部续稿》主要收录了王世贞晚年的作品，在"文部"中
录有《吴中往哲像赞》，涉及吴中历代名人 112 人，大致按照时间先后顺
序排列。在这一系列作品中，高启排在第 2 位，王世贞对他有以下评价。

　　高太史先生启……少明颖，有纵横才略，而好为歌诗，天藻秀
发，往往超宋元人，乘而上之，直接开元大历，而不能尽去刘、白
之习者，小为才使耳……赞曰：明诗之昌，如汇九江。而公滥觞，
其追正始。若康庄轨，而公嚆矢。辞冕离蝉，冀以天全。而竟死冤，
杳然丹青。可灭者形，不泯者名。②

---

　　① （明）王世懋：《艺圃撷余》，载《历代诗话》下册，中华书局 2004 年版，第 782 页。
　　② （明）王世贞：《弇州山人四部续稿》，载《景印文渊阁四库全书》第 1284 册，（台北）
台湾商务印书馆 1986 年版，第 127 页。

王世贞在《明诗评》中认为高启"因沿浸淫"元诗风格；但在此处，他已然承认高启"超宋元人"，甚至接近了盛唐的水准，只是偶尔还夹杂着中唐诗风。赞语的前半部分强调了高启的成就引领了日后明诗的繁盛之貌。

《吴中往哲像赞》不仅展现了王世贞晚年对高启诗歌认知的转变，同时还承载着王世贞的另一个动机——标榜吴中文学传统。王世贞早在嘉靖二十九（1550）撰写的《四十咏》中就把高启排在第一位。① "虽然这次创作没有形塑文学流派和制造排名的目的，但从事后的角度去看，无疑是一次群体观照性质的文学试验。"② 在此基础上，王世贞晚年提出了"今天下之文莫盛于吾吴"的概念，《吴中往哲像赞》恰好是这一概念下的产物，他将吴中文学繁盛的原因上溯到国初的积累。而王世贞对吴中往哲的赞美，实际上也变相强调了他自己在文坛的领袖地位。③

王世贞除了给与高启以上相应的文学史定位之外，还有另一个贡献，就是特意挑拣了一些高启的诗句予以褒扬。

> 七言律至何、李始畅然，曩时亦有一二佳者。如高季迪《送沈左司》："函关月落听鸡度，华岳云开立马看。"《京师秋兴》："伎同北郭知应滥，俸比东方愧已多。梁寺钟来残月落，汉宫砧断早鸿过。"《送郑都司》："赐履已分无棣远，舞戈还见有苗来。"《送行边》："兵驰空壁三千帜，客宴高堂十万钱。"《西坞》："松风吹壁鹤翎堕，梅雨过溪鱼子生。"《谢送酒》："欲沽百钱不易得，忽送一壶殊可怜。梳头好鸟语窗下，洗盏流水到门前。"《梅花》："雪满山中高士卧，月明林下美人来。""帘外钟来初月上，灯前角断忽霜飞。""不共人言惟独笑，忽疑君到正相思。"《清明》："白下有山皆绕郭，清明无客不思家。"④

---

① （明）王世贞：《弇州四部稿》，载《景印文渊阁四库全书》第1279册，（台北）台湾商务印书馆1986年版，第175页。

② 叶晔：《"五子"诗人群列与王世贞的文学排名观》，《文学遗产》2016年第6期。

③ 何诗海：《王世贞与吴中文坛之离合》，《文学评论》2018年第4期。

④ （明）王世贞：《艺苑卮言》，载《历代诗话续编》中册，中华书局2006年版，第1026页。

在王世贞挑拣的名诗与名句中，《送沈左司》与《梅花》组诗在后世的高启诗歌接受史中均有较多的讨论。不过，王世贞此条的主旨依旧是赞美何景明、李梦阳，高启七律只是作为铺垫。晚明的江盈科则对王世贞所挑拣的名句提出了不同的看法。

> 国初……高季迪《送人入关》中一联云："函关月落听鸡度，华岳云开立马看。"《送人官山东方伯》云："赐履已分无埭远，舞戈今见有苗来。"此等句置之唐人集中，谁复优劣？恐非嘉靖七子所易造。①

江盈科对"复古派"的文学主张是持反对意见的，因此不会赞同王世贞这种借机吹嘘何景明、李梦阳的评说立场。

王世贞的《明诗评》与《艺苑卮言》基本上将高启诗歌放在了"明诗发展脉络"中予以呈现；而其《吴中往哲像赞》则将高启诗歌放在"吴中文学传统"中进行论述。这两种不同的语境也导致了高启诗歌的定位在王世贞笔下出现了一定的差异，在"明诗发展脉络"中，高启沿袭元诗，格调低下，无法与"前后七子"所代表的明诗鼎盛相提并论；在"吴中文学传统"中，高启在国初便是吴中文人的典范，引领了明代吴中诗歌的发展。

王世贞的这两种对高启诗歌的评价在其文字中分割得较为清晰；然而后人在接受王世贞对高启诗歌的评价时，并不会去刻意分辨王世贞评价的语境差异，往往将"明诗发展脉络"与"吴中文学传统"结合在一起讨论，其中最具代表性的例子就是胡应麟的《诗薮》。《诗薮》的写作时间跨度较大，其间不断加以修订，② 因此很可能同时继承了王世贞早年和晚年评论高启时的不同语境。《诗薮》内编共 6 卷，胡应麟按照不同体裁分别讨论历代诗歌流变，其中涉及了高启的五言古诗和七言歌行，但

---

① （明）江盈科：《雪涛诗评》，载《中国诗话珍本丛书》第 12 册，北京图书馆出版社 2004 年版，第 760 页。

② 侯荣川：《胡应麟〈诗薮〉版本考》，《文学遗产》2014 年第 3 期。

并没有提及高启的近体诗。

> 五言：元名家称赵子昂、虞伯生、杨仲弘、范德机、揭曼硕，外如……辈，不下十数家。视宋人材力不如，而篇什差盛，步骤稍端，然高者不过王、孟、高、岑，最上李供奉，陈、杜二拾遗耳。六代风流，无复染指，况汉魏乎？国初季迪勃兴衰运，乃有拟古乐府诸篇，虽格调未到，而意象时近。弘正叠兴，大振风雅，天所以开一代，信不虚也。
>
> 七言：国初季迪歌行，尚多佳作，弘正特盛，李、何外，若昌谷、继之、应登，皆有可观。①

胡应麟对高启五言古诗的评价与王世贞《明诗评》中"弘博凌厉，殆骎骎正始"的观点较为接近。不过就整体而言，提及高启的这两段依旧是在强调"弘正迭兴""弘正特盛"，与王世贞早年推崇李梦阳、何景明的观点是完全一致的。

与内编不同，胡应麟在《诗薮》续编中并未区分体裁差异，而是按照时间线索来讨论明代诗歌发展的。胡应麟在续编开篇便点明了他对中国古代诗歌整体走向的认知，他认为"一盛于汉，再盛于唐，又再盛于明"②。至于明代诗歌的高峰，他认为"弘正之后，继以嘉隆，风雅大备，殆于无可着手"③。由于胡应麟构建明代诗歌发展史的意识极强，他在评价高启诗歌时并非仅仅关注高启本人的成就，而是经常把高启与其他诗人作对比。同时，胡应麟在论述中还非常注重分析文学的地域性差异，进而将明代诗歌的发展过程进行了细化。

> 国初称高、杨、张、徐。季迪风华颖迈，特过诸人。同时若刘诚意之清新，汪忠勤之开爽，袁海叟之峭拔，皆自成一家，足相羽

---

① （明）胡应麟：《诗薮》，上海古籍出版社1979年版，第39、57页。
② （明）胡应麟：《诗薮》，第341页。
③ （明）胡应麟：《诗薮》，第354页。

翼。刘崧、贝琼、林鸿、孙蕡抑其次也。

国初，闻人率由越产，如宋景濂……而诗人则出吴中，高、杨、张、徐、贝琼、袁凯，亦皆雄视海内。至弘正间，中原、关右始盛。嘉、隆后，复自北而南矣。

国初吴诗派昉高季迪，越诗派昉刘伯温，闽诗派昉林子羽，岭南诗派昉于孙蕡仲衍，江右诗派昉于刘崧子高。五家才力咸足，雄据一方，先驱当代，第格不甚高，体不甚大耳。

高太史诸集，格调体裁，不甚逾胜国，而才具澜翻，风骨颖利，则远过元人。昭代初，雅堪禘袷。而弘正诸贤，扬榷殊不及之。用修《诗钞》始加搜辑，至两琅邪咸极表章，众论遂定。然高下便应及杨，徐、张二子远矣。①

对于"高杨张徐"并称，胡应麟或许是接受了李东阳与王世贞的观点，承认高启"风华颖迈，特过诸人"。但胡应麟并没有继承王世贞早期评价高启"因沿浸淫"元代诗风的说法，而是继承了王世贞晚期认为高启"超宋元人"的说法。至于胡应麟言及国初"诗人出吴中"和"吴诗派昉高季迪"一说，应该是由王世贞晚年所强调的"吴中文学传统"衍生而来。类似的论述同样见于胡应麟的组诗《六公篇》，分别赞美高启、李梦阳、何景明、徐祯卿、高叔嗣、李攀龙；其中《高太史季迪》即赞美高启的诗作。

四杰起江左，太史何琅琅。一鸣骇万鸟，百中连双鸧。朱弦奏上国，白纻歌明堂。遂令十叶后，率土归吴阊。（自注：谓嘉隆间也）②

在这首诗中，"一鸣骇万鸟，百中连双鸧"与王世贞"如射雕胡儿，伉健急利，往往命中"的关系不言自明；"遂令十叶后，率土归吴阊"则

---

① （明）胡应麟：《诗薮》，第341、342 页。
② （明）胡应麟：《少室山房集》，载《景印文渊阁四库全书》第1290 册，第106 页。

是王世贞"今天下之文莫盛于吾吴"的另一种表述方式。

此外，胡应麟大体上继承了王世贞对高启单篇七律作品的褒扬，但也有所变化。

> "重臣分省出台端，宾从威仪尽汉官。四塞河山归版籍，百年父老见衣冠。函关月落听鸡度，华岳云开立马看。知尔西行定回首，如今江左是长安。"右季迪《送沈左司入关作》，壮丽和平，句句大体，可为国初七言律第一。
>
> 咏物七言律，唐自花宫仙梵外，绝少佳者。国初季迪《梅花》，孟载《芳草》，海叟《白燕》，皆脍炙人口，而格调卑卑，仅可主盟元宋。献吉《题竹》，仲默《鲥鱼》，于鳞《双塔》，始为绝到。元美至六十余篇，则前古所无也。①

王世贞仅称赞了高启《送沈左司》中的颈联，而胡应麟则将《送沈左司》称为"国初七言律第一"，对于这种说法，一方面，提升了《送沈左司》的评价；另一方面，暗示《送沈左司》也只能在"国初"称雄，"弘正"与"嘉隆"诗人的七言律诗还是超越了"国初"诸家的。而王世贞曾经称赞过的高启《梅花》组诗中的三幅联对；胡应麟则认为那些作品的"格调卑卑"，这实际上是把王世贞对高启"燕姬靓妆，巧笑便辟"的评论进一步地具体化，继而毫不遮掩地标榜王世贞在咏物诗方面的成就。

总而言之，明代中期对高启诗歌的接受是在王世贞、胡应麟明代诗歌史规划下的副产品。王世贞给出了两条不同的线索，即"吴中文学传统"与"明诗发展脉络"；而由于王世贞所处的立场不同，高启在这两条线索中的定位是有差异的。自胡应麟始，这两条线索被结合在了一起。尽管胡应麟有着更为强烈的构建明代文学发展史意识；但他对高启诗歌的理解继承了太多王世贞的观点，做得更多是整合与细化的工作，尤其是在具体评价高启诗歌作品时并没能够超越王世贞所划定的范围。胡应

---

① （明）胡应麟：《诗薮》，第361、363页。

麟在王世贞的基础上，于《诗薮》续编中勾勒出了一条"嘉隆"诗坛高于"弘正"诗坛，"弘正"诗坛高于"国初"诗坛的明代诗歌发展脉络，并经常借称赞"嘉隆"诗人的机会标榜王世贞的诗歌成就，这不得不说是胡应麟在构建明代诗史过程中的一个私心。至于此后的"万历"诗坛是否高于"嘉隆"诗坛，继承了王世贞的胡应麟是否代表着新的明诗高峰，如果按照线性发展的眼光去看待其所勾勒出的明诗脉络，答案恐怕也是显而易见的。

三　明末清初：总集阅读与围绕
　　梅花诗的争论

　　王世贞、胡应麟之后的时代，诗坛关注的重点往往集中在"前后七子"与"公安""竟陵"的博弈，对于明代初期诗人的成就并没有太多讨论。然而自明代中期开始，明人编选明诗总集的数量逐渐攀升，藉此可以观察高启诗歌的接受与总集编选之间的关系。

　　首先需要尝试探讨的问题是，后人在阅读高启诗歌时，到底更加依赖于别集还是总集？力求还原读者阅读经验的研究有着较大风险，毕竟很少有明清的诗评家会明确解释他所阅读的文本。例如在上一节中，王世贞列举了高启七律中的名句，分别出自《送沈左司从汪参政分省陕西汪由御史中丞出》《京师秋兴次谢太史韵》《送郑都司赴大将军行营》《送荥阳公行边》《西坞》《谢周四秀才送酒》《梅花》（其一、其七、其九）、《清明呈馆中诸公》。① 从选诗的内容与顺序来看，大致可以推测王世贞阅读的是高启的别集，即周立的《鸣缶集》或徐庸的《高太史大全集》。②

　　不过此后胡应麟在评价高启《送沈左司》时，阅读的并不是高启别集，而是李攀龙的《古今诗删》，因为胡应麟提到的句子"重臣分省出台

---

① 　（明）高启：《高青丘集》，（清）金檀辑注，徐澄宇、沈北宗校点，第576—577、580、582、594、613、635、651、652、653、578 页。

② 　惟王世贞《谢送酒》"忽送一壶殊可怜"句，高启别集《谢周四秀才送酒》作"真可怜"。

端"并非高启别集中的样貌。《古今诗删》中经常出现更改原诗的状况，其收录高启诗作23首，有10首与高启原诗不同。最具代表性的改动正是《送沈左司》诗的前四句。高启原诗作："重臣分陕去台端，宾从威仪尽汉官。四塞河山归版籍，百年父老见衣冠。"李攀龙将"分陕"改为"分省"，"去台端"改为"出台端"，"河山"改为"山河"。① "山河"之改对后世毫无影响，但从"分省出台端"处的异文则能够分辨出后人是否阅读了《古今诗删》——除胡应麟的《诗薮》之外，明清之际托名钟惺、谭元春的《明诗归》，以及清代彭孙贻的《明诗钞》所收《送沈左司》诗亦源于《古今诗删》。②

然而在胡应麟编选的《皇明律范》中，他选录的《送沈左司》却并非《诗薮》中"分省出台端"的面貌，而是高启别集中的原貌"分陕去台端"。③ 换言之，胡应麟在撰写《诗薮》时可能依据的是《古今诗删》，但在编选《皇明律范》时却回归了高启的别集。④ 无论如何，由于《送沈左司》为王世贞、胡应麟所称颂，几乎后世所有的明诗总集都会收录这首作品。即便是在体量极小的陈子龙《皇明诗选》中，《送沈左司》依旧成为高启七律中唯一入选的作品。⑤ 最终在《明诗别裁集》中，高启《送沈左司》与谢榛《送谢武选》被沈德潜并称为"三百年中不易多见者也。"⑥

与《送沈左司》诗同样在后世得到极多关注的《梅花》组诗却有着不同的接受状况——在不同的明诗总集中，《梅花》组诗入选的数量与作品是有差异的。由于明清时期编撰的总集数量较多，所以仅梳理《梅花》

---

① （明）李攀龙：《古今诗删》，载《四库提要著录丛书》集部第152册，北京出版社2011年版，第319页。

② （明）钟惺、谭元春：《明诗归》，载《四库全书存目丛书》集部第338册，齐鲁书社1997年版，第568页。（清）彭孙贻：《明诗钞》卷31，载《四部丛刊续编》，上海商务印书馆1934年版，卷5。

③ （明）胡应麟：《皇明律范》卷11，北京大学图书馆藏，明万历三十一年（1603）刻本。

④ 胡应麟《诗薮》最早的"原刊本"完成于万历十八年（1590）。

⑤ （明）陈子龙：《皇明诗选》下册，华东师范大学出版社1991年版，第662页。

⑥ （清）沈德潜：《明诗别裁集》，上海古籍出版社2013年版，第220页。

组诗在十几部较为重要的总集中的收录情况，具体见表 2 所示。①

表 2 《梅花》组诗收录情况

总集名称	刊刻年份	数量	所收《梅花》诗在高启集中的排序
俞宪《盛明百家诗》②	明嘉靖至万历年间	3 首	其二、其七、其九
李攀龙《古今诗删》③	明万历初年	1 首	其一
顾起伦《国雅》④	明万历初年	无	
朱之蕃《盛明百家诗选》⑤	明万历（1573—1620）年间	3 首	其二、其七、其九
卢纯学《明诗正声》⑥	明万历十九年（1591）	1 首	其一
胡应麟《皇明律范》⑦	明万历三十一年（1603）	1 首	其一
陈子龙《皇明诗选》⑧	明崇祯十六年（1643）	无	

---

① 王学泰：《明代人编选明代诗歌总集研究》，博士学位论文，复旦大学，2005 年。尹玲玲：《清人选明诗总集研究》，博士学位论文，苏州大学，2012 年。

② 《盛名百家诗》收录高启诗作 332 首。（明）俞宪：《盛明百家诗》，载《四库全书存目丛书》集部第 304 册，齐鲁书社 1991 年版，第 408—443 页；《梅花》组诗在第 438 页。

③ 《古今诗删》分体收录高启诗作 23 首。（明）李攀龙：《古今诗删》，载《四库提要著录丛书》集部第 152 册，北京出版社 2011 年版，第 268—269、277、286、319、357—358、365—366、382 页；《梅花》组诗在第 319 页。

④ 《国雅》收录高启诗作 55 首，未选录《送沈左司》。（明）顾起伦：《国雅》，载《四库全书存目丛书补编》第 15 册，359—361 页。

⑤ 《盛明百家诗选》分体收录高启诗作 167 首。（明）朱之蕃：《盛明百家诗选》，载《四库全书存目丛书》集部第 331 册，第 70—75、192—197、413—415、543—546 页；集部 332 册，第 54—55、74—75、103—104 页；《梅花》组诗在第 331 册，第 545—546 页。

⑥ 《明诗正声》分体收录高启诗作 49 首。（明）卢纯学：《明诗正声》，北京大学图书馆藏，明万历十九年（1591）江一夔刻本，卷十、卷二十、卷三十一、卷四十七、卷五十二。

⑦ 《皇明律范》分体收录高启五律 7 首、七律 8 首。（明）胡应麟：《皇明律范》，北京大学图书馆藏，明万历三十一年（1603）刻本，卷一、卷十一。

⑧ 《皇明诗选》由于本身体量较小，仅收录高启诗作 11 首。（明）陈子龙：《皇明诗选》，华东师范大学出版社 1991 年版，第 662 页。

总集名称	刊刻年份	数量	所收《梅花》诗在高启集中的排序
曹学佺《石仓历代诗选》①	明崇祯(1628—1644)年间	6 首	其一、其二、其三、其四、其五、其六
钱谦益《列朝诗集》②	清顺治九年(1652)	6 首	其一、其二、其三、其四、其七、其九
王夫之《明诗评选》③	清顺治至康熙(1644—1722)年间	1 首	其七
朱彝尊《明诗综》④	清康熙四十四年(1705)	无	
沈德潜《明诗别裁集》⑤	清雍正十二年(1734)	无	
汪端《明三十家诗选》⑥	清道光(1821—1850)年间	无	

与具有明显异文的《送沈左司》不同,甄别以上总集中《梅花》组诗的具体阅读情况是比较困难的,只有晚明胡维霖曾在无意中揭示了他

① 《石仓历代诗选》收录高启诗作290首。(明)曹学佺:《石仓历代诗选》,载《景印文渊阁四库全书》第1391册,(台北)台湾商务印书馆1986年版,第120—155页;《梅花》组诗在第150—151页。

② 《列朝诗集》总共收录高启诗作964首,几乎达到了现存高启诗歌总数的一半。(清)钱谦益:《列朝诗集》,载《续修四库全书》第1622册,上海古籍出版社1995年版,第506—551页;《梅花》组诗在第523—524页。

③ 《明诗评选》收录高启诗作83首。(清)王夫之:《明诗评选》,上海古籍出版社2011年版,第11—14、36—38、93—95、163—170、247—251、299—300、323—325页;《梅花》诗在第248页。

④ 《明诗综》收录高启诗作138首,且附有明代各家对高启诗歌的评论,以及朱彝尊自己的《静志居诗话》。(清)朱彝尊:《明诗综》,载《景印文渊阁四库全书》第1459册,(台北)台湾商务印书馆1986年版,第314—315页。(清)朱彝尊:《静志居诗话》上册,人民文学出版社2006年版,第65页。

⑤ 《明诗别裁集》收录高启诗作21首。(清)沈德潜:《明诗别裁集》,上海古籍出版社2013年版,第14—22页。

⑥ 《明三十家诗选》收录高启诗作175首。(清)汪端:《明三十家诗选初集》八卷,清刻本,卷二。

的阅读经验。

> 高季迪一洗宋音，顿还唐调，格兼六朝、汉魏诸体，而出以妙悟，可谓一代宗工。《梅花》六首岂其自写照耶？虽曰"高、扬、张、徐"，而三子距高，其中尚可容数十人。①

在高启别集的各个版本中，《梅花》组诗的数量都是九首，而胡维霖提到的"六首"之数，则必定出自某一部总集。然而仅凭此表格也无法肯定胡维霖"六首"的确切出处（有可能出自曹学佺的《石仓历代诗选》）。

另外，《明诗评选》仅选一首《梅花》诗，而其他几部清人总集则一首未选，但这并不意味着《梅花》诗的接受陷入了低谷，反而意味着其诗的接受程度在当时已然过高，以至于诗评家对此产生了反感。《梅花》组诗第一首的颔联"雪满山中高士卧，月明林下美人来"备受关注，后世诗人偶尔会以此分韵题诗，② 通俗小说如《警世通言》《醒世恒言》中亦曾引用此联，③ 甚至有人将此联误认作唐人或宋人林逋的诗句。④ 当然，批评此联的声音亦不在少数，尤其在明末清初期间最为突出。如谭元春

---

① （明）胡维霖：《胡维霖集》，载《四库禁毁书丛刊》集部第 164 册，北京出版社 1997 年版，第 569 页。

② 《戊申二月六日……得林字请正》，见（清）陈瑚《顽潭诗话》，载《续修四库全书》第 1697 册，上海古籍出版社 1995 年版，第 541 页。《初六日……效子美拗体》，见（清）陆士仪《桴亭先生诗文集》，载《清代诗文集汇编》编纂委员会编《清代诗文集汇编》第 36 册，上海古籍出版社 2009 年版，第 227 页。

③ （明）冯梦龙：《警世通言》，天津古籍出版社 1997 年版，第 294 页。（明）冯梦龙：《醒世恒言》，天津古籍出版社 1997 年版，第 362 页。

④ 覃光瑶《送梅得吹字》诗下注释云："'美人欲去时'五字，足千古矣，看来唐人《咏梅》诗'月明林下美人来'，只替此语做得注脚。"见（清）覃光瑶《玉芳诗草》，载《四库未收书辑刊》第十辑第 28 册，北京出版社 1997 年版，第 12 页。文廷式曾评论姚鼐："姚姬传《五七言今体诗钞》所选，多格正调高之作，然不能博异趣，所谓'见善者机耳'，又涉笔屡误……又评陆放翁'高标已压万花群'一律云，'梅诗如此，句可谓工绝，当在林处士高士美人联上，然犹在雪后水边一联之下。'按'雪满山中高士卧，月明林下美人来'，乃明高槎轩《咏梅》诗也，姬传亦以为和靖作耶？"见（清）文廷式《纯常子枝语》，载《续修四库全书》第 1165 册，上海古籍出版社 1995 年版，第 593 页。

于《唐诗归》中评价此联为"肤不可言"①，而王夫之、吴乔、王士禛等人在其诗话中也留下了严厉的批评。② 王夫之在《明诗评选》中仅选《梅花》其七，并且特意作出说明。

> 高又有句云："寒依疏影萧萧竹，春掩残香漠漠苔"，亦第一等雅句；顾其颔联则为世所传"雪满山中高士卧，月明林下美人来"十四字，恶诗也……国初袁景文、高季迪集中，片羽略亦不乏。乃以《白燕》则"汉水""梁园"，《梅花》则"美人""高士""月明""雪满"，参差共之，不过三家村塾师教村童对语长伎耳！择艺吟圃者，乃以传之三百年，千人一齿。③

正是由于当时"雪满月明"一联已经获得了"千人一齿"的赞誉，诗评家、诗选家自然难免会产生否定此联，甚至是整组《梅花》诗的倾向。

不过，在清代康熙朝由皇家主导纂修的几部大型图书中并没有显示出类似否定《梅花》诗的倾向，而是依旧延续着明代的主流风气。如《御选宋金元明四朝诗》收录高启诗 453 首，其中包括六首《梅花》诗，所选与《列朝诗集》完全相同。④ 又如《御定佩文斋咏物诗选》卷二百九十七"梅花类"条下，总共选取了高启《梅花》组诗中的四首（其

---

① 语出张九龄《庭梅咏》下批注，见（明）钟惺、谭元春编《唐诗归》，载《续修四库全书》第 1589 册，上海古籍出版社 1995 年版，第 587 页。

② （清）王夫之：《姜斋诗话》，载《清诗话》上册，上海古籍出版社 2015 年版，第 21—22 页。（清）吴乔：《围炉诗话》，载《清诗话续编》第 2 册，上海古籍出版社 2016 年版，第 582 页。（清）王士禛：《渔洋诗话》，载《清诗话》上册，上海古籍出版社 2015 年版，第 176 页。

③ （清）王夫之：《明诗评选》，上海古籍出版社 2016 年版，第 248 页。

④ （清）张豫章等：《御选宋金元明四朝诗》，清康熙四十八年（1709）内府刊本，哈佛燕京图书馆藏，卷四（乐府歌行 50 首）、卷十六（五言古诗 42 首）、卷三十七（七言古诗 33 首）、卷五十（五言律诗 113 首）、卷六十八（七言律诗 61 首）、卷九十二（五言长律 10 首）、卷九十六（五言绝句 62 首）、卷一百一（七言绝句 69 首）、卷一百十七（六言诗 10 首）、卷一百十九（五言小律 1 首、叠韵 1 首、回文体 1 首）、卷一百二十（联句 2 首）；《梅花》组诗在卷六十八。张豫章等编选明诗时依据的很可能是钱谦益的《列朝诗集》。

一、其二、其三、其九），另选有《次韵西园公咏梅》二首中的第一首。① 《御定佩文斋广群芳谱》卷二十三"梅花"条下，所选《梅花》四首与《御定佩文斋咏物诗选》相同。② 应该说，在如何认知《梅花》组诗方面，清代皇家编撰的图书相比于同时代诗评家还是存在着一定的"滞后性"。在下一节中我们可以更为清晰地观察到，正是这种"滞后性"衍生出了乾隆皇帝对高启诗歌的过高赞誉，以致于四库馆臣在评价高启诗歌时不得不采取一种妥协性的说辞。

四 雍乾时期：王士禛的影响与皇权的介入

进入清代之后，高启的别集分别于康熙、雍正年间被翻刻、重修。康熙三十四年（1695），竹素园主人翻刻了明代景泰年间的徐庸版《高太史大全集》。雍正六年（1728），金檀以徐庸版《高太史大全集》为底本，重编并刊刻了《青丘高季迪先生诗集十八卷、遗诗一卷、扣舷集一卷、附录一卷、凫藻集五卷》。他从前人出版的别集和总集中辑录补遗，使得《青丘高季迪先生诗集》中的作品总数达到了 2011 首。更为可贵的是，金檀为高启的诗歌做了较为详细的注释，这在当时刊刻的明代诗文别集中是极为罕见的。此外，金檀还在诗集中附上了前人撰写的序文、小传，以及诗评。③ 《青丘高季迪先生诗集》有两个版本。其中一版的开卷是金檀撰写的序言，而另一版开卷的序言则是长洲陈璋撰写的。④ 陈璋在序中对高启的定位极高。

---

① （清）汪霦等：《御定佩文斋咏物诗选》，载《景印文渊阁四库全书》第 1434 册，（台北）台湾商务印书馆 1986 年版，第 94 页。

② （清）汪灏等：《御定佩文斋广群芳谱》，载《景印文渊阁四库全书》第 845 册，（台北）台湾商务印书馆 1986 年版，第 692 页。

③ 金檀的诗评中收录了朱彝尊的诗话，但未收录王士禛的评语。

④ 《明别集丛刊》所收为金檀序本，无陈璋序。两个版本均存于哈佛燕京图书馆：https：//iiif. lib. harvard. edu/manifests/view/drs：51395928 $ 1i（陈璋序），https：//iiif. lib. harvard. edu/manifests/view/drs：51397444 $ 1i（金檀序）。

> 吾吴高青丘先生诗流传三百余年，冠于明，胜于元，高于宋，兼乎晋唐，追乎汉魏，此其古今体之大概也。

这两部别集的刊行对高启诗歌在清代的接受有着至关重要的意义，尤其是金檀编注的《青丘高季迪先生诗集》在当时应该是最为完备的版本——但该本的流传状况却很难确定，因为即便是五十年后，四库馆臣所用的版本依旧是徐庸版《高太史大全集》（或者是竹素园主人的翻刻本）。

尽管清代诗评家普遍不满明代诗评家对明代诗歌发展脉络的构建，但他们都比较肯定高启在明诗史中的地位。作为清代康熙（1662—1722）年间公认的诗坛领袖，王士禛对高启诗歌的接受最具代表性。然而或许是由于他留下的评论文字时间跨度较大，其中也有不太一致的地方，譬如有时他将高启放置于"明初"的语境里，称其"为最""为冠"①，但有时也将其放置于整个明诗史中，称其为"明三百年诗人之冠冕。"②

除了给予相应的明诗史定位之外，王士禛在诗话中也有针对高启诗句的具体批评。例如他也颇为认可王世贞称赞过的"白下有山皆绕郭，清明无客不思家"一联。③ 但他不甚认同高启《明妃曲》中的"君王莫杀毛延寿，留画商岩梦里贤"一联，认为是"三家村学究语，所谓下劣诗魔"。④ 至于《梅花》组诗中最富盛名的"雪满月明"一联，他认为"亦是俗格"。⑤ 鉴于王士禛如此评价，清代中晚期的不少诗评家也继承了这一论调，如田同之、恒仁、潘德舆、朱庭珍等均对此联大加批判。⑥ 朱

---

① "七言长句，在明初则高季迪、张志道、刘子高为最"；"按明初诗人共推高季迪为冠，而大复独以海叟为冠，空同许为知言"。见（清）王士禛《带经堂诗话》上册，人民文学出版社2006年版，第96—97、154页。

② （清）王士禛：《带经堂诗话》上册，人民文学出版社2006年版，第56页。

③ （清）王士禛：《带经堂诗话》上册，第71页。

④ （清）王士禛：《带经堂诗话》上册，第56页。

⑤ （清）王士禛：《渔洋诗话》，载《清诗话》上册，上海古籍出版社2015年版，第176页。

⑥ （清）田同之：《西圃诗说》，载《清诗话续编》第2册，上海古籍出版社2016年版，第731—733页。（清）恒仁：《月山诗话》，载《清诗话三编》第3册，上海古籍出版社2014年版，第1603页。（清）潘德舆：《养一斋诗话》，载《清诗话续编》第4册，上海古籍出版社2016年版，第1967页。（清）朱庭珍：《筱园诗话》，载《清诗话续编》第4册，上海古籍出版社2016年版，第2264页。

庭珍甚至称高启《梅花》七律皆其少作，亦不知有何依据。

雍正（1723—1735）年间，沈德潜整合并发展了明代诗评家与王士禛的观点。沈德潜于雍正九年（1731）刊刻的《说诗晬语》和雍正十三年（1735）成书的《明诗别裁集》中都有针对高启的论述。《说诗晬语》意图呈现的是中国诗歌发展的整体脉络，因此对高启的文学史定位并没有太高。

> 元季都尚词华，刘伯温独标骨干，时能规模杜、韩。高季迪出入于汉魏六朝唐宋诸家，特才调过人，步骤未化，故变元风则有余，追大雅犹不足也。要之明初，辞人以二公为冠，袁景文凯次之，杨孟载基次之，张志道以宁次之，徐幼文贲、张来仪羽又次之。高、杨、张、徐之名，特并举于北郭十子中，初非通论。①

这段评论认为高启"变元风则有余，追大雅犹不足"，正是针对"季迪一变元风，首开大雅"的观点而发。不过沈德潜评论中最特别的一点在于"出入于汉魏六朝唐宋诸家"一句——沈德潜仅仅用一个动词"出入"，而将"汉魏六朝唐"与"宋"并举。此前的评论家如果提及宋诗，大多是在强调高启超越了宋诗，例如"超宋元人""一洗宋音""高于宋"等，但其前提是认为宋诗不如明诗；沈德潜此处改动已展现出了他对唐诗、宋诗的公允态度。毕竟沈德潜的诗歌理论囊括唐宋，他"对宋诗的态度则是，在尊崇盛唐的基础上，对之予以认可。"②

沈德潜的《说诗晬语》也提到了高启的《梅花》诗，且明显带有王士禛评论的痕迹。

> 《咏梅诗》应以庾子山之"枝高出手寒"，苏东坡之"竹外一枝斜更好"为上。林和靖之"雪后园林才半树，水边篱落忽横枝"，高

---

① （清）沈德潜：《说诗晬语》，载《清诗话》下册，上海古籍出版社 2015 年版，第 560—561 页。

② 王炜：《论沈德潜的宋诗观》，《武汉大学学报》（人文科学版）2009 年第 1 期。

季迪之"流水空山见一枝"，亦能象外孤寄，余皆刻画矣。①

尽管没有专门否定"雪满月明"一联，沈德潜所谓"余皆刻画矣"也是在表达相同的意思。而此段沈德潜所引苏轼与林逋的诗句都曾出现在王士禛评论高启《梅花》的段落中，由此也可以看出沈德潜诗话所呼应的对象。②

《明诗别裁集》与《说诗晬语》完成的时间相差仅四年，因此很多内容都有相通之处。在"高启"条下，沈德潜有以下评价。

> 侍郎诗，上自汉魏盛唐，下至宋元诸家，靡不出入其间，一时推大作手。特才调有余，蹊径未化，故一变元风，未能直追大雅。集中所存皆最上者。③

沈德潜此处依旧使用了"出入"一词，但删去了《说诗晬语》中的"六朝"，把"唐"改成了"盛唐"，把"宋"改成了"宋元"——如此改动实际上更加强调了"汉魏盛唐"与"宋元诸家"的并置意味。沈德潜继承了明代诗评家给与高启"明初为冠"的定位，但也突出了自己"别裁"的意思——尽管他也像明代王世贞、胡应麟等人一样认为高启"未能直追大雅"，但他言及高启"出入"唐宋诗家这一点，已然是推翻了明代诗评家对宋诗的整体定位。

除了沈德潜之外，雍正时期另有一人对高启的接受可能在此后影响了四库馆臣的评价，但由于身份特殊，此前的研究完全忽略了他的存在——当时仍为皇子的爱新觉罗弘历。弘历在雍正时期就读过了高启的诗集。

---

① （清）沈德潜：《说诗晬语》，载《清诗话》下册，第565页。

② "《梅诗》无过坡公'竹外一枝斜更好'七字，及'雪后园林才半树，水边篱落忽横枝。'高季迪'雪满山中高士卧，月明林下美人来'亦是俗格。若晚唐'认桃无绿叶，辨杏有青枝'，直足喷饭。"见（清）王士禛《渔洋诗话》，载《清诗话》上册，上海古籍出版社2015年版，第176页。

③ （清）沈德潜：《明诗别裁集》，第14页。

秋夕读高青丘大全集

碧潭秋水清，寒山月华白。水月两澄明，中有静观客。披襟乐
容与，爽籁生几席。偶读青丘诗，尚友获莫逆。短作纷珠玑，长歌
戛金石。不事追琢巧，浑浑含光泽。伊余岂能诗，对此仰高格。抚
卷吟寒空，中心聊自适。①

弘历读到的很有可能是（明）景泰元年（1450）徐庸刊刻的《高太
史大全集》或竹素园主人翻刻的《高太史大全集》。尽管我们很难还原当
时年轻的弘历到底学习过哪些诗人的作品，但从其《御制乐善堂全集定
本》诗歌部分的目录来看，他专门写诗追和、模仿或赞颂过的诗人大致
有骆宾王、杜甫、白居易、韩愈、柳宗元、苏轼、高启、吴伟业——在
众多明代诗人中，仅有高启在很早便印入了弘历的脑中。

乾隆皇帝继位之后，逐渐在其文学侍从的簇拥下站在了诗坛的顶端，
他对沈德潜的恩遇在当时诗坛被标榜为盛世旷典。（清）乾隆十六年
（1751），沈德潜将自己的《归愚诗钞》进呈御览，得到了乾隆皇帝破例
书写的序文。乾隆在其序文中对沈德潜盛赞道："归愚叟于近代诗家，视
青丘、渔洋，殆有过之无不及者。"② 在明清诸多诗人之中，乾隆皇帝能
想到的"近代诗家"领袖仅有高启与王士禛二人。王士禛是康熙朝公认
的诗坛盟主，其活跃的时间距乾隆朝不远，因此乾隆皇帝自然了解王士
禛的声望；而乾隆将高启与王士禛并称，不得不令人联想到他早年阅读
《高太史大全集》的经验，以及王士禛称高启为"明三百年诗人之冠冕"
的论断。

除此之外，乾隆的《御制诗集》中也有不少追和高启的作品，例如
《题徐贲眠云轩图用高季迪韵》《用高启虎丘次清远道士诗韵》《再迭高
启虎丘次清远道士诗韵》《三贤堂用高启韵》《三贤堂再迭高启韵》《三

---

① （清）乾隆：《御制乐善堂全集定本》，载《景印文渊阁四库全书》第1300册，（台北）
台湾商务印书馆1986年版，第434页。

② （清）乾隆：《御制文初集》，载《景印文渊阁四库全书》第1301册，（台北）台湾商务
印书馆1986年版，第109页。

贤堂三迭高启韵》《三贤堂四迭高启韵》《题龙门用高启韵并示沈德潜》
《题龙门再迭高启韵》《题龙门三迭高启韵》《咏龙门四迭高启韵》。① 在
其他一些作品中，乾隆也不忘提及高启，尤其是高启最著名的"雪满月
明"一联。

> 天际云呈白玉盘，花光如雪望漫漫。冷香离合因风悟，清影横
> 斜界地寒。开处已知春渐逗，折来常记腊初残。月明林下青丘句，
> 仿佛今从画里看。(《题月下梅花画页》)

> 李花难辨漫轻猜，香暗影疏有是哉。恰合青丘契神句，果然林
> 下美人来。(《题邹一桂花月八帧梅月》)

> 谩议托根草木差，凌波疎影共横斜。月明林下青丘句，早识丰
> 标是一家。(《题陈书画册水仙梅花》)

> 卉中图貌取其一，尘外盍簪益者三。不识青丘雪满句，擘笺吟
> 处是谁堪。(《题贾全咏梅图》)②

可能是因为了解乾隆皇帝喜爱高启的缘故，金廷标甚至画了一幅
《高启诗意图》进呈御览，乾隆作诗称赞。

> 别开生面写青丘，雪满山中月色道。高士倚梅美人对，周南章

---

① 除《题徐贲眠云轩图用高季迪韵》之外，其他作品均创作于乾隆皇帝历次南巡的途中，
见（清）乾隆《御制诗初集》，载《景印文渊阁四库全书》第1302册，（台北）台湾商务印书
馆1986年版，第516页。(清）乾隆《御制诗三集》，载《景印文渊阁四库全书》第1306册，
（台北）台湾商务印书馆1986年版，第601、603页；第1307册，第86—88页。(清）乾隆《御
制诗四集》，载《景印文渊阁四库全书》第1308册，（台北）台湾商务印书馆1986年版，第
482—483页。(清）乾隆《御制诗五集》，载《景印文渊阁四库全书》第1309册，（台北）台湾
商务印书馆1986年版，第344—346页。

② （清）乾隆：《御制诗初集》，载《景印文渊阁四库全书》第1302册，（台北）台湾商务
印书馆1986年版，第103—104页。(清）乾隆：《御制诗四集》，载《景印文渊阁四库全书》第
1307册，（台北）台湾商务印书馆1986年版，第619页。(清）乾隆：《御制诗五集》，载《景
印文渊阁四库全书》第1309册，（台北）台湾商务印书馆1986年版，第561页；第1310册，第
22页。

句见风流。①

乾隆所喜爱的正是诗评家所集中批判的"雪满月明"一联，由此便可以观察到前文提到的认知"滞后性"。尽管清初的诸多诗评家已经将这一联的文学价值彻底否定，但身居宫廷的乾隆皇帝并不了解这一情况。

乾隆皇帝在当时的诗坛拥有绝对的权威，他所赞赏的诗人，必定会为当时的诗坛所接受——沈德潜在乾隆初年受到恩遇便是一个广为人知的例子。皇帝对高启诗歌的偏爱，在乾隆四十三年（1778）成书的《钦定四库全书荟要》中就有所反映。《四库荟要》别集部分收录了19种明人诗集，其中包括高启的《高太史大全集》；而在《高太史大全集》的首页，首先附上了乾隆的《御制秋夕读高青丘大全集》一诗，此后才是大全集目录和四库馆臣撰写的提要。②

如果将乾隆皇帝对高启诗歌的接受纳入考察范围，那么四库馆臣的评价则必定无法摆脱皇帝的影响。乾隆内心认为高启是明代最好的诗人，这与王士禛"明三百年诗人之冠冕"的观点又完全一致，这两个观点的叠加很有可能导致四库馆臣作出高启"据明一代诗人之上"的定论。然而四库馆臣对整体明代诗歌的否定态度也是显而易见的——他们似乎刻意地将明代诗歌贬低为历朝历代中最差的，并藉此标榜本朝文学的盛况。因此在论述策略层面，四库馆臣对高启诗歌的评论也可以读出一定的贬义。在开头迎合上意，称赞了高启"据明一代诗人之上"之后，以下的措辞如"拟似""未能镕铸变化，自成一家""不能名启为何格"，都是在强调即便高启能够称雄明代，但他依旧只是一位没有特点的诗人而已，无法与汉魏唐宋那些独具特色的诗人相提并论——在结尾处拿高启与明代四位复古诗人的对比，更是为了要给人一种"比上不足，比下有余"的印象。

纵观前人对高启诗歌的接受，四库馆臣并未提出新的评价角度。"拟

---

① （清）乾隆：《御制诗五集》，载《景印文渊阁四库全书》第1309 册，（台北）台湾商务印书馆 1986 年版，第692 页。

② （明）高启：《高太史大全集》，载《钦定四库全书荟要》第 410 册，世界书局 1985 年版，第 363—366 页。

汉魏似汉魏，拟六朝似六朝，拟唐似唐"之说与最早期王彝、谢徽、李志光等人对高启诗歌源流的讨论非常接近，可以看作是一种类似的观点被传递至了乾隆时代。惟独"拟宋似宋"之说是四库馆臣的原创。这一说法在原则上与沈德潜"上自汉魏盛唐，下至宋元诸家，靡不出入其间"的评论有互通之处，但这并不足以证明二者有直接的继承关系。而且，从李志光提及的高启本人对"大历以后则貌之"来看，"拟宋似宋"一语本无依据。① 如果不是为了婉转地表达"即便是明代最好诗人的作品也比宋代诗歌还要差"的意思，那么"拟宋似宋"也有可能只是四库馆臣为了在骈俪形式上配合"拟唐似唐"的一行赘述而已。

四库馆臣的定论在很大程度上限制了后世看待高启诗歌成就的方式。一方面，高启作为明代第一诗人的地位被牢牢确立；另一方面，"拟似"说几乎无人反驳。赵翼对四库馆臣定论的接受可谓最为全面，其《瓯北诗话》卷八用了大半卷的篇幅探讨高启的诗歌成就；而针对高启诗歌的综论，完全是以上两个方面的延申。

> 诗至南宋末年，纤薄已极，故元明两代诗人，又转而学唐，此亦风气循环往复，自然之势也……惟高青丘才气超迈，音节响亮，宗派唐人，而自出新意。一涉笔即有博大昌明气象，亦关有明一代文运，论者推为开国诗人第一，信不虚也。李志光作《高太史传》，谓其诗上窥建安，下逮开元，至大历以后则貌之，此亦非确论。今平心阅之，五古、五律则脱胎于汉魏六朝及初盛唐，七古、七律则参以中唐，七绝并及晚唐。要其英爽绝人，故学唐而不为唐所囿。②

以上论述几乎可以看作是四库馆臣观点的脚注。但赵翼没有回应四库馆臣"拟宋似宋"的观点，而是否定了李志光"大历以后则貌之"的

---

① 现今所见前人关于高启作品与宋诗关联的分析，似乎仅有清人陈锡路，他评价道："东坡诗'不用长愁挂月村'，盖用杜东屯《月夜》诗'月挂客愁村'；高季迪《梅花》云'愁在三更挂月村'，又用坡诗。"见（清）陈锡路《黄嬭余话》，载《续修四库全书》第1138册，上海古籍出版社1995年版，第386页。

② （清）赵翼：《瓯北诗话》，人民文学出版社2006年版，第124页。

观点，认为高启模拟了中晚唐的诗风。① 此外，在强调高启是"开国诗人第一"之后，赵翼在下文进一步贬斥了李梦阳、何景明、钟惺、谭元春等人的诗作，实际上等同于否定了高启之后的整个明代诗坛。赵翼在《瓯北诗话》卷八讨论完高启之后，完全没有提及明代的其他诗人，卷九开篇即是吴伟业，并有以下说明。

> 高青丘后，有明一代，竟无诗人。②

赵翼对明代诗歌发展史的认知与胡应麟完全相反，胡应麟认为明代诗歌是从国初到万历的逐渐提升，而赵翼则认为明诗从国初开始逐渐衰落。较前人而言最有创见的一点是，赵翼仔细阅读了高启的诗作，并且辨认出了高启诗中一些较为明显的程式化写作痕迹，即其所谓"青丘诗亦有复句"，以及"虽不复词，而窠臼仍复"的情况。③

赵翼之后，尽管还有他人评论过高启的诗歌，但大多是总结前人的评述，没有出现任何具有挑战性的观点。直至今日，四库馆臣与赵翼的观点在国内学界依然有着较大的接受度，在欧美汉学界也是如此。1962年，普林斯顿大学出版社出版了一部由牟复礼（Frederick W. Mote）撰写的高启传记，题为《诗人高启》。此书通过诗歌的翻译与阐释来还原高启的一生及其所处的时代，是一部历史学著作（其中翻译高启诗作百余首，有些长诗则是节译）。在此书的尾声部分，牟复礼特意援引并翻译了赵翼对高启的大段评价。④ 尽管牟复礼阐明了自己的研究目的是还原高启的个人经历而非探讨其诗歌成就，但这部著作在欧美汉学界的明代诗歌研究中依旧属于开山之作。在牟复礼之后，在齐皎瀚（Jonathan Chaves）主

---

① 从现今的学术发展来看，普遍认为中唐诗与宋诗的关系较为密切；而"学唐而不为唐所囿"，也可以算是学界对宋诗的共识之一。

② （清）赵翼：《瓯北诗话》，人民文学出版社 2006 年版，第 130 页。

③ （清）赵翼：《瓯北诗话》，第 127 页。

④ 然而牟复礼提及高启善于模拟黄庭坚，见 Frederick W. Mote, *The Poet Kao Ch'i*, Princeton: Princeton University Press, 1962, p. 245. 此处为误读赵翼原文"……又皆似《黄庭经》"，见（清）赵翼《瓯北诗话》，人民文学出版社 2006 年版，第 124—125 页。然而这一疏忽亦能证明，四库馆臣"拟宋似宋"的观点给牟复礼留下了一定的印象。

编、1986 年出版的《哥伦比亚中国诗：元明清》一书中，高启有二十首诗作被选译；此外，齐皎瀚认为牟复礼的贡献使得高启成为"在西方最知名的明代诗人"。① 然而时至今日，欧美汉学界还没有出现第二本研究高启的专著，仅有一些诗歌选译集中会收录并翻译高启的少量诗作。《剑桥中国文学史》中对高启的介绍基本上还是融合了四库馆臣与赵翼的论点，认为高启的作品"显示出他对唐宋诸大家的师承关系"，拥有"杂融各体的多样风格"，并且"创造出他特有的抒情性"②。

结　论

以接受史的视角来观察高启的诗歌，目的并不在于讨论高启诗歌本身到底如何，而是在于分析我们如今对高启诗歌的印象是如何产生的。梳理并呈现高启诗歌接受的过程，也并不是为了再次确认前人文学批评的权威性，而是力求反思在权威性的产生过程中拥有多少的偶然性，甚至是前人的文学批评在多大程度上是为了不同历史文化语境下的其他目的而服务的。

针对高启诗歌的几种评价角度早在明代初期便已确立，且相互之间建立了逻辑关联，其主要表现形式为针对高启诗歌的宏大、抽象的概括性评语。由于此类概括性评语普遍简短且"极端"，因此非常利于传播，很容易被后世诗评家转引或反驳。然而无论是转引或反驳，后世的诗评家大多也不会提供高启诗歌文本中更多的细节来支撑其观点，而是造就了更多的、形式类似的"极端"评语。日积月累，这些简短的评语在明清两代的传播与接受程度往往要比高启诗歌本身的传播与接受程度更高，且其权威性在层叠累加的过程中愈发强大，甚至会在某种程度上规范后人阅读高启诗歌时所产生的第一印象。

明代自王世贞、胡应麟起开始关注高启的特定作品，后世评论家的

① Jonathan Chaves, ed., *The Columbia Book of Later Chinese Poetry：Yuan，Ming，Ch'ing Dynasties*，New York：Columbia University Press，1986，p. 22.

② ［美］孙康宜、［美］宇文所安主编：《剑桥中国文学史》下册，刘倩等译，生活・读书・新知三联书店 2013 年版，第 26—27 页。

批评实践则大多无法超越二人所勾勒的范畴。尽管王、胡对高启个别作品的称赞往往拥有着一个更为宏大的文学评论语境，但是在后人的阅读实践与文学批评里，这一语境往往容易被忽略。同时，无论是赞同或反对王、胡的观点，后世诗评家对高启特定作品的关注呈现了较强的延续性，相关文学批评的观察视角与表述方式也逐渐固化。清代对高启诗歌的接受呈现出了一定的矛盾性。出于纠正明代文学评论的意图，清代诗评家普遍不会认同明人对高启作品的具体评价，但却愿意承认高启在明代诗歌史中的地位。在细节上有所指摘，但在整体认知上却没有明显的修正。这种矛盾性的背后，或许还是一种更深层次的忽略态度所导致的。

最具矛盾性的恐怕还是四库馆臣对高启诗歌的描述了。如果说王世贞、胡应麟通过渲染高启达到了自我标榜的目的，那么四库馆臣则通过赞扬高启否定了整个明代诗歌。明初评价高启的几个角度被四库馆臣继承下来，但沈德潜平衡唐宋诗歌的折衷态度似乎也影响了描述高启时的具体措辞。然而最易忽视的事实是清代皇权对文学场域的干预。乾隆皇帝对高启的过分推崇很大程度上左右了四库馆臣的表述方式。此后，尽管赵翼细致地分析了高启的诗歌文本，但他并没有藉此推翻四库馆臣的定论，反而再次确认了其权威性，这或许也是其人无法超越时代的一种遗憾。

从高启的接受史中也能够探查到明清读者阅读行为背后所隐藏的某些文化风尚。由于明清时代出版业的兴盛，诗文别集与总集的刊行更加便利，读者所能接触到诗歌作品的也不仅仅局限于那些"古代"的经典作品，同时也能够接触到"近代"与"当代"诗人的作品。由于基本完成了经典化历程，"古代"诗作自然是明清读者研习的重点；同时，由于功利化阅读的趋势愈发明显，明清读者追随"当代"诗歌名家也成了明清文学文化中一个较为普遍的现象。唯独高启这类"近代"诗人的作品，在经典化方面不及"古代"诗人，在流行度方面不及"当代"诗人；只有那些经过"当代"诗人品评的高启诗作才会为"当代"读者所关注。换言之，处于经典化进程中的"近代"的文学作品，与"当代"的读者群体之间必然会出现接受割裂的状况。

综合看来，至少在高启诗歌接受这一个案上，文学批评失去了其原本应该具备的知识再发掘与再生产的功能，重审高启其他作品的尝试往往会被固化后的文学批评所掩盖。高启的个案让我们观察到文学经典化进程与文学接受之间的张力。文学接受是文学经典化的必要条件，但在经典化过程中，选择性的接受方式自然会产生明显的局限与阻碍。到现在为止，明代的作家作品大体上还处于经典化进程之中，因此文学接受中的阻碍现象更加明显，读者对文本的理解主要受限于前人的文学评论——或许尝试更为细致的文本分析能够在一定程度上摆脱既有文学评论的局限性，进而开拓明代诗歌研究的新路径。

作者简介：

颜子楠，男，毕业于伦敦大学亚非学院，现任北京师范大学文学院古代文学研究所副教授，主要研究方向为明代诗歌与诗学、清代宫廷文学、海外汉学。

"南北二鸣"与"后七子"集团的影响*

张何斌

摘　要：李攀龙、王世贞的唱和集《南北二鸣编》沉寂已久，多为研究者忽视。由于该集较早的成书时间及编刻者张献翼与二人密切的关系，其相较二人现存别集的异文佚篇便具备特殊意义。通过将作品成对安排，唱和的背景、诗艺与情感交流得以充分展现，以二人为核心的"后七子"集团也因该集的刊行扩大了影响。文坛后辈追慕其风流余韵，也借此强化社群的凝聚力。"南北二鸣"体现了李、王二人的情谊、地位、特色与成就，也是一个时代有代表性的文化符号。考查二人唱和集成书、流传的情况，可为相关创作背景及"后七子"群体活动情况的研究提供更丰富的材料与视角。

关键词：南北二鸣　后七子　李攀龙　王世贞　张献翼

"伐木丁丁，鸟鸣嘤嘤。出自幽谷，迁于乔木。嘤其鸣矣，求其友声。"①《诗经·小雅·伐木》中的这段话，生动地体现了志同道合的友朋、声气相投的情谊。自古而今，不论是在同一场景中的酬应，还是存在时空隔的相互赠答，文人之间经由创作达成的沟通也屡屡不绝。不

---

* 本文系 2022 年度高校哲学社会科学研究一般项目，"清代浙东文人董秉纯文论研究" (2022SJYB0161) 的阶段性成果。

① （宋）朱熹集注：《诗集传》卷第九《诗经·小雅·伐木》，赵长征校，中华书局 2011 年版，第 135 页。

少相关事件成了文学史上的佳话，而保存下来的作品也是重要的见证，兼具艺术与史料价值。陈永正指出："注释赠答、酬唱诗词，必须收集原唱与和答双方的有关材料，对勘考释。"① 搜集、比对酬答参与者相关作品的工作自不可少，一些集中了相关作品的文献更是对研究具有特殊意义，明代吴中文人张献翼为同时交好的"后七子"领袖李攀龙、王世贞编纂、校刻的唱和集《南北二鸣编》便是如此。此集沉寂已久，多为研究者忽视。通过对其成书、流传的情况进行考查，可深入了解李、王二人间赠答诗写作的背景，以及"后七子"集团成员互动的丰富信息，为研究此一文人群体的活动情况与影响，尤其是王世贞回归吴中家乡后，借助当地文化土壤为"后七子"活动建立强大南方阵营的意义，提供更多材料与视角。

一 《南北二鸣编》的基本形态、著录与流传

作为"后七子"的领袖，李攀龙、王世贞不仅在声名地位上，还是在才华及成就方面也的确胜于其他成员，张献翼就曾于诗中道："侍臣高价总班扬，二俊才兼七子长。"② 张献翼和李攀龙、王世贞等人往来密切，《李攀龙别集》中就有《夏日同元美徐子旋贾守准刘子成集张氏园亭得谈字》《张氏园亭》等诗作，王世贞亦作有《次日同诸公集张氏兄弟园亭分得梅字》《春日同彭孔嘉黄淳父周公瑕章道华刘子威袁鲁望魏季朗舍弟过张伯起张幼于园亭探韵得梅字》等。李攀龙、王世贞等人的不少文学活动，张献翼都是重要的参与者和见证者。他所阅读的唱和诗作，应当比较接近创作时的原貌。作为吴中同乡，张献翼是王世贞在该地域内的重要同盟。张献翼殷实的家境、广泛的交游，也为书籍的编刻创造了良好条件。在这一背景下，《南北二鸣编》应运而生。

---

① 陈永正：《诗注要义》，上海古籍出版社2017年版，第179页。

② （明）张献翼：《二君咏（谓李宪副于鳞王宪副元美）》，见《文起堂集》卷六，载《四库全书存目丛书补编》第99册，齐鲁出版社2001年版，第358页。

　　与"后七子"基本同时的茅坤，曾在给王世贞的信中提及时已成书并流传的《南北二鸣编》，并给予高度评价。

　　　　仆坐罪废，几二十年于兹，与中朝士大夫绝甘分独。间尝获诵世所传《南北二鸣编》，并及他抄者，窃感明兴以来，诗歌之道，弘治、正德间，何、李为盛；嘉靖以后，唐武进、高苏门诸君，则又稍稍淘洗铅华，独露本色，似窥唐人者之至矣。然皆近体，独二公远溯骚人以后之旨而揣摩之，高者入《雅》《颂》，次者宗汉、魏，下之三谢、颜、陆、江、鲍无不得其形似。非当刻镂文章之世，而力返之以土簋坏饮之旧；朱冕藻悦之后，而复挽之以毛衣穴寝之古者乎？譬之逆河而航，亦雄也已！即如五七言近体及长歌、绝句诸什，往往斧藻李、杜，鞭挞高、岑，其匠心所至，甚且唐人所不能，而二公时时抽逸响、出别调焉。呜呼盛矣！①

　　李攀龙、王世贞为首的"后七子"集团的文学复古运动，当时已形成极大的声势，这与包括成员各自别集及《南北二鸣编》一类总集等多种载体相关人物作品的广泛传播密不可分。领袖人物自身的创作实践，配合旗帜鲜明的理论主张，在文坛引起了风潮。尤其是王世贞，生长吴中而较早北上收获功名，又曾因故返乡，作品得到了很好的传播，交游也因此而广泛，其中就包括天一阁藏书楼的主人范钦。王世贞对范钦所藏碑刻和抄本感兴趣，范钦则主要得到王世贞所藏的一些宋刻本及书画名迹。范、王互通有无留下了藏书史上的一段佳话，王世贞的主要著作天一阁也多有所收藏，②范邦甸《天一阁书目》即著录"《南北二鸣编》六卷，刊本，明李攀龙、王世贞著，张献翼校刻并序"③。

　　"天一阁自明至清，关钥甚严，故其藏书能够保存四百年大致不散，

---

　　①　（明）茅坤：《与王凤洲大参书》，载《茅坤集·茅鹿门先生文集》卷四，张梦新、张大芝点校，浙江古籍出版社 2012 年版，第 257—258 页。

　　②　参见柯亚莉《天一阁藏明代文献研究》，博士学位论文，浙江大学，2009 年。

　　③　（清）范邦甸等：《天一阁书目》卷四，江曦、李婧点校，上海古籍出版社 2010 年版，第 408 页。

但民国后天一阁屡遭盗窃，其藏书最后散出，（浙江南浔）蒋氏所得独多，计有712部。"① 王国维据蒋氏藏书作《传书堂藏善本书志》就著录"《南北二鸣集》二卷（明刊本）。济南李攀龙于鳞、吴郡王世贞元美著，吴郡张献翼幼于校刻。张献翼引。天一阁藏书"②。卷数记载与《天一阁书目》有异，不知何故，但至少为后人了解、查考文献提供了线索。

然而，蒋氏藏书亦因多重缘故逐渐散出，其中便有部分书籍被卖给了北平图书馆，王重民《中国善本书提要》即载："《南北二鸣编》二卷。一册（北图）。明刻本（十二行二十二字＜20.7x14.8＞）。原题'济南李攀龙于鳞、吴郡王世贞元美著，吴郡张献翼幼于校刻。张献翼序'。"③ 据许建平《王世贞书目类纂》，台湾"国立中央图书馆"、"故宫博物院"图书馆、"国家图书馆"等机构藏有此书④，或源于此。而国家图书馆出版社影印《原国立北平图书馆甲库善本丛书》第966册亦收录了《南北二鸣编》⑤，分上下二卷，半叶十二行，行二十二字，白口，四周双边，单白鱼尾，版心上书名为《同声录》，卷端题"济南李攀龙于鳞、吴郡王世贞元美著，吴郡张献翼幼于校刻"。

《天一阁书目》录张献翼序云："夫北有李君凤鸣于历下，南有王君龙跃于吴中，并有奇节，千载人也。予少授书中郎，投刺北海，忆昔长者之游，隆以国士之顾，王君为举首。王君每为予谈天下士，必曰李君其人。双金合璧，猗欤盛哉。七子中如吴邵武、徐汝宁争为二君不朽计，皆各自成帙，未萃一时唱和之美。予辄铨次为一，非徒便视同好，且以并传异代，宁特延平合剑而已哉。"此段文字实为截取，"丛书本"卷首题"《南北二鸣编》引，吴县张献翼撰"，全序见以下内容。

---

① 陈力：《王国维〈传书堂藏善本书志〉略述》，《文献》2010年第1期。
② 王国维：《王国维全集》第十卷《传书堂藏善本书志下·集部·总集、诗文评、词曲》，浙江教育出版社2010年版，第676页。
③ 王重民：《中国善本书提要》，上海古籍出版社1986年版，第473页。
④ 许建平：《王世贞书目类纂》，凤凰出版社2012年版，第499—500页。
⑤ （明）李攀龙、王世贞：《南北二鸣编》，张献翼校刻，国家图书馆出版社2013年版（以下称"丛书本"），第731页。

夫北有李君凤鸣于历下，南有王君龙跃于吴中，并有奇节，千载人也。弱冠起甲科，登朝署。学窥东观，官滞西曹。云会风期，兰芬松契。缟纻不足论其交，衣冠不能易其调。每兴意绪，托之诗章，言语妙天下，不从人间来。雄名抗于金石，壮志华于日月。向风慕义者，如仰翠微之色于名山，聆清商之音于广乐矣。其诗大都则连镳凤署，咏物言怀。把袂燕山，书情寄远。逮持宪外台，笺筒相属。拂衣旧国，音尘不退。同声之应弥高，阳春之和弥寡。前辈风流，固宛然照人也。予少受书中郎，投刺北海，忆昔长者之游，隆以国士之顾，王君为举首，兼之谊在葭莩，情联棣萼，许久丹青浩然、刻画贾岛矣。王君每为予谈天下士，必曰李君其人。呜呼！千里一士，比肩而立。双金合璧，猗欤盛哉。予未登龙门，尝怀鱼信如御李君也。七子中如吴邵武、徐汝宁争为二君不朽计，皆各自成帙，未萃一时倡和之美。予辄铨次为一，非徒便视同好，且以并传异代，宁特延平剑合而已哉。声美赓歌，萃而成集。地分南北，取以名编。散入中原，则北地无双，南中寡二矣。若其文似杨雄，赋似相如，盛有别集，概见此编，乃知神契之音不俟多瞻而通其致矣。①

梳理上述信息，也似乎可判断"丛书本"《南北二鸣编》即出自明代天一阁藏本，辗转流至北平图书馆并最终经由影印使笔者得见。而通过比对收录作品与传世别集的异同，可为文献版本及相关人物、作品的研究提供更丰富的材料。

二　文献校考

作品在形成、传播的过程中，由于作者本人的修改或抄写、刊刻者

---

① （明）李攀龙、王世贞：《南北二鸣编》，载《原国立北平图书馆甲库善本丛书》第966册，国家图书馆出版社2013年版，第731页。该文张献翼《文起堂集》《纨绮集》皆未收，关于《南北二鸣编》成书、流传等情况亦暂未见张献翼在此序外相关表述。

有意无意的改动，文字方面多少会存在差异，甚至出现整篇整卷增删的情况。张献翼作为和李攀龙、王世贞同时而关系密切的人，通过他们及"后七子"集团其他成员获取较好版本作品的机会应该不少，甚至能够亲身参与或通过可靠渠道了解他们的一些交往，这对《南北二鸣编》的纂辑十分重要。而在该书的形成中，张献翼也很可能就相关作品向李、王征询意见，并在编纂完成后将该集呈与二人。今观此集，张献翼的编纂大致将二人作品成对安排，唱和活动的背景、诗艺切磋与情感交流的丰富内容，也经由这一形式得以集中呈现。

该集收于鳞（李攀龙。《南北二鸣编》作者名以字行，下文引诗从此）诗 98 首、元美（王世贞）诗 107 首，共 205 首，或许是唱和诗集编辑的需要，细较此集与二人别集中作品，可发现不少诗作标题有所不同，字句也存在差异。更重要的是，《南北二鸣编》版还有一些不见于其他文献的诗篇。由于该集成书较早，编者亦与作者关系密切，这些异文佚篇也就具备了它特殊的意义。经比勘考订，此集可体现其独特价值。

将《南北二鸣编》所收作品与李攀龙、王世贞二人别集[①]进行比对可发现，其中，李攀龙《（五子诗）王元美》[②] 等 10 首、王世贞《（赋得双塔寺）》[③] 等 22 首，共计 32 首，与二人各自别集中相应作品标题、正文完全一致。而李攀龙《送元美十绝（其一，[④] 其四，[⑤] 其六，[⑥] 其十[⑦]）》等 31 首、王世贞《病中于鳞诸子夜过（其一）》[⑧] 等 45 首，共计 76 首，虽然标题与二人别集中相应篇目存在差异，但正文文字也完全一致。

---

① 因篇幅所限，李攀龙别集以 2014 年上海古籍出版社包敬第标校《沧溟先生集》（以下简称《沧溟集》）为底本并采其标点，王世贞别集则选择明万历五年（1577）王氏世经堂刻本《弇州山人四部稿》（以下简称《弇州四部稿》）。

② 参见《沧溟集》卷四《五子诗五首·王元美》，第 108 页。

③ 参见《弇州四部稿》卷四十四，载《四库提要著录丛书》集部第 117 册，第 573 页。《南北二鸣编》中接李攀龙作，括号内即同李诗题，无另题，下同。

④ 参见《沧溟集》卷十二《席上鼓饮歌送元美五首》其一，第 376 页。

⑤ 参见《沧溟集》卷十二《席上鼓饮歌送元美五首》其三，第 376 页。

⑥ 参见《沧溟集》卷十二《席上鼓饮歌送元美五首》其四，第 376 页。

⑦ 参见《沧溟集》卷十二《席上鼓饮歌送元美五首》其五，第 376 页。

⑧ 参见《弇州四部稿》卷二十四《病中于鳞子与公实子相夜过》，载《四库提要著录丛书》集部第 117 册，第 370 页。

与李攀龙、王世贞二人别集差异更大的是《南北二鸣编》中李攀龙《夜过元美二首》① 等41首、王世贞《过李于鳞适谢茂秦至有怀李伯承明府》② 等39首，共计80首。其中虽然有与二人别集中相应作品题目完全相同者，但这80首诗的正文与二人别集多少存在文字差异。此外，《南北二鸣编》中更有17首未收入二人别集的佚诗，现辑录如下。

（过李于鳞适谢茂秦至有怀李伯承明府）同作（于鳞）③

偶作看花酌，因君忆别筵。芳时词客醉，行乐故人偏。寒食遥江雁，春衣度楚田。谁堪思远道，共赋白云篇。

借于鳞马（元美）

与君联辔出长扬，骎骎风尘转自伤。解道中原无上驷，萧关首蓿为谁长。

谢元美借马（于鳞）

郭隗台前赠我鞭，白云连辔出朝天。名驹蹀躞空千里，过隙风尘又一年。

赋得双塔寺（于鳞）

双雁何曾落殿阴，长留寒影向青岑。珠茎缀露分仙掌，花铎合飚杂御砧。双阙星河秋色曙，千家烟雨夕阳沉。飞凫欲下吹笙侣，天外遥依识凤林。

---

① 参见《沧溟集》卷六，第174页。
② 参见《弇州四部稿》卷二十三《春日过李三于鳞小饮适谢茂秦至有怀伯承明府》，载《四库提要著录丛书》集部第117册，第360页。《南北二鸣编》中此诗与王世贞别集相应篇目标题正文均有差异，脚注同时说明别集中题名。若组诗标题同或部分正文亦同，其中不同部分题名则参见前面注释，下同。
③ 即李攀龙，下文元美即王世贞，原文献自注作者字。此为李攀龙和诗，括号中为王世贞作原题。

赋得秋梦（于鳞）

摇落征人怨未归，城南少妇梦多违。金河暗与秋云度，玉塞遥随明月飞。江雁已残余涕泪，寒灯犹在失容辉。共言骠骑追骄虏，转战何时定解围。

赋得我有一尊酒（于鳞）

我有一尊酒，与君醉明月。庭树暖清景，流风吹短发。共念平生欢，坐恐群芳歇。抚兹白云心，浩歌夜中发。所勖惜容好，天路何超忽。

夏日同诸子集元美（于鳞）

虚堂留半夜，岸帻对群才。共拟歌薰奏，回倾避暑杯。雨从仙死过，月傍汉宫来。多病还能醉，花间骑马回。

王元美哭子二首（于鳞）

其一

暂来谁抱送，冥漠尔何亲。答果应嫌客，藏环岂在邻。白云停涕泪，秋水失精神。此日王夷甫，钟情懒向人。

其二

爱子金条脱，频过繁雪纨。聪明三岁到，宾客满堂看。玉不留颜驻，珠堪随掌寒。千秋亭下泪，华发遂潘安。

送元美十绝①（于鳞）

元美且行，各既已如茂榛、公实行时为一长诗赠之矣。元美报称余则三古体诗，莽苍如河梁篇内语，惜多飞龙之乖隔也。为别，子与、子相亦各一章。情难于去哉！嘉会不再，重悲吾党漂散，因与二子更为十绝，答歌三人。时元美且醉，大自意气，响振秋木，星河摇飒，若不能遂往也。楚人吴国伦后至，复以楚调歌十诗，益

---

① 《沧溟集》卷十二《席上鼓饮歌送元美五首》（第376页）无此序及以下五首。

愈盈耳矣。

其三

莫怪临岐劝酒频，十年湖海与风尘。自从携手论知己，多少悠悠世上人。

其五

故人天上怨离歌，使者风前玉树柯。落日挂帆桐柏木，雨中秋色广陵多。

其七

南□□①风橘柚生，孤舟带雨泊江城。不知何处看鸿雁，此夕□□无限情。

其八

吴门秋色入寒烟，忆尔维舟鸿雁前。日落满江枫叶下，举觞遥望白云天。

其九

共看词客在云霄，别后音书莫寂寥。前路只今知己少，可怜飞翰向谁骄。

雪夜忆王元美（于鳞）

岁残鸿雁蓟门稀，吴地音书梦已违。上苑春生留客赋，西山雪色照人衣。风尘羁宦论心少，湖海文章握手非。因忆子猷乘兴夜，何曾不醉剡溪归。

赋得金谷园②（于鳞）

石家离馆在河阳，阶下潺湲兰杜香。步障连云围锦绣，层台插

---

① 字迹涂抹不清，后同。

② 《沧溟集》卷五《赋得金谷园障子》（第128—129页）："谁将金谷传毫素，座上无人不回顾。乍展旋惊涧水流，才开已识河阳路。四壁真看片锦围，中庭如见双鬟度。移席休临坠妓楼，解衣欲挂沙棠树。仿佛明妃出塞吟，听来未必梁尘误。诗成酬我我岂辞，便过三斗无论数。绿珠安在恰当垆，似留且往势可呼。意惨昆仑紫窈窱，色寒沧海红珊瑚。君家富贵合如此，此时那知有障子。纵然客散掩空堂，犹闻夜夜春风起。"虽同为金谷园而赋，内容却截然不同。

汉号清凉。车骑纷纷彩雾来，后园绮宴扫花开。鲜妆二八皆名伎，一一芙蓉护酒杯。光风乍泛沙棠枝，小腰丽女翠鬟垂。娇歌竞度思归引，舞按明君出塞辞。谁其侍者字绿珠，摇珰曳縠闲且都。意惋昆仑青窈窕，色寒沧海红珊瑚。新声袅袅落梁尘，斗宠含情向暮春。同时粉黛俱回首，争道蛾眉不让人。岁岁芳菲私自怜，眼中若个比婵娟。那能便遣豪门去，从此繁华作黯然。洒泪飞轩群妾愁，玉颜今日尽高楼。徒令碧血埋秋草，金谷千年涧水流。

四言古得年字（于鳞）

倬彼甫田，洌彼汍泉。既见君子，德音孔旋。匪日匪月，亦丽于天。匪江匪汉，亦集于渊。瞻彼中原，杂我二人。亦既觏止，胡不万年。

通过以上比对能发现，《南北二鸣编》所收李攀龙、王世贞作品文字与二人别集所载多有不同。由于编刻者张献翼与李、王二人关系密切，本身也是有一定成就的文人，一些与二人现存别集中存在的文字差异，或许能反映更贴近当时创作的样貌，或至少体现张献翼本人认为更具水平的状态。由内容也看出，张献翼努力收集相关作品，但也因某些原因有无法搜罗到的部分。不过，集中那些不见于其他许多文献的佚诗（李攀龙16首，另佚序1篇；王世贞1首），在酬应唱和的背景下，已能为更好理解、体会别集中现存相应作品提供有价值的信息。其来源、接受等情况虽需进一步考订，然已足以体现此集的价值。

二人别集未收作品中，李攀龙《赋得双塔寺》《赋得秋梦》与《赋得金谷园》三首尚见载于俞宪编《盛明百家诗》①，且字句完全一致。俞宪亦属"后七子"复古运动的响应者，编纂此集也同样有为所在文学群体助长声势的目的。"后七子"集团的重要羽翼胡应麟曾对三首明诗史上的经典作品评论道："献吉《题竹》，仲默《鲥鱼》，于鳞《双塔》，始为

---

① （明）俞宪编：《盛明百家诗·李学宪集》，载《四库全书存目丛书》集部第306册，齐鲁出版社1993年版，前两首参见第463页，后一首参见第464页。

绝到。"① 胡应麟挽王世贞诗中曾提及："家藏三郡集，童习《二鸣编》。"② 可见，《南北二鸣编》在当时应当取得了不小的影响。观今《沧溟先生集》，并无以"双塔"为题的作品，胡应麟或许正是从《南北二鸣编》或《盛明百家诗》中读到的这首《赋得双塔寺》。

对于《盛明百家诗》，蒋鹏举认为，该集收诗杂乱，多为攀龙与友人的唱和之作，尤其是攀龙与王世贞的唱和篇章达 28 首之多，占三分之一强，由此推知俞宪当时应看到了张幼于所编《南北二鸣集》，而尚未看到魏裳刻《白雪楼诗集》。③ 俞宪与张献翼同处江南地区，看到《南北二鸣编》的机会比较大，而《李攀龙别集》于其生前并未得到完备整理，今日《沧溟先生集》的初步成形，也是因李攀龙逝世次年，其长子李驹遣使者往太仓追吊王世贞母丧时，将手稿带给王世贞，请其为整理刊刻。可以说，相比王世贞，《李攀龙别集》的编纂涉及更多复杂因素，④ 同一首作品不同版本差异更大，也由此造成了更多作品未被收入的情况。总而言之，《南北二鸣编》可作为已经校点整理的《沧溟先生集》的良好补充，也能为正在编纂的《王世贞全集》提供重要参考。

三　李、王唱和集的意义

酬唱答和的诗，在李攀龙（包括王世贞）的创作中份量不小。这类诗在本身具有的艺术价值外，主要显现了作者和文坛的交往，为考查作者的行踪交谊提供了第一手材料。文学史对明代嘉隆时期文坛描述中一些模糊不清的地方，可以通过这类诗歌找到较为清晰的线索。⑤ 而作为《南北二鸣编》这部唱和集的作者之一，李攀龙对此应该也多少了解。他曾在给友人许邦才的信中提到以下线索。

---

① （明）胡应麟：《诗薮·续编》卷二，上海古籍出版社 1979 年版，第 363 页。
② （明）胡应麟：《挽王元美先生二百四十韵有序》，见江湛然辑《少室山房集》卷四十八，载《景印文渊阁四库全书》第 1290 册，（台北）台湾商务印书馆 1986 年版，第 308 页。
③ 参见蒋鹏举《李攀龙研究》，博士学位论文，陕西师范大学，2005 年。
④ 关于明代李攀龙诗文的结集及流传情况，可参考《李攀龙研究》，第 75—80 页。
⑤ 参见蒋鹏举《李攀龙研究》，博士学位论文，陕西师范大学，2005 年。

　　元美书云："昨见吴中张仲子，为我二人刊所倡和诗若干篇，似亦兴起于《海右集》者。"但《海右集》讹甚，至不可读，兼复逸而莫备。拙集既达，可续翻对，以终此意。邵武使君亦翻《子相集》，而序以元美，海内知名士辈出矣。魏更征拙文，将并付梓。不惟多取，亦重群疑，奈何！奈何！非殿卿一校不可。①

　　蒋鹏举指出，此信写于李攀龙《白雪楼诗集》出版前夕。《海右集》是李攀龙、许邦才的唱和集，《南北二鸣编》则成于《海右集》之后，《白雪楼诗集》之前。此时，王世贞因父难，居吴中。献翼素与元美有交往，且折服于王、李，于是编刊是集。从攀龙信的内容知，其时未见到此书。② 张献翼刊李、王二人唱和诗当即《南北二鸣编》，而由李的叙述看，他认为似乎是《海右集》的刊行激发了这又一部唱和集《南北二鸣编》的成书与流传，而希望许助力整理《白雪楼诗集》。具体情况尚需更多线索，然观作者与校刻者的能力影响，《南北二鸣编》自较《海右集》更具意义。

　　李攀龙也就这事对张献翼表示感谢，下面这首赠诗当是由此而作。

　　吴门风雨洞庭阴，上客常开子墨林。剑阁自题名更起，鲈鱼一忆兴何深！古今不改中原色，南北相看万里心。愧我惊人无俊句，劳君写入《二龙吟》。③

　　作为明代文学复古运动中的一大群体，以李攀龙、王世贞这南北遥相呼应的"二龙"为中心的"后七子"以相互间的诗文酬答切磋技艺、凝聚感情，而相关作品的结集刊行则扩大了他们作为集团的影响力。张献翼对二人作品的这番纂辑刊刻，荟萃了一时唱和之美，"便视同好，且

---

① 参见《沧溟集》卷二十九《又（与许殿卿）》，第797页。
② 参见蒋鹏举《李攀龙研究》，博士学位论文，陕西师范大学，2005年。
③ 参见《沧溟集》卷十《寄张幼于》，第306页。

以并传异代"。如郭英德所言，以一二魁杰为倡导，若干羽翼相张大，从而造成声势，影响整个文坛风气，是明人文学流派的一种主要构成方式。①

相比集中于某一特定环境的日常交往，"后七子"及其追随者因为人员构成的复杂、经历的丰富，具备了更广泛的影响力。"自嘉靖三十七年（1558）和三十九年（1560）始，'后七子'文学集团的两位领袖人物李攀龙和王世贞，分别回到了他们各自的故里济南和吴中。随着他们的返乡，七子集团的活动也逐渐地主要集中到了济南与吴中两地，构造起一南一北两个遥相呼应的文学营垒。"② 北有李攀龙凤鸣于历下，南有王凤洲龙跃于吴中。"南北二鸣"之称，虽由李、王二人籍贯而发，但纵横九州、遥相呼应的声名，或许才是其更重要的意义。如李攀龙对王世贞所说："唯是雄唱，得和愈传，出处所关，后贤是庆，不即附一介，须起君与俱也。"③ 而直到李攀龙过世，王世贞还在挽诗中对这番唱和与二人的深情厚谊进行了追忆："萧条五子咏，乖隔《二鸣编》。"④

《南北二鸣编》在当时与后世被阅读接受的情况尚待进一步查考，但其影响毋庸置疑。作为王世贞在太仓的后辈，明末复社领袖张溥也对其无比尊崇。在应社组建之时，他曾表示："以'应社'为名，取余始事数子之约，期于白首兄弟无间言也……弇州、济南，南北地旷，自今称之，尝如伯仲，况在接壤，何所不齐？"⑤ 张溥希望与社诸人能似兄弟一般相互照应，并举乡先贤王世贞和李攀龙的例子加以强调，言语中也透露出对前辈风采的追慕。在别的文章，如《刘中斋先生诗集序》之中，他也同样提及王、李唱和的情感与艺术魅力，言曰："王弇州，吾娄宗工，与

---

① 郭英德：《论明代的文学流派研究》，《求是学刊》1996 年第 4 期。

② 郑利华：《前后七子研究》，上海古籍出版社 2015 年版，第 370 页。

③ 《沧溟集》卷三十《又（报元美）》，第 851 页。

④ 《弇州四部稿》卷三十二《哭李于鳞一百二十韵》，载《四库提要著录丛书》集部第 117 册，第 454 页。

⑤ （明）张溥撰：《七录斋合集》卷十二《江北应社序》，曾肖点校，齐鲁书社 2015 年版，第 247 页。

李沧溟异地唱答，鸟鸣求友，诗情最深。"①

　　王世贞、李攀龙等人的影响，甚至跨出国门，朝鲜诗人许筠便曾于《明四家诗选序》中给予高度评价："历下生以卓荦踔厉之才，鹊起而振之，吴郡遂继以代兴，岳崎中原，傲睨千古，直与汉两司马争衡于百代之下。"② 王世贞曾有诗曰："汉家两司马，吾世一攀龙。"③ 朝鲜文人的评论当受此影响。此外，日本文人宫维翰编注有《明李王七言律解》，是为李攀龙、王世贞二家部分诗作的集中注释。虽非专门唱和诗集，却也体现了将李、王二人作为"后七子"代表实行精华展示的意图，其序称"乃二公值更张之运，一则凤举济南，一则鸿轩吴下，声闻九天，响振八荒，翱翔一世，颉颃中原，解急绝，钩徵音，然后验之善"④，以"凤举济南"与"鸿轩吴下"并举，与"南北二鸣"亦有相似处。当然，域外文学涉及更复杂的文献传播问题，此文就不继续考索。

结　语

　　李攀龙、王世贞二人，不论声名地位还是才华成就，均无愧"后七子"的领袖。二人酬应唱和的诗，在各自创作中份量不小。本身的艺术价值之外，还为考查作者的行踪交游提供重要线索。"后七子"的不少文学活动，张献翼都是重要的参与者和见证者。他将二人相关作品集中刊刻成《南北二鸣编》，荟萃一时唱和之美，"便视同好，且以并传异代。"借助张献翼等人的力量，王世贞在回归吴中文坛后更添力量，以李、王为代表的"后七子"也由此扩大作为集团在全国尤其是南方的影响力。

　　细较《南北二鸣编》与李攀龙、王世贞别集相关作品，可发现不少

---

　　① （明）张溥撰：《七录斋合集》卷十二《江北应社序》，曾肖点校，齐鲁书社 2015 年版，第 391 页。

　　② 转引自曹春茹、王国彪《朝鲜诗家论明清诗歌》，中央编译出版社 2015 年版，第 81 页。

　　③ 参见《弇州四部稿》卷二十七《答助甫吏部八首》其六，载《四库提要著录丛书》集部第 117 册，第 399 页。

　　④ ［日］宫维翰：《明李王七言律解》，宽延二年（1749）序刊本，日本国立国会图书馆藏。相关信息转引自陈广宏、侯荣川编著《日本所编明人诗文选集综录》，广西师范大学出版社 2018 年版，第 125 页。

诗作标题有所不同，字句也存在差异。此外，《南北二鸣编》还有不见于其他文献的诗篇。由于该集成书较早，编刻者张献翼与作者关系密切且本身就是有一定成就的文人，那些文字上的差异或许能反映更贴近当时创作的样貌，或至少体现张献翼认为更具水平的状态。而在酬应唱和的背景下，集中的佚诗（李攀龙16首，另佚序1篇；王世贞1首）能为研究别集中相应作品提供有价值的信息。总之，《南北二鸣编》可为整理本《沧溟先生集》提供补充，更能成为编纂《王世贞全集》的重要参考。其来源、接受等情况虽需进一步考订，然已足以体现价值。

　　有研究者指出，并称是理解某个时期文学创作的一个切入点，是确立文学地位以及衡量成就和特色的重要指标，无形中会促进文学的发展，又能折射一代文学的风貌，还有助于理解文学创作中的群体性与社团性特点。① 在这个意义上，《南北二鸣编》作为"后七子"核心李攀龙、王世贞的唱和集，就不仅仅具备重要的文献价值，更有丰富的象征意义。张献翼将二人作品大致成对编纂的安排，使唱和活动的背景、诗艺切磋与情感交流的丰富内容得以集中呈现。文坛后辈追慕其流风余韵、艺术魅力，也借此强化了社群的凝聚力。"南北二鸣"之称，体现了李攀龙、王世贞作为才逢敌手的文章知己深情厚谊的见证，也成了一个时代具有代表性的文化符号。

作者简介：

　　张何斌，男，南京林业大学人文社会科学学院讲师，研究方向为明清文献与文学。

---

① 　参见张珊《中国古代文学并称现象研究》，科学出版社2016年版，第26页。

袁中道《游居柿录》时期的记文创作
与心态变化

——以"舟游""山居"主题为中心

朱建强

摘　要： 袁中道于万历三十六年（1608）至万历四十六年（1618）间创作了《游居柿录》，重点记录了这一时段的舟游生活与山居生活。这两种生活方式在同时期的记文创作中，凝结为了"舟游"与"山居"两大主题。其中舟游主题集中表现了袁中道对江南文化圈的向往及其名士身份的自我认知，而山居主题则表现了他试图退隐世外并进行自我反省的努力。《游居柿录》与同时期的记文创作，不仅是袁中道游历生活的文学记录，也是其心态发展变化的集中体现。

关键词： 袁中道　《游居柿录》　记体文　舟游　山居

在清代文人为袁中道所写的诸多传记中，"好游"是被重点强调的一个特征。① 对于现代研究者而言，袁中道是明末文人的一个典型代表。明

---

① 如钱谦益在《列朝诗集》中为袁中道所作小传，言其"泛舟西陵，走马塞上，穷览燕赵齐鲁吴越之地，足迹几半天下"，见（清）钱谦益《列朝诗集小传》，（清）钱陆燦辑，上海古籍出版社1983年版，第569页。邹漪将袁中道的出游概括为"出入边塞，登临山水"，见（清）邹漪《启祯野乘》卷七，载周骏富辑《明代传记丛刊》第127册，明文书局1991年版，第261—262页。《明史》对袁中道生平的简要叙述也提及其"足迹半天下"，见《明史》卷二百八十八，中华书局1974年版，第7398页。

末文人的任侠、纵欲、好游、喜禅等诸多习气，都在他身上有着集中呈现，所以对其心态的研究历来是袁中道研究中的重要方向。不过在诸多心态研究中，好游这一特征并未被突出强调。① 近些年来，一些研究者开始重点关注其游记创作，主要是从表现内容以及文学旨趣的方面展开研究。② 实际上，袁中道的出游与其心态也有着密切的关联，对其出游行为进行更为细密的梳理，并抽绎出与其心态的关联很有必要。

袁中道少年时期虽然好游，但主要是以诗歌的形式对于他的出游进行简要记录。他真正开始有意识地以散体游记记录出游经历，是在万历二十八年（1600）之后。万历三十六年（1608）开始，袁中道开始以日记——即后来世人所见之《游居柿录》——的形式记录自己的出游活动，游记的创作数量也随之增长。《游居柿录》的记录持续至万历四十六年（1618），其中万历四十三年（1615）——袁中道动身北上参加会试的年份——之前，这一时期的记录尤为丰富、详细。出游四方依旧是他这一时期生活中主要活动，他的心态也发生了较为剧烈的变化。《游居柿录》以及同时期创作的一系列游记，包括一些非游记的记体文③，为我们探究出游与其心态的关联提供了绝佳的文本材料。

这一段时期，袁中道的出游方式主要有两种，第一种是乘舟游览各地名胜，积极寻师访友，吟咏唱和；第二种是在距家乡不远的当阳县中的玉泉山中长住，之所以将山居也视为一种出游方式，是因为他在山居期间，广泛地游览玉泉山一带的山水。对这两种主要出游方式的表现，构成了他这一时期记体文创作的最重要内容。因此以"舟游""山居"

---

① 较为典型的代表有罗宗强对袁中道纵欲与反思的研究，见罗宗强《明代后期士人心态研究》第六章第二节，南开大学出版社 2006 年版，第 421—440 页；吴彤从生死观的角度阐发了袁中道思想的转型过程，见吴彤《生死心切：袁中道思想转型探微》，硕士学位论文，汕头大学，2006。易闻晓则从生死观及佛教信仰的角度分析了袁中道的"自忏自律"等思想，见易闻晓《公安派的文化阐释》第五章第二节，齐鲁书社 2013 年版，第 275—285 页。这一类研究多关注的是袁中道思想的佛学、儒学等背景，一般很少结合袁中道的出游经历进行论述。

② 近年来出现了一些专门研究《游居柿录》及袁中道游记的学位论文，如王美云《袁中道〈游居柿录〉研究》，硕士学位论文，闽南师范大学，2017 年；曹馨心《袁中道游记研究》，硕士学位论文，山东大学，2019 年。

③ 比如袁中道的《前后泛凫记》，以及记录他在玉泉山中营建柴紫庵等建筑的《柴紫庵记》等，都与他的出游以及心态有着紧密的关联，因此有必要纳入考察的范围。

两种主题切入《游居柿录》和同时期的记体文创作，具有十分重要的意义。

在"舟游"与"山居"主题中，研究者曾经对"舟游"给予过一定关注，但是主要的关注角度为袁中道的艺术趣味，① 对其与同时期心态的关联则没有过多关注。刘相远《袁中道山水文学研究》等涉及到了舟游和山居的出游方式，对袁中道的出游选择及山水描写方式进行了初步分析，② 但是仍然有对"舟游""山居"这两种形式以及背后的心态因素进行细密分析的空间。

袁中道于万历三十六年（1608）至四十六年（1618）的出游方式，与其同时期的心路历程有着紧密的关联。他于万历三十七年（1609）驾舟游览江南，与江南士人流连吟咏，创作了系列游记《东游记》，对名士身份的标榜以及对江南文化圈的景慕是这一时期心态的主要内容。万历三十八年（1610），其兄袁宏道去世。万历四十年（1612），其父袁士瑜去世。父兄的接连去世重创了袁中道，他试图以玉泉山的景色平复丧亲之痛，同时战胜一直盘踞内心的诸多欲望，因此长住玉泉山。但是究竟无法摆脱世事的纠缠，最终被迫结束山居生活。回到家乡之后，袁中道又进行了有节奏的舟游活动，直到万历四十三年（1615）动身前往北京参加会试。然而经历了父兄之变后，舟游生活所呈现的样貌已与万历三十七年（1609）前后的样貌大有不同。袁中道的出游形式及其反复变化，既可以视为其中年心态的外在表现形式，也可视为明末士人出游活动的一个典型案例。

一　舟游：名士的江南诱惑

（一）《游居柿录》与《东游记》：舟游生活的设想与实践

在《游居柿录》开篇，袁中道描述了舟游江南的设想。他先是表明自己对远游的渴望。

---

① 见吴鹏《舟游与雅赏：日记所见袁中道的书法生活》，《美苑》2011 年第 5 期。

② 刘相远：《袁中道山水文学研究》，硕士学位论文，赣南师范大学，2017 年。

　　静居数月，忽思出游。盖予箧笃谷中，甚有幽致，亦可以闭门
读书。而其势有不能久居者，家累逼迫，外缘应酬，熟客嬲扰，了
无一息之闲。以此欲远游。一者，名山胜水，可以涤浣俗肠。二者，
吴越间多精舍，可以安坐读书。三者，学问虽入信解，而悟力不深，
见境生情，巉途成滞处尚多；或遇名师胜友，借其雾露之润，胎骨
所带习气，易于融化，比之降伏禁制，其功百倍。此予之所以不敢
怀安也。①

　　袁中道叙述了自己汲汲远游的三大原因，主要是为了提升审美趣味
和增益学问悟力。我们从中可以得知，吴越之地是他远游的最重要目的
地。万历三十六年（1608），在和其八舅讨论一番后，袁中道决定以舟出
游。翌年，袁中道先是以小舟顺溇河南下，游览洞庭一带。后在三月乘
舟顺江而下，实现了江南之游。这是他对舟游设想的初步实践。

　　《游居柿录》卷二至卷三以及三十一则《东游记》较为全面地记述了
这次舟游江南的历程。整体而言，《东游记》中的大部分记述都可以在
《游居柿录》中找到对应的内容，不过两者的侧重点各有不同。《游居柿
录》记述了游历过程中的诸多细节，所述见闻更为全面、随意。大体而
言，读者可从《游居柿录》中得知游览某地的具体行踪，以及所会见的
各路"名师胜友"，比如焦竑、贺世寿、米万钟等。细述游览之地的同
时，《游居柿录》也记录了这次远游中不那么美好的一面，比如他的一个
名为盟鹭的小僮在南京城外的黄家渡溺亡的经过。小厮的溺亡不仅令袁
中道在死生之事面前感到十分无力，而且还令他生了一场大病。而相较
《游居柿录》的全面，作为游记的三十一则《东游记》主要围绕着东游中
所见到的诸多名胜展开。

　　虽然《东游记》所涉的行踪均可见于《游居柿录》，但是与后者相
比，前者的文学价值无疑更高，其文学价值建立于较为完整的篇章结构

---

① （明）袁中道：《游居柿录》卷之一，载《珂雪斋集》，钱伯城点校，上海古籍出版社
2019 年版，第 1175 页。

上。《游居柿录》为日记体，每条短则几十字，多亦不过一二百字。而《东游记》属游记体，每一篇均有其整体性的构思。以袁中道进入金陵城游访的第一天为例，《游居柿录》中的记载十分零碎，只是简单地记载了他参观大报恩寺后，乘船游览秦淮河的经过，以及到城外参访天界寺的初步印象。而《东游记二十一》则将这些景观进行了一番取舍之后，以南京城中所保留的六朝时期的历史记忆为线索进行充分组织。《东游记二十一》分为三部分。第一部分描述初入金陵城南门时，看到街道为青石所砌成后，想起这些青石都是"六朝丰碑"① 的传闻。袁中道虽然认为此说不足信，但是在开篇提及这一传闻，便以较为自然的方式引出了金陵城中有关六朝时代的历史记忆。第二部分描写袁中道在城内秦淮河乘舟泛览的经过，以对南朝遗迹的寻访为主要线索。如他在乘舟途中，特意登岸，上鸡笼山寻访南朝学者雷次宗的旧日讲学之地。而他在鸡笼山纵目远眺，关注的则是孙吴时所开凿的青溪之故道。青溪在宋朝时就已干涸，其城中故道已难追索。但袁中道仍然努力辨认着这些南朝遗迹，如他认为秦淮河一处河湾即为多位南朝名士——陆慧晓、张融以及刘瓛兄弟——所居之汝南湾。第三部分写他出金陵城后，参访城外天界寺的经历。这一部分虽然没有涉及具体的南朝遗迹，但是仍然与南朝的历史记忆有着密切的关系。袁中道特意以"青豆之舍"② 指代天界寺中林立的僧舍，这一典故出自南朝梁简文帝《与智琰法师书》中的"辩论青豆之房，遣惑赤花之舍"③ 一句。他在描写寺庙中的僧人活动时，提及"读《肇论》，临《黄庭》"，也具有浓重的南朝色彩。《肇论》为东晋僧肇所著典籍，本就是南朝经典。而《黄庭经》经过汉末天师道的发扬光大之后，在南朝士人之间广泛流传。王羲之换鹅贴的传说，由所摹内容为《道德经》二章逐渐讹变为《黄庭经》，也侧面说明临摹《黄庭经》在六朝社

---

① （明）袁中道：《东游记二十一》，载《珂雪斋集》，钱伯城点校，上海古籍出版社 2019 年版，第 618 页。

② （明）袁中道：《东游记二十一》，载《珂雪斋集》，钱伯城点校，上海古籍出版社 2019 年版，第 619 页。

③ （南朝梁）萧纲：《与智琰法师书》，载（南朝梁）萧纲《梁简文帝集校注》第 3 册，肖占鹏、董志广校注，南开大学出版社 2015 年版，第 772 页。

会中的广泛流行。① 这些典故的运用，使得金陵城中的景观与六朝时代金陵的文雅风流得以相互映衬，突出了金陵城中厚重的文化积淀。而在《游居柿录》中，我们看到的只是袁中道对南京城中所见景观的简单记录，缺乏行文上的完整性与内容上的厚重感。

袁中道之所以热衷于舟游形式并以日记及系列游记的形式对其进行记录，有着多方面的原因。

首先，画舫出游是一种高雅趣味的象征。明末士人在极度重视物质享受的同时，也高度重视物质生活背后的高雅趣味。精致的画舫无疑是经济实力和高雅趣味的完美结合。② 这种风气在物质和文化高度繁荣的江南一带较受推崇，比如松江名士莫是龙曾以画舫拜访王慎中，王慎中在为其所作的赠别诗中，有言"画舫夜吟令客驻，练裙昼卧有人书"③。"画舫夜吟"无疑是王慎中心目中文雅风流的典型表现。而在江南之外的广大地区，包括袁氏兄弟家乡一带，这种风气实际上并不普遍。如万历三十八年（1610），袁中道乘泛凫舟来到家乡后，以致"居民素未见官舟，相与聚观咤笑"④。这也可以侧面解释，为什么江南会成为袁中道舟游的目的地。

其次，袁中道所自觉构建的"泛家浮宅"的文化传统。在《游居柿录》以及同时期所作的游记作品中，袁中道对这种传统进行了溯源和构建。这一传统在《后泛凫记》中表现得最为明显。

> 将取古今舟居之人，若张融、张志和、陶岘、赵子固等，外及

---

① 南朝虞龢所著《论书表》中，明言王羲之以书《道德经》二章换取道士之鹅。最晚到了唐朝，王羲之换鹅之帖的内容便由《道德经》二章被改为《黄庭经》。如《白氏六帖》卷二十九中，明确记载王羲之以书《黄庭经》换鹅，见（唐）白居易《白氏六帖》第六册，文物出版社影印本1987年版，第53页 b。这则记载从侧面说明了传说为《黄庭经》的王羲之写本的巨大影响力，以及当时临摹《黄庭经》的风气。

② 吴鹏：《舟游与雅赏：日记所见袁中道的书法生活》，《美苑》2011年第5期；另可参考傅申《书画船——中国文人的"流动画室"》，《美术大观》2020年第3期。

③ （明）王慎中：《松江莫生远来见访，比归赋赠》，载《遵岩集》，林虹点校，商务印书馆2020年版，第27页。

④ （明）袁中道：《游居柿录》卷之六，载《珂雪斋集》，钱伯城点校，上海古籍出版社2019年版，第1322页。

释子船子、中峰辈，作一《烟波外史》。恨书少未能集全，然亦粗有其概。恨我不见古人，恨古人不见我，非虚谭也。①

在这一传统中，袁中道亦有所取舍。

> 昔张思光无宅可居，权牵小舟往来，太贫吾不能为。陶岘置三舟，一载宾客，一载糇粮，一载妓乐，与孟云卿辈优游湖、汭、江、汉之间，当时号水仙，太奢吾亦不能为。惟张志和泛家浮宅，嬉游雪苕，自称烟波钓徒；赵子固常以一舟泊沙渚间，看夕阳晚霞为乐。吾慕而欲效之……②

赵子固即宋末画家赵孟坚，以其"书画船"闻名于世。袁中道理想中的舟游形式，和赵孟坚最为相似，既不过俭，也不过奢。在书画以及一二友人的陪伴下泛舟烟波之中，追求澹然自适之趣。在他来到南京后，焦竑曾到访泛凫舟，评价其乘舟出游为"此亦泛家浮宅何远？"③ 焦竑的评价无疑是对袁中道所构建的这一传统的呼应。袁中道通过这种传统的建构，试图在古今舟游名士的谱系中寻找到所慕效的对象，甚至是将自己安插于其中。

再次，他热衷于对自己的舟游生活进行记录，也是在效仿前代所流行的舟游日记。所谓舟游日记，是文人士大夫在进行乘船游历时的日记体式，这一体式在南宋的文人名士间尤其盛行。代表作品有陆游的《入

---

① （明）袁中道：《后泛凫记》，载《珂雪斋集》，钱伯城点校，上海古籍出版社2019年版，第708页。

② （明）袁中道：《东游记一》，载《珂雪斋集》，钱伯城点校，上海古籍出版社2019年版，第599页。在《游居柿录》卷之三中，袁中道的表述稍有不同："我自去年十月登舟，即欲追步张玄真、赵子固、陶岘水仙诸公，永无尘沙之兴矣。张志和作掉河夫，我不能为。陶岘有三舟载妓，有糇粮，我亦不能为。庶几者其赵子固乎！"不同之处在于对张志和的态度。见（明）袁中道《游居柿录》卷之三，载《珂雪斋集》，钱伯城点校，上海古籍出版社2019年版，第1220页。

③ （明）袁中道：《游居柿录》卷之三，载《珂雪斋集》，钱伯城点校，上海古籍出版社2019年版，第1225页。

蜀记》、范成大的《骖鸾录》《吴船录》、周必大的《泛舟游山录》等。这些日记的作者均为南宋的著名文人士大夫，他们的乘舟出游往往有履行公务或者探视亲人等特定目的，在游览过程中除了对所见景色进行文学化的描述之外，也会对所经之地的名胜古迹、寺庙丛林乃至风土人情、奇闻传说进行悉心考察。比如陆游在乾道六年（1170）七月七日登览冶城山时，对其上的忠烈庙以及已成遗址的清凉寺进行了一番考索。所以这些舟游日记在记述作者游历见闻及感受的同时，也有明显的学者特征。而这种学者式的考索在《游居杮录》以及《东游记》等游记中比比皆是。袁中道的出游虽然并非出于某种特定目的，但是单就外在的文本样貌而言，《游居杮录》以及《东游记》和南宋的舟游日记具有明显的传承关系。袁中道有无大量阅读过这一类的舟游日记，我们已经无从得知，但是他至少阅读过陆游的《入蜀记》，并将其当成自己游览江山胜迹时的重要参考。比如万历三十七年（1609），他在记述游览小孤山的直观感受时，引用了陆游的评价："过小孤，壁立如髻，石肤皓白若云，直上无蹊。陆放翁曾游有记，极言金、焦不及。"① 所谓的陆游之记，即为《游小孤山记》，是陆游《入蜀记》的一部分。陆游在乾道六年（1170）八月一日经过小孤山时，为小孤山的景色所倾倒，写道："凡江中独山，如金山、焦山、落星之类，皆名天下，然峭拔秀丽皆不可与小孤比。"② 前代名士的舟游日记成了袁中道自己所写日记与游记的比肩对象。

　　虽然在万历三十七年（1609）舟游江南的历程中，发生了一些意外，但是总体而言，这次旅程可称圆满。与之相比，袁中道于万历四十年（1612）结束山居后，将舟游生活重新提上日程时，却遇到了种种的困窘与不堪。

（二）《前后泛凫记》：舟游背后的现实

　　如果说万历三十七年（1609）袁中道的舟游生活以一种较为理想的

---

　　① （明）袁中道：《游居杮录》卷之三，载《珂雪斋集》，钱伯城点校，上海古籍出版社2019 年版，第 1217 页。

　　② （宋）陆游：《入蜀记》，载《陆游全集校注》第 17 册，钱锡生、薛玉坤、马亚中校注，浙江古籍出版社 2015 年版，第 87 页。

方式展开的话，那么万历四十年（1612）之后的舟游生活则背负了沉重的现实负担。万历三十八年（1610）兄长去世后，袁中道以病弱之躯长居家乡附近的玉泉山，并且有终老其中之志。但是父亲去世后，袁中道不得不承担起家庭支柱的角色。因此万历四十年（1612）六月，他被迫结束了为期两年左右的山居生活，《前泛凫记》正是创作于此时。从《前泛凫记》中的记述来看，袁中道有意接续曾经的舟游生活，但是又受制于尚未完全恢复的虚弱身体，所以这时所呈现的舟游追求就变成了"逸"与"适"。万历四十二年（1612）左右，袁中道逐渐走出了父亲去世的阴影，计划重拾对舟游生活的热情，因此又创作了《后泛凫记》。只不过与《前泛凫记》相比，《后泛凫记》中的整体基调更为深沉。与袁中道最初的设想相比，此时他所能实现的舟游生活早已大打折扣，舟游江南的规划也逐渐沦为一种虚幻缥缈的想象。

《前泛凫记》主要体现的是袁中道在结束了山居生活之后新的舟游设想。这篇文章开篇强调了两点内容，一是，"山行多劳，不若舟居之逸"，即舟居生活的优势；二是，"大江之险""不若小河之适"，即乘船所游之范围。之所以说这是袁中道有关舟游生活的新设想，是因为他在万历三十六年（1608）左右，对舟游生活进行初步设想时，"舟居之逸"和"小河之适"并非他考虑的重点。当时舟游生活的主要动力是游览江南山水，并与其中的"名师胜友"进行交游。两相对比，我们能明显地体会到在经历了父兄去世以及疾病折磨等一系列事件之后，袁中道很难再像万历三十七年（1609）那样从容地舟游江南。在《前泛凫记》的后半部分，袁中道较为具体地设想了之后的舟游生活，具体的路线便是沿着家乡一带的河流南下至洞庭湖，从洞庭湖向西可达常德府桃源县，向南可达衡山一带，皆为湖广名胜，可以在不用经历风涛之险的条件下充分满足他的游览需求。袁中道曾经游历过洞庭湖以及桃源一带的名胜，领略过沿途的秀丽景色。而衡山一带，他尚未游览，因此充满了期待，文中道："太虚灵台，朱陵宝洞，山经游纪所载，尚恐不敢模写万一，或待予而启其秘也。"① 历代文人对衡山一带的风物记述相对较少，而种种传说又增添了神秘性，这都激发了他对衡山之游的向往。不过衡山已经离其家乡较远，所以最终也未能成行。同时，他也明确表达了对游览吴越一带的新看法，"吴越之舟，居非不乐也，而阻大江……非有大不得已事，冒险何为……必不羡夫乞鉴湖一曲者也。"② 他以贺知章的"鉴湖一曲"作为江南生活的一个符号，"不羡夫乞鉴湖一曲者"似乎想要向读者暗示自己"江南情结"的减弱，表明家乡一带的风景足以帮助他获得心理层面的满足。

因此《前泛凫记》的情感主题也变成了"恬适之乐"。他的身体此时仍然十分虚弱，因此不适合远游，所以才会感叹行舟于大江之上的"乐少而苦多"。而出游之于他又是必要的，他指出自己家居时"目若枳而神若固"，而看山听泉的时候，才会"沉疴顿消""神气竦健"，所以更看重山水"医病"以及"怡情养寿"的效果。③ 因此在较小的河流上行舟，即"舟居之最恬适者"的形式，才会成为他的主要选择。

袁中道在写作《前泛凫记》之后，对他的舟游设想进行了实践，然而这种实践并非如《前泛凫记》中所写的那样，将舟游江南的想法完全抛诸脑后。袁中道对江南一带的风光与人物仍然念念不忘，这一点从《前泛凫记》中将澧州一带的风景形容为"大约如富春江上"就可以看出，这一比喻仍然暗示了其对吴越山水的向往。而在之后写作的《泊梦溪记》等游记以及《后泛凫记》中，袁中道并未讳言想要再次前往吴越一带的想法。他在万历四十二年（1615）写给钱谦益、曹学佺、丘坦之等人的信牍中，也与他们立下了第二年于江南会面的约定。④ 由此可见，江南对袁中道的吸引力并未减弱。可是在他于万历四十三年（1615）前

---

① （明）袁中道：《前泛凫记》，载《珂雪斋集》，钱伯城点校，上海古籍出版社 2019 年版，第 701 页。

② （明）袁中道：《前泛凫记》，载《珂雪斋集》，钱伯城点校，上海古籍出版社 2019 年版，第 702 页。

③ （明）袁中道：《前泛凫记》，载《珂雪斋集》，钱伯城点校，上海古籍出版社 2019 年版，第 700 页。

④ （明）袁中道：《答钱受之》《寄曹大参尊生》《寄长孺》，载《珂雪斋集》，钱伯城点校，上海古籍出版社 2019 年版，第 1093—1096 页。

往北京参加会试之前，他的江南之旅一直未能成行。这背后无疑有着种种沉重的现实原因，而这些现实原因恰是《后泛凫记》的主题。

与《前泛凫记》相比，《后泛凫记》的基调更为沉重。在此文的前半部分，袁中道向读者描述自己在父兄接连去世之后，身体状况的持续恶化："今年始觉大有老态，或长夜不眠，耳中日夕如轰雷，双手酸痛，双膝常畏寒，夜作楚尤甚。"[①] 这种衰病的状态和他"少如健犊子"的状态自然有着天壤之别。身体上的衰朽进一步使袁中道断绝了功名之望："已矣，已矣，从今绝意于仕宦之途矣！"[②] 之后又是一段对自己的常年科考不利的较为勉强的自我劝慰。从整体的叙述中，我们可以感受到他当时处境的极度不顺。而正是有了诸种生活不顺的铺垫，舟游生活对袁中道的解脱意义才得以更为明确地凸显出来。

> 故自戊申以后，率常在舟，于今六年矣。一舟敝，复治一舟。凡居城市，则炎炎如炙，独登舟即洒然。居家读书，一字不入眼；在舟中，则沉酣研究，极其变化。或半年不作诗，一入舟，则诗思泉涌。又冗缘谢而参求不辍，境界远而业习不偶。皆舟中力也。[③]

戊申年为万历三十六年（1608），即《游居柿录》的起始时间，也是他开始规划长期舟游生活的时间点。虽然这段文字使得前文中的阴沉基调有所收敛，但是他笔锋一转，开始详细讲述江南之游所遇到的现实阻力。除了在长江上航行的风涛之险外，朝廷为了搜刮商税而在长江上设置的层层关卡也令人不堪，"所之，巾厢皆遭盘诘，胥徒谩骂"[④]。所以最

---

① （明）袁中道：《后泛凫记》，载《珂雪斋集》，钱伯城点校，上海古籍出版社2019年版，第706页。

② （明）袁中道：《后泛凫记》，载《珂雪斋集》，钱伯城点校，上海古籍出版社2019年版，第706页。

③ （明）袁中道：《后泛凫记》，载《珂雪斋集》，钱伯城点校，上海古籍出版社2019年版，第707页。

④ （明）袁中道：《后泛凫记》，载《珂雪斋集》，钱伯城点校，上海古籍出版社2019年版，第707页。

终只能像《前泛凫记》所描述的那样，在涔河等较小的河流中乘舟游览。虽然如此，相较《前泛凫记》，《后泛凫记》中的这种选择带有较为明显的被迫意味。

《后泛凫记》中对经济状况进行了简要叙述，暗示了他经济上的日益困窘。从叙述中看，他每年有四百石左右的田租可收，还有将近一百两左右的"银租"，他以田租的一半以及银租的多半支持自己的舟游生活。但是这些银钱只能负担得起近距离的游览，已经无法包揽远游江南并且广泛交游的开销。虽然《后泛凫记》没有明言袁家持续恶化的经济条件，但这方面的情况可以从《游居柿录》中一探究竟。袁家本是当地豪族，曾经的经济条件十分优渥，这主要得益于其父袁士瑜的出色经营。袁士瑜去世之前已身患重病，袁中道听从亲友的建议进行了分家，分家时发现"大人藏蓄及外责几数千金，谷可六七千石，俱为人窃其籍，化为乌有"①。这从侧面反映了袁士瑜主持家政时经济条件的优渥，以及他的重病和离世对袁家经济状况的沉重打击。袁中道本无治家理财的突出能力，再加上与兄弟进行了家产的分割，他当时的物质条件与他年少时所享受的物质条件相比，必定有了极大的落差。

所以对《前后泛凫记》的解读，必须结合袁中道在万历三十六年（1608）至四十二年（1614）的人生遭际来展开。袁中道在万历三十六年（1608）对未来舟游生活的设想中，仍然显示出了精爽豪迈的意气。而在《前泛凫记》中，躲避风涛之险的闲适变成了袁中道追求的目标。到了写作《后泛凫记》时，袁中道有意重拾舟游江南的热情，但是现实种种窘境又迫使他只能在家乡附近勉强实践自己的舟游理想。《前后泛凫记》为我们观察袁中道舟游理想背后的现实阴影提供了绝佳的机会，这种现实层面的阻力却很少见于其同时期的游记中。比如在写于《前泛凫记》之后的《再游彰观山记》《涉小洞庭记》等游记文中，对景色的生动描写，以及他对舟游生活的热爱，似乎和万历三十七年（1609）东游时所写的游记中呈现的内容并无不同。而只有将《前后泛

---

① （明）袁中道：《游居柿录》卷之六，载《珂雪斋集》，钱伯城点校，上海古籍出版社2019年版，第1329页。

凫记》纳入考察的范围，我们才能了解到这些游记所没有写出的现实阴影。所以《前后泛凫记》虽然并不是典型意义上的游记，却可以视为解读袁中道在这一时期的游记的重要出发点。同时也为我们了解万历三十六年（1608）之后，有关袁中道舟游生活的观念与实践提供了绝佳的文本材料。

综上所述，袁中道的舟游生活分为了两个阶段，万历三十六年（1608）至三十七年（1609）属于第一阶段，万历四十年（1612）至四十三年（1615）属第二阶段。毫无疑问，万历三十七年（1609）的江南之旅，基本上呈现了袁中道心目中舟游生活的理想形态。而舟游不仅仅是一种单纯的旅行方式，其背后更渗透着袁中道的名士身份意识，以及对江南文化圈的景慕。这一点在第一阶段的舟游生活中得到了最为典型的呈现。

（三）名士身份意识及其矛盾

万历三十七年（1609）前后，袁中道深化了自己对名士身份的认知。虽然借助兄长的令名，袁中道很早之前就在北京、江南一带获得了不小的声名。但是直到此时，他才对名士身份有了深刻的论述。袁中道在为陶若曾所作的《南北游诗序》中写道："有一时，即有一时名士……夫名士者，固皆有过人之才，能以文章不朽者也。然使其骨不劲，而趣不深，则虽才不足取。昔子瞻兄弟，出为名士领袖，其中若秦、黄、陈、晁辈，皆有才有骨有趣者。而秦之趣尤深……"① 在这篇序文中，他阐述了心目中名士身份的内涵。除了"才"外，他尤其指出"骨"与"趣"对于名士身份的重要意义。在《南北游诗序》的结尾，他向陶若曾表明了自己目前的生活态度："予今年若不得意，已买得一舟，自拚入舟中，泛泛潇湘、龙茹间。孝若（陶若曾，引者注）少涉宦途，其急来登予舟以逃名焉。"② 所谓"买得一舟"，无疑指的是泛凫舟，泛舟远游是他所认为的名士之"骨"与"趣"的重要体现。值得注意的是，他对舟游生活所

---

① （明）袁中道：《南北游诗序》，载《珂雪斋集》，钱伯城点校，上海古籍出版社 2019 年版，第 485 页。

② （明）袁中道：《南北游诗序》，载《珂雪斋集》，钱伯城点校，上海古籍出版社 2019 年版，第 486 页。

确立的目的之一是"逃名"。这一论述看似是对声名的排斥，实际上这种对声名的排斥姿态本身就是名士身份内涵的固有之意。这种排斥姿态并不妨碍外在声名的获得，甚至对声名有客观上的助长作用。

舟游江南的途中，袁中道进一步深化了对名士身份的认知。《东游记十》中，他阐发了著名的"骨刚""情腻"之说："予谓世间自有一种名流，欲隐不能隐者。非独谓有挟欲伸，不肯高举也。大都其骨刚，而其情多腻。骨刚则恒欲逃世，而情腻则又不能无求于世。腻情为刚骨所持，故恒与世相左，其宦必不达。而刚骨又为腻情所牵，故复与世相逐，其隐必不成。"① 除了继续讨论名士之骨，《东游记十》引入了对"腻情"的讨论。"腻情"与"刚骨"相对，无疑指的尘世间的诸多欲望。《东游记》对名士的精神内涵的认知，与《南北游诗序》中的认知是一致的。只不过后者是一种理想化的论述，而前者则为其引入了现实维度。即使是名士，也很难战胜世俗的种种欲望，因此才会有"欲隐不能隐"的矛盾心态，这也是袁中道自身心态的祖露。基于此，《东游记十》的结尾表明了袁中道对舟游生活的期待："吾辈当保其刚骨，制其腻情，而更力持于舌端笔端，庶泛泛长作水上之凫，而闲可偷，躯可全也。"② 这与《南北游诗序》结尾的"逃名"态度并没有太大不同，都将舟游生活视为名士之"骨"的重要体现。

袁中道在江南进行了一系列的交游，受到了广泛的欢迎，可以视为他名士身份受到广泛认可的表现。他与焦竑的交游，是其在江南地区的最重要活动之一。根据《游居柿录》的记录，焦竑除亲自前往袁中道的泛凫舟中进行参观外，还曾与袁中道论学。《明儒学案》记载焦竑晚年的地位："金陵人士辐辏之地，先生主持坛坫，如水赴壑。"③ 焦竑是当时南京文化圈中的核心人物，在全国范围内都有着无与伦比的声名。袁中道

---

① （明）袁中道：《东游记十》，载《珂雪斋集》，钱伯城点校，上海古籍出版社 2019 年版，第 607—608 页。

② （明）袁中道：《东游记十》，载《珂雪斋集》，钱伯城点校，上海古籍出版社 2019 年版，第 607—608 页。

③ （清）黄宗羲：《文端焦澹园先生竑》，载《明儒学案》，沈芝盈点校，中华书局 2008 年版，第 829 页。

与焦竑的交往，实现了与"名师胜友"进行论学的目的。除与焦竑这样的核心人物进行往还之外，他还与南京城中各路人物交游。如他与米万钟、贺世寿等名士进行了会晤，与南京城中的勋贵安远侯柳懋勋也相处极欢，也曾多次参与众文士于秦淮水阁、罗汝芳祠等处的聚会。这些活动可以视为他与江南文化圈积极进行互动的表现，这种互动是他舟游江南最为重要的目的。

这次远游也让他的声名在江南文化圈中迎来了新的高潮。清初，邹漪在为其所写的传记中描述了袁中道万历三十七年（1609）通过舟游江南之旅所获得的声名。

> 买一舟，名泛凫，置糗粮其上。书画数簏，任意行止，仿佛张子同、赵子固之为人。遇佳山水，辄舣舟邀其地胜流，共登眺唱和，间出古器、法书、名画评赏题跋，而一一籍记其事。因自号曰"凫隐"。既游桃源、德山，因放舟下金陵，泛西子湖。凡吴中名流、高衲、歌儿、老姬，无不口小修为名士，而公亦到处题咏不辍。①

这则记述有其不准确之处，即袁中道在万历三十七年（1609）的江南之旅中，并没有前往杭州"泛西子湖"，但其他的行踪记录均为属实。其中尤可注意之处在于"吴中名流、高衲、歌儿、老姬，无不口小修为名士"。虽有夸张之嫌，但这一记述表明了袁中道在江南地区的声名得以进一步上升的事实。

不过江南带给袁中道的绝不只有声名上的自我陶醉，也有在一派繁华中的迷惘与矛盾。我们能从《东游记二十二》中看到这种复杂的心态。袁中道在这篇游记中详细记载了他乘舟游览秦淮河时所见到的繁华景象："自桃叶渡口上下可五六里许，士女相邀观渡。水阁栉比，中如珂雪，外织雕栏。绣帘半钩，珠翠隐隐。或载酒画舫，流涟清波。其舟皆四列轩

---

① （清）邹漪：《袁文选传》，见《启祯野乘》卷七，载周骏富辑《明代传记丛刊》第127册，明文书局1991年版，第261—262页。

窗，上起重楼，丽甚，水文作丹砂澜。夜静，方闻清歌，玉碎珠串。"①
时值袁中道生日，"有冶客于曲中治具为祝"②。在秦淮河两岸的风月场
中，袁中道见识了金陵城奢华富丽的一面。虽然出入风月场是他少年时
代的常事，但是随着阅历的增长与身体状况的恶化，他早已对那种生活
方式进行了反省，并予以节制："中年以后，烟霞趣重，粉黛习轻。"③ 不
过袁中道承认，在这一片繁华之中，他的内心真实感受是"如雷开蛰户，
春萌草色，若不能自止者"④。他旋即愧悔："岂予所云刚骨腻情者，亦名
人之常态耶？第以舍尘入道，期此生尽遮染习，镂之肌骨，比于书绅誓
墓；而脱口未终，旋已背之。无问人笑鹦鹉之舌，而扪心自反，宁不内
愧？"⑤ 对声色的流连无疑是"腻情"的最重要表现之一，这也是"名
人"往往无法克服的障碍。《东游记二十二》最终以"归舟无事，书以志
戒"结尾，此时其泛凫舟也就成为了《南北游诗序》等文中提及的"逃
名""偷闲""全躯"之地。从这一段记述中，我们可以了解到此时的袁
中道，对江南的声色繁华之事依旧无法忘情，也因此经常处于内心的深
刻矛盾之中。

综上所述，袁中道的舟游生活与他的名士身份意识有着十分复杂而
矛盾的关联。万历三十六年（1608）左右，也即他刚刚开始筹划舟游生
活的时候，便对舟游生活与名士身份之间建立了较为明确的关联。一方
面，舟游江南之旅客观上为袁中道带来了巨大的声名。然而不久之后，
一系列的打击接踵而至，他开始对这种沉浸于声名世界中的生活方式展
开了较为深入的反思。而这种反思得以完成，则借助了另外一种重要的

---

① （明）袁中道：《东游记二十二》，载《珂雪斋集》，钱伯城点校，上海古籍出版社 2019
年版，第 619 页。

② （明）袁中道：《东游记二十二》，载《珂雪斋集》，钱伯城点校，上海古籍出版社 2019
年版，第 620 页。

③ （明）袁中道：《东游记二十二》，载《珂雪斋集》，钱伯城点校，上海古籍出版社 2019
年版，第 620 页。

④ （明）袁中道：《东游记二十二》，载《珂雪斋集》，钱伯城点校，上海古籍出版社 2019
年版，第 620 页。

⑤ （明）袁中道：《东游记二十二》，载《珂雪斋集》，钱伯城点校，上海古籍出版社 2019
年版，第 620 页。

生活方式。在玉泉山的山居生活中，袁中道借助其中秀丽的景色，尝试让自己的精神世界完成一次较为彻底的蜕变。

二　山居：外在风景的精神内涵

万历三十八年（1610），科举再次失利加之兄长袁宏道溘然长逝，使得袁中道迭遭打击。他因此中断了舟游生活，转而开启另外一种生活方式，即山居生活。虽然名为"居"，但实际上，袁中道的山居也是"游"的一种特殊表现形式，因为游览玉泉山一带的山水是其山居生活中最为重要的内容。在此期间，他对自己的生活方式进行了彻底的反思，笔下的景物描写也有了更深层次的精神内涵。

（一）眉睫前的青莲世界

初到玉泉山，袁中道创作了一系列的游记，在《游青溪记》中，他描述了自己对玉泉山风物之美的特殊感受。

> 生平有山水癖，梦魂常在吴越间，岂知眉睫前有青莲世界乎？[1]

这句话对我们理解袁中道在舟游与山居生活之间的选择具有重要意义。所谓"梦魂常在吴越间"，无疑指的是之前舟游江南的诸多设想。而"眉睫前"指的则是距离他家乡很近的当阳县——玉泉山、青溪山、紫盖山的所在地。虽然距离很近，但是直到万历三十八年（1610）他才第一次到访当阳。而当他见到"眉睫前"竟然有如此令人心动的风景时，自然会有一种震惊感。袁中道进一步地阐述了青溪山何以深深打动了他："若其层叠多态，起伏回环，吾不能不爱青溪诸山。少年见妖姬，高士见

---

① （明）袁中道：《游青溪记》，载《珂雪斋集》，钱伯城点校，上海古籍出版社 2019 年版，第 678 页。

山色，虽浓淡不同，其怡志销魂一也。"① 所谓"少年见妖姬"，其实是对他少年时代热烈追求世俗欲望的一个真实刻画。而对于此时的袁中道来说，山色对自己的吸引力一样地深入到了内心层面。

之所以袁中道"梦魂常在吴越间"，而对玉泉山的景色发现得如此之晚，其背后的主要原因还是文化层面上的。名胜之所以会对人产生吸引力，风景的秀美虽然重要，但并不起关键作用，最主要的原因还是历朝历代的文人学士对其进行的文学再现以及文学想象。② 六朝以来，江南一带逐步成为全国的文化中心之一。南宋以后，更是成了核心文化地域。各朝各代荟萃于江南的文人，对江南各处名胜有着繁多的题咏。这些名胜借助于这些文本，对全国各地的文人学士构成了强大的吸引力。与之相对，玉泉山虽然有关羽庙，也有著名的玉泉寺，但是因为湖广一带一直以来都没有像江南那样形成一个强大的文化圈，因此也不具备形成强大吸引力的文化条件。袁中道所作《阅玉泉诗碑记》从侧面表现了玉泉山的这种尴尬处境。他发现关羽祠庙前的玉泉诗碑中，存在着诸多错漏之处。他指出诗碑中的白居易"闲游诗"（实际题目为《独游玉泉寺》）中的"玉泉寺"实非当阳玉泉寺，而是洛阳郊外的玉泉寺，因而此诗属诗碑误收。而诗碑所收之常建《题破山后禅寺院》（实为《题破山寺后禅院》）与玉泉山毫无关系，更属误收。他由诗碑误收现象延伸出去，指出了元稹在游玉泉山时所作诗歌"极清妍，而碑不收"的漏收现象③。同时又将眼光从诗歌范畴延伸出去，以《水经注》注沮水而不注玉泉，陆羽《茶经》不收玉泉山的仙掌茶等缘故，不禁感叹道"此间胜美，遗失者良多"④。所谓

---

① （明）袁中道：《游青溪记》，载《珂雪斋集》，钱伯城点校，上海古籍出版社 2019 年版，第 678 页。

② 袁中道认识到了风景名胜对文人的重要作用。他在游览黄州赤壁后写道："读子瞻赋，觉此地深林石，幽蒨不可测度。韩子苍、陆放翁，去公未远，至此已云是一荒阜，了无可观。危巢栖鹘，皆为梦语。故知一经文人舌颊，老秃鹘皆作绣鸳鸯矣。"见（明）袁中道《东游记九》，载《珂雪斋集》，钱伯城点校，上海古籍出版社 2019 年版，第 606 页。

③ （明）袁中道：《阅玉泉诗碑记》，载《珂雪斋集》，钱伯城点校，上海古籍出版社 2019年版，第 677—678 页。

④ （明）袁中道：《阅玉泉诗碑记》，载《珂雪斋集》，钱伯城点校，上海古籍出版社 2019年版，第 678 页。

"遗失"，自然指的是遗失于前人的文学再现或者文学想象之外。①

除了文化方面的原因，江南对袁中道的吸引力也和袁氏家族的发展历史有关。以三袁兄弟为首的公安派，兴起于京师，而壮大于吴越一带。袁宏道无论是在吴地做官时，还是在解官之后停居于江南一带时，都与当地的名士有着广泛的交游，对于江南一带的诸多名胜也有着广泛的游览。袁宏道的文学作品以及文学观念也于这个时期在江南之地广为传播。袁宏道还多次与吴越间的名士游览当地名胜，他的《解脱集》即为他"吴门解官，与陶石篑诸公游吴越诸山作也"②。袁中道在此期间，也曾不止一次前往江南，跟随袁宏道寻幽访胜，结交名流，也借此收获了一定的声名。所以袁氏兄弟的声名远播与吴越之地实有密切关联，袁中道所谓"梦魂常在吴越间"也就隐含了对袁氏兄弟声名由来的追述。

也正是因为玉泉山一带风景的文化吸引力较弱，很多美景被荒废，袁中道自觉承担起了风景的发现者的角色。在《由玉泉至高安记》中，袁中道记述了前往高安山的途中，经过海潮洞时所看到的堪比太湖石的青石之景。

> 一山皆青石，如太湖中空多窍，扣之铿然有声；若剪去草莱，一一剔出，兹山胜乃不啻，惜无好事者，竟寂寂沉埋耳。③

太湖石以其空灵多态闻名全国，是代表江南文化的一个重要物象。袁中道将海潮洞一带的青石比肩太湖石，可见他对这一带石头的极高的评价，这可视为袁中道江南情结的一种无意识反映。

同时，袁中道对玉泉山景色进行了诸多品评，这种品评是自然景色

---

① 这一点还可以从《玉泉寺志》中体现出来，《玉泉寺志》中的《词翰志》中所收录的诗文，大部分是三袁同时代或者之后的作品，三袁之前的作品，较为稀少。见康熙年间初刻，道光年间重刊《玉泉寺志》卷二，载杜洁祥主编《中国佛寺史志汇编》第17册，（台北）丹青图书公司1985年版，第255—644页。

② （明）袁中道：《游居柿录》卷之九，载《珂雪斋集》，钱伯城点校，上海古籍出版社2019年版，第1404页。

③ （明）袁中道：《由玉泉至高安记》，载《珂雪斋集》，钱伯城点校，上海古籍出版社2019年版，第684—685页。

的文化领域的重要途径。当阳一带，除最为重要的玉泉山外，还有青溪山、紫盖山等较为秀丽的风景。袁中道在游览了这一带的景物之后，对之进行了品题，并表现出对自己慧眼的一种自负。

> 往时有客自玉泉、青溪、紫盖来者，吾即问三山孰佳。答曰："皆佳，不能优劣。"及予亲至，然后知品题烟云，非慧人不能，大都紫盖宽博，玉泉尊特，青溪秀媚。紫盖门户也，玉泉堂皇也，青溪园囿也。游者以渐而入，弥深弥妍。若欲紫盖为青溪，是以亭台花木之娱，而寔之悬旛列戟之处，亦少蕴藉矣。①

紫盖山位于荆山山脉与江汉平原的交界之处，下临广阔的平原，所以被袁中道给予了"宽博"的评价，并被定位为当阳一带群山的"门户"。由紫盖山向西北，依次为玉泉山以及青溪山。玉泉山因有玉泉寺以及关羽的祠庙，具有更为厚重的历史底蕴和更为崇高的文化地位，加之海拔与紫盖山相比较高，因此获得了"尊特"的评价。青溪山已处荆山深处，山势起伏多变，其中的青溪令人"悟世间真有碧色"②，所以袁中道评青溪山为"秀媚"。长期以来，文人学士很少关注这一带的秀丽风景，对这一带风景的品评自然也就付之阙如。而文人的品评是一处风景成为名胜的不可或缺的要素，因此袁中道对三山风景的清言式的品题，无疑具有重要的价值。

袁中道对玉泉山一带风景的发现与品评，表明了袁中道的一种退居的姿态。这首先是从对江南文化圈的景慕中抽身，而注目于家乡一带的风景。他并没有止步于这种地理空间层面的退居，而是进一步从过去那种沉溺于世俗声名与欲望的状态中抽身出来，对过去的生活方式进行了一种彻底的反省。这种反省与玉泉山中的风物景色紧密地结合起来，成为袁中道山居时期记体文写作的一种显著特征。

---

① （明）袁中道：《游紫盖记》，载《珂雪斋集》，钱伯城点校，上海古籍出版社2019年版，第681—682页。

② （明）袁中道：《游青溪记》，载《珂雪斋集》，钱伯城点校，上海古籍出版社2019年版，第679页。

（二）庵与亭：景物与自省

袁中道在玉泉山观览风景的方式，大致可以分为两种，一种是以玉泉山为中心点的四处游览，集中体现了他所写的各篇游记；另一种是在玉泉寺旁看山听泉，集中体现了他所写的各篇亭台楼阁记中。在玉泉寺静养时，袁中道主持修建了一系列的建筑，主要有柴紫庵、爽籁亭和堆蓝亭等。其中柴紫庵中有祠堂供奉他的两位兄长，还有黄辉、雷思霈等友人，祠堂之后的房舍供袁中道日常居住。堆蓝亭修建在玉泉寺旁边的一块高地上，此地适合远望西南一带青碧色的群山。玉泉之水在玉泉寺不远处流经一块巨石，顺流而下形成一个瀑布，所以袁中道在其旁修建爽籁亭以听泉声。围绕着这些建筑，袁中道创作了一系列记体文章，主要包括《堆蓝亭记》《柴紫庵记》和《爽籁亭记》。这些记体文章不仅讲述了袁中道为何于玉泉山上修建这些建筑，更是记录了他于这些建筑中战胜世俗纷扰的心路历程。在这些记体文章中，外在的风景并不单纯是观赏的对象或者抒情的载体，也成了袁中道摆脱人生困境的一个重要抓手。

在《柴紫庵记》中，他将自己过去的生活方式概括为"驰骛名利，垂情花月"①，表现了他过去对名利与声色的无厌追求。在他看来，真正帮助他战胜名利与声色诱惑的，是外在的自然景物。他曾经在《玉泉拾遗记》中，阐述了自然风景如何战胜人世间的诸多欲望，并将这个过程描述为"世外之声色"与"世间之声色"的战斗。

> 嗟夫！予于世间之声色，非淡然忘情者也，又非能入其中而不涉者也。自多病以来，稍悟寒蚕、火蚕以凉燠异修短之故，急思逃之。而其势又未能割，则取世外之声色以与之战，而期必胜。盖其始犹两持不决，及其久也习之，新者故，故者新。回思向时与尘务相弊铢，以丘山之苦，易毫发之乐者，真如狂如醉，追悔莫及。始

---

① （明）袁中道：《柴紫庵记》，载《珂雪斋集》，钱伯城点校，上海古籍出版社 2019 年版，第 694 页。

知予于山水间，亦有至性焉。特隐现于磨戛之中，不得自遂……而今从披剥后，愈入愈深。①

这段记述表明，以外在的风景战胜内心欲望的过程并非那么轻松，必定要经过一个长久的过程，才能将内心的欲望消磨殆尽。而这段话中值得关注的地方在于，他声称在"山水间"发现了"至性"。在《柴紫庵记》中，袁中道亦言："兰香石坚，羽飞鳞沉，各有至性。"②他所言的"至性"，既存在于自身之内，也存在于天地万物之间。虽然伴随着明末思想解放的潮流，诸多思想家逐渐将对声色的欲望视为人的本性的一部分，但是在这段话中，袁中道所用的"至性"概念更多偏向宋儒所说的排除了人欲的本然之性。朱熹曾引"孟子言山之性、水之性"，认为"天下无无性之物，除是无物，方无此性"③。朱熹的这种看法是其格物思想的重要基础，宋代以来，文人学者也多从自然万物中体察宋儒所言的性理之说。不过袁中道体察自然的方式虽受到宋儒性理之说的影响，却没有发展为积极的哲学追求。对自然的体察主要是为了战胜诸多欲望给自己的生活带来的层层困扰，以及平复父兄去世所带来的内心创伤。

与《玉泉拾遗记》中所描述的激烈过程不同，《柴紫庵记》等文章对风景平息、消解内心欲望的过程描述得较为平和。在《柴紫庵记》中，直面山水带给袁中道一种顿悟式的体验。

吾一触尘缨，周旋世事，若枳若棼，形神俱困。乍对叠叠之山，湛湛之水，则胸中柴棘，若疾风陨箨，春阳泮冰。昔人睨棨戟为险道，走岩壁若康庄，信非欺我。④

---

① （明）袁中道：《玉泉拾遗记》，载《珂雪斋集》，钱伯城点校，上海古籍出版社 2019 年版，第 697 页。

② （明）袁中道：《玉泉拾遗记》，载《珂雪斋集》，钱伯城点校，上海古籍出版社 2019 年版，第 694 页。

③ （宋）朱熹：《答徐子融》，载《朱子全书》第 23 册，徐德明、王铁校点，上海古籍出版社、安徽教育出版社 2002 年版，第 2768 页。

④ （明）袁中道：《柴紫庵记》，载《珂雪斋集》，钱伯城点校，上海古籍出版社 2019 年版，第 694 页。

"胸中柴棘"的典故出自《世说新语·轻诋》："深公云：'人谓庾元规名士，胸中柴棘三斗许！'"① 指的是胸中的算计与城府。袁中道虽然之前并未入仕，但是他在不断的应试与交游之中，与官场人士有了充分的接触，在这个过程中自然生出种种"胸中柴棘"。只有当他脱离了这种生活，面对玉泉山景色的时候，才真正领悟到了"昔人睨荣戟为险道，走岩壁若康庄"的真正意义。于是，所有的算计便都迅速消逝，这种消逝的过程无异于禅宗所言的一次顿悟。他对"荣戟"所代表的世俗名利，与"岩壁"所代表的自然山水的体认发生了根本性的扭转。

如果说《玉泉拾遗记》和《柴紫庵记》中，山水战胜内心的欲望的过程仍然停留在抽象层面的话，那么《堆蓝亭记》和《爽籁亭记》则具体地刻画了看山与听泉所带来的具体感受。在《爽籁亭记》中，袁中道就指出持续性的"听泉"对他精神的滋养。

> 泉畔有石，可敷蒲，至则趺坐终日。其初至也，气浮意嚣，耳与泉不深入，风柯谷鸟，犹得而乱之。及暝而息焉，收吾视，返吾听，万缘俱却，嗒焉丧偶，而后泉之变态百出。初如哀松碎玉，已如鹍弦铁拨，已如疾雷震霆，摇荡川岳。故予神愈静，则泉愈喧也。泉之喧者，入吾耳而注吾心，萧然泠然，浣濯肺腑，疏瀹尘垢。洒洒乎忘身世而一死生。故泉愈喧，则吾神愈静也。②

袁中道紧紧抓住泉声带给他的内心感受，用一系列繁复的比喻描述了泉水之声平息内心浮嚣的过程。泉水之声由十分纤弱逐渐变得震撼，反衬出了内心由喧嚣变宁静的过程。在他看来，泉水之声可以"入吾耳而注吾心"，即不仅可以逐渐压过耳边的"风柯谷鸟"之音，也能平息内心中的烦躁与喧嚣，最终帮助他忘记身世烦恼，乃至获得"一死生"的

---

① （南朝宋）刘义庆撰：《世说新语笺疏》，（南朝梁）刘孝标注，余嘉锡笺疏，中华书局2016年版，第911页。

② （明）袁中道：《爽籁亭记》，载《珂雪斋集》，钱伯城点校，上海古籍出版社2019年版，第695页。

终极体认。袁中道化用《庄子·齐物论》中"嗒焉似丧其耦"的典故，来形容自己不懈的精神追求。

与爽籁亭中的泉声相似，堆蓝亭中所见的山色同样可以帮助袁中道平息内心的名利与声色之想。在《堆蓝亭记》中，袁中道讲述了山色如何平息内心"名利、嗜欲、热恼"。

> 日就暮，蓝气愈深，有如饱墨笔蘸净水中，墨气浮散水面，自成浓淡。予爱玩之甚。嗟乎！予颠毛种种矣，少年嗜好，消除殆尽。惟此尤物，好之愈笃。兼之泠泠烟云，可以消除名利、嗜欲、热恼，助发道心，是予胜友也。①

堆蓝亭中所见之山色与云色的色调为蓝色，而蓝色调无疑属于偏冷的色调，正好可以平息内心的诸多"热恼"。对于袁中道来说，"热恼"可以分为身心两个层面理解。首先指的是身体的虚弱状态，而这正是他前来玉泉山静养的重要原因之一。袁宏道去世后，袁中道在《游居柿录》中记录了自己因为过于悲痛导致的虚弱状态："病燥火甚，恶饮食，作呕又见血。"② 以致于"忧病愈甚，且恐溘朝露为大人忧"③。而"热恼"更重要的方面，则是精神层面的烦恼。袁中道曾经在《苦海序》形容："人心如火，世缘如薪。可爱可乐之境当前，如火遇燥薪，更益之油矣。若去其脂油，洒以清凉之水，火亦渐息。"④ 袁中道为了浇灭心中之火，"取古今诗篇闵生伤逝之语"编为《苦海》，用以将"霹雳火化为清冷云"⑤。

---

① （明）袁中道：《堆蓝亭记》，载《珂雪斋集》，钱伯城点校，上海古籍出版社 2019 年版，第 676 页。

② （明）袁中道：《游居柿录》卷之五，载《珂雪斋集》，钱伯城点校，上海古籍出版社 2019 年版，第 1292 页。

③ （明）袁中道：《游居柿录》卷之五，载《珂雪斋集》，钱伯城点校，上海古籍出版社 2019 年版，第 1292 页。

④ （明）袁中道：《苦海序》，载《珂雪斋集》，钱伯城点校，上海古籍出版社 2019 年版，第 502 页。

⑤ （明）袁中道：《苦海序》，载《珂雪斋集》，钱伯城点校，上海古籍出版社 2019 年版，第 502 页。

而他在堆蓝亭所见到的"泠泠烟云",同样可以成为《苦海序》中所言的"清凉之水"。这在《爽籁亭记》中有着更为明确的表达:"自予之得泉也,旧有热恼之疾,根于生前,蔓于生后,师友不能箴,灵文不能洗;而与泠泠之泉遇,则无涯柴棘,若春日之泮薄冰,而秋风之陨败箨,泉之功德于我者,岂其微哉!"① 只不过与《苦海》中的诗篇更具警醒的功能不同,堆蓝亭中所见的山色与爽籁亭中所听的泉声以更加令人愉悦的方式扑灭袁中道的心中之火。

袁中道在玉泉山中的静居,持续了两年左右的时间,在这段时间里他获得了对过往生活方式进行充分反思的机会。这种反思得以发生的重要契机,是他对玉泉山一带景色的发现。玉泉山不仅风景秀丽,而且也较少地为外界所搅扰,为袁中道的静思与反省提供了必要的条件。在《柴紫庵记》等文章中,外在的风景如何帮助作者战胜内在的纷扰成了最为重要的主题。这种主题深刻挖掘了外在景物与内在修省相结合的可能性,大大开拓了景物描写所可能具有的心理潜能。

(三) 山居时期的内在矛盾

袁中道在玉泉山长居时期,充分表达了摒弃声色名利的决心。如果说在万历三十七年(1609)舟游江南时,袁中道还有着明确的名士意识。那么到了三十八年(1610)之后,在游记类文章中,名士的身份意识再也没有得到明确表达。这是因为在这些记体文中,世俗的声名成了他明确的反思对象,也成了他试图摆脱的外在之物。就像他在《柴紫庵记》中所言:"嗟乎!予之来山中,从困衡中计之已熟,拚舍百丈游丝而至,盖将终身焉。"② "百丈游丝"指的是诸多世情的牵惹,"驰鹜名利,垂情花月"无疑是其重要的表现。我们也可从《游居柿录》中看到他"终身"于玉泉山的决心,如他在万历三十九年(1611)从玉泉山回到公安县处理相关事务时,就曾将自己的侍妾阿陈嫁人,"庶将来入山无

① (明)袁中道:《爽籁亭记》,载《珂雪斋集》,钱伯城点校,上海古籍出版社2019年版,第695页。

② (明)袁中道:《爽籁亭记》,载《珂雪斋集》,钱伯城点校,上海古籍出版社2019年版,第693页。

羁绊也"①。在《堆蓝亭记》中，袁中道也曾立下誓言："若异日者为世路奔忙，疏此胜友，是谓负心寒盟。"② 这些都表明，在玉泉山的时候，他是有决心一直将这种远离世路的生活长期维持下去的。

从《游居柿录》的记载来看，袁中道在山居期间以及山居生活结束后的一段时间内，对声色表现得的确十分淡然，但是内在的名利之心也并没有被消磨净尽。单从袁中道前往玉泉山静养的目的之中，我们就能看出些许端倪。在来玉泉山之前，他向八舅龚仲安解释前往玉泉寺长居的理由："甥欲作一祠玉泉，以祠中郎，而身老其中。"③ 从中可以看出两大目的，一是，为兄长修祠堂；二是，在山中长居。柴紫庵正是袁中道修建的供奉袁宏道等人的祠堂。《柴紫庵记》全文的两大部分正对应着这两大目的，第一部分，是对柴紫庵中的布局与供奉对象的介绍；第二部分，是对长期山居生活的决心表达以及表明自己"宜山居"的五大原因④。由此可见，为兄长修建祠堂和在玉泉山中长居同样重要。

之所以为兄长在玉泉寺中修建祠堂，是因为玉泉寺在万历年间的重修工程与袁氏兄弟有着紧密的关联。玉泉寺虽然广具声名，但在明代屡兴屡废。到了万历中期，高僧无迹正诲在皇室和官绅的支持之下，重修玉泉寺，使得这座古老的寺庙重焕生机。而其中出力最多的官绅，正是袁氏兄弟以及他们的好友黄辉。袁中道在其初至玉泉山时所写的《游玉泉记》中，简要地回顾了这一过程。

> 迹公居度门，伤其荒芜，有志缮修，北走神京，大开讲肆。时黄平倩及予兄弟三人过之，迹公言及此寺，几欲堕泪。于是平倩、中郎，各草一疏。不盈一暮，官府朝野，金钱麕集。其始终营综，

---

① （明）袁中道：《游居柿录》卷之六，载《珂雪斋集》，钱伯城点校，上海古籍出版社2019年版，第1325页。

② （明）袁中道：《堆蓝亭记》，载《珂雪斋集》，钱伯城点校，上海古籍出版社2019年版，第676页。

③ （明）袁中道：《游居柿录》卷之五，载《珂雪斋集》，钱伯城点校，上海古籍出版社2019年版，第1296页。

④ 分别为一、效仿古人"舍喧入寂"，二、涉事难守，离境易防，三、直面山水可以化解胸中柴棘，四、编摩"东国之灵文，西方之秘典"，五、对凶险世路的回避。

中郎极为苦心，今遂焕然，复还旧观。①

在这一段记述中，袁中道极力地凸显了兄长袁宏道对玉泉寺重修工程的重要贡献。这正是袁中道有资格在玉泉寺中修建祠堂的最重要原因。万历四十年（1612），柴紫庵正式建成。《柴紫庵记》中记载了此庵中供奉的对象，除了有袁宗道、袁宏道外，还有与袁氏家族关系极为密切的黄辉和雷思霈。

袁氏兄弟深度参与了玉泉寺的重修与营建活动，《游玉泉记》《柴紫庵记》对这种参与进行了记录。这种文学记录提示着袁氏家族曾经的鼎盛，以及以袁氏兄弟为中心的公安派的强大号召力。袁氏兄弟之所以大力支持玉泉寺的重修，最主要还是因为玉泉寺是家乡一带具有全国性声望的寺院。参与地方佛教事务是明末士大夫获得地方性的权力与声名的重要途径。卜正民指出，参与这种佛教的形式是多种多样的，对寺庙的财物捐赠以及文学捐赠都是其重要的表现形式。② 袁宏道等人利用自己的官绅身份帮助无迹正诲募捐，以及袁中道在玉泉寺中修建柴紫庵、堆蓝亭等，都是财物捐赠的重要表现形式。而袁氏兄弟与玉泉寺有关的诗文创作，则是文学捐赠的表现形式。他们对玉泉寺事务的参与，最终都为《玉泉寺志》所记录。③ 这些记录表现了袁氏兄弟对玉泉寺的巨大影响，并凝定为袁氏兄弟声名的重要部分。

如果说《柴紫庵记》所体现的名利之思还是一种较为隐微的表现的话，那《游岳阳楼记》则是对作者山居时期的名利之思的直接体现。万

---

① （明）袁中道：《游玉泉记》，载《珂雪斋集》，钱伯城点校，上海古籍出版社 2019 年版，第 670 页。

② 可参考［加］卜正民《为权力祈祷：佛教与晚明中国士绅社会的形成》第五章《士绅怎样捐赠寺院》，张华译，江苏人民出版社 2005 年版，第 157—183 页。

③ 康熙年间初刻，道光年间重刊之《玉泉寺志》中，柴紫庵、爽籁亭、堆蓝亭均为《营建志》所记载。《词翰志》中，三袁兄弟的诗文数量最多。袁中道的《游玉泉记》等游记，以及《柴紫庵记》等文章均被收入《词翰志》。《玉泉寺志》于万历年间曾重修，据《玉泉寺志》中"万历间重修姓氏"记载，当时的主修为袁宗道，协修为袁宏道，分编为袁中道，而袁氏兄弟的营建以及诗文被收录到寺志中，应是在康熙年间的续修寺志工作中完成的。见康熙年间初刻，道光年间重刊《玉泉寺志》，载杜洁祥主编《中国佛寺史志汇编》第 17 册，（台北）丹青图书公司 1985 年版，第 25—26 页。

历三十九年（1611），袁中道在送别前来吊唁袁宏道的友人时，顺便游览
了洞庭湖一带的君山与岳阳楼，《游岳阳楼记》便是创作于此时。虽然是
以舟出游，但这只是他山居时期的一个小插曲，因此可以视为其山居时
期的心态展现。这是一篇抒情色彩极浓的游记，与范仲淹的《岳阳楼记》
有着明显的互文关系。只不过与《岳阳楼记》中，范仲淹试图超越个人
的悲喜，而追求"古仁人之心"的境界不同，《游岳阳楼记》则围绕着袁
中道中年的不幸际遇展开。袁中道描述了从岳阳楼上观望长江的直观感
受，将日暮所见之长江景色形容为"炮车云生，猛风大起，湖浪奔腾，
雪山汹涌，震撼城郭"①。这无疑令人联想到《岳阳楼记》中"阴风怒
号，浊浪排空，日星隐曜，山岳潜形，商旅不行，樯倾楫摧"②的阴沉描
写。而袁中道也自觉扮演起了"满目萧然，感极而悲者"的角色："愀然
以悲，泫然不能自已。"③

　　《游岳阳楼记》对滕子京遭遇的一番议论最终回归到了"得志"与
"失志"的主题，更进一步展现了作者的失意感怀。在范仲淹的《岳阳楼
记》中，滕子京的形象无疑是一位不得志者，而《岳阳楼记》的道德主
旨则是对"得志"与"不得志"的超越；可是《游岳阳楼记》将滕子京
的形象际遇以及《岳阳楼记》的道德主旨颠倒了过来。首先，袁中道对
比自身"不得备国家一亭一障之用"又"遭知己骨肉之变"的境遇，认
为滕子京"已稍展布其才"，"而又有范公为知己"④，并非一位不得志
者。其次，在进行了事实层面的第一重颠倒之后，袁中道直接忽视了
《岳阳楼记》中对"古仁人之心"的追求，完全沉浸在了对人生困苦的自
我哀怜之中。这种自怜是对《岳阳楼记》的第二重颠倒，即道德主旨层
面的颠倒。这两重颠倒充分显示，袁中道虽然在玉泉山已经长居数月，

---

　　① （明）袁中道：《游岳阳楼记》，载《珂雪斋集》，钱伯城点校，上海古籍出版社 2019 年
版，第 692 页。

　　② （宋）范仲淹：《岳阳楼记》，载《范仲淹全集》，李勇先、王蓉贵校点，四川大学出版
社 2002 年版，第 194 页。

　　③ （明）袁中道：《游岳阳楼记》，载《珂雪斋集》，钱伯城点校，上海古籍出版社 2019 年
版，第 692 页。

　　④ （明）袁中道：《游岳阳楼记》，载《珂雪斋集》，钱伯城点校，上海古籍出版社 2019 年
版，第 692 页。

并对自己之前的生活方式进行了充分反思，但是世间的功名之念仍然会触动他的内心。

万历四十年（1612）六月左右，袁中道的山居生活正式结束，这背后有着深重的现实因素。《游居柿录》对山居生活的结束有着如下的记述："步至雪籁亭，忽家中有大不得已事，须予归了之。嗟嗟，拚百丈乱丝乃得入山，今又复走尘土中！可叹，可叹！"① 这呼应了《柴紫庵记》中"拚舍百丈游丝"的旧日决心，对自己重归世路表现了深深的无奈。究其原因，还是在于父亲袁士瑜去世后，袁中道成了家族中最年长的男性成员，因此需要担负起更多的家族责任。除了需要应对家族内部的诸多大小事务外，维持袁氏家族的声名无疑也是袁中道所担负的重要责任之一。万历四十二年（1614），体弱多病而又笃信因果的袁中道决定定期进行八戒斋，并对他与兄长袁宏道的持斋往事进行了回忆。他详细回忆了当时兄弟二人打算持斋时，医者的说法与父亲的反应："医者云：'香油生火，脾无肉食，不能将养，以至于病。'大人闻之惧甚，谓予两人曰：'汝兄已亡，尚须汝等取功名以大吾门。若但趋寂寞，我老何所望……'"② 万历三十九年（1611），父亲生病时，也曾命袁中道"不辍进取"③。这些都表明，父亲在世时的叮嘱也是他不敢"但趋寂寞"的重要羁绊。现实的负担以及父亲的叮嘱，无疑令袁中道的山居生活难以长期维持下去，并且进一步刺激了他尚未磨灭的功名进取之心，于是袁中道最终结束了山居和舟游生活，北上京城，最终得以考中进士。

结　语

袁中道创作于《游居柿录》时期的一系列记体文章，充分展现了袁

---

① （明）袁中道：《游居柿录》卷之七，载《珂雪斋集》，钱伯城点校，上海古籍出版社2019年版，第1340页。

② （明）袁中道：《游居柿录》卷之九，载《珂雪斋集》，钱伯城点校，上海古籍出版社2019年版，第1406页。

③ （明）袁中道：《游居柿录》卷之六，载《珂雪斋集》，钱伯城点校，上海古籍出版社2019年版，第1328页。

中道有关出游的诸多观念，以及其背后隐藏的内在矛盾。这种矛盾首先体现在"舟游"与"山居"这两种特殊的出游形式之中，"舟游"是袁中道对名士生活想象的重要内容，而这种名士想象又和物质与文化高度繁荣的江南有着紧密的关联。山居生活则又代表着亲近世外山水，疏离世俗事务的退隐态度。赵园曾经在其《制度·言论·心态》中指出："士人的山水名胜之游，其意义固然在精神激发与超升，也在其他精神性的发现，包括自我认证。"① 无论是以名士的身份乘舟寻访江南胜景，还是以一种退隐的姿态前往人烟稀少的玉泉山中进行长居，都是袁中道"精神性的发现"以及"自我认证"的重要表现形式。

以游记展现精神世界，在古人的文学创作之中并不罕见。袁中道则更进一步，将人生某一阶段的心路历程，以一系列与出游相关的记体文章较为完整地记录了下来。这在古人的文学创作中，并不常见。从这一系列文章中，我们能读出作者先由舟游生活转向山居生活，再被迫结束山居生活，重新回归舟游生活的发展过程。这也代表了他由较为积极地参与世俗事务，到从世俗退隐，之后又结束退隐的心路历程。中国古代具有明显抒情性的游记作品并不少见，系列游记作品也较常见；但是很少能有作家以一系列与出游活动密切相关的记体文，较为详细地记录某段时期在心态与观念上的发展变化。因此，这一系列的记体文章的内容，既可以视为作者万历三十六年（1608）至四十六年（1618）的出游史，也可以视为同一时期作者的精神史。

这也提示我们，在研究文人出游时，要充分结合出游背后的文化背景以及心态因素。纵观袁中道的一生，他的游踪大致包含三个区域，分别为北京一带、江南一带以及家乡荆州一带。这三个区域之外的名胜，袁中道除恰好路过外，一般很少进行有日的的游览。北京对他的吸引主要来自政治因素，江南对他的吸引主要来自文化因素；而当他专注于家乡一带的风景时，我们又能从他身上发现退隐的心态。无论是舟游，还是可以视为一种特殊出游方式的山居，这些形式本身也具有深厚的文化

---

① 赵园：《制度·言论·心态：〈明清之际士大夫研究〉续编》，北京大学出版社 2015 年版，第 171 页。

内涵。对这些文化背景与心态因素进行讨论，有助于我们对明末士人的出游活动生发出更为丰富的理解。

作者简介：

朱建强，男，北京大学中文系博士研究生，主要研究方向为明清文学。

清代前中期清诗选本中的钱牧斋

白一瑾

摘　要： 诗文选本往往能体现出选家对文学史的建构。对于个体作家来说，能否进入选本、入选数量之多少、入选作品之题材、体裁与风格，往往体现出该作家在文学史中的定位。文章对钱谦益诗歌在清代前中期清诗选本中的选入情况，进行统计与分析。辨析钱氏诗歌所擅长之体裁、对"诗史"和黍离麦秀题材的偏好、诗学理念之唐宋兼宗、失节仕清之污点、半"明"半"清"之身份定位等各种因素，对其诗进入选本，所产生的复杂影响；并由此探讨钱谦益作为清代文学史之重要人物，在选家构建本朝诗学发展史的历程中，如何被书写，被给予何种定位。这一过程，最终完成于沈德潜所编纂的《国朝诗别裁集》，确定了钱谦益其人与其诗在清代诗史上的最终定位。

关键词： 清初　诗歌选本　钱谦益

选本作为一种特殊的文学批评样式，具有"删汰繁芜，使莠稗咸除，菁华毕出"① 的功能。选家对作家作品进行遴选"删汰"的标准，既取决于选家的诗学理念，又受到时代文学生态环境的影响。正如谭元春所言："故知选书者，非后人选古人书，而后人自著书之道也。"② 故研究者

---

① 《四库全书总目》卷一八六《总集类一》，河北人民出版社 2000 年版，第 5080 页。

② （明）谭元春：《谭元春集》卷二十一《古文澜编序》，陈杏珍标校，上海古籍出版社 1998 年版，第 601 页。

从选家取舍之中，往往可知悉其文学批评主张。有研究者指出，选本体现出了选家对文学史的建构过程："每一部清人选清诗选本的形成都是清代选家对清诗史的一次认知过程——它们既有一定的文学史意识，又有经过选择的诗歌作品作为主体支撑，部分选本还有对诗家或诗作的点评，总之，它们是以一种独特的方式进行清诗史的构建。"① 对于个体作家来说，能否进入选本、选诗数量之多少、入选诗歌之体裁与风格，往往体现出选家对该作家在文学史中的定位。

本文以钱谦益在清代前中期选本中的选入情况为研究对象，探讨这位成就极高而又极具争议性的诗人，在清诗选家构建本朝诗学发展史的过程中如何被定位。② 本文遴选了清初至乾隆二十六年（1761）之前的160 余部清诗选本，进行样本统计和数据分析。③ 乾隆二十六年（1761）之后，牧斋即遭遇权力打压，而一度被排除出本时代文学视域之外。关

① 王兵：《清人选清诗与清代诗学》，中国社会科学出版社 2011 年版，第 89 页。

② 王兵《清人选清诗与清代诗学》第二章第三节《清诗选本与作家的经典化生成》较早关注这一问题，并对"江左三大家"在清诗选本中的地位消长，有较为明确的对比阐释。本文结合清诗选本中选辑牧斋诗的文献出处与诗歌体裁，对牧斋诗在选本中被定位的过程作进一步探讨。同时，本文观点与王著多有不同，例如名节问题对牧斋诗进入选本的实际影响力评价等。

③ 本文依据之清诗选本包括（清）黄传祖《扶轮续集》［顺治八年（1615）镕古堂刻本］、（清）黄传祖《扶轮广集》［顺治十二年（1619）黄氏依邻草堂刻本］、（清）魏裔介《观始集》［顺治十三年（1620）刻本］、（清）陈祚明、（清）韩诗《国门集》（顺治刻本）、（清）黄传祖《扶轮新集》［顺治十八年（1625）刻本］、（清）姚佺《诗源初集》（清初抱经楼刻本）、（清）魏耕、（清）钱价人《今诗粹》（清初刻本）、（清）陈允衡《诗慰初集、二集、续集》（顺治澄怀阁刻本）、（清）魏裔介《溯洄集》（康熙刻本）、（清）陈允衡《国雅初集》（康熙刻本）、（清）顾有孝、（清）赵沄《江左三大家诗钞》［康熙七年（1668）绿荫堂刻本］、（清）顾有孝《骊珠集》［康熙九年（1616）刻本］、（清）魏宪《诗持一集、二集、三集、四集》［康熙十年（1671）至十九年（1680）魏氏枕江堂刻本］、（清）魏宪《补石仓诗选》［康熙十年（1671）魏氏枕江堂刻本］、（清）魏宪《百名家诗选》［康熙十年（1671）魏氏枕江堂刻本］、（清）徐崧、（清）汪文贞、（清）汪森《诗风初集》［康熙十二年（1673）刻本］、（清）赵炎《尊阁诗藏》（康熙刻本）、（清）曾灿《过日集》（康熙曾氏六松草堂刻本）、（清）邓汉仪《诗观初集、二集、三集》［康熙十五年（1676）至十七年（1678）慎墨堂刻本］、（清）王士禛《感旧集》［乾隆十七年（1752）刻本］、（清）陆次云《皇清诗选》（康熙刻本）、（清）席居中《昭代诗存》［康熙十八年（1679）帆影楼刻本］、（清）蒋鑨、（清）翁介眉《清诗初集》［康熙二十年（1681）刻本］、（清）邹漪《五大家诗钞》（康熙间刻本）、（清）孙鋐《皇清诗选》［康熙二十七年（1688）凤啸轩刻本］、（清）倪匡世《振雅堂汇编诗最》［康熙二十七年（1688）怀远堂刻本］、（清）王尔纲《名家诗永》［康熙二十七年（1688）砌玉轩刻本］、（清）顾施祯《盛朝诗选初集》［康熙二十八年（1689）心耕堂刻本］、（清）韩纯玉《今诗兼

于牧斋在清代中后期文学史书写中的销声匿迹与艰难回归，留待他文予以论述。

一　牧斋入选清诗选本影响因素分析

牧斋为明清诗转捩中一极重要人物，才华卓绝，于诗文创作与文学批评领域具有极高的成就，诗学理念多有创见，而平生经历又极为坎坷而富有争议性。因而，他进入选家文学批评视野时，影响因素亦极为复杂多样，有利因素与不利因素皆有。正是在这种种复杂因素作用之下，成就了诸多清诗选本中对牧斋的遴选与定位。其入选诗作体裁具体见表3所示。

（一）牧斋入选诗作之体裁

表3　　　　　　　　　　　钱谦益入选诗作体裁

	五古	七古	五律	七律	五绝	七绝	五言排律	七言排律
《观始集》		1	1	1				

（接上页）［康熙三十五年（1696）钞本］、（清）陈维崧《箧衍集》［康熙三十六年（1697）蒋国祥刻本］、（清）马道畊《清诗二集分编》（康熙刻本）、（清）周佑予《清诗鼓吹》（康熙刻本）、（清）吴蔼《名家诗选》［康熙四十九年（1710）学古堂刻本］、（清）刘然《诗乘初集》（康熙刻本）、（清）聂先《百名家诗钞》（康熙间刻本）、（清）朱观《国朝诗正》［康熙五十四年（1715）铁砚斋刻本］、（清）陶煊、（清）张璨《国朝诗的》［康熙六十年（1721）刻本］、（清）陈以刚《国朝诗品》［雍正十二年（1734）棣华书屋刻本］、（清）汪观《清诗大雅、二集》［雍正十一年（1733）至十二年（1734）静远堂刻本］、（清）查羲、（清）查其昌《国朝诗因》［乾隆三年（1738）钞本］、（清）王植《国朝诗林》（乾隆初稿本）、（清）吴元桂《昭代诗针》［乾隆十三年（1748）刻本］、（清）彭廷梅《国朝诗选》［乾隆十四年（1749）据经楼刻本］、（清）王应奎《海虞诗苑》［乾隆二十四年（1759）刻本］、（清）沈德潜《国朝诗别裁集》［乾隆二十四年（1759）刻三十六卷本、乾隆二十五年（1760）刻三十二卷本］。其中，选入钱诗者包括《观始集》（3首）、《今诗粹》（9首）、《江左三大家诗钞》（419首）、《骊珠集》（14首）、《诗持三集》（14首）、《百名家诗选》（13首）、《诗风初集》（19首）、《尊阁诗藏》（18首）、《过日集》（42首）、《诗观初集》（42首）、《感旧集》（37首）、陆次云《皇清诗选》（8首）、《清诗初集》（3首）、《五大家诗钞》（310首）、孙鈜《皇清诗选》（25首）、《名家诗永》（10首）、《盛朝诗选初集》（6首）、《今诗兼》（94首）、《箧衍集》（31首）、《清诗鼓吹》（8首）、《名家诗选》（17首）、《诗乘初集》（14首）、《国朝诗的》（32首）、《国朝诗品》（5首）、《国朝诗因》（43首）、《国朝诗选》（4首）、《国朝诗别裁集》（32首）。

续表

	五古	七古	五律	七律	五绝	七绝	五言排律	七言排律
《今诗粹》		1		2		6		
《江左三大家诗钞》	40	20	25	196	13	125	7	
《诗持》	4	1	1	7		1		
《百名家诗选》	2			11				
《诗风初集》①	15					2	2	
《尊阁诗藏》	3	4	5	6				
《过日集》	1	1	1	9		30		
《诗观》	4	2	2	14		20		
《感旧集》	2	9		13		13		
《皇清诗选》（陆次云）	2	1	1	3		1		
《五大家诗钞》	15	11	25	164	10	73	9	3
《皇清诗选》（孙鋐）	5	9②		4	1	3	1	2
《名家诗永》	1	1	1	4		3		
《盛朝诗选》		2	4					
《今诗兼》	5	9	12	55	3	12	3	
《箧衍集》	1	7		9		14		
《名家诗选》	1	1	2	5		8		
《诗乘初集》③	4	1	1	7		1		
《国朝诗的》	5	2	3	21		1		
《国朝诗品》	7	13	4	35	3	25		
《国朝诗因》④	37	6	1				3	
《国朝诗选》	1			2		1	1	
《国朝诗别裁集》		4		19		8		

　　由此表可以看出，牧斋各体诗，入选最多者为七律，次则为七绝，再次为七古。这也较符合后世文学史家对牧斋之定位，七律确系牧斋最

---

① 是集很可能经过后人删削，并非原貌。下文有详细说明。

② 《团扇篇》本系七古，孙氏系于卷一"乐府"篇目下。

③ 此书有关钱氏部分，从选诗到评语，几乎全部抄袭《诗持三集》。

④ 其书第二册至牧斋五律《舟行四首》之下，佚失缺页，并非全貌。

擅长之诗体。朱庭珍《筱园诗话》："钱牧斋诗，以七律为最胜，沉雄博丽，佳句最多。"① 钱仲联《梦苕庵诗话》亦云："有清一代诗人，工七律者，殆无过牧斋。"② 七绝也有可圈可点的成就。曾灿《过日集》凡例："（牧斋）七言绝句，风流蕴藉，一唱三叹，则纯乎其为唐人诗矣。"③ 而五言则并非牧斋所长。以专选五言律之《近代诗钞》为例，牧斋入选仅有 6 首，对比屈大均（31 首）、龚鼎孳（42 首）、吴伟业（28首）、施闰章（19 首）等诗人，明显可看出牧斋短于五言的弱点。又如王士禛《感旧集》，牧斋仅入选 2 首五古，余则均为七言。王士禛于诗体研究，颇有造诣，纂有《五七言诗凡例》。可见他给予牧斋之定位，也是长于七言而短于五言。

（二）牧斋之名节争议

牧斋一生大起大落、备历坎壈。其生平争议所在，主要集中于谄事马、阮及降清。故清人对牧斋品行，往往批判甚力："虞山诗才诗学诚无愧前贤，而不可以言品，正与其人相似耳。"④ 那么，名节问题在选家遴选钱诗时起到了何等作用？而选家又对这一复杂棘手问题如何评价？

清代前中期针对贰臣之舆论氛围，尚不如乾隆以后那般严苛刻毒，但选家中仍有因牧斋之名节问题，而将其诗删汰不录者。较典型者为姚佺《诗源》。姚氏系遗民，在明末曾入复社，入清不仕。是集之纂，坚持"国史采众诗，必明好恶"⑤ 之原则，对牧斋诗一首未选。其原因或可从姚氏对龚鼎孳的一段评价，窥知一二："姚辱庵曰：'孝公佼佼自好者，不幸失足为浮沉之士，乃饮醇酒，多近妇女，日夜为乐饮，以效魏公子所为，非其质也……阅此二诗，则所谓祝宗祈死者，其愧心畏心厌心悔

---

① （清）朱庭珍：《筱园诗话》卷三，载《清诗话续编》第 4 册，上海古籍出版社 1983 年版，第 2389 页。

② 钱仲联：《梦苕庵诗话》，齐鲁书社 1986 年版，第 36 页。

③ （清）曾灿：《过日集》"凡例"，康熙曾氏六松草堂刻本。

④ （清）乔亿：《剑谿说诗》卷下，载《清诗话续编》第 3 册，上海古籍出版社 1983 年版，第 1106 页。

⑤ （清）姚佺：《诗源》"凡例"，载《四库禁毁书丛刊》集部第 169 册，北京出版社 1997年版，第 5 页。

心，亦数灭而数起矣。'"① 姚佺对"不幸失足为浮沉之士"、且多有"祝宗祈死"一类愧悔之辞的龚鼎孳，尚且如此不留情面，对牧斋之态度，可以想见。

不过，牧斋之名节问题，虽为他招致不少讥刺之辞，但由于他诗学成就太高，选家往往在批评其失节的同时，仍然选入其诗。以《诗观》为例，邓汉仪对牧斋人品颇有微辞，其《慎墨堂笔记》特为记载柳如是劝牧斋死节之事："乙酉五月之变，（柳如是）力劝宗伯死，奋身自沉池水中，侍儿持之，不得入。"② 且于《诗观》所选诸作中，亦对牧斋多有讥讽。如《饮酒》："我本爱官人，侍郎不为庳。我亦爱酒人，致酒每盈几。"此诗系牧斋仕途蹉跌后进退两难之牢骚，而邓汉仪对其心态也有洞察，发微抉隐颇不留情："世人只爱官，不爱酒耳。虞山两两比并，恐难为不知者道。"③ 然《诗观》初集首列诗人即系牧斋，选其诗多达 42 首，大多为牧斋晚年黍离题材的佳作，足见邓汉仪对牧斋品行之微辞，并未导致他将钱诗剔除出遴选范畴。

又如韩纯玉《今诗兼》，韩纯玉为韩敬之子，其父与钱氏恩怨颇深，他本人又是入清不仕的遗民，故对牧斋亦颇有挖苦乃至恶骂之辞。其小序云："宗伯为诸生时，即负声誉，登万历庚戌先君榜进士第三人。有期颐之寿，历两朝七帝，称艺苑宗工。"④ 挖苦极为刻薄。又提到牧斋选《列朝诗集》，不选甲申殉国者，"而甲申殉国诸贤能诗者无一入选，是编唐诗而删鲁公，录宋诗而遗信国也，可乎？"⑤ 也是对牧斋名节的诛心之论。然是集中钱诗入选多达 94 首，数量颇为丰厚。这或也可说明，在清代前中期，牧斋之名节问题，对其诗进入选家视域，影响可能相对有限。

批判之外，还有一些选家试图搁置对牧斋的名节争议。如王士禛

---

① （清）姚佺：《诗源》吴一卷下，载《四库禁毁书丛刊》集部第 169 册，北京出版社 1997 年版，第 105 页。

② （清）邓汉仪：《慎墨堂笔记》，载《四库禁毁书丛刊补编》第 57 册，北京出版社 2005 年版，第 526 页。

③ （清）邓汉仪：《诗观初集》卷一，载《四库禁毁书丛刊》集部第 1 册，北京出版社 1997 年版，第 195 页。

④ （清）韩纯玉：《今诗兼》卷一，康熙三十五年（1696）钞本。

⑤ （清）韩纯玉：《今诗兼》卷一，康熙三十五年（1696）钞本。

《感旧集》，集中首列牧斋，附一小序："谦益……万历庚戌进士及第，官
礼部尚书，有《初学》《有学》等集。"① 王士禛的记载颇为含混，涉及
牧斋生平时，仅说明其科举功名及最高官职，却只字不提牧斋降清之事。
其原因或系有感于牧斋提携之功，而有意袒护。《感旧集》自序云："仆
自弱冠，薄游京辇，浮湛江介，入官中朝。尝于当代名流服裹骖驾，自
虞山、娄江、合肥诸遗老。"② 且该集中特意将牧斋许以"代兴"的《古
诗赠新城王贻上》选入。对这位"回思往事，真平生第一知己也"③ 的
文坛老前辈，王士禛自然是要有所回护。

又如查慎、查岐昌《国朝诗因》，其书纂于乾隆三年（1738），述钱
谦益生平，也颇为简略："谦益……官止礼部侍郎，国朝下诏征聘，以公
曾在史局撰神宗实录，深娴一代文献，将以史事属公。公遂应征北上，
仍任秩宗。未几为言者所摘，罢归。"④ 其言吞吐含混，也是尽量搁置其
名节争议，或可见乾隆初期对此类争议人物的评价。

在讥讽与搁置之外，也有一些选家，敢于直接为牧斋的降清行为辩
护，如魏宪《百名家诗选》："虞山先生以大宗伯闭门扫□，潜修三十年，
甚介。归命本朝，知天意攸归，甚哲。"⑤ 以清人"本朝"之立场来审
视，则牧斋之降清当然并非失节，而是"归命""甚哲"之举。不过，这
种直接的"翻案"评价，在清诗选本中，并不多见。

（三）牧斋之"前朝遗老"身份

牧斋横跨明清两代，入清时已是年过花甲的文坛老盟主，且入清后
多黍离麦秀之作。故而清诗选集往往将其定位为"前朝遗老"。王士禛所

---

① （清）王士禛：《感旧集》卷一，载《四库禁毁书丛刊》集部第74册，北京出版社1997
年版，第164页。

② （清）王士禛：《感旧集》"自序"，载《四库禁毁书丛刊》集部第74册，北京出版社
1997年版，第156页。

③ （清）王士禛：《古夫于亭杂录》卷三，载《王士禛全集》第6册，齐鲁书社2007年
版，第4880页。

④ （清）查慎、查岐昌：《国朝诗因》卷二第2册，乾隆三年（1738）钞本，第1页a。

⑤ （清）魏宪：《百名家诗选》卷七，载《四库全书存目丛书》集部第397册，齐鲁书社
1996年版，第70页。

编《感旧集》首列钱氏，陈衍指出："渔洋《感旧集》中人，胜国遗老十且四五。"① 蒋鑨《清诗初集》自序，于此阐释更详："世祖章皇帝时，胜国遗贤如钱牧斋、吴梅村、龚芝麓、王觉斯、熊雪堂诸君子，同祖风骚，执耳坛坫，斌斌乎含燕而吐许矣。今上藻思天纵，万几之暇，留神翰墨，日与台阁侍从诸臣赓歌拜手。一时若高阳、宝坻、益都、真定、蔚州、昆山、定州、桐城、华亭、宣城、新城诸作者，莫不大吕黄钟，竞鸣迭奏。"② 蒋鑨将"胜国遗贤"如钱谦益、吴伟业、龚鼎孳、王铎、熊文举等由明入清，在明朝已经取得一定成就的贰臣诗人，比作由初唐而开盛唐风气的张说、苏颋；而以孙廷铨、梁清标、徐乾学、施闰章、王士禛等主要成名于清的新贵诗人，视为清自身庙堂文学的开端。对牧斋的这一具有文学史视域的定位，是非常符合实际的。

而牧斋入选清诗选集中几率较高之诗作，也以感慨怀旧之作为多。如《金坛逢水榭故妓感叹而作凡四绝句》："黄阁青楼尽可哀，啼妆堕髻尚低徊。莫欺鸟爪麻姑老，曾见沧桑前度来。""剩水残山花信稀，琐窗鹦鹉旧笼非。侬家十二珠帘外，可有寻常燕子飞？"③ 此是典型的由故人重逢而及于陵谷变迁的怀旧之作，"歌场旧人，故堪感叹。"④ "因旧人提起种种，因种种转重旧人。"⑤ 选入该诗之选本多达 10 部⑥，为牧斋诗进入诸选本中数量最多者。这足以见出，清代文学批评家与文学史家，对牧斋之文学史定位，与文学成就评价，较偏重于其身为"前朝遗老"、怀旧色彩较强的一面。

---

① 陈衍：《感旧集小传拾遗叙》，见《石遗室文三集》，载《陈石遗集》，福建人民出版社 2001 年版，第 641 页。

② （清）蒋鑨：《清诗初集》"自序"，载《四库禁毁书丛刊》集部第 3 册，第 352 页。

③ （清）钱谦益：《牧斋有学集》卷一，钱曾笺注，钱仲联标校，上海古籍出版社 1996 年版，第 13—14 页。

④ （清）王尔纲：《名家诗永》卷二，康熙二十七年（1688）砌玉轩刻本。

⑤ （清）孙鋐：《皇清诗选》卷二十九，载《四库全书存目丛书》集部第 398 册，第 690 页。

⑥ 分别为《今诗粹》《江左三大家诗钞》《诗观》《过日集》《五大家诗钞》《清诗初集》《名家诗永》《皇清诗选》（孙鋐）、《名家诗选》《国朝诗品》。其中，《诗观》《过日集》《今诗粹》《清诗初集》《国朝诗品》二首皆选；《江左三大家诗钞》《名家诗永》《皇清诗选》（孙鋐）、《名家诗选》只选"黄阁青楼"一首；《五大家诗钞》只选"剩水残山"一首。

牧斋之"前朝遗老"身份，与诗作多黍离麦秀题材的特点，对他入选清诗选本，具有双重影响。

其一，故国之思较强的遗民选家，往往在选本中收入牧斋诗，特别是其入清以后的诗作。以《过日集》为例，选家曾灿为"易堂九子"之一，系高尚不仕之遗民，且与牧斋曾有交往，顺治十六年（1659）曾氏游吴中，钱为之作《曾青藜诗序》："青藜则以其诗为诗，晤言什之，咏叹五之。其思则黍离麦秀也，其志则天问卜居也。"① 并有《与曾青藜书》言及"枉赠三章，激昂魁垒，'诗书可卜中兴事，天地还留不死人'，壮哉其言之也。"② 其诗出自曾灿《奉赠钱牧斋宗伯》。曾灿对牧斋晚年之复明活动或有所了解，故对牧斋不仅敬重，且毫无顾忌地向其表达遗民志节。所以，他在《过日集》凡例中特意指出，所选钱诗皆出于牧斋晚年："余选钱虞山诗，皆其晚年所作。"③《过日集》所选牧斋诗，颇有表明牧斋遗民之节、复明之志者，为他集所未收，若《归舟过严先生祠下留别》："林木犹传唐恸哭，溪云常护汉衣冠。"④《书夏五集后示河东君》："南国今年仍甲子，西台昔日亦庚寅。"⑤

又如《诗观》，邓汉仪在《诗观初集》自序中，明确为黍离变雅诗风张目："夫惟变之之极，故其人之心力才智，亦百出而未有穷。其历乎兴革理乱、安危顺逆之交，中有所藏，类不能默然而已。以故忧生悯俗、感遇颂德之篇，杂然而作……而世之选者，顾乃遗大取小，专采夫一二花草风云、厘祝饮宴、闺帏台阁之辞，以是谀说时人之耳目。而于铺陈家国、流连君父之指，盖或阙焉。乌在追国雅而绍诗史也？"⑥ 所以，他也较注重牧斋的晚年诗作："虞山诗始而轻婉秀丽，晚年则进于典重深老。"⑦

---

① （清）钱谦益：《牧斋有学集》卷十九，钱曾笺注，钱仲联标校，第809页。

② （清）钱谦益：《牧斋有学集》卷十九，钱曾笺注，钱仲联标校，第1335页。

③ （清）曾灿：《过日集》"凡例"，清康熙六松草堂刻本。

④ （清）钱谦益：《牧斋有学集》卷三，钱曾笺注，钱仲联标校，第86页。

⑤ （清）钱谦益：《牧斋有学集》卷三，钱曾笺注，钱仲联标校，第111页。

⑥ （清）邓汉仪：《诗观初集》"自序"，第190—191页。

⑦ （清）邓汉仪：《诗观初集》"自序"，第199页。

《诗观》所选牧斋"典重深老"的晚年作品，不仅数量多，且多选有关易代史事、兴亡之感的作品。如《读梅村宫詹艳诗有感书后》，邓汉仪特为圈出"水天闲话天家事，传与人间总泪零"二句，评曰："如此跋艳诗，便有绝大关系，不得轻议温李一辈。"① 所谓"绝大关系"，显指易代之悲。又如《大观太清楼二王法帖歌》，以法帖之沧桑迁转，引出鼎革巨变中的文华沦落，故国黍离意味极浓。故邓汉仪评曰："但题法帖，便无意味。中间写出丧乱时翰墨遭劫一段情事，便使人抚卷三叹。"②

其二，牧斋的"前朝遗老"身份，也是他在为数不少的清诗选本中被删汰出局，或被边缘化的根本原因之一。身跨明清两代，且主要成名于晚明时代的牧斋，对于选家来说，在断代文学史中难以定位。如将其列于明集，则因牧斋曾仕于清而"名不正"；列于清集，则因牧斋主要生活于明代而"言不顺"。

以王应奎《海虞诗苑》为例，是集为清代虞山派诗人之总集，却未选牧斋这位虞山诗派的开山祖师。这是一个相当耐人寻味的现象。王应奎对牧斋之名节问题，并非没有微辞："宗伯则晚节不克自持，人文并归堕落，君子惜之，谓不能保其初焉。"③ 但他对钱谦益作为诗学巨擘、本乡先贤，特别是虞山诗派开山祖师的地位，仍予以承认并充满崇敬："昔吾邑钱东涧先生，诗人之雄也。当前明之季，排王、李，斥钟、谭，有起衰之功。而其族人之贤者往往服习其教，各自成家，海内称钱氏学。"④ 足见他未选牧斋诗，并非出自对牧斋名节问题之反感。他在《海虞诗苑》"凡例"中，解释了此书不选牧斋诗的原因。一方面，由于是集之选旨在保存虞山地方诗学文献，而牧斋名满天下，已不需要此本为之保存阐发："是集命意，专主发潜阐幽。若宗伯之诗，流布艺林久而弥著，又何待余之阐发乎？"另一方面，牧斋在身份上半"明"半"清"，很难定位为

---

① （清）邓汉仪：《诗观初集》"自序"，第 197 页。

② （清）邓汉仪：《诗观初集》"自序"，第 196 页。

③ （清）王应奎：《蓉庄初稿序》，见《柳南文钞》卷二，载《清代诗文集汇编》编纂委员会编《清代诗文集汇编》第 256 册，上海古籍出版社 2010 年版，第 228 页。

④ （清）王应奎：《蓉庄初稿序》，见《柳南文钞》卷二，载《清代诗文集汇编》编纂委员会编《清代诗文集汇编》第 256 册，上海古籍出版社 2010 年版，第 218 页。

"本朝"诗人:"是集之选,始自本朝。以前明诸诗家已见《列朝集》
也。或谓钱宗伯自入本朝,历二十余年而后没,若按《列朝诗》刘青田
之例,自应首载,讵可见遗?而不知唐人《才调集》,选李而不选杜。明
人《唐诗正音》,李杜俱不选,盖皆所以尊之。余于宗伯,亦犹是耳。"①

与"江左三大家"中另外两家吴伟业、龚鼎孳进行对比,吴、龚二
人虽然也系贰臣文人,身份与牧斋相当,但两人年辈却远较牧斋为晚,
并非同一代人。明朝灭亡时,牧斋已63岁,而吴伟业年方36岁,龚鼎孳
只有30岁。吴、龚二人虽然在晚明诗坛上已经崭露头角,但他们创作的
黄金时期,却在清初顺康时代,定位为"本朝诗人"毫无问题。所以,
赵沄在纂于康熙六年(1667)的《江左三大家诗钞》中,虽然将钱、吴、
龚三人并列为江南之"人文宗主":"我江左之有牧斋、梅村、芝麓三先
生也,卓然为人文宗主。"②但只是由文学成就和出处经历而论,在年辈
定位方面,三人则有极明显的区别:"虞山往矣,光焰照人,学者仰为北
斗。娄东高卧林泉,身系苍生之望。庐江扬历枢要,论道经邦,所谓当
今之稷契,非耶?"③所谓"虞山往矣",虽是感叹牧斋当时已经作古,
实际上也正体现出牧斋在康熙初期之诗坛上,已成"过气"名流之趋势。

所以,牧斋在清初顺治至康熙前期选本中之地位,往往为"江左三
大家"中另外两家所掩;康熙以后之选本中,又往往逊于在有清一代成
长起来的神韵派宗主王士禛,皆是由于身为"前朝遗老"、过气名流之尴
尬身份。如纂于康熙十八年(1679)的席居中《昭代诗存》,自序云:
"虽有明三百年,经诸大儒才子振兴陶铸之力,诗体屡变,犹未底于成。
直至今日,而始称极盛者,何也?曰:时为之也……故前三百年酝酿之
深,不及今三十年观成之效。"④其序作于康熙十八年(1679)八月。此

---

① (清)王应奎、瞿绍基编:《海虞诗苑》"凡例",载《海虞诗苑·海虞诗苑续编》,罗
时进、王文荣点校,上海古籍出版社2013年版,第652页。

② (清)赵沄:《江左三大家诗钞》"自序",载《四库禁毁书丛刊》集部第39册,第
4页。

③ (清)赵沄:《江左三大家诗钞》"自序",载《四库禁毁书丛刊》集部第39册,第
4页。

④ (清)席居中:《昭代诗存》"自序",载《四库禁毁书丛刊补编》第55册,北京出版
社2005年版,第244—245页。

集中钱诗并未入选，所选较多者，如吴伟业（39 首）、龚鼎孳（51 首）、施闰章（54 首）、王崇简（36 首）、王士禛（33 首）等，皆是顺康时代成名诗人，"今三十年"之代表。由于席居中编选此集之目的，是要为清朝"昭代"之文治而"志盛"，故将"有明三百年"与清人"今三十年"进行对比，自然不会选入牧斋这位成名于"有明三百年"的前朝遗老的作品。

又如魏宪于康熙十年（1671）所作之《诗持一集》自序："方今天子圣明，崇尚风雅，时进元老大臣雍雍庙廊之上，赓韵赋诗。"① 但这些"庙廊之上"的"时进元老大臣"，并不包括早早从"庙廊"脱身的牧斋。《诗持二集》自序："故今日之正笏而谈者，有若柏乡、高阳、合肥、栎下、梅村、荔裳、愚山、阮亭、黄石、绿厓诸君子，靡不崇尚风雅，相为倡和。"② 魏氏特为举出吴伟业、龚鼎孳、周亮工、魏裔介、宋琬、施闰章等入清后活跃于诗坛的仕宦诗人为例，认为他们才是有清"盛世"之诗的代表。而"前朝"色彩更重的牧斋，则无法与他们相提并论。所以，《诗持》诸集虽不至于将钱诗拒之门外，但遴选钱诗之数量，较吴、龚二人明显偏少。《初集》《二集》中，钱诗皆未入选，《三集》选钱诗仅 14 首。而《二集》《三集》中，选吴诗与龚诗，则分别达到 41 首与 45 首之多。

康熙中期以后，清诗选本未选钱诗者，更往往由于选家首崇成名于清的"本朝"文士，而将身跨明清两代的过渡诗人排除在外。如马道畊《清诗二集分编》，马氏生活于康熙中后期，其所纂修《广信府志》为康熙五十二年（1713）刻本。是集中亦不选钱诗，而于卷一首列王士禛，其下所选诗人，皆系康熙时代成名者。又如王植选《国朝诗林》，系乾隆初成书，卷首有乾隆九年（1744）王氏自序。是集所选，首为王士禛。成名于顺治时代者，仅王士禛、王又旦二家。

康熙中期以后，诗坛审美趋向从明清易代之际的黍离变雅之悲音，逐渐过渡到对新王朝"盛世"粉饰太平之正雅诗风。此种由"变"趋

---

① （清）魏宪：《诗持一集》"自序"，载《四库禁毁书丛刊》集部第 38 册，第 3 页。
② （清）魏宪：《诗持一集》"自序"，载《四库禁毁书丛刊》集部第 38 册，第 107 页。

"正"的倾向，在创作与选本中皆占据上风。牧斋身为"前朝遗老"，在身份上已属"过气"；诗风的黍离变雅色彩，更加不合时宜。这也多少限制了钱诗在清人选本中的流传。

如纂于康熙元年（1662）之《国雅初集》，王士禛指出，陈允衡纂修此集之目的，正是匡正新兴清朝之诗风："四五十年来，浸以衰息，异喙争鸣，或宕易以犯节，或流湎而忘本，君子伤之。夫当末流之会，而称说古昔先王之遗，以移易风俗，荡涤情志，此非有心世道者不能也。陈子有忧焉，于是网罗蒐讨上下数十年中所为荐绅隐逸，郊庙赠答，缘情赋物之作，复为《国雅》一书。"① 其书所收，自魏裔介以下五十八人，皆顺治一朝作者，且以仕宦诗人为主。其中，数量最多者首为龚鼎孳（230 首），次为王士禛（214 首），再次为周亮工（117 首）、王士禄（72首）、魏裔介（70 首）、施闰章（61 首）、梁清标（51 首）。是集不仅不选钱诗，连吴伟业诗也未得入选，或也因其"前朝"色彩较重之故。

又如同系刊刻于康熙十年（1671）之《溯洄集》，也有较强的由变趋正、规范"盛世"诗风的目的："自三百篇以后，诗凡几变矣……衰于万历以后，盛于皇清之初。人心酿世运，世运变人心，良非偶然。变而不失其正，则有心世道者之责也。今海内言诗者颇多，然绮靡淫佻之习，流荡忘返，比于蜩螗虫吟；而愤激悠谬之词，杂出不经，亦岂鸾鸣凤哕耶？将欲垂示来叶，厘正风气。"② 所以，是集对"江左三大家"，不但钱诗完全排除在外，吴诗入选也不多（3 首），龚鼎孳却大量入选（15首）。此外，成就远逊于"江左三大家"，但更倾向于仕宦文人清雅闲适风格的梁清标，多达 27 首；王士禛更有 48 首。

康熙二十八年（1689）顾施祯所纂成之《盛朝诗选初集》更能说明问题。顾氏自序云："祯久客京华，不揣鄙陋，仰体皇上崇经尚古，窃见朝廷风雅炳郁，敢取昭代之诗，选辑成书，名曰《盛朝诗选》。"③ 顾氏

① （清）王士禛：《国雅初集序》，见（清）陈允衡《国雅初集》，载《四库全书存目丛书》集部第 399 册，第 2 页。

② （清）魏裔介：《今诗溯洄集序》，载《兼济堂文集》卷五，中华书局 2007 年版，第105 页。

③ （清）顾施祯：《盛朝诗选初集》"自序"，康熙二十八年（1689）心耕堂刻本。

在凡例中，更明确声称，在他所属的时代中，"黍离麦秀"之作已不合时宜："慷慨悲歌，诗之变也。温厚和平，诗之正也。诗家往往于登眺游览之下，兴会所及，黍离麦秀，辄形诸咏，未敢云合宜也。故是集所选，宁失之冠冕正大，不失之激楚哀繁。"① 是集中施闰章入选最多（59 首），其次为宋琬与王崇简（42 首），余则龚鼎孳（26 首）、曹尔堪（22 首）、沈荃（21 首）、王士禄（18 首）。是集中钱诗仅 6 首，吴诗也只有区区 9 首，尚不及梁清标（10 首）、陈廷敬（10 首）这样的二流诗人。这种去取标准，极有可能是因为，钱、吴二人不合于"昭代"的"黍离麦秀"特征，远较龚鼎孳更为明显。

（四）牧斋之诗坛"钜公"地位

牧斋号称"四海宗盟五十年"，才大学博、官位显赫，且乐于提携后进，故在晚明时即已具有诗坛"钜公"之身份地位；入清后虽因降清失节而名声扫地，但诗坛之地位与影响力仍在。这意味着，牧斋已经成为清代文学史视域内不可能无视的重要存在。无论选家对牧斋是喜欢还是厌恶，都不得不承认他身为"钜公""领袖"的诗坛显赫地位。如魏宪《诗持》选牧斋诗较少，但在《诗持三集》中评牧斋《正月十四日与邵僧弥看梅西山縣横塘抵光福》，仍云："字字推敲，不落纤巧，真词坛领袖也。"② 又如《今诗粹》选钱诗也不多，且明确表示对钱诗风格不喜："牧斋诗以气胜，微嫌往而不回。余故不敢多录，请还以质牧斋。"③ 然而，选者仍然不能不承认牧斋的文坛"钜公"地位："议论横阔，声振金石，自是钜公之笔。"④

不过，牧斋的诗坛"钜公"身份，对他入选清诗选本，有时也起到了一些意想不到的负面作用。一些选本有意识向无名寒士倾斜，摒弃名公钜卿之作，因而将钱诗拒之门外。较典型的是朱观《国朝诗正》，其书于凡例中明确声明："诸家选本，皆盛列冠盖之作。予伏处衡茅，未多接

---

① （清）顾施祯：《盛朝诗选初集》"凡例"。
② （清）魏宪：《诗持三集》卷一，载《四库禁毁书丛刊》集部第 38 册，第 389 页。
③ （清）魏耕、钱价人：《今诗粹》卷五，顺治十七年（1660）刻本。
④ （清）魏耕、钱价人：《今诗粹》卷十一，顺治十七年（1660）刻本。

读廊庙大制。故集内所选，大半皆岩穴士。"所以，"国初名家，如牧斋、梅村、芝麓三先生，暨诸先辈诗，其专集盛行海宇已久。诸家选本，悉从登载。兹集仅举一二，不敢多及。"① 其所选作者，成名诗人仅有施闰章、王士禄、方拱乾、梁佩兰数人，其余皆不知名文士。"江左三大家"则一首也未曾入选。

牧斋身为诗坛"钜公"之耀眼光环，入清后有所淡化。一方面，是他降清后声名大损；另一方面，与他入清后有意识蛰伏，秘密从事复明运动，较少参与文坛活动特别是仕宦文人之交际活动，有密切关系。文坛声誉的消减，必然使他进入选家视域的机会受到较大影响。这也是钱诗在诸多选本中，入选数量不如吴伟业、龚鼎孳的重要原因。

特别是，吴伟业与龚鼎孳入清以后，皆曾在京城诗坛活动，并均有在京城大规模开展文学创作和文人应酬活动的经历。京城文化圈对两人之扬名，有极大作用。但牧斋入清后在京活动时间太短，不到半年即辞官归里，因而错过了京城这一有效的文学传播平台。这就导致一些主选顺康时代仕宦诗人的诗集，未将牧斋列入。如陈祚明、韩诗《国门集》，是集纂于顺治十四年（1657），陈祚明《自序》云："圣秋出其年岁差次诸名公卿诗稿及凡客游过长安道上者，投赠篇什，共选为国门集，得诗千余首。"② 可知是集以顺治朝京城官吏和入京文士为主。《凡例》云："近日辇下诸老，风雅翩翩，如芝麓、梅村而外，又有宪石、行坞、岩荦、犹龙诸先生，振藻扬芬，上嗣风雅，可谓极盛矣。"③ 而这些"辇下诸老"，却并不包括早已辞官返乡、不再涉足京城的牧斋。

魏裔介《观始集》对钱诗的遴选，更能说明问题。魏氏为京城高官，也是清初著名选家，然《观始集》中仅选钱诗3首，分别为七古《中条行过沧州作》、五律《舟行》、七律《赠砚》。数量既少，且《赠砚》一诗并非牧斋有代表性之佳作，也不见于其他选本。与此相对应的是，是集选吴伟业之诗，多达38首；选龚鼎孳之诗，也有16首。魏裔介对吴、

---

① （清）朱观：《国朝诗正》凡例，康熙五十三年（1714）刻本。
② （清）陈祚明：《国门集》"自序"，清顺治刻本。
③ （清）陈祚明、韩诗：《国门集》凡例，清顺治刻本。

龚二家作品的熟稔程度，与对钱诗的遴选失当，恰构成鲜明对比。而此种遴选失当，并非出自选家对牧斋名节问题的看法。魏裔介对吴伟业的仕清问题，有这样的评价："梅村先生人品诗品如灵光巍峙，出山应聘，无惭谢傅当年。"① 可知他对这类"贰臣"也较能理解同情，并非苛求。所以，他对钱诗遴选较少，且非佳作，未必是因名节问题而有意排斥牧斋；更大的可能性是，他身为京城高官，且系北人，对主要活动于江南的牧斋其人其诗了解偏少。这很可能与牧斋入清后深居简出，特别是长期远离京城有关。

（五）牧斋之地域文学属性

牧斋出身于明清时代文化最为发达的江南吴中地区，这种得天独厚的条件，促进了其诗文的广泛传播，大大提高了进入选家视野的几率。很多清代选家都明确表示，江南在文学传播上有较大的地域优势，更容易进入他们的活动区域和交游网络，故而也是他们自己在编选诗集时优先收录的区域："大江以南数郡之地，壤连川接，声气时通，故得稿偏多。"② "是集所载，吴越为多。"③ "鋑索居寡与，千里之外，足迹限焉。兼以困于诸生，不能专心蒐辑。故所得独吴越为最富，非有所徇，势则然也。"④

在一些选本中，牧斋被视为江南地域诗学代表人物。最典型者即为《江左三大家诗钞》。顾有孝序云："迨至今日，风雅大兴，虞山、娄东、合肥三先生，共魁然者也……虽体要不同，莫不源流六义，含咀三唐，成一家之言，擅千秋之目。江左之风，于斯为盛。"⑤ 赵沄序亦云："我江左之有牧斋、梅村、芝麓三先生也，卓然为人文宗主。"⑥

不过，《江左三大家诗钞》给予牧斋的这一地域文学史定位，并未得

---

① （清）魏裔介：《观始集》卷八，清顺治十三年（1656）刻本。
② （清）魏耕、钱价人：《今诗粹》"凡例"。
③ （清）魏宪：《诗持一集》"凡例"，第4页。
④ （清）孙鋑：《皇清诗选》"刻略"，载《四库全书存目丛书》集部第298册，第14页。
⑤ （清）顾有孝：《江左三大家诗钞》"自序"，第3页。
⑥ （清）赵沄：《江左三大家诗钞》"自序"，第4页。

到清代选家公认。江南诗坛名家辈出、宗派林立，也确实并非牧斋一人可统率全局。以云间诗风为旨归、"每体皆以大樽为首，志风会之所自"①的《今诗粹》，即对钱诗迥异于云间诗派的特征不喜，选入亦少："牧斋诗以气胜，微嫌往而不回。余故不敢多录。"②

牧斋是否为江左"人文宗主"尚可商榷，而其作为虞山诗派开山祖师之身份，则已得到选家公认。以虞山诗派为主要遴选对象的地域性总集《海虞诗苑》，虽因"是集之选，始自本朝"而不选牧斋诗作，但明确界定牧斋为虞山诗派宗主。陈祖范序云："吾邑虽偏隅，有钱宗伯为宗主，诗坛旗鼓，遂凌中原而雄一代。"③凡例亦明言："吾邑诗学，自钱宗伯起明季之衰，为一代宗主。"④

（六）牧斋兼收并蓄、唐宋兼宗之文学理念与创作实践

牧斋诗论与创作，以兼收并蓄为旨归，且力主唐宋兼宗，为清初宋诗复兴之领袖人物："今诗专尚宋派，自钱虞山倡之，王贻上和之。"⑤"先生之诗，以杜韩为宗，而出入于香山、樊川、松陵，以迨东坡、放翁、遗山诸家。"⑥牧斋之文学主张，在清代前中期诗坛宗唐与宗宋之风此消彼长的文学史背景下，对于选家对其诗的遴选评价，产生了双重的影响。

一方面，标榜宗唐之选家，或因此在选本中排斥删汰钱诗。较典型的例子是纂于康熙二十七年（1688）的《振雅堂汇编诗最》。编者倪匡世在"凡例"中明确指出，是集之编纂，正是为了抗衡当时流行的"尚宋

---

① （清）魏耕、钱价人：《今诗粹》"凡例"。

② （清）魏耕、钱价人：《今诗粹》卷五。

③ （清）陈祖范：《海虞诗苑序》，载（清）王应奎、瞿绍基编《海虞诗苑·海虞诗苑续编》，罗时进、王文荣点校，上海古籍出版社2013年版，第651页。

④ （清）王应奎：《海虞诗苑》"凡例"，载（清）王应奎、瞿绍基编《海虞诗苑·海虞诗苑续编》，罗时进、王文荣点校，上海古籍出版社2013年版，第652页。

⑤ （清）邓汉仪：《慎墨堂笔记》，载《四库禁毁书丛刊补编》第57册，北京出版社2005年版，第527页。

⑥ （清）瞿式耜：《牧斋先生〈初学集〉目录后序》，载（清）钱谦益撰《牧斋初学集》，钱曾笺注，钱仲联标校，上海古籍出版社1985年版，第53页。

不尚唐"风气，而有意识尊奉初盛，排斥宗宋诗家："唐诗为宋诗之祖，如水有源，如木有本。近来忽有尚宋不尚唐之说。良由章句腐儒，不能深入唐人三昧，遂退而法宋……是集必宗初、盛，稍近苏陆者，不得与选。"① 而"追东坡、放翁、遗山诸家"的牧斋，正是当时"近苏陆"诗风的最主要倡导者之一，自然未能入选该集。

另一方面，那些以兼容并蓄、唐宋兼取为旨归的选本，则往往多收钱诗，并视其为集大成之榜样。典型的例子是魏宪所纂《诗持》《百名家诗选》诸集。早在《诗持初集》自序中，魏氏即以兼收并蓄标榜："法得矣，蕴藉以深之；调合矣，风致以美之。则无论其为汉魏，为三唐，为宋元明，皆可以入正宗。"②《诗持二集》自序亦云："而沈宋王孟李杜钱刘诸君子，时为大历，为长庆，为西昆，体屡变而义不殊，风递降而情若一。"③ 而在魏氏看来，牧斋正是摆脱了狭隘的唐宋门户之见，能够"总汉魏唐宋元明诸家"的集大成者："至其（牧斋）为诗，率乎性，止乎情，总汉魏唐宋元明诸家，而探其旨趣。"④

又如王尔纲《名家诗永》，这一选本也倾向于唐宋兼宗。虽然王氏在"杂述"中认为"诗以唐为则，以古为宗"，但也认为"今日刻意求新，不得不取裁于宋。夫程朱千古正学之传，欧苏一代著作之手，秦黄奕世词曲之宗，其诗岂不有超绝者？""然则诗之至者，宋与唐无二也。"⑤ 正是由于这种强调兼收并蓄的价值取向，所以他对钱诗有极高的评价："（牧斋）于学无所不窥，于体无所不备，富丽凄凉，轻新典重，有因物赋形之妙，而其要旨，归于大雅，洵斯道之极则也。"⑥

不过，因为牧斋才大名高，一些明确标榜宗唐的选本，也未肯弃选其诗。以孙鋐《皇清诗选》为例，汪琬在"序"中指出，此集编纂"用

---

① （清）倪匡世：《振雅堂汇编诗最》"凡例"，康熙二十七年（1688）怀远堂刻本。
② （清）魏宪：《诗持一集》"自序"，第3页。
③ （清）魏宪：《诗持二集》"自序"，第107页。
④ （清）魏宪：《百名家诗选》卷七，载《四库全书存目丛书》集部第397册，第70页。
⑤ （清）王尔纲：《名家诗永》"杂述"，康熙二十七年（1688）砌玉轩刻本。
⑥ （清）王尔纲：《名家诗永》"杂述"，康熙二十七年（1688）砌玉轩刻本。

唐开元大历为宗"①。孙鋐本人明确对康熙时代盛行的宗宋风气的弊端进行严厉批判："数年以来，又家眉山而户剑南矣。在彼天真烂熳，畦径都绝，此诚诗家上乘；倘不衫不履，面目颓唐，或大袖方袍，迂腐可厌，辄欲夺宋人之席，几何不见绝于七子耶?"② 但这一选本中，钱诗数量并不少（25 首），且于"江南"条之下，首列牧斋之名，其次才是吴伟业、龚鼎孳等。由此可知，牧斋在清代文学史上实为一重要存在，其诗文价值不但没有因其生平品行之争议而掩没，也并未因唐宋门户之见而被抹杀。

特别是，牧斋虽系明清之际较早提倡宗宋者，但其并非专嗜宋诗，而是唐宋兼宗，所宗尚之宋诗又系较近唐风的苏陆一路，而非更有争议的山谷、诚斋，"宋调"不甚明显，这也为他规避了很多批评。以《过日集》为例，编者曾灿虽明确表示不喜宋人"鄙俚浅陋之习"，但仍大量选入钱诗，原因正是牧斋学宋而无宋人之弱点，宗唐而能得唐人之长处："虞山才大学优，作宋诗而能不蹈宋人鄙俚浅陋之习……至其七言绝句，风流蕴藉，一唱三叹，则纯乎其为唐人诗矣。"③

还有一些明确标榜宗唐抑宋的选本，对钱诗的处理方式是尽量遴选牧斋近唐之作，在遴选与评价中，皆极力淡化钱诗的宗宋色彩。较典型的例子是邓汉仪《诗观》诸集："《诗观》诸选，流播海内，意在力返唐音。"④ 邓氏是相当彻底的宗唐者，他认为"诗必宗唐，乃为合调"⑤。他对于牧斋的大倡宋风，是颇有微辞的，且曾直接予以批评："近观吴越之间，作者林立，不无衣冠盛而性情衰……或又矫之以长庆、以剑南、以

---

① （清）汪琬：《皇清诗选序》，见（清）孙鋐《皇清诗选》，载《四库全书存目丛书》集部第 398 册，第 2 页。

② （清）孙鋐：《皇清诗选》"刻略"，第 13 页。

③ （清）曾灿：《过日集》"凡例"，康熙曾氏六松草堂刻本。

④ （清）杨际昌：《国朝诗话》卷二，载郭绍虞编选《清诗话续编》第 3 册，富寿荪校点，上海古籍出版社 1983 年版，第 1727 页。

⑤ （清）邓汉仪：《诗观初集》卷二，载《四库禁毁书丛刊》集部第 1 册，北京出版社 1997 年版，第 255 页。

眉山，甚至起而嘘竟陵已燼之焰，矫枉失正，无乃偏乎？"① 所谓 "矫之
以长庆、以剑南、以眉山" 者，显指牧斋而言。然牧斋之以诗存史及黍
离悲风，又为邓氏所激赏。所以邓氏在对钱诗之遴选评价中，采取折衷
手段。虽选钱诗，但尽力淡化其宗宋倾向。如对《金坛客座逢水榭故姬
感叹而作》（原作题为《金坛逢水榭故妓感叹而作凡四绝句》）的评价：
"见歌场旧人，便形感叹，此是唐人遗意。"② 这一评价相当意味深长。邓
汉仪对牧斋作为清初宋诗领袖的身份有充分体认，却着力强调其 "唐人
遗意" 一面，显然是为了淡化牧斋的宗宋特质。

（七）牧斋的门户之见

牧斋不仅诗学主张在明清之际特立独行，且门户之见颇重，对明代
主要诗学流派如七子、竟陵等，皆曾严厉批评："牧斋于有明诗派，无不
尽讥弹之能事。"③ 此种肆口恶骂、四面树敌的强硬态度，也使得一些选
家对牧斋及其诗产生负面感受，以致于影响其诗入选。较典型者为黄传
祖所纂《扶轮》诸集。其中，《扶轮集》纂于晚明崇祯十五年（1642），
《续集》《广集》与《新集》分别成书于顺治八年（1651）、十二年
（1655）与十六年（1659），系明清之际影响力较大的清诗选本之一。而
四部选集之中，却都未选入牧斋这一明清之际文坛钜公。不仅如此，广
集《凡例》概述顺治前中期江南诗风及诗人代表，竟将牧斋完全排除在
外："江南近习，尚尚风藻，气骨稍薄。卓然不朽，如坦庵、梅村、芝
麓、茧雪四公，各自擅场，不相仿佛，足当四大家。"④ 这种有意识的弃
选行为，其原因值得深究。

细考《扶轮》诸集对 "江左三大家" 中另两家诗作的选入，《广集》

---

① （清）邓汉仪：《诗观初集》卷二，载《四库禁毁书丛刊》集部第 1 册，北京出版社
1997 年版，第 193 页。

② （清）邓汉仪：《诗观初集》卷二，载《四库禁毁书丛刊》集部第 1 册，北京出版社
1997 年版，第 198 页。

③ 钱大成、陈光汉：《清代诗史绪论》，载《晚清民国中国古典文论研究文献集成》，巴蜀
书社 2020 年版，第 4152 页。

④ （清）黄传祖：《扶轮广集》"凡例"，顺治十二年（1655）黄氏依麟草堂刻本，第
3b 页。

中选吴伟业诗 35 首、龚鼎孳诗 50 首；《新集》选吴伟业 22 首、龚鼎孳
35 首，数量皆相当可观。则黄传祖对钱诗之弃选行为，应不是出于对牧
斋降清失节问题的反感。而黄传祖在晚明时代，即曾与牧斋有所交往，
牧斋并曾为其撰序①，则黄氏与牧斋有私怨而弃选其诗的可能性也不大。
最大之可能性，当是文学观念之差异。黄传祖本人宗尚竟陵，嘉庆《无
锡金匮县志》："黄传祖，字心甫，正色曾孙。好刻苦为歌诗，与其友彭
年皆为竟陵钟谭之学。"② 且对明末七子竟陵各树门户、互相角竞的现象
尤为反感："诗之为物，适情持志，淡然嗜欲之外。而角竞诟谇，别门扃
键，喧逾朝宁，茅倡苇和，谁滋厉阶？"③ "作者争角门户，呶呶王李钟谭
不已。不惟不知诗也，并不知王李钟谭。"④ 他主张的是对七子与竟陵的
调和态度："盖一隆诗之格，一抉诗之情。合则成家，离则两憾。"⑤ 施闰
章序《新集》特意指出："其意欲主持风会，折衷诸家，绝不倚傍门
户。"⑥ 所以，黄氏对牧斋一笔抹倒七子、竟陵二家以图树己之帜的行为非
常不满。他道："大抵诗贵乎传，不贵曹好群趋，以乘一日之运……今之树
帜者往矣，谁厌薄之？"⑦ "兹凡四选《扶轮》，皆四十年内诗……而诗之受
患方深，言则触忌受侮，不言则非肩承绝学。"⑧ 所谓"今之树帜者"，极
可能正是在诗坛较有话语权，且力诋七子竟陵诗风的"钜公"牧斋。

（八）牧斋之诗史特色

以诗存史之论，为明清之际诗论一大特色，牧斋正是诗史论的重要

---

① （清）钱谦益《越东游草引》："梁谿黄心甫，渡娥江，薄游东嘉……而后返，出其记游
诗文以示余。"（《牧斋初学集》卷三十二，载（清）钱谦益撰《牧斋初学集》，钱曾笺注，钱仲
联标校，上海古籍出版社 1985 年版，第 927 页）

② 嘉庆《无锡金匮县志》卷二十二，清嘉庆十八年（1813）刻本，第 20b 页。

③ （清）黄传祖：《扶轮集》"自序"，明崇祯十七年（1644）锡山黄氏刻本，第 1a 页。

④ （清）黄传祖：《扶轮续集》"自序"，顺治八年（1651）镕古堂刻本。

⑤ （清）黄传祖：《扶轮续集》"自序"，顺治八年（1651）镕古堂刻本。

⑥ （清）施闰章：《扶轮新集序》，载（清）黄传祖《扶轮新集》，清顺治十八年（1661）
刻本，第 3a 页。

⑦ （清）黄传祖：《扶轮新集自序》，载（清）黄传祖《扶轮新集》，清顺治十八年
（1661）刻本，第 1b—2a 页。

⑧ （清）黄传祖：《扶轮新集自序》，载（清）黄传祖《扶轮新集》，清顺治十八年
（1661）刻本，第 1a 页。

倡导者之一："诗也，书也，春秋也，首尾为一书，离而三之者也。三代以降，史自史，诗自诗，而诗之义不能不本于史……宋之亡也，其诗称盛……古今之诗莫变于此时，亦莫盛于此时……考诸当日之诗，则其人犹存，其事犹在，残篇蠹翰，与金匮石室之书，并悬日月。谓诗之不足以续史者，不亦诬乎？"① 他不但主张在易代鼎革之时以诗存国史，且在创作中往往亲身予以实践。这使得一些同样主张以诗存史的清诗选本，对钱诗之诗史特色极为青睐，并因此大量选入。

《诗观》诸集就是典型例子。其集明确以"追国雅而绍诗史"②"纪时变之极而臻一代之伟观"③ 为旨归，故选入钱诗时，往往偏重于那些记载重大史实，可用以补史存史的诗作，并予以阐发揄扬。例如，《南滁望滁阳王庙遂趋临濠道中感而有述》，此诗载郭子兴事迹，吟咏明朝建国之史事，并在结尾有意识提出以诗存史的主张："史存有讳忌，国往无继绍……寄语石室人，放失事搜讨。"④ 邓汉仪评曰："虞山具一代史才，合肥每每言之。此诗略见大意。"⑤ 对牧斋之诗史意识，极为欣赏。又如《杨龙友画册歌为友沂作》（原题为《为友沂题杨龙友画册》），钱氏借图吟咏感叹画家杨文骢抗清而死的事迹，并及易代史事。邓汉仪对此亦极为欣赏。他评价道："借马上生论，却设出许大关系，想一代兴亡事迹盘结胸中，固遇题辄发耶？"⑥ 亦称许牧斋以诗文存录"一代兴亡事迹"的特色。

又如韩纯玉《今诗兼》，其人系韩敬之子，又是入清不仕的遗民，对

① （清）钱谦益：《胡致果诗序》，载（清）钱谦益《牧斋有学集》，（清）钱曾笺注，钱仲联标校，上海古籍出版社 1996 年版，第 800—801 页。

② （清）邓汉仪：《诗观初集》"自序"，载《四库禁毁书丛刊》集部第 1 册，北京出版社 1997 年版，第 191 页。

③ （清）邓汉仪：《诗观初集》"自序"，载《四库禁毁书丛刊》集部第 1 册，北京出版社 1997 年版，第 192 页。

④ （清）钱谦益：《南滁望滁阳王庙遂趋临濠道中感而有述》，载《牧斋初学集》卷一，钱曾笺注，钱仲联标校，上海古籍出版社 1985 年版，第 16 页。

⑤ （清）邓汉仪：《诗观初集》卷一，载《四库禁毁书丛刊》集部第 1 册，北京出版社 1997 年版，第 195 页。

⑥ （清）邓汉仪：《诗观初集》卷一，载《四库禁毁书丛刊》集部第 1 册，北京出版社 1997 年版，第 196—197 页。

钱氏名节颇有贬斥之辞；但其中却不乏钱氏入清后有关易代的作品，甚至是实录战乱之惨烈、清人杀戮之残酷的诗作，如《西湖杂感》："杨柳桃花应劫灰，残鸥剩鸭触舷回。鹰毛占断听莺树，马矢平填放鹤台。北岸奔腾潮又到，南枝零落鬼空哀。争怜柳市高楼上，银烛金盘博局开。"①此诗描摹清兵杀戮掳掠之后杭州城残破零落的惨状，毫无隐晦，笔触激烈直露，而韩纯玉竟予选入，显然是对其实录而毫无曲笔之处，极为欣赏。

（九）牧斋诗之深婉含蓄风格

牧斋诗学渊源极为繁杂，故其诗风既有如陆游、元好问"主于高华鸿朗，激昂痛快"②的一面，也有效法义山"不得不纡曲其指，诞谩其辞，婉娈托寄，譎谜连比"③的一面。特别是其生平经历较复杂，由明末党争直至易代降清，其间颇多压抑苦涩、难以明言之事，因而有为数不少的诗作，都呈现出含蓄内敛、深婉幽微的特点；而这类诗作，也往往是各种选本选入最多者，如《团扇篇》，此诗系钱氏阁讼去职之后所作，是以弃妇比附逐臣的传统思路，对自身无辜受谤表示哀怨的同时，亦不忘表达对"君恩"的忠爱缠绵之情，符合"温柔敦厚""怨而不怒"之儒家诗教标准，故有多达 6 部选本将其选入④，且多有选家给予较高评价："缠绵凄楚，无愧风人。"⑤"眷念恩情，收藏箧筪，与小丈夫悻悻者异焉。"⑥又如《留题湖舫》（舫名不系园）："湖上堤边舣棹时，菱花镜里去迟迟。分将小艇迎桃叶，遍采新歌谱竹枝。杨柳风流烟草在，杜鹃

---

① （清）钱谦益：《西湖杂感》，见《有学集》卷三，载《牧斋有学集》，（清）钱曾笺注，钱仲联标校，上海古籍出版社 1996 年版，第 92 页。

② （清）钱谦益：《唐诗鼓吹序》，见《有学集》卷十五，载《牧斋有学集》，（清）钱曾笺注，钱仲联标校，上海古籍出版社 1996 年版，第 709 页。

③ （清）钱谦益：《注李义山诗集序》，见《有学集》卷十五，载《牧斋有学集》，（清）钱曾笺注，钱仲联标校，上海古籍出版社 1996 年版，第 704 页。

④ 分别为《江左三大家诗钞》《蓽阁诗藏》《皇清诗选》（孙鋐）、《今诗兼》《国朝诗品》《国朝诗别裁集》。

⑤ （清）孙鋐：《皇清诗选》卷一，载《四库全书存目丛书》集部第 398 册，第 40 页。

⑥ （清）沈德潜：《清诗别裁集》卷一，上海古籍出版社 2013 年版，第 2 页。

春恨夕阳知。凭阑莫漫多回首，水色山光自古悲。"① 此诗为牧斋被诸家选本选录最多的诗作，多达 10 部选集选入②。此诗以览景怀旧起手，至"杨柳风流""杜鹃春恨"二句，及于黍离之思，末句更化用赵孟頫《岳鄂王墓》"英雄已死嗟何及，天下中分遂不支。莫向西湖歌此曲，水光山色不胜悲"③ 之成句，黍离哀歌中又暗藏失节之悲，极能见牧斋擅以深婉含蓄之笔，书写亡国之恸、身世之感的特色。魏宪《诗持》评曰："杨柳杜鹃，烟草夕阳，有情无情，总不堪问。"④ 陆次云《皇清诗选》评曰："语意幽微，在可解可不解之间，正索解人不易。"孙鋐《皇清诗选》评曰："澧兰沅芷，触目增思，殊有彼美一方之感。"⑤ 此类锋芒较敛、忧思深长、笔墨凄婉的作品，正能代表钱诗之最高成就。

（十）选本对牧斋诗选录的影响

清代前中期之清诗选本众多，不少选家或因条件所限，或为省事省力起见，在选诗时并不直接从诗人别集入手，而是从当时影响力较大的总集选本中遴选。以刊刻于康熙四十九年（1710）的吴霭《名家诗选》为例，吴氏在凡例中老实承认，这一选本主要是由当时其他选本中摘录而成："当代名选林立，如商丘宋公之《十五子诗选》……以迄名公专稿，皆取而折衷之。"⑥ 这就意味着，那些出现较早又较为完备的选本，必然成为晚出选家的"借鉴对象"，对后来的选本产生较大影响。

清代最早大规模遴选牧斋诗的总集，首推刊行于康熙七年（1668）的《江左三大家诗钞》，选牧斋诗达 414 首，在清初选本中首屈一指。其次为刊行于康熙十年（1671）的魏宪《百名家诗选》和刊行于康熙十一年（1672）的邓汉仪《诗观》初集，分别选牧斋诗 46 首和 41 首。值得

---

① （清）钱谦益：《留题湖舫》，见《有学集》卷三，载（清）钱谦益《牧斋有学集》，（清）钱曾笺注，钱仲联标校，上海古籍出版社 1996 年版，第 88 页。

② 分别为《江左三大家诗钞》《骊珠集》《诗持》《皇清诗选》（陆次云）、《五大家诗钞》《皇清诗选》（孙鋐）、《诗乘初集》《今诗兼》《国朝诗的》《国朝诗品》。

③ （元）赵孟頫：《赵孟頫集》卷四，钱伟强点校，浙江古籍出版社 2016 年版，第 96 页。

④ （清）魏宪：《诗持三集》卷一，载《四库禁毁书丛刊》集部第 38 册，第 391 页。

⑤ （清）孙鋐：《皇清诗选》卷十七，载《四库全书存目丛书》集部第 398 册，第 450 页。

⑥ （清）吴霭：《名家诗选》"凡例"，载《四库禁毁书丛刊》集部第 170 册，第 4 页。

注意的是，《江左三大家诗钞》所选牧斋诗作，词句与牧斋传世之《初学》《有学》二集多有所不合，《百名家诗选》和《诗观》初集，又往往沿袭《三大家诗钞》版本。而这三种总集，又进一步影响到后起选本中牧斋诗的词句。

以入选频率较高的《夜步虎山桥》为例，有句云"早梅散轻缟"①。《三大家诗钞》此句则为"早梅开轻缟"②。清前中期选此诗的选本，包括《诗持》《百名家诗选》《蓴阁诗藏》《诗风初集》《皇清诗选》《今诗兼》《国朝诗的》《国朝诗品》8 种，皆作"开轻缟"。这很明显是受到了《三大家诗钞》的影响。又如《丙申春就医秦淮寓丁家水阁浹两月临行作绝句三十首留别留题不复论次》③，《三大家诗钞》将题目改为《留题秦淮丁家水阁》④，此后各种清诗选本选入此诗者，包括陆次云《皇清诗选》《今诗兼》《名家诗选》，直到沈德潜《国朝诗别裁集》，全部都沿用了"留题秦淮丁家水阁"这一题目。

总体上，清代前中期选家选录牧斋诗时，并非从牧斋原著中选取，而转由《三大家诗钞》中摘抄，这一现象颇为普遍。不过，也有一些选家，或由于与牧斋关系密切，熟悉其著作；或出于认真负责的编纂态度，能以原著为本。

以《石田翁画奚川八景图歌》为例，《三大家诗钞》与《初学集》原作，有三处不同⑤。其他选本中，《箧衍集》与《蓴阁诗藏》皆从《诗钞》版本，而同样遴选此诗的王士禛《感旧集》，则使用《初学集》原文。王士禛与牧斋渊源极深，受其知遇之恩，对牧斋著作较为了解，他编选《感旧集》时，显然是直接选自《初学集》原作："辄取箧衍所藏

---

① （清）钱谦益：《夜步虎山桥》，见《初学集》卷五，载《牧斋初学集》，（清）钱曾笺注，钱仲联标校，上海古籍出版社 1996 年版，第 163 页。

② （清）顾有孝、赵沄：《江左三大家诗钞·牧斋诗钞》卷中，载《江左三大家诗钞》，第 26 页。

③ （清）钱谦益：《有学集》卷六，载《牧斋有学集》，（清）钱曾笺注，钱仲联标校，上海古籍出版社 1996 年版，第 280 页。

④ （清）顾有孝、赵沄：《江左三大家诗钞·牧斋诗钞》卷上，第 13 页。

⑤ 此三处不同分别为：《初学集》"想见阁笔还操觚"，诗钞作"犹操觚"；"寒冰栗玉清眉须"，诗钞作"青眉须"；"兄弟赏鉴频叹吁"，诗钞作"频嗟吁"。

平生师友之作，为之论次，都为一集。"①

又如《团扇篇》有句云"秋来明月正婵娟"②，《三大家诗钞》则作"愁来"③。诸选本中，《尊阁诗藏》《今诗兼》、孙鋐《皇清诗选》、《国朝诗品》皆作"愁来"，显然是转引自《诗钞》；而沈德潜《国朝诗别裁集》却系"秋来"，应是直接选录自牧斋《初学集》原作，由此也可知沈德潜编选《国朝诗别裁集》的慎重态度，和对牧斋诗的充分研读。

对于清诗选家来说，《三大家诗钞》不但可能成为其遴选牧斋诗的主要来源，且必然是极重要的参照作品。以《大观太清楼二王法帖歌》为例，此诗在《三大家诗钞》中的版本，与《有学集》原作不同之处多达八处④，其后选录此诗的各种清诗选本，皆参照《有学集》与《三大家诗钞》，有所去取。其中，《诗观》全部使用《诗钞》版本；《感旧集》删去"橐驼交迹""卷轴遑恤"数句，其余皆从《有学集》原文；《箧衍集》沿袭《诗钞》5 处，《有学集》3 处⑤；《国朝诗因》沿袭《有学集》与《诗钞》则各有 4 处⑥。由此可知，《江左三大家诗钞》作为清代最早大量选录牧斋诗的总集，起到了极为重要的影响。后起的清诗总集在选录牧斋诗时，大多曾参阅《诗钞》，乃至直接从《诗钞》中抄录。

---

① （清）王士禛：《感旧集》"自序"，载《四库禁毁书丛刊》集部第 74 册，第 156 页。

② （清）钱谦益：《团扇篇》，载《牧斋初学集》卷八，（清）钱曾笺注，钱仲连标校，上海古籍出版社 1996 年版，第 248 页。

③ （清）顾有孝、赵沄：《江左三大家诗钞·牧斋诗钞》卷下，《江左三大家诗钞》，载《四库禁毁书丛刊》集部第 39 册，第 41 页。

④ 此八处区别分别为，《有学集》"长沙戏鱼徒相望"，诗钞作"相忘"；"新绛澡笔改东库"，诗钞作"爆笔"；"呜呼此本不易得"，诗钞作"此卷"；"牛马渍汗沉缥缃"，诗钞作"污缥缃"；"卷轴遑恤三千富"，诗钞作"遑惜"；"展卷俄惊标识改"，诗钞作"褾识"；"伤心西昇失至宝"，诗钞作"西兴"；"开笔载拜朝墨皇"，诗钞作"阁笔再拜"。

⑤ 《箧衍集》沿袭《诗钞》之句，包括"长沙戏鱼徒相忘""新绛爆笔改东库""牛马渍汗污缥缃""展卷俄惊褾识改""阁笔再拜朝墨皇"；沿袭《有学集》之句，包括"呜呼此本不易得""卷轴遑恤三千富""伤心西昇失至宝"。

⑥ 《国朝诗因》沿袭《诗钞》之句，包括"新绛爆笔改东库""卷轴遑惜三千富""展卷俄惊褾识改""阁笔再拜朝墨皇"；沿袭《有学集》之句，包括"长沙戏鱼徒相望""呜呼此本不易得""牛马渍汗沉缥缃""伤心西昇失至宝"。见《国朝诗因》卷二，第 19b—20b 页。

（十一）清前中期选本中钱诗被窜改抽删之情形

由于钱诗在乾隆时惨遭禁毁，以致于其他选家别集，片言只墨，但涉及牧斋诗文者，即往往难逃厄运。故清前中期的某些选本中，针对钱诗，亦有来自后世藏书者的匆忙涂改点窜行为，如刻于康熙（1662—1722）年间的吴蔼《名家诗选》，其书虽选钱诗，但牧斋之名皆用墨笔涂去，显系后人涂改；又如成书于康熙二十年（1681）的蒋鑨《清诗初集》，是集中牧斋仅有二首七绝《金坛逢水榭故妓感叹而作》入选，且其名以墨笔划去。然蒋鑨《自序》中有"世祖章皇帝时，胜国遗贤如钱牧斋、吴梅村、龚芝麓、王觉斯、熊雪堂诸君子，同祖风骚，执耳坛坫"等评价，显系将牧斋视为足以与吴伟业、龚鼎孳等并列的"胜国遗贤"之代表。以该书选家对牧斋的评价和重视程度，入选之钱诗绝不当如此稀少，很可能是后人惧祸而予以窜改抽删之故。

此种窜改抽删之痕迹，更明显者系徐菘、汪文贞、汪森选《诗风初集》。其书刊刻于康熙十二年（1673），对钱诗之选择，于各诗体不但去取失当，且明显有删改之痕迹。卷一的五言古诗，选钱诗达 15 首之多（龚鼎孳和吴伟业则分别只有 11 首和 7 首）；然其后只有卷十五的五言排律选入钱诗二首，卷十七的七绝收钱诗二首。牧斋最擅长之七古与七律，则一首未收。与此相应的是，其书阙卷三、卷四，且于卷十一的七律所收诗人目录中，蒋菀与高珩之间有四处以墨笔涂去。

该书凡例中，并提到选家与牧斋之间有互动的往事："顺治中，淮阴倪子天章来吴门，与余同寓虎丘甚善，相订同选《诗风初集》，余即撰征引刻作一笺，此引曾于白堤舟中，虞山牧翁极为称赏。"① 以编者对牧斋之熟悉程度，以及卷一多选钱诗之情形，其后卷帙不可能对钱诗吝于遴选。极有可能是进入乾隆时代以后，此书曾遭抽删，而抽删不够"彻底"，故五言排律与七绝卷中，尚有一两首"漏网之鱼"。

---

① （清）徐菘、汪文贞、汪森：《诗风初集》"凡例"，康熙十二年（1673）刻本。

二 《国朝诗别裁集》对牧斋及其诗的 盖棺论定

乾隆二十四年（1759），《国朝诗别裁集》首度付梓，次年经修订后再版。这部选集对牧斋及其诗的遴选评价，堪称是对此前各家选本在这一问题上的总结与调和，并终于一锤定音，确定了牧斋其人与其诗在清代诗歌史上的最终定位。

《国朝诗别裁集》首列牧斋，选其诗达 31 首①，并为牧斋作一小序。

> 尚书天资过人，学殖鸿博，论诗称扬乐天、东坡、放翁诸公。而明代如李何王李，概挥斥之。余如二袁钟谭，在不足比数之列。一时帖耳推服，百年以后，流风余韵，犹足奢人也。生平著述，大约轻经籍而重内典，弃正史而取稗官，金银铜铁，不妨合为一炉。至六十以后，颓然自放矣。向尊之者，几谓上掩古人；而近日薄之者，又谓渐灭唐风，贬之太甚，均非公论。兹录其推激气节，感慨兴亡，多有关风教者，余靡曼噍杀之音略焉。见《初学》《有学》二集中，有焯然可传者也。至前为党魁，后逃禅悦，读其诗者应共悲之。②

归纳起来，《国朝诗别裁集》对牧斋其人其诗的评价，具有如下特点。

其一，对牧斋"天资过人，学殖鸿博"的成就，与"论诗称扬乐天、东坡、放翁诸公，而明代如李何王李，概挥斥之。余如二袁钟谭，在不足比数之列"的文学批评理念，进行归纳，并对牧斋诗学理念与创作给予后世的影响，给予承认和重视："一时帖耳推服，百年以后，流风余韵，犹足奢人也。"

---

① 初刻本为32首。重订本将《题华州郭胤伯所藏西岳华山庙碑》一诗删去。
② （清）沈德潜：《清诗别裁集》卷一，第1页。

其二，对牧斋最有争议的名节问题，作出定评。沈德潜虽重诗教，在编选《国朝诗别裁集》时，却更倾向于以艺术标准为先。《凡例》："是选以诗存人，不以人存诗。"① 《自序》更明确指出"惟取诗品之高也"②。所以他不但未因名节争议而弃选钱诗，还敢于将牧斋列于卷首。沈德潜系立身端正严谨的儒者，虽崇信儒家君臣伦理道德，但并不苛责前人。在他看来，牧斋之名节确有较大瑕疵，但其平生遭际之坎坷，心灵之苦痛，更值得悲悯而不是责难。他道："前为党魁，后逃禅悦，读其诗者应共悲之。"所以，他在钱氏《后观棋绝句》诗之下评价道："此牧斋自伤末路也。残局自有胜着，只是人不肯寻耳。"③《后观棋绝句》作于顺治五年（1648），实系牧斋以棋局为喻筹划复明活动。《国朝诗别裁集》所选为"寂寞枯枰""飞角侵边"二首。沈德潜不了解牧斋参与复明运动的底细，却解为"自伤末路"，对牧斋步步走错而趋于"末路"的生平，批判中也隐然含有同情之感。这种既有原则，又不沦于道德批判至上的批评方式，正是文学批评者所应有的。

其三，对牧斋在清代诗歌文学史中的定位，进行了合乎实际的盖棺论定。牧斋为"清初第一诗人"，然并非"清代第一诗人"，在断代文学史中属于"初"而非"盛"。

沈德潜援引刘基、危素之例，将牧斋一类"从龙"仕清的"前代臣工"，列入"本朝"诗人范畴："前代臣工，为我朝从龙之佐，如钱虞山、王孟津诸公，其诗一并采入，准明代刘青田、危太仆例也。"④ 这就干脆利落地解决了清前中期诸选家关于牧斋在文学史上究竟应定位于哪一时代的争议。

不过，在《国朝诗别裁集》中，虽首列牧斋，但牧斋并非整部《国朝诗别裁集》中入选诗歌数量最多者（31 首）。入选最多者，系王士禛（47 首）。沈德潜对渔洋亦有一较长的《小序》予以评价。

---

① （清）沈德潜：《清诗别裁集》"凡例"，第1页。
② （清）沈德潜：《清诗别裁集》"原序"，第1页。
③ （清）沈德潜：《清诗别裁集》卷一，第9页。
④ （清）沈德潜：《清诗别裁集》"凡例"，第2—3页。

渔洋少岁，即见重于牧斋尚书，后学殖日富，声望日高，宇内尊为诗坛圭臬，突过黄初，终其身无异辞。身后多毛举其失，互相弹射，而赵秋谷官赞著《谈龙录》以诋諆之，恐未足以服渔洋心也。或谓渔洋獭祭之工太多，性灵反为书卷所掩，故尔雅有余，而莽苍之气遒折之力往往不及古人，老杜之悲壮沈郁，每在乱头粗服中也。应之日，是则然矣。然独不日欢娱难工，愁苦易好，安能使处太平之盛者，强作无病呻吟乎？愚未尝随众誉，亦非敢随众毁也。①

在《小序》中，沈德潜强调的是渔洋长期身为诗坛盟主，"宇内尊为诗坛圭臬，突过黄初，终其身无异辞"的身份，以及清王朝"盛世"诗人之特点："安能使处太平之盛者，强作无病呻吟乎？"与此相对的是，沈氏在《牧斋小序》中，强调的是牧斋对明代诗学的扫荡榛芜之功："论诗称扬乐天、东坡、放翁诸公，而明代如李何王李，概挥斥之。余如二袁钟谭，在不足比数之列。"且明确强调只录其"推激气节、感慨兴亡、多有关风教者"，而将"靡曼噍杀之音"予以剔除。这种选诗数量上的差别，和评价着眼点的不同，足以说明，沈德潜实际上是将牧斋视为文学史意义上由"明"而"清"的过渡型人物，且呈现出"感慨兴亡"的黍离变雅风气，无论在身份定位还是审美特征上，皆具有较强的"前朝"色彩。所以，牧斋虽对清诗有开创之功，却并非清人自家"盛世"诗风之代表。而有资格代表清人自身"盛世"诗学之人，则非"处太平之盛""宇内尊为诗坛圭臬"的王渔洋莫属。以唐诗为喻，沈氏实际上是将牧斋定位为初唐之沈宋、四杰；而渔洋才是属于盛唐的高、岑、王、孟、李、杜。这一综合了诗人所处时代与创作风格的评价定位，是较恰如其分的。

其四，对牧斋七言成就高于五言的特征，予以定评。《国朝诗别裁集》中选牧斋七古4首，七律多达19首，七绝8首，其余诸体诗则概不收入："五言平直少蕴，故不录。"②

其五，以"温柔敦厚""有益于世"及"宗唐"标准，对钱诗进行

---

① （清）沈德潜：《清诗别裁集》卷四，第125页。
② （清）沈德潜：《清诗别裁集》卷一，第1页。

取舍和评价。沈德潜为清代格调派宗主，故其遴选标准，势必以宗唐主格调为准。他在自序和凡例中明确指出，《国朝诗别裁集》之选诗标准，首先，强调"温柔敦厚"："予唯祈合乎温柔敦厚之旨，不拘一格也。"①其次，注重功用："诗必原本性情，关乎人伦日用及古今成败兴坏之故者，方为可存。"②最后，以宗唐为标准："唐诗蕴蓄，宋诗发露。蕴蓄则韵流言外，发露则意尽言中。愚未尝贬斥宋诗，而趋向旧在唐诗。故所选风调音节，俱近唐贤，从所尚也。"③沈氏正是依据这些标准，对牧斋诗进行遴选和评价。

首先，沈氏以"温柔敦厚"、怨而不怒、哀而不伤为选诗标准。他在《唐诗别裁集序》中，对"温柔敦厚"之标准，有较详细之阐释："唐人之诗，有优柔平中顺成和动之音，亦有志微噍杀流僻邪散之响。由志微噍杀流僻邪散而欲上溯乎诗教之本原，犹南辕而之幽蓟，北辕而之闽粤，不可得也。"④所以，他明确表示要剔除牧斋那些关涉鼎革、出言激烈的"靡曼噍杀之音"，而所选入者，皆较倾向于沉郁深婉、表达含蓄。

总体来看，《国朝诗别裁集》选《初学集》中诗作，多选牧斋遭逢仕途蹉跌后"怨而不怒"、语含"忠爱"的逐臣之叹；选《有学集》之作，多选牧斋身历亡国后"哀而不伤"、思深笔婉的黍离悲歌。前者如《团扇篇》："奉君清暑为君容，莫道恩情中路空。蛛丝虫网频垂泪，还感君恩在箧中。"沈氏评曰："此召对落职后诗也。眷念恩情，收藏笥箧，与小丈夫悻悻者异焉。"⑤《玉堂双燕行送刘晋卿赵景之两太史谪官》："明年社日蚤归来，籥口衔泥补君屋。"⑥沈氏评曰："为谪官者言，自宜以衔泥补屋望之。此立言体也，与《团扇篇》用意略同。"⑦二诗皆作于牧斋枚

①　（清）沈德潜：《清诗别裁集》"原序"，第1页。

②　（清）沈德潜：《清诗别裁集》"凡例"，第2页。

③　（清）沈德潜：《清诗别裁集》"凡例"，第2页。

④　（清）沈德潜：《唐诗别裁集》"原序"，上海古籍出版社2013年版，第1页。

⑤　（清）钱谦益：《初学集》卷五，载《牧斋初学集》，（清）钱曾笺注，钱仲联标校，上海古籍出版社1996年版，第248页。

⑥　（清）钱谦益：《初学集》卷五，载《牧斋初学集》，（清）钱曾笺注，钱仲联标校，第488页。

⑦　（清）沈德潜：《清诗别裁集》卷一，第3页。

卜阁讼之后，抒发受谪不怨，眷念君恩之意，堪称是"怨而不怒"之典范，故得选入。后者则如《夏日宴新乐小侯于燕誉堂林若抚徐存永陈开仲诸人并集二首》："宝玦相逢沟水头，长衢交语路悠悠。西京甲观论新乐，南国丁年说故侯。春燕归来非大厦，夜乌啼处似延秋。曾闻天乐梨园里，忍听吴歈不泪流。"① 此系牧斋在鼎革后宴请故明贵戚刘文炤之作，文炤为新乐侯刘文炳胞弟，系崇祯帝生母之侄。牧斋由明朝外戚之流落沉沦，慨叹明清易代的陵谷沧桑，悲挽明朝故国，而并未表达对清人的仇视，风格悲郁深婉而不具刺激性，故沈德潜将其选入，并评曰："激壮之中，自饶凄惋。"② 又如《丙戌南还赠别故侯家妓人冬哥四绝句》："绣岭灰飞金谷残，内人红袖泪阑干。临觞莫恨青娥老，两见仙人泣露盘。"③沈氏注云："两见，谓甲申、乙酉两年。"④ 牧斋与冬哥皆身历甲申国变及乙酉南明灭亡，且后一次还使得牧斋降清失节，成为苦涩尴尬的"两截人"。一句"两见仙人泣露盘"，涵盖了极为复杂而凄苦的感情指向，而表达方式又极为含蓄委婉。故沈氏不但选入，且特意将其"微言大义"予以拈出。

其次，沈德潜选诗时注重"诗必原本性情，关乎人伦日用及古今成败兴坏之故"⑤ 的社会功用标准，对牧斋有意识"以诗存史"的创作方式比较欣赏。所以，他在选入钱诗时，有意识向钱诗中"推激气节、感慨兴亡、多有关风教者"⑥ 倾斜，选入了不少牧斋有关晚明史事的的作品。

例如，《吴门送福清公还闽八首》："甘陵南北久分歧，鹓鹭雍容彼一时。抗疏有人盈琐闼，顾名无阙省罘罳。恩牛怨李谁家事，白马清流异

① （清）钱谦益：《有学集》卷二，载《牧斋有学集》，（清）钱曾笺注，钱仲联标校，上海古籍出版社1996年版，第81页。

② （清）沈德潜：《清诗别裁集》卷一，第7页。

③ （清）钱谦益：《有学集》卷一，载《牧斋有学集》，（清）钱曾笺注，钱仲联标校，上海古籍出版社1996年版，第3页。

④ （清）沈德潜：《清诗别裁集》卷一，第9页。

⑤ （清）沈德潜：《清诗别裁集》"凡例"，第2页。

⑥ （清）沈德潜：《清诗别裁集》卷一，第1页。

代悲。八载调羹心赤苦，临行谆复外庭知。"① 沈德潜评曰："诗作于万历季年。福清公，叶台山向高也。公在政府，士林倚以为重。后以不能救万燝死，又林汝翥忤奄，群奄辱及于公，公去，而东林君子无噍类矣。诗中'白马清流'，其有先见乎!"② 叶向高为万历、天启时代内阁首辅，身为东林党人而倾向于稳健隐忍、调和朝政矛盾、庇护清流。是作以晚明史事为题材，"甘陵南北""恩牛怨李"言及明末党争，"白马清流"更是天启时代东林被难的一语成谶。此诗之选，颇见沈德潜以诗证史之意。

又例如，《戊寅九月初三日奉谒少师高阳公于里第感旧述怀即席赋诗八章》《奉谒少师高阳公于里第感旧述怀》："仓黄出镇便门东，单骑横穿万虏中。掷手关河归旧服，侧身天地荷成功。朝家议论三遗矢，社稷安危一亩宫。闻道边廷饶魏绛，早悬金石赏和戎。"③ 牧斋此诗所记，系其座师孙承宗生平，并关涉明末重要史事。崇祯二年（1629），清军入寇，陷遵化，威胁京师，崇祯帝紧急起用已赋闲在家的孙承宗。孙遂率二十七骑出东便门，抵达通州，调兵入卫，力挽狂澜，恢复了永平四城。然崇祯四年（1631），孙承宗遭朝中劾奏，再度引疾归，明朝边事遂越发不可为。牧斋感慨于明廷对能臣的弃置，更因当时杨嗣昌、陈新甲等暗中布置与清人议和而愤恨，遂有是作。此诗因关涉到明末抗清史事，在清朝实为"敏感题材"，而沈德潜竟敢于选入，且特为概述孙承宗生平及诗作背景："众以年老轻之，而社稷安危系于闲散之身，盖以挽回天下望之矣。孙文忠讳承宗，高阳人，牧斋座主也。以宰相任边事久，屡立匡复功。为奄人斗筲所厄，家居七年。崇祯十七年，城陷不屈死。诗中望其出而救时，非阿好也。此种诗可以证史，不徒辞章对偶之工。"④ 在沈德潜看来，牧斋此诗在题材上关涉重大历史事件、"可以证史"的史料价

---

① （清）钱谦益：《初学集》卷一，载《牧斋初学集》，（清）钱曾笺注，钱仲联标校，上海古籍出版社 1996 年版，第 34 页。

② （清）沈德潜：《清诗别裁集》卷一，第 4 页。

③ （清）钱谦益：《初学集》卷十四，载《牧斋初学集》，（清）钱曾笺注，钱仲联标校，上海古籍出版社 1996 年版，第 503 页。

④ （清）沈德潜：《清诗别裁集》卷一，第 7 页。

值、与"推激气节、感慨兴亡、有关风教"的道德意义，皆是值得褒扬的。

最后，对钱诗宗宋取向的复杂态度。沈德潜论诗宗唐，亦推崇前后七子，对宗宋诗风较为不喜，且在《国朝诗别裁集》中有意弃选剔除宗宋诗人，特别是清中期以后的浙派诗人。① 然而，沈氏作为对明清两代文学发展史有高屋建瓴眼光的一代文学批评大家，又能对牧斋惩于七子竟陵弊端而倡导宋风的必然性予以理解，且并未将清中期以后宋诗派的流弊，全部归结于牧斋本人。

> 钱受之意气挥霍，一空前人，于古体中揭出韩、苏，于近体中揭出剑南。受之之学，高于众人，而又当钟谭极衰之后，钱氏之学行于天下，较前此为盛矣。然而推激有余，雅非正则，相沿既久，家务观而户致能，有词华无风骨，有队仗无首尾。甚至讥诮他人，则曰："此汉魏"，"此盛唐"；耳食之徒，有以老杜为戒者，弟弱冠时犹闻此语。受之之意未尝云尔，而流弊则至于此也。②

对于牧斋这位在清初首倡宋诗的一代名家，沈德潜虽也指出其"推激有余，雅非正则"的缺点并予以批评，但态度显然较对待厉鹗和浙诗缓和许多。其原因或系牧斋虽在明清之际首倡唐宋兼宗，但其"宋风"尚不明显，因其所学主要是更接近唐诗的苏陆，而非如浙派诗人效法宋人特色更鲜明的江西诗派。所以沈德潜对牧斋不像对浙派那样严厉。不过，在《国朝诗别裁集》的编纂中，沈德潜也明确表示，会将牧斋那些较为"工致""浅薄"而近于宋人的诗作剔除。

---

① 《国朝诗别裁集》对浙派诗人诗作，辑录甚少。除卷二十四收录厉鹗诗八首外，其他浙派诗人几乎全未入选。身为清中期浙派宗主的厉鹗，其诗也仅入选八首，尚少于很多二流诗人。这显然是由于沈德潜反感于浙派诗人的宗宋习尚："今浙西谈艺家，专以钉饾捃扯为樊榭流派，失樊榭之真矣。"（《清诗别裁集》卷二十四，第 969 页。）

② （清）沈德潜：《与陈耻庵书》，载《归愚文钞》卷十五，载《沈德潜诗文集》，潘务正、李言点校，人民文学出版社 2011 年版，第 1378—1379 页。

牧斋诗，如"吾道非欤何至此，臣今老矣不如人"，"屋如韩愈
诗中句，身似王维画里人"，工致有余，易开浅薄，非正声也。①

不过，牧斋也有个别"宋风"显著的诗作，还是被沈德潜选入了
《国朝诗别裁集》，如《岁暮杂怀》："卒岁闲门有雀罗，流年徂谢意如
何？看花伴侣青春少，种菜英雄白首多。佩剑定须悬旧陇，明珠只合换
新歌。剧怜渭水垂纶叟，未应非熊鬓已皤。"② 其颔联与颈联，皆工巧流
利而颇近放翁，而沈德潜亦予以选入。则沈氏对"沿宋习"者的排斥，
也并非如何严苛。

总之，沈德潜《国朝诗别裁集》对牧斋本人的评价和对其诗的遴选，
皆是对此前各种诗歌选本对牧斋其人其诗的定评。沈德潜对牧斋名节问
题的批判与悲悯并存的态度，对牧斋诗七言成就远高于五言的定论，对
牧斋诗之诗史特质和沉郁含蓄深婉风格的赞誉，特别是对牧斋作为"清
初第一诗人"的评价，都在文学史意义上给了牧斋最为恰如其分的盖棺
论定。而清人对牧斋在清代文学史上之定位，也由此完成。

作者简介：

白一瑾，女，文学博士，北京大学中文系副教授。研究方向为明清
诗歌与文学批评。

---

① （清）沈德潜：《清诗别裁集》卷一，第1页。
② （清）钱谦益：《初学集》卷十五，载（清）钱谦益《牧斋初学集》，（清）钱曾笺注，
钱仲联标校，上海古籍出版社1996年版，第558页。此诗见于沈德潜《清诗别裁集》卷一，上
海古籍出版社2013年版，第7页。

王昶文坛盟主地位的确立[*]

陈　露

摘　要： 王昶虽不为当代文学史家所关注，但在乾嘉文坛，却是一位宏奖风流、主盟坛坫的重要诗人。乾嘉时期，诸多内外因素交相作用，共同促成了王昶盟主地位的确立。恩师沈德潜的推扬为王昶登上文坛奠定了基础；王昶一生所预百余次文酒之会为其确立才名、扩大交际、进预诗坛主流作出了重要贡献；在南昌友教书院、杭州诂经精舍的经历及操持科举权柄赋予了王昶主盟文坛的影响力；众多文学选本的编选、刊刻使其地位进一步巩固，影响进一步扩大。考察王昶文坛地位的确立过程及原因，不仅对深入了解乾嘉文学生态具有重要作用，对探查文坛盟主的生成机制亦具有典型意义。

关键词： 王昶　文酒之会　乾嘉文坛　地位确立

在乾嘉文坛，与钱大昕、王鸣盛、朱筠等人齐名的王昶是一位名重当时，后世声誉却并不隆显的诗人。作为乾隆朝的一代重臣，王昶回翔内阁四十余年，奖掖后进，德隆望尊。钱大昕称他“尤以博雅重海内，宏长风流，模楷后学”①，被时人比作王士禛，“论者以拟新城文简公，有

＊ 基金项目：本文系国家哲学社会科学基金重大招标项目“历代别集编纂及其文学观念研究”（21&ZD254）的阶段性成果。

① （清）钱大昕：《潜研堂文集》卷二三《述庵先生七十寿序》，载陈文和主编《嘉定钱大昕全集》第9册，凤凰出版社2016年版，第353页。

两司寇之目"①；俞樾《补刻春融堂集序》云："先生少时与王凤喈、吴企晋、钱竹汀、赵升之、曹来殷、黄芳亭诸公齐名，号'吴中七子'。及在京师，与朱筜河互主骚坛，有'南王北朱'之目，海内知与不知皆称为兰泉先生。"② 其影响力可见一斑。

　　然而，这样一位在当时地位甚高、影响甚大的文臣，后世文名却并不响亮。清代文学史对王昶几乎从未述及，仅有部分清代诗学著作将之列为格调派成员偶有论述。③ 其间的落差不免令人疑惑，王昶在当时文坛究竟占有怎样的地位？其地位是如何确立的？他在后世声名不彰的原因是什么？本文拟就上述问题展开探讨。

一　《七子诗选》的推扬

　　王昶（1725—1806），字德甫，号述庵，又号兰泉、琴德，吴中青浦（今上海市青浦区）人。乾隆（1736—1795）年间，吴中地区最著名的诗坛耆宿当属沈德潜。钱泳《履园丛话·谭诗》云："诗人之出，总要名公卿提倡，不提倡则不出也。"④ 王昶在乾嘉文坛的首次亮相，实有赖于沈德潜的推许、揄扬。

　　乾隆十四年（1749），沈德潜致仕归乡，担任苏州紫阳书院院长。其

---

① （清）钱大昕：《潜研堂文集》卷二三《述庵先生七十寿序》，载陈文和主编《嘉定钱大昕全集》第 9 册，凤凰出版社 2016 年版，第 353 页。

② （清）俞樾：《春在堂杂文》五编卷六《补刻春融堂集序》，载赵一生主编《俞樾全集》第 13 册，浙江古籍出版社 2017 年版，第 701 页。

③ 如严迪昌《清诗史》第三编《"升平盛世"的哀乐心声：清中叶朝野诗坛》第一章《耆儒晚遇的沈德潜》第三节《沈德潜的诗·"吴中七子"·毕沅·曾燠》论及王昶。（严迪昌：《清诗史》下册，浙江古籍出版社 2002 年版，第 699—707 页）；王宏林《乾嘉诗学研究》第一章《并称群体与清人视野中的乾嘉诗坛格局》第二节《乾嘉诗坛大家序列》，下设小节"'吴中七子'之一王昶"。（王宏林：《乾嘉诗学研究》上册，百花洲文艺出版社 2017 年版，第 28—29 页）；蒋寅《清代诗学史·学问与性情》第一章《沈德潜与诗学正统的建构》第六节《沈德潜门下的诗学》，下设小节"王昶和赵文哲"。（蒋寅：《清代诗学史·学问与性情》，中国社会科学出版社 2019 年版，第 146—149 页）；刘世南《清诗流派史》第十一章《格调诗派》第五节《对格调派的批判》略及《湖海诗传》（刘世南：《清诗流派史》，人民文学出版社 2019 年版，第 296 页）。

④ （清）钱泳：《履园丛话》上册，孟裴校点，上海古籍出版社 2012 年版，第 138 页。

时，王昶与王鸣盛、钱大昕等人肄业于紫阳书院，众人遂拜入沈德潜门下。乾隆十六年（1751）秋，沈德潜编录王鸣盛、吴泰来、王昶、钱大昕、赵文哲、曹仁虎、黄文莲七人之诗为《七子诗选》，并对七子的人品、学问作出高度评价。

> 七子者，秉心和平，砥砺志节，抱拔俗之才，而又亭经籍史，培乎根本，其性情、其气骨、其才思三者俱备，而归于自然。故发而为诗，或如巨壑崇岩，龙虎变化；或如寒潭削壁，冰雪峥嵘，曷尝沾沾焉模拟刻划、局守一家之言哉？而宗旨之正、风格之高、神韵之超逸而深远，自有不期而合者，犹河山两戒，条分南北，山不同而峻嶒之体则一也，水不同而混茫之状则一也，谓非诗教之正轨也耶？①

沈德潜盛赞七子性情、气骨、才思三者俱备，称许其诗为"诗教之正轨"，明确表达对七子"扶大雅之轮"② 的冀望，其中奖掖之意无以复加。

沈德潜编刻《七子诗选》之时声名正如日中天，因此，《七子诗选》甫一刊行，便"风行于世"③，"一时纸贵"④，在文坛引起极大反响："外裔土酋争为购求，视正、嘉前后七子、江左十五子、佳山六子、燕台十子有过之无不及也。"⑤ 后来，诗选甚至传及日本，以《清七子诗选》之名流传海外。⑥ 江藩《汉学师承记》载："大学头默真迦见而心折，附番

---

① （清）沈德潜：《沈归愚诗文全集·归愚文钞》卷一四《七子诗选序》，载《清代诗文集汇编》编纂委员会编《清代诗文集汇编》第 234 册，上海古籍出版社 2010 年版，第 588—589 页。

② （清）沈德潜：《沈归愚诗文全集·归愚文钞》卷一四《七子诗选序》，载《清代诗文集汇编》编纂委员会编《清代诗文集汇编》第 234 册，上海古籍出版社 2010 年版，第 589 页。

③ （清）钱大昕：《钱辛楣先生年谱》，钱庆曾校注，载陈文和主编《嘉定钱大昕全集》第 1 册，凤凰出版社 2016 年版，第 12 页。

④ 钱仲联：《清诗纪事·乾隆朝卷》第 9 册，江苏古籍出版社 1989 年版，第 5601 页。

⑤ 钱仲联：《清诗纪事·乾隆朝卷》第 9 册，第 5047 页。

⑥ 参见范建明《论中日诗坛上的"新格调派"——以沈德潜与皆川淇园为中心》，《苏州大学学报》2007 年第 6 期。

舶上书于沈尚书，又每人各寄《相忆诗》一首，一时传为艺林盛事。"① 可见《七子诗选》流传日本的盛况。嘉庆、道光年间，陈文述因吴门朱绶等七人"年未及三十而诗文皆卓然可传，是可喜也"，因此"作七子诗"，将众人定名为"吴中七子"，称："归愚老去宗风坠，又见吴中七子才。伯仲之间见何李，文章余事亦邹枚。"② 随后，吴中又有"后七子""续七子""广七子""新七子"之目③，对沈德潜所举七子之名亦步亦趋，体现出《七子诗选》在吴中的强大影响力。

随着《七子诗选》的风行，七子声名鹊起，蜚声文坛。时人或称之"江左七子""江南七子""吴中七子"等。汪学金《述庵诗稿序》自叙心折王昶正是始于《七子诗选》："余童时于《江左七子诗钞》中得读先生之作。后游京师，从友人处见先生《征缅从军诗》一卷，讽咏心折，以为当世作者无可颉颃。"④ 《七子诗选》的编刊，为众人登上文坛开启了绚丽夺目的序幕。陈康祺《郎潜纪闻二笔》云："归愚尚书主吴下坛坫时，门下士王光禄鸣盛、钱詹事大昕、王少寇昶、曹侍讲仁虎、赵少卿文哲、吴舍人泰来、黄明府文莲，汇刻《吴中七子诗》，以文章气节重天下，谈宗派者，至今称颂。康祺以为就今日论之，师徒著述，强半流传。二王、钱、曹诸公，其才学实出归愚上，而在当时，则陶成奖借，尚书未必无功。"⑤ 道出沈德潜对七子成名所发挥的重要作用。

在"吴中七子"中，王昶的地位显得尤不寻常。相比其他六子，他更被时人乃至当世学者视作沈德潜诗学的继承者，甚至被推许为新一任诗坛领袖。同为"吴中七子"之一的王鸣盛在《四大名家论诗》中将王

① （清）江藩：《汉学师承记》卷四《王兰泉先生》，载《春融堂集》"附录"下册，第1190页。有关引文中"大学头默真迦"之身份，陈曦钟《关于"大学头"及其他——〈七子诗选〉流传日本考辨》（《北京大学学报》2004年第6期）一文作了详细考证，可参。

② （清）陈文述：《颐道堂诗选》卷一三《吴门朱绶、沈传桂、王嘉禄、吴嘉洤、韦光黻、彭蕴章、潘曾沂诸君，年未及三十，而诗文皆卓然可传，是可喜也，作七子诗》，载《清代诗文集汇编》编纂委员会编《清代诗文集汇编》第504册，上海古籍出版社2009年版，第231页。

③ 参见陈凯玲《清代吴中"七子诗坛"考论》，《苏州大学学报》2013年第6期。

④ （清）汪学金：《井福堂文稿》卷九《述庵诗稿序》，载《清代诗文集汇编》编纂委员会编《清代诗文集汇编》第422册，上海古籍出版社2009年版，第836页。

⑤ （清）陈康祺：《郎潜纪闻初笔二笔三笔·二笔》下册卷八《吴中七子》，晋石点校，中华书局1984年版，第459—460页。

昶上接高启、王士禛和沈德潜，称四人为论诗之"四名家"，认为"合四名家之论而参之，诗之道尽矣"①。可见七子成员内部对王昶的推服。王豫《群雅集》云："自文悫后，以大臣在籍持海内文章之柄，为群伦表率者，司寇一人而已。"② 在时人眼中，王昶俨然成为继沈德潜之后主盟风雅的代表人物。

那么，王昶何以能超迈其余六子，成为众所推许的新一任诗坛领袖呢？王宏林《乾嘉诗学研究》对此曾作出解释："由于'吴中七子'中的王鸣盛、钱大昕后来转向经史之学，赵文哲英年早逝，黄文莲仅位至县令，曹仁虎与吴泰来诗学成就有限，唯有王昶官居刑部侍郎，编有《湖海诗传》，能够把沈德潜诗学发扬光大。"③ 此说道出了王昶得以超越群伦的部分原因，可惜点到即止，许多因缘尚有待发掘。王昶文坛地位的取得，固然与其他成员因兴趣转向、不达、早逝等原因而造成的诗学地位下降相关，但其自身的人生际遇和选择才是最根本的因素。在官高位显的同时，频繁参与、组织文酒之会是王昶确立在乾嘉文坛地位的重要途径之一。

二　参与、组织文酒之会

有清一代，举办文会的风气非常盛行，赏景、观物、送别、寿辰、节令等都可以成为文酒之会发起的缘由。王昶《官阁消寒集序》中云："盖余辈遭际升平，故得从容退食，以娱戏于文墨。虽遇沍寒凛冽之时，而酒醪以往，词赋杂出，如融风彩露，熏熏熙熙。"④ 据不完全统计，王昶一生所预文酒之会多达百余次。自乾隆十二年（1747）至嘉庆八年（1803）的五十多年时间里，除了从军西南时期无暇文酒外，王昶一直活

① （清）王鸣盛：《蛾术编》下册卷七五《四大名家论诗》，顾美华标校，上海书店出版社2012年版，第1100页。

② 钱仲联：《清诗纪事·乾隆朝卷》第9册，江苏古籍出版社1989年版，第5603页。

③ 王宏林：《乾嘉诗学研究》上册，百花洲文艺出版社2017年版，第29页。

④ （清）王昶：《春融堂集（下册）》卷四十《官阁消寒集序》，陈明洁、朱惠国、裴风顺点校，上海文化出版社2013年版，第729页。

跃于吴中、京师、杭州、西安等各地的文会中，这对确立其地位、扩大其影响发挥了至关重要的作用。

最早关于王昶参与文会的记载见于乾隆十二年（1747）："余以丁卯（乾隆十二年）为文会，同郡与于会者十四人，君独与赵君文哲及余最亲。"① 在这次文会上，王昶与张熙纯定交。自此至乾隆十九年（1754），是王昶参与文酒之会的第一个重要时期。

此时王昶尚未步入仕途，多与吴中士人往来唱和，主要成员有王鸣盛（凤喈）、钱大昕（晓征）、吴泰来（企晋）、赵文哲（升之）、曹仁虎（来殷）、黄文莲（芳亭）、张熙纯（策时）、凌应曾（祖锡）、沙维杓（斗初）、朱方蔼（吉人）、惠栋（定宇）等。这些人的诗文集及年谱中曾一再述及当时的文会盛况。如吴泰来《春融堂诗序》："余以丁卯定交于秦淮，己巳从宿松假归，随先生于吴门盖七八年，山水之游，花月之坐，无不共也。"② 众人常常聚集于吴泰来别业遂初园，"与江、浙诸名士流连觞咏，座无俗客"③。作为当时文化繁荣的一大中心，遂初园文会之盛为时人瞩目。乾隆十七年（1752）仲春，王昶又与吴泰来自吴中前往金陵，参与当时名士朱桓所主持的文会。

这一时期的文酒之会作为展露诗艺的绝佳平台，促进了王昶才名的确立。他在秦淮之畔的诗歌活动给吴泰来留下了深刻印象，后者在怀人诗中，还曾提及王昶当年月夜作诗的风华："秦淮花月濛濛夜，曾听王郎斫地歌。归去吴淞倍相忆，鬓丝禅榻奈愁何。"④ 诗中用杜甫《短歌行赠王郎司直》"王郎酒酣拔剑斫地歌莫哀"⑤ 之典，复现王昶当年于文会之上的剪影。钱大昕则着力赞扬文酒之会上王昶诗才之敏捷，称："吾友王

① （清）王昶：《春融堂集（下册）》卷五六《内阁中书舍人张君墓志铭》，陈明洁、朱惠国、裴风顺点校，第961页。

② （清）吴泰来：《春融堂诗序》，载王昶《春融堂集》卷首，陈明洁、朱惠国、裴风顺点校，上海文化出版社2013年版，第6页。

③ （清）徐珂：《清稗类钞》第9册"鉴赏类"，中华书局1986年版，第4237页。

④ （清）吴泰来：《砚山堂集》卷三《怀人诗二十八首·青浦王文学琴德》，载《清代诗文集汇编》编纂委员会编《清代诗文集汇编》第350册，上海古籍出版社2009年版，第601页。

⑤ （唐）杜甫：《杜诗详注（第7册）》卷二一《短歌行赠王郎司直》，仇兆鳌注，中华书局2015年版，第2283页。

君述庵，以诗名闻吴会间。酒酣刻烛，拈韵赋诗，纚纚成数千百言。"①
王鸣盛进一步指出，其诗学观念曾受王昶的影响："余少工诗，粗构一隅，于古作者之波澜房奥，懵然未有所得。其后从家述庵游，与之上下其议论，不觉心开目明，始得稍稍窥见六义之指。"② 文酒之会是王昶与吴泰来、钱大昕、王鸣盛等人进行诗艺切磋的重要渠道，通过文会上的诗歌创作、诗艺讨论，王昶不仅确立了自己的诗名，还对诗友的诗学观念与诗歌创作产生了积极影响。

乾隆十九年（1754），王昶入京参加会试，一举中第。在此之前，他活跃的范围主要局限于江南一带；自此之后，其声名便随着文会进入京城圈子。高中进士后，礼部侍郎秦蕙田邀请王昶入其味经窝纂修《五礼通考》。在此期间，秦蕙田、金德瑛常常招其往游。《湖海诗传》金德瑛小传载："甲戌，予入京师，总宪时时招同游宴，于一经斋清谈终日，率以为常。"③ 通过秦、金组织的文会，王昶结识了戴震、钱载、蒋士铨、汪孟鋗等人，由此接触到秀水派和性灵派的诗学观念。《春融堂集》卷四四《跋坤一诗钞》云："乾隆甲戌，余以会试在京师，金桧门先生时时招余言燕，始与康古、心余两孝廉及坤一编修定交，其间互相吟和，得见坤一诗最夥。"④ 后来王昶离京，钱载、金德瑛曾多次举办文会为之送别。⑤ 这一时期的文会，成为参与者共同的深刻记忆。王昶《怀人绝句·秀水钱编修坤一》云："曾将新句写云蓝，送我征车向济南。残暑小

---

① （清）钱大昕：《词序》，载《春融堂集》卷首，上海文化出版社 2013 年版，第 8 页。

② （清）王鸣盛：《诗序》，载《春融堂集》卷首，上海文化出版社 2013 年版，第 7 页。

③ （清）王昶：《湖海诗传》卷五"金德瑛"小传，凤凰出版社 2018 年版，第 1 册，第 156 页。

④ （清）王昶：《春融堂集（下册）》卷四四《跋坤一诗钞》，陈明洁、朱惠国、裴风顺点校，第 791 页。

⑤ 相关诗作有钱载《饮阁学金先生德瑛斋送王进士昶之济南》、蒋士铨《一经斋小集送王德甫之山左，同金桧门、钱箨石二先生汪康古孝廉限经字、斋字二首》、王昶《将往济南，树沣先生饯于味经窝，并示吴司业尊鼎、戴上舍东原震、吴舍人荀叔烺及撝升、凤喈、晓征诸君》《金阁学桧门（德瑛）招同钱编修坤一（载）、蒋舍人心余士铨、汪孝廉康古（孟鋗）送往济南。用心余韵，留别二首》等。

斋凉雨下，黄藤樽酒忆清谈。"① 缅怀与钱载樽酒清谈的时光。蒋士铨
《雨中闻王琴德舍人至京，眷属同居礼堂学士宅，诗以柬之三首·其一》
也选取同在一经斋参与文会的岁月作为二人友谊的代表片段："一经斋酒
三年梦，不识故人何处留。彩笔干霄传赋手，好风吹汝到皇州。"② 诗中
称赞王昶文才高妙，反映出彼此由文会而相识相知的过程，亦可见众人
于文会结下的深厚情谊。

乾隆二十一年（1756）冬，王昶赴两淮盐运使卢见曾之招，来到人
文荟萃的扬州，成为卢见曾文酒之会的座上宾。《述庵先生年谱》乾隆二
十二年（1757）条："雅雨运使使其子及孙受业。时程午桥编修梦星、马
秋玉同知曰琯、佩兮曰璐两兄弟、江宾谷贡生昱、于九恂两兄弟，及其
家橙里昉、圣言炎、汪对琴秀才棣、临潼张榆山贡生四科为地主，酒坐
诗场，于斯为盛。"③ 当时，卢见曾幕府聚集了一批诗人和汉学家，通过
扬州的文会，王昶与张庚、汪棣等人建立起学术联系。《湖海诗传》卷六
张庚小传云："丙子、丁丑间，君来往广陵，常同樽酒，尽读所著书，故
得悉其深造。"④ 可见王昶借文会之机与他人交流所得、钻研学术的场景。

乾隆二十二年（1757）二月，王昶受任内阁中书，于次年五月再上
京师。二十四年（1759），王昶受诏为《通鉴辑览》纂修官⑤，之后历任
刑部主事、刑部郎中等职。随着政治地位逐步提高，在此后的近十年中，
王昶不仅参与文会，同时渐渐成为文会的组织者。乾隆二十五年
（1760），他招吴泰来、陆健男、王鸣盛、荀叔、钟越、曹仁虎等人小集。
在此次集会所作诗中，王昶有如下诗句。

　　三载相思一旦伸，门前已报驻雕轮。拟将燕市同吴市，况有诗

---

① （清）王昶：《春融堂集（上册）》卷五《怀人绝句·秀水钱编修坤一》，陈明洁、朱惠
国、裴风顺点校，第 82 页。
② （清）蒋士铨：《忠雅堂文集》卷七《〈雨中闻王琴德舍人至京，眷属同居礼堂学士宅，
诗以柬之三首·其一〉》，载《清代诗文集汇编》编纂委员会编《清代诗文集汇编》第 356 册，上
海古籍出版社 2009 年版，第 521 页。
③ （清）严荣：《述庵先生年谱》，载（清）王昶《春融堂集（下册）》"附录"，第 1143 页。
④ （清）王昶：《湖海诗传》卷六"张庚"小传，第 1 册，第 226 页。
⑤ （清）严荣：《述庵先生年谱》，载（清）王昶《春融堂集（下册）》，第 1144 页。

人并酒人。路近香林宜卜夜（时企晋寓法源寺），风暄杏苑好寻春。不须更说登瀛喜，且合名流作胜因。①

"燕市"指京师，"吴市"即吴中。"拟将燕市同吴市"，流露出王昶希望在京师重现吴中文会之盛的心理；极具主观意愿的"将"字，更暗含主持风雅之意。同作于此时的组诗《九月杪移居教子胡同·其二》中亦表达出类似情感。

> 多病经时废简编，敢将风雅替前贤。南阳弟子西都客，载酒依稀似昔年。（是宅旧为赵天羽给谏寄园故址，嗣李玉舟、沈椒园及邵叔宙诸公先后寓此，后归愚宗伯亦居焉，迄今几二十年，余复以门生继其迹，虽名位相悬，而宾从之盛，殆不减曩昔云。）②

在诗中，王昶追慕前贤风雅，同时不无接替之意；自注中以沈德潜的门生弟子自居，字里行间，对宾从之盛的局面亦流露出自得之感。据《年谱》记载，此时"都中以经术文章名者，庄方耕阁学存与、申拂珊府丞甫、卢绍弓中允文弨、杨二思编修述曾、纪晓岚编修昀、朱美叔编修筠、石君珪、冯君彌寺丞廷丞、祝豫堂舍人维浩、吴荀叔舍人烺皆来。数晨夕连茵接轸，闻者慕之"③。其中纪昀、庄存与、朱筠和王昶有同年之谊，卢文弨、杨述曾、朱珪等人亦为一时之选，王昶所与文酒之会无疑是当时京师诗坛的主流部分。在此之外，王昶与赵翼、袁枚也有往来，赵翼《瓯北集》卷二五《述庵到常适，袁子才亦至，遂并招蓉龛缄斋鲁斯谦集，寓斋即事》记载三人共同参与文会的情景："邂逅名流集，朋簪此会奇……扶醉花头下，联吟烛跋时。"④ 乾隆二十八年（1763）十一月，

---

　① （清）王昶：《春融堂集（上册）》卷七《吴企晋、陆健男锡熊同至京师，招风喈、荀叔、钟越、来殷诸君小集》，陈明洁、朱惠国、裴风顺点校，第 123 页。

　② （清）王昶：《春融堂集（上册）》卷七《九月杪，移居教子胡同·其二》，陈明洁、朱惠国、裴风顺点校，第 128 页。

　③ （清）严荣：《述庵先生年谱》，载（清）王昶《春融堂集（下册）》，第 1144 页。

　④ （清）赵翼：《瓯北集（上册）》，李学颖、曹光甫校点，上海古籍出版社 1997 年版，第 538 页。

王昶四十初度，"刘映愉招饮于毕沅听雨楼，并邀陆健男、赵升之为百年之祝"①，他在士林中的重要地位，此时已显露端倪。

正当王昶踌躇满志之时，却遭遇到人生一次重大挫折。乾隆三十三年（1768）七月，两淮盐运使卢见曾案发，王昶因"言语不密"而被罢职。之后，王昶以革职郎中的身份进入阿桂幕府，在其军营效力，并屡建功勋。从军期间，因战事繁忙，文酒之盛告一段落。直至乾隆四十一年（1776）三月，王昶随军凯旋，途经西安，"吴冲之学使省钦、曹荔帷员外焜、顾晴沙臬使排日置酒，杨笠湖刺史潮观、沈太守清任、彭乐斋观察群屦毕至，颇尽谭讌之乐"②，方为文酒之会新的高潮奏响了序曲。

回到京师后，王昶移居烂面胡同，与众多京洛名流往来不绝，文酒之会盛极一时③。从军之前，他所主持的文会多与同辈学人风雅唱和，彼时虽有"人士造谒者甚众"，但他"闲静狷介，非文行有志节者谢弗见，以是入其室，研席萧然，风味不啻书生也"④。而从军后回京的王昶门下已然汇聚起大批弟子，其中著名者有黄景仁、杨芳灿、洪亮吉等，"新知若贡生洪稚存亮吉、赵亿生怀玉，弟子若杨荔裳、徐尚之、张汉宣、黄仲则等，数过从谈讌如曩时"⑤，王昶真正开始以文坛盟主的身份主持诗坛，从者众多，声势显赫。

---

① （清）王昶：《春融堂集（上册）》卷八《四十初度，刘阁学映榆招饮于毕秋帆听雨楼，并邀陆健男、赵升之两舍人，共为百年之祝，赋此致谢》，陈明洁、朱惠国、裴风顺点校，第148页。

② （清）严荣：《述庵先生年谱》，载（清）王昶《春融堂集（下册）》，第1152页。

③ 相关记载见（清）严荣《述庵先生年谱》乾隆四十一年条："先生自庚辰秋寓教子胡同，凡十有七年，至是移寓烂面胡同。京洛名流，如陆健男学士锡熊、金辅之殿撰榜、周书昌编修永年、戴东原庶常震、任幼植吏部大椿、洪素人刑部朴及其弟舍人榜、张商言舍人埙、吴泉之助教省兰、吴竹桥上舍蔚光、吴胥石孝廉兰庭及门人张汉宣彤、黄仲则景仁、胡元谨量，执经谈艺，文酒之盛如初。"（《述庵先生年谱》，载（清）王昶《春融堂集（下册）》，第1153页。）（清）王昶《官阁消寒集序》："乾隆丁酉冬，予为通政司副使，职事清简，暇辄与钱阁学箨石，朱竹君、翁覃溪、陆耳山三学士，曹中允깊庵、程编修鱼门，举消寒文酒之会。会自七八人至二十余人，诗自古今体至联句、诗余，岁率二三举，都下指为盛事。"（（清）王昶《春融堂集（下册）》卷四十《官阁消寒集序》，第729页。）

④ （清）严荣：《述庵先生年谱》乾隆二十七年条，载（清）王昶《春融堂集（下册）》，第1145页。

⑤ （清）严荣：《述庵先生年谱》，载（清）王昶《春融堂集（下册）》，第1155页。

在此期间，他与朱筠互主骚坛，称"南王北朱"。江藩《国朝汉学师承记》载："在京师时，（王昶）与朱笥河先生互主骚坛，门人著录者数百人，有'南王北朱'之称。"① 乾隆四十二年（1777）八月，王昶在京华名胜陶然亭召集文酒之会，参与者有朱筠、翁方纲、程晋芳等众多名流。当时京师士人甚至以未能列席此次文会为耻："丁酉秋八月，王大理述庵先生谦客于陶然亭，一时日下文人以不与斯会为耻，自公卿至布衣之士，集者四十余人。"② 此次集会规模盛大，参与其中的孔广森曾作《丁酉八月陶然亭宴集序》，状写宴聚时宾主尽欢的喜悦情景。序中称赞王昶气度高华、身份显赫，历数王昶从军时的功业，将之与班彪、韩愈相提并论："高平第一，聚米成山；草奏盈千，以鞍为几。入陪玉帐，出赞金戣。会借箸以成劳，遂磨盾而书捷。嘉河西之记室，每问班彪；为淮右之铭辞，无过韩愈。于是从军诗出，尽识公孙；绝幕归来，仍多掞客。"③ 与会者黄景仁、吴蔚光等均有词作颂扬王昶④。此会可谓盛极一时，而王昶文坛领袖的地位已是众望所归。乾隆四十三年（1778），众人再集于陶然亭，王昶有诗《朱竹君、翁振三暨孔农部体生（继涵）、编修众仲（广森）、家虞部怀祖（念孙）小集陶然亭》。

> 荒湾断阜厂亭前，上日初过祓禊天。自有文章归我辈，莫教风雅让先贤。谒来裙屐人千里（时北雍试者二十余人），却喜琴樽月一弦。好约时时为此会，潞河闻到酒如泉。⑤

颔联"自有文章归我辈，莫教风雅让先贤"的豪壮之语，与从军之

① （清）江藩：《国朝汉学师承记》，载《春融堂集（下册）》，第 1194 页。

② （清）徐书受：《教经堂谈薮》卷一《孔㧑约序事》，载《清代诗文集汇编》编纂委员会编《清代诗文集汇编》第 429 册，上海古籍出版社 2009 年版，第 228 页。

③ （清）孔广森：《仪郑堂文》卷二《丁酉八月陶然亭宴集序》，载《清代诗文集汇编》编纂委员会编《清代诗文集汇编》第 431 册，上海古籍出版社 2009 年版，第 176 页。

④ 相关词作有黄景仁《换巢鸾凤·王述庵先生招集陶然亭》、吴蔚光《百字令·丁酉八月十九，王述庵先生招集陶然亭，听谢东君主事弹琴，坐有四十六人》。

⑤ （清）王昶：《春融堂集（上册）》卷一六《朱竹君、翁振三暨孔农部体生（继涵）、编修众仲（广森）、家虞部怀祖（念孙）小集陶然亭》，陈明洁、朱惠国、裴风顺点校，第 307 页。

前"多病经时废简编，敢将风雅替前贤"①的谦逊之词两相对照，形成鲜明对比，体现出诗人主持坛坫、当仁不让的自信与豪情。自乾隆二十五年（1760）至乾隆四十三年（1778），王昶文坛地位的升迁轨迹历历可考。

陶然亭雅集之前，王昶所主持的较为重要的文酒之会尚有乾隆四十一（1776）年冬，召诸人集于郑学斋，观邝湛若砚。黄景仁、翁方纲、朱筠、程晋芳、陆锡熊、许宝善、吴省兰、张彤、洪朴等人均参与了此次集会。黄景仁《王兰泉先生斋头消寒夜集观邝湛若天风吹夜泉砚作歌》记录此次文酒之会的场景，并通过铭、印内容对砚台来源作了简单考据："门钥收鱼漏停箭，通政高斋夜张谯。烛辉沉沉酒气浓，半酣示客端溪研。润结云腴细袅丝，紫蒸玉晕光凝片。有铭有印了不疑，明福洞主之所遗。"②围绕邝湛若砚，还产生了一系列诗歌创作③。这些作品体现出乾嘉诗坛借诗歌品鉴文物的风气，向来以天才而非学问著称的黄景仁参与其中，可见当时考据与学问对诗歌渗透之深。王昶论诗曾提出"曰学，曰才，曰气，曰声"④的主张，据张埙"兰泉以研乞诗"⑤的记述，王昶

----

① （清）王昶：《春融堂集（上册）》卷七《九月杪，移居教子胡同·其二》，陈明洁、朱惠国、裴风顺点校，第128页。

② （清）黄景仁：《两当轩集》卷一二《王兰泉先生斋头消寒夜集观邝湛若天风吹夜泉砚作歌》，李国章校点，上海古籍出版社2019年版，第307页。

③ 如黄景仁《王兰泉先生斋头消寒夜集观邝湛若天风吹夜泉砚作歌》、吴蔚光《素修堂诗集》卷七《王通政招同翁学士方纲、朱学士筠、程主事晋芳、许侍御宝善、陆学士锡熊、家助教省兰、洪员外朴、陆上舍德灿、黄秀才景仁、胡上舍梅、张上舍彤小集，出所藏邝露砚，分赋》。在此之后，翁方纲摹印砚台上的文字，与邝露其他墨笔合装为轴，作《述庵通政招同鱼门、耳山、稷堂、竹桥、仲则集蒲褐山房，观所藏邝湛若研，侧八分书"天风吹夜泉，湛若"，下有"明福洞主"印。予拓其文，与广州光孝寺湛若八分"洗砚池"三字合装为轴，题此》，黄景仁应命再作《丙申冬于王述庵通政斋见邝湛若八分铭天风吹夜泉研为作歌，今翁覃谿先生复出邝书洗研池三字搨本，与研铭合装，属题》。与此相关的诗作尚有张埙《竹叶庵文集》卷一六《王兰泉副宪藏邝湛若研，铭曰"天风吹夜泉"。又广州光孝寺有邝"洗研池"三字隶书石刻，翁覃溪学士合拓本装为帧，属题。五年前，兰泉以研乞诗，未有以报，此诗并写寄兰泉，以了宿逋。乾隆庚子四月三日》等。

④ （清）吴泰来：《春融堂诗序》，载（清）王昶《春融堂集》卷首，第6页。

⑤ （清）张埙：《竹叶庵文集》卷一六《王兰泉副宪藏邝湛若研，铭曰"天风吹夜泉"。又广州光孝寺有邝"洗研池"三字隶书石刻，翁覃溪学士合拓本装为帧，属题。五年前，兰泉以研乞诗，未有以报，此诗并写寄兰泉，以了宿逋。乾隆庚子四月三日》，载《清代诗文集汇编》编纂委员会编《清代诗文集汇编》第375册，上海古籍出版社2009年版，第99页。

通过文酒之会这一渠道，在学问入诗的风气中曾扮演过推波助澜的角色，当无疑义。

与观砚相类，乾隆四十四年（1779）冬，王昶又招门下弟子黄景仁等集蒲褐山房观刘贯道《兰亭图》，有诗《题元刘贯道画兰亭图》。此外，王昶组织的文酒之会尚有《八月二十六日夜集郑学斋送尚之赴盐山，联句六十四韵》《同人复集郑学斋送献之赴西安，分得七言长律二十韵》等。据《年谱》乾隆四十三年（1778）条载，当时王昶门庭若市，煊赫一时："邵二云庶常晋涵、孔众仲庶常广森、萑主事继涌、汪剑镡孝廉端光、张芑堂贡生燕昌、王竹所上舍初桐，而门人金云庄主事德舆、徐尚之上舍书受、汪书年上舍大经、杨蓉裳上舍芳灿及其弟荔裳揆，常以谭艺过从。"[①] 其中邵晋涵、孔广森均于乾隆三十六年（1771）中第，并入选翰林院庶吉士，名冠一时，他们的参与，足见王昶地位之隆、文事之盛。

乾隆四十六年（1781），朱筠去世，王昶在京几乎一枝独秀，更为众望之所归。"毗陵七子"之一的徐书受有诗云："近来弟子多著录，海内无过王与朱。自从二老仅存一，如水注壑士益趋。"[②] 赵翼称王昶"主盟坛坫集吟朋，只手轮扶大雅升"[③]，道出他在京师汇集友朋、主盟风雅的号召力和独特地位。

除任职京中之外，王昶外任时也频繁参与、组织文会。乾隆四十八年（1783），王昶于杭州西湖志局修《西湖志》，"时出为文酒之会"[④]。此时王昶作为杭州文会的召集者，声望之高可于金学诗《重九日陪王兰泉少司寇饮塔影园，即席赋呈二首·其一》中稍见面目。

---

① （清）严荣：《述庵先生年谱》，载（清）王昶《春融堂集（下册）》，第1154页。

② （清）徐书受：《教经堂诗集》卷七《景州旅舍逢武城庄明府之客盛秀才，秀才尝从朱筠河先生游，因侈谈黄山之胜，而予交明府，又皆王述庵先生门下士也。因之感叹存殁，遂成二诗·一作怀述庵先生赠明府》，载《清代诗文集汇编》编纂委员会编《清代诗文集汇编》第429册，上海古籍出版社2009年版，第159页。

③ （清）赵翼：《瓯北集（上册）》卷二五《王述庵从军滇蜀，阅七八年，凯旋后超擢廷尉，兹乞假归葬，事毕还朝，道经毗陵，停舟话旧，赋赠》，凤凰出版社2018年版，第388页。

④ （清）严荣：《述庵先生年谱》，载（清）王昶《春融堂集（下册）》，第1158页。

　　禊饮诗篇忆旧闻，重逢秋袯会同群。士归冶铸宗司寇，客对觞流契右军。黄菊有香同晚节，青山无恙望归云。谁知领袖骚坛者，曾勒麒麟阁上勋。①

　　首句"禊饮诗篇忆旧闻"下，金学诗自注"公于三月三日招诸名士集虎阜山塘，赋诗纪事"②，王昶所组织的文会传作佳话，成为今典，进入时人的诗歌写作之中。"宗司寇""领袖骚坛"云云，更是对王昶的明确拥戴。同年（1783），王昶赴陕西按察使之任，其时，吴泰来在关中书院担任院长，严长明、门人孙星衍等人皆在西安巡抚毕沅之幕，王昶暇时与之诗酒唱酬，"其盛不减于吴下"③。毕沅任西安巡抚时，每于十二月十九日召集幕宾、好友举行文会，以纪念苏东坡生日，王昶也曾多次参与。④ 后来毕沅离开西安，调往河南，王昶便接替毕沅，成为苏东坡生日会新的召集者。⑤

　　乾隆五十四年（1789），王昶授刑部右侍郎，随扈跸行时，与翁方纲等人"酬唱殆无虚日"⑥。王昶作《初八日复邀振三及仲梅诸君官斋小集》："江湖秀合文章聚，吴楚朋来意气真。转益多师裁伪体，西江诗派好重论。"⑦描绘众人往来论文、别裁伪体的盛况以及激扬流派的自负和声势。乾隆

<hr>

① （清）金学诗：《播琴堂诗集》卷一一《重九日陪王兰泉少司寇饮塔影园，即席赋呈二首·其一》，载《清代诗文集汇编》编纂委员会编《清代诗文集汇编》第390册，上海古籍出版社2009年版，第429页。

② （清）金学诗：《播琴堂诗集》卷一一《重九日陪王兰泉少司寇饮塔影园，即席赋呈二首·其一》，载《清代诗文集汇编》编纂委员会编《清代诗文集汇编》第390册，上海古籍出版社2009年版，第429页。

③ （清）王昶：《春融堂集（下册）》卷三九《吴企晋净名轩遗集序》，陈明洁、朱惠国、裴风顺点校，第716页。

④ 相关诗作有《春融堂集》卷一八《苏文忠公生日，秋帆中丞招企晋、东有、友竹、稚存、亮吉、渊如、敦初、家半庵（开沃）、程彝斋（敦）集终南仙馆作》、《春融堂集》卷一八《苏文忠公生日，再集终南仙馆作》。

⑤ 《春融堂集》卷一八有《苏文忠公生日，招同人集廉让堂，即事四首》。相关研究参见朱则杰《毕沅"苏文忠公生日设祀"集会唱和考论》，《江南大学学报》2014年第2期。

⑥ （清）严荣：《述庵先生年谱》，载（清）王昶《春融堂集（下册）》，第1167页。

⑦ （清）王昶：《春融堂集（上册）》卷二十《初八日复邀振三及仲梅诸君官斋小集》，陈明洁、朱惠国、裴风顺点校，第387页。

五十六年（1791），文坛新秀如阮元、王念孙、王引之等"咸在京师，文酒之会不减曩昔"①；乾隆五十九年（1794），王昶将辞官归家，"大学士、九卿至翰林、科道及部曹诸君，皆以先生将遂初，自上元后置酒设饯，并以诗文投赠无虚日"②，展现出一代耆宿载誉京师的影响力。

致仕归乡后，王昶依然活跃于文会中，与顾千里、袁廷梼、王鸣盛、钱大昕等新朋旧友往来不绝，月旦人物、品评风雅之风有增无减。乾隆六十年（1795），金学莲等人邀王昶和王鸣盛小集，王昶作绝句八首，记载此次文会"樽酒飞腾，笑谭拉杂"的盛况，并在诗中论及当世人物，更兼评诗。如论戴敦元、许宗彦等："多闻戴（庶常敦元）许（孝廉宗彦）最堂堂，才调云间数二张（谓兴载、兴铺，皆余门人）。安得德星来聚此，摇毫掷简斗词场。"③ 诗中对门下弟子戴敦元、张兴载、张兴铺诸人不吝赞美，奖誉有加，大有主盟诗坛、提携后进之态势。

居杭州、娄东等地时，阮元、秦瀛及浙江巡抚玉德等人常招王昶参与文会。此时，王昶虽不是文会的组织者，但玉德、阮元、秦瀛等达官显贵、诗坛新秀均对他执后辈之礼，他享重誉于学林，在文会中占据着泰山北斗般的位置。吴东发《中丞阮芸台师招谯苏文忠祠之读书堂，即席纪事》一诗对此有所体现。

> 但看花柳知民乐，不藉干戈靖海氛。经术从来优宰世，酒樽还劝细论文。特邀名宿江南杰（是席以王述庵司寇为宾，陈古华太守主之），忝列英年冀北群。知否坡仙亦珍重，环祠彩翠弄晴云。④

在文酒之会的组织者和参与者眼中，王昶已然一代名宿，引领众望。

---

① （清）严荣：《述庵先生年谱》，载（清）王昶《春融堂集（下册）》，第1170页。

② （清）严荣：《述庵先生年谱》，载（清）王昶《春融堂集（下册）》，第1172页。

③ （清）王昶：《春融堂集（上册）》卷二二《三月二十四日，金秀才青侪（学莲）诸子邀风喈及予小集，山塘舟次，樽酒飞腾，笑谭拉杂，书截句以纪之·其七》，陈明洁、朱惠国、裴风顺点校，第438页。

④ （清）吴东发：《中丞阮芸台师招燕苏文忠祠之读书堂，即席纪事》，见阮元、杨秉初等《两浙輶轩录补遗》卷八，载顾廷龙主编《续修四库全书》第1684册，上海古籍出版社2002年版，第709页。

他本人对此毫无逊让，其诗如下。

> 东南冠盖共趋陪，画舫青帘乐溯洄。门下生徒驱籍湜，卷中文采压邹枚。品题共望三都序，甄录将收一代才。老我齿危兼发秃，谬叨祭酒（见《史记》注）主樽罍。①

诗中自认东南祭酒，将门下生徒与出自韩门的张籍、皇甫湜相较，颇有自许韩愈之意。翁方纲《砚山丙舍记》称："先生以进士起家，扬历中外四十余年矣。边徼勒其勋绩，封疆载其治行，学士大夫诵其文章。"②其领袖地位为世所公认。

文酒之会对王昶确立文坛地位确有重要意义。首先，王昶通过参与文会，不断走向文坛，扩大文士交游圈。他与朱方蔼③、厉鹗④、张熙纯、蒋士铨、钱载、戴震等人的相识、订交均起自文酒之会。借由文会，王昶与众多诗人建立起深厚友谊。在乾嘉文坛，王昶交游之广为人瞩目，与他频繁参与文会息息相关，这也是他逐渐成长为文坛宗伯的重要条件。其次，文酒之会往往伴随着诗歌创作、学术交流。"几时还听雨，浃月忆论文。求名非所知，学道期相共。"⑤ 在文会上，众人或制联句长篇，或谈论文艺，诗人得以一骋其才，展露才名。文会上的诗艺切磋不仅是自身诗学观念传播的重要途径，同时也是不同诗学思想交流的重要渠道，

---

① （清）王昶：《春融堂集（下册）》卷二二《阮伯元招鲍秀才以文（廷博）、丁教授小山（杰）、朱秀才映漘、钱贡生晦之（大昭）、陈训导映之（焯）、张进士子白（若采）、许孝廉周生（宗彦）、臧秀才在东（镛）、何上舍梦华再集玛瑙寺》，陈明洁、朱惠国、裴风顺点校，第453页。

② （清）翁方纲：《复初斋文集》卷六《砚山丙舍记》，载《清代诗文集汇编》编纂委员会编《清代诗文集汇编》第382册，上海古籍出版社2009年版，第66页。

③ （清）王昶《朱吉人春桥草堂诗集序》："余以乾隆庚午识君于吴企晋璜川书屋，时朱子存兄弟又君族兄弟也，文酒之会最密。"（（清）王昶《春融堂集（下册）》卷三八《朱吉人春桥草堂诗集序》，第696页。）

④ 《湖海诗传》卷一一《"赵虹"小传》："饮谷遨游幕府，久著才名，间与厉樊榭、翁朗夫、查莲坡诸名士唱和，惜老而无子，依其侄于吴市中，葺一室为小吴船，来访者邀至茗饮。予与樊榭征君定交于此。"（《湖海诗传》第1册卷一一《"赵虹"小传》，第421页。）

⑤ （清）王昶：《春融堂集（上册）》卷四《秦淮别凌祖锡张策时赵升之》，陈明洁、朱惠国、裴风顺点校，第66页。

这为王昶综采众长、牢笼一代文士打下了良好基础。最后，成名之后，文酒之会有利于进一步巩固、扩大自身的影响。王昶晚年依旧活跃于文酒之会中，并受到当时名流的推崇、敬重，其文坛耆宿之地位日益显赫。

总而言之，通过参与文酒之会，王昶结识了不同流派的社会名流，并以其才华得到众人的认可。随着政治声望的提高，王昶渐渐由文会的参与者变为组织者，这进一步扩大了王昶在乾嘉文坛的影响。其参与文会的次数之多、结交的名士之广，在乾嘉文坛首屈一指。

三　主讲书院及操持科举权柄

组织、参与文会是王昶跻入当时社会名流之列、确立文坛地位、扩大自身影响的重要途径，但并非全部原因。主讲书院、科举取士的经历为王昶操持文柄提供了另一层有力保障。

王昶晚年有多次主讲书院的经历。在此之前，任职江西布政使期间，王昶还为南昌友教书院的发展作出了贡献。乾隆四十五年（1780），王昶任江西按察使，此时已格外关注江西书院的发展。《天下书院总志序》："乾隆庚子（乾隆四十五年）余按察江西，过庐山，谒白鹿洞书院、徽国公祠。见其废弛玩愒，教者失其所以为教，学者失其所以为学，心窃悯之。欲收拾整顿，稍复旧观，而旋以忧去。"① 乾隆五十三年（1788），王昶得旨授江西布政使，于年底入白鹿洞书院，"招生徒而劝勉以正学"②。次年（1789），他见友教书院"屋渗漏不可居"③，于是将之修整、扩建④，并购买书籍，制订规条，使友教书院迈入了新的发展轨道。《春融堂集》中有《友教书院规条后附田数》共 27 条，涉及诸生学习内容、每

---

① （清）王昶：《天下书院总志序》，载陈谷嘉、邓洪波主编《中国书院史资料》中册，浙江教育出版社 1998 年版，第 1859 页。

② （清）严荣：《述庵先生年谱》，载（清）王昶《春融堂集（下册）》，第 1166 页。

③ （清）严荣：《述庵先生年谱》，载（清）王昶《春融堂集（下册）》，第 1166 页。

④ 王昶《友教书院规条后附田数》："五十四年春，昶又添建四间，凡二十间，其头门三间，二门三间，围墙三面，头门外有屏墙，亦重修整。"（（清）王昶《春融堂集（下册）》卷六八《友教书院规条后附田数》，第 1122 页。）

月课试方法、奖惩制度、借书细则、束脩、膏火等内容。道德修养方面，《规条》规定诸生应当悉心尊奉朱熹所定书院条规，勉励士人"志在圣贤，力求仁义。上通性命，内治身心"①。就学业而言，王昶强调诸生应当遍览经、史、子、集，"务期博雅闳通，不愧儒林文苑"②。《规条》为人所注目的还有王昶对骈文的态度。他提出，若生徒"质有不逮"，不足至"博雅闳通"之境，则应"或专习一经，以一说而通众说；或专习一史，以一史而通诸史；或通天文、算术；或为古文、骈体，或习诗词；或研《说文》、小学、金石文字，各成专门名家之业"③。王昶将骈文列入士子肄业之"专门名家之业"，这在乾隆年间尚属少见，④ 可谓嘉庆时期阮元之先声。而金石、小学等"专门之业"的入选，则体现出汉学家治学的特色，透露出乾隆年间学术风气的转变。

致仕之后，王昶先后主讲娄东书院、敷文书院和诂经精舍。嘉庆元年（1796）四月，王昶执掌娄东书院，"江浙士人请谒无虚日"⑤。他对娄东书院诸生的教导见于组诗《秋暮偶作，并示书院诸生》四首⑥中，其中第二首如下所云。

> 东林持风教，几社乃继之。二张（溥、采）起东海，应和如埙篪。岂忧谣诼甚，行恐名节衰。博闻谢弇陋，清议关安危。愿同党锢禁，讵畏伪学讥。即今去已久，信守当不疑。诸君生其地，望古相追随。顾（梦麟）陈（瑚）陆（世仪翼王）江（育）郁（敬），乐道均堪师。⑦

---

① （清）严荣：《述庵先生年谱》，载（清）王昶《春融堂集（下册）》，第1122页。

② （清）严荣：《述庵先生年谱》，载（清）王昶《春融堂集（下册）》，第1122页。

③ （清）严荣：《述庵先生年谱》，载（清）王昶《春融堂集（下册）》，第1122页。

④ 参见陈曙雯《经古学与19世纪书院骈文的发展》，《中山大学学报》2017年第3期。

⑤ （清）严荣：《述庵先生年谱》，载（清）王昶《春融堂集（下册）》，第1174页。

⑥ 《秋暮偶作，并示书院诸生》见于《春融堂集（上册）》卷二二《存养斋集》中。《存养斋集》下自注编年为"甲寅 乙卯 丙辰 丁巳"，对应纪年为乾隆五十九年（1794）至嘉庆二年（1797），正属王昶主讲娄东书院之时，且相邻有《娄东书院即事》一诗，故可确定《秋暮偶作，并示书院诸生》组诗作于主讲娄东书院期间。

⑦ （清）王昶：《春融堂集（上册）》卷二二《秋暮偶作，并示书院诸生》，陈明洁、朱惠国、裴风顺点校，第449页。

诗中勉励众人追随娄东先贤——东林党人、几社先辈之风骨，一如《友教书院规条》注重培养学生的道德修养和精神气节。身为沈德潜诗学的继任者，王昶向诸生指示学诗路径："先贵学问博，次尚才气优。终焉协音律，谐畅和琳璆。"① 体现出对沈德潜诗学思想的传扬。

嘉庆四年（1799）十一月，阮元过吴地，"具书请主杭州敷文书院"。王昶遂于次年（1800）正月应邀任敷文书院讲席，"生童来课者二三百人"②。此时，浙江有五所书院由王昶及其门下弟子执掌，这在当地传为美谈："自敷文外，崇文则冯玉圃给事培，紫阳则御史孙君志祖，又戬山则孙渊如观察，诸暨则礼部郎中孙君嘉乐，皆先生门下士，浙人以为美谈。"③ 主敷文书院时，王昶"爱才如命，趋之者众"④。许宗彦《王少司寇八十寿序》记载王昶在书院的片段云："公归休青浦，从两浙大吏请，主讲敷文书院，宗彦复得随左右。每见，必剖示经史疑义，纵论古今人才高下，及当世文人所造就，娓娓数千百言，晷尽乃已。"⑤ 在此期间，影响最广的盛事当属嘉庆六年（1801）课诸生《西湖柳枝词》一事。王昶《西湖柳枝词序》："予在敷文书院，因令诸同学试效其（杨维桢）体为柳枝词，而崇文、紫阳两书院诸生争相应和，各极其性情才调之所至，可谓工且盛矣。"⑥ 此次杨柳枝词唱和"同作者凡数百人"⑦，涉及敷文、崇文、紫阳等多所书院的生徒。徐雁平称此次唱和"是一次中国诗史上少见的同题创作，名曰本杨铁崖《西湖竹枝词》之例，实已进入兰亭唱和以来的风雅谱系之中。"⑧

---

① （清）王昶：《春融堂集（上册）》卷二二《秋暮偶作，并示书院诸生》，陈明洁、朱惠国、裴风顺点校，第 449 页。

② （清）严荣：《述庵先生年谱》，载（清）王昶《春融堂集（下册）》，第 1175 页。

③ （清）严荣：《述庵先生年谱》，载（清）王昶《春融堂集（下册）》，第 1176 页。

④ （清）王槐：《废莪室诗草》卷六《题秋凫道人止止图并序》，载《清代诗文集汇编》编纂委员会编《清代诗文集汇编》第 457 册，上海古籍出版社 2009 年版，第 114 页。

⑤ （清）许宗彦：《鉴止水斋集》卷一一《王少司寇八十寿序》，载《清代诗文集汇编》编纂委员会编《清代诗文集汇编》第 488 册，上海古籍出版社 2009 年版，第 108 页。

⑥ （清）王昶：《春融堂集（下册）》卷四十《西湖柳枝词序》，陈明洁、朱惠国、裴风顺点校，第 732 页。

⑦ （清）王昶：《湖海诗传》第 4 册卷四五《"吴杰"小传》，第 2170 页。

⑧ 徐雁平：《清代东南书院与学术及文学》，安徽教育出版社 2007 年版，第 168 页。

嘉庆六年（1801），阮元在杭州建立诂经精舍，聘请王昶、孙星衍主讲其间。阮元《山东粮道渊如孙君传》曰："六年四月，元抚浙，建诂经精舍于西湖之滨，选督学时所知文行兼长之士读书其中。与君及王少司寇昶迭主讲……诸生执经问字者盈门。"① 作为一所以教授经学为主要内容的书院，诂经精舍培养了众多饱学之士，"未及十年，而舍中士登巍科，入馆阁，及撰述成一家言者不可胜数"②。王昶作为讲席之一，不仅与有荣焉，更受到书院士子的缅怀和推崇。名噪一时的陈文述便曾求学于诂经精舍，其《自箴诗》云："云间（王兰泉司寇）与兰陵（孙渊如观察），问字常隅坐。诂经精舍中，当年三独坐。"③ 在诗中，他称王昶、孙星衍为"无双国士"："第五声名匹票骑，无双国士有王孙。"④ "王"指王昶，"孙"即孙星衍，可见王昶在生徒中的崇高地位。同治年间，俞樾主诂经精舍，依然远绍前哲："坛坫森严前辈在，不才何幸得追陪。"诗下自注："前辈谓王兰泉、孙渊如两先生，皆曾主讲于此。"⑤ 以追陪王昶、孙星衍为荣。

多次主讲书院的经历使王昶门下汇聚了大批弟子。通过书院规条、论学诗、诗词唱和等途径，王昶的声名和文学观念进一步渗透到新一辈学人中。不仅如此，王昶还以同考官、副考官的身份亲自参与科举人才的选拔，为清廷罗致了一批人才，同时大大提高了自己的文坛地位和声望。

清代同考官作为会试、乡试主考官的助手，负责阅卷工作，并向主

① （清）阮元：《研经室二集》卷三《山东粮道渊如孙君传》，载《清代诗文集汇编》编纂委员会编《清代诗文集汇编》第477册，上海古籍出版社2009年版，第257页。

② （清）阮元：《研经室二集》卷三《山东粮道渊如孙君传》，载《清代诗文集汇编》编纂委员会编《清代诗文集汇编》第477册，上海古籍出版社2009年版，第257页。

③ （清）陈文述：《颐道堂诗选》卷二六《自箴诗》，载《清代诗文集汇编》编纂委员会编《清代诗文集汇编》第504册，上海古籍出版社2009年版，第466页。

④ （清）陈文述：《颐道堂诗选》卷二十《重登第一楼怀诂经精舍诸子》，载《清代诗文集汇编》编纂委员会编《清代诗文集汇编》第504册，上海古籍出版社2009年版，第353页。

⑤ （清）俞樾：《春在堂诗编》（上）壬戌编《戊辰岁，余自苏州紫阳书院移主杭州诂经精舍，开课之日，偶成一律》，载赵一生主编《俞樾全集》第16册，浙江古籍出版社2017年版，第171页。

考官推荐拟取之试卷。① 举子试卷必须经由同考官选出，方有可能取中。在乾隆二十四年（1759）到乾隆二十八年（1763）的五年时间里，王昶连续担任会试、顺天乡试同考官，"论者谓自来名翰林所未有"②。其诗集中有《入闱即事》《再入秋闱》《试院阅文，用放翁韵，示同事诸君》《闱中蒋心余连夕以诗见示》《闱夕云松和心余诗见示，感作》《被命入闱，与同考诸君夜坐有作》等诗，叙写闱场衡文时的心境。如《入闱即事》一诗微微流露出官运亨通的自满之意："首擢频叨愧不材（前年召试，今春试差，皆蒙恩一等第一），云阶月地又追陪。"③《再入秋闱》表达自己拔擢英才的愿望："海底珊瑚宁尽获，山中杞梓冀同收。"④ 在王昶所取之士中，诗学成就最高者当属施朝干。他以诗闻名，居王鸣盛所刻"吴中十子"诗之首，被视为"吴中七子"之接武，其《王述庵先生诗序》赞扬王昶诗作"体大而思深，文繁而理富"，云："吾师述庵先生以诗文名世垂四十余年，而诗尤为当世所推。"⑤ 此外，王昶诗中曾载孙嘉乐刻其诗于大理官舍壁一事："往在长武遇李制军岳麓（侍尧），忽诵予《龙尾关诗》，怪而问之，云兹诗石嵌在大理官舍壁上，闻系学使孙令仪（嘉乐）所刻。今过此关，视之果然。盖令仪为予会试所取士，常求予在滇篇什。予录而贻之。不知其出使时携以南来，刻于此也。"⑥ 孙嘉乐是王昶会试所取之士，从中可以窥见中第士子对恩师王昶的推崇。

乾隆五十七年（1792），王昶"持衡六度主恩偏"⑦，受诏担任顺天

---

① 张希清、毛佩琦、李世愉主编：《中国科举制度通史·清代卷》，上海人民出版社 2015年版，第 96 页。

② （清）严荣：《述庵先生年谱》，载（清）王昶《春融堂集（下册）》，第 1145 页。

③ （清）王昶：《春融堂集（上册）》卷七《入闱即事》，第 118 页。

④ （清）王昶：《春融堂集（上册）》卷七《再入秋闱》，第 127 页。

⑤ （清）施朝干：《王述庵先生诗序》，见《一勺集》，载《清代诗文集汇编》编纂委员会编《清代诗文集汇编》第 379 册，上海古籍出版社 2009 年版，第 341 页。

⑥ （清）王昶：《春融堂集（上册）》卷一九《往在长武遇李制军岳麓（侍尧），忽诵予《龙尾关诗》，怪而问之，云"兹诗石嵌在大理官舍壁上，闻系学使孙令仪（嘉乐）所刻。"今过此关，视之果然。盖令仪为予会试所取士，常求予在滇篇什。予录而贻之。不知其出使时携以南来，刻于此也。为之怃然。着手摩挲，因题一绝》，第 376 页。

⑦ （清）王昶：《春融堂集（上册）》卷二一《被命入闱，与同考诸君夜坐，有作》，第 420 页。

乡试副考官，累计第六次参与科举人才的选拔。阮元总结王昶科举取士
的经历："巳卯、庚辰、壬午顺天乡试，辛巳、癸未会试，五为同考官，
壬子主顺天乡试，皆以经术取士，士之出门下为小门生及从游受业者二
千余人。"① 道出王昶门庭之广大。

与书院教育和科举取士相表里，王昶以其热衷提携后进、奖掖人才
的品格，赢得了当时士子的衷心敬仰。王昶《又答彭乐斋观察书》云：
"天下之宝，天下所共。吾辈当奖借以成名，不尔，莫为之前，虽美勿彰
也。"② 拳拳爱士之心，跃然于纸上。焦循《上王述庵侍郎书一》记载时
人交口称赞王昶提倡后学的情形："语循者每言阁下高谊过于昌黎。丁
未、戊申间，阁下弭节江西，扬州之士自江西归者，必数称援引奖诱之
善不少衰。"③ 焦循本人亦深得王昶的关怀，对此感激不已，屡屡形诸楮
墨，如《上王述庵侍郎书二》："去年秋，晤汪对琴比部，皆云大人言次
屡问及循。切思循以乡俗鄙儒，绝无知识，数承关注，铭感无尽。"④ 诸
如此类称赞王昶"爱士""好士"之言比比皆是，如梁同书《题陈九仪
韶仿古画册》："述庵先生吾畏友，一代词场斫轮手。风雅端能被后生，
揄扬辄向夸谁某。"⑤ 朱人凤《寄呈少司寇王述庵师》："论诗海内仰灵
光，老去偏为著述忙。好士心同孔北海，乞湖人羡贺知章。"⑥ 王昶既手
握教育与衡文之权，同时又充满培植后进的热情，当时"海内材艺之士"
对他"倾心爱慕，争师事之"⑦，也就不足为奇，而这也是王昶得以执掌

---

① （清）阮元：《研经室二集》卷三《诰授光禄大夫刑部右侍郎述庵王公神道碑》，载
《清代诗文集汇编》编纂委员会编《清代诗文集汇编》第477册，上海古籍出版社2009年版，
第249页。

② （清）王昶：《春融堂集（下册）》卷三一《又答彭乐斋观察书》，陈明洁、朱惠国、裴
风顺点校，第615页。

③ （清）焦循：《雕菰集》卷十三《上王述庵侍郎书二》，载《清代诗文集汇编》编纂委
员会编《清代诗文集汇编》第472册，上海古籍出版社2009年版，第138页。

④ （清）焦循：《雕菰集》卷十三《上王述庵侍郎书二》，载《清代诗文集汇编》编纂委
员会编《清代诗文集汇编》第472册，上海古籍出版社2009年版，第138页。

⑤ （清）梁同书：《频罗庵遗集》卷三《题陈九仪韶仿古画册》，载《清代诗文集汇编》
编纂委员会编《清代诗文集汇编》第353册，上海古籍出版社2009年版，第48页。

⑥ （清）朱人凤：《祖砚堂集》卷四《寄呈少司寇王述庵师》，载《清代诗文集汇编》编
纂委员会编《清代诗文集汇编》第512册，上海古籍出版社2009年版，第727页。

⑦ （清）鲁嗣光：《总序》，载（清）王昶《春融堂集》卷首，第1页。

文坛的重要条件。

《七子诗选》的传扬和早期的文酒之会使王昶登上了文坛新秀的舞台，书院教育和科举取士实实在在赋予了他主盟文坛的影响力，提携后进的品格为他赢得了后辈诗人的拥戴，而文学选本的刊刻则进一步巩固了他在乾嘉文坛的领袖地位。

四　选本的刊刻与流传

王昶一生编选了《练川五家词》《琴画楼词钞》《青浦诗传》《湖海诗传》《明词综》《国朝词综》《湖海文传》等众多文学选本，涉及诗、文、词各个领域。作为文学批评话语的一种特殊形式，选本的刊刻、流传在王昶声名传播和文坛地位的确立过程中起到了重要作用。

除《明词综》外，王昶编选的六部选本均涉及当代之作。选本中所录清代人物、作品之广，所载轶闻、时事之丰，至今引人瞩目。近世学者夏孙桐云："近代诗话，以《静志居》《蒲褐山房》二者并号翔实。第因选诗而备载作者遗事，事仅系于一人。"① 其后张维屏辑《国朝诗人征略》、震钧辑《国朝书人辑略》、徐世昌《晚晴簃诗汇》、钱仲联编《清诗纪事》都曾大量征引《湖海诗传》中的人物小传及评论。王昶《湖海文传·凡例》云："《文传》所录有集者十之四五，其或有集未刊、或刊而未见，则皆录其平昔寄示之作。至其人本无专集，偶见他书，必急为采取。盖吉光片羽，弥足珍贵。"② 不唯《湖海文传》，其他几部选本也保存了大量的诗、词、文章和史料，具有极高的文献价值，不少在当时默默无闻的作家，都赖王昶之选得以留存。

在当时，这些文学选本流传相当广泛。以《湖海诗传》为例，它在刊成之初便在诗坛引起众多讨论："湖海新编万首诗，人间留得是清词。

---

① 夏孙桐：《十朝诗乘序》，见郭则沄《十朝诗乘》卷首，林建福、沈习康、梁临川校点，载张寅彭主编《民国诗话丛编》第 4 册，上海书店出版社 2002 年版，第 3 页。

② （清）王昶：《湖海文传·凡例》，载《湖海文传》卷首，上海古籍出版社 2013 年版，第 5 页。

前途也识狂澜倒，可要篙工转柁时。"① "湖海怜才意（拙什蒙采入《湖海诗传》），夔牙旷代心。至今惭北地，何以报南金。"② 这些诗作体现出《湖海诗传》在当时引发的关注。在《湖海诗传》影响下，吴嵩梁创作了《石溪舫诗话》。王以畅序《石溪舫诗话》云："此吾叔曩阅《湖海诗传》，一时兴会所至。"③ 徐世昌《晚晴簃诗汇诗话》记载《湖海诗传》的接受情况云："（王昶）致仕家居凡十二年。富金石书籍。所著各书流传最广者为《金石萃编》《湖海诗传》，几于家置一编。"④ 洪亮吉与赵翼曾就《湖海诗传》题诗唱酬。赵翼诗对王昶辛勤编著之劳多有肯定："涉江踰岭采芳荪，多是题襟旧墨痕。辛苦雅轮扶只手，故应一代仰龙门。"⑤ 而洪亮吉却对王昶之选不以为然："六百家诗六十年，定知谁可继前贤。虚期识力超今古，却以科名派后先。"⑥ 虽然二人褒贬态度不一，但却可以想见《湖海诗传》在当时产生的重要影响。

继《青浦诗传》《国朝词综》之后，诗坛出现了何其超《青浦续诗传》、钱学坤《青浦闺秀诗存》、沈瘦东《青浦后续诗传》⑦、黄燮清《国朝词综续编》、丁绍仪《国朝词综补》⑧ 等一系列续编、补编本。潘曾莹《词综续编序》云："王兰泉司寇《词综》一书，沿竹垞太史《词综》之例，搜采大备……（黄燮清）取乾嘉以来《词综》未及登者，蔚成巨编，

① （清）刘嗣绾：《尚絅堂诗集》卷三七《冬窗后绝句》，载《清代诗文集汇编》编纂委员会编《清代诗文集汇编》第 469 册，上海古籍出版社 2009 年版，第 299 页。

② （清）鲍桂星：《觉生诗钞》卷六《检王兰泉夫子遗札感赋》，载《清代诗文集汇编》编纂委员会编《清代诗文集汇编》第 476 册，上海古籍出版社 2009 年版，第 387 页。

③ （清）吴嵩梁：《石溪舫诗话》卷首，载杜松柏主编《清诗话访佚初编》第 3 册，新文丰出版公司 1987 年版，第 9 页。

④ 钱仲联：《清诗纪事·乾隆朝卷》第 9 册，江苏古籍出版社 1989 年版，第 5606 页。

⑤ （清）赵翼：《瓯北集（下册）》卷四六《述庵侍郎遣人送示新刻〈湖海诗传〉，所辑皆生平交旧，凡六百余人，人各系小传，其心力可谓勤矣。敬题六绝·其一》，第 865 页。

⑥ （清）洪亮吉：《更生斋集·诗续集》卷一《赵兵备见示题〈湖海诗传〉六截句，奉酬一首》，载《清代诗文集汇编》编纂委员会编《清代诗文集汇编》第 414 册，上海古籍出版社 2009 年版，第 228 页。

⑦ 《青浦诗传》影响下的选本研究参见邹辉杰《王昶〈青浦诗传〉的文献学价值》，《图书情报研究》2017 年第 2 期。

⑧ 参见沙先一、毛盼盼《论〈清词综补〉的成书过程与体例特征》，《枣庄学院学报》2015 年第 1 期。

其规式悉依竹垞、兰泉两先生选本，故名之曰《词综续编》。"① 道出黄燮清《国朝词综续编》和王昶《国朝词综》之间的承袭关系。此外，王士禛《感旧集》、朱彝尊《明诗综》所开创的在选本之中附以诗话的体例，也因王昶《明词综》《国朝词综》和《湖海诗传》的发扬，在后出的选本中得到了更加广泛的运用。如同治年间华鼎元编《津门征献诗》，在选本中"附以杂识"，便是"参用《明诗综》《湖海诗传》诸家末附诗话之例"② 的结果，是对《湖海诗传》"间以遗闻轶事，缀为诗话，供好事者之浏览"③ 的沿袭。

最后，选本流传之于王昶的独特意义还在于，他在选本中选录了众多与己相关的赠答之作，此中尤以《湖海诗传》为代表。《湖海诗传》中选录此类赠答诗多达数十篇。这些作品对他热情歌颂，或称其学术，或赞其文章，或述其功业，或论其名位，丝毫不惜赞美之辞。如曹学闵《和王述庵同年邝湛若砚》："王子真天才，瑰奇少匹耦。文章荷主知，屡试辄居首。"④ 吴骞《赠述庵司寇》："当代无双士，惟公第一流。"⑤ 沈靖《寿述庵先生八十》："选楼高迥与云连，盟主骚坛六十年……海内文章归月旦，箧中行卷手亲编。"⑥ 等等，连篇累牍，不胜枚举。在这些作品中，尤其值得注意的是题画诗。乾嘉年间，两位画家曾先后为王昶所居三泖渔庄作图，当时众多诗人曾据图作题画诗。《湖海诗传》中收录的题三泖渔庄图诗多达三十余篇，创作者涉及沈德潜、王鸣韶、钱大昕、褚寅亮、吴泰来等众多著名诗人。这些诗作在《湖海诗传》中大量出现，营造出

---

① （清）潘曾莹：《小鸥波馆文钞》卷一《词综续编序》，载《清代诗文集汇编》编纂委员会编《清代诗文集汇编》第 629 册，上海古籍出版社 2009 年版，第 222 页。

② （清）华鼎元：《津门征献诗》卷首"凡例"，载《清代诗文集汇编》编纂委员会编《清代诗文集汇编》第 717 册，上海古籍出版社 2009 年版，第 680 页。

③ （清）王昶：《春融堂集（下册）》卷四一《湖海诗传自序》，陈明洁、朱惠国、裴风顺点校，第 736 页。

④ （清）曹学闵：《和王述庵同年邝湛若砚》，载《湖海诗传》第 2 册卷一七，凤凰出版社 2018 年版，第 690 页。

⑤ （清）吴骞：《赠述庵司寇·其一》，载《湖海诗传》第 4 册卷三九，凤凰出版社 2018 年版，第 1821 页。

⑥ （清）沈靖：《寿述庵先生八十·其五》，载《湖海诗传》第 4 册卷四三，凤凰出版社 2018 年版，第 2052 页。

一种众星拱月般的氛围，昭示着王昶在乾嘉文坛的独特地位。从某种角度而言，这或许可以视作王昶有意识地在借选本构建自我形象。法式善曾指出《湖海诗传》"于朋友赠答之篇无不备录"① 的特点，这固然是由《湖海诗传》"取交游之所赠"② 的体例所决定的，但在客观上无疑有助于扩大王昶的影响。通过《湖海诗传》中众多对他充满颂扬的诗作，王昶的重要地位已彰明较著。

余　论

在乾嘉文坛，王昶当之无愧是一位"负海内誉望者数十年"③ 的领袖人物。前辈揄扬、文酒之会、书院主讲、科举取士、选本流传等多种因素交相作用、互为表里，共同促进了王昶文坛盟主地位的确立。他在乾嘉文坛的地位毋庸置疑，然而其诗歌创作成就却始终存在较大争议。赞之者如钱大昕称他"诗词之工，纸贵吴下"④；王鸣盛："宗法之高，炉构之妙，皆胜予数十筹，而余子之退舍却步，又无足论矣。"⑤ 对王昶诗歌创作持否定态度者亦为数不少。洪亮吉《北江诗话》已对王昶之作颇露微词："王司寇诗如盛服趋朝，自矜风度。"⑥ 李慈铭《越缦堂读书记》在肯定其律诗、七绝的同时，也指出其总体成就的不足："偶阅王述庵诗，略加评点。五古渊源选体，非不清婉，而意平语滞，故鲜出色。律诗殊有佳者，七绝尤多绮丽之作。晚年才情衰谢，又劳于官事，往往率易。"⑦ 王宏林《乾嘉诗学研究》对王昶的贬意更甚："客观而言，王昶

---

① （清）法式善：《存素堂文续集》卷一《朋旧及见录例言》，载《清代诗文集汇编》编纂委员会编《清代诗文集汇编》第 629 册，上海古籍出版社 2009 年版，第 393 页。

② （清）王昶：《春融堂集（下册）》卷四一《湖海诗传自序》，陈明洁、朱惠国、裴风顺点校，第 736 页。

③ （清）姚椿：《通艺阁文集》卷三《湖海文传后序》，载《清代诗文集汇编》编纂委员会编《清代诗文集汇编》第 522 册，上海古籍出版社 2009 年版，第 316 页。

④ （清）钱大昕：《潜研堂文集》卷二三《述庵先生七十寿序》，载陈文和主编《嘉定钱大昕全集》第 9 册，凤凰出版社 2016 年版，第 354 页。

⑤ （清）王鸣盛：《诗序》，载（清）王昶《春融堂集》卷首，第 7 页。

⑥ （清）洪亮吉：《北江诗话》卷一，载《丛书集成初编》第 2598 册，第 3 页。

⑦ （清）李慈铭：《越缦堂读书记》，由云龙辑，上海书店出版社 2000 年版，第 1033 页。

的诗歌创作成就不仅远在袁枚之下，在整个乾嘉诗坛十大家中也最为逊色。"①

总体而言，王昶的诗歌创作成就的确不高，未能形成自我的独特面目。诗集中大量应制、唱和之作显得平庸而乏味，自注的频繁运用严重妨碍了诗歌意脉的连续性。然而，其诗却绝非一无可取。他从军西南时所作便颇具特色，因此也最得历代评论家青睐②。如吴骞、李慈铭所言，其律诗、绝句也常有佳构。

虽然王昶因其总体诗歌成就并不突出，不为当世文学史家所取，但不能因此忽视甚至否定他在乾嘉文坛的领袖地位。就文学发展史看，促成文坛领袖地位形成的条件是多方面的。自身文学才华、创作成就固然重要，但并非唯一或充分条件。创作成就平庸，但因其政治、社会地位、人格魅力以及对文学的热衷，积极引导、组织文学活动，进而成为文坛领袖的例子，不在少数，如毕沅、朱筠、卢见曾、法式善等皆是此类。尽管后世对王昶评价不高，但作为当时极具影响力的一代盟主，王昶对乾嘉文坛繁荣的促进和文学风尚的引导作用，仍需给予充分肯定。

作者简介：

陈露，女，赣南师范大学文学院讲师，主要从事明清文学研究。

---

① 王宏林：《乾嘉诗学研究》上册，百花洲文艺出版社 2017 年版，第 29 页。

② 如袁枚："王兰泉方伯诗，多清微平远之音……自随阿将军征金川，在路间寄《南斗集》一册，读之，諔诡奇险，大得江山之助。"（袁枚：《随园诗话·补遗》卷一，浙江古籍出版社 2011 年版，第 344—345 页。）王培荀《听雨楼随笔》："兰泉从军之后，始变而险峭。"（王培荀：《听雨楼随笔》，魏尧西点校，巴蜀书社 1987 年版，第 104 页。）

论清代古文评点中道气术语的
生成与衍变[*]

李兰芳

摘　要：源于理学的道气论已深度渗透到清代的古文文本细读中，并发生了多层次的内涵泛化与转移。清代的文道关系变得比宋代更为复杂，在强调文与道合的主流思潮之外还重点关注古文的法度与经世性。而作为道体之用的理气范畴则呈现出了更出色的衍生能力，生气论、养气论均成为了超越道学原初语境、阐释性相当强的批评论调。新的带有道学色彩的文格范畴——醇、醇乎醇，也在此时成为相对稳固的术语。在这个术语的生成与衍变过程中，批评文本整体上显示出比批评传统、批评者的知识结构更关键的作用。

关键词：古文评点　道气　醇

道气论是宋代理学的重要范畴，也深度渗透到了南宋以降的古文评点当中。至明清两代，程朱理学作为官方意识形态，以道论文、以气评文已成为古文评点中相当普遍的批评现象。对此现象的研究，学界目前主要聚焦于理学的前期，在"源"上探讨了理学思潮对古文评点的早期

---

　*　基金项目：本文系国家社会科学基金青年项目"文话与清代文学生态研究"（21CZW062）；北京市社会科学基金项目"中国散文评点史研究"（16WXB005）；中国科学院文献情报中心青促会会员支持项目（E3516303）阶段性成果。

渗透过程。① 那么，如果从"流"的角度看待古文评点对理学道气论的融化，清人对文道关系、文气内涵等问题的认识又有怎样的变化？形成了怎样的文章批评标准？折射出古文评点术语生成与衍变的何种机制？鉴于乾嘉时期古文评点极为繁盛，具有典型性，本文拟由此切入来探讨这些问题。

一　《原道》评点与文道关系的杂糅

无论是道学家还是古文评点者，他们都非常关心文道关系问题。文与道之所以能建立关系，首先缘于道学提供了一套以"道"为根基，涵盖天、地、人，可知、可至的世界观。从周敦颐开始，道学家们便建构了一套理想的世界秩序，以仁义为信条，力图将"圣人之道"推及天地，从而使天地得道，步入"大顺大化，不见其迹，莫知其然"② 的"神"境，将"道"神化。也是从他开始，强调"文所以载道"③ "以文辞而已者，陋矣"④ 成为了理学家普遍的文道立场。

文道关系也是古文传统与古文批评关注的重要话题。在古文传统中，韩愈的文道论产生了重大影响。他致力于弘扬儒道、建构道统，所著五《原》排击佛、老，《原道》篇更是建构了一套以仁、义为基石的儒家社会秩序及道统秩序。虽然他以"博爱"为仁，与宋代理学以"性"为仁、以"爱"为情的观念并不相同。但朱熹仍称赞他说："自古罕有人说得端的，惟退之《原道》庶几近之"⑤ "《原道》中说得仁义道德煞好"⑥。所

---

① 洪本健《古文评点在文章学系统中的重要作用》（《国学学刊》2018 年第 4 期）探讨了古文评点在文道论、文气论等文章学方面的重要价值。巩本栋《南宋古文选本的编纂及其文体学意义——以〈古文关键〉〈崇古文诀〉〈文章正宗〉为中心》（《文学遗产》2019 年第 6 期）揭示出宋代四大古文选本与理学的密切关系，尤其是前三种，都有不少"论义理"的内容。李由《理学思潮中古文标准的重构——以南宋佚〈教斋古文标准〉为中心》（《古代文学理论研究》2019 年第 1 期）以经典案例探讨了南宋时期理学文章的文学经典化过程。

② （宋）周敦颐：《通书·顺化》，载《周敦颐集》卷二，陈克明点校，中华书局 1990 年版，第 24 页。

③ （宋）周敦颐：《通书·顺化》，载《周敦颐集》卷二，陈克明点校，第 35 页。

④ （宋）周敦颐：《通书·顺化》，载《周敦颐集》卷二，陈克明点校，第 40 页。

⑤ （宋）黎靖德：《朱子语类》卷九十六，王星贤点校，中华书局 2020 年版，第 2476 页。

⑥ （宋）黎靖德：《朱子语类》卷一百三十七，王星贤点校，第 3261 页。

以，自宋以降的文章选本一般都会选入《原道》，多数人甚至将其置于篇首、书首。评点家们对《原道》评点的呈现，在整本古文选本中具有纲领性意义，传达了他们对文道关系的整体认识。

从清中期的《原道》评点中，我们可以看到大体存在重文章之道与轻文章之道两种声音。重文道者，标榜《原道》的儒学价值，但他们所重的文道，仍有差别。他们多数具备丰富的理学知识背景，思想接近理学家，附和程朱之说，强化《原道》堪配《孟》经的地位。如浦起龙、陈兆仑、沈德潜等评点大家都一致认可《原道》的经典地位。吴炜编古文选本，致力于为科场举业服务，由于科举中以程朱理学为强势话语，他对《原道》更是推崇备至。高澍然、余诚、林明伦三人更是道学的忠实信徒。高澍然在《韩文故》自序中高举"文者，贯道之器"①的旗帜，删选韩文，尽显韩文之"醇"。他将《原道》作为首篇，正是因为这篇文章具备"载道""配经"的重要价值。而余诚据"轲之死，不得传"数语发论，则在程颐言论的基础上，进一步点破了韩愈以道统自任的心思。林明伦在《韩子文钞》中所引程朱评点则从道学色彩较为鲜明的《文章正宗》而来，他在序中还高度赞扬了韩愈，说他师尊孔孟，张皇仁义，"导群迷而归之正，扶树教道之功"②，故能"学正""文醇"。因此，他认为精解详读韩愈的文章，是有志于学圣人之道的不二法门。而李光地虽然批评了程、朱对《原道》的误解，说："古人文字难看，《原道》连程朱亦看不透"③，但进一步解释了韩愈所谓之道是一种古道，与新儒学程朱理学之道不同。而从现存文献来看，专门的韩文评点，正是在康乾之际大量产生的，这与李光地等理学名臣的弘扬吹鼓不无关系。但如果评点者追求的价值在于"道"外，他们甚至会站到对立面，弱化"文以载道"的论说。在清代的《原道》评点中，除了仁义之道外，还有以下两种重要的批评倾向。

其一，重视古文本身的文法价值。清代重视法度的《原道》评点，

---

① （清）高澍然：《韩文故》自序，清道光十六年（1836）抑快轩刻本，第1a页。

② （清）林明伦：《韩子文钞》序，清乾隆二十一年（1756）文起堂刻本，第1a页。

③ （清）李光地：《榕村语录》卷二十九《诗文一》，陈祖武点校，中华书局1995年版，第517页。

一般援引黄庭坚而不是程、朱的批评。黄庭坚对《原道》的文法有一段著名的评论，说此文"布置最得正体，如宫府甲第、厅堂房室，各有定处"①，这段评论也经常为清代评点所援引。尤其是桐城派，比如刘大櫆对《原道》的评点就非常突出古文的艺术性。他说："老苏称公文如长江大河，浑灏流转，鱼鳖蛟龙，万怪惶惑，惟此文足以当之。"② 可见，他的评价没有一语涉及理道。而其重要的文章评点本《唐宋八家文百篇》虽有约三分之二的篇幅选入了韩文③，但评点仍就古文艺术性发论。

其二，重视古文的实用价值。程朱理学在元明两代成为官方哲学，对思想界起着明显的钳制作用，虽然入清之后仍是士人的思想枷锁，但乾嘉时期已有评点溢出文道关系的道学视野，转而重视古文实用价值的倾向。

《唐宋文醇》不选入《原道》篇，可以见出乾隆君臣对古文政治功用性的价值取向。从前面所引诸多《原道》篇的评点可以见出，韩愈所原的仁义之道堪与《孟子》学说相媲美，其汪洋恣肆的文法也得到了较高认可。可以说，无论从"道"的层面还是从"文"的层面来看，《原道》作为"诸家之冠冕""韩文之冠冕"④，皆当之无愧。但若从实用性角度来衡量，则仍有瑕疵。

关于《唐宋文醇》弃选《原道》篇的原因，乾隆朝进士赵佑已给出了一种可能的解释。他在《答问原道》篇中指出，韩愈在道学知识上的缺陷，未足为议。最重要的是韩愈在篇末提出的建议"不免儒生之见，可托诸空谈，而不可见诸实事"⑤。韩愈认为，只要消灭佛道的存在基础，

---

① （清）秦跃龙：《唐宋八大家文选》卷一，清乾隆刻本，第4b页。

② （清）姚鼐：《古文辞类纂评注》，吴孟复、蒋立甫主编，安徽教育出版社2004年版，第26页。

③ 参见李兰芳《刘大櫆十卷本〈唐宋八家古文约选〉考论》，载《古籍研究》第七十四辑，凤凰出版社2022年版，第142页。

④ （清）赵佑：《答问原道》，见《清献堂文录》卷二，载李祖陶《国朝文录》，清道光十九年（1839）瑞州府凤仪书院刻本，第9a页。

⑤ （清）赵佑：《答问原道》，见《清献堂文录》卷二，载（清）李祖陶《国朝文录》，清道光十九年（1839）瑞州府凤仪书院刻本，第9a页。

"人其人，火其书，庐其居"，就能实现"鳏寡孤独废疾者皆有所养"①
的社会理想。但赵佑指出，自尧、舜、禹三代以来都解决了这些人的生
养问题，"初非以为牢笼天下，要结人心之具"②。而焚烧佛道之书，则如
秦人之律，销毁庙观，这在荒远村墟都不可能实现，是利少害多之举。
他的这些看法有着更深层次的原因，那就是"势积重则难反，物过举则
必伤"③ 的规律。"佛老之教之不能革"，恰恰因为随着时间的累积，"其
俗之已成也"④。

此外，《唐宋文醇》在韩愈五《原》中只选入了《原毁》一文，也
不无社会适用性的考虑。《唐宋文醇》不选《原道》并非不重视道，而是
看到了道的实现途径不能是排击佛、老，而是通过培养君子，使人人可
以成为肩负仁义的圣人。其选《原毁》一文，即有这样的意图。乾隆帝
在此篇评点引用了张载的话说："以爱己之心爱人，则尽仁；以责人之心
责己，则尽道。"⑤ 这是初为人君的他实现仁道的理想方式。他将国家的
治理寄托在这些仁人贤士身上，认为士人都向舜、周公学习，那么天下
万世都是像自己一样的仁人贤士，如果有毁谤者，那就会导致"天下万
世之毁，乃并集于己矣"⑥。显然，他强调了"古之君子"责己待人的方
式，而选择性忽略了韩愈原文讽刺"今之君子"既怠且忌而毁谤丛生的
重点。从其角度看，《原毁》是比《原道》更有助于推行仁义之道的篇
章。而《原人》《原鬼》向来少被选家注意，《原性》与《原道》相辅相
成，皆为排佛、老而作，故也不选。

总而言之，受宋代以来理学话语的影响，古文评点明显受到了重道

---

① （唐）韩愈：《韩昌黎文集校注》卷一，马其昶校注，上海古籍出版社 2018 年版，第
23 页。

② （清）赵佑：《答问原道》，见《清献堂文录》卷二，载（清）李祖陶《国朝文录》，清
道光十九年（1839）瑞州府凤仪书院刻本，第9b 页。

③ （清）赵佑：《答问原道》，见《清献堂文录》卷二，载（清）李祖陶《国朝文录》，清
道光十九年（1839）瑞州府凤仪书院刻本，第10a 页。

④ （清）赵佑：《答问原道》，见《清献堂文录》卷二，载（清）李祖陶《国朝文录》，清
道光十九年（1839）瑞州府凤仪书院刻本，第10a 页—10b 页。

⑤ （清）乾隆：《唐宋文醇》卷一，上海科学技术文献出版社 2020 年版，第 2 页。

⑥ （清）乾隆：《唐宋文醇》卷一，第 3 页。

轻文观念的渗透，如何看待文道关系也成为了清代古文评点的重要问题。虽然强调文与道合是此期处理文道关系的主流话语，但在文道价值之外的文法、用世等其他价值也重获批评视野，得到了较高程度的重视，从而形成了比宋代更复杂的文道关系。

二　文气论在清代古文评点中的泛化

以气论文从孟子、曹丕、刘勰、朱熹以至清代，已有相当悠久的传统，形成了"以研究作家'气'（才能）的作家论和以研究包括表达、形式的风格（即文气）、语气（语势）的文体论为中心"，随着道学的渗透同时也注重"政治效用性"的整体内容。① 整体来说，清代古文评点中的"气"论同样相当杂糅，包含了人格、修养、风格、语气、气势、变化等多层内涵。

延续道学渗透以前的文气论传统，是清代古文评点论气的主流。这主要有以下两方面涵义。一是，传统的、泛化的风格论、气质论，比如刘大櫆评太史公的书信"其气豪壮"，而柳宗元书信则"气象衰飒"；② 二是，落实到音声、字词、句式层面的语气、气势，这类评语在以科举为主要导向的评点中比比皆是。这两方面内涵基本都根源于传统的曹丕"文气"论与刘勰的"卫气"说，属文体论、作家天赋论范畴。

而早期理学的"气"，则是具象可感、运动不居、有生命力的，理学家对"道"体的认识，也主要通过具象化的"气"来实现。受理学道气论的渗透，清代古文评点在以下两方面的内涵发生了有别于孟子、曹丕、刘勰等传统文气论的变化。

其一，变化之"生气"。在朱熹的理气论中，"气"由"道"而生，也具备化生万物的能力，建构了"一气—阴阳—五行—万物"的宇宙生

①　关于周敦颐、张载、程颐、朱熹等早期理学家关于"气"的论述，孟子、曹丕、刘勰、朱熹诗文理论中关于"气"的论述，参考［日］小野泽精一、福永光司、山井涌《气的思想：中国自然观与人的观念的发展》，李庆译，上海人民出版社2014年版，第455页。

②　（清）姚鼐：《古文辞类纂评注》，吴孟复、蒋立甫主编，第975页。

成论。受理学思想影响较深的评点家，其批评话语中常出现的"生气""生动"，即常与此义缠绕。

> 凡为文，必须渐进，其始先有生气，此生气由读书穷理而后有也；有此生气，进而不已，则气渐旺，而文有秀色；复进不已，则气渐滂沛，而文乃畅茂；仍进而不已，气乃克实，文遂浑圆；浑圆之后，渐老渐古，而文自有光辉。故秀色者，光辉之基；光辉者，秀色之积。世人常于始进之时，为文辄求其老而古，此不知为文渐进之道也。若学未足，气未充，而先为苍老古劲，无非矫揉造作而已，未见其能为也。愚前录《谏臣论》及《赠张童子序》二篇，见公始为之文，亦不过有生气已耳；至此乃气渐旺，而文有秀色矣。可知古人为文，并未尝先求老而古也。① （评韩愈《后廿九日复上书》）

这段引文出自沈阎《韩文论述》，此书目是"欲学古之士全识古人为文之道"②。他认为"为文之道惟三：曰义、曰辞、曰法"③，"义"之来源，自是由读书穷理而得。从上引评语可知，由"义"而"辞"的转换，中间必须依靠"气"的环节。此"气"谓之"生气"，由读书穷理而生，会经历"渐旺""滂沛""克实"的变化过程，相应地，文章也会实现"有生气""有秀色""畅茂""浑圆""古老""有光辉"的进步。可见"有生气"是佳作的初始阶段，与"古老"相对，在"义""辞""法"三要素中，只在"义"的层面得到凸显的文章。比如韩愈《谏臣论》《赠张童子序》即"有生气"之文，《后廿九日复上书》是比之"气"更旺盛的秀色之文。何以言之？《赠张童子序》一文分三部分，先讲以明经选为官吏之难，一般人需要二十余年，再讲张童子进身之容易。文章重点放在最后部分。与众人皆对张童子进行褒扬不同，韩愈要对张童子进行规箴，进之于"道"——"少之与长也已异观：少之时，人惟童子之

---

① （清）沈阎：《韩文论述》，载吴文治《韩愈资料汇编》，中华书局1983年版，第1215页。
② （清）沈阎：《韩文论述》例，清乾隆四年（1739）徐椿序刻本，第4b页。
③ （清）沈阎：《韩文论述》沈阎自序，清乾隆四年（1739）徐椿序刻本，第3a页。

异；及其长也，将责成人之礼焉"①，告诫张童子要继续勤勉于未学习之处。文章立意明显，直言"进童子于道"，不仅态度非同常论，而且在写法上也相当显豁。

其二，以仁义"养气"。清代相较于前代古文评点更常出现的是作为工夫论的"养气"说，强调以道、仁、义等儒家核心品质来提高文章写作层次。它既非单纯注重天赋禀性的作家气质论，也非仅仅注重文章在政治道德方面的功用；而是强调从作家到文本、从内在到外在的转化过程。

清代古文评点的"养气"论，其实胎源于孟子"浩然之气"说。孟子论气之时强调的人格修养被转化为文章修养之后，"养气""根柢"在清代成为了重要的古文评点话语。比如，沈闿评点韩愈《答李翊书》时便立足仁义立场来谈"养气"。他先重申了学习仁义之道作为培养作文根柢之始，再将韩愈、柳宗元的"根柢"作了对比，指出韩愈文章的"根柢"不仅来源于读书，而且源于他对所读之书"详审"的态度。而此态度，自然得益于他"存之于心"的圣贤之道。这是韩愈的"养气"之法，他不仅读书，而且慎重选择，对有悖于仁义道德的书，他持有的是"惧其杂也，迎而距之"②的态度。柳宗元则不然，他所读之书非不多，所养之气非不盛，只是所读之书更杂，所求之道自然"旁推交通于子史"③了。所以，在沈闿看来，柳宗元的辞章"根柢"或"工夫"，实际更多得益于记览，与韩愈深究仁义相较更为浅显，存在着立言"于理或未尽醇""于法间有不密"④等缺陷。

但由于以仁义养气在孟子、韩愈看来，都有待于通过读书这一具体方式来实现。他们对读书的强调，在矜尚博识的清代又容易形成一种误导。那就是只要从读书开始，便可以获得仁义，写好文章。因此，我们不难见到，清代众多的古文评点也时常将读书放在首位。康熙皇帝对韩

---

① （唐）韩愈：《韩昌黎文集校注》卷四，马其昶校注，上海古籍出版社 2018 年版，第 294 页。

② （唐）韩愈：《韩昌黎文集校注》卷四，马其昶校注，第 200 页。

③ （清）沈闿：《韩文论述》，载吴文治《韩愈资料汇编》，中华书局 1983 年版，第 1218 页。

④ （清）沈闿：《韩文论述》，载吴文治《韩愈资料汇编》，中华书局 1983 年版，第 1218 页。

愈《答李翊书》这篇文章的评点是赞扬其"好学深思，读书养气"①。沈
德潜也认为此文所谓"养气"，"与孟子所云养气异而未尝不同"②。他还
说："后苏明允上欧阳公书，末段全学此处，而生平得力，又自各别。"③
这是说苏洵《上欧阳内翰书》的末段也主要谈论其多年来以《论》《孟》
等圣贤文章为滋养，才写就了《洪范论》《史论》等闳深的文章。即便这
些文章的思想溢出了儒家范畴，沈德潜也认为苏洵这样的读书为文过程
和韩愈一样，都是"养气"的结果。但他们都没有注意到，无论是韩愈
在《答李翊书》中提出的"养根"说，还是孟子的"养气"说，都将
"仁义"作为人心本来存在的内核。而清代多数评点家将读书误以为养气
之端，其实有悖于孟、韩之说。

在清人古文评点中，以仁义养气之说还出现另一个重要变化，那就
是片面追求至大至刚之气。这其实是对作家气质论、文本风格或语言气
势论的回归。而这类评点的一个明显特征，便是集中于评点苏轼的古文，
在评论话语间或有意无意地忽视了孟子以道义配气、韩愈以仁义养根的
原初内涵。比如，沈德潜《唐宋八大家读本》凡例就总结苏轼古文特征
说："东坡之才大，一泻千里，纯以气胜。"④ 刘大櫆也赞叹："长公笔有
仙气，故文极纵荡变化，而落韵甚轻。"⑤ 就《潮州韩文公庙碑》一文，
便引来了相当丰富的对苏轼文章之气的赞叹。康熙帝评曰："气概雄深，
光芒万丈，文之有关于世教者，固振古如新也。"⑥ 陈廷敬云："文忠一生
持论，只重气字。文特踔厉，歌辞雄健，洵足媲美昌黎。"⑦ 张伯行评曰：

---

① （清）乾隆：《唐宋文醇》卷三，第44页。

② （清）沈德潜选，[日]赖山阳增评：《增评唐宋八家文读本》卷三，闵泽平点校，崇文
书局2010年版。第64页。

③ （清）沈德潜选，[日]赖山阳增评：《增评唐宋八家文读本》卷三，闵泽平点校，第
64页。

④ （清）沈德潜选，[日]赖山阳增评：《增评唐宋八家文读本》"凡例十则"，闵泽平点
校，第9页。

⑤ （清）姚鼐：《古文辞类纂评注》，吴孟复、蒋立甫主编，第180页。

⑥ （清）康熙：《圣祖仁皇帝御制文》第三集卷四十，载《景印文渊阁四库全书》第1299
册，（台北）台湾商务印书馆1986年版，第310页。

⑦ （宋）苏轼：《苏轼全集校注》第12册文集三卷十七，张志烈、马德富、周裕锴主编，
河北人民出版社2010年版，第1881页。

"此文止是一气挥成，更不用波澜起伏之势，与东坡他文不同。其磅礴澎湃处，与昌黎大略相似……余睹其直赶到'浩然而独存者乎'，势已极矣，即接'盖尝论天人之辨'，遂加倍精采。文之直致者，须有元气包裹其间方好。"① 他们都注意到了苏轼文章纯以气行的特色，甚至将其与韩愈媲美，视之为孟子"浩然之气"的忠实践行者。

这一变异发生的重要原因，便与苏轼对孟子、韩愈以来文气论的改造有关。苏轼在《潮州韩文公庙碑》中认为孟子的"浩然之气"具备至高无上的能力，人拥有的富贵、智勇和辩才不论如何，都会在遇到"浩然之气"的瞬间相形见绌。这种"气"在形态上又是充斥天地、无往不在，不依赖形体而存在，不依赖外力而运动，甚至没有生没有死。② 初步看来，这是对孟子"至大至刚"的进一步诠释，但实际已对孟、韩一脉"养气"说作了极大的改动，将"浩然之气"无限地夸大，赋予其永恒、无所不在、无所不能的力量，使之蒙上了神秘主义的色彩。而此改造，更多源于苏轼自己对"气"独到的理解。其《上刘侍读书》对"气"的论说更完整。他在这篇文章中，将"气"与"才"对举，且认为"气"比"才"更重要。此"气"乃天生，在冥冥之中获得，难以名状，就好像有鬼神在暗中帮助。拥有此"气"，便能拥有掌控天下事物的能力。③从中我们已不能再看到"气"的"仁义"或"道义"内涵，它更多地是回归天赋论，形成对"气"的强烈崇拜。因此，苏轼为文也更重视驰骋文气，而不执着于仁义一端。

清代古文评点作为处于古代文章学发展至后期的一个环节，其不可避免的术语内涵杂糅性在文气论上体现得可谓淋漓尽致。从中，我们很容易看到"气""生气""养气""浩然之气"等批评话语与道学的相关性，但事实上又经常未必完全符合论孟、程朱之说，而总是容易在仁义之外杂糅进曹丕、刘勰等传统文论的内涵，或者随着批评文本自身的特性而不断发生变异，在古文之气是来源于道体，还是根源于作家、文本

---

① （清）张伯行：《唐宋八大家文钞》卷八，清正谊堂全书刻本，第37a页。

② （宋）苏轼：《苏轼文集》卷十七，（明）茅维编，孔凡礼点校，中华书局1986年版，第508页。

③ （宋）苏轼撰：《苏轼文集》卷四十八，（明）茅维编，孔凡礼点校，第1386—1387页。

而自成一体等问题上形成不同意见。

当然，这并不意味着评点者完全能够为批评文本以及批评传统所左右。当苏辙与乃兄一样，在《上枢密韩太尉书》的文章写作中改造孟子养气说，却轻易地被清代评点者识破。这正是因为其以游历为养气之方，与孟子以道义配气、韩愈以读仁义之书养根的说法，相去更远。此种转变之巨，以致清代评点家浦起龙甚至怀疑苏辙跑题了："养气为行文主之本，自宜灌注全篇。而既引孟子一言，向后略无管照，心窃惑之。"① 他也是经过许久才明白文章的旨意："盖以太史之游当孟子之养，其写境写人，皆是写气之助，与孟子之文原两意也。"② 另一位评点家余诚则是通过文意的大段剖析，细致的文本阅读，才明辨了苏辙"养气"论与孟子原说实为两意："养气知言，是孟子一生内圣外王的学问，子由养气不过为文字而已。"③ 因此他强调，不可将苏辙之说等同于儒孟程朱的工夫论。此又可见，清代古文评点文气论发生的是有限度的变异，是程朱道学与传统文气论的调和。

三　"醇乎醇"在清代古文评点中的术语生成与衍变

在清代古文评点中，经常与文道、文气论如影随形的还有另一个概念——醇，它主要承担着作家人格批评与文本风格批评的双重功能。与之相关的"醇乎醇"，也同样在这时期成了侧重批评文章思想、相对稳固的术语。

我们首先来看"醇"作为理想人格的一面，侧重从思想层面来评论文章的相关人物。比如，秦跃龙评点韩愈《读〈荀子〉》一文时质疑地说："荀卿言性恶，杨雄为莽大夫，尚许其大醇耶？"④ 沈德潜也批驳说："战国时著书能明王道者，孟子外惟荀子一人。中间《性恶篇》显

---

① （清）浦起龙：《古文眉诠》卷七十，清乾隆九年（1744）刻本，第2b页。
② （清）浦起龙：《古文眉诠》卷七十，清乾隆九年（1744）刻本，第2b页。
③ （清）余诚：《古文释义》，吕莺校注，北京出版社2018年版，第846页。
④ （清）秦跃龙：《唐宋八大家文选》卷五，第17b页。

与吾道相悖，余可议者实鲜也。"① 但他在言语间尚有维护，说："昌黎欲削荀氏之不合者，附于圣人之籍，不没其醇，不掩其疵，是何等识力。近日灵皋方氏，删荀、管二子，荀子俱近于醇，可云成韩公之志矣。"② 沈闿则批评柳宗元，说"河东之文，立说命意，于理或未尽醇"③。储欣在评价韩愈《上宰相书》时说："其尤醇者，则董仲舒、刘向、扬雄，原本经术，不为浮辞，雍雍乎儒者之言、大家之美也。"④ 这些是仍相对严格地遵守传统的道学家对于一名文章家的要求的评点。他们认为，文章写作要有纯粹的经学修养，才能成为一名接近醇儒的大家。

以上评点中"醇"的人格内涵，主要来源于程朱理学。宋儒在建立以仁义为核心的"道气"论的同时，也建立了以仁义为最高追求的理想人格。朱熹还进一步提炼出了以"醇"为核心气质的儒家理想人格。他在《与陈同甫书》中劝说陈亮时描绘了"醇儒"的形象："绌去义利双行、王霸并用之说，而从事于惩忿窒欲、迁善改过之事，粹然以醇儒之道自律，则岂独免于人道之祸，而其所以培壅本根，澄原正本，为异时发挥事业之地者，益光大而高明矣。"⑤ 陈亮是宋代功利儒家的代表人物，主张"义利双行、王霸并用"，以"豪杰"为理想的儒家形象。朱熹劝说他放弃"霸道"与"王道"并用的思想，转而"从事于惩忿窒欲、迁善改过之事"，以"醇儒之道"自我约束，培壅本根、澄原正本，才能在将来的事业之中发挥作用。所谓"本根""正本"，使人之所以能"醇"者，即四书五经讲仁论义的儒家经典。所以朱熹在教育子弟时，盖由此始。他主张严格遵守儒学与杂学的界限，对杂学向

---

① （清）沈德潜选，[日]赖山阳增评：《增评唐宋八家文读本》卷一，闵泽平点校，第15页。

② （清）沈德潜选，[日]赖山阳增评：《增评唐宋八家文读本》卷一，闵泽平点校，第15页。

③ （清）沈闿：《韩文论述》，载吴文治《韩愈资料汇编》，中华书局1983年版，第1218页。

④ （清）储欣：《唐宋八大家类选》卷八，清光绪九年（1883）刻本，第4b页。

⑤ （宋）朱熹：《寄陈同甫书》，载（宋）陈亮《陈亮集》卷二十八，邓广铭点校，中华书局1987年版，第359页。

儒学的渗透保持高度警惕和排斥。朱熹劝陈亮以"醇儒之道自律",是让他抛弃求利的霸道主义思想,因为求"利"非原儒们所提倡。但是,清代古文评点在更多时候并不会从作者的整个思想层面分辨是否恪守仁义道德,最终泛化为文章风格特征。只要作家文章引经据典,或表现儒家思想的某一方面,就能得到"醇"的评价,比如下列三种情况即是如此。

其一,并不独尊原始儒家思想的作家可以称"醇"。比如,后世评点家多认为韩愈是孟子的传人,视其为"醇乎醇"的儒者。但不会有评点家详察韩愈思想的复杂性。韩愈的学术除孟子之外取资甚广,"不但包括儒家的孔、孟、荀、杨,甚至包括九流百家的管、商、列、老、庄、晏、墨、吕乃至李斯、杨朱"①。比如,他分析事物时惯用的三分法(以《原性》篇尤为显著,性分三品,情分三品),其中体现的三元思维观念,来源显然并非孔孟原儒,而是扬雄《太玄》的三元本体理论。② 但韩愈思想的这种驳杂性,宋代的理学家们看得一清二楚,朱熹就说"今读其书,则其出于诙谐戏豫放浪而无实者,自不为少。若夫所原之道,则亦徒能言其大体,而未见其有探讨服行之效"③,以致于"未免裂道与文以为两物,而于其轻重缓急本末宾主之分,又未免于倒悬而逆置之也"④。由此见得,韩愈自是不能与"醇"相称。韩愈的情况尚且如此,遑论其他欧、苏诸家。

其二,不恪守儒家思想的文章仍可称"醇"。比如苏洵,我们熟知八大家中他最富于杂霸之学,沈德潜在《书论》篇中明断说:"为'武王非圣人论'开先,苏氏不得为醇儒,正在此处。"⑤ 但仍有被视为"醇"的文章。沈德潜评其《管仲论》说:"以齐乱坐实管仲,固是深文,然咎其

---

① 刘真伦:《韩愈思想研究》,河南大学出版社 2018 年版,第 236 页。

② 刘真伦:《韩愈思想研究》,第 52 页。

③ (清)王梓材、(清)冯云濠编撰:《宋元学案补遗》卷四,沈芝盈、梁运华点校,中华书局 2012 年版,第 474 页。

④ (清)王梓材、(清)冯云濠编撰:《宋元学案补遗》卷四,沈芝盈、梁运华点校,第 474 页。

⑤ (清)沈德潜选,[日]赖山阳增评:《增评唐宋八家文读本》卷十五,闵泽平点校,第 371 页。

不能荐贤，自是正论。此老泉文之醇者。"① 而苏洵的《权书》《衡论》诸篇言兵言权，更是根源于霸道思想。但乾隆皇帝却能从中"择其大醇者"②，选出《心术》《法制》《孙武》《六国》《重远》《广士》诸篇。而整部《唐宋文醇》冠之以"醇"之名，搜罗广众，并不都是儒家思想的宣扬，有的仅出于政治功用的考虑而被选入。

其三，"醇"完全丢失仁义思想内涵，成为纯粹注重辞章的风格术语。如沈德潜评柳宗元《陆文通先生墓表》"峻整醇厚"③，刘大櫆评曾巩"以醇雅胜"④，吴炜评曾巩《宜黄县学记》"气味醇厚"⑤。以上所谓之"醇"，与朱熹劝说陈亮"以醇儒之道自律""培壅本根，澄原正本"⑥，与程颐以"豪杰之士"而不以圣贤传人来称赞韩愈相比较，无疑已出现了明显的泛化过程。历代评点家从道学话语习得的对理想文格"醇"的追求，最后都不免陷入了"不醇"的尴尬。当"醇"作为一种理想的文格，有时候仁义可以缺位，"道"并非必须，而"气"也能自成本体。

而在"醇乎醇"的批评术语凝固过程中，也同样发生了相似的泛化过程。储欣评韩愈《争臣论》时曾说："大意本'孟子谓蚳鼃章'，其理与辞，醇乎醇也，亦如《孟子》。"⑦ 其所谓"理"与"辞"，恰好大致是古文批评中醇从理想人格向理想文格泛化的两端。比如李光地评《送王秀才序》曰："此韩子之文，醇乎其醇者也。"⑧ 这是侧重文格（辞）的

① （清）沈德潜选，［日］赖山阳增评：《增评唐宋八家文读本》卷十六，闵泽平点校，第391页。

② （清）乾隆：《唐宋文醇》卷三十四，第551页。

③ （清）沈德潜选，［日］赖山阳增评：《增评唐宋八家文读本》卷九，闵泽平点校，第216页。

④ （清）刘大櫆评语，（清）吴闿生辑：《古文辞类纂诸家评识》，载余祖坤编《历代文话续编》，凤凰出版社2013年版，第1780页。

⑤ （清）吴炜：《唐宋八大家精选层级集读本》卷四，乾隆二十四年（1759）紫阳书院刻本，第110b页。

⑥ （宋）朱熹：《寄陈同甫书》，载（宋）陈亮《陈亮集》卷二十八，邓广铭点校，第285页。

⑦ （清）储欣：《唐宋八大家类选》卷三，清光绪九年（1883）刻本，第16b页。

⑧ （清）乾隆：《唐宋文醇》卷五，第71页。

批评。沈德潜评曾巩《列女传目录序》："较之汉儒，学术又醇乎醇矣。"① 则是侧重"理"的角度作出的批评。而乾隆皇帝评价苏轼《奏浙西灾伤第一状》时说："此则文之醇乎醇，而可为世法者；佳文岂在声调格律之工哉！"② 则是兼有人格批评与文格批评的评例。苏轼在文章中呈现出来的以忠爱为本、未雨绸缪、为民请命的人格特征是造就此文"醇乎醇"这种风格的根本保证。

回顾文论传统，作为批评术语的"醇"其实常与"雅""深""古""正"等风格连用，表达文章气味之厚。比如，茅坤在评价韩、柳古文时就批评说："昌黎之文，得诸古六艺及孟轲、扬雄者为多；而柳州则间出乎《国语》及《左氏春秋》诸家矣。其深醇浑雄，或不如昌黎；而其劲悍沉寥，抑亦千年以来旷音也"③。综观以上清代古文评点，我们可以看到，大部分人对"醇"的界定相对清晰，他们主要从立意与儒家思想的贴合度来给文章定性，较少仅仅从传统文论中的"厚味"说来考量。也就是说，当作为儒家理想人格的"醇"进入不同文本的具体语境当中，文本内容对其泛化为理想文格的过程产生了影响，从而丰富了批评传统的术语内涵。古文评点术语的演进，从中可窥见一斑。

那在文章批评术语发生跨领域的转移与泛化过程中，批评文本又是如何施加影响呢？从清人对韩文是否达到了"醇"的理想文格这一问题的讨论，我们可以见到批评文本风格丰富程度的重要性。韩文作为古文的重要典范，吸引了历代众多追随者的心摹手追，但因为韩文风格本来多样，他人所得也不尽相同。浦起龙在《曹成王碑》篇评中，就已揭示了韩愈养气说与自我创作风格之间的关联，说："盖惟'浩乎沛然'，乃曰醇而肆焉。"④ 刘熙载也论得清楚，说："张籍谓昌黎'与人

---

① （清）沈德潜选，[日]赖山阳增评：《增评唐宋八家文读本》卷二十七，闵泽平点校，第626页。

② （清）乾隆：《唐宋文醇》卷四十七，第749页。

③ （明）茅坤：《茅鹿门先生文集》，张梦新、张大芝点校，浙江古籍出版社2012年版，第825页。

④ （清）浦起龙：《古文眉诠》卷五十，清乾隆九年（1744）刻本，第8a页。

为无实驳杂之说',柳子厚盛称《毛颖传》,两家所见,若相径庭。顾韩之论曰'醇'、曰'肆',张就'醇'上推求,柳就'肆'上欣赏,皆韩志也。"① 柳宗元所取韩文者乃其"肆"的一面,而此种风格倾向又重现在他的文章写作当中。比如《封建论》即被浦起龙评为:"醇而肆,博稽而志毂,顺轨而极变,实乃谨严识职之文"②。曾巩则主要学习韩文之"醇"。唐宋八大家所有古文中,被频繁评为"醇"的正是曾巩的文章,尤其是《战国策目录序》《列女传目录序》《移沧州过阙上殿疏》《宜黄县学记》等代表作。韩愈的继承者们,或承其"醇",或学其"肆",从而使自唐宋以来的整个古文传统形成了"醇而肆"的整体特征。这使得唐宋八大家本身的文统传承,有了不醇的先天因子。而古文评点家中,纯粹的理学家已是少数,完全忠实于理学思想的普通文人,也是少数。他们从韩愈一脉的文章阅读下来,对文格之"醇"的体会自然不会比朱熹他们从思想层面去体会那样深刻准确。

总而言之,"醇"在清代古文评点当中作为相对新兴的批评话语,无论是作家的理想人格,还是作品的理想风格,都与批评文本本身的特征有着密切关系——文本总能体现作为源头的儒家仁义道德思想。而作为理学话语的"醇"之所以能在清代转化为辞章评价术语,其重要原因有二。一是,清人重视韩愈由文学入经学的努力;二是,重视程、朱等早期道学家以经学治文学的实践。后者使"醇"成为一种理想文格,而前者文本"醇而肆"的历史影响又使"醇"泛化为一种文章风格,使辞章领域在追求"醇乎醇"的理想中呈现出不醇的杂糅质态。这种杂糅质态的文章评选,在清代最明显的代表即乾隆初年的御选《唐宋文醇》。虽然书首御序说要通过这些文章"知道腴之可味"③,书内大篇幅抄录朱熹评语,但所选文章与评点所阐扬之"道",是否真的与作为官方思想权威的圣人之学、程朱理学完全吻合,我们也不得不打下一个

---

① (清)刘熙载:《艺概·文概》,载王水照编《历代文话》第6册,复旦大学出版社2007年版,第5557页。

② (清)浦起龙:《古文眉诠》卷五十二,清乾隆九年(1744)刻本,第12b页。

③ (清)乾隆:《唐宋文醇》序,第2页。

问号了。

结 语

综上所论，我们可以看到清代古文评点与理学话语密切交融的这层关系。源于理学的道气论已深度渗透进文学文本的解读，并且发生了多层次的内涵泛化与转移。在这个时期，文道关系变得比宋代更为复杂，它不再只是沿着程朱理学地位不断提升的既有路径而一味强调文以载道或文与道合。在文章载道之外，行文法度、文章经世也是重要的批评要点。而气作为道体之用的范畴，在融入古文评点过程中表现出更出色的衍生能力，成为超越道学的原初语境、阐释性相当强的批评术语。在这样的批评生态中，新的带有道学色彩的范畴——醇、醇乎醇，也最终在清代凝定为了评判文本风格的重要术语。

从理学这个侧面讨论，我们可以看到，中国古代文章评点中的一些重要批评术语并非是稳固不变的。它有一个复杂的生成过程。文道关系能够作为古文评点经久不衰的热门话题，韩愈《原道》能够作为古文评点中占据极高分量，这显示出了批评者理学知识结构的主导影响。当一种知识结构在历代批评中凝定为相对稳固的批评传统，便能推动原有术语的凝定。而评点者又反复将批评视野聚焦于韩愈《原道》《答李翊书》等讨论道、气的作品，进一步在原文基础上发挥关于文道、文气的理解。在这个过程中，评点作为"副文本"，批评内容很大程度依附于原文本的旨意，也昭示着批评文本在批评术语生成或衍生初期的关键作用。总而言之，批评文本、批评传统、批评者知识结构都参与到了一套批评术语的生成与衍化过程当中，但不同阶段的主导因素不相同。在术语的生成与衍化阶段，批评文本与评语内容之间关系更为密切。此外，批评传统也容易影响术语系统的泛化过程，但批评者的知识结构在这个过程中起到了"监控"的作用，使术语变异的发生有了一定限度。

作者简介：

李兰芳，女，北京师范大学文学博士，中科院文献情报中心馆员。主要研究清代文学批评与文献，在《文学遗产》《励耘学刊》等期刊发表论文多篇。

戏曲小说研究

隐匿的烽火:《三国志演义》合肥—濡须之战的文本功能与意趣创造

——兼谈古典小说次要情节与配角人物的考察意义*

罗墨轩

摘　要：较之史实,《三国志演义》对合肥—濡须之战的个别情节有移接删改。在文本功能上,小说的描述起到转移矛盾焦点、调节叙事节奏的作用,细节之处的改编如曹操之梦、孙权跃桥、甘凌解仇则体现了合久必分的历史观和忠孝统一的伦理观。在意趣创造上,张辽、甘宁的奇袭和周泰的护主体现了小说双峰并峙的互文之美,庞德、吕蒙的形象亦在互文性的描写中得以建构。与毛评本相比,嘉靖本对张辽等配角人物的形象予以更全面的展现,他们与刘备阵营的人物一起,共同构成小说中段的故事高潮,创造出"去主角化"的叙事意趣。其研究意义在于重新回归文本,帮助开拓小说配角人物刻画,群像人物描写和小说类型差异与创作空间的研究思路。

关键词：合肥濡须　《三国志通俗演义》　叙事策略　叙事意趣

---

* 本文撰写过程中,曾得到李桂奎教授、傅承洲教授、张宏生教授的宝贵意见,在此谨致谢忱。

以《三国志演义》① 为代表的历史演义大多遵循 "本有其事而添设敷演"② 的创作原则，附会正史，踵事增华。《三国志演义》叙述的时间跨度（184—280）中，大小战争共发生 191 次，③ 加之民众尤其喜欢 "那些描述争斗征战、武打厮杀的故事"④，因此，作为历史重要推动力的战争便在历史演义中占据着重要的地位，形成以 "叙一朝或几代的历史为主要内容，以政治斗争、军事斗争为主要情节"⑤ 的基本特点。无疑，在战争叙事的考察视阈中，《三国志演义》描摹最为详尽的乃是三场关系全局的大战役："决定北方由谁主宰的官渡之战、决定南北对峙的赤壁之战、决定东西疆域的猇亭之战。"⑥ 与之相比，其他战役虽无直接决定历史走向的影响力，但若说官渡、赤壁、猇亭三大战役是最为耀目的烽火，那么这些次要的战役就像是 "隐匿的烽火"。它们固然不起眼，却亦是小说战争叙事的文学图景中不可或缺的拼图。其中，合肥濡须口之战便极具代表性。

合肥—濡须之战指公元 3 世纪时曹操与孙权围绕今天的芜湖到合肥一线展开的战争。历史上，合肥之战计 5 次，濡须之战计 4 次。其中，小说对前两次濡须和合肥之战的叙事有三个特点值得关注。首先，四场战役的参与者皆是如张辽、甘宁、凌统、吕蒙等小说配角。这是小说在曹操、诸葛亮、关羽等主角都在世的情况下，为数不多的以配角为主导的一段情节。其次，小说对四场战役的进程和人物的行动、生死改动颇多，情节上亦有增添删减之处。这些改动并非作者随意而为，而是在小说主题的阐释与叙事节奏的调整上发挥着重要作用。最后，如果说上述观点只停留于小说的文学技法层面，那么小说围绕四场战役的改编还形成了

---

① 本文考察对象为嘉靖本罗贯中《三国志通俗演义》，上海古籍出版社 1980 年版，如用到毛氏父子修订、评点的《三国演义》，则以 "毛本" 相称以作区别。

② 刘廷玑：《在园杂志》，载朱一玄、刘毓忱编《三国演义资料汇编》，百花文艺出版社 1983 年版，第 493 页。

③ 中国军事史编写组：《中国历代战争年表（上）》，解放军出版社 2003 年版，第 40—47 页。

④ 纪德君：《中国历史小说的艺术流变》，中国社会科学出版社 2002 年版，第 122 页。

⑤ 侯忠义：《论历史演义小说》，《明清小说研究》1996 年第 3 期。

⑥ 方北辰：《〈三国志〉各卷导读》，《成都大学学报》2009 年第 6 期。

"互文美学"与"去主角化"两种叙事意趣,在文学想象中彰显着小说的文本之奇。故本文试以小说关于合肥—濡须之战的叙事为例,来审视小说在编排次要情节、塑造配角人物时的叙事意趣与艺术成就,以期在学界近来强调"回归经典,细读文本"① 的趋势中,尝试一种生发于小说作品内部的研究理路。

一 史稗对读:史实梳理与稗体重组

古代小说研究应该解决文与史、考证与立论、客观材料与文学感悟的关系问题。② 在新历史批评的视阈中,"历史"被赋予的新含义是史家对特定历史事件进行情节建构,并赋予各种可能的意义。③ 因此,欲借合肥—濡须之战的稗体叙事审视小说的艺术成就,首先需梳理相关史实,并进行稗体与史籍的对读,探索《三国志演义》的写定者如何重新排布并建构了这一段历史。

按照时间先后,四场战役发生的顺序为第一次合肥之战—第一次濡须之战—第二次合肥之战—第二次濡须之战。四场战役的整体经过非常清晰,在此仅作概述。

第一次合肥之战发生于建安十三年(208)末。孙权趁周瑜与曹仁交战之际,提兵北上,围攻合肥。在孙权出兵前,驻守合肥的扬州刺史刘馥早已"高为城垒,多积木石。编作草苫数千万枚,益贮鱼膏数千斛,为战守备"④。即便孙权发兵围城时,刘馥已经去世,但这些战备仍然极具价值。草苫保证了在骤雨如注的恶劣天气中,合肥城墙不致于崩坏,鱼膏则用于夜间燃烧照明,监察孙权动向。于是,孙权围城月余,最终未能攻下,自己亦欲亲率骑兵突击,终为张纮劝阻。气急败坏之下,孙

---

① 刘跃进:《回归经典,细读文本——文本细读与文学研究推进》,《文史知识》2017 年第 2 期。

② 戴云波:《中国古代小说研究方法论》,《江海学刊》1999 年第 6 期。

③ 〔美〕海登·怀特:《后现代历史叙事学》,陈永国、张万娟译,中国社会科学出版社 2003 年版,第 169 页。

④ (西晋)陈寿:《三国志》,中华书局 1957 年版,第 463 页。

权轻信蒋济故意释放的假情报，认为合肥援军将至，遂撤围而走。

第一次濡须之战发生于建安十八年（213）正月。曹操进军濡须口，与孙权军对峙。而孙权一方早已做好准备。吕蒙"数进奇计，又劝权夹水口立坞，所以备御甚精"①。同时，吕蒙舌战群将，陈以利害，孙权终采纳其计。起初，孙权亦以舟师围攻曹军，俘敌、毙敌数千，但尔后，曹军攻破孙权江西大营，生擒都督公孙阳。双方互有胜负，相持月余，孙权遂致书曹操曰："春水方生，公宜速去。"另附纸曰："足下不死，孤不得安。"② 而曹操亦见孙权军容严整，知不可速得江东之地，遂撤军北还。

第二次合肥之战发生于建安二十年（215）八月。战役可分为两个阶段。一是，张辽出动出击，以八百人突袭孙权。孙权军措手不及，幸有潘璋阵斩逃兵，稳定军心，贺齐亦引兵相拒，孙权方得以退守一处高地，并狼狈撤退。二是，孙权因围城久攻不下、疾疫流行而撤军时，张辽再次奇袭，在逍遥津大破敌军。由于张辽事先断桥，孙权追前部军马不及，坠入险境。吕蒙、甘宁、凌统等人死战以保孙权。面对断桥，裴注引《江表传》记载孙权亲近监谷利"使权持鞍缓控，利于后着鞭，以助马势，遂得超渡。"③ 凌统等人也死里逃生。此战孙权险些被张辽生擒，在渡桥之后，贺齐劝孙权要戒之慎之，以此为戒。

第二次濡须之战发生于建安二十二年（217）。是年正月，曹操屯兵居巢，两军对峙。吕蒙、蒋钦受命为濡须都督，前者以弓弩破曹军前锋，后者化解与徐盛私怨。两军接战时，徐盛所乘战船被吹到曹军岸边，却毫无惧色，下船迎击。作为援军的周泰亦奋勇作战，后受命督濡须时，孙权令其解衣以服众望："权手自指其创痕，问以所起。泰辄记昔战斗处以对，毕，使复服，欢讌极夜。"④ 曹将孙观亦猛攻孙权，事见于《臧霸传》："攻权，为流矢所中，伤左足，力战不顾……转振威将军，创甚，

---

① （西晋）陈寿：《三国志》，第 1275 页。
② （西晋）陈寿：《三国志》，第 1119 页。
③ （西晋）陈寿：《三国志》，第 1120 页。
④ （西晋）陈寿：《三国志》，第 1288 页。

遂卒。"① 最终，在曹操逼攻之下，孙权被迫撤军，并遣徐详请降。曹操亦引军退走，留夏侯惇、曹仁、张辽等屯驻居巢。

除此之外，经笔者总结，这四场战役中还有五个细节需要得到进一步澄清。一是甘宁袭营的时间。《三国志》"甘宁本传"虽记事情经过，然并未明言发生的时间。今观裴注引《江表传》在甘宁破敌前补充了曹操军队的数量："曹公出濡须，号步骑四十万。"② 又《资治通鉴》亦形容曹操是次进军濡须口时"号步骑四十万"③。两处记载同，可见甘宁袭营发生于第一次濡须之战中应更加可信。二是孙权探营的经过。裴注引《吴历》与《魏略》均提及孙权于第一次濡须之战时有探营行动，但所记曹操和孙权的具体行为存有差异。曹操有下令放箭与否之分，孙权则有回环鼓吹与调船受箭之别。这固然可说明孙权或许曾先后两次探营，④ 但孙权在探营行动中无论是"回环作鼓吹"还是"复以一面受箭，箭均船平，乃还"，⑤ 都体现了过人的胆识。三是围绕皖城的纷争。小说将这场战斗视作合肥之战的前奏，但实际上这场战争发生于建安十九年（214）五月，即合肥之战的前一年。吕蒙指出皖城的战略地位，并献计令吴军四面围攻。最终甘宁先登陷城，生擒庐江太守朱光及参军董和。四是陈武阵亡的时间。《三国志》"陈武本传"说得非常清楚："建安二十年，从击合肥，奋命战死。权哀之，自临其葬。"⑥ 而非如小说所言是在第二次濡须之战时为庞德所杀。五是董袭溺亡的争议。董袭率五楼船守濡须口，夜遇狂风骤雨，董袭拒不弃船，最终溺亡。史书并未明言董袭死于哪一次濡须之战，但《臧霸传》记载曹军前锋张辽与臧霸于是次濡须之战进军时，也同样遭遇大雨："霸从讨孙权于濡须口，与张辽为前锋，行遇霖雨，大军先及，水遂长。"⑦ 考虑到战前相似的恶劣天气，董袭船队

---

① （西晋）陈寿：《三国志》，第 539 页。

② （西晋）陈寿：《三国志》，第 1294 页。

③ （宋）司马光：《资治通鉴》，中华书局 1956 年版，第 2114 页。

④ 亦有研究指出孙权受箭的说法并不可信，两次探营实际上是同一次。可参看张作耀《孙权传》，人民出版社 2007 年版，第 158 页。

⑤ （西晋）陈寿：《三国志》，第 1119 页。

⑥ （西晋）陈寿：《三国志》，第 1289 页。

⑦ （西晋）陈寿：《三国志》，第 538 页。

同样受此影响而遭受重创应该可能性更大。小说亦采用这一说法，将董袭之死安排在第二次濡须之战中。

以上是关于四次战役的史实梳理。这四次战役分别对应小说中卷十一《孙仲谋合淝大战》，卷十三《曹操兴兵下江南》以及卷十四《张辽大战逍遥津》《甘宁百骑劫曹营》，所占比重相当。概而言之，除了第一次合肥之战改动较大之外，其余三场战役的原貌均大致得到保留，同时亦有诸多细节的改动和情节的增添、移接、删改。经过对读，笔者就史稗之差异作出如下总结。

其一，第一次合肥之战的原貌被完全改写。刘馥在小说中成为曹操横槊赋诗的"牺牲品"，虽然文中亦曾提及他"起自合淝……作草苫数千枚，贮鱼膏数百斛，为守战之具"①，但当叙及合肥之战时，小说将矛盾中心完全转移至张辽和孙权之间。从战斗过程来看，曹军完全占据上风，不仅在阵战中击杀宋谦，还识破孙权军里应外合之计，重伤孙权麾下大将太史慈。至于史书中出现的蒋济的计谋、张喜的援军等，更是完全没有出现在小说中。

其二，第一次濡须之战的战斗过程被大量改写。具体来说，甘宁夜袭被小说作为第二次濡须之战的开端移接到第二次合肥之战后。同时，小说还进行了艺术层面的夸张处理，比如甘宁只带百骑，且一人未损。小说删去舟师围攻、破江西营、获公孙阳等事件，且将战斗改为陆战，并令孙权军在战役中稍占上风，同时，亦增添曹操之梦和曹孙二人土山上对话的情节。

其三，第二次合肥之战的两个阶段得到合并，细节亦有改动。张辽率八百悍卒突击和潘璋贺齐的抵抗等俱被小说删去，只有逍遥津一战得到保留。史书中所记乃是张辽见孙权先退，而后展开追击；小说却改写为张辽设伏、分兵、断桥并主动出击，或有将战役的两个阶段合二为一的考量。小说将皖城之战作为合肥之战的前奏，并增添与甘宁有杀父之仇的凌统在庆功宴上舞剑，而甘宁舞戟相对的情节。这一段情节虽然于史有载，但并不见得发生于此时，故而小说将其移用至此，也应寄托着

---

① （明）罗贯中：《三国志通俗演义》，上海古籍出版社1980年版，第467页。

某些思考。此外在细节上，小说还将陈武在张辽突击时战死，改写为第二次濡须之战时为庞德所杀。谷利在后，着鞭助马被改换成一句提醒，完成马跃断桥的只有孙权一人。

其四，第二次濡须之战的过程得到较多简化。小说对是次战役的描摹基本可分为两部分。第一部分即如前所言，将甘宁夜袭挪用于此；第二部分是一场曹孙双方的大混战。除前揭小说对陈武之死的移用外，史书中周泰、徐盛、董袭诸人的事迹都被统一置于这场混战当中，其中尤以周泰护主较为精彩。但在细节上，小说将周泰所受之伤改写为第二次濡须之战中救主所创，而非如史传所讲是历次战斗累积之伤。此外，甘宁和凌统之间的矛盾在此处集中爆发，并最终以甘宁飞箭救将而解。这一情节可能改写自史书中蒋钦化解与徐盛私怨的事件。

以上，本文以时间为线索，简要梳理合肥—濡须之战的基本史实，并总结小说的改动重组，意在以此为基础，深入探讨小说在这些次要情节和配角人物的描摹中所取得的艺术成就。

二　文本功能：主旨阐释与节奏调整

上文以史稗对读的方式，发掘小说家对合肥—濡须之战进行的文学改动。这些改动具有十分重要的文本功能，具体来说表现在两个方面，一是帮助阐释主旨，二是调整叙事节奏。

首先论述小说主旨的阐释。"重写历史"的首要之处在于"在主题上具有创造性"[①]，因此小说对合肥—濡须之战的改编与重构，如不能关乎主旨的阐释，便失去了首要的研究意义。有关《三国志演义》的主旨，学界的讨论已非常深刻、全面，恰如孙一珍先生所论："总结历史成败、兴衰、得失的经验，是这部小说的正主题，歌颂忠孝信义则是副主题。"[②]笔者不妨从这两个主题入手进行申论。

---

① ［荷］杜威·佛克马：《中国与欧洲传统中的重写方式》，范智红译，《文学评论》1999年第6期。

② 孙一珍：《试论〈三国志通俗演义〉的主题》，《文学遗产》1985年第1期。

　　《三国志演义》之所以能够对历史成败得失做出精辟的总结，是因为小说对分裂与统一的辩证关系有着非常清晰的认识。一方面，小说寄托了对国家统一的向往；另一方面，作者意识到了分裂之于统一的必然。因此在向往统一之余，小说也采用诸多方式诠释曹孙刘裂土封王的必然。比如《三国志演义》在第一次濡须之战时增添了曹操梦中见双日同天，大江中又升一日且坠落营前的情节。这三轮太阳象征着曹孙刘三家鼎足而立之势，而大江中所升之红日，则特指孙权。新生之红日，实则喻孙权年少之英武；坠落于营前，则正应曹孙濡须之冲突。小说后又创造了一段两人山坡对话的情节，特别增加对孙权神情的细节刻画。比如，"也不慌，也不忙""笑曰"①等，描摹出孙权进退自如，应答如流，俨然与曹操分庭抗礼的心理。后文孙权书信中所写"即目春水方生，公当速去，各图安逸。如其不然，复有赤壁之祸矣！公宜自思焉"②，孙权表现出的自信，以及整场战斗中孙权军占据上风的态势均表明了孙权裂土封王的必然。再比如，小说叙述第二次合肥之战时对孙权马跃断桥的细节改动，同样强化了孙权命不该绝，终将与曹刘鼎足而立的必然性。孙权自己马跃断桥与谷利相助的区别不仅在于强调了孙权的个人能力，更在于与前文刘备的跃马檀溪形成前后呼应的重复叙事，强化了神驹救主的表达效果。毛宗岗通过孙权逍遥津脱身一事"亦知秣陵之王气有验"③，又将曹操之梦与孙权致书视为"鼎足三分一大关目"④，均是一种对孙权久后称王、割据一方的预叙，强调了合久必分的历史趋势。

　　《三国志演义》对伦理道德的讨论并不完全借由"刘备—诸葛亮"这样贤君良臣的人物组合加以实现，而同样可以通过对配角人物的塑造体现出来。比如，在合肥—濡须之战的叙事中，小说借助甘宁和凌统之间的矛盾完成了对忠孝公私之关系的思索。如前所论，甘宁、凌统的矛盾

---

　　①　（明）罗贯中：《三国志通俗演义》，第591页。

　　②　（明）罗贯中：《三国志通俗演义》，第592页。

　　③　（清）毛宗岗：《第六十七回回评》，载朱一玄、刘毓忱编《三国演义资料汇编》，百花文艺出版社1983年版，第411页。

　　④　（清）毛宗岗：《第六十一回回评》，载朱一玄、刘毓忱编《三国演义资料汇编》，第402页。

或由蒋钦、徐盛的矛盾改写而来，但包含的内容更加丰富。蒋钦、徐盛之矛盾，在于公私之辨，蒋钦的深明大义，是一种公私分明的体现；而与蒋、徐相比，甘宁和凌统作为同僚，他们之间因杀父之仇而产生的矛盾既体现了公私之辨，也体现了忠孝之辨。历史上，在那场刀光剑影的宴会过后，孙权"因令宁将兵，遂徙屯于半州"①。实际上此前甘宁初降时，孙权早已用过调走甘宁使其与凌统保持距离的方式来化解矛盾，但事实证明，这种消极的方式并不能从根本上解决问题。于是，在合肥—濡须之战的文学叙事中，小说首先处处营造两人的对立，从皖城庆功宴的杀气腾腾到第二次濡须之战中两人争功，无不如是。直到凌统遇险，甘宁放箭相救，两人才冰释前嫌。与史籍不同的是，小说中飞箭救将是甘宁主动化解矛盾的体现。甘、凌之间所不能拆解者，一为公私之辨，即是否应以父仇而废公事；二为忠孝之辨，即是否应以秉公而忘父仇。这是极难调和的矛盾。很显然，小说并不想偏袒某一方，因此以甘宁放箭救凌统，凌统感其恩而不再寻衅作结，力求实现忠与孝、公与私的统一。毛宗岗"故甘宁之让凌统不难，而救凌统难，盖以仇让仇不足奇，而以仇救仇，乃足为仇者之所深感耳"② 之论所说正是甘宁拆解矛盾的方法，体现出的是作者对忠孝公私辩证统一的认识。

再来论述叙事节奏的调整。这建基于我们对《三国志演义》叙事结构的认知。与对作品主旨的考察类似，《三国志演义》的叙事结构同样为学界关注已久。浦安迪（Andrew H. Plaks）曾指出毛本《三国演义》按照故事线索中的不同中心人物，如吕布、董卓、曹操、刘备、诸葛亮，呈现出以"十回"为段落的叙事特点，具有整齐划一、节奏井然的美感。③ 但仔细阅读文本，笔者认为这一观点可进一步细化，即"十回"结构中的所谓"传主"并不一定只有一人，比如第九十一回到一百零四回，固然可被视为"诸葛亮传"，但若说它是"司马懿传"也无不可，小说的故事情节也正是通过人物关系的错综而互相勾连。类似的情况在毛本第

① （西晋）陈寿：《三国志》，第1295 页。

② （清）毛宗岗：《第六十八回回评》，载朱一玄、刘毓忱编《三国演义资料汇编》，百花文艺出版社1983 年版，第412 页。

③ ［美］浦安迪：《中国叙事学》，北京大学出版社1996 年版，第66 页。

五十回（即嘉靖本《关云长义释曹操》）至第八十回（即嘉靖本《汉中王成都称帝》）间体现得尤为明显。具体见表4。

表4

嘉靖本	毛本	主要情节
卷十一《周瑜南郡战曹仁》至卷十二《马孟起步战五将》	第五十一回《曹仁大战东吴兵 孔明一气周公瑾》至第五十九回《许褚裸衣斗马超 曹操抹书间韩遂》	荆州争夺的序幕： 用兵荆南 孙权嫁妹 三气周瑜 平定西凉
卷十二《张永年反难杨修》至卷十四《耿纪韦晃讨曹操》	第六十回《张永年反难杨修 庞士元议取西蜀》至第六十九回《卜周易管辂知机 讨汉贼五臣死节》	刘备入川的过程： 截江夺子 凤雏落坡 挑灯夜战 夺占西川
卷十四《瓦口张飞战张郃》至卷十六《汉中王成都称帝》	第七十回《猛张飞智取瓦口隘 老黄忠计夺天荡山》至第八十回《曹丕废帝篡炎刘 汉王正位续大统》	鼎足之势的形成： 汉中之战 荆州之战 曹丕篡汉 刘备续统

以上，我们基本遵循着浦安迪的"十回"结构论，将五十一至八十这三十回分成三个叙事单元。三个单元皆以刘备故事为主线，讲述他荆州立基、夺占西川、兵发汉中、正位称帝的过程，矛盾的中心点则聚焦于他和曹操之间，亦兼顾他和孙权之间关系的微妙变化。同时，小说也讲述曹操方面的故事，将其作为一条副线与刘备故事齐头并进，比如平定西凉、伏后捐生、征讨张鲁等。因此，曹刘二人可共同作为这段故事中的"传主"，小说通过种种情节铺垫两人的矛盾，并最终在汉中之战时集中爆发。

以此观之，叙述合肥—濡须之战的《孙仲谋大战合淝》《曹操兴兵下江南》《张辽大战逍遥津》和《甘宁百骑劫曹营》并没有与刘备入川、荆州之争、汉中之战等产生直接联系。濡须之战无需赘言，自始至终都是以曹操和孙权为主导的战役。而小说对第一次合肥之战进行大幅改动，删去原有的故事，早早开始叙写张辽守城之稳与孙权攻城之艰，铺垫两人围绕合肥展开的矛盾冲突，其最大的作用就在于使得两次合肥之战前后呼应，构成一个完整的系统故事。因之，合肥—濡须之战具有极高的故事独立性，即如果将它们单独筛出，均能构成独立的故事单元，其性质更像是主线故事外分出的支线故事，与主线故事稍有缠绕，但又可独立成篇，倘若直接删去，亦不影响主线故事之进展。正是因这样的故事性质决定了合肥—濡须之战能够对小说叙事节奏起到一定的调节作用。

毛宗岗曾不止一次地谈到小说叙事节奏的问题。在毛氏看来，能够调整叙事节奏的情节类型大致有两种。一是，小说对僧道高士的描写，如水镜先生、左慈、于吉等，他们能够起到"寒冰破热，凉风扫尘"① 之用。这种方式依靠转换故事类型达到调整叙事节奏的目的，如曹操于第二次濡须之战后得遇左慈，是从军事斗争转向神道叙事；刘备于跃马檀溪后遇水镜，是从政治冲突转向主公访贤。二是，在时间跨度较长的事件（如三气周瑜、六出祁山等）中插入其他情节："文之长者，连叙则惧其累坠，故必叙别事以间之。而后文势乃错综尽变。"② 这种方式通过转换矛盾焦点，从而调整叙事节奏，如一气周瑜后有刘备力夺四郡，一出祁山后有魏吴石亭之战。从调节叙事节奏的方式上来看，合肥—濡须之战更偏向于后者，即将矛盾焦点从曹刘、孙刘转移至曹孙两家身上，不致于使读者因过度重复，或长时间阅读围绕同一事件展开的叙述而产生审美疲劳。

需注意的是，矛盾的转移能够带来不同的叙事中心，但这并不意味着故事枝节的散漫。毛宗岗的理论总不免令我们想到金圣叹有一段相似的点评："有横云断山法……只为文字太长了，便恐累赘，故从半腰间暂

① （清）毛宗岗：《读三国志法》，载朱一玄、刘毓忱编《三国演义资料汇编》，百花文艺出版社 1983 年版，第 304 页。

② （清）毛宗岗：《读三国志法》，载朱一玄、刘毓忱编《三国演义资料汇编》，百花文艺出版社 1983 年版，第 303 页。

时闪出，以间隔之。"① 实际上，与金圣叹拈出作例的解珍解宝越狱、张旺孙五劫财之事相似，合肥—濡须之战虽然是支线故事，但小说并没有切断它们与主线故事的联系；而往往在第一次叙及战事时，便交代它们之间的联系，如第一次合肥之战时："主人围合淝，累战未胜，急令都督尽收军回。"② 第一次濡须之战时："忽报曹操起军四十万，来报赤壁之仇，不可轻敌。"③ 第二次合肥之战时："今遣舌辩之士，分三郡还吴，陈说利害，令吴起兵袭合淝，牵动其势，操必勒兵南向矣。"④ 后来曹操果然提兵救合肥，并与孙权展开第二次濡须之战。孙权欲取荆州，迫于曹操南征压力而转兵东进；曹操欲西征，刘备集团主动派出谋士说孙权以利害，攻取合肥，迫使曹操无暇西顾；孙权大军进犯，张辽虽能小胜，然终寡不敌众，故促使曹操离开汉中，这些俱为刘备取川蜀赢得了空间与时间。可见这几场战役都牵扯到了刘备集团的利益，直接或间接地为刘备克成帝业提供了便利与契机。由此可见，小说在叙事上的整体性与处理主要情节与次要情节时的张弛有度。

要之，在文学的表达技巧层面上，合肥—濡须之战在《三国志演义》的文学叙事下成为一个整体，它们既说明了三分天下的必然，也阐释了作品对伦理道德的思考。同时，作为游离于主线故事之外的支线故事，合肥—濡须之战在保持与主线故事的联系的同时，转移了小说叙事中的矛盾中心，以"横云断山"的方式，起到了调节小说叙事节奏的作用。

三　意趣创造：互文美学与去主角化

前文所论之合肥—濡须之战的小说叙事在主旨阐释和叙事节奏两方面起到的作用，是从宏观角度出发，将其作为一个整体来看待而得出的结论。如以微观视角切入，在进一步深入文本的过程中，我们能发掘小

---

① （清）金圣叹：《读第五才子书法》，载朱一玄、刘毓忱编《水浒传资料汇编》，百花文艺出版社1981年版，第254页。

② （明）罗贯中：《三国志通俗演义》，第499页。

③ （明）罗贯中：《三国志通俗演义》，第588页。

④ （明）罗贯中：《三国志通俗演义》，第647页。

说通过次要情节和配角人物的改编，创造出独特的文学意趣，具体表现为"互文美学"与"去主角化"两个方面。

无论是关于"互文"概念的缘起、内涵与流变的探讨，还是具体到《三国志演义》"互文性"研究上，学界都已取得不少成果，[①] 但小说在合肥—濡须之战的叙事中营设的互文美学，尤有值得分析之处，主要表现在以下两个方面。

一是，小说以同中求异、犯中求避的方式，营造"奇峰对插，锦屏对峙"[②] 的叙事景观，突出表现在张辽奇袭与甘宁劫营的改编中。首先，第二次合肥之战和第二次濡须之战本相隔一年有余，但小说叙及逍遥津之战后，便以曹操"连夜拔寨起兵，号四十万，杀奔濡须坞来"[③] 转入第二次濡须之战的叙事，有意消弭了这两场战役的时间差，意在凸显两场战役的对比感。其次，小说仅保留合肥之战中的逍遥津破敌，又将第一次濡须之战中甘宁斫营之事移接到第二次濡须之战中，这就使得逍遥津大战和百骑劫营两部分成为合肥之战和第二次濡须之战的高潮，如两峰相对，又被分在两个回目叙述，由此在两个回目之间形成"谷底"，产生波澜起伏的美学效果。最后，小说有意塑造两次战斗同中有异的特点，张辽逍遥津败孙权，是诱敌深入，以伏击突袭之，孙权几为所擒；甘宁百骑劫曹营，是衔枚疾走，以速战挫其锋，曹操险些被杀。小说特别将孙权在甘宁百骑劫营后说的"孟德有张辽，孤有兴霸，足以相敌也"[④] 保留下来，其意亦在突出情节上因互文特征而产生的对称美。此外，周泰救主也形成了相异回目之间的呼应。小说改周泰遍体鳞伤为救主所创，而非经年累积之战伤，其意在于与《孙策大战严白虎》一则中周泰于山贼丛中救孙权脱难的情节形成照应。裴注引《吴书》言孙权抚慰周泰时

---

① 关于"互文"概念的梳理，较系统的研究成果可参看秦海鹰《互文性理论的缘起与流变》，《外国文学评论》2004 年第 3 期。具体到《三国志演义》"互文性"的研究，可参考王凌《〈三国志演义〉互文性研究》，人民出版社 2019 年版。其他关于古典小说与"互文性"关系的研究成果回顾，王著亦进行了较为系统的梳理，均可一并参看。

② （清）毛宗岗：《读三国志法》，载朱一玄、刘毓忱编《三国演义资料汇编》，百花文艺出版社 1983 年版，第 307 页。

③ （明）罗贯中：《三国志通俗演义》，第 650 页。

④ （明）罗贯中：《三国志通俗演义》，第 652 页。

所说"卿为吾兄弟战如熊虎",小说将其保留,意在方便读者阅读至周泰濡须救主时,能够同时回忆此前周泰在山贼中相救孙权的情节,从而形成两处文本的遥相"互文"。

二是,以互文的方式摹写配角人物,形成稳定且有规律的人物形塑链条。这种方式突出表现在小说对庞德和吕蒙的塑造上,具体来说,即小说为塑造吕蒙的"智"与庞德的"勇",令他们以相对稳定的频率反复出现在文本中,从而逐步建构起他们身上较为稳定的性格特征。比如,庞德之勇,自《马孟起渭桥六战》一则便得到展现,后又于《曹操汉中破张鲁》反复出现,"各将皆于操前夸庞德好武艺"[1]。而在合肥—濡须之战中,小说加以改编,令他作为曹操进攻濡须的一路大军出现,并将斩杀陈武的战功归给了他。最终于《曹孟德忌杀杨修》中,小说再次安排庞德出场,杀退魏延,救下曹操。小说对吕蒙的塑造过程与庞德非常类似。吕蒙虽然早在卷八《孙坚跨江破黄祖》就已登场,但直到第一次濡须之战中,小说才开始有意建构他的个人形象。小说将吕蒙在四次战役中的战功几乎全部保留,筑濡须,夺皖城,护孙权,塑造出一位颇有远虑,屡献奇谋的智将形象。直到后来白衣渡江,夺取荆州,更加鲜明地体现了吕蒙"真所谓社稷心膂,与国为存亡之臣也"[2]的重要地位。可见,庞德和吕蒙,前者自《马孟起渭桥六战》至《关云长水淹七军》,后者自《曹操兴兵下江南》至《吕子明智取荆州》,均以一定的频率反复出现于文本中,从而建构起一种高频率、连续性的人物形塑链条,而合肥—濡须之战则因其视角完全转向曹孙双方,故而成为这一链条中重要的一部分。庞德在不同战斗中的"勇",吕蒙在不同战斗中的"智",均构成一种前后呼应的互文。

除上述互文美学之外,笔者认为合肥—濡须之战的小说叙事最值得关注的价值在于完成了"去主角化"的意趣创造。所谓"去主角化",是指表面上看,虽然最为读者记住的小说人物是诸葛亮、曹操、关羽,也即毛氏所说的"三绝",但实际上小说每每叙及一个人物,都试图让他成为对应

---

① (明)罗贯中:《三国志通俗演义》,第 644 页。

② (宋)洪迈:《容斋随笔》,中华书局 2005 年版,第 172 页。

故事中的主角。换言之,小说保持着开放式的人物塑造模式,令配角人物在某些情况下也带有主角化的倾向;反向来看,便是传统意义上的主角人物得到了一定程度的消解。这是笔者所言"去主角化"的内涵。

这种塑造方式的生成有两个基础。一是《三国志演义》的人才观。杨义先生指出战争与人才是《三国演义》的基本母题,拥有谋臣武将、经师说客、帝胄蛮王、高僧术士各具面目的叙事奇观。① 张锦池先生也指出小说具有"三本"思想,其中人才为兴邦之本是其中的重要一环。② 在这样的语境中,小说会暂时弱化拥刘反曹的思想倾向,遵循"羽翼信史而不违"③ 的创作原则,肯定作为刘备势力对立面的曹操集团与作为陪衬的孙权集团中武将们的文治武功与美好品德。二是《三国志演义》在整体上的叙述结构。过去的研究多指出《三国志演义》采用的是多线叙事方式④,但也有学者指出《三国志演义》还存在一种平行式的叙述结构。如浦安迪先生指出前四十回为"国家亡,英雄聚",而末四十回则是"英雄散,国家兴"。⑤ 这实际上也提示我们,小说的中间叙述的是国家重建的过程。《三国志演义》的叙事速度是两头急、中间缓⑥,小说中段这一国家重建的过程恰恰是全书最为精彩的部分。合肥濡须作为刘备一方没有直接参与的战役,为塑造曹孙两家武将群像提供了绝佳的契机。

在合肥—濡须之战的小说叙事中,张辽无疑是中心人物。他作为曹操军中与关羽交集最多的将领,同样具备勇、义、忠、信、智等品质,故而小说作者实际上把他作为曹军中的"关羽"来刻画。合肥首战,谨慎多智,夜不卸甲,后又稳定军心,擒拿内应戈定;再战合肥,深明大义,化解私怨,后又分兵断桥,险些活捉孙权,这些都体现了张辽的名将之姿。与之相对,孙权一方的主角人物是甘宁——这在小说叙及这四

① 杨义:《中国古典小说十二讲》,三联书店 2006 年版,第 26 页。
② 张锦池:《论〈三国志通俗演义〉的三本思想》,《文学遗产》1992 年第 2 期。
③ (明)修髯子:《三国志通俗演义引》,载朱一玄、刘毓忱编《三国演义资料汇编》,百花文艺出版社 1983 年版,第 271 页。
④ 楼含松:《〈三国志通俗演义〉叙事特征散论》,《浙江大学学报》2001 年第 6 期。
⑤ [美]浦安迪:《中国叙事学》,第 73—74 页。
⑥ 邓百意:《〈三国演义〉的节奏艺术》,《中国文学研究》2007 年第 4 期。

场战役时的回目中已可见到，前一则为《张辽大战逍遥津》，后一则为《甘宁百骑劫曹营》，两条回目形成对应。在孙氏基业奠定时期，小说已着意塑造他大破黄祖的勇猛、义释苏飞的义气、密谋诈降的机警，可谓是周瑜、鲁肃之外，小说塑造的江东势力中形象最为丰满的一位将领。后于赤壁之战时期，甘宁又屡屡作为江东军中的主将出现，辅助周瑜、黄盖、阚泽完成苦肉计、诈降计。到了小说中段这一众多武将竞相表现的阶段，小说便水到渠成地借助合肥濡须二战将甘宁与张辽相提并论，使其战功与张辽形成"双峰对峙"之美。如果说张辽是作为曹军中"关羽"一样的人物来描写，那么甘宁便是作为孙权军中"张辽"一样的人物来刻画的。

至于其他人物，在合肥濡须二战前虽然也曾有过表现，但面目总归较为模糊，只有到了合肥濡须二战中，人物形象才得到了进一步的描摹和升华。李典的深明大义，董袭的恪尽职守，陈武、凌统等人的赤胆忠心等，都得到了彰显。作者让他们作为重要的参与者，一同加入了小说中段战争最为精彩激烈、各类武将最为活跃的大潮之中，使得小说的历史叙事在三足鼎立的局面到来之前，就已达到了浦安迪先生所说的"高潮"（climax）。① 这更加直观地体现在毛本和嘉靖本的对读中。我们先将对读结果以表5呈现。

表5　　　　　　　　毛本、嘉靖本"合肥濡须二战"高潮对比

回目（嘉靖本/毛本）	嘉靖本正文	毛本正文
《张辽大战逍遥津》/《曹操平定汉中地　张辽威震逍遥津》	吴侯纵辔跃征骖，凌统甘宁恶战酣。身透重围冲铁骑，从兹声价满江南	删去
	諕杀江南众小儿，张辽名字透深闺。才闻乳母低声说，夜静更阑不敢啼	删去
	众将曰："至尊乃万民之主也，当以持重。今日之事，群下震惊，若无天地庇佑，几丧性命。愿主人以此为终身之戒。"	删去

① ［美］浦安迪：《中国叙事学》，第66页。

续表

回目（嘉靖本/毛本）	嘉靖本正文	毛本正文
《甘宁百骑劫曹营》/《甘宁百骑劫魏营 左慈掷杯戏曹操》	结下冤仇因凤羽，解酬恩义在龙骀。阵前一箭成功处，从此翻为刎颈交	删去
	军士叫曰："船将沉溺，快请将军速下船来！"	删去
	徐盛在李典军中往来冲突，如飞沙走石，互相杀伤	徐盛在李典军中，往来冲突
	忆昔征黄祖，全凭董袭功。飞身临战舰，挥刃断长虹。图写丹青上，游魂雪浪中。濡须船破裂，流泪满江东	删去
	宽厚施仁德，乡间尽感恩。功勋标史记，名姓写麒麟。阵死儿孙显，身亡器宇存。至今江上冢，谁不吊英魂？	删去

上表清晰地表明，毛本主要就人物的赞诗和行动上的细节进行了裁汰删改。在小说中，往往是那些主要人物皆有赞诗，如刘备、关羽、张飞、曹操、诸葛亮等。而小说对凌统、陈武、董袭这样重要性还要次于张辽的人物，或以诗赞颂其功，或以诗哀悼其亡，不可不谓是对他们在战争中展现出的忠勇、无畏、公私分明、深晓大局等品质的一种肯定。客观来讲，毛本的删改使得文本更加简洁，也通过对曹孙双方将领形象的削弱而愈加彰明"拥刘反曹"的主题倾向；但另一面来说，嘉靖本的中心思想也是"拥刘反曹"，但落实到具体创作上，情况则更加复杂，①嘉靖本试图以更加全面的视阈描写曹孙双方人物，使得他们都成为各自阵营中的主角，以令这些次要情节和配角人物与小说叙事的主线——蜀汉故事，和小说着力塑造的人物——蜀汉将领，在小说中段一起登上舞台，以主角的身份共同完成小说高潮的建构。这样的创作，一方面，纠

---

① 都刘平：《〈三国志通俗演义〉的本旨与接受阐释——从嘉靖本与毛评本的差异说起》，《明清小说研究》2018 年第 3 期。

正了过去研究认为毛宗岗对嘉靖本"只不过是枝枝节节地删改而已，决不敢放胆去增饰，去改写"① 的谬误，另一方面，也不得不令人想到海涅（Heinrich Heine）对歌德（Johann Wolfgang von Goethe）的那段著名评价："他在他的长篇小说和戏剧里面精心处理每一个人物，他们无论在什么地方出现，总像是主角。"② 《三国志演义》作为一部伟大的作品，又何尝不是如此呢？

四　合肥—濡须之战的研究意义：配角人物与次要情节的意义开拓

《三国志演义》在战争叙事中会对不同规模、不同影响力的战争采用或详或略的描写方式。从架构来看，官渡之战占据五则，夷陵之战占据七则，描写最为详尽的赤壁之战占据十六则，而针对前两次合肥—濡须之战，小说只是以"一战一篇"的方式加以记叙，孰轻孰重，一目了然。但恰如葛晓音先生所指，文学研究得以继续推进的动力，在于培养判断学术价值的敏感和能力，③ 要对诸如合肥—濡须之战这样的次要情节展开研究，必须说明其背后蕴藏的意义。笔者拟从以下三个方面加以论述。

首先，从对《三国志演义》自身的研究来看，配角人物和次要情节为我们重新审视小说的艺术成就提供了新的视角。合肥—濡须之战在书中扮演了三类角色，一是，主题诠释的新理据，不仅重新诠释了"合久必分"的历史发展规律，同时也蕴含着对忠孝伦理的辩证思考；二是，作为点缀性的情节，在尊刘贬曹、着重突出曹刘矛盾的话语环境中，起到了调整叙事节奏的作用；三是，作为故事高潮部分的重要参与者，在小说中段与以刘备为主轴的故事共同构成精彩的战争画卷，将登场的诸多配角武将视为主角来描绘，赋予其忠、勇、义、信等品质，让他们作为参与者，进入到小说中段最为精彩的三家纷争部分，亦令他们与小说在这一段着重刻画的

---

① 郑振铎：《中国文学研究（上）》，作家出版社 1957 年版，第 225 页。
② 海涅：《论浪漫派》，见伍蠡甫等主编《西方文论选（下卷）》，上海译文出版社 1979 年版，第 350 页。
③ 葛晓音：《学术自信和价值判断》，《文学遗产》2013 年第 6 期。

张飞、赵云、黄忠、马超等武将的形象形成呼应，共同促成小说高潮的到来。同时，借助这些配角人物丰满的形象，也可一窥嘉靖本与毛评本的观念差异。嘉靖本与毛评本虽然共同保持"拥刘反曹"的价值取向，但嘉靖本显然更加重视历史的真实，并不简单地丑化或弱化曹孙阵营的人物，只要符合才德忠义的标准，嘉靖本都予以肯定。①

其次，合肥—濡须之战为我们开拓了审视小说人物塑造技巧与艺术的新视野。如果说小说中主角人物的形象往往通过典型事件得以建构，那么《三国志演义》作为长篇章回小说的开山鼻祖，其关于合肥—濡须之战的文学叙事为后世小说树立了另一种塑造人物的典范：以群像展览的方式塑造配角人物。比如，《水浒传》在鲁达、林冲、武松、宋江等主要人物的故事中穿插的配角人物，如少华山、清风山、对影山、饮马川、黄门山、白虎山、桃花山的草莽好汉，韩滔和彭玘、宣赞郝思文、单廷珪和魏定国等朝廷将领，无不常常以群像的形式集体出现。《说唐演义》塑造了"十八好汉"的英雄群体，设立起秦琼、单雄信、程咬金、罗成、尉迟恭五个中心人物，其他人物如李元霸、裴元庆、伍云召等，多以群像展览的方式次第登场。《说岳全传》《万花楼演义》分别标举岳飞和狄青两个中心人物，其结义兄弟如王贵、汤怀、张显、牛皋和张忠、李义、刘庆、石玉，则多以群像的形式集体出现。即使是世情小说如《红楼梦》，也带有这样的创作倾向：于贾、林、薛三大主角外，小说塑造了一批生动活泼的类型化人物群像，如以元、迎、探、惜"四春"为代表的贾府姐妹群像，以贾母、王夫人、薛姨妈等为代表的长辈群像，以鸳鸯、紫鹃、袭人、晴雯等为代表的丫鬟群像，其中每个个体又有着独特的身世和鲜明的个性，可谓是群像塑造最为成功的范例。

最后，笔者认为就配角人物的群像塑造和次要情节的改编还有诸多可以延伸的话题。这些配角群像和次要情节在不同作品中的塑造水平差异，在一定程度上反映了不同类型小说的特征差异，包括创作空间和路径的区别以及文本生成过程的差异等。比如，《三国志演义》有两个鲜明

---

① 徐中伟：《不可等量齐观的两部"三国"——嘉靖本与毛本"拥刘反曹"之不同》，《文学遗产》1983 年第 2 期。

的创作心理，一是，"非史氏苍古之文，去瞽传诙谐之气，陈叙百年，该括万事"① 的述史意识；二是，"须知善恶当师戒，遗臭流芳忆万年"② 的劝善教化思想。因此，每当小说叙及一个人物，便要尽可能地将其功业加以展示与评定，配角人物亦能在这样的创作动力中被塑造得颇为丰满。除了本文提到的张辽、甘宁等人外，其他人物如石亭之战时的周鲂，东兴之战时的丁奉，俱是塑造配角人物较为成功的例子。相比之下，《水浒传》作为英雄传奇的代表，对历史的依附性更低，虚多实少，更多地依赖民间传说，③ 看似在故事的整体进程与编排上具备了更大的创作空间与自由度；但反而产生了一批面目模糊的配角好汉群像，如项充和李衮，龚旺和丁得孙，皆被马幼垣先生视为面目模糊的梁山人物。④ 当然，文无第一，从另一种赏析角度来看，我们也可以说《水浒传》这样的描写能够显得人物之间主次分明；而《三国志演义》的"去主角化"容易出现人物扁平、雷同的弊端。主次人物的转换之间，作品也具有丰富的阐释、解读和赏析空间，这正是笔者前文提到小说研究要重新"回归文本"的意义所在。

本文只以《三国志演义》中合肥—濡须之战为个案进行深入讨论，而古典小说中配角人物与次要情节的意义远不止于此。笔者期待这篇小文能起抛砖引玉之效，引发更多关于经典作品文本本身的探讨，以使经典作品的价值得到更加全面的挖掘与探索，为古典小说研究新思路的开拓提供一点借鉴。论述不当之处，祈请方家指正。

作者简介：

罗墨轩，男，香港大学中文学院博士研究生，主要研究方向为宋代文学与明清小说。出版有专著《水浒传初论》，论文发表于《新宋学》《中国学研究》《香港大学中文学报》等。

---

① （明）高儒：《百川书志》，见朱一玄、刘毓忱编《三国演义资料汇编》，百花文艺出版社1983年版，第202页。

② （明）修髯子：《〈三国志通俗演义〉引》，见朱一玄、刘毓忱编《三国演义资料汇编》，百花文艺出版社1983年版，第235页。

③ 齐裕焜：《中国古代小说演变史》，敦煌文艺出版社1990年版，第228页。

④ 马幼垣：《水浒论衡》，联经出版事业股份有限公司1992年版，第315页。

《三宝太监西洋记通俗演义》
韵文来源考[*]

杨志君

摘　要：《三宝太监西洋记通俗演义》含300多首韵文，大多引自现成文献。其韵文的主要来源是文人编创的总集、别集、类书乃至地志，如《唐诗品汇》《唐诗鼓吹》等诗歌总集，《锦绣万花谷》《事类赋》等类书，《大明一统志》《浙江通志》等地志，《居来先生集》《阳明先生文录》等文人别集，《剪灯新话》《封神演义》等小说。这体现了作者的知识构成以精英文学为主，其思想受前七子、后七子等复古思潮的影响较大；也反映了章回小说由俗到雅的发展趋势，是章回小说文人化的重要表现。

关键词：《三宝太监西洋记通俗演义》　韵文　总集　类书　别集

《三宝太监西洋记通俗演义》（下简称《西洋记》）刊于万历二十五年（1597），叙述明初永乐年间郑和、王景弘率领庞大舰队下西洋通使三十余国事，其中包含大量神魔情节，故被归类于神魔小说。《西洋记》正文中包含大量韵文，据笔者统计，含诗歌343首，词26首，赋15篇，而这些韵文中，大多数来自诗歌总集、类书、地方志、文人别集、小说等。

---

　* 基金项目：本文系国家社会科学基金重大项目"中国历代说唱文艺研究资料整理与研究"（17ZDA246）；湖南省社会科学成果评审委员会一般自筹项目"明代章回小说中的韵文研究"（XSP21YBC180）的阶段性成果。

考察《西洋记》韵文的来源，有助于我们了解作者的知识结构，以及章回小说的创作方式与体制演变。

一 《唐诗品汇》《唐诗鼓吹》等
诗歌总集

《西洋记》中的韵文以诗歌最多，其诗歌最大的来源是明代高棅所编的诗歌总集《唐诗品汇》。《唐诗品汇》成书于洪武二十六年（1393），由于其排列"能够全面、客观地反映出各家的面貌。通过正和变的辩证关系，进一步阐明唐诗发展的过程和规律"①，加上其注释和附录也颇具特色，故而一出版，便引起轰动，并且"终明之世，馆阁宗之"②。从这个角度而言，《唐诗品汇》堪称为明代唐诗选本中影响最大的集子。③ 现存《唐诗品汇》版本有十三种之多，其中早于《西洋记》刊刻的至少有6个版本，如弘治六年（1493）张璁刻本，嘉靖十六年（1537）姚芹泉刻本，嘉靖十八年（1539）牛斗刻本，④ 罗懋登完全有机会接触到它。

判断《西洋记》中的诗歌是引自《唐诗品汇》而不是文人别集，文本的比勘是必要的。曾有学者指出，总集"所录一般不会故意作大篇幅的删削，但局部的文字改造则往往难免"⑤，通过对收录同一首诗歌的别集与总集的对比，便可判断小说的文本来源。

比如，《西洋记》第十四回的回前诗："天仗宵严建羽旄，春云送色晓鸡号。金炉香动螭头暗，玉珮声来雉尾高。戎服上趋承北极，儒冠列侍映东曹。太平时节难身遇，郎署何须笑二毛。"⑥ 此诗为唐韩愈的《奉和库部卢四兄曹长元日朝回》，见于《昌黎先生文集》卷九，但"难身"

---

① 缪咏禾：《明代出版史稿》，江苏人民出版社 2000 年版，第 211 页。
② （清）张廷玉等：《明史》卷二百八十六，清乾隆四年（1739）刻本。
③ 陈伯海、李定广：《唐诗总集纂要》，上海古籍出版社 2016 年版，第 263 页。
④ 申东城：《〈唐诗品汇〉研究》，黄山书社 2008 年版，第 78 页。
⑤ 林晓光：《汉晋四言赋的文体鉴定》，《文学遗产》2021 年第 2 期。
⑥ （明）二南里人：《三宝太监西洋记通俗演义》，载《古本小说集成》影印本，上海古籍出版社 1993 年版，第 348 页。

作"身难","笑"作"叹"。① 此诗亦见于李攀龙编选的《唐诗选》卷五、《唐诗品汇》卷八十七，但在《唐诗选》中，"珮"作"佩"，"难身"作"身难"；② 而《唐诗品汇》与《西洋记》完全相同，由此可判断此诗是引自《唐诗品汇》。

再如，《西洋记》第十五回以"果真是"领起的一首杂言诗："秋夜长，殊未央。月明白露澄清光，层城绮阁遥相望。川无梁，北风受节雁南翔，崇兰委质时菊芳。鸣环曳履出长廊，为君秋夜捣衣裳。纤罗对凤凰，丹绮双鸳鸯，调砧乱杵思自伤。征夫万里戍他乡。鹤关音信断，龙门道路长。君在天一方，寒衣徒自香。"③ 此诗为初唐王勃的《秋夜长》，考《唐书·艺文志》，其著录王勃诗文集共三十卷，但到了明代，"唐、宋旧本皆已亡佚"。④ 明崇祯中闽人张燮从《文苑英华》《文粹》诸书搜录，编成《王子安集》十六卷，《四库全书》收入此集。四库本《王子安集》"白露"作"露白"，"雁南"作"南雁"。⑤ 此诗又见于明吴讷所编《文章辨体》卷十四、《唐诗品汇》卷二十五，但前者在"遥相望"后还有"遥相望"三字，"雁南"作"南雁"，"君"作"所"⑥，而后者与《西洋记》完全相同，由此可推断此诗是引自《唐诗品汇》。

《西洋记》中有些诗，不见于文人别集，却见于不同的总集、类书中，如果这些总集含《唐诗品汇》在内，经过文本的对比，基本上可判定都是引自《唐诗品汇》。比如，《西洋记》第十八回以"正是"领起的一首诗："韶光开令序，淑气动芳年。驻辇华林侧，高宴柏梁前。紫庭文树满，丹墀衮绂连。九夷篚瑶席，五服列琼筵。娱宾歌湛露，广乐奏钧

① （唐）韩愈：《经进详注昌黎先生文集》文集卷九，（宋）文谠注，（宋）王伸补注，宋刻本。而在《朱文公校昌黎先生文集》卷九《奉和库部卢四兄曹长元日朝回》中，"珮"作"佩"，"笑"作"叹"。见（唐）韩愈《朱文公校昌黎先生文集》卷九，（宋）朱熹考异，民国八年（1919）上海商务印书馆四部丛刊景元刻本。

② （明）李攀龙：《唐诗选》卷五，明闵氏刻朱墨套印本。

③ （明）二南里人：《三宝太监西洋记通俗演义》，第384页。

④ （唐）王勃：《王子安集注·前言》，（清）蒋清翊注，上海古籍出版社1995年版，第4页。

⑤ （唐）王勃：《王子安集》，影印《四库全书》本，中国书店出版社2018年版，第65—66页。

⑥ （明）吴讷：《文章辨体》卷十四，明天顺八年（1464）刘孜等刻本。

天。清尊浮绿醑，雅曲韵朱弦。大明君万国，书文混八埏。金瓯保巩固，神圣厉求贤。"① 此为唐太宗的《春日玄武门宴群臣》，见于《唐诗纪事》卷一、《初学记》卷十四、《文苑英华》卷一百六十八、《唐诗品汇》卷一。"清尊"在《唐诗纪事》《初学记》《文苑英华》中皆作"盈樽"，而在《唐诗品汇》中作"清樽"。"尊"是"樽"的异体字。从这一处异文可见，此诗当是引自《唐诗品汇》。

当我们确证了《唐诗品汇》是《西洋记》诗歌的一个可靠来源后，那么，《西洋记》中有部分诗歌同见于文人别集与《唐诗品汇》，且文本相同，我们大致也可判断《西洋记》是引自《唐诗品汇》，理由是章回小说的编撰者要从现成的书籍中引诗的话，总集更具有方便快捷的优势。如《西洋记》第三十二回以"正是"领起的一首诗："将军出使拥楼船，江上旌旗拂紫烟。万里横戈探虎穴，三杯洒酒舞龙泉。莫道词人无胆气，应知尺伍有神仙。火旗云马生光彩，露布飞传到御前。"② 此为李白的《送羽林陶将军》，被借用来描写三宝老爷，见于《李太白文集》卷十四，原诗"洒酒"作"拔剑"，第六句作"临行将赠绕朝鞭"，且没有第七、八句，末两句显然是罗懋登所增。③ 此诗也见于《唐诗品汇》卷二十七，且文字与《李太白文集》同。根据引诗的便捷，及前面有数首诗歌引自《唐诗品汇》，我们大致可推断此诗也应是引自《唐诗品汇》。

根据上述方法，我们考辨出《西洋记》引用《唐诗品汇》的诗歌共有38首，具体见表6所示。

表6　　　　　《西洋记》引用《唐诗品汇》诗歌统计表

序号	诗歌	回数	序号	诗歌	回数
1	这个紫骝马：侠客重周游……	8	20	诗曰：莽莽云空远色愁……	21
2	正是：临轩启扇似云收……	9	21	正是：将军出使拥楼船……	32

① （明）二南里人：《三宝太监西洋记通俗演义》，第477—478页。

② （明）二里南人：《三宝太监西洋记通俗演义》，第869页。

③ （唐）李白：《李太白集》卷十四，宋刻本。

续表

序号	诗歌	回数	序号	诗歌	回数
3	正是：钟传紫禁才应彻……	10	22	歌曰：昔有佳人落草荒……	36
4	诗曰：万峰秋尽百泉清……	11	23	诗曰：客有新磨剑……	37
5	只见：大明宫殿郁苍苍……	11	24	诗曰：净业初中日……	38
6	诗曰：天仗宵严建羽旄……	14	25	诗曰：三贤异七圣……	39
7	正是：萧寺楼台对夕阴……	14	26	诗曰：甲龙山上飞蛮沙……	41
8	果真是：秋夜长，殊未央……	15	27	诗曰：阴风猎猎满旌竿……	49
9	果真是：三五月华流烟光……	15	28	诗曰：旷哉潮汐地……	50
10	诗曰：凤凰池上听鸾笙……	15	29	诗曰：上将秉神略……	52
11	诗曰：少年乘勇气……	15	30	诗曰：何处名僧到水西……	53
12	诗曰：族亚齐安睦……	15	31	真好一口剑：昆吾铁冶飞炎烟……	53
13	诗曰：十八羽林郎……	16	32	诗曰：将军辟辕门……	55
14	正是：紫殿俯千官……	16	33	只见：百灵侍轩后……	57
15	诗曰：穹庐杂种乱金方……	16	34	诗曰：千叶莲台上……	58
16	诗曰：大明开鸿业……	17	35	诗曰：剑客不夸貌……	59
17	正是：韶光开令序……	18	36	诗曰：天低芳草誓师坛……	63
18	诗曰：北风卷尘沙……	19	37	正是：三十羽林将……	63
19	只见：今朝入南海……	20	38	诗曰：阴风猎猎满旌竿……	64

这 38 首诗中，有 17 首是回前诗，属于体制性韵文，在《西洋记》中主要发挥着体制功能。

通过文献检索与文本比对，我们还发现《西洋记》有 3 首诗歌引自金元好问所编诗歌总集《唐诗鼓吹》。《唐诗鼓吹》元刊本有五种，明刊本有十余种，其中明初书林本诚堂刘氏刻本、嘉靖十七年（1538）叶氏广勤书堂刻本，皆为建阳书坊刻本，① 而《西洋记》亦为建阳书坊主余象斗所刊。《西洋记》所据的《唐诗鼓吹》，大概是建阳书坊刊刻的某一种，如第九回回前诗："孤云无定鹤辞巢，自负焦桐不说劳。服药几年辞碧落，验符何处咒丹毫？子陵山晓红霞密，青草湖中碧浪高。从此人稀见

---

① 李天保：《元明时期〈唐诗鼓吹〉版本考述》，《清华大学学报》（哲学社会科学版）2019 年第 4 期。

踪迹，还因选地种仙桃。"① 此为五代末谭用之的《送丁道士归南中》。谭用之，字藏用，虽然《新唐书·艺文志》《崇文总目》《宋史·艺文志》均著录《谭藏用诗》一卷，表明其稿宋元时尚存，但大概元后已佚，故《全唐诗》卷七六四存其诗一卷，系据《乐府诗集》卷九二、《唐诗鼓吹》卷九、《吟窗杂录》卷三三采集而成。② 谭用之的《送丁道士归南中》见于《唐诗鼓吹》卷九，不见于《乐府诗集》《吟窗杂录》，显然是引自《唐诗鼓吹》。不过，《唐诗鼓吹》与《西洋记》文字略有不同，"辞"作"期"，"中碧"作"平雪"，"因"作"应"，③ 显然罗懋登在引用诗句时根据语境而略作了修改。又如《西洋记》第四十八回回前诗，此诗为薛能的《贫女》，虽然它同见于《鉴诫录》卷八、《事文类聚》后集卷十一、《唐百家诗选》卷十八、《唐诗鼓吹》卷四等，且文本基本相同，但根据前面有诗引自《唐诗鼓吹》，这首诗多半也是引自《唐诗鼓吹》。又如《西洋记》第九十八回回前诗，为晚唐韩偓的《伤乱》，见于《翰林集》卷三，原诗"仍缛笋"作"犹战斗"，末两句作"交亲流落身羸病，谁在谁亡两不知"。④ 此诗又见于《唐诗鼓吹》卷二，文本与《翰林集》相同。根据前面有诗引自《唐诗鼓吹》，以及总集在引诗方面相比别集所具有的优势，此诗也应是引自《唐诗鼓吹》。

此外，《西洋记》还有少数诗歌引自宋吕祖谦编的《皇朝文鉴》、明吴讷所编《文章辨体》等诗文总集，前者如第五十八回引用宋代元绛的《集英殿秋宴教坊致语》，引自《皇朝文鉴》卷一百三十二；后者如第二回正文中引用唐代张祜的《孤山寺》，即是引自《文章辨体》外集卷二。

二 《锦绣万花谷》《事类赋》等类书

《西洋记》还有一部分诗歌引自类书《锦绣万花谷》，有一部分赋引

---

① （明）二里南人：《三宝太监西洋记通俗演义》，第 221 页。

② 陈尚君：《谭用之不是北汉人》，《中华文史论丛》2019 年第 2 期。

③ （金）元好问辑：《唐诗鼓吹》卷九，（元）郝天挺注，（明）廖文炳解，清顺治十六年（1659）陆贻典钱朝鼐等刻本。

④ （唐）韩偓：《翰林集》卷三，清嘉庆十五年（1810）王遹春麟后山房刻本。

自类书《事类赋》。《锦绣万花谷》是南宋佚名编撰的一部类书，全书分类摘录古籍，每类首记事物，再附录诗文。该书明代刊刻的版本有三种，分别是弘治年间无锡华氏会通馆铜活字排印本、嘉靖年间安徽崇正书院刻本、嘉靖年间无锡秦汴绣石书屋刻本。

由于"类书录文基本上都是摘抄拼凑"①，在录诗文时常有删减现象，这对诗文的传播自然有一定的负面作用，但对考证《西洋记》中诗歌的来源却有着积极意义。

比如，《西洋记》第七十七回借张天师之口引出的一首诗："今代麒麟阁，何人第一功？开府当朝杰，论兵迈古风。清海无传箭，天山早挂弓。胡人愁逐北，苑马又从东。勋业青冥上，交亲气概中。"② 这首诗是杜甫的《投赠哥舒开府翰二十韵》，但是罗懋登对原诗多有删减：第二、三句之间删去了"君王自神武，驾驭必英雄"；第四、五句之间删除了"先锋百胜在，略地两隅空"；第六、七句之间删除了"廉颇仍走敌，魏绛已和戎。每惜河湟弃，新兼节制通。智谋垂睿想，出入冠诸公。日月低秦树，乾坤绕汉宫"；第八、九句之间删除了"受命边沙远，归来御席同。轩墀曾宠鹤，畋猎旧非熊，茅土加名数。山河誓始终，策行遗战伐。契合动昭融"；原诗后面还有"未为珠履客，已见白头翁。壮节初题柱，生涯独转蓬。几年春草歇，今日暮途穷。军事留孙楚，行闲识吕蒙。防身一长剑，将欲倚崆峒"。③ 此诗亦见于《锦绣万花谷》后集卷十四，文本与《西洋记》完全相同，④ 可见是引自《锦绣万花谷》。顺便说一下，这首诗也见于《唐诗品汇》卷七十五，但与《杜工部集》相比，有两字之别："苑"作"宛"，"闲"作"间"，其余皆同，可见非引自《唐诗品汇》。

又如《西洋记》第九十一回回前诗："朝进东门营，暮上河阳桥。落日照大旗，马鸣风萧萧。平沙列万幕，部伍各见招。借问大将谁？恐是

---

① 林晓光：《汉晋四言赋的文体鉴定》，《文学遗产》2021年第2期。

② （明）二南里人：《三宝太监西洋记通俗演义》，第2090页。

③ （唐）杜甫：《杜工部集》卷九，民国间商务印书馆影印续古逸丛书景宋刻本配毛氏汲古阁本。

④ （宋）佚名：《锦绣万花谷》后集卷十四，宋刻本。

霍嫖姚。"① 此为杜甫《后出塞五首》其二,见于《杜工部集》卷三,原诗"暮"作"幕",第六、七句之间还有:"中天悬明月,令严夜寂寥。悲笳数声动,壮士惨不骄。"② 此诗又见于《锦绣万花谷》后集卷十四,除了"暮"作"幕",其余与《西洋记》相同,可见引自《锦绣万花谷》。此诗虽然也见于《乐府诗集》卷二十二等总集,但皆无删略,故可排除。这首诗与《西洋记》此回内容(叙述唐状元等进入鬼国与崔判官、阎罗王的冲突)不甚相关,却也体现了罗懋登对于盛唐诗人杜甫的推崇。再如第九十三回有一首描写一阵风情景的诗:"晚来江门失大木,猛风中夜吹白屋。天兵斩断青海戎,杀气南行动坤轴。"③ 此为杜甫的《后苦寒二首》其二,见于《杜工部集》卷七,原诗"斩断"作"断斩",后面还有"不尔苦寒何太酷,巴东之峡生凌澌。彼苍回轩人得知"。④ 此诗亦见于《锦绣万花谷》后集卷二,也只有四句,且文本与《西洋记》相同,可见是引自《锦绣万花谷》。此诗虽然也见于《乐府诗集》卷三十三,但其与《杜工部集》相同,并无删略,故可排除。这样的例子在《西洋记》中还有不少,限于篇幅,不再一一列举。

《西洋记》中有一部分诗既见于《锦绣万花谷》,也见于多种总集中,但由于《锦绣万花谷》对原诗多有删略,故同样可判断是引自《锦绣万花谷》。如《西洋记》第八十六回回前诗:"大漠寒山黑,孤城夜月黄。十年依蓐食,万里带金疮。拂露陈师祭,冲风立教场。箭飞琼羽合,旗动火云张。虎翼分营势,鱼鳞拥阵行。功成封宠将,力尽到贫乡。雀老方悲海,鹰衰却念霜。空余孤剑在,开匣一沾裳。"⑤ 此为唐代杨巨源的《赠邻家老将》,见于《文苑英华》卷三百,其诗前面还有四句:"白首羽林郎,丁年戍朔方。阴天瞻碛落,秋日渡辽阳。"而且"露"作

---

① (明)二南里人:《三宝太监西洋记通俗演义》,第 2459 页。
② (唐)杜甫:《杜工部集》卷三,民国间商务印书馆影印续古逸丛书景宋刻本配毛氏汲古阁本。
③ (明)二里南人:《三宝太监西洋记通俗演义》,第 2536 页。
④ (唐)杜甫:《杜工部集》卷七,民国间商务印书馆影印续古逸丛书景宋刻本配毛氏汲古阁本。
⑤ (明)二里南人:《三宝太监西洋记通俗演义》,第 2325 页。

"雪"，"鱼鳞拥阵行"与"功成封宠将"之间还有八句："誓心清塞色，斗血杂沙光。战地晴辉薄，军门晓气长。寇深争暗袭，关迥勒春防。身贱竟何诉，天高徒自伤。"① 此诗又见于《唐诗纪事》卷三十五、《唐百家诗选》卷十二等总集，但皆无删略。《锦绣万花谷》后集卷十四也有这首诗，其无《文苑英华》等总集前面的四句，亦删去了中间的八句。很显然，《西洋记》的这首诗是引自《锦绣万花谷》。

根据上述方法，我们考辨出《西洋记》引自《锦绣万花谷》的诗歌共有28首，具体见表7所示。

表7　　　　　《西洋记》引用《锦绣万花谷》诗歌统计表

序号	诗歌	回数	序号	诗歌	回数
1	于是向众生而说偈曰：若以色见我……	2	15	只见一阵风突然而起：可闻不可见……	82
2	正是：巫峡中霄动……	5	16	实时一朵祥云从地而起：若烟非烟……	82
3	腾空而起：浮空覆杂影……	76	17	诗曰：作曲是佳人……	84
4	一阵黑风掀天揭地而起：萧条起关塞……	76	18	诗曰：大漠寒山黑……	86
5	诗曰：青绫衲衫暖衬甲……	77	19	诗曰：门庭兰玉照乡闾……	87
6	果然是：今代麒麟阁……	77	20	诗曰：城阙宫车转……	88
7	诗曰：优钵昙华岂有花……	78	21	诗曰：朝进东门营……	91
8	诗曰：层台耸灵鹫……	78	22	猛然间一阵风来：晚来江门失大木……	93
9	诗曰：海边楼阁梵王家……	79	23	诗曰：高风应爽节……	94
10	诗曰：将军昔着从事衫……	80	24	诗曰：大漠寒山黑……	96
11	自古道：挽弓当挽硬……	80	25	诗说道：纤余带星渚……	98
12	诗曰：才子却嫌天上桂……	81	26	还有梁伏梃《早雾诗》一律为证：水雾杂山烟……	98
13	只见西门上走出一位仙师：头戴鹿胎皮……	82	27	李德林有一律诗为证：结根生上苑……	98
14	却说道：仙翁无定数……	82	28	诗曰：将军曾此誉时髦……	99

---

① （宋）李昉：《文苑英华》卷三百，明刻本。

《锦绣万花谷》这 28 首诗中,有 12 首是回前诗,属于体制性韵文,在《西洋记》中同样发挥体制性功能。如果说《西洋记》在第六十四回以前引用诗歌,主要是以《唐诗品汇》作为工具书的话,那么在第七十六回以后引用诗歌,便主要是以《锦绣万花谷》为工具书,这体现了罗懋登创作前半部分与后半部分的一个差异。

《西洋记》含 15 篇赋,其中有 6 篇引自类书《事类赋》。《事类赋》是北宋吴淑所撰,分十四部、一百目,每个子目为赋一首,有南宋绍兴十六年(1146)两浙东路茶盐司刻本、明代有嘉靖十一年(1532)无锡华麟祥刊本、嘉靖十三年(1534)开封太守南宫百玶刊于郡斋本、万历十七年(1589)宁寿堂刊本等。①

《事类赋》中的赋与注皆出于吴淑之手,通过赋中的小字注,我们可以得知每篇赋中的句子几乎无一句无来历,而前后相邻的句子往往引自不同的典籍,如《天部》第一首《天》的前几句:"太初之始,玄黄混并。及一气之肇判,生有形于无形。于是地居下而阴浊,天在上而轻清。"② 根据文中的小字注,我们可以得知第一句引自《列子》及曹植《魏德论》,第二句引自潘岳《西征赋》与《列子》,第三句引自徐整《三五历》及《易乾凿度》。由于《事类赋》不是整篇地录用诗文,而只是引用前代典籍中的句子,故而判断《西洋记》中的赋是否引自《事类赋》并不困难。比如,《西洋记》第七回中有一篇描写一阵怪雨的赋:"只见:浟然凄凄,霝焉祁祁,纳于大麓而弗迷,自我公田而及私。王政无差,十日为期,未能破块,才堪濯枝……"③ 这篇赋篇幅较长,有 387字(不含标点),通过文献检索与文本对比,很容易就可以判断是引自《事类赋》卷三。

按照上述方法,我们发现《西洋记》有 6 篇赋引自《事类赋》,具体见表 8 所示。

---

① 胡道静:《中国古代的类书》,中华书局 2005 年版,第 204—205 页。
② (宋)吴淑:《事类赋》卷一,宋绍兴十六年刻本。
③ (明)二里南人:《三宝太监西洋记通俗演义》,第 172 页。

表8 《西洋记》引用《事类赋》统计表

序号	赋	回数	序号	赋	回数
1	赋曰：维彼阴灵……	3	4	赋曰：嗟乎！物之大者……	30
2	只见西湖北首宝石山上：一声响亮……	5	5	赋曰：天孙日观……	42
3	只见：潸然凄凄……	7	6	赋曰：南方之美者……	54

《锦绣万花谷》正文前有一篇编者的《序》，交代了此书的编辑过程，其中"晚益困，无以自娱，复留意于科举之外"云云①，表明编者此前所抄录者是以科举为主要目的；而《事类赋》以骈四、俪六为之，据明李濂《刻事类赋序》"但其赋体皆俳，匪古之轨，盖遵当时取士之制云尔"②，可见《事类赋》也是"为科场之需而作"③。由此可知，《锦绣万花谷》与《事类赋》皆为当时科举用书，从中可看到科举制度对明清通俗小说创作的影响。

三 《大明一统志》《浙江通志》等地志

章回小说的编撰者通常会从史传、总集、类书乃至别集中引用诗词韵文，如《三国演义》引正史《三国志》、别集《咏史诗》，《水浒传》引类书《明心宝鉴》，《西游记》引类书《事林广记》、总集《鸣鹤余音》。从地志引用诗词韵文很少见，而《西洋记》中却有一批诗歌引自不同的地志。

首先，《西洋记》有9首诗歌引自地理总志《大明一统志》。《大明一统志》是明初官修的重要典籍，成于天顺五年（1461），先由内府刊刻，其后福建建阳书坊也纷纷刊刻，有明弘治十八年（1505）慎独斋刻本、嘉靖三十八年（1559）归仁斋刻本、万历十六年（1588）归仁斋重刻本、

① （宋）佚名：《锦绣万花谷》卷首，宋刻本。

② （明）李濂：《刻事类赋序》，见（宋）吴淑《事类赋注》，中华书局1989年版，第595页。

③ 胡道静：《中国古代的类书》，第202页。

万历中万寿堂刻本等众多版本，① 足见其流传广泛。作为文人的罗懋登，受《大明一统志》的影响，便把其中的一些诗歌援引到《西洋记》中去了。比如，《西洋记》第二回有一首诗："荒山欲逐凤凰骞，谁构浮图压寝园？土厚尚封南渡骨，月明不照北归魂。海门有路双龙去，沙淑无潮万马屯。莫向秋风重惆怅，梵王宫殿易黄昏。"② 此诗为明徐贲的《白塔怀古》，见于《西湖游览志》卷七，以"徐贲诗"引出诗歌，未署题名，"图"作"屠"，"殿"作"里"。③ 此诗又见于《大明一统志》卷三十八，以"本朝徐贲诗"引出诗歌，文本与小说相同。除了这两部书，此诗不见于其他著作，可见其引自《大明一统志》。又如，《西洋记》第九回有一首以"宋江万里有诗为证，诗曰"领起的诗："凿开风月长生地，占却烟霞不老身。虚静当年仙去后，不知丹诀付何人？"④ 此诗为宋江万里的《龙虎山》，见于《大明一统志》卷五十一，以"宋江万里诗"领起此诗，"静"作"靖"。⑤ 此诗也见于《寰宇通志》卷四十三，虽然也是以"宋江万里诗"领起此诗，"静"作"靖"，但在这四句前面还有四句："靖通庵外锁晴云，壁莹飞琼兀叠鳞。野鸟无心一声晓，岩花有意四时春。"⑥ 此诗还见于宋白玉蟾撰的《武夷集》卷六、明曹学佺编的《石仓历代诗选》卷二百二十三；但皆题署《靖通庵》，且署名白玉蟾，可见非引自此二书。通过文本的比较，以及前面有诗引自《大明一统志》，我们基本可判断此诗应是引自《大明一统志》。此外，《西洋记》第二回还引用了元黄潜《凤凰山故宋宫》（"沧海桑田事渺茫"）、宋敖陶孙的《皋亭山》（"南望孤峰入翠微"）、宋杨蟠的《北高峰塔诗》（"杳杳孤峰上"）、宋郭祥正的《北高峰》（"翠出诸峰上"）、唐白居易的《春题湖上》（"湖上春来似画图"）、宋林和靖的《西湖》（"混元神巧本无形"）、

① 巴兆祥：《试述〈大明一统志〉的刊本及其历史贡献》，《中国地方志》2015 年第 1 期。

② （明）二里南人：《三宝太监西洋记通俗演义》，第 44 页。

③ （明）田汝成：《西湖游览志》卷七，清光绪三至二十六年（1877—1900）钱塘丁氏嘉惠堂刻武林掌故丛编本。

④ （明）二里南人：《三宝太监西洋记通俗演义》，第 232—233 页。

⑤ （明）李贤：《大明一统志》卷五十一，明弘治十八年（1505）建阳慎独斋刻本。

⑥ （明）陈循等：《寰宇通志》卷四十三，明景泰刻本。

唐张祜的《孤山寺》（"楼台耸碧岑"），皆引自《大明一统志》卷三十八。

其次，《西洋记》有5首诗歌引自明嘉靖年间薛应旂等编纂的地方志《（嘉靖）浙江通志》。比如，《西洋记》第二回引用李东阳的《吊岳武辞》："苦雾四塞，悲风横来……"① 此诗见于《怀麓堂集》卷九十一，有12处异文。此诗又见于《岳武穆集》卷六，有6处异文。此诗又见于《（嘉靖）浙江通志》卷二，"消"作"销"，"五"作"伍"，"细"作"空"，"深"作"声"，② 仅4处异文。《怀麓堂集》的异文过多，明显可以排除。而《（嘉靖）浙江通志》的4处异文皆与《岳武穆集》相同，《岳武穆集》却多出2处异文。由此看来，此诗应是引自《（嘉靖）浙江通志》。紧接此诗之后，又以"邵尚书诗曰"领起引出明代邵宝的一首诗："六桥行尽见玄宫，生气如闻万鬣风……"③ 此诗见于《岳武穆集》卷六，为邵宝与李赞的联句诗，文字与《西洋记》相同。此诗亦见于《（嘉靖）浙江通志》卷二，文字亦与小说同，据其前引词"尚书邵宝诗"，可判断此诗应是袭自《（嘉靖）浙江通志》卷二。以此类推，《西洋记》第二回引用明高启的《岳王墓》（"大树无枝向北风"）、第五回引用宋巩丰的《迎晖亭》（"我来将值日午时"）、第五回引用宋王十朋的《四景诗》其四（"归雁纷飞集涧阿"），皆应引自《（嘉靖）浙江通志》。

再次，《西洋记》有4首诗引自明代嘉靖年间编纂的地方志《齐云山志》。比如，《西洋记》第二十九回回前诗："白云羊角石门开，人向蓬莱顶上来。四面峰峦排剑戟，九重烟雾幻楼台。水清潭底龙常宅，风静松梢鹤又回。一觉长眠天未晓，吸魂瓶底只相催。"④ 这首诗是南宋吕午的《白岳》，见于《齐云山志》卷四，"羊角"作"谁裹"，"莱"作"山"，"重"作"霄"，"又"作"自"，末两句作"好景留人不知晚，上方钟鼓却相催"⑤。又如，第六十八回回前诗为明尹日井的《太素宫》（"山门云

---

① （明）二里南人：《三宝太监西洋记通俗演义》，第47页。
② （明）胡宗宪修，（明）薛应旂纂：《浙江通志》卷二，明嘉靖四十年（1561）刻本。
③ （明）二里南人：《三宝太监西洋记通俗演义》，第48页。
④ （明）二里南人：《三宝太监西洋记通俗演义》，第765页。
⑤ （明）鲁点：《齐云山志》卷四，明万历二十七年（1599）刻本。

拥金涂丽"），仅见于《齐云山志》卷五；第六十九回回前诗为宋程从元
的《云岩》（"石门一望路迢迢"），仅见于《齐云山志》卷四；第七十四
回引用了明宋鉴的《云岩》（"齐云标福地"），仅见于《齐云山志》卷
四。虽然《齐云山志》广为流传的由鲁点重新编撰的、刊刻于明万历二
十七年（1599）的版本，但在此之前，尚有嘉靖十七年（1538）方汉编
撰的《齐云山志》（七卷），以及嘉靖三十六年（1557）方万有等人再次
编修的《齐云山志》（七卷），后者现存两部，其一存于天一阁博物馆，
其二存于南京图书馆。① 方万有等人编的《齐云山志》卷七为"纪咏"，
主要是收录与齐云山有关的诗歌。鲁点编的《齐云山志》（五卷）卷四、
卷五也是收录与齐云山有关的诗歌，这些部分应是沿袭方万有等人编的
《齐云山志》卷七"纪咏"。此外，《西洋记》还有 2 首诗引自《武夷
山志》。②

　　综上所述，《西洋记》一共有 20 首诗是从总志《大明一统志》、方志
《浙江通志》等地志中引用的。这表明，地志已经成为章回小说创作的重
要参考资料。

四　《居来先生集》《阳明先生文录》等　文人别集

　　《西洋记》文人化的另一个表现就是大量从文人，尤其是本朝"前七
子""后七子""后五子"等人的文集中引用诗歌。

　　首先，《西洋记》有 15 首诗引自"后五子"中张佳胤的《居来先生
集》。张佳胤号居来，万历十五年（1587）三十五卷的《张居来集》刊
行，万历二十二年（1594）六十五卷的《居来先生集》刊行。这两部别
集的刊行时间均早于《西洋记》。就诗歌部分而言，"六十五卷本和三十
五卷本收录诗歌的情况是基本相同的，仅七言律部分三十五卷本少收录

---

　　① 汪桂平：《〈齐云山志〉版本考》，《世界宗教研究》2016 年第 3 期。
　　② 《西洋记》第五回引用宋卢亿的《中秋同诸子九曲泛月》，第六回引用宋黄希旦的《宴
仙坛》，皆引自《武夷山志》。

了一卷。经过对比内容发现，三十五卷本的七言律仅收录至《寄达陈于韶》篇，实际上比六十五卷本少录 47 首七言律诗。"①《西洋记》引用张佳胤的诗大多是七律，如第三十六回以"诗曰"领起的一首诗："高台天际界华夷，指点穹庐万马嘶。恶说和亲卑汉室，由来上策待明时。欢呼牛酒频相向，歌舞龙荒了不疑。译得烟儿新誓语，愿因世世托藩篱。"②此诗为张佳胤的《巡独石边外赏诸夷》，见于《居来先生集》卷二十一，原诗有二字之别，即"频"作"寒"，"烟"作"胡"。③《西洋记》引用《居来先生集》中的诗歌，具体见表 9 所示。

表9　　　　　　《西洋记》引用《居来先生集》中的诗歌统计表

序号	诗歌	回数	序号	诗歌	回数
1	又只见：颠风来北方……	20	9	诗曰：为拥貔貅百万兵……	36
2	正是：征西诸将坐扁舟……	21	10	诗曰：高台天际界华夷……	36
3	诗曰：将军远发凤凰城……	22	11	诗曰：峦天北望接妖氛……	42
4	诗曰：截海戈船飞浪中……	25	12	诗曰：北风吹落羽书前……	45
5	诗曰：芙蓉寒隐雪中姿……	33	13	有诗为证：风去空山岁月深……	52
6	诗曰：翠微残角共钟鸣……	34	14	诗曰：汉家大使乘轺轩……	61
7	有一曲《从军行》为证，《行》曰：少年不晓事……	34	15	诗曰：汉使翩翩驻四牡……	62
8	诗曰：潮头日挂扶桑树……	35			

这 15 首诗歌中，有 9 首是回前诗，属于体制性韵文，可见张佳胤的诗歌在《西洋记》中主要发挥的是体制性功能。

其次，《西洋记》有 3 首诗引自"前七子"何景明、李梦阳的别集。比如，《西洋记》第三回回前诗："夜夜生兰梦，年年种玉心。充闾看气色，入户试啼声。明月还珠浦，高枝发桂林。北堂书报日，不啻万黄

①　王思雨：《张佳胤〈居来先生集〉研究》，硕士学位论文，海南师范大学，2020 年。
②　（明）二里南人：《三宝太监西洋记通俗演义》，第 968 页。
③　（明）张佳胤：《居来先生集》卷二十一，明万历刻本。

金。"① 此诗为何景明的《贺汝济生子》，仅见于《何大复先生集》卷十九，原诗"声"作"音"，"还"作"含"，"不"作"何"。②《西洋记》第二回还引用了何景明的《夜》（"地远柴门静"）的前四句，原诗与《西洋记》有一字之别："堤"作"低"。③ 又如《西洋记》第六回的一首诗："俯首无齐鲁，东瞻海似杯。斗然一峰上，不信万山开。日抱扶桑跃，天横碣石来。秦皇松老后，仍有汉王台。"④ 此诗为李梦阳的《郑生至自泰山》其二，见于《空同子集》卷二，原诗"秦皇松老"作"君看秦始"，"王"作"皇"。⑤ 虽然此诗亦见于明汪子卿编撰的《泰山志》卷三，其"桑"作"叶"，"秦皇松老"作"君看秦始"，"王"作"皇"，⑥ 可见非引自此书。此诗还见于明李攀龙辑的《古今诗删》卷二十五，其"碣"作"竭"，"秦皇松老"作"君看秦祖"，"王"作"皇"，⑦ 比《空同子集》多出一处异文，可见亦非引自此书。虽然《空同子集》现存的是明万历三十年（1602）长洲邓云霄刻本，晚于《西洋记》的刊刻时间，但此前李梦阳已有多种文集刊刻，如明嘉靖九年（1530）《空同集》（六十三卷），由吴郡黄省曾刊刻；嘉靖十一年（1532）《空同集》（六十三卷），由曹嘉刊刻；嘉靖十二年（1533）《空同先生文集》（六十三卷），由京兆慎独斋刊刻；万历六年（1578）《空同先生集》（六十三卷），由高文荐刊刻。有学者统计，刊刻于《西洋记》之前的李集，达 10 种之多。⑧ 也就是说，即便《空同子集》不存在早于《西洋记》的版本，此诗也应是引自李梦阳上述集子中的一种。

再次，《西洋记》还有 1 首诗引自"后七子"领袖王世贞之《弇州四部稿》。《西洋记》第六回，以"有一曲《赞佛词》为证，诗曰"引出一

---

① （明）二里南人：《三宝太监西洋记通俗演义》，第 53 页。
② （明）何景明：《何大复先生集》卷十九，明万历五年（1577）陈堂胡秉性刻本。
③ （明）何景明：《何大复先生集》卷十五。
④ （明）二里南人：《三宝太监西洋记通俗演义》，第 142 页。
⑤ （明）李梦阳：《空同子集》卷二，明万历三十年（1602）长洲邓云霄刻本。
⑥ （明）汪子卿：《泰山志》卷三，明嘉靖三十三年（1605）项守礼刻本。
⑦ （明）李攀龙：《古今诗删》卷二十五，明正时元刻本。
⑧ 王艳艳：《李梦阳集明代版本源流考述》，硕士学位论文，北京语言大学，2009 年。

首诗:"群相倡明茂,四气适清和……"① 此诗实为王世贞的《支道人遁赞佛》,仅见于《弇州四部稿》卷九。原诗"相"作"象","跃"作"耀","柯"作"阿","郁"作"攀","绣"作"秀","旨"作"音","赤傀"作"亦隗","讵"作"距"。② 据笔者对《西洋记》全书所引韵文与原文的比对,发现罗懋登常常会根据语境而对韵文进行小幅度的改写,这一首也不例外。

最后,《西洋记》还有近16首诗歌引自本朝王守仁、于谦、唐顺之、胡文焕等人的集子。《西洋记》有4首诗引自《阳明先生文录》,如第七回回前诗:"岩下飘然一老僧,曾求佛法礼南能。论时自许窥三昧,入圣无梯出小乘。高阁松风传夜磬,石床花雨落寒灯。全凭锡仗连环响,扫荡妖氛诵法楞。"③ 此诗为王守仁的《山僧》,见于《阳明先生文录》外集卷四,原诗"飘"作"萧","一老"作"老病","时"作"诗","传"作"飘",末两句作"更深月出山窗曙,漱齿焚香诵法楞"④。虽然此诗亦见于明曹学佺辑的《石仓历代诗选》卷四百五十五,且其文本与《阳明先生文录》相同,但曹学佺出生于万历二年(1574),不大可能在《西洋记》刊刻(1597)之前辑出达五百零六卷的《石仓历代诗选》。更何况,《西洋记》第七十四回回前诗("楼船金鼓宿都蛮")、第九十三回回前诗("路入鄮都环鬼国")、第九十三回王爷撰写铭文的后六句,皆引自《阳明先生文录》,就更能证明《西洋记》第七回回前诗是引自《阳明先生文录》了。《西洋记》还有2首诗引自于谦的《于肃愍公集》,如第五回回前诗:"四月八日日迟迟,雨后熏风拂面吹。鱼跃乱随新长水,鸟啼争占最高枝。纱厨冰簟难成梦,羽扇轮(当为'纶')巾渐及时。净梵中天今日诞,好将檀越拜阶墀。"⑤ 此诗为于谦的《夏日即事》,见于《忠肃集》卷十一,原诗第一句作"槐阴凝绿暗阶墀","轮"作"纶",

---

① (明)二里南人:《三宝太监西洋记通俗演义》,第155—156页。
② (明)王世贞:《弇州四部稿》卷九,明万历五年王氏世经堂刻本。
③ (明)二里南人:《三宝太监西洋记通俗演义》,第166页。
④ (明)王守仁:《阳明先生文录》外集卷四,明嘉靖十四年(1535)闻人诠刻本。
⑤ (明)二里南人:《三宝太监西洋记通俗演义》,第109页。

末两句作"两阃清夷无别事，观书最喜日迟迟"。① 此诗虽也见于《石仓历代诗选》卷三百六十八，但如前所说，其编者曹学佺不大可能于《西洋记》刊刻之前编成此书，更何况，其比《忠肃集》多出一处异文，即"两"作"南"，更加可以证明此诗是引自《忠肃集》。《西洋记》第十五回回前诗（"雨足江潮水色新"）是于谦的《秋波》，引自《忠肃集》卷十一。《西洋记》还有 1 首诗引自明唐顺之的《荆川先生集》，即第六回："曲磴行来尽，松阴转寂寥。不知茅屋近，却望石梁遥。叶唧疑闻雨，渠寒未上潮。何如回雁岭，谁个共相招？"② 此为唐顺之的《同皇甫子循游横山二首》其一，仅见于《荆川先生集》文集卷一，原诗"唧"作"响"，末两句作"夫君轩冕客，此地欲相招"。③ 此外，《西洋记》有 9 首诗引自明胡文焕《十牛图颂》，如第三十九回张天师遇险时所吟的一首诗："藤摧堕海命难逃，蛇鼠龙攻手要牢。自己弥陀期早悟，三途苦趣莫教遭。肥甘酒肉砒中蜜，恩爱夫妻笑里刀。奉劝世人须猛省，毋令今日又明朝。"④ 原诗"海"作"井"，"蛇"作"象"，"龙"作"蛇"，"途"作"涂"。⑤ 其余 8 首皆见于《西洋记》第八十四回，其首句依次为"渐调渐伏息奔驰""日久功深始转头""绿杨阴（当为'荫'）下古溪边""露地安眠意自如""柳岸春波夕照中""白牛常在白云中""牛儿无处牧童闲""人牛不见了无踪"。

可见，《西洋记》单是引自明代文人别集的诗歌就达 35 首，如果算上引自地志、笔记的诗歌，以及少数几首不知具体文献来源，甚至不知道作者，但根据后世文献的记载可以断定其为明代作品的诗歌，《西洋记》引用本朝诗歌的数量多达 49 首。比如，《西洋记》第十八回回前诗（"云英英兮出山皋"），见于明陈全之的笔记《蓬窗日录》卷八，其曰：

---

① （明）于谦：《忠肃集》卷十一，清文渊阁四库全书补配清文津阁四库全书本。

② （明）二里南人：《三宝太监西洋记通俗演义》，第 143 页。

③ （明）唐顺之：《荆川先生集》文集卷一，民国八年（1919）上海商务印书馆四部丛刊景明万历元年（1537）纯白斋重刻本。

④ （明）二里南人：《三宝太监西洋记通俗演义》，第 1059 页。

⑤ （明）胡文焕：《十牛图颂》，收入《大日本续藏经》，民国十二年（1923）上海涵芬楼影印本。

"国初吴人戴文祥……一日有二蓝袍作访，文祥延之……酒馨，一人曰："吾有诗。文祥速出纸笔，书云：云英英兮出山阜……"① 从这则笔记里，我们可以得知，这首诗的作者是拜访明朝戴文祥的"二蓝袍"之一，其为明人诗作应无问题。又如，《西洋记》第四十二回描写骊山老母出山的五律（"瑶草迷行径"），见于清钱谦益辑的《列朝诗集》乙集卷二，为明代王洪的《寻天台李道士斋》。章回小说如此大量地引用同朝人的诗作，可以说是"前无古人"，也"后无来者"。从这可看出罗懋登对明代前后七子以及"后五子"的赞赏态度，亦可见出明代复古思潮对《西洋记》的影响。

除了引用明人别集的诗作，《西洋记》还有多首诗歌引自其它朝代的诗集，如第二回的两首回前诗（"既接南邻磬""轩制传匏质"），为唐李峤的《钟》《鼓》，虽然第一首《钟》同见于《宋之问集》卷下、《文苑英华》卷二百十二、《唐诗品汇》卷五十七，但这三部书皆比《杂咏百二十首》多出 2 处以上异文，而第二首仅见于《杂咏百二十首》，由此可推断它们皆引自《杂咏百二十首》卷下。② 《西洋记》第四十回回前诗（"灿烂金舆侧"），为李峤的《珠》；《西洋记》第八十五回回前诗（"思妇屏辉掩"），为李峤的《银》，这两首诗也都是引自《杂咏百二十首》卷下。《西洋记》还有 2 首诗引自元代萨都拉的《萨天锡诗集》，如第五十回回前诗（"西洋女儿十六七"），就是萨都拉的《杨花曲》，仅见于《萨天锡诗集》卷下。《西洋记》第五十六回还引用了萨都拉的《游长干诗》（"秦淮河上长干寺"），亦仅见于《萨天锡诗集》卷下。③

特别值得一提的是，《西洋记》第四十三回有一首诗："海发蛮夷涨，山添雨雪流。大风吹地紧，高浪蹴天浮。鱼鳖为人得，蛟龙不自谋。轻帆好去便，吾道付沧洲。"④ 这是杜甫的《江涨》，原诗"海"作"江"，

---

① （明）陈全之：《蓬窗日录》卷八，明嘉靖四十四年（1565）刻本。

② （唐）李峤：《杂咏百二十首》卷下，清嘉庆南汇吴氏听彝堂刻艺海珠尘本。

③ （元）萨都拉：《萨天锡诗集》卷下，明弘治十六年（1503）李举刻本。

④ （明）二里南人：《三宝太监西洋记通俗演义》，第 1178 页。

"风"作"声","紧"作"转",见于《杜工部集》卷十一,[①]亦见于《杜诗镜铨》卷十八、《杜工部草堂诗笺》诗笺补遗卷九、《九家集注杜诗》卷二十二等杜诗笺注著作,而不见于《唐诗品汇》《锦绣万花谷》。这说明罗懋登不仅从总集、类书中引用杜诗,还参考了杜甫的诗集。

五　《剪灯新话》《封神演义》等小说

《西洋记》有9首诗歌,是引自《剪灯新话》《封神演义》等小说。

首先,《西洋记》有3首诗引自明瞿佑的《剪灯新话》,如第二十回以"正是个"引出的诗:"翠翘金凤绝尘埃,画就蛾眉对镜台。携手问郎何处好?绛帷深处玉山颓。"[②]此诗见于《剪灯新话》"附录"《江庙泥神记》,原诗"绝"作"锁","画就峨眉"作"懒画长娥"。原诗在二三句之间还有4句,也就是说,小说中的四句为原诗前2句、尾2句。[③]《西洋记》第九十一回中小说人物孟沂口占之诗("路入桃源小洞天"),以及孟沂与薛氏以落花为题的联句诗("韶艳应难挽"),皆引自《剪灯新话》之《江庙泥神记》。

其次,《西洋记》有2首诗引自《封神演义》《钟情丽集》。《西洋记》第十二回回前诗:"交光日月炼金英,一颗灵珠透室明。摆动乾坤知道力,逃移生死见功神。逍遥四海留踪迹,归去三清立姓名。直上五云云路稳,紫鸾朱凤自来迎。"[④]此诗为唐昌岩的诗,见于《全唐诗》卷八百五十六《七言》,原诗"交光日月"作"红炉迸溅","颗"作"点","神"作"程"。[⑤]此诗也见于《封神演义》第十三回,"神"作"成",[⑥]与《西洋记》仅一字之别,显然是引自《封神演义》。《西洋记》第三十

①　(唐)杜甫:《杜工部集》卷十一,民国间商务印书馆影印续古逸丛书景宋刻本配毛氏汲古阁本。

②　(明)二里南人:《三宝太监西洋记通俗演义》,第527—528页。

③　(明)瞿佑:《剪灯新话》附录,清光绪三十四年至民国十四年(1908—1949)武进董氏刻诵芬室丛刊本。

④　(明)二里南人:《三宝太监西洋记通俗演义》,第294页。

⑤　(清)彭定求等:《全唐诗》卷八百五十六,清文渊阁四库全书本。

⑥　(明)无名氏:《封神演义》,上海古籍出版社1990年版,第343—344页。

八回借三宝老爷一个亲随之口道出的一诗："宝鸭香销烛影低，被翻波浪枕边欹。一团春色融怀抱，口不能言心自知。"① 此诗见于《钟情丽集》卷上，为小说人物祖姑之诗。《钟情丽集》是中篇文言传奇，有明弘治单刻本，② 并被收入通俗类书《燕居笔记》《国色天香》《万锦情林》之中，《西洋记》此诗显然是引自《钟情丽集》。

再次，《西洋记》还有5首诗、1首词见于明冯梦龙所编《古今小说》《警世通言》中，当是引自冯著所据的宋元话本小说。《西洋记》第一回的回前词："春到人间景异常，无边花柳竞芬芳。香车宝马闲来往，引却东风入醉乡。酾剩酒，卧斜阳，满拚三万六千场。而今白发三千丈，还记得年来三宝太监下西洋。"③ 此词见于《警世通言》卷四十《旌阳宫铁树镇妖》，为该篇的入话词，"异常"作"色新"，第二句作"桃红李白柳条青"，"卧斜阳"作"豁吟情"，末三句作"顿教忘却利和名。豪来试说当年事，犹记旌阳伏水精"④。虽然《警世通言》刊刻于《西洋记》之后，但我们知道冯梦龙的"三言"大多是据宋元话本小说改编而成，有的小说只是个别字词的改动，如《警世通言》卷三十八《蒋淑真刎颈鸳鸯会》，与《清平山堂话本》中的《刎颈鸳鸯会》相比，就其中的诗词而言，其不过删去了后者一首入话词，加了两句诗，保留了后者中的4首诗、11首词。《西洋记》第一回前面陈说儒释道三教大义，内容基本与《旌阳宫铁树镇妖》相同，只是《西洋记》多了几首关于孔子的诗赞及其它韵文。《旌阳宫铁树镇妖》当也是根据宋元话本小说改编而成，《西洋记》的这首回前词应是引自冯梦龙所据的宋元话本小说。《西洋记》第七回以"正是"引出的一首七绝（"茅屋人家烟火冷"），也见于《旌阳宫铁树镇妖》，亦应是引自冯梦龙所据的宋元话本小说。

《西洋记》还有4首诗见于《古今小说》卷二十九《月明和尚度柳翠》。《西洋记》第九十二回将《月明和尚度柳翠》的前半个故事插入小

---

① （明）二里南人：《三宝太监西洋记通俗演义》，第 1036—1037 页。

② 潘建国：《明弘治单刻本〈新刊钟情丽集〉考》，《中国典籍与文化》2015 年第 3 期。

③ 见（明）二里南人《三宝太监西洋记通俗演义》，"第一回"回前词。

④ （明）冯梦龙：《警世通言》卷四十，明天启四年（1621）刻本。

说中，故事情节基本一样，诗词韵文也基本相同，只是个别地方有细微的差异，如《西洋记》第九十二回中临安府尹柳宣教写在一道封皮上的四句诗：“水月禅师号玉通，多时不下竹林峰。可怜若许菩提水，倾入红莲两瓣中。”① 此诗见于《古今小说》卷二十九，“若许”作“数点”。② 同回玉通禅师所作的辞世偈子（“自入禅门无挂碍”）、法空禅师所道出的七言八句诗（“身到川中数十年”），以及第九十一回中阎罗王寄书国师的四句诗（“身到川中数十年”），皆见于《月明和尚度柳翠》。《西洋记》的这 4 首诗，当也是引自冯梦龙编撰《月明和尚度柳翠》所据的宋元话本小说。

　　《西洋记》处于世代累积型小说向文人独创小说的过渡阶段，虽大部分情节属于作者构撰的，但对前面的小说亦多有借鉴，其中不仅多处模仿《三国演义》《西游记》的故事情节，亦通过人物讲故事的方法，将《剪灯新话》以及《古今小说》《警世通言》所据的宋元话本小说的故事情节插入其中，而这些小说中所含的诗词也就附带引入了《西洋记》。这表明《西洋记》尚未完全走向独立创作，对之前的小说还有一定的依赖性，这也是《西洋记》故事情节拖沓、结构不够严谨的表现。

　　综上所述，我们发现《西洋记》韵文的主要来源是文人编创的总集、别集、类书乃至地志，尤其是相当一部分体制性韵文是文人士大夫创作的诗歌，体现了作者的知识构成以精英文学为主。如果考虑到《西洋记》引用的诗歌中，以唐诗为主，③ 而且引用了不少提倡“文必秦汉，诗必盛唐”的复古派文人的作品，便可见出其思想受前七子、后七子等复古思潮的影响较大。当章回小说中的韵文不再以书会才人创作的程式化且通俗浅易的韵文为主，而是以文人创作的含蓄隽永的诗赋为主时，这反映了章回小说由俗到雅的发展趋势，是章回小说文人化的重要表现。

---

　　① （明）二里南人：《三宝太监西洋记通俗演义》，第 2502—2503 页。

　　② （明）冯梦龙：《古今小说》卷二十九，明天许斋刻本。

　　③ 参见杨志君《〈三宝太监西洋记通俗演义〉中唐诗的作用及其小说史意义》，《湖南工业大学学报》（社会科学版）2022 年第 3 期。

作者简介：

杨志君，男，文学博士，长沙学院马栏山新媒体学院讲师，研究方向为明清小说。

晚明戏曲文学创作生态谫论[*]

李志远

摘　要：晚明戏曲文学创作生态是晚明戏曲生态的内生态重要构成，是直接影响着晚明戏曲生态的重要生态因子。流传至今的有关晚明戏曲文学文献中，晚明戏曲文学创作生态主要表现为：在体制上表现出趋整与求变；在创作上守格律与循才情的分化，内在地表征出作品质量存在寻常与新异；在剧本语言上表现出于骈绮、俚俗中寻求本色当行；在题材选择上表现出丰富多样与有所偏爱。

关键词：晚明　戏曲文学　生态

晚明戏曲文学创作非常繁盛，这点我们可以从众多明代文献的相关记载中察知。如吕天成称："博观传奇，近时为盛。大江左右，骚雅沸腾；吴浙之间，风流掩映。"[①] 沈德符称："年来俚儒之稍通音律者，伶人之稍习文墨者，动辄编成一传，自谓得沈吏部九宫正音之秘，然悠谬粗浅，登场闻之，秽及广座，亦传奇之一厄也。"[②] 王骥德称"今传奇之家无虑充栋"[③]，祁彪佳称"词至今日而极盛，至今日而亦极衰。学究、屠

---

[*] 本文系文化和旅游部文化艺术研究项目"晚明戏曲生态研究"（16DB11）的阶段性成果。

[①]（明）吕天成：《曲品校注》，吴书荫校注，中华书局1990年版，第22页。

[②]（明）沈德符：《万历野获编》卷二五，中华书局1959年版，第643页。

[③]（明）王骥德：《古杂剧序》，载郭英德、李志远纂笺《明清戏曲序跋纂笺》，人民文学出版社2021年版，第4620页。

沽，尽传子墨；黄钟、瓦缶杂陈，而莫知其是非"①，通过这些晚明时期
当事人所述，我们不难看出在这个时期戏曲文学作品创作者呈现明显的
增长之势。由于从事戏曲文学创作者的增多，直接导致晚明出现了戏曲
文学创作的繁盛，以至袁于令称"乐府之淫滥，无如今日矣"②，沈宠绥
称"曲海词山，于今为烈"③，郑振铎也称"隆、万以降，传奇繁兴，而
杂剧复盛"④。再结合傅惜华《明代传奇全目》《明代杂剧全目》、庄一拂
《古典戏曲存目汇考》、郭英德《明清传奇综录》等戏曲目录所载，我们
能得出晚明戏曲文学创作无论在数量上还是在规模上，都表现出非常好
的创作生态。

晚明戏曲文学创作数量与规模的繁盛，并没有让晚明时期的戏曲批
评者盲目迷失于量大产多，而是在深入戏曲作品的"曲海"中发现存在
着并不健康的戏曲创作生态。关于这一点，除从前面引文可略见一二外，
另如冯梦龙称"数十年来，此风忽炽，人翻窠臼，家画葫芦，传奇不奇，
散套成套。讹非关旧，诬曰从先；格喜创新，不思乖体。饾饤自矜其设
色，齐东妄附于当行"⑤，"迩来新剧充栋，率多戏笔，不成佳话，兼之韵
律自负，实则茫然"⑥；俞彦称"迩来作者，真晦于文，情掩于藻。饾饤
工而章法乱，殊为谱曲之蠹。及借口本色者，以鄙秽为蒜酪，以蹀躞为
务头。词林两讥之"⑦；朱朝鼎称"近世制剧，淡则嚼蜡无味，浓则堆绣

① （明）祁彪佳：《远山堂曲品》，载《中国古典戏曲论著集成》（六），中国戏剧出版社
1959 年版，第 5 页。

② （明）袁于令：《焚香记序》，载郭英德、李志远纂笺《明清戏曲序跋纂笺》，人民文学
出版社 2021 年版，第 1011 页。

③ （明）沈宠绥：《度曲须知》，载《中国古典戏曲论著集成》（五），中国戏剧出版社
1959 年版，第 198 页。

④ 郑振铎：《清人杂剧初集序》，载 1932 年长乐郑氏印行本《清人杂剧初集》卷首，第
1B 页。

⑤ （明）冯梦龙：《叙曲律》，载郭英德、李志远纂笺《明清戏曲序跋纂笺》，人民文学出
版社 2021 年版，第 4870 页。

⑥ （明）冯梦龙：《永团圆叙》，载郭英德、李志远纂笺《明清戏曲序跋纂笺》，人民文学
出版社 2021 年版，第 1126 页。

⑦ （明）俞彦：《题南宫词纪》，载郭英德、李志远纂笺《明清戏曲序跋纂笺》，人民文学
出版社 2021 年版，第 5815 页。

不匀"①；文震亨称"近来词家，徒骋才情，未谙声律，说情说梦，传鬼
传神，以为笔笔灵通，重重慧现，几案尽具奇观，而一落喉吻间，按拍
寻腔，了无是处，移换推敲，每烦顾误，遂使歌者分作者之权。而至于
结鬏造形，未能吹气生活；分龋砌白，又多屋下架梁。使登场者与观场
者之神情，两不相属。谁为作俑，吾不能如侏儒附和矣。"② 从这些批评
中我们不难看出，晚明时期的戏曲文学创作在数量繁多的表层生态之下，
还有着更为丰富的次级生态。

对晚明戏曲文学创作生态的认识，为我们更加详备地认知晚明戏曲
生态，并以之审视当前戏曲文学创作无疑具有重要的学理作用。但目前
学界对此研究相对不足，笔者不揣浅陋，对晚明戏曲文学创作生态发一
家言，以就教于方家。③

一 作品体制的趋整与求变共存

戏曲文学发展到晚明时期，传奇基本完全取代了南戏，在体制方面
出现了诸多新变。比如，在剧本结构方面，"主要表现在题目、分出标
目、分卷、出数、开场、生旦家门、下场诗等方面"，历经嘉靖、隆庆至
万历中期，晚明时期的戏曲文学类型中的传奇"形成了规范化的严谨的
传奇剧本结构体制"④，彻底改变了晚明以前南戏、传奇结构方面相对松
散、无序的状态，而且开始特别讲求戏曲文学作品的结构布局。王骥德
称，"作曲者，亦必先分段数，以何意起、何意接、何意作中段敷衍、何
意作后段收煞，整整在目，而后可施结撰"，"套数之曲……须先定下间
架，立下主意，排下曲调，然后遣句，然后成章；切忌凑插，切忌将就。

---

① （明）朱朝鼎：《新校注古本西厢记跋》，载郭英德、李志远纂笺《明清戏曲序跋纂笺》，
人民文学出版社 2021 年版，第 184 页。

② （明）文震亨：《牟尼合题词》，载《遥集堂新编马郎侠牟尼合记》卷首，载《古本戏
曲丛刊二集》影印明崇祯间刻本，文学古籍刊行社 1955 年版。

③ 对戏曲生态学的学理性阐释，可参阅笔者《戏曲生态学研究路径探析——以晚明戏曲生
态为对象的考察》（《艺术学研究》2022 年第 1 期）一文。

④ 郭英德：《明清传奇史》，人民文学出版社 2012 年版，第 61、67 页。

务如常山之蛇，首尾相应；又如鲛人之锦，不着一丝纰颣"①；凌濛初称
"戏曲搭架，亦是要事，不妥则全传可憎矣"②；祁彪佳《远山堂曲品》
评徐阳辉《青雀舫》有"无意结构，而凑簇自佳"，评无名氏《百花记》
是"结构亦新"，评汪廷讷《长生记》是"结构之法，不无稍疏"③。另
在音乐结构方面，"时至万历中后期，要求将传奇剧本的创作纳入韵律严
谨规整的正轨，已经渐成时代风气，实为大势所趋"④。在晚明时期的一
些戏曲批评家或戏曲文学作家那里，我们可以看到他们都对不讲求格律、
音韵的戏曲文学创作持批评态度。如徐复祚批评张凤翼是"但用吴音，
先天、帘纤随口乱押，开闭阆辨，不复知有周韵矣"⑤；沈德符称"近年
则梁伯龙、张伯起，俱吴人，所作盛行于世，若以《中原音韵》律之，
俱门外汉也"，批评汤显祖"奈不谙曲谱，用韵多任意处"⑥。正是因认
识到格律在戏曲文学创作中的重要地位，于是戏曲文学创作应遵循什么
的格律被提到重要位置。沈璟指出"《中州韵》，分类详，《正韵》也因
他为草创。今不守《正韵》填词，又不遵中土宫商。制词不将《琵琶》
做，却驾言韵依东嘉样。这病膏肓，东嘉已误，安可袭为常"，显然，他
认为戏曲文学创作需要依据周德清的《中原音韵》为准，另外他看到
"北词谱，精且详，恨杀南词偏费讲"，最终他找到的原因是以前有关南
曲的"旧谱多讹"，于是他就亲力亲为，重新修正南曲曲谱并编订了《南
曲全谱》，并称"改弦又非翻新样，按腔自然成绝唱"⑦。在《南曲全谱》
中，他详细地厘别曲牌宫调，为宫调内每个引子、过曲、近词或慢词曲

① （明）王骥德：《曲律注释》，陈多、叶长海注释，上海古籍出版社 2012 年版，第 160、
183 页。

② （明）凌濛初：《谭曲杂札》，载《中国古典戏曲论著集成》（四），中国戏剧出版社
1959 年版，第 258 页。

③ （明）祁彪佳：《远山堂曲品》，载《中国古典戏曲论著集成》（六），中国戏剧出版社
1959 年版，第 15、30、34 页。

④ 郭英德：《明清传奇史》，第 215—216 页。

⑤ （明）徐复祚：《曲论》，载《中国古典戏曲论著集成》（四），中国戏剧出版社 1959 年
版，第 237 页。

⑥ （明）沈德符：《万历野获编》卷二五，第 643 页。

⑦ （明）沈璟：《词隐先生论曲》，载郭英德、李志远纂笺《明清戏曲序跋纂笺》，人民文
学出版社 2021 年版，第 927 页。

牌例举曲文并详标平仄、板眼、正衬及韵否，特别是在"尾声总论"部分，详述了曲牌联套的格式、尾声使用与否及格律式样，为晚明时期戏曲文学创作提供了很好的模仿范式，促使戏曲文学创作格律化有效实现。尽管该谱的编订，有人称"矧欲令作者引商刻羽，尽弃其学？而是谱之从，彼不怃然而惊，则且嗑然而笑"①，不过多数时人还是予以充分肯定。如凌濛初称"近来知用韵者渐多，则沈伯英之力不可诬也"②；徐复祚称其"订世人沿袭之非，铲俗师扭捏之腔，令作曲者知所向往，皎然词林指南车也，我辈循之以为式，庶几可不失队耳"③；徐大业称该作"辨别体制，分厘宫调，详核正犯，考定四声，指摘误韵，较勘同异，句梳字栉，至严至密，而腔调则悉遵魏良辅所改昆腔，以其宛转悠扬，品格在诸腔之上，其板眼节奏，一定不可假借。天下翕然宗之"④。显然，无论是称其为戏曲文学创作的"指南车"，还是"天下翕然宗之"，无疑都强调了沈璟所编纂的南曲曲谱为传奇创作提供了范式和遵循，后之进行戏曲文学创作者皆可依之仿之，有力地助推了传奇文体与音乐体制的定型，实现了有一定体制规范的戏曲文学作品的大量出现。

如果传奇体制的规范是表现了晚明戏曲文学创作的趋整特性的话，那杂剧的创作似乎更多地表现了晚明时期对这一体制的突围或求变。明初期的杂剧剧本创作多是囿于北曲范围，虽有个别作品有意突破常规，但从整个上看其音乐体制几可与北曲划等号，明中期的杂剧作品开始出现音乐与结构体制的较大变化，但与晚明时期相较，似晚明杂剧创作变化更大。元及明初杂剧是何种体制，沈德符称元曲"总只四折，盖才情有限，北调又无多，且登场虽数人，而唱曲只一人，作者与扮者力限俱

---

① （清）李鸿：《南词全谱原叙》，载郭英德、李志远纂笺《明清戏曲序跋纂笺》，人民文学出版社2021年版，第5326页。

② （明）凌濛初：《谭曲杂札》，载《中国古典戏曲论著集成》（四），中国戏剧出版社1959年版，第259页。

③ （明）徐复祚：《曲论》，载《中国古典戏曲论著集成》（四），中国戏剧出版社1959年版，第240页。

④ （清）徐大业：《书南词全谱后》，载陈蕖缠修、倪师孟纂《乾隆吴江县志》卷57，清乾隆修民国年间石印本，第16B页。

尽现矣"①；吕天成称"杂剧北音，传奇南调。杂剧折惟四，唱惟一人；传奇折数多，唱必匀派。杂剧但摭一事颠末，其境促；传奇备述一人始终，其味长"②；袁于令称"杂剧，词场之短兵也。或以寄悲愤，写跌，纪妖冶，书忠孝，无穷心事，无穷感触，借四折为寓言，减之不得，增之不可，作者情之所含、辞之所尽、音之所合，即具大法程焉"③。这些人都点明了杂剧的结构与音乐体制，也是多数人对明中期之前杂剧这一戏曲作品文体与音乐体制的认知，不过到了明中期南北合套更为常见后，晚明时期的杂剧剧本创作就表现出多样性特点，突破先前几乎所有的规范。沈德符称"近年独王辰玉大史（衡）所作《真傀儡》《没奈何》诸剧，大得金元蒜酪本色，可称一时独步。然此剧俱四折，用四人各唱一折，或一人共唱四折，故作者得逞其长，歌者亦尽其技。王初作《郁轮袍》，乃多至七折，其《真傀儡》诸剧，又只以一大折了之，似隔一尘"④，于此可见王衡的杂剧作品已经与元杂剧在结构、歌唱方面明显不同。冲和居士述《歌代啸杂剧》称"元曲于齣内或齣外，另有小令，曰'楔子'；至曲尽，又别有正名，或四句，或二句，䌛括剧意，亦略与开场相似。余意一剧自宜振纲，势既不可处后，故特移正名向前，聊准楔子，亦所以存旧范也"，以及"元曲不拘正旦、正末，四齣总出一喉，盖总叙一人事也。此曲四齣四事，原无主名，故不妨四分之。然一齣终是一人主唱"⑤。茗柯生评沈璟《博笑记》称"若此记，则又特创新体，多采异闻，每一事为几齣，合数事为一记，既不若杂剧之拘于四折，又不若传奇之强为穿插"⑥，于此可见晚明时期杂剧体制的变化是较为常见的，篇幅结构上一折至十一折不等，楔子、题目亦有不同，音乐体制上出现

---

① （明）沈德符：《万历野获编》，第648页。

② （明）吕天成：《曲品校注》，吴书荫校注，第1页。

③ （明）袁于令：《为林宗词兄叙明剧》，载《盛明杂剧二集》卷首，载郭英德、李志远纂笺《明清戏曲序跋纂笺》，人民文学出版社2021年版，第4698页。

④ （明）沈德符：《万历野获编》，第647—648页。

⑤ （清）冲和居士：《歌代啸杂剧凡例》，载郭英德、李志远纂笺《明清戏曲序跋纂笺》，人民文学出版社2021年版，第665页。

⑥ （明）茗柯生：《刻博笑记题词》，载郭英德、李志远纂笺《明清戏曲序跋纂笺》，人民文学出版社2021年版，第962页。

了南北合套、纯南曲联套和非一人主唱等。据曾永义统计，明中期杂剧改变元人科范者约占78.57%，而明后期改变元人科范者约占89.89%①。虽然晚明时期编纂一些元杂剧选以供人创作模仿，但质量不高，同时亦浸染有南曲色彩。王国维称沈君庸的杂剧作品"虽用北曲，而折数次第，均失元人之旧"②。由于晚明时期杂剧剧本创作的求变，致使消减了传奇与杂剧两种戏曲文学作品文体的差异，以致说到晚明时期的杂剧与传奇，已经不能用北曲、南曲这样的音乐视角，而只能从剧本结构的长短来区分③，如王国维就称："至明中叶后，不知北剧与南曲之分，但以长者为传奇，短者为杂剧。"④

通过上述可以看出，晚明时期的戏曲文学作品总体上表现为以南曲为主，间或有用北曲创作的，也多是作者因复古思想作祟且以模拟仿作为主，质量普遍相对不高，而在剧本篇幅方面则是长短不同，但总体上都有明晰的分齣并标有齣目的特征。

二 守格律与循才情的创作分化致使作品的寻常与新异

晚明时期的戏曲文学创作存在着两个一直被述说、解读的两大流派——临川派和吴江派，临川派的代表性人物是汤显祖，吴江派的代表性人物是沈璟。沈璟所言"名为乐府，须教合律依腔。宁使时人不鉴赏，

---

① 曾永义：《明杂剧概论》，商务印书馆2015年版，第84页。

② 王国维：《盛明杂剧初集》，载《王国维戏曲论文集》，中国戏剧出版社1984年版，第247页。

③ 卓人月曾以剧本长短区别不同体制的剧作，如其称"北曲亦有长本，如《西厢》《西游》之类，而南曲又不乏短本；元人亦有南曲，如《拜月》《荆钗》之类，而我明又不乏北曲……而余友沈林宗，业已取本朝南北短剧合刻之，以补冯。夫元剧短者多而长者少，明剧短者少而长者多"。[（明）卓人月：《盛明杂剧二集序》，载《蟾台集》卷二，见郭英德、李志远纂笺《明清戏曲序跋纂笺》，人民文学出版社2021年版，第4701页]

④ 王国维：《盛明杂剧初集》，载《王国维戏曲论文集》，中国戏剧出版社1984年版，第247页。

无使人挠喉捩嗓。说不得才长，越有才越当着意勘量"①，这几乎可以看作是吴江派戏曲文学创作的宗旨。如前文所述，沈璟不仅提出了该创作观点，且为了能够让人创作戏曲剧本有所遵循，通过对蒋孝等旧南曲曲谱重新整理、扩充而编纂了《南曲全谱》②，在当时就产生了较大影响，为规范化传奇创作起到了很好的作用。对于曲谱的功用，李渔曾言："曲谱者，填词之粉本，犹妇人刺绣之花样也。描一朵，刺一朵；画一叶，绣一叶。拙者不可稍减，巧者亦不能略增。然花样无定式，尽可日异月新；曲谱则愈旧愈佳，稍稍趋新，则以毫厘之差，而成千里之谬。情事新奇百出，文章变化无穷，总不出谱内刊成之定格。是束缚文人，而使有才不得自展者，曲谱是也；私厚词人，而使有才得以独展者，亦曲谱是也……明朝三百年，善画葫芦者，止有汤临川一人，而犹有病其声韵偶乖、字句多寡之不合者。"③ 这里他强调了"凛遵曲谱"的重要性，亦可以说《南曲全谱》为从事戏曲文学创作者提供了很好的"粉本"，出现了如沈德符所言的"年来俚儒之稍通音律者，伶人之稍习文墨者，动辄编成一传，自谓得沈吏部九宫正音之秘，然悠谬粗浅，登场闻之，秽及广座，亦传奇之一厄也"④ 的戏曲文学创作现象。沈德符所言应是属实的。如吕天成称"松陵词隐先生，表章词学，直剖千古之迷。一时吴越词流，如大荒逋客、方诸外史、桐柏中人，遵奉功令唯谨"⑤，凌濛初称"越中一二少年，学慕吴趋，遂以伯英开山，私相服膺，纷纭竞作。非

---

① （明）沈璟：《词隐先生论曲》，载郭英德、李志远纂笺《明清戏曲序跋纂笺》，人民文学出版社2021年版，第926页。

② （明）王骥德《曲律》称："南九宫蒋氏旧谱，每调各辑一曲，功不可诬。然似集时义，只是遇一题便检一文备数，不问其佳否何如，故率多鄙俚及失调之曲。词隐又多仍其旧，便注了平仄作谱，其间是者固多，而亦有不能尽合处。故作词者遇有杌陧，须别寻数调，仔细参酌，务求字字合律，方可下手，不宜尽泥旧文。余非敢以翘先生之过，盖先生雅意，原欲世人共守画一，以成雅道。"［（明）王骥德：《曲律注释》，陈多、叶长海注释，上海古籍出版社2012年版，第327页］

③ （清）李渔：《闲情偶寄》，载《中国古典戏曲论著集成》（七），中国戏剧出版社1959年版，第38页。

④ （明）沈德符：《万历野获编》卷二五，第643页。

⑤ （明）吕天成：《义侠记序》，载郭英德、李志远纂笺《明清戏曲序跋纂笺》，人民文学出版社2021年版，第909页。

不东钟、江阳，韵韵不犯，一禀德清"①。不过何止"越中一二少年"，沈自晋《望湖亭》传奇第一出《叙略》【临江仙】称："词隐登坛标赤帜，休将玉茗称尊。郁蓝继有榭园人，方诸能作律，龙子在多闻。香令风流绝调，幔亭彩笔生春，大荒巧构更超群。鲰生何所似？颦笑得其神。"② 在这里，就提到了吕天成（郁蓝）、叶宪祖（榭园）、王骥德（方诸）、冯梦龙（龙子）、范文若（香令）、袁于令（幔亭）、卜世臣（大荒）及沈自晋本人，连同沈璟共计九人，而现在学界还增加了汪廷讷、史槃、顾大典、徐复祚、许自昌、沈自徵、叶小纨等人，他们创作了近 120 种传奇作品、60 多种杂剧作品，在晚明曲坛有着非常大的影响。

不过对晚明时期遵循格律进行创作的戏曲文学作品，似乎并不那么受批评家肯定，如徐复祚评沈璟《红蕖记》称"盖先生严于法，《红蕖》时时为法所拘，遂不复条畅"③，沈宠绥也称"词隐独追正始，字叶宫商，斤斤罔失尺寸，《九宫谱》爰定章程，良一代宗工哉！特奉行者过当，或不免逢迎白家老姬。求乎雅俗惬心，既惊四筵，亦赏独座，庶几极则。嗟呼，盖难言之。"④ 清人梁廷枏亦称"盖自明中叶以后，作者按谱填字，各逞新词，此道遂变为文章之事，不复知为律吕之旧矣。"⑤

犹如沈自晋所言"词隐登坛标赤帜，休将玉茗称尊"中把沈璟与汤显祖并举一样，晚明时期多数人在论述当时曲坛的戏曲文学创作时，总会把二人同时并举，并主要着眼于二人在戏曲文学创作中所秉持创作理论的差异。如前文所述，沈璟称"名为乐府，须教合律依腔。宁使时人

① （明）凌濛初：《谭曲杂札》，载《中国古典戏曲论著集成》（四），中国戏剧出版社1959 年版，第 254 页。

② （明）沈自晋：《望湖亭》，载《古本戏曲丛刊二集》影印明末刊本，文学古籍刊行社1955 年版，第 1A 页。

③ （明）徐复祚：《曲论》，载《中国古典戏曲论著集成》（四），中国戏剧出版社 1959 年版，第 240 页。

④ （明）沈宠绥：《弦索辨讹序言》，载郭英德、李志远纂笺《明清戏曲序跋纂笺》，人民文学出版社 2021 年版，第 4886 页。

⑤ （清）梁廷枏：《曲话》卷四，载《中国古典戏曲论著集成》（八），中国戏剧出版社1959 年版，第 278 页。

不鉴赏，无使人挠喉捩嗓。说不得才长，越有才越当着意勘量"，在一定程度上就被认为是针对汤显祖所言。汤显祖在完成了其《牡丹亭》后，沈璟认为该剧不合格律，于是就进行改编。有人把沈璟的改编本和对《牡丹亭》的批评转达给汤显祖，汤显祖非常气愤，曾有数次似针对此事的回应，如对孙如法称"曲谱诸刻，其论良快。久玩之，要非大了者。庄子云：'彼乌知礼意。'此亦安知曲意哉。其辨各曲落韵处，粗亦易了……词之为词，九调四声而已哉！且所引腔证，不云未知出何调犯何调，则云又一体又一体。彼所引曲未满十，然已如是，复何能纵观而定其字句音韵耶？"① 对凌濛初称："不佞《牡丹亭记》，大受吕玉绳改窜，云便吴歌。不佞哑然笑曰，昔有人嫌摩诘之冬景芭蕉，割蕉加梅，冬则冬矣，然非王摩诘冬景也。其中驵荡淫夷，转在笔墨之外耳。"② 对演员罗章二说："《牡丹亭记》，要依我原本，其吕家改的，切不可从。虽是增减一二字以便俗唱，却与我原做的意趣大不同了。"③ 于这些表述中可以看出，汤显祖对所谓的戏曲曲谱并不认可，而是特别强调"曲意"，认为只要遵循了九调四声即可，无所谓一体又一体等格式规范。当然，他的这一见解是有理论依据的，这一点在其给吕玉绳的信中可以看出，其称"凡文以意趣神色为主。四者到时，或有丽词俊音可用。尔时能一一顾九宫四声否？如必按字模声，即有窒滞迸拽之苦，恐不能成句矣"④，由此可见汤显祖主张戏曲文学创作是以"意趣神色为主"，意到神随，"丽词俊音"妙到天成，对于其作品个别失韵之处，他是清醒的，"弟在此自谓知曲意者，笔懒韵落，时时有之，正不妨拗折天下人嗓子"⑤。虽然之后

---

① （明）汤显祖：《答孙俟居》，载汤显祖《汤显祖全集》，徐朔方笺校，上海古籍出版社2015年版，第1848—1849页。

② （明）汤显祖：《答凌初成》，载汤显祖《汤显祖全集》，徐朔方笺校，上海古籍出版社2015年版，第1914页。

③ （明）汤显祖：《与宜伶罗章二》，载汤显祖《汤显祖全集》，徐朔方笺校，上海古籍出版社2015年版，第2011页。

④ （明）汤显祖：《答吕姜山》，载汤显祖《汤显祖全集》，徐朔方笺校，上海古籍出版社2015年版，第1735—1736页。

⑤ （明）汤显祖：《答孙俟居》，载汤显祖《汤显祖全集》，徐朔方笺校，上海古籍出版社2015年版，第1849页。

对汤显祖戏曲作品的批评多会指责其不合格律、难于搬演，如凌濛初就称"惜其使才自造，句脚、韵脚所限，便尔随心胡凑，尚乖大雅。至于填调不谐，用韵庞杂，而又忽用乡音，如'子'与'宰'叶之类，则乃拘于方土，不足深论，止作文字观"①。不过，这样的批评可能是囿于对戏曲曲谱形成的格律陈见，既然汤显祖要求宜伶罗章二"要依我原本，其吕家改的，切不可从"，显然《牡丹亭》是可以被搬演的。被人指责的失韵违律处，也并没有阻碍汤显祖戏曲作品特别是《牡丹亭》被广泛接受，且成为了有明一代，甚至古典戏曲的代表作。这充分显示出汤显祖在戏曲文学创作中运以才情、讲求作品整体的意趣神色并臻的正确性。

　　对于汤显祖的戏曲文学创作，臧懋循认为其"南曲绝无才情"②，而王骥德恰与其相反，认为汤显祖"所诎者法耳，若才情，正是其胜场"，并称"临川尚趣，直是横行，组织之工，几与天孙争巧"③。汤显祖主张在戏曲文学创作中运筹以才情，而沈璟则是强调以格律，沈宠绥对此述称："昭代填词者，无虑数十百家，矜格律则推词隐，擅才情则推临川。临川胸罗二酉，笔组七襄，《玉茗四种》，脍炙词坛，特如龙脯不易入口，宜珍览未宜登歌。以声律未谐也。"④ 与沈宠绥观点相近，冯梦龙也有称："夫曲以悦性达情，其抑扬清浊，音律本于自然。若士亦岂真以捩嗓为奇？盖求其所以不捩嗓者而未遑讨，强半为才情所役耳。识者以为此'案头之书，非当场之谱'，欲付当场敷演，即欲不稍加窜改而不可得也。"⑤ 于这些可以看出，对汤显祖运以才情进行戏曲文学创作，批评者肯定其作品优胜之处，但又强调其不合格律的短处。不过在汤显祖之后

---

　　① （明）凌濛初：《谭曲杂札》，载《中国古典戏曲论著集成》（四），中国戏剧出版社1959 年版，第 254 页。

　　② （明）臧懋循：《元曲选序》，载《元曲选》卷首，载《续修四库全书》第 1760 册"集部·戏剧类"影印明万历间博古堂刻本。

　　③ （明）王骥德：《曲律注释》，陈多、叶长海注释，第 308 页。

　　④ （明）沈宠绥：《弦索辨讹序言》，载郭英德、李志远纂笺《明清戏曲序跋纂笺》，人民文学出版社 2021 年版，第 4886 页。

　　⑤ （明）冯梦龙：《风流梦小引》，载郭英德、李志远纂笺《明清戏曲序跋纂笺》，人民文学出版社 2021 年版，第 992 页。

是否形成了一个明确的才情派或临川派呢？卓人月称："入我明来，填词者比比，大才大情之人，则大愆大谬之所集也。汤若士、徐文长两君子，其不免乎。减一分才情，则减一分衍谬。"① 这里显然意在批评汤显祖因才情致戏曲文学作品的讹误，故提出他们需要"减一分才情"，这样他们的作品就可以"减一分衍谬"。这样的观点可能并不会得到认可，毕竟有人认为"才情所至，波诡云谲，乌能规规墨墨以测之"②。不过于这些相反的批评之中似可以看出，他们认为确实存在一个与吴江派相对的临川派，另有学者也明确提出"追步汤显祖的作家有吴炳、孟称舜、阮大铖等"③。

三　戏曲语言于骈绮、通俗中寻求本色当行

明中期随着较多文人涉足戏曲文学创作，令戏曲文学在语言上表现出较为明显的文人化特征，那就是力求作品语言的典雅、绮丽，甚至借以卖弄学问，这显与文人自身积习有关。王骥德称"曲之始，止本色一家，观元剧及《琵琶》《拜月》二记可见。自《香囊记》以儒门手脚为之，遂滥觞而有文词家一体。近郑若庸《玉玦记》作，而益工修词，质几盖掩。夫曲以模写物情，体贴人理，所取委曲宛转，以代说词，一涉藻缋，便蔽本来。然文人学士，积习未忘，不胜其靡，此体遂不能废，犹古文，六朝之于秦、汉也"④。另外，吕天成称郑若庸《玉玦记》"典雅工丽，可咏可歌，开后人骈绮之派"⑤，祁彪佳称郑若庸《玉玦记》"以工丽见长，虽属词家第二义，然元如《金安寿》等剧，已尽填学问，

① （明）卓人月：《孟子塞唐再创杂剧小引》，载郭英德、李志远纂笺《明清戏曲序跋纂笺》，人民文学出版社 2021 年版，第 1149 页。

② （清）黄与坚：《巢松乐府序》，见王抃《巢松集》卷首，载《四库未收书辑刊》第 8 辑第 22 册影印清钞本，北京出版社 2000 年版，第 392 页。

③ 许金榜：《中国戏曲文学史》，中国文学出版社 1994 年版，第 230 页。

④ （明）王骥德：《曲律注释》，陈多、叶长海注释，第 154 页。

⑤ （明）吕天成：《曲品校注》，吴书荫校注，第 237 页。

开工丽之端矣"①，凌濛初在《谭曲杂札》中称："自梁伯龙出，而始为
工丽之滥觞，一时词名赫然。盖其生嘉、隆间，正七子雄长之会，崇尚
华靡；弇州公以维桑之谊，盛为吹嘘，且其实于此道不深，以为词如是
观止矣，而不知其非当行也。以故吴音一派，兢为剿袭。靡词如'绣阁
罗帏''铜壶银箭''黄莺紫燕''浪蝶狂蜂'之类，启口即是，千篇一
律。甚者使僻事，绘隐语，词须累诠，意如商谜，不惟曲家一种本色语
抹尽无余，即人间一种真情话，埋没不露已。至今胡元之窍，塞而未开，
间以语人，如锢疾不解，亦此道之一大劫哉！"② 于这些批评中可以看出，
无论是梁伯龙还是郑若庸，他们的戏曲文学创作都注重词采，而且表现
为用典较多和注重华丽词藻，因而开启了晚明戏曲文学创作的骈绮派先
河，这种对戏曲文学绮丽语言特色的追求，"至万历前期，梅鼎祚、屠隆
等登峰造极，愈演愈烈"③，甚至沈璟、汤显祖等人的戏曲文学创作在初
期亦受其影响。比如，梅鼎祚《玉合记》，吕天成评其是"词调组诗而
成，从《玉玦》派来，大有色泽。"④ 祁彪佳评其是"骈骊之派，本于
《玉玦》，而组织渐近自然，故香色出于俊逸"⑤。屠隆《昙花记》，吕天
成评其是"其词华美充畅"⑥，祁彪佳评其是"学问堆垛，当作一部类书
观，不必以音律节奏较也"⑦。沈璟自称早期作品《红蕖记》是"字雕句
镂，止供案头耳"⑧。汤显祖创作最早而未完成的《紫箫记》和之后完成
的《紫钗记》，吕天成称是"琢调鲜华，炼白骈丽""犹带靡缛"⑨。其实

---

① （明）祁彪佳：《远山堂曲品》，载《中国古典戏曲论著集成》（六），中国戏剧出版社
1959 年版，第 20 页。
② （明）凌濛初：《谭曲杂札》，载《中国古典戏曲论著集成》（四），中国戏剧出版社
1959 年版，第 253 页。
③ 郭英德：《明清传奇史》，第 71 页。
④ （明）吕天成：《曲品校注》，吴书荫校注，第 239 页。
⑤ （明）祁彪佳：《远山堂曲品》，载《中国古典戏曲论著集成》（六），中国戏剧出版社
1959 年版，第 19 页。
⑥ （明）吕天成：《曲品校注》，吴书荫校注，第 239 页。
⑦ （明）祁彪佳：《远山堂曲品》，载《中国古典戏曲论著集成》（六），中国戏剧出版社
1959 年版，第 20 页。
⑧ （明）吕天成：《曲品校注》，吴书荫校注，第 201—202 页。
⑨ （明）吕天成：《曲品校注》，吴书荫校注，第 219、220 页。

由于时人及后人常把沈璟与汤显祖同举并论，且沈璟在创作过"雕镂极矣"的《红蕖记》后"一变为本色"①，且以"斤斤三尺，不欲令一字乖律"② 而为剧坛称道，故汤显祖的戏曲作品都被视作骈绮之作，如孟称舜就称："迩来填辞家更分为二：沈宁庵崇尚谐律，而汤义仍专尚工辞。"③

且不论汤显祖剧作是否都是词采绮丽，不过作为面向大众、需要搬演于舞台的戏曲作品，戏曲人物应是形形色色、各社会阶层都有，如果其用语是"填砌汇书，堆垛典故，及琢炼四六句，以示博丽精工"④，显然既不利于大众接受也不尽合剧中人社会身份，关于这一点，凌濛初曾有文称："今之曲既斗靡，而白亦兢富。甚至寻常问答，亦不虚发闲语，必求排对工切。是必广记类书之山人，精熟策段之举子，然后可以观优戏，岂其然哉？又可笑者，花面丫头，长脚髯奴，无不命词博奥，子史淹通，何彼时比屋皆康成之婢、方回之奴也？总来不解本色二字之义，故流弊至此耳。"⑤ 可见凌濛初认为戏曲文学的语言不应是过分绮丽典雅、排对工切，而是需要通俗易懂。王骥德亦言："白乐天作诗，必令老妪听之，问曰：'解否？'曰'解'则录之，'不解'则易。作剧戏，亦须令老妪解得，方入众耳，此即本色之说也。"⑥ 可见，王骥德认为能为"老妪解得""入众耳"的戏曲文学语言才是本色之语。吕天成称："当行兼论作法，本色只指填词。当行不在组织饾饤学问，此中自有关节局段，一毫增损不得；若组织正以蠹当行。本色不在摹剿家常语言，此中别有机神情趣，一毫妆点不来；若摹剿正以蚀本色。今人不能融会此旨，传

---

① （明）祁彪佳：《远山堂曲品》，载《中国古典戏曲论著集成》（六），中国戏剧出版社1959年版，第18页。

② （明）王骥德：《曲律注释》，陈多、叶长海注释，第308页。

③ （明）孟称舜：《古今名剧合选序》，载郭英德、李志远纂笺《明清戏曲序跋纂笺》，人民文学出版社2021年版，第4708页。

④ （清）黄周星：《制曲枝语》，载《中国古典戏曲论著集成》（七），中国戏剧出版社1959年版，第120页。

⑤ （明）凌濛初：《谭曲杂札》，载《中国古典戏曲论著集成》（四），中国戏剧出版社1959年版，第259页。

⑥ （明）王骥德：《曲律注释》，陈多、叶长海注释，第272页。

奇之派，遂判而为二，一则，工藻缋以拟当行；二则，袭朴淡以充本色。甲鄙乙为寡文，此嗤彼为丧质。"① 这里虽是主要辨析当行、本色，不过于中可见事实是有以藻缋为当行、以朴淡为本色的两个创作倾向。沈璟不仅力推戏曲文学创作需合格律，而且主张语言力求本色，他不仅自称《红蕖记》是"字雕句镂，止供案头耳"，且"歉以《红蕖》为非本色"，王骥德也评其"《红蕖》蔚多藻语，《双鱼》而后，专尚本色"，甚至影响及吕天成也是从"始工绮丽，才藻烨然"而"改辙从之，稍流质易"②。不过沈璟所秉持的本色，在凌濛初看来是"沈伯英审于律而短于才，亦知用故实、用套词之非宜，欲作当家本色俊语，却又不能，直以浅言俚句，捌拽牵凑"，而其后学者更是"以鄙俚可笑为不施脂粉，以生梗稚率为出之天然，较之套词、故实一派，反觉雅俗悬殊"③。对此祁彪佳似有同感，他在评沈璟《红蕖记》时称"今之假本色于俚俗，岂知曲哉"，显是有所针对；另外，他评《麒麟》是"搬尽一部《论语》，乃益其恶俗鄙俚"，评《赤符》是"作者眼光出牛背上，拾一二村竖语"，评古时月《跨鹤》是"此必老腐村塾"④，及其《远山堂曲品》"杂调"中收录的众多戏曲文学作品，都可以看出晚明时期较多的戏曲文学作品存在语言鄙俚、庸俗的问题。

何为合乎戏曲文学作品本体的语言呢？王骥德在《曲律》中多次谈及相关问题，如："大抵纯用本色，易觉寂寥；纯用文词，复伤雕镂……至本色之弊，易流俚腐；文词之病，每苦太文；雅俗浅深之辨，介在微茫，又在善用才者酌之而已。""过曲体有两途，大曲宜施文藻，然忌太深；小曲宜用本色，然忌太俚。须奏之场上，不论士人闺妇，以及村童野老，无不通晓，始称通方。"更为有意思的是，在谈及语言本色时，王骥德两次提及汤显祖，"至《南柯》《邯郸》二记，则渐削芜颣，俛就矩

---

① （明）吕天成：《曲品校注》，吴书荫校注，第 22—23 页。

② （明）王骥德：《曲律注释》，陈多、叶长海注释，第 305、303、336 页。

③ （明）凌濛初：《谭曲杂札》，载《中国古典戏曲论著集成》（四），中国戏剧出版社 1959 年版，第 254 页。

④ （明）祁彪佳：《远山堂曲品》，载《中国古典戏曲论著集成》（六），中国戏剧出版社 1959 年版，第 18、115—116 页。

度，布格既新，遣词复俊，其掇拾本色，参错丽语，境往神来，巧凑妙合，又视元人别一溪径。技出天纵，匪由人造"，"于本色一家，亦惟是奉常一人，其才情在浅深、浓淡、雅俗之间，为独得三昧。余则修绮而非埒则陈，尚质而非腐则俚矣"①。于此可见，晚明时期的戏曲文学创作在语言上有着从绮丽向通俗的转换，但又在何为本色、当行的戏曲语言上有着认知差异，以及从事戏曲文学创作者的学识、才情各异，因而总体上令晚明戏曲文学创作在语言上呈现为绮丽与俚俗共有的状态。相对来说，文人学士所创作的作品词采较为讲求；而村塾俚儒创作的作品则总体表现为俚鄙、庸俗，但这些作品却更易于进行舞台搬演。对于其原因，王骥德曾分析称："剧戏之行与不行，良有其故。庸下优人，遇文人之作，不惟不晓，亦不易入口。村俗戏本，正与其见识不相上下，又鄙猥之曲，可令不识字人口授而得，故争相演习，以适从其便。"② 当然，这里王骥德主要是从游街撞府的民间职业戏班来说的，如果就专门服务于士绅官宦的家乐来说，显然他们所搬演的多是文词偏向典雅、绮丽的戏曲剧本。

四　戏曲题材丰富多样又有所偏爱

戏曲作为综合性艺术，其创作就应是面向社会而非纯粹用于个人的内心情感倾诉，这一点它与诗、词及散曲截然相异。而社会生活的丰富与多样，势必会让戏曲文学作品也拥有广阔的题材选择空间，可以描写各样各色社会人物、社会事件等，如元代夏庭芝称"'杂剧'则有旦、末。旦本女人为之，名妆旦色；末本男子为之，名末泥。其余供观者，悉为之外脚。有驾头、闺怨、鸨儿、花旦、披秉、破衫儿、绿林、公吏、神仙道化、家长里短之类"③，除去末、旦可能的社会身份，家长里短是戏曲作品表现的社会生活类型，而驾头、闺怨、鸨儿、花旦等都是杂剧

---

①　（明）王骥德：《曲律注释》，陈多、叶长海注释，第154—155、212、307、332页。

②　（明）王骥德：《曲律注释》，陈多、叶长海注释，第274页。

③　（元）夏庭芝：《青楼集》，载《中国古典戏曲论著集成》（二），中国戏剧出版社1959年版，第7页。

中的脚色，又是指称戏曲作品中所涵括的社会人物类型。明代朱权所总结的神仙道化、隐居乐道（又曰"林泉丘壑"）、披袍秉笏（即"君臣"杂剧）、忠臣烈士、孝义廉节、叱奸骂谗、逐臣孤子、鏺刀赶棒（即"脱膊"杂剧）、风花雪月、悲欢离合、烟花粉黛（即"花旦"杂剧）、神头鬼面（即"神佛"杂剧）等"杂剧十二科"，① 基本与其夏庭芝所总结相似。不同于夏庭芝、朱权主要立足于戏曲人物类型对戏曲作品的分类，吕天成对明代戏曲剧本所涉内容总结称："括其门类，大约有六，一曰忠孝，一曰节义，一曰仙佛，一曰功名，一曰豪侠，一曰风情。元剧之门类甚多，而南戏止此矣。"② 这里从剧本主要表现题材类型出发较为简括地把其归纳为六大类别。通过三人对戏曲作品的类分，可以见出风情题材是戏曲作品较为青睐的，不过与其他题材类型相较，并不占有绝地优势。但到晚明时期，这类题材的戏曲创作出现了新变，那就是占比大幅度上升，乃至陶奭龄称"近时所撰院本，多是男女私媟之事，千篇一律，深可痛恨""今人家搬演淫媟戏剧以为寻常之事"③，汤来贺称："自元人王实甫、关汉卿作俑为《西厢》，其字句音节，足以动人，而后世淫词纷纷继作。然闻万历中年，家庭之间犹相戒演此；近日若《红梅》《桃花》《玉簪》《绿袍》等记，不啻百种，皆杜撰诡名，绝无古事可考，且意俱相同，毫无可喜，徒创此以导邪，予不识其何心也。"④ 可见这种以男女关系为题材的戏曲作品在晚明时期多到令人厌恶的程度。另对万历十五年（1587）至清顺治八年（1651）的可知题材的 631 种传奇分析，风情剧 288 种占 45.6%，历史剧 120 种占 19%，时事剧 44 种占 7%，社会家庭剧 88 种占 14%，文人剧 50 种占 7.9%，神佛剧 41 种占 6.5%，⑤ 于此亦可以看出风情剧确实占有绝对数量，虽然没有达到"十部传奇九相思"

① 参（明）朱权《太和正音谱》，载《中国古典戏曲论著集成》（三），中国戏剧出版社 1959 年版，第 24 页。

② （明）吕天成：《曲品校注》，吴书荫校注，第 160 页。

③ （明）陶奭龄：《小柴桑喃喃录》卷上，明崇祯八年（1635）李为芝校刻本，第 65B—66A 页。

④ 转引自（清）焦循《剧说》，载《中国古典戏曲论著集成》（八），中国戏剧出版社 1959 年版，第 160 页。

⑤ 参郭英德《明清传奇史》，人民文学出版社 2012 年版，第 305 页。

的程度。

　　作者以所处时代发生的事件为题材进行戏曲创作是常见的创作现象，如元代无名氏创作的《祖杰》一剧即是。这一创作题材选择的特点一直得到了很好延续，到明代依然如此，如沈德符《万历野获编》载："顷岁丁酉，冯开之年伯为南祭酒，东南名士云集金陵，时屠长卿年伯久废，新奉恩诏复冠带，亦作寓公。慕狭邪寇四儿名文华者，先以缠头往，至日具袍服头踏呵殿而至，踞厅事南面呼姬出拜，令寇姬旁侍行酒，更作才语相向。次日六院喧传，以为谈柄。有江右孝廉郑豹先名之文者，素以才自命，遂作一传奇，名曰《白练裙》，摹写屠憨状曲尽。时吴下王百谷亦在留都，其少时曾眷名妓马湘兰名守真者，马年已将耳顺，王则望七矣，两人尚讲衾裯之好，郑亦串入其中，备列丑态，一时为之纸贵。"①不过这些多是将社会中的一些世俗风情、文人风流入戏，但到明晚时期，却出现将近期或当时发生的社会重大政治事件作为题材进行戏曲创作的现象，这在之前是不常见的，如约创作于万历初年的《鸣凤记》，"把发生在不久前朝廷里严嵩集团与反严嵩集团的政治斗争搬上舞台，成为我国戏曲史上第一部影响较大的以当时重大政治斗争、政治事件为题材的戏剧作品。它开明清时事剧的风气"②，从此以后出现了大量时事剧，如同样反映严嵩父子作恶的还有《鸾笔记》。反映明天启年间势力熏天的宦官魏忠贤作恶事件的，张岱称是"魏珰败，好事者作传奇十数本"③，祁彪佳《远山堂曲品》中就著录了《磨忠记》等13种。戏曲文学创作对重大时事的关注及纳入戏曲文学创作题材范围，在晚明时期达到鼎盛。这一戏曲文学创作生态发展到清初，随着政治控制的加强，不仅时事剧创作锐减，而且时事剧剧本也多被限制传播而失传，故尔这一戏曲文学创作生态也不复显现。

　　晚明戏曲文学创作生态是属于晚明戏曲生态的内生态，它的形成很大程度上是受到戏曲文学创作内部规律的影响与制约，尽管在一定程度

---

① （明）沈德符：《万历野获编》，第676页。
② 金宁芬：《明代戏曲史》，社会科学文献出版社2007年版，第12页。
③ （明）张岱：《陶庵梦忆》，蔡镇楚注释，岳麓书社2003年版，第270页。

上也会受到戏曲观众选择的影响，但相对较弱，特别是就流传至今的戏曲文学作品或相关信息分析，很难看出普通戏曲观众反馈对戏曲文学创作的影响，相反更多的是戏曲作家之间及戏曲作家与戏曲理论家之间的认同、反对或有意求新而导致晚明戏曲文学创作生态的生成。这一点，从上文对晚明戏曲创作生态的描述中也可窥知一二。正是基于此，本文对晚明戏曲创作生态的探讨，仅着眼于描述其显在的表现，而不涉及描述形成晚明戏曲创作生态的各生态因子之间的相互关系，与晚明戏曲创作生态的体系构成。

作者简介：

李志远，男，中国艺术研究院戏曲研究所研究员，博士生导师。主要从事古典戏曲文献及理论研究。

抒情空间:论《红楼梦》之大观园及其小说诗学意义[*]

陶明玉

摘　要:《红楼梦》的大观园书写产生于明清文人治园的社会风尚和花园成为文学原型的双重背景之下。大观园作为小说叙事空间的同时,也是一个抒情空间,体现在大观园以"情"为核心的理念构成,以及以"情"贯穿而形成的空间、人物和结构的三位一体格局。大观园既是贾宝玉与众女儿的抒情空间,也是作者的抒情空间,也是抒发生命之悲和知己之感的空间载体。大观园也形成了中国古代小说空间书写的一种典范,对此后的小说产生了深远影响。大观园这种时空体形式是抒情诗与小说文类跨界融合的产物,是作者以抒情诗的思维介入小说的叙事而形成的特殊文体。

关键词:《红楼梦》　大观园　抒情空间　花园　诗学

回顾中国文化传统可以发现,花园不仅与古代文人生活存在难解难分的情结,也是古代文学中的重要意象乃至原型。在中国园林发展的巅峰期即明代至清代前中期,^① 园林生活成为一种文人风尚,雅集、宴会等

---

　* 本文系国家社科基金一般项目"明清说部诗文辑纂与研究"(17BZW011)阶段性成果,上海市教委科研创新人文社科重大项目"《全稗文》汇纂、考订与研究"(E00033)阶段性成果。

　① 据曹林娣《江南园林文化史论》(上海古籍出版社 2015 年版)介绍,明代苏州、无锡、南京等江南城市的园林都在百处以上,明清时期江南地区是园林精华荟萃之地。

文人生活多以园林为举办场地①。花园作为园林的一种典型形态，更是明清文人活动的艺术空间，是"文人抒发个人情怀的一种特殊文化借体"②。正因与文人生活的紧密联系，花园潜移默化地进入文学书写中，这种现象在明清戏曲小说中尤为突出③。成书于 18 世纪的《红楼梦》，其大观园书写正是在明清文人治园的社会风尚和花园成为文学原型的双重背景下产生的。现代以来，研究者从历史、文化、艺术、文学、建筑等方方面面对大观园进行了解读，大观园可谓得"大观"之名。而从小说艺术本身的角度来推求大观园本身的意义，则自 20 世纪 70 年代以后才为学者重视。1972 年宋淇的《论大观园》是第一篇从小说艺术的角度来研究大观园的学术论文，该文提出大观园"是保护女儿的堡垒，只存在于理想中"④，并分析了大观园作为理想世界的特点及其发展、消亡的历程。不久，余英时发表《红楼梦的两个世界》，明确指出并论证大观园是一个"理想世界"⑤。这两篇文章尤其是余英时先生的论文奠定了解读大观园的基本思路，此后学者多以女儿世界、乌托邦、异托邦等与"理想世界"相近的概念冠之大观园。大观园是一个与世俗世界相对的"理想世界"已成为影响最广、接受度最大的说法。⑥

---

①　历史上著名的园林（花园）雅集就有魏晋南北朝的兰亭雅集、西园雅集等，元末的玉山雅集，明代的魏园雅集等。

②　吴士余：《中国文化与小说思维》，上海三联书店 2000 年版，第 141 页。

③　具代表性的戏曲有白朴《墙头马上》、王实甫《西厢记》、汤显祖《牡丹亭》等；据研究者统计，元明清戏曲中出现花园意象的有 50 余种。（参见周志波、谈艺超《元明清戏曲中的花园意象》，《艺术百家》2008 年第 2 期）具代表性的小说有邱濬《钟情丽集》、李渔《十二楼》等。

④　宋淇：《论大观园》，载顾平坦编《大观园》，文化艺术出版社 1980 年版，第 226 页。（原载香港《明报》1972 年 9 月第 81 期）

⑤　余英时：《红楼梦的两个世界》，载胡文彬、周雷编《海外红学论集》，上海古籍出版社 1982 年版，第 32 页。（原载《香港大学学报》1974 年第 2 期）

⑥　也有学者如美国的米乐提出大观园是一个"少年世界"（参见 Lucien Miller, "Children of the Dream: The Adolescent World in Cao Xueqin' Honglou meng", Ann Behnke Kinney, *Chinese Views of Childhood*, Honolulu: University of Hawaii Press, 1995, pp. 219 –247），李木兰提出大观园是"少年放纵空间"，贾宝玉在大观园中"可以自由地放纵自己"（参见［澳大利亚］李木兰《清代中国的男性与女性——〈红楼梦〉中的性别》，聂友军译，北京大学出版社 2014 年版，第 87–90 页）。此类定义抓住了大观园的某些特征，却忽视了作者赋予大观园的核心理念。亦有学者从意象论的角度来解读《红楼梦》"花园"（大观园）的文学内涵和功能，代表性论文有俞晓红《〈红楼梦〉花园意象解读》，《红楼梦学刊》1997 年 12 月增刊。

　　"理想世界"诸说大大开拓了大观园研究的视域,但尚未完全、精细地说明大观园的独特意义。事实上,《红楼梦》不仅在内容上"大旨谈情"①,而且在叙述上具备强烈的抒情性。这一抒情性既体现在小说人物上,也体现在叙述者上。而大观园,作为《红楼梦》中人物和叙述的主要存在空间,还是一个抒情空间,或称抒情场域。但少有研究者关注大观园作为一个抒情空间的意义。② 有鉴于此,笔者将从结合空间叙述与抒情两个角度,对大观园的理念构成、大观园的抒情声音,以及大观园作为古代小说抒情空间之典范等三个层次逐步论述这一抒情空间的形态和意义。

一　情：大观园的理念构成

　　在《红楼梦》开篇,作者就点明了"大旨谈情"的主题和内容。大观园是《红楼梦》的主要叙事空间,也是小说"情"之主题和内容的呈现空间。小说空间本质上只是一种通过语言符号所指的虚拟空间,③ 它的创造背后往往是作者的理念和构思所系。事实上,"情"不仅是"大观园的秩序"④,还是大观园的理念构成。大观园是作者的"情"之理念的空间化呈现。这一"情"的理念构成,表现在如下方面,第一,大观园是一个有情天地,是司情仙境太虚幻境在人间的投射;第二,这一"情"的理念贯穿了小说的空间、人物和结构,由此形成了空间、人物和结构三位一体的格局;第三,此一"情"的空间必然走向解体和升华,以完

----

　　① （清）曹雪芹著,无名氏续：《红楼梦》,程伟元、高鹗整理,人民文学出版社 2008 年版,第 3 页。以下原文均出自此版本,不另出注。

　　② 20 世纪 90 年代,华盛顿大学萧驰的博士论文将大观园视为"抒情飞地",并以此为基点来探究《红楼梦》的文类意义。该书主要是从文化、文类出发,并未着眼于此一抒情飞地的空间意义。参见 Xiao Chi, The Chinese Garden as Lyric Enclave：A Generic Study of The Dream of the Red Chamber, Ph. D. dissertation, University of Washington, 1993。

　　③ 20 世纪 80 年代以前,学者们热衷于考证大观园的现实原型,这有助于加深对创作材料来源的理解,但对理解大观园的文学意义作用甚微。

　　④ 余英时：《红楼梦的两个世界》,载胡文彬、周雷编《海外红学论集》,上海古籍出版社 1982 年版,第 40 页。

成小说"由空入情，由情入空"的主题模式。

（一）人间有情地

大观园与太虚幻境的关联是显而易见的。可以说，大观园是太虚幻境在人间的投射和变体。这一点在小说中处处显露，很显然是作者刻意的构思。在第十七回"试才题对额"中，贾宝玉初次到达大观园，看到正殿"心中忽有所动，寻思起来，倒像在那里见过的一般"，与第五回相呼应，曲晦地点明大观园与太虚幻境的对应关系。而大观园的"天仙宝境"的题名，以及贾元春的"天上人间诸景备"、迎春的"谁信世间有此境"、李纨的"未许凡人到此来"、林黛玉的"仙境别红尘"等题诗都暗示出大观园实则是人间仙境，正如脂砚斋所言大观园是"玉兄与十二钗之太虚玄（幻）境"①。关于这一点，研究者已有比较充分的论说。② 而笔者要强调的是，此太虚幻境乃是一个"司情"的神圣空间，这也使得它的人间对应物——大观园的存在也以"情"为理念构成。

在太虚幻境宫门上，悬挂着"孽海情天"匾额，对联"厚地高天，堪叹古今情不尽；痴男怨女，可怜风月债难偿"，表示出太虚幻境是一个主情的神圣空间。而太虚幻境的主司警幻仙姑"司人间之风情月债，掌尘世之女怨男痴"，说明了太虚幻境的功能属性是司人间之"情"，且主要为男女之情，而太虚幻境的部门被划分为"痴情司""结怨司""秋悲司"等不同类别，司掌了各类不同形态的"情"。太虚幻境是个仙女国，而大观园是个女儿国，是太虚幻境中的"十二钗栖止之所"③，贾宝玉在太虚幻境看到一仙子与宝钗、黛玉皆像即是这一暗示。大观园的空间格局与太虚幻境的空间格局相若，大观园也分为潇湘馆、蘅芜苑等小空间，

---

① （清）曹雪芹：《脂砚斋重评石头记庚辰本》第二册，国家图书馆出版社 2017 年版，第 101 页。

② 参见宋淇《论大观园》，载顾平坦编《大观园》，文化艺术出版社 1980 年版，第 31—55 页；余英时《红楼梦的两个世界》，载胡文彬、周雷编《海外红学论集》，上海古籍出版社 1982 年版。

③ （清）曹雪芹：《脂砚斋重评石头记庚辰本》第三册，国家图书馆出版社 2017 年版，第 58 页。

而太虚幻境中各司也与大观园各馆舍隐约对应，折射出众女儿的不同情态。大观园是太虚幻境在人间的投影，也是以情作为理念基础。也就是说，大观园是作者由此"情"的理念建构而成的，作者为其赋予了如太虚幻境般的神圣性，乃至"将其宗教化，使它成为类似狄安娜女神的圣殿，一个青春少女的矗天仙福地"①。

因此，表面上大观园是贵妃省亲的产物，但事实上，大观园是为包括贾元春在内的诸钗和贾宝玉所建。第十七回贾政领宝玉初次入园游览，最为细致地描绘了这一巧夺天工的花园景色，其着意渲染正是要突出大观园的"色"。此一"花柳繁华之地"（第一回）即是"色界"，它是"情"产生的条件。因此，大观园叙事中第一个场景描写就是宝黛二人葬花而萌生爱情，小说很清晰地展示了这个由"色"入"情"的过程。而贾宝玉与贾元春众女儿对大观园的题名题诗，暗示了贾宝玉与众女儿成为这个有情天地的主人，而非为污浊的男人世界所有，因此贾政自言"纵拟了出来，不免迂腐古板，反不能使花柳园亭生色"，相反贾宝玉和诸钗才与大观园相匹配。同时，这些题名题诗也意味着大观园获得了艺术生命，即作为一个情的空间而诞生。那些富于诗情画意的题诗提炼出了异彩纷呈的艺术境界和诗意遐想，预示着此后贾宝玉与众女儿艺术化的生活方式和情感表达。这种空间的标出性，将大观园的抒情意味从那个散文化的世俗世界区隔出来。

（二）空间、人物与结构的三位一体

大观园作为《红楼梦》主要人物的主要活动空间，可以说是整部小说的"立架处"②，如脂砚斋所言"大观园方是宝玉、宝钗、代（黛）玉等正紧文字，前皆系陪衬之文也"③。以"情"为贯穿，空间、人物与结

① 柯庆明：《论〈红楼梦〉的喜剧意识》，见胡文彬、周雷编《台湾红学论文集》，百花文艺出版社 1981 年版，第 69 页。

② （清）张竹坡：《杂录小引》，见黄霖、韩同文选注《中国历代小说论著选》，江西人民出版社 2000 年版，第 386 页。

③ （清）曹雪芹：《脂砚斋重评石头记庚辰本》第二册，国家图书馆出版社 2017 年版，第 33 页。

构产生了互感互应的联系，最终形成了小说空间、人物和结构的三位一体的局面。

大观园是情之主体的存在空间，也是其性格、关系和命运的空间表征。① 大观园是一个情的多层空间，大空间中分出许多小空间，贾宝玉的怡红院、林黛玉的潇湘馆、薛宝钗的蘅芜苑、李纨的稻香村等错落在大观园这一大空间中，表征着不同人物的性格特征，展现出不同的情态，"花园的住户都按照各自的意象被安排"②。例如，潇湘馆前的湘妃竹与黛玉孤介的性格相一致，而薛宝钗的素净而飘满异香的居住环境则是其高洁庄重性格的写照；大观园的空间格局也表征着人物之间的关系。水是女儿的象征，大观园中的沁芳泉流经其他女儿住所后在怡红院处"总流到这里，仍旧合在一处"，众水归总于怡红院，正表明贾宝玉惠承众女儿之情意。如脂砚斋所言："于怡红总一园之看，是书中大立意处。"③ 怡红院与潇湘馆紧密的空间距离也表明宝、黛二人亲密的情感距离。大观园空间还与人物命运构成隐喻关系。例如，潇湘馆前的湘妃竹是黛玉还泪命运的隐喻，而蘅芜苑中的离骚香草则暗喻宝钗的弃妇命运，化石主人曰："潇湘馆，纯是竹子，一片泪痕。蘅芜院，遍种香草，秋来结实。而妙在有意无意之间，大有关会。"④ 此关会即是一种人物命运的空间表征。而大观园被抄检后，怡红院门前的海棠花就死了半边，"不但草木，凡天下之物，皆是有情有理的"，海棠花的枯萎成了大观园衰落和众女儿分离的预兆。

再看空间与小说结构的关系。《红楼梦》第五回写贾宝玉游历太虚幻境，警幻仙姑"先以情欲声色等事警其痴顽，或能使彼跳出这迷人圈子，然后入于正路……"警幻的"情欲声色诸事"作为一次"警示"，实为

① 参见龙迪勇《空间叙事学》，生活·读书·新知三联书店2015年版，第53页。

② [美] 史梅蕊：《〈红楼梦〉和〈金瓶梅〉中的花园意象》，载徐朔方《金瓶梅西方论文集》，上海古籍出版社1987年版，第184页。

③ （清）曹雪芹：《脂砚斋重评石头记庚辰本》第二册，国家图书馆出版社2017年版，第137—138页。

④ （清）话石主人：《红楼梦本义约编》，载黄霖编著《历代小说话》，凤凰出版社2019年版，第860页。

大观园情事的预演。贾政、贾宝玉逛园，刘姥姥入园，抄检大观园连带出的三次集中的大观园描写，可以说"建构出了文本叙事整个的空间结构"①，同时，这三次空间叙事分别对应着这一有情空间的生成、高潮与消亡。在进入大观园之前，宝玉、黛玉二人的爱情还处于未萌发的状态，而在进入大观园之后，以《牡丹亭》等曲文为契机，以花园春色为触发点，宝、黛二人的爱情因葬花而完全发露并进一步发展。在大观园被抄检之后，宝、黛二人的爱情则开始走向幻灭。大观园的空间演变进程正好与小说大旨——"情"的演进同步。而人物与结构的关系也包含在这一"情"的进程中。小说主人公宝玉的历劫是整部小说的叙事线索。石头作为女娲补天后多余的一块，无天可补，于是只能补"离恨天"即"情天"。这一神话暗示着小说的主题模式就是情的历劫。贾宝玉的生命历程是一个陷于"情"最后超脱"情"的过程。而十二钗也都如尤三姐一样"来自情天，去由情地"，完成情的历劫。清代二知道人谈《红楼梦》的结构说："小说家结构，大抵由悲而欢，由离而合，《红楼梦》则由欢而悲，由合而离。"② 贾宝玉与诸钗聚集在大观园这一有情空间中，是欢与合，诸钗出离大观园是悲与离，"由欢而悲"是抒情结构，"由合而离"是叙事结构，二者在空间和人物的推移基础上并进，形成了由合欢到悲离的抒情叙事统一的结构。情是小说空间大观园的理念构成，也是小说人物的行为依据，还是小说结构的核心要素，空间、人物、结构以情为核心形成了三位一体的格局。

（三）大观园的崩塌与情的超脱

大观园是一个有情天地，以情作为理念构成。但是，一方面，大观园又是建立在并处于世俗空间之上。大观园在东府花园和荣府大院的基础上兴建起来，这一空间格局也寓意着大观园这一情的空间与家族秩序密不可分，大观园一直处于家长的监视之下，它的命运掌握在贵族家长

---

① 张世君：《〈红楼梦〉的空间叙事》，中国社会科学出版社1999年版，第29页。

② （清）二知道人：《红楼梦说梦》，载黄霖编著《历代小说话》，凤凰出版社2019年版，第267页。

手中。当贾政外任之时，大观园焕发出了蓬勃的生机，当王夫人下令抄检时，大观园迅速冷落凄惨下来。但是在小说的前大半部分，家长对大观园的事务是出于放任和失职的状态，作者显然是刻意为人物提供了一个相对独立、自由的空间。而大观园的半开放格局，也让这个情的世界无法避免世俗欲望的侵入，"大观园这个诗人国度其实始终从里到外被世俗欲望搅扰着"①。大观园与大观园之外的空间，构成了一组对立的空间，也形成文本的张力，是小说情、欲冲突的空间化象征。这一诗化的抒情空间与散文化的世俗空间交叠、对立存在，最终导致这个抒情"乌托邦"走向幻灭。另一方面，这一有情空间又无法避免时间的侵蚀。随着年龄的增长，大观园的众女儿们不得不开始谈婚论嫁，"时间使天真无邪的女孩们成熟、出嫁，也使她们懂得俗欲"②。抄检大观园代表纯洁之情的空间已受到了"欲"的污秽空间的侵扰，也意味着大观园将走向崩塌，此后大观园里的女儿们再也无法回到这个有情的天地。这一有情的天地，必然在异质空间的倾轧和无情时间的侵蚀下走向解体。

事实上，作者一开始就是将此有情天地建构成一个必然毁灭的"乌托邦"。我们回到大观园的本原即太虚幻境来看，太虚幻境虽然是一个司情的神圣空间，但是其背后的理念乃是空，如太虚幻境的风月宝鉴所昭示的那样（第十二回贾瑞照风月宝鉴），情的背面就是空无，也就是情的真相。太虚幻境之"太虚"原指道家的一种空虚寂寞的状态，在小说中表示无情无色，它既是情、色的来处，也是情、色的归处。在太虚幻境之下的大观园是从"空"（太虚）中生发出来的"情""色"（大观）世界，最后也终将归于"空"，"落了片白茫茫大地真干净"。这一情、空理念，同时贯彻在小说叙事中。在第一回，小说就已确定了由入世到出世（石头历劫）或由情入空的叙事结构。作者似乎早已意

---

① 萧驰：《从"才子佳人"到〈石头记〉——文人小说与抒情传统的一段情结》，载陈国球、王德威编《抒情之现代性："抒情传统"论述与中国文学研究》，生活·读书·新知三联书店2014年版，第575页。

② 萧驰：《从"才子佳人"到〈石头记〉——文人小说与抒情传统的一段情结》，载陈国球、王德威编《抒情之现代性："抒情传统"论述与中国文学研究》，生活·读书·新知三联书店2014年版，第576页。

识到，大观园这一有情空间将无法对抗永恒的时间，于是在最快乐的时候让它停留在画中。惜春的画既全景展现了大观园的面貌，也"像行乐似的"将人物绘入其中。画作为一种空间艺术，将大观园的时间锁定在最美好的时刻。这一情节暗示大观园从开始就必然走向消亡，成为被悼念的对象。

但是作者并未止于叙述这一有情空间建立、崩塌的过程，而是试图为之寻求解脱之道。情之回归于空，并非是简单地回到原点，而是产生了一个情的升华过程，这必然以情的产生和消亡为前提。空空道人批阅《石头记》"因空见色，由色生情，传情入色，自色悟空"，恰好点明了《石头记》中"情"的来处与归处，情产生于色，色来自空，因而情最终也将回归空无。如二知道人所言："大观园与吕仙之枕窍等耳。宝玉入乎其中，纵意所如，穷欢极娱者，十有九年，卒之石破天惊，推枕而起，既从来处来，仍从去处去，何其暇也。"[1] 贾宝玉这一超脱情天根海的化身，正是在这个情的空间中历经了种种情的苦痛与幻灭以后，才终于领悟生命的真相，回归空无。

二 抒情：大观园里的声音

在以"情"为理念构成的基础上，大观园因贾宝玉、诸钗等情之主体的存在进而成为小说的抒情空间。而抒情，也正是大观园的"情"的理念的体现。抒情是人物和作者情感世界的自我呈现。情感世界唯有通过话语才能展示出来。《红楼梦》中的诗词作为人物和作者主要的抒情话语正是大观园这一抒情空间的集中体现。在大观园中，贾宝玉和诸钗都在发出自己的抒情声音，这一抒情声音以贾宝玉、林黛玉为中心，形成生命之悲和知己之感的主调，同时融入其他诸钗的抒情众声。正是在抒情的主调和众声中，大观园成为了青年男女的抒情空间。而作者的抒情声音，也通过大观园的人物和叙述者呈现出来。

---

[1] （清）二知道人：《红楼梦说梦》，载黄霖编著《历代小说话》，凤凰出版社2019年版，第272页。

（一）主调与众声

宝、黛葬花是大观园叙事的第一个场景化描写，而由之引发的黛玉的葬花诗则"总领了小说中大观园人物韵文的基本指向和整体风貌"①，即构成了整部小说的抒情中心，集中体现了生命之悲与知己之感的抒情主调。在《葬花吟》中，林黛玉见暮春花落而产生惜春怜花之情，于是有葬花之行，由花的归宿而自感命运。对花的怜惜即是对自己的怜惜，而花落有人怜有人葬，自己死后却不知情归何处。怜花与自怜相互交错，不断深化，最后发出"他年葬侬知是谁""花落人亡两不知"的悲鸣，从生命之悲到自怜，其间暗含着对知己的渴求。自己的生命将像落花一样香消玉殒，而怜惜我的知己又在哪里？这段葬花叙事是大观园叙事的纲领，也凝练了整部小说的抒情主题，正如脂砚斋所言："观者则为大观园费尽精神，余则为若许笔墨却只因一个葬花冢。"② 此后的林黛玉就深深地陷入"红颜老死"的生命焦虑以及对知己的渴求之中。在葬花诗之后，林黛玉的绝大部分诗词作品都是围绕生命之悲与知己之感展开。这生命之悲又具体表现为体弱多病的死亡焦虑和父母早亡、寄人篱下的身世之悲，知己之感是从生命之悲中引申出来的，由自悲自怜引向对知己之爱的渴求。例如，林黛玉的《五美吟》《秋窗风雨夕》《桃花行》《唐多令》等诗词，乃至在集体诗社活动中所作的咏物诗，也都是宣泄生命之悲或寄托于物，并进而发出知己之感。

黛玉的生命之悲和知己之感是为己而发，而贾宝玉的生命之悲与知己之感却主要是为人而发，为众女儿而发。此生命之悲在贾宝玉具体体现为对红颜薄命的悲叹，此知己之感则具体表现为对众女儿的依恋和爱惜，甘为女儿侍者。贾宝玉与林黛玉不约而同的葬花行为，已经点明二人的知己关系。黛玉葬花是自怜，宝玉葬花则是怜人。当他听到黛玉吟出葬花诗后，内心深受触动，不禁哭倒在山坡。贾宝玉将

---

① 李劼：《历史文化的全息图像——论〈红楼梦〉》，东方出版中心1995年版，第71页。
② （清）曹雪芹：《脂砚斋重评石头记庚辰本》第二册，国家图书馆出版社2017年版，第144页。

对黛玉的悲怜推及所有女子，并流露在此后的一系列诗文中，但是直到第七十八回在《芙蓉女儿诔》一文中才集中表露。这篇诔文虽说是直接为晴雯所作，但也是为黛玉所作，并进而是为天下女儿所发。"自为红绡账里，公子情深；始信黄土垄中，女儿命薄"一语凝练着贾宝玉对女儿的依恋和对女儿薄命的悲叹。第七十八回的《芙蓉女儿诔》与第二十七回的《葬花吟》遥相呼应，完成了整个大观园叙事中的抒情主题。

事实上，在宝、黛之外，大观园的众女儿们无一不在抒发各自的情感，这些抒情声音加强了生命之悲与知己之感的抒情主调，形成大观园里的抒情合唱。薛宝钗在第一次海棠诗会上的"冰雪招来露砌魂""淡极始知花更艳"等句寄托了自己冰清玉洁的心性追求，被李纨称赞"有身份"。后其《临江仙》"任他随聚随分""送我上青云"表达了对命运无常的超然态度。与林黛玉不同，薛宝钗将生命之悲深藏在心底，而出以健拔、矜持的面貌，然而此种生命之悲必然伴随着命运终究不济而喷涌而发。在第八十七回，薛宝钗寄给林黛玉的楚辞体诗四章强烈地表达出这一生命之悲，"高天厚地兮，谁知余之永伤"。这与前八十回薛宝钗含蓄稳重的情感表达方式不太契合，续书者或许考虑欠周，但诗中表现的情感内容却大致不差。在家庭遭遇重大变故，自己漂泊无定的时刻，薛宝钗不由得抒发身世之悲，也表达了与黛玉同病相怜的知己之感。其他女儿如探春、湘云、李纨、宝琴、香菱等无一不将自己的生命之悲寄寓在诗歌中。例如，海棠诗会上，探春的"芳心一点娇无力"等诗句，显露出对命运无能为力不能自主的感叹，史湘云的"花因喜洁难寻偶"则表达了知己难觅的寂寞之感，香菱的咏月诗通过嫦娥这一意象寄托了自己身世飘零的落寞之感和渴望圆满的心情。

当然，大观园里并不总是悲感，也有欢乐的声音，第四十回贾母两宴大观园，第五十回芦雪亭即景联诗和第六十三回群芳开夜宴，可以说将大观园的欢乐推向了高潮。只不过，欢乐的存在却是为了表现悲哀。一方面，这种欢乐中隐含着悲哀，如在第四十回宴会上的酒令中，薛姨妈的"世人不及神仙乐"，林黛玉的"良辰美景奈何天"都隐约透露着必然将至的人世悲感，第六十三回群芳开夜宴，麝月掣签有"开到荼蘼花事了"一句，注云："在席各饮三杯送春"，宝玉看出不祥之兆，连忙愁眉将签藏了；另一方面，这种欢乐反衬着悲伤，让悲感更加深刻。大观园的欢乐声音越是热闹，其结果就越是悲凉。在抄检大观园之后，贾宝玉在悲痛中大病一场，病愈后百日之内"和这些丫头们无法无天，凡世上所无的事，都玩耍出来"，与其说这是欢乐，毋宁说是大观园崩塌前最后的悲凉的狂欢。

总而言之，大观园这个相对独立、自由的花园，构成了贾宝玉和众女儿的抒情空间。在这个有情天地中，贾宝玉和诸钗都在发出自己的抒情声音，用艺术化的形式表达各自的情感。而林黛玉与贾宝玉的抒情声音以生命之悲与知己之感为抒情主调构成了整部小说抒情的主体部分，其他诸钗的抒情声音也混融此中，组成了大观园里的抒情合唱。

（二）作者的抒情声音

在中国古典小说中，叙述者往往是作者思想情感的直接载体。不难发现，《红楼梦》文本中存在着双重叙述者，即来自青埂峰的石头和悼红轩中批阅增删的"曹雪芹"，① 但是二者都统一于作者（或称隐含作者）的视角和话语之下，为作者的情感表达服务。《红楼梦》作者的抒情声音最为集中的体现在第五回太虚幻境中的十二钗判词和《红楼梦》十四支曲中。② 十二钗判词虽然充满曲晦难解的预言、谜语性质，但是叙述者的情感流露却是真诚直观的，表达了对女子及其命运的悲怜和哀叹。这种悲怜和哀叹在《红楼梦》十四支曲中更加强烈。这一声音来自警幻仙姑，但与叙述者的抒情声音合一，它是超出大观园之上的声音，是对十二钗命运的总体把握和情感表达。这组曲子"或咏叹一人或感怀一事"，"悲金悼玉"，表达了对十二个不幸女子强烈的哀悼与悲怜。除首尾二曲外的十二支曲模拟十二钗等人物口吻，如《终生误》《枉凝眉》既是警幻的哀

---

① 小说中的石头是原始叙述者，小说中的"曹雪芹"是改编叙述者，在《红楼梦》中，二者的叙述话语交叉融合在一起。

② 还有一些射覆、酒令等的词句，预示了人物的命运，即夹杂了作者抒情声音的结果。

叹,又有代拟宝、黛口吻的意味,更是作者的悲怜。作者、叙述者和众人物(警幻与十二钗)的声音达到出奇一致,混融难分,上演了一个跨越叙述层级的抒情合唱。

太虚幻境中的抒情悲歌主要是针对大观园众女儿而发,是作者抒情声音的发露。而贾宝玉和大观园众女儿的抒情话语,也融合了作者的抒情声音。①《红楼梦》开卷的作者话语表达了作者对女子的赞美和自己的愧悔,因而决心用小说来"使闺阁昭传",这段自白规定了小说的情感走向和解读空间,也提示了《红楼梦》的自传性质,使得小说主人公贾宝玉与作者的情感距离十分接近,换言之,小说视角中心贾宝玉的抒情话语即代表了作者的抒情话语。因此可以说,贾宝玉对众女儿的生命之悲,即作者对女子的生命之悲。此外,大观园众女儿的抒情声音同时也融合了叙述者和作者的声音。作者将这些少女们都塑造成艺术化的人物,用诗词的方式抒发各自的生命情感。虽然诸钗的人生遭际略有差异,但是各自表达的情感却是相通的。这些情感都统一于作者对女子的生命悲感之中。最为显著的是那些人物带有谶语性质的诗词,其间以人物之口流露着作者对女子的悲怜。例如,林黛玉的《葬花吟》对生命逝去的悲叹,即带有某种先验的宿命悲伤,这是夹杂了叙述者和作者的声音的结果。生命之悲与知己之感从人物的抒情话语上升为叙述者的抒情话语,并最终成为作者的抒情话语。清代太平闲人指出《红楼梦》人物诗词"各随本人,按头制帽"②的特点,看到了人物抒情话语的差异性,但还应该补充的是,《红楼梦》人物的抒情话语(诗词)不仅各随声口,而且也与作者、叙述者声音形成和调。这些抒情声音合成了叙述者和作者"悼红"的声音,表达了对闺中女儿的哀悼与悲怜,可以说《红楼梦》是"为天下女子哀叹的小说"③。

---

① 叙述者与作者有别,但是在中国古典小说中,叙述者与作者几乎没有情感距离,也极少反讽。因此在一定程度上,叙述者的情感就是作者的情感。

② (清)太平闲人:《红楼梦读法》,载黄霖编著《历代小说话》,凤凰出版社2019年版,第438页。

③ 罗书华:《正说红楼梦 双凤护珠:红楼梦的结构与叙述》,团结出版社2007年版,第1页。

因此，在此意义上，大观园既是贾宝玉、林黛玉等人物的抒情空间，也是作者的抒情空间。作者花费大量笔墨创造了这个"纸上花园"，并以贵妃省亲为之赋予尊贵、权威色彩。为了维持这个大观园即女儿们的抒情空间，作者又不惜安排大家长贾政放外任经年，这一刻意的情节设置显然是作者情感意志做出的选择。而当众人离散大观园以后，小说的视角中心贾宝玉也不禁去怀念大观园昔日的热闹，这位天性喜聚不喜散的怡红公子不得不介绍这一抒情空间必然坍塌的命运。这事实上也是作者对大观园的眷恋，对大观园的逝去而感到惋惜。大观园代表了青春少女的美好时光，也代表了作者记忆中"青春"。因此，"当曹氏让大观园这个诗人之乌托邦毁灭之时，相信他也是有一半陷在其中的，是诗人般地无限伤感的"①。

三　抒情空间：典范与小说诗学

（一）一种典范的确立

在《红楼梦》之前的戏曲、小说中，花园一般是男女爱情发生的空间，是情欲实现的媒介，因而是一种功能性的空间。但是到了晚明的小说《金瓶梅》和戏曲《牡丹亭》中则出现了转变，花园不再是可替代的功能性场景，而是关乎整个文本结构的叙事空间或戏剧空间，并在一定程度上与人物及其心理构成象征或隐喻关系。在《金瓶梅》中，西门花园是人物和叙述的主要存在空间，舍之则难成一部《金瓶梅》，同时西门花园也是一个以男性为主导的家庭秩序的象征。而在《牡丹亭》中，花园也不仅是爱情故事发生的空间，还是感发少女情爱意识的不可或缺的意象，并且还具有明确的比喻意义，花园即是女子身体的隐喻。这些作品不仅具备叙事功能意义，还在一定程度上参与了文本结构和主题呈现。《红楼梦》与此前戏曲小说中的花园叙事存在着前后相承的关系，尤其是

---

① 萧驰：《从"才子佳人"到〈石头记〉——文人小说与抒情传统的一段情结》，载陈国球、王德威编《抒情之现代性："抒情传统"论述与中国文学研究》，生活·读书·新知三联书店2014年版，第578页。

直接继承了《金瓶梅》①和《牡丹亭》②，但在艺术上又远远超出了此前的花园叙事，成为了中国古代小说空间书写的一个典范。

《红楼梦》的大观园彻底摆脱了花园叙事的程式化特征。作者不惜花费大量篇幅去营造、渲染这个"纸上花园"，让它获得了艺术生命而非作为文学"道具"，因而脂砚斋对之赞赏有加，并"笑别部小说中一万个花园中，皆是牡丹亭，芍药圃，雕澜（栏）画栋，琼榭砾楼，略不差别"③。但这一空间的典范意义并非仅在于其博大立体的艺术生命，更在于它是充满抒情性的抒情空间，这一抒情空间既是小说人物的抒情空间，也是作者的抒情空间。它不仅与人物互为感应，还是情之主题的呈现，并成为小说结构的主体框架。

有学者指出，"叙事艺术的全部秘密也就在于通过时间媒介（语言）来创造出一个独特的价值空间"，"这个空间也是一个情绪空间"。④《红楼梦》无疑树立了一种价值空间的典范。这使得后世小说家不停地模仿，并有意无意地在小说中安置一个抒情空间，似乎缺之便不完满。例如，《品花宝鉴》的怡园、《花月痕》的愉园、《青楼梦》的挹翠园、《绘芳录》的绘芳园等都是与大观园相似的花园，它们往往出现于小说人物的聚合处，是小说气氛表现、情感表达的高潮部分（一般以雅集赋诗的形式呈现），是小说情、欲的抒发空间。尽管如此，自《红楼梦》之后，清代小说家始终没有建构起一个以类似大观园为中心的抒情空间。这既可归因于后世小说家难以追继《红楼梦》作者的天才，但更大的原因在于如大观园这样的抒情空间代表了一种文类跨界、难以为继的小说诗学。

---

① 史梅蕊提出西门花园与大观园存在"一脉相承的关系"。但二者走向了两个不同的方向，前者是欲的空间，后者是情的空间。参见［美］史梅蕊《〈红楼梦〉和〈金瓶梅〉中的花园意象》，载徐朔方《金瓶梅西方论文集》，上海古籍出版社1987年版，第183页。

② 大观园中最重要的葬花叙事直接受到《牡丹亭》杜丽娘游园的影响，不仅以《牡丹亭》曲文为触发，其红颜自怜的精神内核也源于《牡丹亭》。

③ （清）曹雪芹：《脂砚斋重评石头记庚辰本》第二册，国家图书馆出版社2017年版，第123页。

④ 徐岱：《小说叙事学》，商务印书馆2010年版，第297页。

（二）一种小说诗学的可能性

在小说中，空间作为时间之外的另一个维度，往往易被忽视，但其对小说叙事的影响却是基础性的。《红楼梦》中的大观园作为小说空间呈现出两大特征，凝固性和抒情性，前者主要指空间的叙述，后者主要指空间的主体。这两个特征是伴随着大观园作为抒情空间而产生的。

在《红楼梦》中，说书人叙述模式的痕迹几乎被作者抹去，这意味着传统小说偏重于讲述的叙述方式被减弱，而另一种专注于共时性的描述和场景化描写的叙述方式受到青睐。小说中仅仅是初入大观园的描写和题诗就占了两回，宝、黛二人葬花也占了两回，其他此起彼伏的宴会、诗会等都占据了大量的篇幅。在这些叙事里，时间的流动是缓慢的，几乎等同于乃至慢于现实时间。这种叙述特征正是缘于小说空间的凝固性，与空间流动的小说（如《西游记》）和多处空间并置的小说（如《水浒传》《三国志演义》）不同，《红楼梦》叙事的空间特征使得其人物的活动轨迹主要局限在相对固定的地方。时间与空间是不可分割的整体，时间的流动总是与空间的推移相联系。一旦空间失去了戏剧性的转化和移动，时间的推进就会缺少动力。《红楼梦》的空间几乎凝固在大观园和宁荣二府之中（只有极少回数写到外出），这种处置实际上同时也让时间速率变慢。在前八十回中，读者很难感受到史传般的时间快速流动，目不暇接的诗意化场景表现占据了大量的篇幅。续书者显然对这种缓慢的叙事节奏颇不耐烦，在后四十回里叙事节奏得到加强，每个人物都在戏剧化的矛盾冲突中加快走向命运的终点。

由空间凝固性带来的场景化描写和共时性描述，恰好是抒情诗的表现世界，即"情感的瞬间表达"或"一种空间形式"①。在很大程度上，《红楼梦》的作者是以一种抒情诗的思维介入小说的叙述，可以说，大观园是为"情"而生，为抒情而生，为抒情诗而生。如果将大观园的时间维度也纳入进来的话，这一抒情空间可以说代表了一种独具特色的时空

---

① Ralph Freedman., *the Lyrical Novel: Studies in Herman Hesse, Andre Gide, and Virginia Woolf*, Princeton: Princeton University Press, p. 2.

体,它同时呈现出凝固型与抒情性,是抒情诗与小说的文类融合。小说以历时性的叙事为特征,强调时间的流动、线性以及事件的推移。而中国抒情诗则以意象的营构为主要的表现方式,其意象的塑造和呈现多为描写性、趋向静态的,同时它又表现出如什克洛夫斯基所说的"反常化"(或译"陌生化"),"增加了感受的难度和时延"①,这些特质使其具备空间凝固、时间放缓的双重特点。厄尔·迈纳"把抒情诗视为具有极端共时呈现性的文学,而把叙事文学视为具有极端历时延续性的文学"②,可以说是在时、空的两个角度把握了抒情诗与小说的品性。当二者融合于小说中,则会产生如大观园这样特殊的时空体,而"时空体承担着基本的组织情节的作用"③,大观园在带来小说情节滞缓的同时,也赋予小说强烈的意境性和抒情性。

事实上,这种空间的凝固性和抒情性根植于小说的主题。大观园与其主人一样,面临的根本困境是时间,时间将众女儿变成女人,她们不得不离开大观园,也让大观园失去存在的意义。虽然大观园里的时间历经了多年,但是从第二十三回入园到第七十四回抄检大观园后,作者实际上只集中展现了大观园的两度春秋,从这段叙事的中间也就是第五十回"芦雪亭争联即景诗"为界,这一冬日雅集成为乐极生悲的临界点,前一段春秋以乐为主,后一段春秋则以悲为主。这即是一种空间与时间冲突的戏剧化的处理方式,也如研究者所言是"将花园的自然气象加以生命化、抒情化的结果"④。事实上,作者一直有意在淡化社会性的矛盾和冲突,而着重于表现此一青春的时间寓言,作者凝练出了数年光阴里的两个春秋,而将女性的命运置入春秋时序中,表现她们"红颜老死"的悲剧命运。在此意义上,大观园作为抒情空间,既代表了一种关于文

---

① [俄] 维克托·什克洛夫斯基:《作为手法的艺术》,载维克托·什克洛夫斯基等著《俄国形式主义文论选》,方珊译,生活·读书·新知三联书店1989年版,第6页。

② [美] 厄尔·迈纳:《比较诗学》,王宇根、宋伟杰等译,中央编译出版社1998年版,第129页。

③ [苏联] 巴赫金:《长篇小说的时间形式和时空体形式》,见钱中文主编《巴赫金全集》第三卷,河北教育出版社2009年版,第445页。

④ 俞晓红:《〈红楼梦〉花园意象解读》,《红楼梦学刊》1997年12月增刊。

体的小说诗学，也代表了一种关于青春的生命诗学。

结　论

通过上文的考察和分析，笔者得出如下结论。《红楼梦》中的大观园是一个以"情"为理念构成的抒情空间，因为"情"的贯穿，小说形成了空间、人物和结构的三位一体格局，并进一步因情之主体的存在而让大观园成为小说中的抒情空间，这一抒情空间既是人物的抒情空间，也是作者的抒情空间，它是抒发生命之悲和知己之感的空间载体。大观园因之形成了中国古代小说空间书写的一种典范，对此后的小说产生了深远的影响。大观园这种时空体形式是抒情诗与小说文类跨界融合的产物，是作者以抒情诗的思维介入小说叙述而形成的特殊文体，其表现形式是场景化描写、共时性描述与抒情性的结合，且根植于青春老死的生命之悲的特定主题。强调大观园作为抒情空间的意义，并非要忽略大观园作为叙事空间的基础功能。而是提供叙事之外的另一观察视角，只有在此层面上，才能发现并理解大观园作为抒情空间所代表的一种小说诗学的独特价值。

作者简介：

陶明玉，男，复旦大学文学博士，浙江师范大学人文学院讲师。主要从事中国文学批评史、中国小说史研究。

文献考辨

冯惟讷年谱简编

张秉国

摘　要：冯惟讷是明代中期文坛上一位颇有影响的诗人，与兄惟健、惟重、惟敏并称"临朐四冯"。他编纂的《古诗纪》是史上第一部旨在网罗历代诗歌之全的总集。他与吴维岳、谢榛、李攀龙等复古派诗人的交往，也助于我们从一个侧面窥探嘉靖诗坛的风貌。

关键词：冯惟讷　《古诗纪》　《风雅广逸》　《选诗约注》

冯惟讷（1513—1572），字汝言，号少洲，山东临朐人。嘉靖十七年（1538）进士，历官江西布政使，特进光禄寺卿。著述宏富，除《冯光禄诗集》外，尚有《古诗纪》《选诗约注》《楚辞旁注》《文献通考纂要》《杜律删注》等。

明正德八年癸酉（1513）一岁

六月十九日（1513.7.21），生于萧县官舍。

冯惟敏《明通奉大夫光禄寺卿行状》（《冯氏世录》，青州东十里坝冯氏藏，清抄本，下省称《行状》）："正德癸酉，先大夫自华亭令调萧县，弟生于萧。"

冶源冯氏藏本《冯氏世录·奉祀神主》（李维桢《大泌山房集》卷65，明万历三十九年刻本，下省称车本《世录》）："显考……府君冯公讳惟讷……生于正德八年癸酉六月十九日未时……孝子子临奉祀。"①

正德十三年戊寅（1518）六岁

与兄惟敏就外傅。

李维桢《冯氏家传》："冯惟讷，字汝言，六龄就外傅，诵书声朗朗如成人。"②《行状》："甫六龄就外傅，同余受句读，余呐呐不能读，弟朗诵佔毕如成人。质问敢言，先大夫命名之义，实教之也。"

嘉靖四年乙酉（1525）十三岁

与兄惟敏学《毛诗》，名起齐鲁间。

《行状》："嘉靖乙酉，先大夫移家青州，同余学《毛诗》，自是敦厚沉毅，笃信好学，名起齐鲁间。"

嘉靖八年己丑（1529）十七岁

惟重、惟讷奉母居青郡。

嘉靖十二年癸巳（1533）二十一岁

父在贵筑。

除夕，娶熊氏。

惟讷《〈忆昔〉序》："外舅前溪熊公昔倅秦淮，余以癸巳除夕行莫雁礼于馆舍。"③ 案：熊氏（1518—1543），惟讷有《祭亡妻熊氏文》："自余媾子，十年于兹。"④ 熊氏卒于嘉靖二十二年（1543），上推十年，恰在本年。

嘉靖十三年甲午（1534）二十二岁

秋，与仲兄惟重同举山东乡荐。

---

① 临朐冶源车家沟冯氏藏《冯氏世录》，见张秉国《〈冯氏世录〉二种整理研究》，齐鲁书社 2020 年版，第 36 页。

② （明）李维桢：《大泌山房集》卷 65，明万历三十九年刻本，第 13b 页。

③ （明）冯惟讷：《冯光禄诗集》卷 8，明万历十四年（1586）冯珂、冯琦刻本，第 7b 页。

④ 临朐辛寨梨花埠冯氏藏《冯氏世录》（清钞本），见张秉国《〈冯氏世录〉二种整理研究》，齐鲁书社 2020 年版。下省称梨本《冯氏世录》。

余继登《明通奉大夫光禄寺卿墓志铭》（下省称《墓志铭》）："领嘉靖甲午乡荐，登戊戌进士。"①

嘉靖十四年乙未（1535）二十三岁

春，与兄惟健、惟重赴会试，皆下第。按，惟健于嘉靖七年中举。

嘉靖十六年丁酉（1537）二十五岁

十月初三，长子子临生。

冯子临生卒见车本《世录·奉祀神主》。子临（1537—1601），字正甫，小字阿阳，庠生。以曾孙溥贵，诰赠光禄大夫、文华殿大学士兼刑部尚书加一级。

兄惟敏中举。

嘉靖十七年戊戌（1538）二十六岁

春，与仲兄惟重同举进士。

《行状》："戊戌登第。吾胊自马澹庵（马愉）及第后，百一十年乃继，自此彬彬第不乏人矣。"《墓志铭》："领嘉靖甲午乡荐，登戊戌进士。"

《嘉靖临胊县志·科贡·进士》："正德戊戌科：冯惟重，行人司行人。冯惟讷，常州府宜兴县、大名府魏县知县，山西蒲州知州，扬州府、松江府同知，南京户部员外、郎中。"②案：惟重举三甲66名，惟讷举三甲186名。是科会试主考为顾鼎臣、张邦奇。

伯兄惟健、叔兄惟敏下第。

石茂华《海浮冯公行状》："戊戌北上，人咸谓一第芥取耳，已而下第，皆拟之刘蕡云。时公仲兄芹泉公、弟少洲公并第，公为经画其事，至秋乃归。"③惟健有《两弟登第志喜》《三月十五日群士应制吾视弟于阙门遇雨》和《十九日传制，两弟为余道其事，喜而述焉》纪其事，又有《将东还示两

---

① （明）余继登：《淡然轩集》卷6，明万历三十一年（1603）冯琦刻本，第1b页。
② （明）冯惟敏：嘉靖《临胊县志》卷3，明嘉靖三十一年（1552）刻本，第10b页。
③ （明）石茂华：《明保定府通判海浮冯公行状》，载青州本《冯氏世录》，见张秉国《〈冯氏世录〉二种整理研究》，齐鲁书社2020年版，第338页。

弟戊戌》。①

嘉靖十八年己亥（1539）二十七岁

十月二十八日，仲兄惟重卒于庐江。

　　宋伯华《赠承德郎兵部主事芹泉冯公暨配太安人蒋氏行状》（青州本《世录》）、余继登《明行人司行人赠承德郎兵部主事芹泉冯公暨配蒋太安人墓志铭》②。

嘉靖十九年庚子（1540）二十八岁

二月二十二日，赴京受职。二十五日，弟惟直卒。

　　惟健《陂门山人集》卷七《与内兄高四墅昆弟》："汝威弟卒于王事，以二月十九日归骨西山之麓。而七弟以悲号过甚，六日暴亡，复以三月四日即窆南城之阿。"

三月初至京，除宜兴令。

　　惟讷《祭岘泉弟》："往岁之冬，兄逝庐阳……我行三辰，弟遽永世……京邸闻讣，肝裂魂褫。奋意欲旋，弟已葬矣。洒涕南悲，枯形北倚。吾授此官，弟冥不闻。仲秋夜归，月照霜魂。"③

三四月之交，至宜兴。

　　《行状》："庚子，授宜兴知县。时方弱冠，能除强暴，捕数十年粮犯，悉收其通。任未久，租赋大集，躬督解者输郡帑。守阅解牒数，数万，疑弗信，曰：'果有之乎？遽若是多乎？'言未竟，银椠满庭下……自是巨猾无敢侵渔者。"

八月仲秋，作《祭岘泉弟》文。

　　案：《祭岘泉弟》有"仲秋夜归""吾之南来，奄忽数月"等句，证此文作于仲秋之夜。

时与同年吴维岳、徐良傅、万虞恺往还。

　　案：吴维岳（1514—1569），字峻伯，号霁寰，湖州安吉人。嘉靖十七

---

① （明）冯惟健：《陂门山人集》，明嘉靖三十五年（1556）刻本，第5b、5b页。
② （明）余继登：《淡然轩集》卷6，明万历三十一年（1603）冯琦刻本，第21b页。
③ （明）冯惟讷：《祭岘泉弟》，载梨花埠本《冯氏世录·祭文》。

年（1538）进士。本年授江阴令，后入为刑部主事、员外郎，升山东提学副使，转湖广布政司右参政，进江西按察使，拜右佥都御史巡抚贵州。有《天目山斋岁编》。徐良傅，字子弼，号少初，临川人。嘉靖十七年（1538）进士，授武进令，后擢吏科给事中，以言事罢斥。有《爱吾庐集》。万虞恺，字懋卿，南昌人。嘉靖十七年（1538）进士，授无锡令，历官至南京右副都御史总督漕储，升刑部侍郎致仕。有《枫潭集钞》。惟健《陂门山人集》卷七《答吴霁寰秋官》："讷弟尹宜兴归，仆便以得人为问，弟以霁寰、少初、枫潭对，各究所蕴。仆乃击节叹赏，恨不得即与诸子游，以广吾见。"吴维岳《枫潭集序》："懋卿、子弼与北海冯汝言，皆余同年进士。而四人者，筮仕毗陵，合趣同方，以胶投漆，不啻兄弟。"①

是年，始纂《选诗约注》。

朱多煃《选诗约注序》："往，不佞读《诗纪》，知北海冯公汝言闳览博物君子也，而友人王元美亦尝定谓'词家之苦心，艺苑之功人'云。后十年，公屏翰江右，不佞与余德甫讲艺夫容园中，一朝以单车存之，相为研订典籍，品次风雅，不庶几更生之然藜、季子之论乐哉！因出所约注《选》诗示之，得卒业焉……凡诗之次统于人，人传其略，诗采其品，为卷七而补遗一。始嘉靖庚子，成隆庆庚午。"②

嘉靖二十年辛丑（1541）二十九岁

春夏间，与吴维岳、徐良傅泛舟城南河。

吴维岳《天目山斋岁编》卷三（辛丑岁）有《同徐武进、冯宜兴泛舟城南河》二首，有"婉婉荻芦风"（其一）"酒气涧花含"（其二）等句③，知时令当为春夏。

夏，督诸生就试江阴，为巡江使者所论。

《行状》："尝率诸生就岁试，趋江阴。巡江使者乘间行邑，阳怒不候，已而阴有所希，久之不如意，乃论调魏县。"

秋，与吴维岳访徐良傅不遇。

---

① （明）万虞恺：《枫潭集钞》，明嘉靖刻本，第6a页。

② （明）冯惟讷：《选诗约注》，明万历九年（1581）沈思孝刻本，序第4a页。

③ （明）吴维岳：《天目山斋岁编》卷3（辛丑岁），民国四年（1915）吴氏雍睦堂影印本。

案：徐良傅时任武进令。汤显祖《徐子弼先生传》："初公在武进时，南昌万虞恺令无锡，青州冯惟讷令宜兴，孝丰吴维岳令江阴，皆隽士。虞恺长者，惟讷雅而文；独维岳机辩，公与之游，恢如也。"① 惟讷作《再作嘲徐少初地主不与》"共作三江客，犹悬一水思。为怜秋色去，预就菊花期"（卷三），吴维岳作《毗陵与冯宜兴雨集兼寄嘲徐子弼地宰》二首，其一有"倚棹秋风里，萧条雨气寒"，其二有"莫以连封近，经秋见面疏"②，皆证时为秋天。

八月，解职，将去官。

吴仕《送少洲冯侯改任序》："嘉靖辛丑秋八月，我少洲冯侯为吾邑甫期岁而以改任去，议者咸为侯扼腕不平……冯侯生由乎齐鲁礼仪之邦，少服乎父兄师友之训。其居身也，如处子自卫之严，而群诱不能入；其御下也，如制将之专阃，而外衅不敢窥；其兴利也，若嗜欲在前而必期其遂；其除害也，若沉疴之在体而必欲其平；其督赋也，檄符一下，输者四集，人咸服其信；其听讼也，一言而决，民无后言，人咸服其敏。期月以来，强挈弱植，威爱敷矣。吏缩民舒，法轨昭矣。途歌里咏，惠化浃矣。乃者家变横生，台评遽及而以'不及'改任而去，此民之所以乞留无计、长号而未已也，而侯则何憾哉？"③ 据此可知惟讷在任颇有政声。

岁末，将北还，与友人别，有诗《讷解阳羡将北还，及同志咸念离群，各赋别诗》（卷六）。另有《同白纯德职方游善权洞，时余将解阳羡北还》（卷六）。

集吴仕家，有诗《除夕前日集别吴颐山馆》，另有《送武进李少尹弃官入蜀》等（卷三）。

案：吴颐山即吴仕，字克学，号颐山，正德九年（1514）进士，宜兴人，官终四川参政。时致仕居家。吴仕作《送冯少洲行》，有"万里畏途还积雪，百年遗爱此孤城"④ 句，知在岁暮。武进李少尹，据诗中"念子不得志，辞官还入岷……余亦悠悠者，行归沧海滨"，又据《光绪武进阳湖县

---

① （明）汤显祖：《汤显祖集》，徐朔方校笺，中华书局1962年版，第1465页。

② （明）冯惟纳：《再作嘲徐少初地主不与》，载《天目山斋岁编》卷三（辛丑岁），第3b页。

③ （明）吴仕：《颐山私稿》卷6，明嘉靖刻本，第146页。

④ （明）吴仕：《颐山私稿》卷2，明嘉靖刻本，第11a页。

志·官师·县丞》嘉靖时："李泽，四川巴州人，十八年任。"① 可知即李泽。

嘉靖二十一年壬寅（1542）三十岁

正月初，登舟启程，吴维岳、万虞恺送之，有《毗陵舟夜别万吴二明府》二首。次日，徐良傅来送，有《再别徐少初明府》二首（卷十）。

案：《毗陵舟夜别万吴二明府》其二："一曲离歌双泪垂，潮平风起客舟移。屏营不为斯须立，爱极何时为别离。"《再别徐少初明府》其二："千里江程一夜过，毗陵回首隔烟波。莫嗟此后音书少，却恨从前笑语多。"万虞恺有《毗陵舟夜与冯明府言别，冯时解宜兴》《与诸同年送冯少洲分韵得交字》②，吴维岳作《毗陵送冯汝言》《又赋七言绝句》（《天目山斋岁编》卷四），后者有"江城雪后暮云驰，秉烛兰舟劝别卮"句③，知在正月初。

北行至镇江，与友人叶以明登甘露寺。

案：有诗《同叶司法登北固山甘露寺》，据《壬寅春余与叶以明登甘露寺留题，己酉仲秋言寻旧游，而叶已长逝，俯仰悲慨，重赋斯章》（俱卷三），前诗当作于惟讷由宜兴北还途经镇江之时。

二月，至扬州。二三月之交，抵家。

据吴维岳《闻汝言侨寓维扬》"诗兴会知何逊好，广陵花发正宜春"句，知惟讷至扬州当在二月初。既为"侨寓"，则当暂住时日。

三月，《选诗约注》成，作序。

《选诗约注叙》："《选诗》者，梁昭明太子所选之诗也……余故辑之，统以代叙，布以氏品，间以体论，然后取诸疏即本诗，因题纪原，考文协义。事出祖述则著其概，义有渊隐爱达其旨。其诸说异者，或亦并存以竢参订。若古人立辞不苟，微文断义，咸有取材……嘉靖壬寅季春朔北海冯惟讷撰。"

夏初，至魏县。

惟健《陂门山人集》卷七《答胡承休书》："讷弟少年为邑，不能事

① （清）王其淦、汤成烈：光绪《武进阳湖县志》卷18，清光绪刻本，第18b页。
② （明）万虞恺：《枫潭集钞》卷上，明嘉靖刻本，第1a、19b页。
③ （明）吴维岳：《天目山斋岁编》卷4，民国四年（1915）吴氏雍睦堂影印本，第1a页。

人，被论薄谴，理自宜然。归来省过，每念朋旧，辄为浩叹，然不能一候下从，何辱命焉。夏初得调魏县，其心事官理，稍稍见知当道，是以尚复尔尔。"

申旟《选诗后语》："壬寅来牧吾魏，其为政有羔羊素丝之节，而风爱洽焉。"①

在魏县，增筑邑城。

《行状》："论调魏县。时北虏初犯塞，畿内震恐，乃增筑邑城，城双井镇，民心始安。"

案：俺答犯边始于上年，谈迁《国榷》卷五七"世宗嘉靖二十年"七月："俺答款大同塞求贡，时俺答阿不孩强盛，屡入掠……时边备大疏……遂大举内犯，边患始棘。"②

岁末，迁蒲州知州之命下。

《行状》："调魏县……未几，升蒲州守。邑民走留，更定牧马法。遂至郡，理烦治剧，有条不紊，宗藩缙绅下逮吏民，罔不悦服。暇则与文学诸生论道考古，寒暑不辍。癸卯，领乡荐者十三人矣，前后得士，于斯为盛。"

嘉靖二十二年癸卯（1543）三十一岁

春，由魏县奉母归乡。四月初，至青州。

申旟为《选诗约注》撰《后语》。

《选诗后语》："因出所著示余，余见其体辞综实，得发旨之源；会文切理，得训古之綮。著代以表时，品人以序辞，得删述之体，陶镕诸疏，整齐讹舛，可谓《选诗》之毛韩、六臣之衡准也。请布刊流弗获，余爱羡而不能已，因借辞于末简而归之。嘉靖癸卯孟夏朔古魏申旟书。"

夏，携侄子益至蒲州。

惟健《陂门山人集》卷七《吊王邦仪丁外艰》："老父居间康胜，诗酒为娱。老母夏初至自魏……四弟（惟敏）尚未举子，时累鄙怀。五弟一子阳儿。近刺蒲，蒲虽号山西，然僻近西南，去边患为益远耳。小儿子益随阿叔读书蒲廨，年十七矣，方为经理娶事。"案：冯子益（1527—1599），冯惟健

---

① （明）冯惟讷：《选诗约注》卷八，明万历九年（1581）沈思孝刻本，第42b页。
② （明）谈迁：《国榷》，中华书局1958年版，第3615页。

长子。子益本年十七岁，可知惟讷自上年调任，本年春始奉母归青，寻携子益赴蒲州。

《墓志铭》："调魏令，……未几，迁蒲守。"《（光绪）临朐县志》："（调知魏县），稍迁知蒲州。"《益都县图志》："久之，升蒲州知州。"

秋，送诸生赴省试，有《送郡校诸生赴省应试》（卷六）。在蒲操练士卒，有《河中阅武》（卷六）。

案：《墓志铭》言惟讷在蒲时，"尝见博士弟子俾执经问难，为剖疑义，士争奋励，举于乡者视昔三倍。"据冯惟敏《行状》"癸卯领乡荐者十三人矣"。《送郡校诸生赴省应试》："汉皇侧席延才俊，晋国分曹敞鹿筵。即有文皇惊太史，况闻汾水擅多贤。晓行雷泽云催马，秋到龙门水拍天。西北兵戎民力尽，好将筹策献君前。"

赴太原乡试阅卷，有诗《癸卯九日归自省闱，卧病太原纪怀一首》（卷四）。

为《选诗约注》作补遗一卷。

《选诗补遗引》："余为《选诗约注》若干卷，多取裁于刘坦之《补注》……癸卯九月冯惟讷识。"[①]

十一月二十二日，发妻熊氏卒于蒲州。二十五日，作《祭亡妻熊氏文》。

熊氏（1518—1543），生卒详车本《世录·奉祀神主》。梨本《世录》载惟讷《祭亡妻熊氏文》。

岁末，作《哀逝诗》五首（卷一）。

《哀逝诗五首序》："昔孝武制翩姗之歌，安仁创荏苒之什，良以同心中折，齐体先坠，哀思内激，形之咏歌。今观厥词，婉约悲怆，虽世代悠邈，而读之泫然。咨余中龄，失此淑俪，内顾缺如宾之依，抚子兴靡恃之感。眷此冬春徂谢，而哀郁日深，聊抒幽怀，托之尺素，匪敢远希古声，庶几写其真抱云尔。"

嘉靖二十三年甲辰（1544）三十二岁

是年，继娶魏氏。

---

① （明）冯惟讷：《选诗约注》卷八，明万历九年（1581）沈思孝刻本，第1a页。

案：魏氏（1524—1588），生卒详车本《世录·奉祀神主》。李用敬《诰封夫人冯母魏氏行状》："嘉靖甲辰岁也，时公为蒲州守，夫人初事之。"[①]

冬，始编纂《古诗纪》。

张四维《诗纪序》："始事于甲辰之冬，集成于丁巳之夏，凡十四稔，先生宦迹且遍四方矣。""方甲辰始事，先生始守河中，维于分雠之列"[②]。按，惟讷编《诗纪》，先编汉魏诗，继编六朝诗，后又编先秦以前诗为《风雅广逸》置于前。惟讷任蒲守时，张四维时为庠生，曾参与《诗纪》之纂辑。

是冬，父染疾。岁末，迁扬州府同知之命下。

嘉靖二十四年乙巳（1545）三十三岁

正月末，自蒲州返青州，友人饯行。作《春夜河中诸士人见饯，酒半，大石作〈立雪图〉见赠，赋此识别》（卷一）。

经介山，交友人温竹亭，作《乙巳之春，余自河中迁官，道出介山，得识温处士竹亭，题赠》（卷四）。

二月，抵家。清明日，同年孟淮来访，惟讷有诗《乙巳清明日与孟豫川同年对酌》（卷三）。

案：孟淮，字豫川，河南祥符人。嘉靖十七年（1538）进士，时任山东按察司金事。累官至应天府尹。有《卫原集》。

父促行，遂奉母赴扬州。

《行状》："乙巳，迁扬州府同知，蒲人陈经正撰《去思碑》。时扬州阙守，摄府事，力当冲要，得为政体。"

六月二十四日，父裕卒。

见车本《世录·奉祀神主》、王崇庆《闾山冯公暨配伏氏墓志铭》、欧阳德《副使闾山冯公墓碑》（《欧阳南野先生文集》卷二六）、徐阶《贵州按察副使闾山冯公墓志铭》（《世经堂集》卷一六）。

七月十二日，讣至，设位作文以哭。旋归丧。

梨本《世录》载冯惟讷《祭告文》："维嘉靖二十四年岁次乙巳七月辛

① （明）李用敬：《诰封夫人冯母魏氏行状》，见青州本《冯氏世录》，载张秉国《〈冯氏世录〉二种整理研究》，齐鲁书社 2020 年版，第 364 页。

② （明）冯惟讷：《古诗纪》，明嘉靖甄敬刻本，序第 6a 页。

酉朔，越十二日壬申，不肖孤儿惟讷谨泣血稽颡，虔告于显考中宪大夫贵州按察司副使间山翁府君之神曰：呜呼！儿尚敢言于吾考之前乎！"又有《七月十五日祭先考文》。

八月间，奉母归青州。

《行状》："乙巳，以先大夫见背，奉先夫人奔丧。"《墓志铭》："乙巳，晋丞维扬，而公寻以外艰归。"李用敬《诰封夫人冯母魏氏行状》："至乙巳，擢丞维扬，相携之任。副使赠布政公卒于家，以守制归。"

十一月一日，葬父于临朐。

《副使间山冯公墓碑》《间山冯公墓志铭》。

嘉靖二十五年丙午（1546）三十四岁

守制家居。十一月，父神主从祀府城乡贤祠。

《陂门山人集》卷八《先府君从祀齐郡乡贤告文》："先中宪府君以嘉靖丙午十一月二十八日从祀群贤，不肖孤惟健、惟敏、惟讷率孙子益、子临、子履等，谨以牲醴之奠，敢昭告于神位前。"

嘉靖二十六年丁未（1547）三十五岁

二月，父神主从祀府城乡贤祠。

《陂门山人集》卷八《祔临朐乡贤告文》："嘉靖二十六年岁次丁未，二月癸未朔，不肖男惟健、惟敏、惟讷率孙子益等谨以牲醴之奠昭告于先中宪府君之神。"

家居，有《丁未二月朔至张子书屋，时方有仰泉之约，用家兄韵漫赋诗一首》（卷七）。友人孟淮来访，有诗《丁未春孟观察再过山居留酌同家兄冶泉》（卷七）。时孟淮有兄弟赴会试，便道省兄，作《大梁孟孝廉昆季过齐郡省观察兄，便赴计偕，赠别》一首（卷六）。

嘉靖二十七年戊申（1548）三十六岁

正月十二日，次子子蒙生。

子蒙（1548—1578），生卒见车本《世录·奉祀神主》。

春，以丁忧期满，赴京候补。有诗《余与峻伯别七年矣，客岁有春日都门之约，今竟爽约，阜城馆中见峻伯旧题，用韵述怀》《至都始见峻伯，留宿廨舍识喜三首》（卷六）。

案：时吴维岳与李先芳、谢榛等在京结诗社，声名籍甚。李攀龙、王世贞等亦相继入社。

补松江府同知。由京返青州。

六月，《风雅广逸》成。

案：杨慎《风雅逸篇》辑《诗经》之外的先秦古逸诗歌，然多有未备，《风雅广逸》为补杨书而作。惟讷《风雅广逸序》："冯子既撰次八代诗纪，复采上古逸声别为一编""杨太史升庵曾录《风雅逸篇》，其所掎摭，颇存经奇，是编因之，稍有广益""嘉靖戊申季夏月北海冯惟讷撰"①。

七月，聚于陈经别业，作《戊申七月侍宴渚翁别业次韵作》（卷七）。

案：陈经，字伯常，号东渚，山东益都人。正德九年（1514）进士，历官至礼部尚书，转兵部，加太子少保。陈经与惟讷父冯裕曾结海岱诗社，其女嫁惟讷弟惟直。

八月，携母赴任，兄惟健、惟敏送之于弥河。

《墓志铭》："服阙，补松江，迁南京户部员外郎郎中。"《（崇祯）松江府志》卷二六《守令题名·同知》："冯惟讷，汝言，山东临朐人，戊戌进士，嘉靖二十七年任。"②

惟讷《述别二首》序云："戊申中秋，讷奉母薄游吴淞，二兄送余弥水之阳，时积雨淹旬，黾勉就道，感别述征，言咏斯章。"（卷一）

九月，至杭州，有诗《戊申九月八日宴省台第走笔赋此》（卷五）。

冬，吴维岳有诗寄怀。

吴维岳《冬夜怀冯汝言寄去松江》，有句云"五度徙官犹佐郡，十年草赋始成篇"③，叹惟讷一官栖迟，"十年草赋"当指惟讷纂《风雅广逸》成。

嘉靖二十八年己酉（1549）三十七岁

春，在松江任。有《元夕燕洪泉第》（卷三）。

---

① （明）冯惟讷：《风雅广逸》，嘉靖三十年（1551）乔承慈刻本，序第 1a 页。

② （明）方岳贡：崇祯《松江府志》，载《日本藏中国罕见地方志丛书》第 23 册，书目文献出版社 1991 年版，第 673 页。

③ （明）吴维岳：《冬夜怀冯汝言寄去松江》，载《天目山斋岁编》卷 10（戊申岁），民国四年（1915）吴氏雍睦堂影印本，第 13a 页。

案：洪泉即朱杰，字子俊，号洪泉，松江华亭人。

夏，因史事至宜兴，有诗《余解阳羡十年矣，己酉夏分牧吴淞，以史事再至，作此示同游一首》（卷十）。

秋，督运赴京，因母病思归，遂携家以行。

八月，惟健迎于镇江，惟讷继妻魏氏奉母归青郡。兄弟登焦山，惟讷作《秋日登焦山追和杨邃翁相公》（卷六），惟健有《登焦山寺和邃庵相公韵》（《陂门山人集》卷四）。

惟讷有《己酉岁奉职上都，内子侍慈驾东还，别于沂水之侧》一首。另有《代内答》二首，其一有"落日沂水滨，秋风邺水郭"、另一有"那能独自开，秋风飒檐瓦"，可知时为秋天。至镇江，惟讷作《壬寅春余与叶以明登甘露寺留题，己酉仲秋言寻旧游，而叶已长逝，俯仰悲慨，重赋斯章》及《家兄省母南还，遘于京口，周陪探历，再至甘露寺次唐孙鲂之作》。

《陂门山人集》卷四《南省十首》序云："先府君尝令华亭，爰历三纪，季弟惟讷复佐松郡，奉母禄养，母怀归，迓之京口，而作是诗。"卷二有《余别金陵廿有六载，己酉秋南省载临江浒，慨然念旧，挐舟渡江，遂见故人，对月饮酒，感叹成诗》，卷七《上王尊师抚台书》："迩闻节钺抚我东土，某窃自喜，以为得拜台下，道衷曲、展夙愿也，不意老母从季弟禄养于松，初秋欲归，某奉迎江浒，病瘵卧在床蓐，某日侍汤药，不敢废离。"

李用敬《诰封夫人冯母魏氏行状》："（惟讷）服阕，复补松江，又相携以行，奉姑太夫人伏氏于官邸。未期岁，公以督转输抵京，夫人侍伏姑东还。伏当暮境，抱疴癃甚，足痿不能践地，夫人常承颜色，供几杖、涤瀡具，无不毕备。在道，出入卧兴，先屏人，亲为扶持。太夫人往来长途，动计二旬，得免颠踬，归语人曰：'非妇之左右我，我其毙于途矣。'"

八月末，赴京，与谢榛遇于潞河，有诗《潞河中秋同谢茂秦言别得人字》。

案：谢榛（1499—1579？），字茂秦，号四溟山人，临清人。"后七子"成员，最早与李先芳、吴维岳结诗社，与冯惟健、惟讷皆交好。有《四溟山人全集》。生平详《明史》本传。

冬十月，吴维岳过访。

吴维岳作《冯汝言以总运至自松江初过话旧》，有"寒月初开帝里尊"之句，知当为十月；又有"钧衡岂少同袍彦，不解冯君去国辕"① 之句，知惟讷未在京营求廕职。

冬，迁南户部广东司员外郎。

岁暮离京，吴维岳、沈炼、谢榛等饯行，有诗《奉职至都，岁晏暂还，吴霁寰比部携尊出饯，沈参军青霞、谢山人四溟适至，即席分韵得书字》（卷六）。

案：吴维岳有《携酒过少洲冯贰守送别，青霞沈参军、四溟谢山人适至，分得青字》（《天目山斋岁编》卷十一）。沈炼（1507—1557），字纯甫，号青霞，会稽人。嘉靖十七年（1538）进士，知溧阳、茌平、清丰三县令，本年入为锦衣卫经历。后以疏论俺答封贡及疏劾严嵩谪戍，为严党所构，论死。《明史》有传。

嘉靖二十九年庚戌（1550）三十八岁

正月，兄惟健、惟敏赴京会试，惟讷亦至京。

案：吴维岳有《病目口占招临朐冯氏兄弟》二首，其二有"大冯待次小冯来，尚有春香剩经梅"② 句，"大冯"指惟健，"小冯"指惟讷，则推知惟讷于上年岁暮离京回乡，今春又与两兄同赴京。同卷又有《松江冯五同知、晋州曹二判官以久别会此，予坐目眚不得数从，漫占一诗》，有"燕辕吴舫临岐路"句，知惟讷将离京赴任。

五月，与友人沈炼、谢榛、吴维岳、孙文揆等屡有宴集。作《五月七日再集沈参军宅得台字》《九日再集孙文揆比部宅得觞字》《十一日谢山人、沈参军、孙吴二比部修会敝馆分韵得云字》等（卷三）。

案：吴维岳《天目山斋岁编》卷十二（庚戌岁）有《五月七日再集沈五青霞楼分韵得枝字》《夏夜集孙文揆宅得馀字》《夏日集冯氏伯仲馆舍得楼字》《赠别冯汝言任留京户曹，分得声字》等，俱可与惟讷诗相参照。时

---

① （明）吴维岳：《冬夜怀冯汝言寄去松江》，载《天目山斋岁编》卷11（己酉岁），民国四年（1915）吴氏雍睦堂影印本，第9b页。

② （明）吴维岳：《冬夜怀冯汝言寄去松江》，载《天目山斋岁编》卷12（庚戌岁），民国四年（1915）吴氏雍睦堂影印本，第5a页。

惟健、惟敏下第，惟讷将赴任。

与万虞恺过访吴维岳，又与莫如忠、沈炼相聚。

案：吴维岳有《万冯二丈见过，因即席寄怀徐子弼二首有引》："嘉靖庚子，万懋卿、徐子弼、冯汝言暨余俱长毗陵诸邑。壬寅春，汝言遭谗左迁，最先离群。明年癸卯，余与懋卿同被徵命，懋卿入南垣，余守尚书郎。乙巳，子弼免丧诣阙，拜给事中，寻以直道去。又五年庚戌，懋卿参东藩，汝言贰松郡，各奉职入都相觏，每诹日设酒，执手极欢。而子弼留滞江乡，独不得与。虽协聚星之乐，弥轸停云之思，各赋七言，用托双鲤。"① 同卷又有《玉河桥避雨冯汝言舍，适莫子良、沈纯甫先后至，喜赋三首》，知吴维岳、莫如忠、沈炼共集惟讷馆舍。

秋，在南京，谢榛有诗寄怀。

谢榛有诗《中秋寄南都冯户部汝言，去岁此夕会汝言潞阳，时警虏变，感旧赋此》。

岁末，调广西司员外郎，署郎中事。

《行状》："服除，补松江府同知……升南京户部广东司员外郎、广西司郎中。留曹务简，得游心学问。读《易》每至夜分，无异书生时。从有道者究圣贤性命之学，真实体验，求诸身心，尝以猎名干进为深耻。"案：惟讷上年调南京户部员外郎，约在本年以员外郎署郎中事。据梨本《世录》载《陕西布政使冯惟讷并妻诰命》冯惟讷履历："五任直隶松江府同知，六任南京户部广东司员外郎，七任本部广西司郎署郎中事员外郎，八任兵部车驾司署郎中事员外郎。"可知惟讷以员外郎署郎中事。

嘉靖三十年辛亥（1551）三十九岁

在南京。二月，与诸同年会于西园，有《辛亥仲春同年修会西园》（卷七）。

夏，《风雅广逸》付梓。

案：《风雅广逸》本年由乔承慈付梓。承慈，字启仁，庠生，松江人。《风雅广逸》附识语："曩备员吴淞，乔生启仁以文学茂等，每诣余，辄取出

---

① （明）吴维岳：《万冯二丈见过，因即席寄怀徐子弼二首有引》，载《天目山斋岁编》卷十二（庚戌岁），民国四年（1915）吴氏雍睦堂影印本，第6a页。

此相订。今别三年矣，滥竽南曹，启仁乃走使致书，欲得刊布。余既自念敝帚，且嘉其雅尚，题诸卷首而遗之。辛亥五月冯惟讷识。"①

嘉靖三十一年壬子（1552）四十岁

十月，母伏氏卒，丁内艰。乞志铭于王崇庆。

《行状》："壬子，居先夫人忧。"《墓志铭》："壬子，丁内艰。"据车本《世录·奉祀神主》，母伏氏卒于本月十三日。

王崇庆《闾山冯公暨配伏氏墓志铭》："嘉靖壬子冬十月，年家冯子惟讷厥母伏宜人卒，将合葬乃翁宪副于尧山之麓，踵予以志铭请。"② 案：王崇庆，字德徵，号端溪，四川开州人。正德三年进士，累官至南京吏、礼二部尚书。

嘉靖三十二年癸丑（1553）四十一岁

十二月初六日，长兄惟健卒。

车本《世录·奉祀神主》。

嘉靖三十三年甲寅（1554）四十二岁

正月，与惟敏将父母合葬于青州尧山。

王崇庆《闾山冯公暨配伏氏墓志铭》落款："嘉靖甲寅春正月二十日勒石。不肖男惟讷泣血稽颡书。"

是年，友人董汝瀚升南京户部员外郎，作《送董西屿年兄之南户曹兼呈同省诸丈》（卷二）。

案：董汝瀚（1497—1558），字子汇，号西屿，嘉靖十三年（1534）举人，历官至南户部郎中。据李开先《奉政大夫南京户部郎中西屿董君墓志铭》："甲寅奏绩，褒敕有'精勤无怠，茂功慰朕'之语，升南京户部员外郎。"③

---

① （明）冯惟讷：《风雅广逸》，嘉靖三十年（1551）乔承慈刻本，序第 2b 页。

② （明）王崇庆：《明贵州按察司副使闾山冯公暨配伏氏墓志铭》，见贵州本《冯氏世录》见张秉国《〈冯氏世录〉二种整理研究》，齐鲁书社 2020 年版，第 308 页。

③ （明）李开先：《李中麓闲居集》卷 8，明刻本。第 91a 页。

嘉靖三十四年乙卯（1555）四十三岁

正月，服阕赴京。补兵部车驾司郎中。

秋，《汉魏诗纪》成。九月，友人黄祯为序。

　　黄祯《汉魏诗纪序》："单阏之秋，少洲冯子挟所选汉魏诗东访余于空林……嘉靖乙卯菊月北海安丘黄祯题。"①

嘉靖三十五年丙辰（1556）四十四岁

正月，在京，校刻《陂门山人集》。友人陈凤校订，作《玉泉为家兄检订遗文，赋此谢之》（卷四）。

　　陈凤《陂门集叙》："初，冶泉冯子卒于青……久之，予上京师，时其季氏驾部君适免丧待次公车。会其叔氏汝行上南宫，自其家携所遗稿授予，俾任后死之责……驾部将刻梓以传，属予为序。"落款为："嘉靖丙辰王正月南都友人陈凤元举序。"②

三月，吴国伦贬江西按察司知事，与栗应宏、李先芳等饯行。

　　作《春夜同栗道甫、李伯承、刘方回饯别吴明卿给事谪豫章得夜字》（卷一），中有"北阙余岂留，南州子方驾"句，知时亦待候补。

春，出为陕西佥事，分巡陇右，兼督学政，驻秦州（今甘肃天水）。有诗《将发秦中奉别三省诸僚长》三首。

　　《墓志铭》："复补北驾郎，出为陕西佥事，分巡陇右，兼督学政。"《行状》："壬子，居先夫人忧。三年，改兵部车驾司。未几，迁陕西按察司佥事，分巡陇右兼兵备道。陇右番胡杂处，民且贫敝。至则缮城堞、谨烽火、申法纪、平政令，生养休息，四民安业焉。乙卯，带管提学事。"

　　刘应熊《陕西按察司佥事少洲冯公遗爱记》："嘉靖丙辰，少洲冯公分枲陇右，驻节秦州。"③

　　案：惟讷在陕西达五年之久，惟敏散曲《忆弟时在秦州》序云："余弟

---

　　① （明）冯惟讷：《汉魏诗纪》，嘉靖三十七年（1558）刻本，序第4a页。

　　② （明）陈凤：《陂门集叙》，载《陂门山人集》卷首，嘉靖三十五年（1556）刻本，序第1a—6b页。

　　③ （明）刘应熊：《陕西按察司佥事少洲冯公遗爱记》，见青州本《冯氏世录》，载张秉国《〈冯氏世录〉二种整理研究》，齐鲁书社2020年版，第540页。

在秦州，五年不得调。"① 其跋语云"此词作于庚申（1560）之秋"，则由本年春至庚申秋正五年。而梨本《世录》载《陕西按察司金事冯惟讷敕》："敕陕西按察司金事冯惟讷，秦州地方系陕西要害处所。先因控制失宜，致有盗贼聚众劫掠。今特命尔前往，专在秦州驻扎，整饬巩昌等处兵备，兼营分巡陇右道地方，时常操练军快，修理城池，缉捕贼盗，抚安军民，问理刑名，禁革奸弊，仍听总督镇巡等官节制。"落款为"嘉靖三十年月日之宝"，与惟敏、刘应熊所述不合，此敕命当为传抄致误。

嘉靖三十六年丁巳（1557）四十五岁

在秦州。正月，作《丁巳元夕》《上元后夜制府别苑宴集》（卷八）。

案：《丁巳元夕》："去年此日侍鹓行，胜事都闻出尚方"，上年正月，惟讷在京候补，故云。

夏，《古诗纪》编成。

张四维《古诗纪序》："始事于甲辰之冬，集成于丁巳之夏，岁凡十四稔，先生宦迹且遍四方矣。遇通儒博士，无不出而订焉；骤见之编、郡邑之载、金石之刻，无不取而核焉。呜呼！先生之加意斯篇，其可谓勤且笃矣。"

友人孟淮迁浙江按察使，作《卫原孟公别我齐郡十年矣，丁巳之夏，自西凉行省迁浙江观察使，饯别于秦州太昊宫，即席赋赠二首》（卷五）。

嘉靖三十七年戊午（1558）四十六岁

正月，友人吴维岳登云门山，有诗怀惟讷。

案：《天目山斋岁编》卷二十（戊午岁）有《早春同元美登云门山得云字》《云门山怀冯五汝言》等诗。惟讷时以陕西按察金事备兵秦州，吴维岳时任山东督学，王世贞任按察副使备兵青州，青州乃惟讷家乡，吴、王皆冯氏兄弟友人，因有诗及之。

五月，门人张四维作《古诗纪序》。

张序落款"嘉靖戊午夏五月癸丑，赐进士出身、文林郎、翰林院国史编

---

① （明）冯惟敏：《海浮山堂词稿》卷1，明嘉靖四十五年（1566）刻万历间递修本，上海古籍出版社1981年版，第5页。

修、河中张四维顿首拜书。"①

惟敏被逮系历下，久之乃解。

是岁，《汉魏诗纪》二十卷付梓。

嘉靖三十八年己未（1559）四十七岁

正月，乔世宁为《汉魏诗纪》撰序。

乔世宁《汉魏诗纪叙》："少洲冯子类辑古诗，自上古迄秦别为前编，汉魏为一编，六朝又为一编，唐以下弗录者，盖曰世多有其集云……《汉魏诗纪》盖抄自汉魏人集，又本史志，旁及诸类书与郭茂倩所集乐府，乃其诗歌谣谚语传记有征者亦并采焉……刻既成，属余为叙。"落款为"嘉靖己未正月耀州乔世宁叙"②。则知本年正月乔世宁撰《序》时集已刻成，故其付梓当在上年。另，迈柱等《湖广通志》卷一〇一收乔氏此文，作《武昌刻汉魏诗纪序》，则付梓当在武昌。

三月，友人徐南金为《汉魏诗纪》作序。

《汉魏诗纪序》："汉魏诗旧有刻弗备，北海冯君乃为旁稽载籍，网罗放失，得汉魏以来乐府诗词歌谣杂曲凡若干篇，复为之考证疑误，整齐世次，命曰《汉魏诗纪》，刻之以传诸同好者焉。""嘉靖三十八年己未春三月豫章徐南金撰。"

案：徐序称"冯君故尝集《风雅广逸》以补先秦古诗之缺，别有录"，据惟讷《风雅广逸》自序，乃先编"八代诗纪"，后集《广逸》。因《风雅广逸》刊刻于《汉魏诗纪》之前，故给人留下此印象。案：徐南金，字体乾，号华原，丰城人。嘉靖二十年（1541）进士，授桂林司理，升御史，巡按广西，历山东按察副使，转陕西，迁广东左参政、河南按察使、浙江右布政，累官至湖广巡抚、副都御史。本年以陕西按察副使迁广东左参政。

惟讷任陕西金事。六月，至省台西安，友人徐南金已迁官。

《〈赠别徐华原大参之广南〉序》："己未六月，余以事诣省台，时华原迁去已数月矣。古川程公出赠言册命书，怀念昔游，俯仰斯别，不辞芜谫，敬缀三章。"（卷五）

---

① （明）张四维：《三诗纪序》，载《古诗纪》，明嘉靖甄敬刻本。序第8b页。

② （明）冯惟讷：《汉魏诗纪》，嘉靖三十七年（1558）刻本，序第7a—9a页。

案：车本《世录·敕表》有"山西布政司分守冀宁道右参政冯惟讷敕"，落款为"嘉靖三十八年十月初六日之宝"，若按此敕表，惟讷迁山西右参政在迁河南参议及浙江按察副使之前。而落款为"隆庆二年（1568）七月十八日之宝"的"陕西布政司右布政使冯惟讷并妻诰命"（车本《世录·诰命》）中列惟讷历官"九任陕西按察司佥事；十任河南布政使司右参议；十一任浙江按察司副使；十二任山西布政使司右参政；十三任山西按察司按察使；十四任今职。"履历一目了然，可证此敕表之误。

秋，与友人集，有《己未秋再集》（卷四）、《己未秋日再至徽山，辱郭省亭招燕，书此奉谢，兼抒别怀》（卷八）。

嘉靖三十九年庚申（1560）四十八岁

春，《诗纪》于陕西刻竣，巡按御史甄敬为序。

甄敬《诗纪序》："《诗纪》者，北海冯氏辑也。起上古，迄隋末，搜括靡遗矣，又较其差谬，次其紊乱，诗以人分，人以世系，斯亦勤且精矣。"落款"嘉靖岁次庚申孟春，赐进士第文林郎巡按陕西监察御史兼提督学校事太原甄敬叙"。[1]

七月，三子子节（1560—1603）生。

子节生卒见车本《世录·奉祀神主》。

嘉靖四十年辛酉（1561）四十九岁

正月，迁河南参议，分守河北道。

《墓志铭》："在镇（指陕西）五年……升河南右参议，分守河北。"《行状》："升河南布政司右参议，分守河北道，督饷都下，请托不行。"案：梨本《世录》收《陕西按察司佥事冯惟讷并妻诰命》，时间为"嘉靖四十年十一月二十五日之宝"，记年当有讹误，不可从。据惟敏散曲《忆弟时在秦州》跋语："此词作于嘉靖庚申之秋，……。时舍弟方奔走障塞，……明年，稍迁河南参议。又明年，相见于京邸，余亦授官矣。"[2] 再据吴维岳《喜冯汝

① （明）甄敬：《诗纪序》，载《古诗纪》，明嘉靖甄敬刻本，序第 1a、5b 页。

② （明）冯惟讷：《海浮山堂词稿》卷 1，载（明）冯惟敏《忆弟时在秦州》，上海古籍出版社 1981 年版，第 5 页。

言迁河南参议》："函谷书迟劳远梦，洛阳春早候轻车"①，皆可证惟讷迁河南参议在本年春。

春夏间，赴河南任。

嘉靖四十一年壬戌（1562）五十岁

春，由河南进京述职。便道归青省墓，与青州兵备副使刘应时议修府志。

雷礼《青州府志序》："嘉靖壬戌春，宪副洪洞刘君应时慨青郡久无志，无以章往开来，与郡人参政冯君惟讷议叶，敦请宪副陈君梦鹤等分类纂辑。"②

四月，授浙江提学副使。时惟敏会试下第，兄弟相会于京。

《行状》："壬戌，升浙江提学副使，便道省墓，哀痛伏地者久之。谓子侄曰：'余恋薄禄七年于外，而松楸芜不治，罪莫大焉。'乃经营，刻墓表，筑垣如制。"

《墓志铭》："壬戌，擢浙江提学副使。"李用敬《诰封夫人冯母魏氏行状》："壬戌，擢浙江督学宪副，奉玺书校群彦，盖出抡选，采名实以授非常秩也。"

车本《世录·敕表》之《皇帝敕谕浙江按察司副使冯惟讷》："……今特命尔往浙江巡视提督各府州县儒学，尔其钦哉！……所有合行事宜，申明条示于后，其慎行之，毋忽。故谕。……嘉靖四十一年四月□日广运之宝"。

六月，惟敏授直隶涞水令。

石茂华《海浮冯公行状》："壬戌北上，所知力劝之仕，曰：'如公之才，如应龙垂璧，所至自成云霖，呈虹气，奚区区赖一第为？'遂稍稍肯之，谒选天曹，授知涞水县事。"

惟讷亦赴浙江任，经惟敏官邸，小住数日，有《发涞水寄别家兄六首》（卷四）。至济南，遍见友人，李开先有诗《赠浙江督学宪副冯少洲》；李攀龙有《送冯汝言学宪之浙江》；李先芳有《送冯汝言四首》。

---

① （明）吴维岳：《喜冯汝言迁河南参议》，载《天目山斋岁编》卷23（辛酉岁），民国四年（1915）吴氏雍睦堂影印本。

② （明）刘应时、冯惟讷：嘉靖《青州府志》，嘉靖四十四年（1565）刻本，序第1a页。

途经开封，徐中行有诗《梁园送青州冯公督学浙江》二首。

《发涞水后寄别家兄六首并序》："壬戌仲夏，家兄海浮解褐补涞水令。时余祗役浙江，过邑相存，淹留积日乃发。兄送余白河之南，感怆佴别，赋此寄呈。"

嘉靖四十二年癸亥（1563）五十一岁

春，在浙江。

秋，迁山西右参政。

《行状》："癸亥，升山西税粮道右参政。躬历严邑，出入千山中，边饷以给，虏不敢犯。台臣屡荐之。即其地迁按察使，直谅明恕，多所平反，而群吏不法者无少贷，三晋称神君焉。"《墓志铭》："癸亥，升山西右参政，即自其省为按察使。"李用敬《诰封夫人冯母魏氏行状》："癸亥，升参山西政事，复就本省拜总宪外台。"

八月，长孙冯珣生。

冯珣（1563—1640），字季韫，子临子。万历中以选贡谒选长武令，在任重刻《诗纪》，至汉中府同知。据车本《世录·奉祀神主》，冯珣生于本月十二日。

十二月，至平阳督饷。时友人谢榛游晋，有诗《寄冯大参汝言，时督饷平阳》。

车本《世录·敕表》之《山西布政使司右参政冯惟讷敕》："敕山西布政司右参政冯惟讷：所属地方，递年拖欠粮草数多，王府、军卫所禄米俸粮拨给不足，预备仓粮全无储积。饥民无以赈济，而管粮官员多有受贿……今特命尔专一往来提督所属府州县税粮马草等项，并预备仓粮带催料价……嘉靖四十二年十二月二十二日之宝"。

嘉靖四十三年甲子（1564）五十二岁

在太原。孔天胤有诗寄怀。

《文谷渔嬉稿》"甲子"《冯少洲参知往过蒲坂寄诗见怀今始奉和呈省中》。

陕人为之立去思碑，刘应熊作《碑记》。

刘应熊《陕西按察司佥事少洲冯公遗爱记》："嘉靖丙辰，少洲冯公分臬陇右，驻节秦州。越五裰，晋河南参议。又三年，是为嘉靖甲子，秦之若士若民若荐绅思公恩泽在秦者，犹深一路也，欲为公颂美以志永思，介郡学生王瑶偕乡耆王鸾辈过余，请曰……公去秦未洽三年，遗爱浩盖，民思不辍，久若近也，去若存也。"落款为"嘉靖四十九年仲春之吉赐进士第广东监察御史刘应態撰"，"九"当为"三"之误，"態"当为"熊"字之讹。按，刘应熊，字得阳，陇西人，嘉靖二十年（1541）进士，历嵩县知县，授监察御史，出按河东，寻罢归。

嘉靖四十四年乙丑（1565）五十三岁

春夏之际，述职入京，会京师友人。便道返青州。

欧大任《旅燕稿》卷三有《同黎秘书、曾缮部、吴侍御、万金吾出善果寺访冯侍御》。

夏，《青州府志》纂成。

案：《嘉靖青州府志》"纂修"为"山西布政司参政郡人冯惟讷"，此志成于"嘉靖四十四年孟夏吉旦"（《青州府志序》），时惟讷为山西参政，可知即本省按察使在本年秋冬间。

秋冬之际，升山西按察使。

欧大任《送冯侍御出按山西》，有"霜落胡沙边燧暗，星随汉使岳云斜"[1] 之句，写秋冬之景，证惟讷迁官当在秋冬之际。案：欧大任，字桢伯，号仑山。广州顺德人，以岁贡选江都训导，累官南京户部郎中。在京与冯惟敏结诗社。

嘉靖四十五年丙寅（1566）五十四岁

春，与孔天胤批点谢榛诗。

陈允衡《适晋稿跋》："《适晋稿》六卷，谢山人癸亥至乙丑客山右所作，北海冯少洲大参惟讷、河汾孔方伯天胤批点校梓。"[2] 案：谢榛有《适晋稿》六卷，录嘉靖四十二年（1563）到四十四年（1565）之诗，嘉靖四十五年（1566）由冯惟讷、孔天胤批点受梓。

---

① （明）欧大任：《旅燕稿》卷3，清刻本，第35b页。
② （明）谢榛：《谢榛全集校笺》，李庆立校笺，江苏古籍出版社2003年版，第1362页。

迁陕西右布政使。

　　《行状》："丙寅，升陕西右布政使。慨屯田久淹，豪强兼并，任事者莫敢谁何。乃极力推勘，略无避忌，得田万余顷。事闻，肃皇嘉悦，有白金彩币之赐。"《墓志铭》："丙寅，升陕西右布政使。"李用敬《诰封夫人冯母魏氏行状》："丙寅，升陕西右布政使，乃病目翳，昏瞆不能亲事，药罔功。夫人每夜跽祷于天，愿减年龄祈愈公目，涉旬月皆然。用意诚恳，日稍久，目果愈，如往昔，冥默中若有鉴而应之者。"

穆宗隆庆元年丁卯（1567）五十五岁

正月，穆宗登极，覃恩中外。惟讷诰封三代，祖春、父裕皆赠通奉大夫、陕西布政使右布政，祖母李氏、母伏氏加赠夫人，妻魏氏封夫人。

　　惟敏《行状》："隆庆改元，今上正位储宫，覃恩封三代，祖考妣、考妣得加增二品秩，如其阶。"李用敬《诰封夫人冯母魏氏行状》："丁卯岁际，庄皇帝登极，覃恩中外，熊夫人与夫人皆荷锡命，获今徽称。"案：梨本《世录》收三封诰命：《陕西布政使司右布政使冯惟讷祖父母诰命》《陕西布政使司右布政使冯惟讷父母诰命》《陕西布政使司右布政使冯惟讷并妻诰命》，落款均为"隆庆二年七月十八日"。惟讷在隆庆二年五月已调江西左布政，则诰命时间当在此之前。疑"二年"为"元年"之误。

八月，同年莫如忠迁陕西按察使。

　　莫如忠由河南参政迁陕西按察使，作《和冯少洲右辖》，有"芝兰原有托，桃李更同门。何意三秦地，俱衔一命恩"句①。案：莫如忠，字子良，号中江，华亭人，嘉靖十七年进士，授南缮部主事，累官浙江布政使。工书法，以二王为宗。有《崇兰馆集》。

隆庆二年戊辰（1568）五十六岁

春，在陕西右布政使任。

三月，同年莫如忠以陕西按察使迁浙江右布政使，作《别莫中江年丈》（卷四）。左布政使靳学颜升太仆寺卿。

----

　　① （明）莫如忠：《崇兰馆集》卷4，明万历十四年（1586）冯大受董其昌刻本，第17a页。

《别莫中丞年丈有引》："中江先生以道德文章推重榜中，某等投分最深，自戊申别于京师，先生寻以贵阳学宪请告，归吴松者十有八年。乙丑岁召起，遭逢圣明，再迁西京廉访使。某适承乏兹，获奉仪刑，窃窥先生诣蕴益宏远矣。未几，拜越中右使以行，某衰疾倦游，良晤难冀，年来久废吟咏，于先生之别隐闵悲甚，聊为短句以见志耳。"

案：靳学颜，字子愚，号两城，济宁人。嘉靖十三年（1524）与惟讷同榜中举，次年成进士，历官吏部左侍郎。有《两城集》。事迹具《明史》本传。靳学颜、莫如忠迁官均见《明穆宗实录》卷十八"隆庆二年三月"。

五月，转江西左布政使。

《行状》："戊辰，迁江西左布政使。日纳钱谷巨万，立法任官，抽名验收，不得少有羡余……夙弊尽祛，民大感德，缙绅先生相与叹曰：'二百年来绝弊甦民，仅见此公。'"《墓志铭》："戊辰，转江西左布政使。"《明穆宗实录》卷二〇"隆庆二年五月"："庚申，升陕西布政使司右布政使冯惟讷为江西左布政使。"

欧大任有《送冯方伯汝言赴江西》（《浮淮集》卷六）。

秋冬之际，由山西赴江西任，岁末抵南京，作《忆昔》诗（卷八）。

《〈忆昔〉序》："外舅前溪熊公昔卒秦淮，余以癸巳（1533）除夕行奠雁礼于馆舍。隆庆戊辰，祇役江藩，复以除夕憩留于兹。追惟往事，逾三十年，而亡荆去帷亦云二纪，聊述短章，以述悲怀。"

隆庆三年己巳（1569）五十七岁

春正月，途经庐州，作《仲兄奉先朝使命旅卒庐州余以己巳春日行役过是郡问询旧馆赋此述哀二首》（卷三）。

至南昌，编选《欧阳南野先生文选》竣，付梓。五月，作跋。

《欧阳南野先生文选后序》："今元相少傅李公，惧学之淆也，乃选凡论学之言□卷，属讷订梓。少傅公继先生为大宗伯，进而身伊周之任，出所学于先生者而大行之，宏功懋施，炳朗后先……今太守周君实同斯志，前任梓事。工竣，谓不可无言以诏选刻之意，会先生仲子中书君使事过家，以讷有契于先生之教，昔尝校于浙、序于陕也，复拳拳申命之，讷不得辞……隆庆己巳年仲夏望日门人北海冯惟讷顿首拜书。"① 案：少傅李公即李春芳，字子实，号石麓，兴化人。嘉靖二十六年（1548）状元，以礼部尚书兼武英殿大学士入阁。与惟讷俱学于欧阳德之门。

隆庆四年庚午（1570）五十八岁

冬，朱多煃为《选诗约注》作序。

《选诗约注序》："始嘉靖庚子，成隆庆庚午，阅三十年，良亦勤矣……隆庆庚午冬日淮甸朱多煃书。"② 案：朱多煃，字用晦，宁献王六世孙，封奉国将军。与李攀龙、王世贞、吴国伦等"后七子"交往颇多。有《用晦集》。

隆庆五年辛未（1571）五十九岁

二月，自江西左布政使入觐，乞致仕。二十日，以光禄卿归。惟敏送之雄州。三月，抵乡。

《明穆宗实录》卷五四"隆庆五年二月"："甲辰，诏进江西布政使司左布政使冯惟讷光禄寺卿致仕。惟纳（讷）居官清慎，至是以疾乞休，故特优之。"惟敏散曲《舍弟乞休》序："余弟少洲子，辛未自江省左辖入觐，寻朝万寿节……恐奉职无状，乃请老。余闻之，忻然曰：'是可以老矣。吾与尔同归乎？'……迄刘廉访念庵寄词数种，余览之心动；又闻弟将归，乃述此以志喜。"③

《行状》："辛未入觐阙下，课治行以最闻，天官郎出谓人曰：'诸方伯考核言事，多存两可，黜则黜，留则留。凿然有执，无依违语者，冯方伯也。'……事既竣，乃草疏请老。当道名公闻而慰止之，然归志已决，章遂上。奉先皇温旨，迁光禄寺卿，得致仕。欣然出都城，与余别于雄州，遂浮济河，登泰山，三月归山中。"《墓志铭》："辛未，入觐阙下，精核下吏能否，无所依违……公名益起，缙绅大夫咸以公辅期之，而公请老之志，坚不可挽矣。疏上，天子惜之，特进光禄寺卿，予致仕云。"

---

① （明）欧阳德：《欧阳南野先生文选》，明隆庆三年（1569）刻本，序第7a页。

② （明）朱多煃：《选诗约注》，载《选诗约注》，明万历九年（1581）沈思孝刻本，序第5a页。

③ （明）冯维敏：《舍弟乞休序》，载《海浮山堂词稿》卷1，上海古籍出版社1981年版，第45页。

案：据《墓志铭》所记"缙绅大夫咸以公辅期之"则知有入阁之议；公琦《琢庵冯公行状》载："故相高公拱与从祖光禄公有隙，柄铨日，格参政公选取"①，则知惟讷实因受高拱压制而辞归。

秋，家居，有诗《山中寄怀家兄海浮时为保定别驾》（卷七）。

案：诗中有"嘹唳秋空雁影疏，不堪霜翮久离居"之句，知时为秋天。

隆庆六年壬申（1572）六十岁

三月二十一日，卒于家。

《墓志铭》："庄皇帝之壬申岁三月二十又一日，光禄寺卿致仕少洲冯公卒。"车本《世录·奉祀神主》："显考……府君冯公讳惟讷卒于隆庆六年壬申三月二十一日巳时，享年六十岁……孝子子临奉祀。"

十一月初八，惟敏撰写行状。二十日，葬于尧山祖茔。

《行状》："隆庆壬申十一月庚寅日，期服兄冯惟敏述。"

《墓志铭》："（冯公卒）子子临辈以其年十一月二十日葬公于尧山之原。"

作者简介：

张秉国，男，文学博士，济南大学文学院教授，研究方向为明清诗文与文献、古代俗文学等。

---

① （明）冯琦：《冯琢庵先生北海集》卷58，明万历刻本，第20a页。

梁清标年谱简编[*]

王馨鑫

摘　要：梁清标是清初汉族高官中文学成就较高的作家之一，诗词皆有一定造诣；且交游广泛，与王崇简、魏裔介、高珩等汉族重臣及汪懋麟、徐釚等文学之士都有较为密切的往来。在顺、康朝的京师文坛上，具有十分重要的地位与意义。本年谱以梁清标诗词作品及高珩、李澄中为其所撰之墓志铭为主要依据，结合相关别集、方志、实录，对梁氏的生平经历、交游情况以编年形式进行考察，力图较为全面地展现其人生轨迹，为后续研究提供参考。

关键词：梁清标　年谱　生平　交游

梁清标（1620—1691），字玉立，号苍岩，直隶真定（今河北正定）人。明崇祯十六年（1643）进士，选庶吉士。入清，补原官。历弘文院编修、国史院侍讲学士、詹事府詹事、秘书院学士、礼部侍郎、吏部侍郎。顺治十三年（1656），迁兵部尚书。后又历任礼部、刑部、户部尚书，康熙二十七年（1688），拜保和殿大学士。三年后卒于任。著有《蕉林诗集》十八卷、《蕉林二集》六卷、《棠村词》一卷及《蕉林文稿》《棠村乐府》《上谷语录》等。梁氏风雅好文，诗笔清丽，词亦芊绵宛转、为人所称。在清初汉族高官中，属于文学成就较高的一位。他不但时常

＊　本文系2014年度国家社科基金重大项目"清代诗人别集丛刊"（14ZDB076）的阶段性成果。

与同为汉臣的王崇简、魏裔介、高珩等诗词倡和、往来密切，且喜结纳文士、提携后进，与陈维崧、王士禛、宋琬、毛奇龄等皆有交。门下士如汪懋麟、徐釚、方象瑛，亦为一代名家。在清初京师文学圈中，梁氏实具有十分重要的地位与意义。

明万历四十八年庚申（1620）一岁

十二月十六日，生。

　　高珩《皇清诰授光禄大夫保和殿大学士兼兵部尚书苍岩梁公墓志铭》："公生于前朝庚申年十二月十六日寅时，卒于康熙三十年八月初一日寅时，寿七十有二。"①

　　高珩（1612—1697），字葱佩，一字念东，晚号紫霞居士，山东淄川（今山东淄博）人。崇祯十六年（1643）进士，选庶吉士。入清，授检讨，升国子监祭酒。顺治八年（1651）典试江南。以刑部侍郎致仕。著有《栖云阁诗集》等。为人坦易，与梁清标交情甚笃。其《兵部尚书苍岩梁公墓志铭》云："不佞之于公，同捷南宫，同官本天，固似有宿因矣。而公之两兄官吏部侍郎者复与家兄玮同捷南宫，公之先公官山东开府，不佞大父以御史司北畿学政。孔李通家，盖累世矣。"

　　李澄中《白云村文集》卷三《保和殿大学士梁公墓志铭》："公生于前庚申十二月十六日，终于康熙辛未八月初一日，年七十有二。"②

　　李澄中（1629—1700），字渭清，号渔村，又号雷田，山东诸城人。康熙十八年（1679）举博学鸿词科，授检讨，与修《明史》。官至侍读。康熙三十年（1691），为忌者所中，遂归。著有《卧象山房集》《白云村文集》等。清标于李澄中之文甚为叹赏，并为其一力揄扬，故澄中对其十分感激。其《保和殿大学士梁公墓志铭》云："澄中谫陋无似，通籍十余年，碌碌无足比数。戊辰春，偶为刘舍人父作墓志，遂为公所叹赏，乃昌言于朝，一时士大夫稍有知予能文字者，实自公始也。……故志公行事，窃附于古人之

---

　　① 按：高珩《栖云阁文集》未收录该墓志铭，此《铭》为笔者据刘友恒《正定县梁氏家族墓地出土文物》（《文物春秋》1995 年第 1 期）文后附《梁清标墓志志文》整理，并加以纠谬补阙。

　　② （清）李澄中：《白云村文集》卷 3，载《清代诗文集汇编》编纂委员会编《清代诗文集汇编》第一二〇册，上海古籍出版社 2009 年版，第 218 页。

义，亦以见澄中之感知，虽没齿不忘焉。"

出继于伯父梁维基。

李澄中《白云村文集》卷三《保和殿大学士梁公墓志铭》："本生父维本，礼科都给事中。出继伯父维基，历官广东南雄府知府。"

梁维基（？—1644），字在宥，明诸生，以荫官历户部员外郎、监通州仓。赵南星遭逮，往来周旋，有声。天启七年（1627），迁南雄知府。秩满归乡，不复出。顺治元年（1644），卒于家。

梁维本（？—1650），字立甫，明天启元年（1621）举人。入清，补中书舍人，迁礼科给事中。历刑科右给事中、户科左给事中、礼科都给事中。顺治七年（1650），以疾卒于京邸。

天启七年丁卯（1627）八岁

随父梁维基赴任至广东南雄。

高珩《兵部尚书苍岩梁公墓志铭》："八岁随任至南雄，江船夜泊，雷雨猝至，舟几覆矣。踉跄登岸，独与一老仆偕行泥淖中十余里，遥望一灯荧然，趋抵一舍，灯光忽没，因就宿焉。黎明，乃近江浒。封翁惊喜，知有神明默相也。"按：封翁，即梁维基。

崇祯六年癸酉（1633）十四岁

补博士弟子。

高珩《兵部尚书苍岩梁公墓志铭》。

崇祯十三年庚辰（1640）二十一岁

七月，长子允嘉生。

《蕉林文稿·梁伯子行略》："梁子允嘉字子柔，家司马长子，生而颖异……生于庚辰七月十三日丑时，卒于癸卯十二月初三日辰时，享年仅二十有四。娶贾氏，故侍御贾公名儒曾孙女。"[①] 按：此《行略》似为梁清标侄梁允植代作，故称清标为"家司马"。

---

① （清）梁清标：《蕉林文稿》，国家图书馆藏清抄本，第3册第3a页。本年谱所引《文稿》内容皆出自此本，后不再出注。

崇祯十五年壬午（1642）二十三岁

中顺天乡试。

高珩《兵部尚书苍岩梁公墓志铭》："壬午录科，三试皆冠军，秋领乡□。"按：所阙字应为"荐"。

李澄中《白云村文集》卷三《保和殿大学士梁公墓志铭》："壬午举于乡。"

崇祯十六年癸未（1643）二十四岁

九月，成进士，授翰林院庶吉士。

高珩《兵部尚书苍岩梁公墓志铭》、李澄中《保和殿大学士梁公墓志铭》。

按：据《明史·庄烈帝本纪》："十六年九月辛亥，赐杨廷鉴等进士及第、出身有差。"故知梁清标成进士，在是年九月。

清顺治元年甲申（1644）二十五岁

降附李自成。后被南明朝廷定入从贼案。

《清史列传·贰臣传·梁清标》："福王时，以清标曾降附流贼李自成，定入从贼案。"[1]

五月，清军入京，投诚，补原官。

《清史列传·贰臣传·梁清标》："本朝顺治元年，投诚，仍原官。"

高珩《兵部尚书苍岩梁公墓志铭》："顺治元年甲申五月，皇朝定鼎，补原官。"

八月，丁父艰还里。旋丁母艰。

高珩《兵部尚书苍岩梁公墓志铭》。

顺治六年己丑（1649）三十岁

服阙还朝。四月，授内翰林弘文院编修。

---

[1] 王钟翰点校：《清史列传》卷79，中华书局1987年版，第6584页。

高珩《兵部尚书苍岩梁公墓志铭》。

《世祖实录》顺治六年四月："己亥，授庶吉士梁清标、冯溥、李昌垣、黄机为内翰林弘文院编修。"①

夏，送张瑃按蜀。

《蕉林诗集》七言律一《送张伯珩同年按蜀》："衔命炎途白简寒，锦城初拥惠文冠。"②

张瑃（1624—1665），"瑃"一作"椿"，字伯珩，山西阳城人。崇祯十六年（1643）进士。入清，授河南原武知县。顺治六年（1649），按四川。陞陕西巡抚，调福建督粮道，以积劳卒于官。

胡全才坐事褫职，诣部自陈未果，还太原，赋诗送之。

《蕉林诗集》五言律一《胡韬颖同年入京赋赠》，七言律一《送同年胡韬颖还太原》："北风黯澹促归装，送尔临岐泣数行。"

胡全才，字韬颖，山西文水人，生卒年不详。崇祯进士，官兵部主事。入清，起原官，擢宁夏巡抚。顺治六年（1649），以滥给剳褫职。诣部自陈。后以功大罪小，除江西饶南道御史。从征湖南，抚治郧阳，擢湖广总督，卒于官。

是年初度及除夕，有诗。

《蕉林诗集》五言律一《己丑初度》《己丑除夕》。

顺治七年庚寅（1650）三十一岁

元日，有诗。

《蕉林诗集》五言律一《庚寅元日》。

本年四月，本生父梁维本去世。秋，给假治丧，还里，途经定兴、保定、新乐。

高珩《兵部尚书苍岩梁公墓志铭》："七年四月，遇本生都谏公殁，给假治丧，复旋里。本朝之为本生治丧者，自公始，遂为定例，锡类无疆矣。"

《蕉林诗集》五言律一《定兴道中》《保定道中拜汉昭烈关壮缪、张桓

---

① 《清实录》第3册《世祖章皇帝实录》，中华书局1985年版，第347页。
② （清）梁清标：《蕉林诗集》18卷，天津图书馆藏康熙十七年（1678）梁允植秋碧堂刻本，第4册第296页。本年谱所引《诗集》内容皆出自此本。

侯庙》《晚行新乐道中》，即此时作。

顺治八年辛卯（1651）三十二岁

春，在里中，遇新晴，出郭游玩。上巳，在灵寿道中。

《蕉林诗集》五言律一《春暮新晴出郭》《上巳灵寿道中》。

夏日，白胤谦出使吴楚，便道归省，赋诗送之。

《蕉林诗集》七言律一《夏日送白东谷同年奉使吴楚便道归省》。

按：光绪《湖南通志》卷七十三："顺治八年，遣侍读学士白允谦致祭（南岳衡山）。"

白胤谦（1605—1673），字子益，号东谷，山西阳城人。崇祯十六年（1643）进士，选庶吉士。入清，授检讨，擢吏部侍郎。官至刑部尚书。康熙二年（1663），遽求致仕，家居十年而卒。著有《东谷集》《归庸斋集》等。

登真定阳和楼。

《蕉林诗集》七言律一《夏日登阳和楼》。

阳和楼，在真定。雍正《畿辅通志》卷五十四"古迹"："阳和楼，在（正定）府治南，元至正十七年建。"

秋，姜图南入秦巡视茶马，赋诗送之。

《蕉林诗集》七言律一《送姜汇思侍御巡视茶马入秦》："埋轮知尔凭三尺，塞上秋霜拭佩刀。"

姜图南，字汇思，号真源，山阴（今浙江绍兴）人，生卒年不详。崇祯十五年（1642）举人，顺治六年（1649）进士，改庶吉士。旋出为御史，巡视陕西茶马、两淮盐务，皆有声。为忌者所中，转外台，谢病归，未几卒。

冬，郝浴巡按四川，赋诗送之。

《蕉林诗集》五言律一《送郝冰涤侍御按蜀》。

《碑传集》卷六十四赵士麟《巡抚广西雪海郝大中丞公传》："辛卯，世祖章皇帝亲政，甄别台班，以公才，改授侍御史，旋巡按四川。"①

郝浴（1623—1683），字冰涤，又字雪海，号复阳，直隶定州（今河北定州）人。顺治六年（1649）进士，官刑部主事。改湖广道御史，巡按四

---

① （清）钱仪吉撰：《碑传集》卷64，清道光刻本，第2957页。

川。以忤吴三桂，遣戍盛京，直声震天下。康熙十四年（1675），特旨召还，复原官。擢左副都御史，巡抚广西。康熙二十二年（1683）卒于任。著有《中山诗钞》《中山文钞》等。

张玄锡颁亲政诏之河南，赋诗送之。

《蕉林诗集》七言律一《送张仲若同年颁亲政诏之河南》。

《清史稿·世祖本纪》："八年春正月庚申，上亲政，御殿受贺，大赦。"

张玄锡（1623—1658），字仲若，直隶清苑（今河北保定）人。崇祯十六年（1643）进士，选庶吉士。入清，历检讨、侍讲、内翰林弘文院学士。顺治十三年（1656），升宣大总督，加兵部尚书兼都察院右副都御史衔。转直隶总督，加太子太保。顺治十五年（1658），因遭满清亲贵麻勒吉呵斥羞辱，愤而自刎，未死。上疏自陈，回京听勘，于七月十二日自缢于京师圣安寺。

顺治九年壬辰（1652）三十三岁

六月，升国史院侍讲学士。

高珩《兵部尚书苍岩梁公墓志铭》："九年六月，升国史院侍讲学士。充武闱会试主考。"

《世祖实录》顺治九年六月："以新定翰詹官员升转例，升……编修梁清标为内翰林国史院侍讲学士。"

《蕉林诗集》七言律一《夏日迁官》："岂有文章干气象，滥从婚宦误樵渔。"

九月，充武闱会试主考。

《世祖实录》顺治九年九月："丙子，命内院大学士范文程、额色黑、侍读学士薛所蕴、侍讲学士梁清标充武会试主考官。"

《蕉林诗集》五言律一《武闱晓雨》、七言律一《武闱夜坐》。

按：《清史稿·选举志》："武科自世祖初元下诏举行，子午卯酉年乡试，……次年九月，会试于京师。"

顺治十年癸巳（1653）三十四岁

立春，有诗。

《蕉林诗集》五言律一《癸巳立春》。

五月，升詹事府詹事，兼秘书院侍读学士。闰六月，迁秘书院学士。十二月，擢礼部右侍郎。

高珩《兵部尚书苍岩梁公墓志铭》："十年五月，升詹事府詹事兼秘书院侍读学士。闰六月，升秘书院学士。十二月，升礼部右侍郎。"

李澄中《保和殿大学士梁公墓志铭》："十年五月，进詹事府正詹事。闰六月，迁秘书院学士。十二月，擢礼部右侍郎。一岁三迁，盖异数也。"

《世祖实录》顺治十年五月："丙子，升侍讲学士梁清标为詹事府詹事，兼内翰林秘书院侍读学士。……闰六月戊子，升侍读学士梁清标为内翰林秘书院学士。……十二月，升……内翰林秘书院学士梁清标为礼部右侍郎，仍兼原衔。"

李呈祥因上疏言辨明满汉之事革职下狱，几死，后流徙盛京。将发，蕉林赋诗赠之。

《蕉林诗集》七言律一《赠李吉津出塞》。

《世祖实录》顺治十年二月："先是，詹事府少詹李呈祥辨明满汉一疏，有旨切责。都察院副都御史宜巴汉等因劾呈祥讥满臣为无用，欲行弃置，称汉官为有用，欲加专任。阳饰辨明，阴行排挤。命革李呈祥职，下刑部。至是部议：呈祥蓄意奸宄，巧言乱政，当弃市。上命免死，流徙盛京。"

李呈祥（1617—1687），字其旋，又字吉津，号东村，山东沾化人。崇祯十六年（1643）进士，选庶吉士。入清，授编修，累迁少詹事。顺治十年（1653），因上《辨明满汉一体疏》，下狱论斩。上命免死，流徙盛京。十七年（1660），释归。诣京师疏谢，后还里。康熙二十六年（1687）卒。著有《东村集》十卷。

女殇，为诗哭之。

《蕉林诗集》七言律一《哭殇女》。

冬，送申涵光还广平。

《蕉林诗集》五言律一《送申凫盟还广平》："诗篇传洛下，风雪渡滹沱。"

申涵光（1619—1677），字孚孟，号凫盟，直隶广平（今河北永年）人。明诸生，入清绝意仕进，累荐不就。诗以少陵为宗，兼采高岑王孟，为河朔诗派领袖。晚岁究心理学，不复为诗。著有《聪山诗集》《聪山文集》《荆园小语》等。

十二月，从猎南苑。

《蕉林诗集》五言律一《冬日从猎南苑》。

《世祖实录》顺治十年十二月："辛未，上幸南苑。"

顺治十一年甲午（1654）三十五岁

宋琬补陇右道佥事，赋诗送之。

《蕉林诗集》七言律一《送宋玉叔金宪之任陇西》。

《碑传集》卷七十八王熙《通议大夫四川按察使司按察使宋公琬墓志铭》："调吏部稽勋司主事，旋外补陕西，分巡陇右道佥事。"

宋琬（1614—1673），字玉叔，号荔裳，山东莱阳人。顺治四年（1647）进士，授户部河南司主事，调吏部，旋外补。顺治十八年（1661），族人某诬其与于七通谋，立逮下狱，逾年得解，然坐是放废。康熙八年（1669），投牒自讼，始白。补四川按察使。康熙十二年（1673）入觐，以病卒于京师。著有《安雅堂集》。

二月，畿辅告饥，奉命往赈，巡历保定诸州县。宿良乡县，遇雨。路经涿州、定兴，至保定。

高珩《兵部尚书苍岩梁公墓志铭》："旋以畿辅告饥，世祖章皇帝分遣重臣往赈，公同少司农祝公巡历保阳诸州县，殚心察核，规画周详，人沾实惠焉。"

《清史列传·梁清标传》："十一年，敕赈直隶八府灾民，清标与侍郎祝世允分赈保定所属二十州县、三卫一所，并顺天府属腾骧、永清二卫屯丁之在保定者，还奏称旨。"

《蕉林诗集》五言律一《春日奉命赈上谷出都门》《宿良乡县遇雨》《涿州道中》《定兴道中小憩古寺》《至保定》《完县有木兰祠》《易州怀古》。

胡全才抚治郧阳，赋诗赠之。

《蕉林诗集》七言律一《赠胡韬颖同年抚治郧襄》。

《世祖实录》顺治十一年正月："己酉，擢……江西饶南九江道参议胡全才为都察院右佥都御史，抚治郧阳，提督军务。"

九月，调吏部右侍郎。

高珩《兵部尚书苍岩梁公墓志铭》："十一年九月，调吏部右侍郎。"

《世祖实录》顺治十一年九月："调礼部右侍郎梁清标为吏部右侍郎，兼内翰林秘书院学士。"

除夕，有诗。

《蕉林诗集》七言律一《甲午除夕》。

顺治十二年乙未（1655）三十六岁

元日，有诗。

《蕉林诗集》七言律一《乙未元日》。

春，吕崇烈致仕归乡，赋诗送之。

《蕉林诗集》七言律一《送吕见斋宗伯致仕还安邑》："春风驿路加飡饭，未许长悬广德车。"

吕崇烈（1595—1666），字伯承，号见斋，安邑（今山西运城）人。崇祯十六年（1643）进士，选庶吉士。入清，授检讨，累迁礼部左侍郎兼秘书院侍读。治理学有声，学者称见斋先生。

六月，转吏部左侍郎。

高珩《兵部尚书苍岩梁公墓志铭》："十二年六月，转左。"

七月，本生母病故，给假治丧，命以三月为限，回部供职。

高珩《兵部尚书苍岩梁公墓志铭》："本生母在籍病故，具疏给假治丧，奉旨：'准假三月，依限回部供职，不必作缺。'"

《世祖实录》顺治十二年七月："甲申，吏部左侍郎梁清标以生母故请假治丧，命给假三月，依限回部供职。"

顺治十三年丙申（1656）三十七岁

春，送娄维嵩令青浦，时方驱车离家入都。

《蕉林诗集》五言律一《送娄中立令青浦，时余方驱车入都》："我逐春风去，何堪又送君。"

（乾隆）《江南通志》卷一百七《职官志》："青浦县知县一员……娄维嵩，真定人，进士，顺治十三年任。"

娄维嵩，字中立，直隶真定（今河北正定）人，生卒年不详。顺治四年（1647）进士。七年（1650），知浮梁。十三年（1656），知青浦。

于定州驿亭遇雪。立春，在定州。

《蕉林诗集》五言律一《驿亭夜雪》："冰开新市渡，雪满定州城。"

《定州立春》："驱车行更缓，春色满前旌。"

仲春，世祖驻跸南苑阅武，随驾，赐宴行宫，赋诗应制。

《蕉林诗集》七言律一《顺治十三年仲春，上驻跸南苑，阅武行搜礼，召廷臣四品以上同词臣恭视，赐宴行宫，各赋五七言律、五七言绝句每体一首应制》。

《蕉林诗集》五言律二《南苑阅武应制》、五言绝句一《南苑阅武应制》、七言绝句一《南苑阅武应制》。

四月，特旨拜兵部尚书。

高珩《兵部尚书苍岩梁公墓志铭》："抵里后……疏请展假期年。又奉温纶，着遵前旨，速来供职，乃复命。值大司马员缺，特旨拜兵部尚书。公惊闻宠命，具疏控辞，其略云：'臣于部院诸臣中才品最下，年又最少，尚书崇阶，中枢重地，况疆圉用兵，非老成练达，鲜克胜任。臣何人斯？当此重任。伏乞收回成命，别简贤能。'奉旨：'中枢重任，卿以才望简畀，着遵旨受事，不必逊辞。'遂入部办事。宿吏黠猾，咸惴惴敛手矣。"

《世祖实录》顺治十三年四月："壬申，升吏部左侍郎梁清标为兵部尚书。"

五月，张玄锡任宣大总督，赋诗送之。

《蕉林诗集》七言律一《送张仲若司马开府云中》。

《世祖实录》顺治十三年五月："今宣大总督员缺，朕见内翰林弘文院学士张悬（玄）锡恪慎勤敏，堪称此职，著陞兵部尚书兼都察院右副都御史，总督宣大等处。"

闰五月，张朝璘巡抚江西，赋诗送之。

《蕉林诗集》七言律一《送张温如中丞抚江右》。

《世祖实录》顺治十三年闰五月："丙寅……以户部侍郎张朝璘为兵部左侍郎兼都察院右副都御史，巡抚江西。"

张朝璘，字温如，汉军正蓝旗人，明守备张士彦子，生卒年不详。随父降清，入旗籍。历官轻车都尉、户部侍郎。顺治十三年（1656），以兵部侍郎衔巡抚江西。康熙五年（1666），补福建总督。以老乞休，后病卒。

八月京察，具疏自陈，得温旨抚谕。宠遇备至。

高珩《兵部尚书苍岩梁公墓志铭》："八月京察，具疏自陈，奉旨：'卿才品素着，特简中枢，着益殚心供职，不必求退。'时蒙古诸部长朝阙下，公适以启奏至，先帝目之，谓蒙古曰：'此朕新用兵部尚书也。'知遇之隆类如此。数召至南苑赐食，命骑御前马，随猎竟日。"

顺治十四年丁酉（1657）三十八岁

三月，遇恩诏，封本生父母如其官。

高珩《兵部尚书苍岩梁公墓志铭》："十四年三月，恭降恩诏，公疏请移封本生父母如其官。"

《世祖实录》顺治十四年三月："癸丑……内外满汉官员，一品封赠三代，二品、三品封赠二代。"

时有杭州斥生诬告逆案，讼于阙下，其意实在娄诈，遭株连者甚众。清标加以讯问，尽得其情，据实奏闻，立置之于法，赖此得保全者数十家。

高珩《兵部尚书苍岩梁公墓志铭》："时有武林斥生诬首逆案叩阍，意在娄诈，株连甚众。公确讯，尽得其情，据实奏闻，立置之法，保全者数十家云。"按："诬首"，即诬告。此案内情未详，以清标此时所任职而言，似与顺治丁酉科场案无甚关联。据《墓志铭》行文，姑系于本年。

九月，充经筵讲官。

《世祖实录》顺治十四年九月："甲辰，命内翰林弘文院学士麻勒吉、布颜、王熙……秘书院侍读学士巴海、冯溥……兵部尚书梁清标，充经筵讲官。丙午。上初御经筵。"

顺治十五年戊戌（1658）三十九岁

春，奉使蓟州，经马兰关、黄花山。登盘山访隐士李孔昭，不遇。

《蕉林诗集》五言律二《晓行蓟州道中》《雨中出马兰关》《黄花山遇雨雹》《盘山》，七言绝句一《盘山访同年李光泗不遇》。

《蕉林文稿·李进士传》："戊戌春，予有蓟门之役，访光泗于州吏，又登盘山，叩老僧，皆云去才数日矣……予低回久之，不能去，因留一诗付老僧。"

李孔昭（？—1660），字光泗，号潜翁，顺天府蓟州（今天津蓟县）人。崇祯十六年（1643）进士。明亡，奉母入盘山，隐居不出。卒后门人私谥安节先生。著有《秋壑吟》。

七月，张玄锡自缢于京师圣安寺，为诗哭之。

《蕉林诗集》七言律二《哭张仲若制府》。

《世祖实录》顺治十五年七月："戊申……巡视西城副理事官春堆奏报，原任三省总督张悬（玄）锡于本月十二日自缢于圣安寺。疏下该部。"

除夕，有诗。

《蕉林诗集》七言律二《戊戌除夕》。

顺治十六年己亥（1659）四十岁

元日，有诗。

《蕉林诗集》七言律二《己亥元日》。

为叔祖澹明公字册作跋。

《蕉林文稿·跋叔祖澹明公字册》："余曾大父贞敏公四子皆善书，此册乃叔祖澹明公所作家书，余凡汇辑以装潢之者也……己亥春日，侄孙清标敬书。"

夏，郑成功犯镇江，世祖下诏亲征，选择随征大臣十一人，以梁清标多方略，俾提调兵马。旋有梁化凤捷至，遂不果行。

高珩《兵部尚书苍岩梁公墓志铭》："十六年夏，海寇郑成功猖獗，直犯江镇。世祖下诏亲征，选择随征大臣十一人，以公多方略，俾提调各处兵马。旋有总兵梁化凤捷至，遂不果行。"

九月，因消极处理郑成功由镇江犯江宁一事，遭给事中杨雍劾，上疏自辨，不称旨，降三级留任。

高珩《兵部尚书苍岩梁公墓志铭》："迨九月，言事者以海寇故劾本兵，遂镌三级。"

《清史列传·梁清标传》："十六年，海贼郑成功由镇江犯江宁，给事中杨雍建疏言：'海氛告警，宵旰焦劳。枢臣职掌军机，于地形之要害，防兵之多寡，剿抚之得失，战守之缓急，不发一谋，不建一策，仅随事具覆，依样葫芦。不曰今应再行申饬，则曰臣部难以悬拟。既不能尽心经画决策于机先，又不能返躬引咎规效于事后。请天语严饬，以儆尸素。'诏兵部回奏。时尚书伊图奉使云南，清标同侍郎额赫里、刘达、李棠馥疏辩：'自有海警以来，凡调发机宜，随时斟酌，审势议覆，未敢依样葫芦，因循推诿。'得旨：'枢臣职司戎务，调度机宜，尽心筹划，方为不负委任。此回奏巧言饰辩，殊不合理。着再回奏。'于是自引咎，下吏部察议，三侍郎皆降二级，清标降三级，各留任。"

《世祖实录》顺治十六年九月："壬戌，吏部奏言：'枢臣职司戎务，凡封疆安危、战守机宜，自当筹划周备。乃海贼突犯江南，虽地方官失于防御，枢臣亦难免疎失筹划机宜之咎。尚书梁清标应降三级、罚银一百两……俱仍着留任。'从之。"

吴国对予告归乡，赋诗送之。

《蕉林诗集》七言律二《送吴玉随编修予告还全椒，兼寄讯玉铉》。

吴国对（1616—1680），字玉随，号默岩，安徽全椒人，吴敬梓曾祖。顺治十五年（1658）探花，授编修。旋以病去。康熙五年（1666）典福建乡试，次年升侍读。康熙十九年（1680）卒。有诗名。著有《赐书楼集》等。

吴国鼎（1596—1662），字玉铉，号朴斋，安徽全椒人，国对兄。崇祯十六年（1643）进士，授中书舍人。以避乱，奉母至金陵。入清，庐墓山中，隐居不仕。

初冬，梁清宽予告归里，赋诗送之。

《蕉林诗集》五言律二《初冬送少宰大兄予告归里》。

《世祖实录》顺治十六年九月："辛未，吏部左侍郎梁清宽以疾乞假回籍调理，允之。"

梁清宽（1605—1708），字敷五，梁维本之子，清标亲兄。顺治三年（1646）进士，选庶吉士，授编修。累迁吏部侍郎。康熙七年（1668）以年老致仕。

顺治十七年庚子（1660）四十一岁

元夕，魏裔介召饮，出所藏古书画共观，赋诗谢之。

《蕉林近稿·庚子元夕石生总宪召饮，出所藏法书名画共观，赋谢》。①

魏裔介（1616—1686），字石生，号贞庵，又号崑林，直隶柏乡（今河北柏乡）人。崇祯十五年（1642）举人，顺治三年（1646）进士，选庶吉士。历官工、吏、兵科给事中，迁太常寺少卿，擢左副都御史，官至礼部尚

---

① （清）梁清标：《蕉林近稿》，国家图书馆藏清刻本，第48b页。本年谱所引《近稿》内容皆出自此本。

书、保和殿大学士。康熙十年（1671）致仕。著有《兼济堂诗集》《兼济堂文集》等。

春，梁清远侍养归里，赋诗送之。

《蕉林诗集》五言律二《春日送光禄兄侍养归里》："送兄曾未几，又见促归装。"

梁清远（1606—1683），字迩之，又字葵石，梁维枢之子，清标堂兄。崇祯十五年（1642）举人。顺治三年（1646）进士，授刑部主事。历官吏部稽勋司主事、文选司员外郎、考功郎中、太常寺少卿、大理寺卿、兵部、户部、吏部侍郎。坐荐人失职，左迁光禄寺少卿。顺治十七年（1660），疏请终养，归。康熙八年（1669）复起，迁通政司参议。次年复移疾归。二十二年（1683），卒于家。著有《袚园集》《雕丘杂录》等。

二月京察，自陈，奉旨留任。

高珩《兵部尚书苍岩梁公墓志铭》："十七年，甄别京官，自陈，奉旨留任。"

《世祖实录》顺治十七年二月："兵部尚书梁清标遵谕自陈，得上曰：'梁清标经朕特简，畀掌中枢，自当殚竭心力，以图报称。乃凡事诿卸，不肯担任劳怨，本当议处，姑从宽免，着照旧供职，以后务宜痛加警省，极力振作。'"

五月，世祖以岁旱诏群臣条奏时务，清标上疏言丹徒知县陈经筵、常熟知县周敏等不法事，请旨饬禁。疏下部知之。

《清史列传·梁清标传》："五月，上以岁旱，令部院诸臣条奏时务。清标与李棠馥疏言：'兵马往来之地，应用米豆、薪刍、牛酒、羊猪，及锅？、槽椿诸物，上官取诸下司，下司取诸民间，赔累无穷。又奸民捏告通贼谋叛，蠹役贪官借端取货，生事邀功，致善良受害，应俱严行饬禁。'得旨：'所奏上官取诸下司，下司取诸民间，及借端取货，生事邀功，着确指其人。'于是复奏：'迩年地方官藉兵马往来，滥派民间，则有丹徒知县陈经筵、合肥知县岳呈祥等，为巡抚张中元、总督蔡士英所劾；藉通贼谋叛名，鱼肉平民，则有桐城知县叶桂祖、常熟知县周敏等，为给事中汪之洙、巡按何元化所劾。其未经劾奏者，不知凡几，故请旨饬禁，惩前以毖后。'疏下部知之。"

午日，同王显祚、王崇简等共饮金鱼池。

《蕉林诗集》七言律二《午日王襄璞方伯召饮金鱼池，次王敬哉大宗伯韵》。

王显祚，字襄璞，又字湛求，直隶曲周（今河北曲周）人，生卒年未详。崇祯举人。顺治三年（1646）任山西布政使司参议，擢陕西按察使，又转福建按察使。十七年（1660），转山西左布政使。康熙六年（1667）遭劾革职。与申涵光为中表，并与傅山、朱彝尊等有交。

王崇简（1602—1678），字敬哉，顺天府宛平（今北京丰台）人。崇祯十六年（1643）进士，选庶吉士。北都倾覆，挈家南逃，后北返。顺治三年（1646），授检讨。历任国子监祭酒、弘文院侍读学士、詹事府少詹事、吏部侍郎，官至礼部尚书。康熙三年（1664）致仕。著有《青箱堂诗集》《青箱堂文集》等。

夏至日，白胤谦为梁氏《蕉林诗集》作序。

《蕉林诗集》卷首《序》："顺治庚子夏长至之日，太原白胤谦书。"

张瑃升陕西巡抚，赋诗送之。

《蕉林诗集》七言律二《送张伯珩司空开府关中》。

《世祖实录》顺治十七年四月："丙申……张瑃著改兵部右侍郎兼都察院右副都御史，巡抚陕西等处地方，赞理军务。"

秋，李呈祥得免罪释回，入关，赋诗寄之。

《蕉林诗集》七言律二《喜李吉津入关寄赠，时方有亲丧》。

顺治十八年辛丑（1661）四十二岁

正月初七，世祖驾崩。恭听遗诏。

《蕉林诗集》五言律二《恭听先皇遗诏》。

《世祖实录》顺治十八年（1661）正月："壬子，上不豫……丁巳夜子刻，上崩于养心殿。遗诏颁示天下。"

元夕，斋宿署中。

《蕉林诗集》七言律二《辛丑元夕值先皇鼎湖之变，斋宿署中》。

新帝登基，覃恩荫一子入监读书。

高珩《兵部尚书苍岩梁公墓志铭》："十八年正月，今上登极，覃恩阴一子入监读书。"

李澄中《保和殿大学士梁公墓志铭》："十八年，世祖崩，公感知哭临，哀不自胜。今上登极，覃恩荫一子入监读书。"

是年充殿试读卷官。

　　高珩《兵部尚书苍岩梁公墓志铭》、李澄中《保和殿大学士梁公墓志铭》。

圣祖初视朝，晓雨如注，及御殿，豁然晴霁，喜而赋诗。

　　《蕉林诗集》五言律二《上初视朝，晓雨如注，及御殿，豁然晴霁，喜而恭赋》。

冬至日，魏裔介为梁氏《蕉林诗集》作序。

　　《蕉林诗集》卷首《序》："顺治辛丑长至日，柏乡魏裔介序。"

康熙元年壬寅（1662）　四十三岁

考满，复职，赐羊酒。

　　高珩《兵部尚书苍岩梁公墓志铭》："康熙元年，遵例考满，奉旨：'梁清标在任有年，练达事务，着复职，照例赐羊酒。'"

宋征璧任潮州知府，赋诗送之。

　　《蕉林诗集》七言律二《送宋尚木同年守潮州》。

　　宋征璧（1602—1672），初名存楠，字尚木，华亭（今上海松江）人。崇祯十六年（1643）进士，授中书，充经筵展书官。明亡，归里。入清，以荐补中书舍人，升礼部员外郎。康熙元年（1662），出为潮州知府。云间词派代表之一。著有《抱真堂诗集》《歇浦倡和香词》等。

康熙二年癸卯（1663）　四十四岁

白胤谦予告归乡，赋诗送之。

　　《蕉林诗集》七言律二《送白东谷司寇予告归阳城》。

六月，世祖入葬孝陵，有诗纪之。

　　《蕉林诗集》七言律二《六月会葬孝陵恭纪》。

　　《圣祖实录》康熙二年六月："辛丑，遣辅臣及文武三品以上官诣陵致祭。壬寅，恭奉世祖章皇帝、孝康皇后、端敬皇后宝宫送至地宫，至戌时，安奉石床毕，掩地宫石门。"①

---

① 中华书局编：《清实录》第4册《圣祖仁皇帝实录》，中华书局1985年版，第149页。

十二月，长子允嘉逝世，年二十四。

《蕉林文稿·梁伯子行略》："梁子允嘉……生于庚辰七月十三日丑时，卒于癸卯十二月初三日辰时，享年仅二十有四。"

康熙三年甲辰（1664）四十五岁

再充殿试读卷官。辅臣意欲罢科举，清标力持不可，卒得不罢。

高珩《兵部尚书苍岩梁公墓志铭》："三年，再充殿试读卷官。辅臣以选人壅滞，下九卿议停罢科目，公力持不可，曰：'科目一停，不能即复。条例虽严，他时可改。且选法壅滞，当另议疏通。若停科，则失海内才俊心矣。'独为一议，卒得不罢。科目之有永，盖公力也。"

送孙廷铨予告归乡。

《蕉林诗集》五言律二《送孙沚亭相国予告归益都》。

孙廷铨（1613—1674），本名廷铉，字伯度，号沚亭，益都（今山东青州）人。崇祯十三年（1640）进士，历魏县令、永平府推官等。避乱归乡，入清，授河间府推官，历吏部主事、考功郎中、太常寺少卿、户部左侍郎。顺治十二年（1655），擢兵部尚书。又调户部、吏部。康熙二年（1663），拜秘书院大学士。翌年告归。康熙十三年（1674）卒。著有《沚亭自删诗集》《沚亭删定文集》等。

张纯熙赴任云南，赋诗送之。

《蕉林诗集》七言律二《送张晦先少参之滇中》。

张纯熙，生卒年不详，字晦先，直隶真定（今河北正定）人。顺治三年（1646）进士，授监察御史。顺治十三年（1656），改广东提学道。康熙三年（1664），任云南参议。后调贵州提学。

康熙五年丙午（1666）四十七岁

九月，调为礼部尚书。

高珩《兵部尚书苍岩梁公墓志铭》："五年，调补礼部尚书。"

《圣祖实录》康熙五年九月："丁亥……转兵部尚书梁清标为礼部尚书。"

除夕，有诗。

《蕉林诗集》五言律二《丙午除夕》。

康熙六年丁未（1667）四十八岁

元日，初移官礼部，有诗。人日卧病，有诗。

《蕉林诗集》五言律二《丁未元日》，诗题下注"予初移礼官"。

《蕉林诗集》五言律二《人日雪中卧病》。

春，充会试主考，得士一百五十人，多知名士。

高珩《兵部尚书苍岩梁公墓志铭》："六年，充会试主考。时用策论试士，公穷膏极晷，崇实学、黜浮议，得一百五十人，多知名士。"

法式善《清秘述闻》卷二《乡会考官类》二："（康熙六年丁未科会试）考官户部尚书王弘祚……兵部尚书梁清标。"①

元配王氏卒，门下士汪懋麟等送丧国门外。

高珩《兵部尚书苍岩梁公墓志铭》："元配王夫人，诰赠一品夫人，内弘文院典籍、加太常寺正卿、通政使司通政使王公讳锺庞女。"

王锺庞，直隶真定（今河北正定）人，赵南星之甥，生卒年不详。明季官中书舍人，阉党祸起，南星遣戍代州，王亦戍永昌。后起为翰林院典籍、礼部员外郎。入清，为太常寺卿、通政使司通政使。顺治间卒。

汪懋麟《百尺梧桐阁文集》卷七《祭诰封一品梁母吴夫人文》："吾师初娶于王，再继于吴。丁未之春，余小子辈初受知门下，时王夫人之殁未久也。犹记送丧国门外，余小子辈哭焉。"②

汪懋麟（1639—1688），字季角，号蛟门，江都（今江苏扬州）人。康熙二年（1663）举人，康熙六年（1667）进士。应阁试，授中书舍人。丁内外艰归。康熙十九年（1680），以徐元文荐，入史馆，与修《明史》。补刑部主事，旋遭劾夺官。康熙二十七年（1688）卒。著有《百尺梧桐阁诗集》《百尺梧桐阁文集》《锦瑟词》等。

按：清标为康熙六年会试正考官，故蛟门称其为"吾师"，及言"余小子辈初受知门下"。

首七至七七，皆为文祭亡妻。

---

① （清）法式善：《清秘述闻》卷2，清嘉庆四年（1799）刻本，第61页。

② （清）汪懋麟：《百尺梧桐阁文集》卷7，载《清代诗文集汇编》编纂委员会编《清代诗文集汇编》第151册，上海古籍出版社2010年版，第331页。

《蕉林文稿·首七祭先妻王孺人文》："吾妻归余三十年，同甘苦，共患难。"

《二七祭先妻王孺人文》："吾妻生四男五女，其襁褓中夭亡者不具论，长儿聪明仁厚，年二十四死；次儿亦俊慧，吾妻特爱之，甫三岁，又死；长女娴于妇道，最先死；次女天性纯孝，未嫁，死；今仅存一女。"

《五七祭先妻王孺人文》："吾妻根器不凡，生而颖异，虽禀女子之柔德，实具丈夫之英气。而且笔墨时拈，知书识字。居恒恨不为男儿，大试其才猷，而小用之苹蘩，为闺中之经济。"

《六七祭先妻王孺人文》："余与吾妻偕伉俪者三十载，悲欢与共，穷达相依。虽牢愁而无憾，矢白首以齐眉。余或有所不得意，入而与吾妻言之，每词组之微中，辄变戚而为愉。"

《七七祭先妻王孺人文》："吾妻系始太原，门风清贵，世德蝉联。贤父峥嵘，名传钩党。诞育吾妻，内仪夙讲。十五于归，克勤克俭。"

按：据《正定王氏家传》，王锺庞一系源出太原王氏，明初迁至真定，遂落籍，故云。"贤父峥嵘，名传钩党"，即指因勾连并遭遣戍事。

又按：据文中"三十年""三十载"，可知王氏之来归，当在崇祯十年前后。时十五岁。嫁与清标后生四男五女，而仅一女尚在。

三月，京察，解任革职。作《罢官口占》。归里，汪懋麟等送之。

高珩《兵部尚书苍岩梁公墓志铭》："三月京察，解任革职。"

《圣祖实录》康熙六年三月："辛巳，京察，各部院自陈官员……礼部尚书梁清标、刑部左侍郎石申俱革职。"

《蕉林诗集》七言律二《罢官口占》："十年忝窃领官僚，放逐身同一叶飘。"

汪懋麟《百尺梧桐阁诗集》卷五丁未《奉送大宗伯真定梁公归里二首》："去国岂君命，飘然驾犊车。"

杜镇此前有归志，清标赋四诗以送，至此清标乃罢官先去，复为一诗留别。

《蕉林诗集》七言律二《送杜子静归里》《杜子静中舍先有归志，予为四诗送之。后不果行，前诗久弃敝簏中矣。今春予被放归田，乃先子静去，人生聚散岂有定乎？遂仍书前作，复为一诗留别》。

杜镇（1617—1684），字子静，直隶南宫（今河北南宫）人。顺治十五年（1658）进士，授阳信令，擢中书舍人。康熙二年（1663）典四川乡试。历官刑部主事、翰林院编修、侍讲、侍读。以疾告归，卒于家。杜镇为清标密友，其卒，清标为作《翰林院侍读子静杜君墓志铭》。

归里，居蕉林书屋。兵部右侍郎刘鸿儒奉使过真定，前来拜访，作诗赋谢。

高珩《兵部尚书苍岩梁公墓志铭》：“公即翩然归里，手葺蕉林书屋，赋诗饮酒，优游泉石间，有终焉之志。”

《蕉林诗集》五言律二《刘鲁一司马奉使过恒山见枉赋谢》。

刘鸿儒（1610—1673），字鲁一，号文安，直隶迁安（今河北迁安）人。顺治三年（1646）进士，授兵科给事中。历顺天府丞、太常寺卿、通政使、兵部右侍郎，累迁左都御史。因故遭劾降职，卒于家。

秋，作《念奴娇》感怀。

《棠村词》《念奴娇·秋日》：“十年京国，空孟浪、解组一身如叶。”据其意，当作于此年被革职后。①

康熙七年戊申（1668）　四十九岁

元夕，娶吴氏。

《棠村词》《五彩结同心·元夕婚期，用赵彦端韵》：“喜看春色来乡国，朝来报、鹊噪檐牙。灯光映、亭亭绿蓴，养成画阁仙葩。”

按：据汪懋麟《百尺梧桐阁文集》卷七《祭诰封一品梁母吴夫人文》：“壬子八月，前吴夫人之殁，余小子辈亲依函丈，见吾师之哀悼不胜。”可知吴氏逝于康熙十一年（1672）八月。又《蕉林诗集》七言绝句三《悼亡》其三：“一笑春风恰五年。”可知吴氏之来归，当在本年。

高珩《兵部尚书苍岩梁公墓志铭》：“继配吴夫人，诰赠一品夫人……俱邑庠生吴公讳原阴女。”

有诗寄怀魏裔介、张纯熙。

《蕉林诗集》七言律二《寄魏贞庵相国》《寄怀张晦先学宪》。

夏，尤侗至真定，过访，相邀饮酒听歌。尤作《李白登科》（即《清

---

① （清）梁清标：《棠村词》，国家图书馆藏康熙十五年（1676）刻本，第18a页。本年谱所引《棠村词》内容皆出自此本。

平调》）以献，清标授诸歌姬，命习之。盘桓三月后别。以扇头新词赠清标，清标赋诗送之。

尤侗《西堂乐府·清平调》卷首："客恒山者三月，梁宗伯家居，相邀为河朔之饮，辄呼女伶侑觞……秋水大至，屋漏床床，顾视灯影，独坐太息，漫走笔成《李白登科》一剧，聊尔妄言，敢云绝调。持献宗伯，宗伯曰善，遂授诸姬习而歌之。戊申七夕悔庵自记。"①

《蕉林诗集》七言律二《送尤展成使君兼谢扇头新词》。

尤侗（1618—1704），字同人，更字展成，号悔庵，又号艮斋、西堂老人，长洲（今江苏苏州）人。顺治五年（1648）拔贡。顺治九年（1652）赴京应选，授直隶永平府推官。后以擅责旗丁获谴，遂归。康熙十八年（1679）举博学鸿词，授检讨，三年后归乡。著有《西堂全集》。

除夕，有诗及词。

《蕉林诗集》五言律二《戊申除夕》。

《棠村词》《汉宫春·除夕，时予年四十九》。

康熙八年己酉（1669）五十岁

元日、立春、元夕，皆有诗。

《蕉林诗集》五言律二《己酉元日》《立春》《元夕》，又《棠村词》《玉烛新·己酉元日》。

八月，复还原职。

高珩《兵部尚书苍岩梁公墓志铭》："八年，今上亲政，稔知公贤，特旨以尚书起用。"

《清史列传·梁清标传》："八年，辅政大臣鳌拜以专擅获罪拘禁，诏复前此无故黜革诸臣原官，清标预焉。"

《圣祖实录》康熙八年（1669）八月："辛未……谕吏部：前京察处分满尚书、侍郎等因无事故被革，俱给还原官，令其候补。今思满汉诸臣被革相同，朕原无异视，应一体昭恩。京察内有汉尚书、侍郎被革者，察明议奏……辛巳，吏部遵谕查覆：原任礼部尚书梁清标、刑部左侍郎石申，均系

---

① （清）尤侗：《西堂乐府》，载《清代诗文集汇编》编纂委员会编《清代诗文集汇编》第 65 册，上海古籍出版社 2011 年版，第 665 页。

京察无故被革，应复还原职。从之。"

将入京，遭诬构，赴保定就质，赖诸友人周旋，事得白。

高珩《兵部尚书苍岩梁公墓志铭》："将就道，会有刁弁诬构，将起大狱，公即赴保阳就质，事得白。其始也，人多为公危惧，公殊坦然。"

《蕉林诗集》七言律四《上谷对月》："三至艰虞仗友生。"诗后注："前保阳诸君子周旋余忧患中，故云。"当即指此事。

按：《棠村词》《金缕曲·九日》有"天上故人频劝驾，奈山中、猿鹤怜幽独。谁更解，清闲福。"可知其起行当在重九之后。又《上谷语录》小引："余以事栖上谷者两月余，岁暮寒风，短檠孤馆，性不善饮，无可写忧。亲串友人，时相过从，辄张灯杂坐，剧谈竟夕。余出单词片语，众皆绝倒。"可知其赴保阳就质，当在本年冬至次年春间。

冬，在保定。喜晤陈僖，陈氏招饮燕山草堂，赋诗以谢。

《蕉林诗集》七言律二《上谷喜晤陈蔼公用龚芝麓韵》："三冬客舍愁方剧，一夕荆扉喜暂开。"

《蕉林诗集》七言律二《陈蔼公招饮燕山草堂赋谢》。

陈僖，字蔼公，号餘庵，又号想园，直隶清苑（今河北保定）人，生卒年未详。拔贡，曾试博学鸿儒，不第。喜漫游，结纳甚广，与顾炎武、傅山、李因笃等皆有交，亦与龚鼎孳、梁清标、徐乾学兄弟相善。著有《燕山草堂集》。

怀古，作《忆秦娥》词。

《棠村词》《忆秦娥·上谷怀古》："涛声咽，萧萧亭照金台月。金台月，千年易水，为谁寒热。"

初度，赋《喜迁莺》感怀。

《棠村词》《喜迁莺·上谷初度》："旅怀孤子，正屋角冻云，垂垂将雪。"

除夕，有诗及词。

《蕉林诗集》七言绝句二《己酉除夕》。

《棠村词》《千秋岁引·除夕》："谁将物华妆点就，偏遗旅况寒如昨。"

康熙九年庚戌（1670）五十一岁

元日，在保定。有诗及词。

《蕉林诗集》七言绝句二《庚戌元旦》。

《棠村词》《应天长·元日》："彩云晓陌，红烛画楼，春风旅中偷度。"

正月十五，恰逢立春，作《鱼游春水》《花心动》感怀。

《棠村词》《鱼游春水·上谷立春》："青幡兼遇灯宵，韶光信美。"

《棠村词》《花心动·元夜》："上谷风和，夜溶溶、香车六街阗咽。"

秋，入都门，同里诸人召饮。

《使粤诗·过芦沟》诗题下注："余庚戌秋入都，距今三年矣。"①

《蕉林诗集》七言律二《初入都门，同里诸公召饮，霍龙淮纳言投以新诗，依韵赋谢》。

斋中原有旧竹一<u>丛</u>，归去三年，再入都，竹亭亭如故。冬日天寒，皆冻死，感而赋诗。

《蕉林诗集》七言绝句三《斋中旧竹一<u>丛</u>，归去三年，入都，喜亭亭如故。冬月寒甚，忽皆冻死，呼僮伐去，感慨系之，因成绝句》。

康熙十年辛亥（1671）五十二岁

二月，补刑部尚书。

《清史列传·梁清标传》："十年，补刑部尚书。"

《圣祖实录》康熙十年二月："戊戌……以原任礼部尚书梁清标补刑部尚书。"

高珩《兵部尚书苍岩梁公墓志铭》："九年，补刑部尚书。圣天子好生□□，矜疑详慎，狱无大小，并出睿裁。公仰承圣意，矜期平允，天下无冤狱。"

按：据《清史稿·部院大臣年表》，康熙十年二月丁酉，原任刑部尚书冯溥迁大学士。戊戌，梁清标补刑部尚书。高珩《墓志铭》误，当依《列传》《实录》。

高珩迁刑部右侍郎，赋诗志喜。

《蕉林诗集》七言律二《高念东擢少司寇，赋此志喜》。

《圣祖实录》康熙十年二月："升左副都御史高珩为刑部右侍郎。"

---

① （清）梁清标：《使粤诗》，见邓汉仪辑《慎墨堂名家诗品》，国家图书馆藏康熙刻本，第2册2a页。

春，魏裔介予告归里，赋诗送之。

《蕉林诗集》七言律二《柏乡相国蒙恩予告，次退谷韵》《送贞庵相国归里，即次见赠原韵》。

《圣祖实录》康熙十年正月："大学士魏裔介以病乞假，命回籍调理。"

张尔素致政归里，赋诗送之，兼怀白胤谦。

《蕉林诗集》七言律二《送张东山少司寇致政归阳城，兼怀白东谷》。

《圣祖实录》康熙十年二月："刑部左侍郎张尔素以病乞休，允之。"

张尔素，字贲园，号东山，山西阳城人，生卒年未详。顺治三年（1646）进士，选庶吉士，授编修。历陕西按察使、湖广右布政使，官至刑部侍郎。

秋，于刘庄观演《黄粱梦》，追忆旧事，不胜聚散存亡之感，遂次高珩韵，赋诗二首。

《蕉林诗集》七言律三《刘庄即事次念东韵·是日演〈黄粱梦〉，追忆昔时同雪堂、淇瞻集此园观秋江剧，不胜聚散存亡之感》《再次念东韵·雪堂侍郎赠歌者陈郎，有"乌丝红泪"之句》。

按：雪堂，即熊文举（1599—1669），字公远，号雪堂，江西新建人。崇祯四年（1631）进士，官吏部侍郎。入清，补原官。历右通政、吏部右侍郎、兵部左侍郎。以病乞归，卒于家。著有《雪堂全集》。

淇瞻，即王芝藻，字淇瞻，溧水人，生卒年不详。顺治十一年（1654）举人，著有《大易疏义》。

秋夜斋中忆去年此日北上，宿伏城驿，与亲友雨中话别，不觉浃岁，感而赋诗。

《蕉林诗集》七言律三《秋夜斋中忆去年此日北上，宿伏城驿，亲友雨中话别，忽忽浃岁，感而赋此》。

施闰章南归，将游嵩山，赋诗送之。

《蕉林诗集》七言律三《送施愚山少参南归游嵩山》。

施闰章（1619—1683），字尚白，号愚山，宣城（今安徽宣城）人。顺治六年（1649）进士，授刑部主事。官山东学政、江西参议。康熙六年（1667），裁缺归里。十八年（1679），举博学鸿儒，授侍讲，转侍读。康熙二十二年（1683）卒。博学工诗，著有《愚山先生诗集》《文集》等。

十二月，初度，汪懋麟作《莺啼序》长调寿之。

汪懋麟《锦瑟词》长调《莺啼序·寿大司寇梁苍岩先生再迭前韵》。①

汪懋麟纳姬，为赋《贺新郎》。

《棠村词》《贺新郎·蛟门纳姬》。

康熙十一年壬子（1672）五十三岁

二月，调补户部尚书。

高珩《兵部尚书苍岩梁公墓志铭》："十一年二月，调补户部尚书。公既领度支，悉心会计，搏节备至，宿弊一清。是年口误应降罚者四案，俱奉旨宽免。"

《圣祖实录》康熙十一年二月："丁酉……转刑部尚书梁清标为户部尚书。"

高珩请假归里，赋诗送之。

《蕉林诗集》七言律三《送念东请假归里次张敦复韵》。

《圣祖实录》康熙十一年正月："刑部侍郎高珩请假葬亲，从之。"

暮春，同龚鼎孳、王士禄、王士禛、汪懋麟等集宋琬寓园，观《祭皋陶》新剧，有诗。步王士禛韵，赋《蝶恋花》。

《蕉林诗集》七言绝句三《宋荔裳观察暮春召饮寓园，观〈祭皋陶〉新剧，次韵》。

《棠村词》《蝶恋花·宋荔裳观察招饮观剧，次阮亭韵》。

按：据汪懋麟《百尺梧桐阁诗集》卷十壬子《玉叔观察招陪梁大司农、龚大宗伯、西樵、阮亭诸先生集寓园泛舟观剧达曙作歌》，则同集者尚有龚鼎孳、王士禄、汪懋麟等。

又按：《棠村词》卷首《词话》："宋荔裳琬曰：苍岩先生襟期潇洒，意度廓落，大似坡仙。初夏，仆将往蜀，同芝麓诸公燕集梁家园。伶人演仆所编《祭皋陶》杂剧，座上各赋《蝶恋花》一阕。苍岩有'旧事甘陵，今昔关情'等句。水涨花明，酒酣烛跋，使倩袁绚歌之，应为雪涕。"宋琬言宴集之地为梁家园，与梁氏、汪氏之言寓园不合，应为宋氏误记。

龚鼎孳（1616—1673），字孝升，号芝麓，合肥人。"江左三大家"之一。崇祯七年（1634）进士，拜兵科给事中。入清，以原官起，转吏科右给事中、礼科都给事中。擢太常寺少卿，屡迁左都御史。降十一级，补上林署丞。康熙二年（1663），再起为左都御史。历刑、兵、礼三部尚书。十二年（1673）卒。著有《定山堂集》等。

王士禄（1626—1673），字子底，号西樵，山东新城（今山东桓台）人。顺治十二年（1655）进士，选莱州教授，迁国子监助教，擢吏部考功司主事，转稽勋员外郎。以事免归，康熙十二年（1673）卒。著有《十笏草堂诗选》《上浮集》《炊闻词》等。

王士禛（1634—1711），字子真，一字贻上，号阮亭，别号渔洋山人，士禄弟。顺治十五年（1658）进士，选扬州推官。康熙三年（1664），入为礼部主事，迁户部福建司郎中。康熙十一年（1672），典四川乡试。改侍讲，转侍读。历国子祭酒、少詹事、左副都御史、户部右侍郎，累迁刑部尚书。康熙四十三年（1704），以失出革职。五十年（1711），卒于家。著有《带经堂集》《渔洋山人精华录》等。

宋琬赴任四川按察使，赋诗送之。

《蕉林诗集》七言律三《送宋荔裳观察之蜀中》。

《圣祖实录》康熙十一年（1672）四月："以原任浙江按察使宋琬为四川按察使司按察使。"

梁允植赴任钱塘知县，赋诗送之。

《蕉林诗集》五言律二《送承笃侄令钱塘，用汪蛟门韵》、七言律三《用云间朱彦则韵赠承笃侄令钱塘》。

梁允植，字承笃，号冶湄，直隶真定（今河北正定）人，生卒年未详，清标侄。以恩贡生授钱塘知县。康熙十三年（1674），福建变乱，佐军，迁袁州府同知，擢延平府知府。著有《藤坞诗集》《柳村词》。

秋，沈胤范充江南乡试副考官，赋诗送之。

《蕉林诗集》七言律三《送门人沈康臣典试江南》。

沈胤范（1624—1675），字康臣，号肯斋，山阴（今浙江绍兴）人。康熙六年（1667）进士，授中书舍人。迁刑部主事，十四年（1675）卒于官。擅书法。著有《采山堂集》。

八月，继室吴氏卒，赋诗及词挽之。

汪懋麟《百尺梧桐阁文集》卷七《祭诰封一品梁母吴夫人文》："壬子八月，前吴夫人之殁，余小子辈亲依函丈，见吾师之哀悼不胜，而再哭焉。"

《棠村词》有《凤凰台上忆吹箫》《蝶恋花》《点绛唇》《烛影摇红》
《念奴娇》《满江红》《菩萨蛮》《阳台梦》词，皆题为"悼亡"，即作于
此时。

又《蕉林诗集》七言绝句三《悼亡》八首："一笑春风恰五年""十五
盈盈始嫁时""暂到人间二十秋。"可知吴氏十五岁嫁与蕉林，五载后逝世。
推宅于汪懋麟，使居之。

汪懋麟《百尺梧桐阁文集》卷三《十二砚斋记》："大司农梁公贤而好
士，推宅于子屋。"
岁暮，汪懋麟赠以黄熟橄榄及新诗，次韵赋诗以谢。

《蕉林诗集》七言律三《壬子岁暮，汪蛟门舍人以黄熟橄榄相饷，并示
新诗，次韵赋谢》。
除夕，赋《孤鸾》感怀。

《棠村词》《孤鸾·壬子除夕》："枉有屠苏岁酒，恨椒花颂绝。"

康熙十二年癸丑（1673）五十四岁

春，送卫周祚归里。

《蕉林诗集》七言律三《送卫闻石相国归里》。

卫周祚（1612—1675），字文锡，号闻石，山西曲沃人。崇祯十年
（1637）进士，授永平推官，累官户部郎中。入清，历吏部郎中、刑部侍郎、
吏部侍郎。顺治十二年（1655），升工部尚书。又转吏部、刑部、户部，加
保和殿大学士。康熙十一年（1672）以疾告休。十四年（1675）卒。
四月，与何元英、汪懋麟、沈胤范等看丹台芍药。

汪懋麟《百尺梧桐阁诗集》卷十一癸丑《蘪音侍御招同康臣、武昔、而
介、元闇、子静奉陪司农公看丹台芍药三首》。

何元英，字蘪音，秀水（今浙江嘉兴）人，生卒年不详。顺治十二年
（1655）进士，授行人。迁兵部主事，进户部郎中，擢云南道御史，官至通
政司参议。工书法。

武昔、而介、元闇，俟考。
六月，圣祖赐宴于瀛台，纪之以诗。

《蕉林诗集》七言律三《夏日上赐宴瀛台观荷，恭纪》。

《圣祖实录》康熙十二年六月："丁未，上幸瀛台，御迎熏亭，赐诸王、

贝勒等及内阁满汉大学士、学士、翰林院学士、六部、都察院、各司寺及国子监堂官、翰林、科道等官宴……传谕曰：'诸臣日理政务，略无休暇。今值荷花盛开，夏景堪赏，朕特召诸王、贝勒等及尔诸臣同宴，以示君臣偕乐。其各尽欢，以副朕优渥至意。'"

汪懋麟为清标《棠村词》作序。

《棠村词》卷首："康熙癸丑夏月，江都受业汪懋麟拜撰。"

斋中合欢花盛开，汪懋麟以诗赋赠，次韵和答，并以雕盘满盛合欢赠之。

《蕉林诗集》七言律三《斋中合欢花盛开，蛟门舍人有诗见诒，次韵和答》、七言绝句三《代柬送蛟门合欢花》。

汪懋麟《百尺梧桐阁诗集》卷十一癸丑《隔院看司农公斋中合欢花效义山体》《司农公以雕盘满盛合欢花见贻，以诗代简，依韵答谢》。

七夕，同汪懋麟、陆恂若及戚属数人观剧宴饮。

《棠村词》《永遇乐·七夕观项王诸剧同汪蛟门舍人、陆恂若茂才、王子谅内弟、王奕臣内侄、吴介侯甥、长源弟》。

汪懋麟《锦瑟词》《永遇乐·七夕司农公招饮观演刘项诸剧和原韵》。

王原直（？—1691），字子谅，王锺庞子，清标内弟。康熙初，补太常寺典簿，后出为宁波府同知，升福州同知。卒于任。

陆恂若、王奕臣等，俟考。

举一子。

汪懋麟《百尺梧桐阁诗集》卷十一癸丑《石麟歌为司农公题画》："阿陵生时实聪慧，怪底双目含青精。"又《锦瑟词》《五福降中天·奉贺司农公生子》："玉燕投怀，石麟入梦，孔释云中亲抱。"

徐乾学归昆山，赋诗送之。

《蕉林诗集》七言律三《送徐原一编修归昆山》。

徐乾学（1631—1694），字原一，号健庵，昆山（今江苏昆山）人。康熙九年（1670）进士，授编修。历侍讲、詹事府詹事、内阁学士、礼部侍郎、左都御史，官至刑部尚书。著有《憺园文集》。

八月，奉旨赴广东经理平南王尚可喜移镇事宜。汪懋麟适还扬州，赋诗送之。

李澄中《保和殿大学士梁公墓志铭》："十二年秋，奉玺书召安南王尚可喜移镇辽左。"按:"安南"误。

《圣祖实录》康熙十二年(1673)八月:"壬子……差礼部左侍郎管右侍郎事折尔肯、翰林院学士兼礼部侍郎傅达礼往云南,户部尚书梁清标往广东,吏部右侍郎陈一炳往福建,经理各藩撤兵起行事宜。"

《蕉林诗集》七言律三《送汪蛟门舍人还广陵,余适有岭海之行》。

奉使出都,经涿州、保定、新乐,至真定,留别二兄。

《蕉林诗集》七言律四《奉使出都》《上谷对月》《新乐驿亭次壁间韵》《里门留别二家兄次原韵》。

《蕉林诗集》五言律三《涿州道中拜桓侯庙》。

至河南,闻龚鼎孳逝世,为诗哭之。此前龚氏曾以手书慰清标,有"岭南山川花鸟,足散人怀"之语。

《蕉林诗集》七言律四《途中闻龚芝麓宗伯凶问,为诗哭之》:"曾说珠江花鸟地,慰余过岭客怀开。"诗后注:"公曾以手书示余,有'岭南山川花鸟,足散人怀'之语。"

至归德,赋诗酬答叶舒崇,时叶氏在王绅家中坐馆。赋诗酬赠陈宗石,兼怀陈维崧。晤宋荦,赋诗留别。

《蕉林诗集》七言律四《睢阳次韵酬叶元礼,时游梁,馆王公垂家》《雪苑酬赠陈子万,兼怀其年》《留别宋牧仲》。

叶舒崇(? —1679),字元礼,号宗山,吴江(今江苏苏州)人。康熙十五年(1676)进士,授中书舍人。康熙十八年(1679),举博学鸿词,未试而卒。著有《宗山集》《谢斋词》。

王绅,生卒年不详,字公垂,号愚轩,睢州(今河南睢县)人。康熙二十一年(1682)进士,选庶吉士,历户科给事中、大理少卿,累迁户部侍郎。后卒于任。

陈维崧(1625—1682),字其年,号迦陵,常州府宜兴(今江苏宜兴)人。阳羡词派领袖。明末四公子之一陈贞慧之子,才名早著,交游广泛。明亡后,为诸生,曾长居冒襄水绘园。康熙十八年(1679),以宋德宜荐,举博学鸿词,授翰林检讨。康熙二十一年(1682)卒。著有《湖海楼全集》等。

陈宗石(1643—?),字子万,号寓园,维崧四弟,常州府宜兴(今江苏宜兴)人。后入赘为侯方域婿,遂占籍商丘。屡试不第,援例授黎城丞,迁安平知县,擢户部主事。著有《二峰山人诗集》等。

宋荦(1634—1713),字牧仲,号漫堂,又号西陂,归德(今河南商丘)人。年十四,以大臣子入侍禁中,为侍卫。后出为黄州通判,累迁江西巡抚,调江宁巡抚,升吏部尚书。康熙五十二年(1713)卒。著有《绵津山人集》《西陂类稿》等。

由安庆登舟江行,过彭泽,雨中泊小孤山,登山谒天妃祠。

《蕉林诗集》七言律四《舟中同门人龙二为坐雨》:"使者星槎今第一。"句后注:"予安庆始登舟。"

《蕉林诗集》五言律三《小孤山雨泊》《登小孤山谒天妃祠用壁间李中丞韵》《舟过彭泽》。

十一月十五夜,泊舟鄱阳湖上。

《蕉林诗集》七言律四《仲冬十五夜》:"灯火萧萧夜泊船,匡庐如黛染遥天。"

冬至,泊舟庐山下。

《棠村词》《千秋岁·长至泊庐山下》:"人何处,楼船官烛寒相照。"

雨中出峡江,过临江,至吉水,于庐陵小泊。粤中诸官员遣使来迎,于赣县储潭燕集。

《蕉林诗集》五言律三《峡江雨中》《过临江》《晚晴至吉水》。

《蕉林诗集》七言律四《庐陵小泊》《粤中开府诸君有使来迎,漫赋》《储潭燕集》。

至南雄,拜谒先父祠堂,重游兴隆庵。

《蕉林诗集》七言律四《至南雄》,五言律三《拜先大人祠》《重游兴隆庵》,七言绝句四《赠兴隆庵老僧寂法》。

岁暮,抵达广州,颁旨。立春、除夕,有诗。

李澄中《保和殿大学士梁公墓志铭》:"公至广州,可喜迎旨江上。"

《蕉林诗集》七言律四《初至羊城》《岭南立春》《除夕》。

时吴三桂据云南反,尚之信与之暗通,反形已露。参将高杰为清标备船江中,谓事急可由此遁避,清标不从。

李澄中《保和殿大学士梁公墓志铭》:"是年冬,吴三桂反滇南,可喜子尚之信暗通贼,反形已露,人情汹遽,不知所为。参将高杰感公恩,私谓公曰:"尚之信反在旦夕,杰已备船城外江中,事急可从此遁也。"公笑曰:

"吾大臣，遁将安之乎？"从容吟啸如常。著有《使粤集》。"

康熙十三年甲寅（1674）五十五岁

元日、人日，有诗。

《蕉林诗集》七言律四《元日》《人日》。

元夕，赋《双头莲》。

《棠村词》《双头莲·岭南元夕》："江潮晚涨，烧火树、妆点羊城尤壮。"

游海幢寺、海珠寺，望粤秀山。

《蕉林诗集》七言律四《游海幢寺》《海珠寺》《登北城望粤秀山》。

正月，与督抚催促尚可喜起行，尚之信称病不至。又数日，乃议。二月，尚之信携家属度岭。四月，尚可喜继之。其时兵众汹涌，民多惊悸，清标多方慰谕，兵民始安。朝命适至，止尚可喜之行，召梁清标还朝。

高珩《兵部尚书苍岩梁公墓志铭》："正月，公偕督抚促可喜会议起行日期，而尚之信称疾不至矣。又数日，乃议。之信携家属于二月度岭，四月中，喜继之。而兵众汹涌，尽出其什物以鬻于市，民多惊悸，思窜匿，公镇静以安群心。迨吴逆以反闻，公多方慰谕，兵民始安。盖安危所系，在顷刻间。而朝命适至，止可喜之行，谕公还朝。"

李澄中《保和殿大学士梁公墓志铭》："会督抚皆以可喜宜留守，具疏奏闻，上允行，乃谕公还朝。"

《圣祖实录》康熙十二年（1673）十二月："停撤平南、靖南二藩，召梁清标、陈一炳还。"

雨中束装，登舟天晴。由广州出发，刘持平、严玉寰饯于海幢寺。留别梁佩兰、何玉其及诸门人。

《蕉林诗集》五言律三《雨中束装》《登舟喜晴》。

《蕉林诗集》七言律四《舟发羊城》《刘持平抚军、严玉寰都护饯余海幢寺》《留别芝五省元》《留别何玉其孝廉》《舟中留别诸门人》。

梁佩兰（1630—1705），字芝五，号药亭，南海（今广东佛山）人。顺治十四年（1657）乡试第一，后屡试不第，康熙二十七年（1688）成进士，选庶吉士。未久，乞假归。与屈大均、陈恭尹并称"岭南三大家"，著有

《六莹堂集》。

刘持平、严玉寰、何玉其，俟考。

再过南雄，老吏来迎。太守陆世楷邀至署内，观少时游历之所。

李澄中《保和殿大学士梁公墓志铭》："途次南雄府，拜南雄公祠于东门外。郡父老闻公至，携壶浆迎道左。四十余年，老吏咸白首，犹有存者，相与述南雄公遗爱，多泣下。而太守陆君复邀公至署内，观少时游历之所，俯仰伤怀。"

《蕉林诗集》七言绝句四《归至南雄，老吏来迎》《重游南雄郡署》，七言律四《赠陆孝山郡侯》。

陆世楷（1627—1691），字英一，又字孝山，嘉兴府平湖（今浙江平湖）人。顺治五年（1648），以选贡除平阳通判，迁登州同知，擢南雄知府。丁父忧归，补思州知府。以病引归，卒于家。善吟咏，与释澹归等有交。所著诗词多不传。

清明、上巳，皆在章江舟中。

《蕉林诗集》七言律四《清明舟中》《上巳江行》。

抵南京，有诗寄梁允植，兼怀徐釚。不及晤汪懋麟，舟中以诗寄之。

《蕉林诗集》七言律四《金陵道中》《抵白门》《寄钱塘令家侄承笃，兼怀徐电发》。

《蕉林诗集》七言律四《寄怀汪蛟门》（《使粤诗》题目作"舟中寄怀汪蛟门"）："归装不及汪伦别，愁听江头杜宇声。"

徐釚（1636—1708），字电发，号虹亭、菊庄，晚号枫江渔父，吴江（今江苏苏州）人。监生。康熙十八年（1679），以梁清标荐，举博学鸿词，授翰林检讨，入史馆纂修《明史》。二十五年（1686），罢官归里，漫游南北，所至皆有唱和。圣祖南巡，诏以原官起用，婉谢不就。著有《南州草堂集》《菊庄词》《本事诗》《词苑丛谈》等。

过滁阳，吊吴国鼎、吴国龙。

《蕉林诗集》七言律四《滁阳吊吴玉铉中舍、玉骕黄门》。

吴国鼎，见上顺治十六年（1659）条。

吴国龙（1616—1671），字玉骕，号亦岩，安徽全椒人，国对孪生弟。崇祯十六年（1643）进士，授户部主事。康熙初，授工科给事中，改河南道监察御史，后假归。著有《心远堂集》等。

三月三十日，在宿州旅中。四月，在永城道中。

《蕉林诗集》七言绝句四《三月三十日宿州旅中》《永城道中》。

再过睢州，留别王绅，兼怀叶舒崇，时叶氏已归松陵。

《蕉林诗集》七言律四《睢州留别王公垂兼怀叶元礼·时元礼已归松陵》。

抵京，复命，称旨。

高珩《兵部尚书苍岩梁公墓志铭》："十三年四月，自粤东回，复命。是日上在便殿召入，详奏往还始末并粤东事宜，且尽却可喜馈送仪物，天颜为一笑焉。"

《蕉林诗集》五言律三《抵京寓》："百粤新归客，经年旧泪痕。苍头欢布席，稚子笑迎门。"

新秋，平圃巡检至，言岭南近状，有感，赋诗。

《蕉林诗集》七言律四《新秋适平圃巡检至，言岭南近状，有感》。

中秋，与弟侄辈小饮。

《蕉林诗集》五言律三《中秋与弟侄辈小饮》。

重阳后二日，同侍郎宋德宜、魏象枢共饮黑龙潭。

《蕉林诗集》七言律四《重阳后二日宋蓼天侍郎召饮黑龙潭同魏环溪侍郎》。

宋德宜（1626—1687），字右之，号蓼天，长洲（今江苏苏州）人。顺治十二年（1655）进士，选庶吉士，授编修。历官国子监祭酒、侍读学士、内阁学士、户部侍郎、左都御史等，迁刑部尚书，调兵部、吏部。康熙二十三年（1684），拜文华殿大学士。

魏象枢（1617—1687），字环极，一作环溪，号崑林，又号庸斋，蔚州（今河北蔚县）人。顺治三年（1646）进士，选庶吉士，授刑科给事中。历官工科右给事中、吏科都给事中、光禄寺丞、左金都御史、户部侍郎。康熙十七年（1678），授左都御史。次年迁刑部尚书。以疾告归。著有《寒松堂集》。

李呈祥访郝浴于中山，书来相问，以诗寄赠。

《蕉林诗集》七言律四《同年李吉津访雪海于中山，书来相问，却寄》。

初雪，忆去冬雪中饮滕王阁，有诗。

《蕉林诗集》七言律四《初雪》诗题下注："去冬雪中饮滕王阁。"

长至落雪，有诗及词。

《蕉林诗集》五言律三《长至雪》。

《棠村词》《洞庭春色·长至晓雪》："追思去年此日，迢递向、水驿江程。"

除夕，有诗。

《蕉林诗集》七言律四《甲寅除夕》。

是年春，《棠村词》于钱塘刻成，徐釚参与校订，并跋于后。

《棠村词二刻》卷首梁允桓题识："甲寅春，家兄冶湄太守复请诗余全集，并《蕉林诗》刻于钱塘而流传。"①

按：梁允桓，字次典，直隶真定（今河北正定）人，生卒年未详。清远子，清标侄。拔贡，曾任庆元、泗水知县。

《棠村词》卷末《跋》："公小阮冶湄令君因力请全集，先生遂从家邮中以先后诸稿授梓。冶湄政事之暇，细为裒辑。时釚与公家云麓适在署内，冶湄订与同校，因遂得窥全豹……时康熙甲寅春仲，吴江受业徐釚谨书。"

康熙十四年乙卯（1675）五十六岁

元日，有诗。

《蕉林诗集》七言律四《乙卯元日》。

元夕，诸门人集邸中观灯，沈胤范即席赋二诗，次韵赋二首。

《蕉林诗集》七言律四《元夕诸门人集邸中观灯，沈康臣即席赋二诗，次韵》。

暮春，作《潇湘逢故人慢》寄汪懋麟，时汪氏为之校订《使粤诗》。

《棠村词》《潇湘逢故人慢·寄蛟门，时方校订余〈使粤诗〉》："水添波，春又暮，忆缥缈、江楼归帆悬处。"

闰五月十六日，鄂札、图海等征察哈尔凯旋，圣祖迎劳于南苑，晓降大雨，移时晴霁，成礼而还。清标随驾，纪之以诗。

《蕉林诗集》七言律四《闰五月十六日王师凯旋，上迎劳于南苑，晓降大雨，移时晴霁，成礼而还，恭纪》。

---

① （清）梁清标：《棠村词二刻》，国家图书馆藏郑振铎"西谛藏书"本，第6a页。本年谱所引《二刻》内容皆出自此本。

《圣祖实录》康熙十四年（1675）闰五月："癸卯，抚远大将军多罗信郡王鄂札、副将军都统大学士图海等征灭察哈尔，班师凯旋，上率在京王贝勒大臣……及大学士、尚书、侍郎、学士诸大臣迎劳于南苑之大红门。"

十一月，次子苗儿出生，喜而有赋。

《蕉林诗集》七言律四《喜举次子》。

按：《蕉林二集》七言绝一《哭苗儿》其五："五苗图在难重把，更使何人唤卯君。"句下注云："苏子由生于卯，呼为卯君。儿亦卯年生，宋既庭赠词有'卯君至矣'之句。"可知本年所举之子即苗儿。

复按：据陈维崧《贺新郎·题大司农梁苍岩先生五苗图》词注，苗儿实为清标第五子（详参后文康熙十七年（1678）条）。此处称"次子"，似应指此儿乃再继配吴氏所生之次子也。

据《棠村词·春从天上来》，苗儿满月，恰逢清标生辰（详见下条）。梁氏生于十二月十六日，故知此子生于十一月。

又《棠村词》有《八节长欢·生子家燕，时孙婿初婚》，当亦为此时所作。

初度，正逢次子满月，赋《春从天上来》。

《棠村词》《春从天上来·初度，时生儿弥月，曾梦有饷〈五苗图〉者，因以命名》。

门人沈胤范去世，以诗挽之。

《蕉林诗集》七言律四《挽门人沈康臣》。

郝浴以荐起，得召还录用，补湖广道御史，以诗赠之。

《蕉林诗集》七言律四《赠郝雪海再补侍御》。

《碑传集》载熊赐履《光禄大夫巡抚广西都察院右副都御史加四级郝公碑铭》："癸丑，三桂反，朝士遂交章荐公，蔚州魏公言之尤力……于是奉特旨召还录用。乙卯，仍补湖广道御史。"

以册立皇太子，覃恩加一级，给新衔诰命。

高珩《兵部尚书苍岩梁公墓志铭》："十四年，恭遇册立皇太子，覃恩加一级，给新衔诰命。"

《圣祖实录》康熙十四年十二月："丁卯，上御太和殿视朝，王、贝勒、贝子、公及文武各官表贺建储，行礼。是日，颁诏天下：'……授允礽以册宝，立为皇太子……'诏内恩款共三十条。"

康熙十五年丙辰（1676）五十七岁

元日，遇雪，作《桂枝香》曲。

《棠村乐府》《桂枝香·丙辰元日》："晓来寒乍，纷纷雪下。"

人日，丁澎为梁氏《棠村词》作序。

《棠村词》卷首："时康熙丙辰人日，西泠年后学丁澎敬题于扶荔堂。"

丁澎（1622—1686），字飞涛，号药园，仁和（今浙江杭州）人，"西泠十子"之一。顺治十二年（1655）进士，官刑部主事，调礼部。顺治十四年（1657）主河南乡试，违例被劾，谪戍奉天靖安，五载始放归。康熙九年（1670），补礼部郎中，升员外郎。著有《扶荔堂诗集选》《扶荔词》等。

孙承泽逝世，赋诗挽之。

《蕉林诗集》七言律四《挽孙北海先生用环溪韵》。

孙承泽（1592—1676），字耳北，一作耳伯，号北海，又号退谷，益都（今山东青州）人，隶籍上林苑。崇祯四年（1631）进士，官刑科给事中。入清，历吏科给事中、太常寺卿、大理寺卿、兵部侍郎，仕至吏部侍郎。富收藏，精鉴别，著有《春明梦余录》《庚子销夏记》等。

叶舒崇登第后南归，赋词送之。

《棠村词》《喜迁莺·送叶元礼登第南归》。

七月，方象瑛为梁氏《蕉林诗集》作序。

《蕉林诗集》卷首《序》："康熙丙辰七月既望，遂安受业方象瑛拜撰。"

方象瑛（1632—?），字渭仁，号霞庄，浙江遂安（今浙江淳安）人。康熙六年（1667）进士，候补中书舍人。康熙十八年（1679）举博学鸿词科，授翰林院编修，与修《明史》。充四川乡试同考官，迁侍讲。以病告归。著有《健松斋集》等。

初度、除夕，有诗。

《蕉林二集》七言律一《丙辰初度》《丙辰除夕》。①

康熙十六年丁巳（1677）五十八岁

元日，有诗。

---

① （清）梁清标：《蕉林二集》，见国家图书馆藏《真定梁氏丛书》本，七言律卷 1a 页。本年谱所引《二集》内容皆出自此本。

《蕉林二集》七言律一《丁巳元日》。

初度，念及年齿将满六十，感而赋诗。

《蕉林二集》五言律一《初度》："久滥尚书省，将周甲子年。"

除夕，有诗。

《蕉林二集》五言律一《丁巳除夕》。

康熙十七年戊午（1678）五十九岁

元日，有诗。

《蕉林二集》五言律一《戊午元日》。

正月，诏举博学鸿词科，荐徐釚等四人。

高珩《兵部尚书苍岩梁公墓志铭》："十七年，奉上谕，举博学鸿词，公荐徐釚等四人，皆名士也。"

《圣祖实录》康熙十七年（1678）正月："乙未，谕吏部：自古一代之兴，必有博学鸿儒，振起文运，阐发经史，润色词章，以备顾问著作之选……凡有学行兼优、文词卓越之人，不论已仕未仕，令在京三品以上及科道官员、在外督抚布按各举所知，朕将亲试录用……尔部即通行传谕。于是大学士李霨等荐原任副使道曹溶等七十七人。上命俟各员赴部齐集之日请旨。"

三月，徐釚为梁氏《蕉林诗集》作序。

《蕉林诗集》卷首《序》："康熙戊午春三月，吴江受业徐釚拜譔。"

四月，汪懋麟为梁氏《蕉林诗集》作序。

《蕉林诗集》卷首《序》："康熙戊午四月望前一日，扬州门下士汪懋麟谨撰于西湖苏公堤下。"

《蕉林诗集》刊行，梁允植为跋其后。

《蕉林诗集》卷末《跋》："植故坚请前后诸作，与徐子电发互为参订，刊之计如干卷，先以问世。后有篇咏，嗣为续集可也。时康熙戊午春日，侄男允植谨识。"

秋，招陈维崧、尤侗等饮于邸舍，出第五子苗哥揖客。

陈维崧《湖海楼词集》卷十九《贺新郎·题大司农梁苍岩先生五苗图》题下注："先生梦人贻宋绣一幅，长松千尺，下苗五苗。是岁先生第五郎生，因名苗哥。戊午秋，先生招饮邸舍，苗哥出揖，属为此词。"①

尤侗《百末词》卷五《沁园春·司农招饮，携五苗出揖客，复次前调奉赠》。②

初冬，王熙新筑山房告成，招清标饮于新宅。

《蕉林二集》五言律一《初冬王胥廷大司马新筑山房告成招饮》。

王熙（1628—1703），字子雍，一字胥庭，顺天府宛平（今北京丰台）人，王崇简之子。顺治四年（1647）进士，选庶吉士，授检讨，累迁右春坊谕德，召直南苑。充日讲官，进讲称旨，擢弘文院学士，进翰林院掌院学士，加礼部尚书衔。顺治十八年（1661），为世祖草遗诏，有名。康熙年间，官至保和殿大学士。卒谥文靖。著有《王文靖公集》。

十一月，王崇简逝世，赋诗挽之。

《蕉林二集》五言律一《挽同门王敬哉先生》。

叶方蔼《光禄大夫太子太保礼部尚书王公墓志铭》："太子太保、礼部尚书致仕宛平王公以康熙十七年（1678）十一月十七日薨于里第。"

康熙十八年己未（1679）六十岁

正月十六夜，设席宴客，毛奇龄、施闰章、陈维崧、高咏等在座。命歌者歌毛氏所制《上元观灯曲》，一坐竦听。

毛奇龄《西河词话》："康熙己未上元夜，予尚依内阁学士李夫子宅，夫子方出阁，招予至东华门旧宏文院夜饭观灯。归第，夫子当夕制《上元观灯曲》，予依韵和之。次日，舍人汪蛟门录予词，诣梁尚书请观。值尚书作胜会，设席于猪市。对门王光禄宅有内务府供奉太仓王生、无锡陆生、陈生，携笙笛在座。其时荐举来京者，惟施愚山大参、陈其年、高阮怀两文学赴召请……王生把笛演旧清曲毕，尚书命二生歌予词，使王生以笛倚之。倜傥嘹唳，一坐皆竦听。"③

---

① （清）陈维崧：《湖海楼词集》，载《清代诗文集汇编》编纂委员会编《清代诗文集汇编》第 96 册，上海古籍出版社 2010 年版，第 442 页。

② （清）尤侗：《百末词》，载《清代诗文集汇编》编纂委员会编《清代诗文集汇编》第 65 册，上海古籍出版社 2010 年版，第 602 页。

③ （清）毛奇龄：《西河文集》，载《清代诗文集汇编》编纂委员会编《清代诗文集汇编》第 89 册，上海古籍出版社 2010 年版，第 122 页。

毛奇龄（1623—1713），又名甡，字大可，号西河，浙江萧山（今浙江杭州）人。早年曾参加义师抗清，后归里，以文学游四方，有盛名。康熙十八年（1679）举博学鸿词科，授检讨。二十四年（1685）引疾归，不再出。著有《西河合集》。

高咏（1622—1685），字阮怀，一字怀远，号遗山，宣城（今安徽宣城）人。为诸生，屡试未第，受施闰章聘，为幕僚。年近六十，始贡入太学。康熙十八年（1679）举博学鸿词科，授检讨，与修《明史》。著有《遗山堂集》等。

早春，再继配吴氏卒，二七之日正值其生辰，为诗悼之。

《蕉林二集》五言律一《亡室生日值次七》："七载鹣鲽翼，相庄对早春。宁知初度日，翻作悼亡辰。"按：据此则再继配吴氏之来归，当在康熙十二年（1673）前后。

高珩《兵部尚书苍岩梁公墓志铭》："继配吴夫人，诰赠一品夫人；再继配待赠吴夫人，俱邑庠生吴公讳原阴女。"

清明，赋《琐窗寒》悼亡妻。

《棠村词二刻》《琐窗寒·清明悼内》。

叶舒崇逝世，赋诗挽之。

《蕉林二集》七言律一《挽叶元礼中翰》。

七月地震，诏三品以上官员自陈，引咎求罢，奉旨留任。

高珩《兵部尚书苍岩梁公墓志铭》："十八年七月，地震，三品以上各官自陈，公引咎求罢，奉旨留任。"

《圣祖实录》康熙十八年七月："庚申，京师地震……谕吏部等衙门：'……自今应行应革事宜，令部院三品以上官及科道、在外各该督抚，明白条奏，直言无隐。其在京三品以上堂官，并督抚提镇，俱据实自陈。'"

立秋，感于十年之间三度悼亡，赋诗感怀。

《蕉林二集》五言律一《己未立秋》："十年三悼逝，万事一凭阑。"

按：清标元配王氏，卒于康熙六年丁未（1667）；继配吴氏，卒于康熙十一年壬子（1672）；再继配吴氏，卒于康熙十八年己未（1679）。

七夕，次陈维崧韵，赋《玉簟凉》。

《棠村词二刻》《玉簟凉·七夕次陈其年韵》。

八月，与吏部尚书郝惟讷进言，反对风闻言事、放宽科道纠劾不实之处分。

《清史列传·梁清标传》："十八年，给事中姚缔虞请宽科道纠劾不实处分，许以风闻言事。上召询九卿等，清标奏曰：'言官奏事，原不禁其风闻。恐有藉称风闻，挟私报怨者，是以定有审问全虚处分之例。宜如旧。'上是其言。"

《圣祖实录》康熙十八年（1679）八月："辛卯……召满汉九卿、詹事、科道等官集中左门……随命九卿、詹事、科道各官至御榻前，上问曰：'科臣姚缔虞所奏风闻言事疏，尔等如何定议？'吏部尚书郝惟讷、户部尚书梁清标等奏：'言官奏事，原不禁其风闻。但风闻参奏、审问全虚者，定有处分之例。今若不加处分，恐有借称风闻、挟私报怨者，亦未可定，仍应照定例行。'"

中秋，次陈维崧韵，赋《念奴娇》。

《棠村词二刻》《念奴娇·中秋次其年韵》。

徐釚赠以佛手柑及新词，次韵赋《绮罗香》谢之。

《棠村词二刻》《绮罗香·徐电发以佛手柑见贻，兼示新词，次韵赋谢》。

重阳前一日，宋实颖、尤侗、陈维崧等同集蕉林小饮，宋氏赠以新诗，依韵有作。

《蕉林二集》七言律一《重阳前一日宋既庭、尤悔庵、陈其年、田髯渊、黄俞邰、龚放瞻集蕉林小饮，既庭见赠新诗，依韵奉酬》。

宋实颖（1621—1705），字既庭，号湘尹，长洲（今江苏苏州）人。顺治十七年（1660）举人，康熙十八年（1679）博学鸿词科不第，放归，后官兴化县教谕。著有《玉磬山房集》等。

田髯渊、黄俞邰、龚放瞻，俟考。

初度，赋词感怀。

《棠村词二刻》《花发沁园春·己未初度》。

康熙十九年庚申（1680）六十一岁

正月十五，设席宴客。次陈维崧韵，赋词咏米家灯、窝丝糖，并观邢郎演剧。毛奇龄、尤侗、徐釚等有词和之。

《棠村词二刻》《百字令·咏米家灯次陈其年韵》。

陈维崧《湖海楼词集》卷十二《念奴娇·棠村夫子席上咏米家灯》，徐鈒《菊庄词二集》《百字令·棠村公席上咏米家灯和其年韵》，尤侗《百末词》卷四《念奴娇·咏米家灯和其年韵》，毛奇龄《西河集》卷一百三十六《剔银灯·咏米家灯》。

《棠村词二刻》《摸鱼儿·咏窝丝糖次陈其年韵》。

陈维崧《湖海楼词集》卷二十《摸鱼儿·咏窝丝糖》，徐鈒《菊庄词二集》《摸鱼儿·咏窝丝糖》，尤侗《百末词》卷五《摸鱼儿·咏窝丝糖和其年韵》。

毛奇龄《西河集》卷一百三十五《糖多令·咏窝丝糖》。其序云："梁尚书上元席上出窝丝糖供客，云是崇祯末宫中所制，外间无此也。"

《棠村词二刻》《柳腰轻·观邢郎演剧》："溶溶三五春宵燕。银烛照，红牙按。"此三首词前后相连，当为一时之作。

三月，安亲王凯旋，圣祖迎劳于芦沟桥，扈从，有诗纪之。

《蕉林二集》五言律一《西郊即事》，诗题下注云："暮春八日，安亲王凯旋，上郊劳于芦沟桥，南阁部诸臣扈从。"

《圣祖实录》康熙十九年（1680）三月："丁酉，上以定远平寇大将军、和硕安亲王岳乐自湖广凯旋，率在京诸王、贝勒、贝子、公及满汉大臣出郊迎劳，是日驻跸芦沟桥。"

秋，圣祖赐莲藕、风菱，恭纪以诗。

《蕉林二集》七言律一《庚申秋日上赐莲藕风菱恭纪》。

立秋前二日，观小伶演剧。

《棠村词二刻》《乳燕飞·立秋前二日观小伶演剧》。

观邢郎演剧。

《棠村词二刻》《菩萨蛮·秋日观邢郎演剧》。

闰八月十五日，次陈维崧韵，赋《百字令》。

《棠村词二刻》《百字令·庚申长安闰中秋，次陈其年韵》。

重阳前二日，祖文水召饮，演《一种情》剧。

《棠村词二刻》《永遇乐·重阳前二日祖文水明府召饮，演〈一种情〉剧》。

祖文水，俟考。

十月，高珩乞休归乡，赋诗送之。

《蕉林二集》七言律一《送念东少司寇归淄川》："四十年来世法疏，翩然归去兴何如。愿教海内同风俗，岂谓人间有谤书。"

《圣祖实录》康熙十九年（1680）十月："戊申……刑部右侍郎高珩以老乞休，允之。"

冬，彗星见西方，圣祖召集百官，问兴革事宜。梁清标建言免秦粮入川，奏可。

高珩《兵部尚书苍岩梁公墓志铭》："十九年冬，有星见于西方，上命阁臣传集九卿、詹事、科道至太和殿前，问应兴应革事宜。公言：'秦中数年用兵，疲于转饷，前者运粮入川，一人约费二十金，今又责之水运。闻蜀人云：川中有粮，何必重累秦民？宜加轸恤。'或云：'恐川中无粮，奈何？'公云：'副都御史刘如汉、李僵根皆蜀人，可问也。'二公对，亦如之奏，上遂免秦运。"

《圣祖实录》康熙十九年（1680）十一月："辛酉……召大学士、九卿、詹事、科道，谕曰：'白气见于西方，天象垂戒，必有征验。尔等各抒所见奏闻。'"

立春日，高珩出都，不及送别，赋二诗送之。

《蕉林二集》七言绝一《立春日念东出都，走笔赠二诗，以代骊唱》："怅余不及临岐别，欲写河梁苏李图。"

立春次日为初度之辰，纪之以诗。

《蕉林二集》七言律一《庚申立春次日初度》："朔气初回闻捷后，华颠恰遇始生时。"句下注云："余生于庚申。"

除夕，有诗。

《蕉林二集》七言律一《庚申除夕》。

康熙二十年辛酉（1681）六十二岁

元日，有诗。

《蕉林二集》七言律一《辛酉元日》。

二月，郝浴赴任广西巡抚，赋诗送之。

《蕉林二集》七言律一《送郝雪海中丞开府粤西》。

《圣祖实录》康熙十九年（1680）十二月："庚戌……以左副都御史郝浴为广西巡抚。"又康熙二十年（1681）二月："戊戌，广西巡抚郝浴陛辞。"

仁孝、孝昭两皇后梓宫启行，随驾送之。廿五日，从驾谒孝陵。

《蕉林二集》七言律一《恭送仁孝、孝昭两皇后梓宫》《二月廿五日从驾恭谒孝陵》。

《圣祖实录》康熙二十年（1681）二月："癸卯，仁孝皇后、孝昭皇后梓宫启行，上亲临送，王以下满汉官员及公主王妃以下、大臣命妇以上俱齐集举哀跪送……己酉，上谒孝陵。举哀行礼毕，亲往仁孝皇后、孝昭皇后地宫相视。"

于云峦寺前杏花下与李霨、吴正治、魏象枢、朱之弼、李天馥小集。

《蕉林二集》七言律一《云峦寺前杏花下小集，同坦园相国、赓庵大宗伯、环溪大司寇、幼庵大司空、容斋少司农》。

李霨（1625—1684），字景霱，号坦园，直隶高阳（今河北高阳）人。顺治三年（1646）进士，选庶吉士，授检讨，进编修。历官秘书院学士、经筵讲官、弘文院大学士、工部尚书、户部尚书，仕至保和殿大学士。著有《心远堂诗集》等。

吴正治（1618—1691），字当世，号赓庵，湖北汉阳（今湖北武汉）人。顺治六年（1649）进士，选庶吉士，授编修。历官江西参议、陕西按察使、工部侍郎、刑部侍郎、左都御史、工部尚书，调礼部，仕至武英殿大学士。

朱之弼（1621—1687），字右君，号幼庵，顺天府大兴（今北京大兴）人。顺治三年（1646）进士，授礼科给事中，转工科都给事中。迁户部侍郎、光禄寺少卿、左副都御史，官至工部尚书。

李天馥（1635—1699），字湘北，号容斋，庐州（今安徽合肥）人。顺治十五年（1658）进士，选庶吉士，授检讨。历工、刑、兵、吏四部尚书，官至武英殿大学士。著有《容斋千首诗》等。

雨中与李天馥共话。

《蕉林二集》七言律一《雨中与容斋少司农共话》。

驻跸马兰峪，圣祖召扈从诸臣，赐观汤泉，应制赋诗。

《蕉林二集》七言律一《康熙辛酉季春上驻跸马兰峪，召扈从诸臣，赐观汤泉，应制》，七言绝一《观汤泉》。

三月七日，从驾辞孝陵。

《蕉林二集》七言绝一《三月七日从驾辞孝陵》。

七月，圣祖赐燕于瀛台，兼颁彩币，恭纪以诗。

《蕉林二集》五言律一《辛酉七月上赐燕于瀛台，兼颁彩币，恭纪，时兰开甚盛》，七言绝一《瀛台即事》。

秋，施闰章典河南乡试，便道归省，赋诗寄赠。

《蕉林二集》五言律一《寄赠施愚山典试河南便归宣城》。

康熙二十一年壬戌（1682）六十三岁

正月十四日，圣祖赐宴乾清宫，观鳌山，联柏梁体诗，群臣尽欢。宴罢，命内侍扶掖清标出东华门，赐厩马一匹。

高珩《兵部尚书苍岩梁公墓志铭》："二十一年正月十四日，上以海宇升平，赐宴乾清宫，张灯作乐以赐觞，群臣尽欢。上首倡柏梁体诗，群臣皆和。宴罢，命内侍扶掖出东华门，赐厩马一匹。"

《蕉林二集》七言律一《康熙壬戌正月十四日上赐燕乾清宫观鳌山恭赋》。

张英请假葬亲获准，赋诗送之。

《蕉林二集》七言律一《送张敦复学士假归龙眠》。

《圣祖实录》康熙二十一年（1682）二月："壬辰，谕学士张英：'尔素性醇朴，侍从有年，朝夕讲筵，恪共尽职。兹因尔父未葬，具疏请假……准假南旋。'"

张英（1637—1708），字敦复，号乐圃，桐城（今安徽桐城）人。康熙六年（1667）进士，选庶吉士。丁父忧，归里。服除，授编修。充日讲起居注官，累迁侍读学士。历官礼部侍郎、兵部侍郎、经筵讲官、工部尚书、礼部尚书兼翰林院掌院学士，仕至文华殿大学士。著有《笃素堂文集》《存诚堂诗集》等。

三月晦前一日，刘元慧、王奕臣招饮祝氏山庄，次汪懋麟诗韵有作。

《蕉林二集》五言律一《三月晦前一日子瀣、奕臣二甥招饮祝氏山庄，次蛟门韵》。

刘元慧，字子瀣，号西涧，直隶真定（今河北正定）人，生卒年不详。顺治十八年（1661）进士，康熙间官至左副都御史、顺天府尹。

四月，汪楫奉使册封琉球国世子，赋诗送之。

《蕉林二集》五言律一《送汪舟次太史奉使琉球》。

《圣祖实录》康熙二十一年（1682）四月："辛卯……命翰林院检讨汪楫为正使，内阁中书舍人林麟焻为副使，往封琉球国世子尚贞为琉球国中山王。"

汪楫（1636—1699），字舟次，号悔斋，休宁（今安徽休宁）人。以岁贡生任赣榆教谕。康熙十八年（1679）举博学鸿词科，授检讨，与修《明史》。二十一年（1682），奉旨出使琉球。后迁福建布政使。以疾告归，卒于家。著有《悔斋集》等。

五月，汪懋麟为梁氏《棠村词二刻》题首。

《棠村词二刻》卷首《词话》："顷所填长短句复累累，会公犹子次典官泗水，请镂板续行，公命懋麟论次……康熙壬戌中夏，扬州门下士汪懋麟谨识。"

夏，苦旱，圣祖问诸臣弭灾之方，清标言"莫如省刑"。

高珩《兵部尚书苍岩梁公墓志铭》："夏苦旱，上传问诸臣弭灾之方，公言：'莫如省刑。今承问衙门或有迟延不结者，责累无境。请敕刑部督捕，有案速结。'上纳其言。"

七月，彗星见东北，阁臣复奉命传问，梁清标言"宜静勿动，以示休息"。

李澄中《保和殿大学士梁公墓志铭》："七月，彗星见于东北，阁臣复奉命传问，公曰：'连岁军兴，民殚财尽，元气凋伤，全赖休养。求治不必太急，宜静勿动，以示休息。'或谓虚言无实。公曰：'静字之义甚广，凡新举行者皆宜报罢。'上复嘉纳之。"

《圣祖实录》康熙二十一年（1682）七月："癸酉，上谕大学士等曰：'天道关于人事，彗星上见，政事必有阙失，其应行应革者，令九卿、詹事、科道会议以闻。'于是……尚书梁清标奏：'今天下太平，凡事不宜开端，当以安静为主。'左都御史徐元文奏请暂停台湾进剿……另降谕旨：'梁清标所言凡事不宜开端、当安静，甚得为治之要。近总督姚启圣疏称十月进剿台湾，可暂行停止。俟十月后，再行定夺。'"

吴兆骞南归至京，次徐乾学韵赋诗赠之。

《蕉林二集》七言律一《赠吴汉槎南归次徐健庵韵》。

吴兆骞（1631—1684），字汉槎，号季子，吴江（今江苏苏州）人。少有才名，顺治十四年（1657）科场案，遭除名，遣戍宁古塔二十三年。后赖顾贞观请于纳兰性德，得赎归。归后三年卒。著有《秋笳集》。

大学士杜立德、冯溥予告归里，赋诗送之。

《蕉林二集》七言律一《送同年纯一杜相国予告归里》《送冯易斋相国予告归益都》。

杜立德（1611—1692），字纯一，号敬修，直隶宝坻（今天津宝坻）人。崇祯十六年（1643）进士。入清，授中书，历官户科给事中、太常寺少卿、工部、兵部、吏部、刑部侍郎。顺治十六年（1659），擢刑部尚书。康熙间，调户部、吏部、礼部，仕至保和殿大学士。

冯溥（1609—1691），字孔博，号易斋，益都（今山东青州）人。顺治三年（1646）进士，选庶吉士，授编修。历官秘书院侍读学士、吏部侍郎、左都御史、刑部尚书，仕至文华殿大学士。著有《佳山堂诗集》等。

十月，议政，反对强盗案区分首从。

《清史列传·梁清标传》："二十一年，命九卿等议改强盗不分首从皆斩例，刑部尚书果斯海等议盗犯为从者免死。清标与左都御史徐元文等谓宜循旧例，别为一议。上召询清标，奏曰：'法外施仁，原属至美之事，但强盗皆系凶恶，难分首从，或罪果可矜，间行宽减，应出自特恩。若预定一例，则将侥幸于不死，而愈恣为盗。'上曰：'朕因每岁盗案处决甚多，究其所劫之物甚微，岂尽甘于为盗？或以饥寒所迫，深为可悯，故与尔等商之。今所言极是，当仍旧例，别思弭盗良法。'"

按：《圣祖实录》康熙二十一年（1682）十月亦记此事，文繁，不赘录。

十二月，金硕弼为《棠村词二刻》题辞。

《棠村词二刻》卷首《题辞》："今冬跨驴冲寒，偶过泗滨，于令侄次典大令晚衙中，以先生《棠村词二刻》见示……壬戌腊月，禾城晚学金硕弼谨述。"

冬至，梁允桓为《棠村词二刻》题识。

《棠村词二刻》卷首："叔父之乐府……嗣后啸咏益多，桓恐时久散佚，先请剞劂《棠村词二集》以公海内，当亦词林所共快也。同桓校订者，则西陵吴子舒凫云。戌冬长至日，犹子允桓谨识。"

除夕，有诗，并与汪懋麟唱和。

《蕉林二集》七言律一《壬戌除夕》《除夕再迭前韵和季角》。

是年，充文武殿试读卷官。

高珩《兵部尚书苍岩梁公墓志铭》："是年，充文武殿试读卷官，得修撰蔡升元为首。"

康熙二十二年癸亥（1683）六十四岁

元日，有诗，并与汪懋麟唱和。

《蕉林二集》七言律一《癸亥元日》《元日再迭前韵和季用》。

正月，孙卓奉使册封安南国王，赋诗送之。

《蕉林二集》五言律一《送孙子立太史奉使安南》。

《圣祖实录》康熙二十二年（1683）正月："戊辰……命翰林院侍读明图为正使，编修孙卓为副使，往封安南国王嗣黎维正为安南国王。"

孙卓（1647—1683），字子立，号如斋，宣城（今安徽宣城）人。康熙十八年（1679）进士，授编修。二十二年（1683），奉使册封安南。行至粤西，暴病而卒，年三十六。著有《甇社斋稿》。

宋荦任通永道金事，赋诗送之。

《蕉林二集》五言律一《送宋牧仲金宪备兵通永》。

七月，郝浴逝世，以诗挽之。

《蕉林二集》七言律一《挽郝雪海中丞》。

《碑传集》卷六十四《复阳郝公行状》："癸亥闰六月，疮发于背，日渐加剧。七月十一日，伏枕草遗疏……十五日，洒然长逝。"

梁清远逝世，为诗哭之。

《蕉林二集》五言律一《哭二兄》。

汪懋麟《百尺梧桐阁文集》卷五《梁侍郎传》："公姓梁氏，讳清远，字迩之，又字葵石……二十二年，以老寿终于家，年七十有八。"

次子苗儿夭亡，为诗哭之。

《蕉林二集》七言绝一《哭苗儿》。

按：《哭苗儿》其三："残编剩墨今零落，父子恩情只九春。"梁氏次子苗儿生于康熙十四年（参上文康熙十四年条），至本年九岁。

除夕，有诗，次徐元文韵。

《蕉林二集》七言律一《癸亥除夕次徐立斋韵》。

徐元文（1634—1691），字公肃，号立斋，昆山（今江苏昆山）人，徐乾学之弟。顺治十六年（1659）进士第一，授翰林院修撰。迁侍读，升国子祭酒，充经筵讲官。康熙十三年（1674），任内阁学士兼礼部侍郎，改翰林院掌院学士，后充《明史》总裁官。仕至文华殿大学士。康熙二十九年

（1690）遭劾解职，后以忧卒。著有《含经堂集》等。

康熙二十三年甲子（1684）六十五岁

元日，有诗，次徐元文韵。

《蕉林二集》七言律一《甲子元旦次徐立斋韵》。

正月初六日，杜镇卒，后为作墓志铭。

《蕉林文稿·翰林院侍读子静杜君墓志铭》："余于是始识君，相与定交，及今四十余年如一日……君以万历丁巳三月十五日生，康熙甲子正月初六日卒，年六十有八。"

九月，改命以户部尚书管兵部尚书事。

高珩《兵部尚书苍岩梁公墓志铭》："二十三年，改命以户部尚书管兵部尚书事。盖前此为本兵者十三年，比再任，则恭遇升平，烽燧偃息。公余晏坐，斗室秉烛，丙夜不辍也。"

《圣祖实录》康熙二十三年（1684）九月："丁卯……命户部尚书梁清标以原衔管兵部尚书事。"

冬，魏象枢予告归乡，赋诗送之。

《蕉林二集》七言律一《送魏环溪大司寇予告归蔚州》："十载丹诚留殿陛，一天风雪度居庸。"

《圣祖实录》康熙二十三年（1684）八月："乙卯……刑部尚书魏象枢以病再疏乞休，允之。"

康熙二十四年乙丑（1685）六十六岁

中秋，小集。

《蕉林二集》七言律一《乙丑中秋小集，时芷公将归，兼怀季甪》。

芷公，俟考。

康熙二十六年丁卯（1687）六十八岁

十二月，孝庄太后逝世，哭临尽礼。

李澄中《保和殿大学士梁公墓志铭》："二十六年冬，值太皇太后升遐，公哭临尽礼。"

《圣祖实录》康熙二十六年（1687）十二月："己巳，子时，太皇太后崩于慈宁宫。"

康熙二十七年戊辰（1688）六十九岁

正月，议政，反对屯田事。

《圣祖实录》康熙二十七年（1688）正月："丁酉……上御乾清门，衣青色布衣听政……兵部尚书梁清标奏曰：'屯田实有害于百姓，断不宜行。'"

二月，升补保和殿大学士兼兵部尚书。

高珩《兵部尚书苍岩梁公墓志铭》："二十七年二月，奉特旨，升补保和殿大学士兼兵部尚书。"

《圣祖实录》康熙二十七年（1688）二月："甲寅……以兵部尚书梁清标为保和殿大学士。"

三月，湖北巡抚张汧贪贿事发，清标因曾保举其为布政使，降三级留任。

《清史列传·梁清标传》："是年，湖北巡抚张汧贪婪事觉，清标曾保举为布政使，部议革职，得旨，降三级留任。"

《圣祖实录》康熙二十七年（1688）三月："乙酉……刑部等衙门议覆：……又查从前保举张汧之人，有大学士梁清标、尚书熊一潇保举张汧为布政使……俱应革职。上曰：'……张汧事犯于巡抚任内，其保举为巡抚者俱着革职，其保举为布政使者着从宽，免革职，降三级留任。'"

康熙三十年辛未（1691）七十二岁

六月，患脾泻。八月初一，去世。寿七十有二。

高珩《兵部尚书苍岩梁公墓志铭》："三十年，上见公步履矍铄，精力壮盛，命满洲大学士传问公年齿及调摄之法。公生平不服药，以脾气之强，饮啖恒倍人。迨六月杪，竟患脾泻，医药罔效矣。伤哉！……公生于前朝庚申年十二月十六日寅时，卒于康熙三十年（1691）八月初一日寅时，寿七十有二。"

李澄中《保和殿大学士梁公墓志铭》："今年春，上以公矍铄精健，问公年齿及调摄之法。公对以居恒不服药饵，惟饮啖倍人，数日一入厕耳。六月杪，忽患脾泻，至八月初一日卒。遗疏奏闻，上悼惜。"

《清史列传·梁清标传》："三十年，死。遗疏入，得旨：'梁清标简任机务，宣力有年，勤慎素著。忽闻溘逝，朕心深为轸恻。'下部议，赐祭葬如例。"

作者简介：

王馨鑫，女，文学博士，唐山学院文法学院讲师。研究方向为明清文学、文学思想史。

新见明人胡缵宗文章十九篇辑录*

于晓川　陈伟韬

摘　要：胡缵宗是明代中期著名的陇右学者，其诗文除乐府外，主要集中在《鸟鼠山人集》《可泉辛巳集》中，另尚有不少文章散佚在各类方志及总集中，有记、序、书、说、赋、辨、乐章等，涉及胡缵宗对地方文化的构建、交游、文人旨趣等。这些文章是研究明代陇右文学、文化及胡缵宗研究的重要资料。

关键词：胡缵宗　辑佚　地方文化　交游　文人旨趣

胡缵宗是明中期陇右著名学者、官员，精研文史、热心刻书、崇尚复古，在方志学、理学、书法、诗文选本等方面都有一定的影响力。他重刊唐欧阳询等编纂的《艺文类聚》①，后世评价颇高；编选《唐雅》《雍音》等，志在宣扬诗必盛唐的复古主张；撰《秦安志》《安庆府志》《巩昌府志》等，为地方文化研究提供了大量早期文献，是"明朝修志历史派的代表人物之一"②。

胡缵宗的文学作品集有《鸟鼠山人集》《拟汉乐府》《拟古乐府》

---

　*　基金项目：本文系2021年度甘肃省社科规划项目"胡缵宗诗文整理与研究"（2021YB028）阶段性成果。

　①　马凌霄：《胡缵宗刻书数目补正》统计，《中国古籍版刻辞典》著录胡氏刻书概十种，除《艺文类聚》，另有《批点唐诗正声》《陈思王集》《华泉先生集》《西玄集》等，见《天水行政学院学报》2017年第1期。

　②　高明：《胡缵宗的生平与著述》，《图书馆杂志》2006年第11期。

（又名《可泉拟涯翁拟古乐府》）《可泉辛巳集》等。其诗文作品多数集中在《鸟鼠山人集》中，《拟汉乐府》《拟古乐府》是胡缵宗乐府作品集，《可泉辛巳集》是其早期诗文集，但一直未为学界所注意。关于《鸟鼠山人集》的版本，较早有刘雁翔、胡喜成录《鸟鼠山人集》18卷①，高明据《四库全书总目》所收部分胡著提要进行考证，认为"《鸟鼠山人集》实为《正德集》四卷，《嘉靖集》三卷，《鸟鼠集》九卷，计为十六卷，另《后集》二卷，共为十八卷。当从《艺文志》所说。《四库全书总目》所述《嘉靖集》七卷，《鸟鼠山人小集》十六卷、《鸟鼠山人集》为二十九卷，皆误"②。高明还据《鸟鼠山人集》前胡缵宗门人归仁所记，认为《正德集》《辛巳集》实为一书。冉耀斌、张桂瑞注意到"《鸟鼠山人集》十八卷，包括《鸟鼠山人小集》十六卷、《后集》二卷，现存明嘉靖刻本、明嘉靖十八年（1539）刊本、明嘉靖刻顺治十三年（1656）周盛时补修本三个版本，《中国西北文献丛书》即影印此明刻清修本"③。张桂瑞《胡缵宗诗文研究》在此基础上对胡缵宗《鸟鼠山人小集》《鸟鼠山人后集》分别进行了版本考察，增加了《鸟鼠山人遗集》，并列出馆藏单位。总体而言，多年来学界对胡缵宗《鸟鼠山人集》的版本研究有所推进，但限于资料原因，及胡缵宗本身撰著的名称改动、阶段性结集的复杂性，学界对《正德集》《辛巳集》《嘉靖集》等没有进一步考察，也未有人对《鸟鼠山人集》进行校勘整理，更难以展开辑佚工作。

《原国立北平图书馆甲库善本丛书》影印有明嘉靖刻本胡缵宗《可泉辛巳集》④一直未为学者注意。经检视，其集目录写为十二卷，实为十三卷，左右双边，十一行二十字，卷首有邵宝序、归仁识，卷题为"可泉

①　刘雁翔：《明代陇右学者胡缵宗生平事迹及方志著述考》，《中国地方志》1999年第5期。胡喜成：《胡缵宗仕宦生涯与诗文艺术》，《天水行政学院学报》2003年第1期。

②　高明：《胡缵宗的生平与著述》，《图书馆杂志》2006年第11期。

③　冉耀斌、张桂瑞：《明代陇右作家胡缵宗著作考述》，载《明清文学与文献》（第十辑），社会科学文献出版社2021年版，第46页。

④　中国国家图书馆编：《原国立北平图书馆甲库善本丛书》第744、745册，国家图书馆出版社2013年版，第526—689页。

辛巳集卷之一"等，版心有"正德集卷一"至"正德集卷十三"字样①，
题下有子集、丑集、寅集、卯集、辰集、巳集、午集、未集、申集、酉
集、戌集、亥集、闰集，卷一有赋、古诗、乐府、辞、歌、调，卷二有
五言、七言古风，卷三为五言、六言、七言绝句，卷四为五言近体，卷
五为七言近体，卷六为五言排律、七言排律、限体、集句、联句，卷七、
八皆为序，卷九有序、记，卷十有论、表、碑、传、说、箴、戒、铭、
赞、引、跋、题、对、断等，卷十一有解、辨、书、辞、题辞、杂著、
策问、策等，卷十二有文、哀词、行状、墓谒、墓志铭等，卷十三为
《安庆府志》中引、表、志、列传的论说部分，与《鸟鼠山人集》中的同
部分内容最大的不同在于保留了"胡缵宗曰"的形式。经粗略比对，《可
泉辛巳集》中保留多篇《鸟鼠山人集》中未见之文章，有重要的文献价
值。限于文章体例及篇幅，本文无法展开论述。胡缵宗文献的整理任重
道远，尚有很多工作需要推进，在《鸟鼠山人集》《可泉辛巳集》之外，
胡缵宗亦有不少文献散佚在各类方志及集部资料中，有记、序、书、说、
赋、辨、乐章等多种文体，涉及胡缵宗对地方文化的构建、交游、文人
旨趣等内容，现将所得辑录于此，以补于明代关陇文学、文化研究。

增修科甲题名记

汉嘉高标山阳，今学官所在也。历三迁乃奠厥位焉，盖四十年
于兹矣。学有玄石数通，卧而勒诸明伦堂北方者，为圣谕也；竖而
分勒东西南三方，为尊经，为迁学，为增修学，为科贡题名诸记也。
诸石固无恙，独题名石视诸刻少狭，且岁有增入，不宜无改作焉。
正德庚午已下，诸未刻名氏者，统若干人，而石且无余地，矧诸方
来，是用改作为郡。故老相传，学在河南时，有状元雁塔，为水所
湔。成化癸巳，会稽尝斋魏孔渊以名御史出迁于嘉，而创有是石。

① 此书归仁识中提到"《辛巳集》作于戊辰，以至辛巳，而集于辛巳者也……盖正德间所
集也，初名《正德集》，先生闻之，避而改此。"是说《可泉辛巳集》与《正德集》实为一书，
是胡缵宗为避讳而改名。高明注意到这一信息，但未见《可泉辛巳集》而误判《正德集》卷数。
《可泉辛巳集》版心证实了二者确为一书，则《正德集》为十三卷，而非高明所说四卷，亦非李
天舒所说十二卷。

正德辛未，余自史馆被迁兹土，据余去魏无几，名氏入刻者适完，而是石所由终始，无亦数与？尝斋去国初远未甚，已谓当时学政视昔什百，弦诵盈耳，乃今规度倍于旧，尝科第甲于他郡，视当时之视国初何如耶？是不可验。圣化涵养之深，嘉人士兴起之盛矣乎！夫士君子生际明时，举于乡也则有记。升于春官而擢第也则有记。文章事业利于人人也，则国史有记。凡以图诸不朽矣乎！昔范宣子聘鲁，问穆叔曰：古人有言死而不朽，何谓也？曰豹闻之太上立德，其次立功，其次立言，虽久而不废，此之谓不朽。夫穆叔之言，所谓不朽也，周石鼓，孔素碑，终与天壤俱弊者，石不与焉。

呜呼！往迹俱在，继自今登石者幸相与图所谓不朽，则又兹石之幸矣。乃取旧石易之，横纵界为区格，次第诸姓名本末于下，而以余言引其额云。

按：此文据国家图书馆藏李采撰《嘉定州志》，卷七，"冬"，第1—2页，民国间钞本。汉嘉高标山在今四川，文中记"正德辛未，余自史馆被迁兹土"是说胡缵宗因刘瑾事受牵连，由翰林检讨谪嘉定州判官事，但其《安庆府志·后序》则又记"庚午出判嘉定"①，则应是正德五年（1510）被贬，正德六年（1511）到嘉定任上。《嘉定州志》载："胡缵宗，原翰林检讨，是时逆瑾，怒诸词臣，不屈，出为州判。浑忘形迹，与胡侯准同心经政，赞修水城，善诱诸生，多所成就，暇则登眺为诗，手自书之，九峰石刻多夫可泉者。海内有名，而于嘉州尤著。"又载胡准："古貌古心，一意惠爱，克勤民事，且夕不遑，修筑水城，坚固久远，其为遗爱深矣。"②可知当时胡缵宗与知州胡准同心戮力，确为百姓做了实事。此文以汉嘉郡学宫题名石更新名单为初始目的，立足于穆叔立言、立功、立德之说，言朽与不朽不在于石，而在于"文章事业利于人人"。通过文章对汉嘉郡"视昔什百，弦诵盈耳"等学校发展的描述，

① 胡缵宗：《安庆郡乘·后序》，载《西北文学文献·鸟鼠山人集》第161卷，兰州古籍书店1990年版，第103页。

② （民国）《嘉定州志》，"夏"，国家图书馆藏抄本，第13页。

亦可窥明初至正德间的兴学情况。据写作时间，此文为胡缵宗早期文章。

双桂留思记

潼，剑外一都会也。先代为郡、为府、为路，今为州。志云：江山洒落，人物富繁。是故前汉有循吏曰郑纪、曰王渔，有烈士曰李余，有隐士曰王祐；于唐有孝子曰赵稭，有诗人曰陈子昂；于宋有文士曰苏易简、曰苏舜钦，有才士曰文同。于时有迹有誉，有像有祠，至今赫赫也。

我朝江山人物，犹夫前代也。成化间，有双桂先生王氏者，以乡进士领潼之教，慨然以振作人物为己任，云人物之作，当不止汉唐宋也。于是慎动止，详语默，严程课，劝条约。以汉可学也，有董广川焉；唐可学也，有韩昌黎焉；宋可学也，有周、程、张、朱子焉。非董、韩不以语诸弟子，而诸弟子非董、韩亦不以问。非周、程、张、朱不以授诸弟子，而诸弟子非周、程、张、朱亦不以学。俾诸弟子有所劝无所惩焉。故诸弟子莫不斐然而有文焉，错然而有理焉，充然而有得焉。先生乃欣然喜，畅然乐，以为己任胜矣。于是乎植二桂于庭曰："诸弟子之盛有如斯桂。今年秀，明年华，又明年实矣。吾以桂识之。"夫王氏植槐以识其子孙，吾植桂以识吾诸弟子。槐盛，王氏之子孙亦盛；桂盛，吾潼之诸弟子当亦盛。

明年，先生以满代去，潼诸弟子服先生之教，无分亲炙与私淑，恒不忘于双桂，而先生之余波遗泽与桂俱存。又明年，双桂畅茂，垂荫方亩，既而潼人若少参黄师大氏、黄门张习之氏、太行人欧明甫氏、刑部张震之氏、进士王仲修氏、王仲一氏、乡进士周受之氏、刘子睿氏、赵伯举氏同登并举，与桂俱盛。或以才显，或以德著。虽潼之盛，大抵先生之波泽也。顾不有光于郑王诸氏，以无愧于董韩诸子哉！

夫植槐而槐盛，槐盛王氏之德盛矣。植桂而桂盛，桂盛双桂先生之教盛矣。非王氏之德，则王氏之子若孙曷与槐盛？非双桂先生之教，则潼人之亲炙先生与其私淑焉者，曷与桂盛？双桂方长，潼之士子亦莫不豪迈英发，不可遏抑。然则双桂之教之思，曷有既哉？

夫王氏植槐，为其子孙，而其子孙继盛。双桂先生植桂为其诸弟子
验之。今不特诸弟子也，而其子曰黄门、曰刑部，名动江南，与潼
并盛。则夫先生之桂之盛，不特为潼人已矣，不特与王氏之槐媲美
已矣，是不可记哉？故记。先生名序，字子伦，金溪人。以有双桂
之思于潼也，故潼诸弟子口焉为双桂先生云。

按：此文据国家图书馆藏清蒋廷锡、陈梦雷等辑《钦定古今图书集
成·方舆汇编·职方典》，第六百二十四卷，"潼川州部·艺文二"。嘉靖
刻本《四川总志》卷十一"潼川州·名宦·本朝"载："胡缵宗，秦安
人，以翰林检讨正德中知州事，礼士爱民，始终不倦，文章政事著于一
时，后升都御史。"① 正德八年（1513）胡缵宗迁潼川州（今属四川省）
知州，以文学饬治，兴学教士，以文章政事称于时。② 此文即在潼川时所
作。文章以潼川素多文士名人入手，重在表彰成化年间潼川王序教授重
教育人之盛德。文中王子伦植桂与王祐植槐形成比对，王祐植槐而子孙
继盛，王序植桂而地方士子豪迈英发，或以才显，或以德著，凸显了王
序境界、心胸之高远。胡缵宗表彰王序，是对地方文学教化的推动，强
调王序"非董、韩不以语诸弟子，而诸弟子非董、韩亦不以问。非周、
程、张、朱不以授诸弟子，而诸弟子非周、程、张、朱亦不以学"，亦可
见其对王序思想的认同，明正德间理学思想的影响可知一二。

卦台记③

成纪之北约三十里曰三阳川，其西北隅有台焉，羲皇卦台处也。

夫成纪，故名地[1]也。汉为郡，唐为州，宋为军，国朝亦为州。

---

① （嘉靖）《四川总志》卷十一，"潼川州·名宦·本朝"，嘉靖刻本，国家图书馆藏，第
14页。

② 参见（乾隆）《潼川府志》卷五"名宦"，清乾隆五十年（1785）本，国家图书馆藏，
第60页。

③ 胡缵宗又有《画卦台说》一文，参见《巩昌府志》卷二十六，清康熙二十七年（1688）
刻本，国家图书馆藏，第62—63页。但经比对，《画卦台说》篇幅短小，大部分内容是此《卦
台记》的一部分，并非全文，故不录于此。

然自晋至南北朝与雍州并称焉。陇坻亘于东，朱圉雄于西，嶓冢屏于前，空峒望于后。汉起于南，渭衍于北，乃生羲圣，而三阳则渭河纳陇河处也，今为三阳里、三阳云者。朝阳启明，其台光莹；太阳中天，其台宣朗；夕阳返照，其台腾射。卦台[2]俨于南，长山负于北，龙马山集于西，尉迟峡约于东，承渭于上，流以[3]资沃。纳陇于下，流而纳污。故是台也，前揖卦山，卦山若屏若拱，后俯龙马山。

龙马山若围若犄[4]，渭水环乎其北，周道修乎其南，而卦台[5]自西倾南（属岷州），蜿蜒随渭引漳而来，来[6]至三阳川之东南而止于其将止也，突出一小山，其出如维（即地理家所谓蜂腰然者），其止如竮（即地理家所谓山皆大，此山独小，小者为尊）自上视之如缀珠，自下视之如充圹。高可若干丈，广可若干亩。其蛮[7]层起俯视之，如台之出其周，壁立仰视之，如台之升。故古[8]今谓之卦台（亦谓之卦爻堡，俗讹称为蜗牛堡）。

龙马山自西倾北（属洮州郡），迤逦约渭，截陇而来，至三阳川之西北，而止于其既止也。循渭之滨，若启轩开襟约[9]台然者，而台与龙马山若相远[10]而实不相连也，盖界以渭矣。渭水自陇西首阳县鸟鼠山东流，经襄武獂道冀三县，乃受荆泉诸水，出岑峡，经新阳川（至三阳里），自西循北，迳东沿迥台下，其溪才容其流，而两岸皆滨山，其水若为台环抱然者。前有新阳下城下瞰新阳川（见《水经》，俗称为沿河城，盖在西南），后有番城（盖在东北），下瞰三阳川。故登台而望之，视卦山若却若顾，视龙马山若抱若倚，视渭水若环若带，视新阳川若吞若吐，视三阳川若沉若浮，视陇水（俗称为葫萝河）若引，视长山若附。故二山一水之间，其台若坐若盘，而羲皇观天察地于此，画卦于此也。岂天设此以启其神哉？抑地因此以兆其灵哉？夫岂偶然哉？

嗟夫！岷，（《统一志》即陇山之南首在陇蜀之交）江之源也；嶓冢，汉之源也；鸟鼠，渭之源也。河出于昆仑，扬于积石[11]。洮出于西倾也，陇出于陇首也，则西北山水[12]皆自陇而之东南，支委繁衍，不有渊源耶？是羲皇[13]之所以毓，而卦爻之所以画也。郡人相传，台有羲皇遗画，着雪即融。今候之无验，盖居人见诸田畔，界址横直层列，卦山之麓有类于画，雪将融而形益彰，遂指以为先圣灵迹，不知羲皇天生大圣人也，务骇人观[14]听而遗是踪[15]，示人以黎邱之幻耶？抑邑居人仰瞻圣皇，不欲见其遗台荆棘也，互为相传耶？然画不在台，今在册矣；亦不在册，今在人矣。

按：本文据国家图书馆藏清乾隆二十九年（1764）刻《直隶秦州新志》，卷十一，"艺文中·记"第11—13页，以清文渊阁四库全书本《甘肃通志》（卷四十七）为参校本，括号中为原文小字双行内容。卦台山在今甘肃天水市，又称画卦台，"秦州故有伏羲庙，而画卦台在庙西三十里"①。胡缵宗此文对卦台山之地理、山形、风景等铺叙甚详，对"卦台"名称之由来进行辨析，以叙其与伏羲圣皇与此画卦传闻之关联。文章既有地理学家视角，又有文学家之妙笔，堪称胡缵宗文学价值最高的记文之一。

【校】

[1] "名地"，《甘肃通志》作"地名"。

[2] "卦台"，《甘肃通志》作"卦山"。

[3] "以"，《甘肃通志》作"而"。

[4] "犄"，《甘肃通志》作"掎"

[5] "卦台"，《甘肃通志》作"卦山"

[6] "来"，《甘肃通志》作"未"。

[7] "蛮"，《甘肃通志》作"台"。

[8] "古"，《甘肃通志》阙。

[9] "约"，《甘肃通志》作"纳"，应为"纳"。

[10] "远"，《甘肃通志》作"连"，应为"连"。

[11] "扬于积石"，《甘肃通志》作"扬于积石也。"

[12] "山水"，《甘肃通志》作"水流"。

[13] "羲皇"，《甘肃通志》作"羲圣"。

---

① 康海：《重建画卦台伏羲庙记》，见《直隶秦州新志》卷之末"补遗"，乾隆二十九年（1764），国家图书馆藏，第41页。

［14］"观"，《甘肃通志》作"视"。

［15］"踪"，《甘肃通志》作"迹"。

纸坊建行台记

惟柱下御史迤按于诸郡县，诸郡县乃建御史行台；参政或参议分守宪佥分巡于诸郡县，诸郡县乃建布政按察分司。盖行台分司皆备以驻节，间有郡县程不能一日至者，于其中道必建行馆，亦备以弭节。然驻节则侍御观风，参知敷政，宪佥提刑，弭节则侍御采访，参知宪佥咨询，而台与司不徒建也。

陇西属邑礼、成、和之间程非一日，每于礼邑府城镇暂止之，乃或俯邮舍，或就民舍。邮舍陋，民舍亵亵亵。上何以莅，下何以承？弗便有年矣。嘉靖甲辰，参知高君白之侍御朱君，乃下礼邑，度其处云，礼之纸坊可。乃属礼邑高君光于其坊建侍御行台一。乙巳之初，高君发所请赎金若干镒，鸠工及丁，伐木及石，贸坊中隙地，分建之。中建行台，其堂伟如，其退省堂洞如，其内外左右序翼如，其重门凛如。左建布政分司，其堂、其退省堂、其内外左右序、其门咸如行台而丽次之。右建按察分司，其堂、其退省堂、其内外左右序、其门肃咸相若。起工于若年首夏，讫工于今岁暮春。不数月诸行馆成，而参知君因属李节推惠酌，诸使节自成临若坊者，供仍属成。自西和临若坊者，供仍属礼。自平落临若坊者，供仍属若驿。盖坊东七十里为成，西百有二十里为西和，南百有里为平落。乃著为规。高尹落成之，乃具以复于参知高君，宪佥贾君，咸曰可。弭节哉，转以复于侍御张君，亦曰可。埋轮哉，盖自是，诸侍御君止于其台若少暇也。岂不思所以□□□□[1]者，务求光明正大，而监察之下，吏不归于正，民不归于厚哉？岂徒观美已哉。诸参知君止于其处，抑□□[2]思所以屏翰者，而甸宣之非公莫秉也，诸宪佥□[3]止于其处，抑岂不思所以贞肃者而廉访之，非明莫察也，吏不服其贞，民不服其乎哉？台独止息已哉，高子谦尹礼以礼，教以德，化循良之政，不一而建是台之，完美其一也。以予于嘉州有一日之雅，属予记，予嘉其作之之省，建之之速，原其始末记之。俾勒之石，以告夫嗣，是宰礼者，俾勿鑢。

按：此文以国家图书馆藏清乾隆二十九年（1764）刻《直隶秦州新志》（卷之十一）为底本，参校国家图书馆藏清乾隆方嘉发纂修《礼县志略》（卷之十九）（国图方志），本题为"府城里公馆记"。"纸坊"为礼县镇名，文中记"嘉靖甲辰"，知此行台拟于嘉靖二十三年（1544）修建，"乙巳之初"始动工，则此文约作于嘉靖二十四年（1545），此时胡缵宗在秦州故里。文中侍御朱君为巡按御史南阳朱徵，东光张坪，参知高君为分守陇右道武城高弼，宪金贾君则为巡道商河贾枢。

【校】

［1］"□□□□"，据乾隆方嘉发纂修《礼县志略》，为"持纲执宪"。

［2］"□□"，据乾隆方嘉发纂修《礼县志略》，为"岂不"。

［3］"□"，据乾隆方嘉发纂修《礼县志略》，为"君"。

重修永宁浮桥记

是桥创于宋，赐名曰永通，修于国初，更名曰永宁。洮自西倾，至郡数百里矣，其水迅而深，其渡回而渊，非舟不可以为。梁而柱以维舟，缆以引舟，梁以达舟者，咸视舟以为准。初造之也，苟非其人不以为。故事则以为官程而舟与梁柱与缆未必皆如法。每为秋水所舂击，桥不能存者屡矣。嗟乎！岂桥之罪哉！

开封张侯，莅政年余，庶事毕举，百务咸集，政通人和，赋平讼理，每临洮浒，见是桥易激而难建也，日徘徊其处而审度之曰："非厚曷载？非重曷乘？非坚曷固？非深曷力？而又谋诸临洮万户闻子济武。"万户曰："公留心是桥，洮军民其不病涉哉！"而人谕诸狄道令尹桂子红，令尹曰："公加意是桥，洮士民其不以渡为虞哉？乃于丁未之秋，鸠工集材，撤而新之。侯以桥通河湟，周行也。"郡岂无桥，具谓辀人曰："舟必固，弗固弗造。"谓冶人曰："柱必重，弗重弗炉。"谓炉人曰："缆必致，弗致弗贯。"谓梓人曰："梁必力，弗力弗布，而费罔计也。"诸工受命唯谨。谓督工者义官赵梓曰：

"皆桥也，吾欲吾桥必如垂虹，必如浮鼋。"诸吏受命唯谨。乃造舟十有二，柱四，缆一十有四，梁三十有六，越月而桥成。

侯以川有神也，舟行者必告，告必利涉，盍建洮神祠以主是川而司是桥？惟洮之汹，惟神杀之；惟渡之险，惟神平之。惟是桥，惟神是祐。舟不使仄，柱不使蚀，缆不使蠹，梁不使倾，而日以为鉴，岁以为麻，则神之惠也。越旬而祠成。经行者曰："往非无桥，不能当洮之汹，如往往不克渡何？桥非不建，桥不足恃。如往往被溺何？而况渡人利其桥之易春击也，欲倚渡为市，而低昂渡之者之值。"故舟隙不以艅，柱拔不以培，缆促不以加，梁敝不以易，而于水汹不告之郡，暂撤之，俟水平复系之，而任其奋激。今获是桥之工之固，洮不永有赖哉！

嗟乎！今守令视桥梁为琐事，多不理。顷见渭北有二渡，渡有桥，其径，民输财以修，其道，官取财以修。每十月，民桥修必先，官桥修必后。每四月，民桥敝必后，官桥敝必先。闻张侯是桥之坚之美，顾不抱愧哉！侯尝遇旱，忧形于色，乃恳告风雨山川之神，五日雨，十日大雨，神应公如响，斯桥与祠之所以建，而民颂之也。侯尝宰邑北畿矣，其政思，其教洽，予时总理河道，廉其治行甲他邑，与畿内及齐梁诸良吏并举之，寻擢省郎，兹守洮，而又以严明廉贞为陇西良二千石，其所造诣固不可量，而予与有荣矣。是桥成，洮郡请于都御史谢公，公曰："修是而如法，事事如法矣，是良守也。"乃属提学按察副使顾君为制祭文，命春秋举祀如国典焉。

夫建是桥，创是祠，皆所以为民也。尽力于桥，至矣；托庇于神，极矣。侯何勤勤恳恳，必欲其垂久若是耶？惠而知为政，循而知为守，今见张侯矣。侯名鹏翼，虞城人，嘉靖己丑进士也。

按：此据国家图书馆藏清乾隆呼延华《狄道州志》卷六"津梁"，第28—30页。永宁桥在今甘肃省临洮县，《狄道州志》载："永宁桥，旧在州西洮河上，宋熙宁中建，命名永通。成化庚子知府张宗器、通判郭克振、推官陈大用、知县张彦明等移建州西三里，造船十二，两岸置木柱十二，维以铁缆、草缆各一，更名永宁。"① 亦有成化十六年（1480）曹英记文，详述修筑之事。胡缵宗文中述"丁未之秋，鸠工集材，撤而新之""越月而桥成"，则此桥修葺、竣工于嘉靖二十六年（1547）。张鹏翼，曾任临洮知府，于任上重修永宁浮桥并建祠，胡缵宗此时闲居秦安故里，为之记。

陇川九逸图叙

吾邑大夫士九人，临颖杨簿进、许郡陈丞善、费邑蔡簿赟、登郡孙倅述先、阆郡张士惠、南乐李丞麟、剑郡王守朝元、屯留王尹正人与缵宗致其事，先后归。而缵宗归自兰台，则庚子之春也。相与卜日燕集，以订乡约而敦凤好。始于其岁中秋，续于每岁元夕、上巳、端午、中元、重九、长至，以次递酌，或寿以诗，或侑以歌。乃诫曰："悦尔亲，谐尔昆弟，迪尔子姓，以勿辱尔友朋。"皆曰："唯。"曰："毋以进荣，勿以退辱；毋傲世，毋绝俗；毋满，毋纵。"皆曰："唯。"

邑中诸父老曰："诸君子昔也登籍仕版，显显赫赫，其先天下之乐而乐乎？"曰："否，不然也。守司牧，丞司佐，倅司储，士司刑，令司宰，簿司弼，尽若职，则为良有司，致若极，则为循吏。否则上弗取，下弗从，不获罪于人，则获罪于天。故于储郡县兢兢砥厉之不暇，而何有于乐耶？终日乾乾，如临深然。惟日不足，如履薄然。盖未尝不乐，而殆有不乐者寓焉。故恒见其悄悄而不徒于熙熙也。"

曰："诸君子今也栖迟泉石，修修嚣嚣，其后天下之忧而忧乎？"曰："否，不然也。吾秦九龙可眺，清渭可濯，乡先哲权先生父子伟绩卓行，仕可法，止可师，苟重光于贞孝，济美乎载之，则践履无愧，著述不忝。故于春和夏永，秋爽冬暄，吾人适情游艺，自不容已于燕乐，或听莺，或凿冰，或对月，或烹雪，或蓝舆课农，或鹤氅阅圃。故于每宴会欣欣优游之，恐后而何有于忧耶？抱膝长吟，

---

① 呼延华：（乾隆）《狄道州志》卷六"津梁"，国家图书馆藏，第25—26页。

击壤浩歌，黜陟不闻，理乱不知，盖未尝不忧而固有不忧者存焉。故恒见其融融而无事乎郁郁也。"

父老曰："吾今知诸君子之忧乐矣。其忧也，忧乎国，忧乎道也；其乐也，乐乎天，乐乎时也。其诸异乎人之忧乐欤？"曰："有是哉！皤首皓皓，野服翩翩。登皋呼鹿，策石探泉。乐耶忧耶？亦非诸君子之所自知也。若缵宗之抚东土中州，有愧于周与召，总漕河，有愧于禹。胡为专席，胡为执宪哉？今从诸君子习静寻乐，以其所乐与也，敢不勉勉于斯诚，而孜孜于斯约？"皆曰："唯。"乃各绘以图，每燕必悬，以示逸焉。

按：此文据国家图书馆藏明嘉靖《秦安志》，卷九，"艺文志补"，第10页。《国朝献徵录》载胡缵宗闲居秦安时："……与邑中荐绅燕会作《九逸图》。"[①]《本朝分省人物考》亦记："时或乘篮舆，课耕陇畝，亦或登高赋诗，兴尽乃反，与邑中荐绅燕会作九逸图，得悠游卒老。"[②] 胡缵宗《鸟鼠山人小集》《鸟鼠山人后集》中的记文往往以学记、祠记、堂记等为多，序文则除赠别序外，以书序为多。这些记、序文或为人所请，或要有所教化，或要于理有所阐释，多有正襟端坐之感，对比之下，《陇川九逸图序》是难得一见的、显现胡缵宗真性情的文章。《四库全书总目》评胡缵宗："其诗激昂悲壮，颇近秦声，无妩媚之态，是其所长，多粗厉之音，是其所短。"[③] 胡缵宗作为从关陇苍茫山中走出的西北人，其音"粗厉"，似不难与地域文化产生关联，"予西方人也，生陇西山中，路辟不当要道，故不多接当代贤士大夫，无多经史子籍，不甚知隆师亲友，故闻见不广不大，犹夫山中人耳。"[④] 而待走入仕途，有嘉定、苏州等地多年的任职经历，想必也被其地文化、士人影响，于是懂得"或听

---

① 《通议大夫都察院右副督御史可泉胡公缵宗墓志铭》（未署名），见《国朝献徵录》卷六十一，都察院八，明万历四十四年（1616）徐象枟曼山馆刻本，第97页。
② 《本朝分省人物考》卷一百五"巩昌府·胡缵宗"，广陵书社2015年版，第2304页。
③ 《四库全书总目》卷一七六集部别集类，河北人民出版社2000年版，第4684页。
④ 胡缵宗：《安庆郡乘·后序》，见《西北文学文献·鸟鼠山人集》第161卷，兰州古籍书店1990年版，第103页。

莺，或凿冰，或对月，或烹雪"之风雅，加之所历颇多，闲居秦安时，历遍地域与政治的山水沟坎，已淡然面对天下之忧乐先后，故能皤首皓皓，野服翩翩，登皋呼鹿，策石探泉，享受闲居之乐。

胡缵宗致魏有本函

侍生胡缵宗顿首、顿首。

太卿魏老大人先生执事：缵宗养人之既浅，放之又易，是以一别夫子，便似鄙人，奈何？汴中士习若何？计一经过化，便知向往也。北上想不出此月。伏闻明天子有圣人之资，古今莫及，日事羲文之学，而日图尧舜之治，犹孳孳不已。此可以我内圣外王之道，引吾君于三代之上矣。如何、如何？缵宗。

按：此通书信辑自《钱镜塘藏明代明人尺牍》，该信有影印原件，另附有释文，释文后又有解析："上款为'太卿魏老大人'，函言'汴中士习若何，计一过化，便知向往也。'知此人当时为'太卿'，曾任职河南。符合此条件者为魏有本。魏有本，字伯深，一字曰深，号浅斋，余姚（今属浙江）人。成化十九年（1483）生，嘉靖三十一年（1552）卒。正德十六年（1521）进士。历官大理寺少卿、嘉靖十九年，以右佥都御使出抚河南。二十二年，改督粮储南京，遂迁南大理寺卿、刑部右侍郎。二十九年，进右都御史督漕运，未任致仕。此函即作于魏有本任南大理寺卿之时。缵宗所以念念'汴中'者，因其在巡抚河南任上被革职也。"[1] 解析较详。

与□□书[2]

侍生胡缵宗顿首拜。宪使王大人先生门下：

人每自江左来，得悉福履考祥，而虎丘秋月、震泽春云，足娱

---

[1] 胡缵宗：《胡缵宗致魏有本函》，载《钱镜塘藏明代明人尺牍》第六册，上海古籍出版社 2002 年版，第 64 页。

[2] 此书信原无题目。

道范，下怀殊慰。生去吴十有三年，吴山川佳丽、吴风物明秀，未尝不形之梦寐也。韩转运去便，谨此附问，临启无任惓惓。春正月廿有八日缵宗顿首启上。《秦汉文》一部奉览。

按：此书见于上海图书馆编《上海图书馆藏明代尺牍》（第二册），2002 年 8 月，上海科学技术文献出版社，第 113—115 页。此书录胡缵宗书一篇，有影印，有释文。据文中"生去吴十有三年"可大体判断此书时间。胡缵宗嘉靖二年（1523）年知苏州，嘉靖六年（1527）夏离开苏州任山东布政司使左参政①，则十三年后应为嘉靖十九年（1540），"庚子春，予以灾自汴台巡抚免归"②，这一年春胡缵宗因行台失火自河南引咎归乡，但"春正月廿有八日"时间尚早，此书应撰于河南巡抚任上。"宪使王大人先生"未知是谁，《秦汉文》是胡缵宗编次的古文选本，成书于嘉靖三年（1524），收录秦、西汉文百余篇，中有注释、夹批等。书信中提及奉《秦汉文》一部，可见胡缵宗对此书是较为看重的。

秦邑赋

宅天水之北隩，漾□[1]石而奎联。愤金气之忽炽，慨宋祚之稍迁。郡犹扼□[2]推[3]武，砮纷峙于秦颠。陇南分乎麦积，秦北割于长山。附四六之汉里，污八九之番廛。画汉阳之秦垒，邑乃建曰秦安。

负九龙而翔集，仰卦台于羲天。系龙马之西崦，引东阳而右旋。忆龙峪之□□[4]，延华谷之长干。莫青龙而磅礴，揖五峰以□□[5]。衍浊流之九曲，淤卤卉于旁阡。稼黍稷乎□[6]野，饫芹荁于台泉（一名可泉）。圃梨棠而□[7]润，亩瓜瓞之绵绵。釜鲜稷以如金，荐陇曲之苹蘩。烹魷羊之脂尾，烝礼鼠于华筵。

---

① 董颖：《胡缵宗年谱》，硕士学位论文，兰州大学，2007 年。
② 胡缵宗：《明河南南阳县学训导胡仲子墓志铭》，载《西北文学文献·鸟鼠山人集》第 161 卷，兰州古籍书店 1990 年版，第 205 页。

尔乃陇城古县，略阳故卫。长川广衍，平壤盘纡。被襫耦耕，茅蒲群酤。稷麦弥畛，铫镈充区。尔乃仙岭若皁，畜牧如圂，山椒扳屋。土穴圭窦，羊臭盎椒。牛饮溪洳，狡子互歌，畦丁纷耪。尔乃负郭春融，梨萼剩开。缘溪喷玉，连圊袅梅。月酿其色，雪孕其胎。日出离离，风回眊眊。尔乃祀事岁供，斑白时集，俎豆精专。钟鼓喧缉。里社既虔，燕毛复翕，尽醉劝酬，忘归维繋。尔乃陇河秋溢，卷地兼天，潋洌滂澷，潏湢渊漩。大欲泛槎，小可方船。河伯望洋，湘君观澜。

于是乎士皆脱颖，郎亦奏公，诗庭厌饫，书圊雍容。晏享内竭。酒礼上通，瓜梨玩月，缁裘御风。少必坐长，妇弗面翁。长跪酢客，半拜遇农。粊衿毲被，粝餔糇饗。甄布社叟，氉袜溪氓，歌薤必助，莫雁即从，羔粟移惠。版筑通工。家机户碓，甲赘乙佣，衣乍襤楼。发或蓬松，牧不复庶，稼罔有功。于是乎无观无老，有寺无释，多巫少医，少贾多客，鸡辑而锦，鼠拱以揖。铜乃自然，研惟赭石，牦犣藻陂，驔骊山□[8]。驹騄鞣鞯，駃騠金勒，棬槐楸榆，鹭鹥鸥鹭。郁□[9]盼盼，声声色色。

尔乃史惟州纪，志亦郡传，虽多琬琰，莫析汞铅。无芝弗臭，有衡曷铨。地既统于成纪，才莫辨于陇川。孰为少华之菂，孰为太华之莲，尔乃两郭豹隐，二权莺迁。文章华国，气节考槃。武都良吏，翕复称贤。孰多君子，孰品若人。于是乎钦祕书之卓行，焕文公之九苞。咏少卿之五言，步太白而命骚。唐嗣续乎益、贺，汉比隆乎嘉壹。略博休之老庄，惜元达之放逸。虽非岐山之凤，其亦蓝田之玉。

乱曰：夫于斯，夫复何求？律吕太古，卦爻先天。羲皇既作，轩帝复宣。而协而后，而画而前。斯焉斯取，弥高弥坚。何莫不学，嶰管韦编。嗟嗟斯人，启玄德以袭美，绍贞孝而协华。入无忝乎奕叶，出有光于世家。易时而序，诗正而范。钦彼轩冕，乐此桑麻。玉辉于璞，兰苗其芽。孰谓深山大泽而无龙蛇。（龙马、九龙、青龙、五峰皆山名，龙石，渭中分心石也，东阳即阳兀川，有汉四□六番八番九诸里，自金盛宋衰，郡邑遂割□麦积，初属陇城，长山

今属秦安。○叶安于□切，□徒叶切，□他腊切，人如延切，玉，
□裔切。）

按：此文据国家图书馆藏明嘉靖《秦安志》，卷九，"艺文志补"，第
27—30 页，以国家图书馆藏清乾隆二十九年（1764）刻《直隶秦州新
志》参校（卷十一，"艺文上·序"，第57、58 页）。文中括号中为原文
小字双行内容。胡缵宗与陇佑故地相关的撰著主要集中在嘉靖十一年
（1532）至嘉靖十四年（1535）丁父忧，及嘉靖十九年（1540）引咎辞
官后这两个阶段。据内容暂难以判断此文作于何时。《鸟鼠山人小集》收
胡缵宗赋七篇，惜此《秦邑赋》未录，为今陇右士人所不多见。秦邑属
今甘肃天水市，赋中对秦邑所处地理位置、邑内山水、传说、物产、风
俗等一一铺叙，并总结"孰谓深山大泽而无龙蛇"，以龙蛇而喻君子良
吏，深情歌咏秦邑故土。胡缵宗极重故土乡情，其文集中《可泉歌》《天
水湖颂》《可泉·偶濯吾泉遂成短句》《主山白云洞记》等，都是对秦安
局部自然山水的描绘；《秦邑赋》是对山水风景咏叹之外综合风俗物产、
人文渊源为之全面颂歌。此文总结全面，语言精丽，当为今甘肃天水市
重要的文化资源。

【校】

[1] "□" 涣漫不清，《直隶秦州新志》作 "龙"。

[2] "□" 涣漫不清，《直隶秦州新志》作 "于"。

[3] "推"，《直隶秦州新志》作 "雄"，应为 "雄"。

[4] "□□" 涣漫不清，《直隶秦州新志》作 "纤稻"。

[5] "□□" 涣漫不清，《直隶秦州新志》作 "翩跹"。

[6] "□" 涣漫不清，《直隶秦州新志》作 "凉"。

[7] "□" 涣漫不清，《直隶秦州新志》作 "甘"。

[8] "□" 涣漫不清，《直隶秦州新志》作 "泽"。

[9] "□" 涣漫不清，《直隶秦州新志》作 "郁"。

龙马洞说①

　　龙马山之阳有洞焉，相传古龙马洞也云。昔龙马负图出于是洞，羲皇则之以画卦，故洞在卦台之侧，乃易云河出图，则龙马出于孟河。如成纪相传，则龙马出于渭矣。岂影响之言耶？山与洞何以名龙马耶？而开山图又云，陇西神马山有泉池，龙马所生，抑又何也？又岂南人谓水为江，北人谓水为河，方语相传而讹耶？有不可知者。况羲皇既于此画卦，若无图何所则？若云先画卦于秦，后见图于孟，则卦先而图后，非是，若云先见图于孟，始画卦于秦，则都陈之后未闻羲皇之复归[1]于成纪也，要不可得而详也。谨识以俟博雅君子。

　　按：此文以国家图书馆藏清乾隆二十九年（1764）刻《直隶秦州新志》（卷十一）为据，参校清康熙二十七年（1762）刻本《巩昌府志》（卷二十六）。龙马山已见于前文《卦台记》，在今甘肃省天水市，龙马洞则在龙马山之阳。胡缵宗此文题为"说"，但重点不在论辩而在"问"。文章提到昔秦州有龙马洞，据传说龙马于此洞负图而出，羲皇模拟而作八卦，据《开山图》龙马则生于陇西神马山泉池，但《易》又有"龙马出于孟河"说，抵牾处不知何故。方志中所存较早碑记有作于元至正年间的《伏羲画卦台记》，记文载："画卦台者，即古庖牺氏画卦台也，在秦州成纪县北三十里……昔羲皇，成纪人也，河出图以是则之，仰观俯察，近取诸身，远取诸物。定奇偶而画为文，以代结绳之政，为万古之标准。"② 有学者考证，自北宋太平兴国二年（977），秦州三阳川蜗牛堡

---

　　① 董颖《胡缵宗年谱》（硕士学位论文，兰州大学，2007 年）中"嘉靖十二年（1535）癸巳五十四岁"记胡缵宗"是岁，游卦台山，作散文《卦台山记》《龙马洞说》《分心石说》。（卷十四）"，据该文注释体例"以下文中引用《鸟鼠山人集》中内容，只标明卷数"，而文章参考文献中所录《鸟鼠山人小集》十六卷为齐鲁书社 1997 年版《四库全书存目丛书》中影印本。然检此版本《鸟鼠山人小集》卷十四并无《卦台山记》《龙马洞说》《分心石说》三篇文章，《中国西北文献丛书·第六辑》之《西北文学文献》第四卷影印明嘉靖刻清顺治十三年（1656）周盛时补修本、国家图书馆藏明嘉靖十八年（1541）刻本《鸟鼠山人小集》《鸟鼠山人后集》皆无此三篇文章，不知作者所据何处。

　　② 普奕：《伏羲画卦台记》，见《直隶秦州新志》卷之末，乾隆二十九年（1764）本，国家图书馆藏，碑今存于甘肃省天水市，第 39 页。

（今天水卦台山）即创建伏羲庙，并开始有祭祀活动。① 这些都说明，伏羲出于成纪说由来已久，胡缵宗作为秦州人，必然在心理上更愿意接受这一说法，但他没有选择忽略文献中的异说，而是提出问题，是值得肯定的。

【校】

[1]"复归"，《巩昌府志》作"回銮"。

分心石说

卦台东北渭中流有石焉，屹然卓立，郡人曰分心石也。云石当乎渭，渭分以流。然水涨不见其减，水落不见其增，若与水浮沉焉者。其形傍实中虚，非圆非方，似柱似笋，大约丈有五尺，高约丈有八尺。宛如龙马真图，又如太极本图。其虚处，风能出水不能入。其虚当水，水虽澎湃，亦不能冲，其上若蒙之而不著，其中若激之而不纳者。其声小如车，大如雷。盖不知其几千百世矣。岂非为羲皇特出此石以为之象耶？以与龙马并呈若形耶？而羲皇之所以观法也，盖龙石也。其天地自然之太极耶？其天地自然之龙图耶？而龙马洞之所以名，羲皇之所以则，卦爻之所以画耶？抑不知其几千百世矣，而人莫之识也。缵宗特名之为龙石，表其灵也，著其不偶也。石云乎哉，分心云乎哉，重卦之说，孔氏颖达辨之详且明矣。故曰王氏辅嗣以伏羲始画八卦，即重六十四卦，为得其实，然非羲圣不能画，则非羲圣不能重也。

按：此文以国家图书馆藏清乾隆二十九年（1764）刻《直隶秦州新志》（卷十一）为底本存录。《直隶秦州新志》卷二"卦山"条载："北三十里有八卦台……台之东北当渭中流有石焉，人称分心石，其石中虚外实，其形如太极炉，与水浮沉，水纵大，石若随之然者。"② 文章对卦

---

① 郑玉文：《天水伏羲庙民间祭祀及祭祀程序演变概述》，《文物坚定与鉴赏》2020 年第 9 期（上）。

② （乾隆）《直隶秦州新志》卷二"山川·秦州山水·卦山"，清乾隆二十九年（1764）刻，国家图书馆藏，第 5 页。

台山东北渭水中的分心石进行详细描摹，写其沉浮难测、其形难状、其虚处难入，又勾其形之宽、高，水激声音之大小，叙写分心石之奇，以与后文连续问句中所涉羲皇画卦事建立关联，并为之名"龙石"。此说从分心石入手，论石之奇，终在揄扬羲皇之圣。

春秋战国皆为羌戎所居辩

按班氏《汉书》：周室衰微，戎狄错居泾渭之北，又秦穆公浸强，西征戎狄，得由余，西戎八国服于秦。故陇以西有绵诸、绲戎、翟獂之戎（徐广曰：在玉水）各分散居溪谷。范氏《汉书》：莽以其时北化、东致、南怀，唯西未附，乃遣中郎将平宪等多持金币诱塞外羌，使献地内属。羌豪良愿等献西海、盐池平地。则陇以西，春秋时戎始入错居，汉时羌始入错居。今方舆诸志概云羌戎所居。夫戎北海，羌居西海，四裔传甚明。乃不之考而浪志之，其何以征古而信今？故曰皆秦邑故地。

按：此文据国家图书馆藏清乾隆二十九年（1764）刻《直隶秦州新志》，卷十一，"艺文上·辩"，第54—55页。括号中为原文小字双行。胡缵宗《鸟鼠山人小集》有《辨权载之为陇西人》《邃蓭辨》，《鸟鼠山人后集》有《孔子问于老子辨》《读墨子辨》，计四篇。本次辑佚《春秋战国皆为羌戎所居辩》《纪信成纪人辩》《垣刺史权治书误系汉略阳辩》《轩辕帝生天水辩》《羲皇草衣牛角辩》辩体文五篇，都集中在《直隶秦州新志》中。《春秋战国皆为羌戎所居辩》据班固《汉书》、范晔《后汉书》，认为春秋时戎、汉时羌始入陇西错居，不可无考而随意撰写。

纪信成纪人辩

纪信，汉高祖将，忠臣也。有议焉，班彪史不为作传，以致百世不知何许人者。一统志既云信安汉人，又云信天水人。荣泽志亦云信成纪人。初楚汉角争，楚羽围荥阳急，信容貌肖高祖，请诳楚。信乘王车出东门降，汉祖出西门去，羽烧杀信。夫信之忠烈矣，既烧杀之，乃两军乱，则信孰识之，孰收之？既罢兵，则信孰举之，孰厝之？而至成纪曰北门云者，浪传之耳。夫安汉有庙，有墓，有村，有宅，抑或然欤。

按：此文据国家图书馆藏清乾隆二十九年（1764）刻《直隶秦州新志》，卷十一，"艺文上·辩"，第 55 页。胡缵宗《鸟鼠山人小集》有《辨权载之为陇西人》："先生唐名相也，世为略阳人……略阳，今陇右地也。先代为略阳道，又为略阳郡，又为文州，又为略阳县，又为陇城县，今隶秦安县，乃为陇城里。里之父老，犹有能述说先生世家者。"以地理知识辩权载之为陇西人，《纪信》成纪人辩则以历史故事及安汉有墓、村、宅等为据，认为纪信为安汉人，非陇西人。推测此文应为胡缵宗撰《秦安志》等地方志时所写。今人往往为地方文化发展争夺名人故里，对比之下胡缵宗的求实精神难能可贵。

羲皇草衣牛角辩

羲皇草衣牛角，与娲皇皆蛇身，不知古孰图之，今孰传之？夫尧眉不八彩耶？舜目不重瞳耶？而牛角则禽若矣。或颅少昂若角耳。孔子亦河目海口矣，仓颉、唐祖亦四目四乳矣，而蛇身则虫若矣，或肤少鳞若蛇耳。后世不察，而相传绘塑，竟同于牛鬼蛇神，不亦妄乎？

按：此文据国家图书馆藏清乾隆二十九年（1764）刻《直隶秦州新志》，卷十一，"艺文上·辩"，第 54 页。世人往往据传说为古圣人塑像，胡缵宗此文在于批判这种不加考察、将圣人塑形、塑像若鬼神的做法。

垣刺史权治书误系汉略阳辩

陇略阳，汉为道，晋为县，后魏为郡。汉略阳，汉为阻，后魏称略阳，亦侨治耳。唐为顺政县志者，正见略阳字同，不查年代，遂系之汉。夫垣氏生陇略阳道，权氏生陇略阳县，图、史、列传明甚。

按：此文据国家图书馆藏清乾隆二十九年（1764）刻《直隶秦州新志》，卷十一，"艺文上·辩"，第55—56页。文中据陇西略阳郡、汉中略阳县的发展沿革辨析垣护之、权德舆为陇西人。

轩辕帝生天水辩

黄帝生于天水，不可得而知也；生于寿丘，亦不可得而知也。夫谓在鸟鼠西。何以缘帝而名谷而名溪？陇西有轩辕国，有轩辕邱，何以去有熊而娶西陵女？传云诸侯皆尊轩辕氏，代神农氏为天子，是为黄帝，邑于涿鹿之阿。迁徙往来，未尝宁居。理或然耳，然圣远而古无多文字，亦不可得而知也。

按：此文据国家图书馆藏清乾隆二十九年（1764）刻《直隶秦州新志》，卷十一，"艺文上·辩"，第54页。文中"鸟鼠"指鸟鼠山，位于今甘肃省天水市内，胡缵宗多篇文章曾提到此山。此文开篇即提出，黄帝生于何处是无可考证之事，虽有人认为黄帝生于鸟鼠山西，陇西又有轩辕国、轩辕邱，但是缺乏足够文献证据，因此轩辕帝生天水说只能存疑。

伏羲赞

立极同天，开物成务。则彼图书，启此象数。先天之易，斯文之祖，德合乾坤，道传今古。

惟天挺圣，惟圣作易，卦列先天，理涵太极。万世文祖，百王仪则。河洛出图，天地合德。

按：此文据国家图书馆藏清乾隆二十九年（1764）刻《直隶秦州新志》，卷十一存录。今甘肃天水伏羲庙正门楹联有："立极同天，德合乾坤，万世文祖；开物成务，道传今古，百王仪则。"显然是从此赞中化用而来。胡缵宗《鸟鼠山人小集》有《太昊庙乐记》，记陕西监察御史张鹏、秦州知州黄仕隆主持伏羲庙祭祀活动事，其碑今存，碑下有"大明嘉靖十八年岁次"①，推胡缵宗《伏羲赞》亦作于此时，即嘉靖十三年（1534）。

太昊庙乐章

迎神

天生羲圣，广大变通。立极垂易，列圣攸宗。天子致祀，仪文式崇。神之鉴之，昭格雍雍。

初献

牺牲既洁，俎豆载馨。鼓琴鼓瑟，惟圣惟灵。文敷八卦，道衍六经。报功报德，惟格惟歆。

亚献

洁帛既陈，清酤复献。惟祀雍容，惟灵缱绻。八卦初传，斯文式宪。神其来临，歆此亚饭。

终献

律吕既翕，仪度复详。在天上帝，在帝羲皇。河图垂宪，龙马回翔。惟神昭格，眷此帝乡。

彻馔

神之来兮，见龙在田。神之去兮，飞龙在天。牺牲斯报，琴瑟斯宣。神其眷注，鉴此衷虔。

送神

龙乘秘殿，云复行宫。卦台斯格，纪邑攸同。太羹金注，玄酒玉溶。瞻依犹切，陟降曷从。望瘗与彻馔同。

按：此文据国家图书馆藏清乾隆二十九年（1764）刻《直隶秦州新志》，卷十二。前文所提胡缵宗《鸟鼠山人小集》之《太昊庙乐记》中有："乃又自撰迎神曲一，送神曲一，盖始条理之有源，终条理之有

---

① 李文：《甘肃天水伏羲庙及其乐楼考述》，见《中华戏曲》第51辑，文化艺术出版社2015年版，第86页。此文也收录胡缵宗《太昊庙乐记》碑文（附碑四），碑有"大明嘉靖十八年岁次"字样，疑作文、祭祀在先，立碑在后，则记文、乐章等在嘉靖十三年（1534），《太昊庙乐记》之碑立于嘉靖十八年（1539）。

委……"。知此乐章亦在嘉靖年间祭祀伏羲时作。此文与《伏羲赞》《太昊庙记》等共同构成了今甘肃省天水市伏羲庙祭祀文化。嘉靖十三年（1534）胡缵宗自山西右布政史任上回秦安丁父忧，闲居故里，在此阶段，他受秦安县令亢世英邀撰写了《秦安志》，并参与了伏羲庙祭祀活动这样的地方盛事，可见其文化影响。

疏

　　河南睢州考城县地方，新开孙继口、孙禄口各黄河支流，一以分杀上源归睢二处水患，一以灌下流徐、吕二洪，以济官漕。议于孙继口至孙禄口另筑长堤，及将考城县马牧集等处修堵决口，务筑高广坚实，密栽榆柳护之。河身既宽，土堤亦实，大水涣发，势能容受，可免冲决散漫之虞，而黄河安流，二洪顺受，运道可无患矣。

　　按：此文据国家图书馆藏清文渊阁四库全书本《江南通志》，卷四十九"河渠志""黄河"条第21页："十八年，从河道都御史胡缵宗请开黄河支流济洪通漕，附胡缵宗疏略。"胡缵宗请开黄河支流济洪通漕事多有文献记载，如《徐州府志》（同治）、《考城县志》（民国）、《明史·河渠志》（黄河上）等，此时胡缵宗以右副督御史胡缵宗巡抚河南。

作者简介：

　　于晓川，女，文学博士，四川师范大学中华传统文化学院副教授、研究方向宋代文学、明代文学等。

　　陈伟韬，男，西北民族大学中国语言文学学部硕士研究生、研究方向宋代文学、明代文学等。

周亮工佚文一则及其与吴宗信
交谊始末

王明霞

摘　要： 吴宗信《履心集》卷首有一篇周亮工撰写的序文，为周亮工集外之佚文，尚未被学界搜辑。此文约作于康熙二年（1663）至康熙五年（1666）之间，当为周亮工晚年之作。他在序文中不仅阐发了"有真性情而后有真诗"的诗学观，更肯定了吴氏之诗不刻意摹拟，"字字心声""不愧为真诗""可以正天下人之诗"的成就与价值。顺治末年周亮工系刑部狱期间，吴氏尝左右之，二人谈诗论文，唱和频繁，见诸周亮工《北雪诗》一集（后汇入《赖古堂集》）；吴还为周编订诗集，即四卷本《赖古堂诗集》。周亮工终其一生将吴宗信视为患难知己、诗学同调，二人之间的缟纻交谊，绵延十多年，直到周亮工去世。

关键词： 周亮工　吴宗信　佚文　交谊

周亮工是明末清初著名的学者、诗人、散文家、书法家、收藏家。其生平交游广泛，不仅敦笃故旧，更以怜才爱士著称于时，沈德潜曾评其云："栎园爱才比于芝麓，众望归之。"（《清诗别裁集》卷二）。周亮工为好友吴宗信所作的《履心集原序》，即是其敦笃故旧、怜才爱士的重要反映。同时，这篇序文有助于我们认识吴宗信的诗作成就，也对考察周亮工的诗学观不无裨益。

一 周氏佚文：《履心集原序》

周亮工（1612—1672），原名亮，字元亮，一字减斋，号栎园、栎下生、陶庵，时人多称栎园先生，河南祥符（今开封）人，原籍江西抚州金溪，长期寓居金陵（今南京）。明崇祯十三年（1640）中进士第，授山东潍县令。崇祯十七年（1644）擢浙江道监察御史，不及上任，即遇"甲申之变"。入清后，历任两淮盐运使、福建布政使、户部右侍郎、青州海防道、江安粮道等职。明末清初著名的学者、诗人、散文家。周亮工博学渊雅，著述宏富，有《赖古堂集》《因树屋书影》《闽小纪》《读画录》《印人传》《字触》《同书》等，编刻有《赖古堂文选》《尺牍新钞》《藏弆集》（尺牍二选）、《结邻集》（尺牍三选）等。《赖古堂集》为周亮工诗文合集，前有序、凡例，后有附录，正文共计24卷，由长子周在浚在于其下世后的康熙十四年（1675）整理编刻而成，现已由上海古籍出版社1979年据此影印本。其后，朱天曙编校、整理《周亮工全集》（全18册），其中第18册设有"诗文补编"① 一目，然而，笔者在考述周亮工生平交游、诗文创作，翻检资料时，发现还有周亮工的佚文一则，未曾录入《周亮工全集》的"诗文补编"中，现将原文移录如下。

履心集原序

新安吴子冠五，生而歧嶷，少攻举子业，不售，负才莫展。聊小试于浙之臬曹，虽任事阅四年，究莫展其胸中之蕴。嗣丁父艰，服阕后，遂不复仕。瓮牖绳枢，恬然自适，兴至旋啸游于山巅水涯，其胸中郁抑愤悉，辄托物言情，形之于诗，由是冠五之诗名天下，远近以诗鸣者，争相缟纻订交。至权贵之子，且欲罗致门下，而冠五不屑也。后有事于闽中，居闽半载，始赴王丹霞司理之召，时予方任闽藩，敷政之余，常乐与诸同志论诗，闻冠五名，思觊一面，

---

① "诗文补编"是对上海古籍出版社影印本《赖古堂集》的补遗，但不甚全面，仍有缺漏之处。

而不可得。及予待罪圜扉，几罹不测，平日亲朋散尽，而司理亦为予案被逮，冠五因候司理，乃始顾予于颠沛流离中，片语投洽，不避艰险，即毅然以扶危是任。自中外对簿，以至事白得释，数载患难相依，曾不少倦。噫嘻！夫冠五非素所谓磊落难合者哉！兹何以得此于冠五也！余愧无以酬患难知己，而冠五绝不以此对予有德色。每当风雨晦明、花晨月夕之际，惟促膝与余谈诗。余谓："作诗者，有真性情而后有真诗。所谓真者，本乎性，达乎情，止乎礼义，毋袭为浮响虚调是也。试观我孔子所删定之《三百篇》中，兴观群怨，无体不备，而玩其词，索其旨，何一而非真性情之所迫而欲出，以宣诸吟咏者乎？不然，性情之不真，纵极雕香刻翠、琢月裁云、宫羽相谐、低昂中节，或足艳称一时，究之浮响虚调，亦等于朝菌夕槿而已。夫以孔子之所取者如彼，而今之作如此，尚得谓之诗乎？顾执是以论诗，而天下若无诗矣。苟循是以为诗，而天下之真诗出矣。"冠五深是余言，继有所作，伐毛洗髓，倍加精切，而冠五之诗日益进。今出其《履心集》一帙示余，余读之不忍释手，乃不禁为之叹赏曰："诗至此，庶不愧为真诗乎！"冠五居恒所作，既已独出心裁，不肯片语寄人篱下，而斯集尤觉字字心声，观其词旨，似无意于摹古，而长篇短章风流蕴藉，罔不与古人先后相合，以此而挽颓澜，奚患今诗之不返古耶？嗟乎！以冠五之雄才伟略，未获大用于世，而仅以诗人目之，岂冠五之志哉？虽然，诗之为体，微矣；诗之为用，广矣。吾稽古昔励精图治之主，他务未遑，而惟命太史采风为急务，良以上考政事之得失，下徵风俗之盛衰，莫若诗也。今冠五正一己之诗而推之，可以正天下人之诗，则冠五之诗其有关于世道人心者，匪浅鲜矣。吾知冠五之诗，传冠五之名，定由此以不朽矣。而冠五又何他慕焉。余固拙于诗者，而于论诗，颇有一日之长，故不敢不以自信所得者，用慰勉吾冠五，并以激励天下之诗人。而深于诗学者，必有以知余意之所存，而非阿其所好也夫。

年家眷弟周亮工顿首拜撰

辑自《南开大学图书馆藏稀见清人别集丛刊》第 4 册

　　此文是周亮工为其患难知己、莫逆之交吴宗信①诗集《履心集》所撰之序。此文为散体文，弁于是编卷首。对周亮工而言，吴宗信不仅是他的患难之交，陪伴他渡过系狱期间命悬一线的艰险时刻，更是他的文学知己、诗学同调，他与吴宗信常常以谈诗论文、赋诗唱和、点定字句等方式切磋艺文。据吴氏少年同学程文彬《履心集序》所说："观其自甲午游闽，而遍游齐、鲁、燕、赵、魏、晋，阅今丁卯，已三十四年，所撰诗，亡虑千百首，句经百炼，卷复屡删，亦足自豪，建标艺苑矣。"② 可知，该集收录吴宗信自顺治十一年（1654）甲午至康熙二十六年（1687）丁卯凡三十四年所写之诗。亮工此序未注明年月，因此，其写作时间，则需要进一步考证。据"自中外对簿，以至事白得释，数载患难相依，曾不少倦"可知该文当作于周亮工入清的第一次下狱遇赦之后，即顺治十八年（1661）正月之后。又据周亮工所编、成书于康熙元年（1662）的《尺牍新钞》卷十二载录"吴宗信"条目，下云："冠五，休宁人，《屯溪集》。"③ 康熙六年（1667）《藏弃集》卷三则云："冠五，休宁人，《履心集》。"④ 又《藏弃集》前有康熙六年（1667）正月陈维崧序，可知，吴氏《履心集》约出现在康熙元年（1662）至康熙五年（1666）之间。又据吴宗信《丙午冬白下留别诸同人》："齐云咫尺间，四载一还山。"⑤ 知其暌违四年，在康熙五年（1666）冬才告别周亮工还家。因而，周序约作于康熙二年（1663）至康熙五年（1666）之间。

　　周序以"作诗者，有真性情而后有真诗"立论，高度赞许吴宗信诗作"独出心裁""字字心声""不愧为真诗"的成就与价值，并揭橥其能不刻意摹拟，不随附时流，挽正当代诗歌风气之意义。无独有偶，继周

---

　　① 吴宗信（1624—1697），字冠五（或作冠吾），号拙斋，人称螺隐先生，安徽休宁（今黄山市）人。为人磊落不羁、急公近义，工诗，著有《屯溪集》《履心集》等。

　　② （清）吴宗信：《履心集》，载《南开大学图书馆藏稀见清人别集丛刊》第4册，广西师范大学出版社2010年版，第339页。

　　③ （清）周亮工：《尺牍新钞》卷十二，上海书店1988年版，第321页。

　　④ （清）周亮工：《藏弃集》卷三，载《周亮工全集》第10册，凤凰出版社2008年版，第224页。

　　⑤ （清）吴宗信：《履心集》卷一，载《南开大学图书馆藏稀见清人别集丛刊》第4册，广西师范大学出版社2010年版，第366页。

亮工之后序《履心集》的姜承烈，亦表达了对周亮工推奖吴诗的认同，其云："忆丁未（1667）予获游周栎园先生之门，始得定交吴子冠五。周先生傲睨一世，无足当其意者，独时时心折冠五。每当商榷疑议，必急呼冠五。其为诗大半与冠五俱可否出入，辄折衷于冠五。以先生之倔强自喜而独推服冠五若此。"① 又云："凡有所摹拟而为诗，非真诗也。冠五之诗，直写胸臆，无一语剿蹈……此真得《三百篇》之遗。非世之规摹形似以为诗者所可望其项背，宜与栎园先生有针芥之投，十数年相知如一日也……惜周先生已往，使起而就正，当必以予为知言。"② 可见，吴宗信生平为诗"直写胸臆"，不事抄袭，能以"真诗"自成一家的成就和价值，这也正是周亮工对吴宗信诗歌成就十分推奖，并引为诗学同调的原因所在。同时，周亮工的这篇序文对我们考察其自身的诗学观不无裨益。在清初，周亮工反对并纠正前后七子、竟陵派等诗学流弊，主张"诗以言性情"，务去陈言，师古而不泥古。这篇序文则再次佐证了周亮工强调主情崇真，终其一生秉持以真性情为诗、追求真诗，提倡独树创新的诗学观。

二　周、吴交谊之始末

周亮工与吴宗信的相识交往，当始于顺治十四年（1657）夏，当时二人皆在福州。吴宗信《丁酉夏，榕城奉谒少司农周栎园先生，即席赋与诸同人》云："劳予痌瘝廿年长，此际相须语欲狂。兵火难销周汲冢，沧桑剩有鲁灵光。党人虽不及陈实，名士岂无如范滂。座上诸君休涕泗，举幡何日到咸阳。"③ 此诗作于福州围解④之后，冠五看到在亮工周围有

---

① （清）吴宗信：《履心集》，载《南开大学图书馆藏稀见清人别集丛刊》第4册，广西师范大学出版社2010年版，第334页。

② （清）吴宗信：《履心集》，载《南开大学图书馆藏稀见清人别集丛刊》第4册，广西师范大学出版社2010年版，第335页。

③ （清）吴宗信：《履心集》，载《南开大学图书馆藏稀见清人别集丛刊》第4册，广西师范大学出版社2010年版，第354页。

④ 顺治十三年（1656）秋七月，郑成功率军围困福州，周亮工以待罪之身，据守射乌楼，亲发大炮，拼死抵挡郑军进攻，后又献计，夜袭郑军，福州之围遂解。

诸多关心国事的同人，流露深挚感慨的同时，对国家命运充满乐观。其实，在此之前，即顺治十年（1653）时，吴宗信已与友人游闽，次年，即被召入王丹霞司理幕中，据其《别王司理先至省会》一诗，可知其告别王司理，而先至福州。而周亮工于顺治十年（1653）夏，擢为福建左布政使，至次年夏秋之际，又擢督察院左副都御史，十月离闽赴任。但二人尚未来得及晤面，即如周亮工所说："（吴宗信）后有事于闽中，居闽半载，始赴王丹霞司理之召，时予方任闽藩，敷政之余，常乐与诸同志论诗，闻冠五名，思觏一面，而不可得。"① 其后，担任户部右侍郎的周亮工于顺治十二年（1655）遭人参劾，被革职并赴闽质审，二人才终得会面。前引吴诗即作于亮工身陷狱事，质审于福州期间。至顺治十五年（1658）因前后谳辞有异，当事者不敢独断，遂入奏于朝，诏逮下刑部复讯。周亮工一行离闽北上至镇江时，吴宗信已在此地等待数旬，遂偕行。此前吴氏《吴门赋答周司农公》云："患难来相问，惟履心奚疑。先生此一言，什百人含悲。自愧非轵里，未敢以身许。愿借伯牙琴，山水酬知己。"② "履心"一词不仅道出了吴宗信挺身慰问亮工的原因，更反映其重情尚义的高尚人格。同卷又有《旅馆坐雨次司农公韵》。是年重阳节，周亮工行至沛河，作有《沛河九日次冠五示王寿格若士》。是年岁暮，周、吴一行抵达京师。吴宗信《呈司农公》云："听得金鸡天上鸣，起望不寐坐三更。侵辰急走羁人语，静夜还揆结伴情。芦苇中歌应感慨，篷籧下泪莫纵横。便从十八黄河闸，一路风帆到石城。"③ 情真语挚，可见其宽慰亮工之深情厚谊。

自顺治十四年（1657）在福州定交，至十五年（1658）随待罪之身的周亮工北上，再至十八年（1661）周亮工事白获释，历经数载，辗转几地，吴宗信在周亮工患难几至九死一生之时，予以安慰及陪伴，如此

① （清）吴宗信：《履心集》，载《南开大学图书馆藏稀见清人别集丛刊》第 4 册，广西师范大学出版社 2010 年版，第 333 页。

② （清）吴宗信：《履心集》，载《南开大学图书馆藏稀见清人别集丛刊》第 4 册，广西师范大学出版社 2010 年版，第 355 页。

③ （清）吴宗信：《履心集》，载《南开大学图书馆藏稀见清人别集丛刊》第 4 册，广西师范大学出版社 2010 年版，第 356 页。

高谊，使周氏终生感念不已，尝书《勿忘此日帖》志之。亮工在序《履心集》时也尝云："及予待罪圜扉，几罹不测，平日亲朋散尽，而司理亦为予案被逮，冠五因候司理，乃始顾予于颠沛流离中，片语投洽，不避艰险，即毅然以扶危是任。自中外对簿，以至事白得释，数载患难相依，曾不少倦。"① 尤其顺治十六年（1659）至十七年（1660）这两年，正是亮工遭劾获罪、系刑部狱期间，命垂一线，九死一生，是他人生的最低谷。吴宗信毫不避忌，率尔往来，两人过从甚密，常常聚饮酬酢、赋诗唱和，结下了深厚的友谊，直至亮工去世。

顺治十六年（1659），据周在延（亮工第三子）《因树屋书影重刊序》云："是时，岁在己亥。予小子年方七岁，诸兄弟亦皆幼小，栖息白下。朝夕与先君子周旋吟咏无间者，独黄山吴君冠五，讳宗信，多才思，尚气节，有古人风，即书所列屯溪螺隐先生是也。"② 可见吴氏与周亮工往还题吟之勤。周亮工《旅中遥酌冠五》前小引曰："予与寿格被难北行，抵吴越间，予语寿格曰：'此际能来者，独吴冠五耳！'已而冠五至。盖已迟予辈于京口数旬矣。踉跄同来，无难色。相依居室，且周星无倦容。冠五非有求于平原者，何自苦尔尔！今日冠五诞日，寿格与予欲以一卮相慰，为雨阻不果，应寿格命，为二律以鸣款诚。冠五方壮，未敢云祝也。"其诗云："晴时尽日寻常过，接雨逢君初度辰。欲情疲驴邀驷客，惭从念室款嘉宾。百年身肯风尘老，万里人依骨肉亲。借得残卮须自把，相怜只隔此城闉。"又："延陵君子为人出，家在屯溪第一湾。采药忙犹寻白醿，诛茅闲即说黄山。书焚自惬行藏易，剑在终惭鬓发斑。耳热呜呜鸣瓦缶，狂歌一路不曾删。"③ 可见周亮工对吴氏殷殷交谊、感佩之情。此外，周氏集中与吴宗信相关者甚夥，如《潘君重九前四日，载酒同冠五过我，适邻客遣童子送菊》《重阳前一夕，同冠五灯下对菊，用静一韵三首》《重九，同冠五对菊次韵，简芝麓》《九月十三夜，冠五菊影中看予为诗有作，次韵奉答，并简园次》《九月十五夜，瓶菊将残，

---

① （清）吴宗信：《履心集》，载《南开大学图书馆藏稀见清人别集丛刊》第 4 册，广西师范大学出版社 2010 年版，第 333 页。

② （清）周亮工：《因树屋书影》，张朝富点校，凤凰出版社 2018 年版，第 11 页。

③ （清）周亮工：《赖古堂集》卷九，上海古籍出版社 1979 年版，第 432 页。

灯下用冠五韵》《九月十九日，宋人亦以是日为重九，冠五灯下偶得'花寒今十日，酒冷古重阳'之句，予颇为击节，走笔奉和四章》《九月二十日同乡人帅君载酒泛菊，即席同冠五赋》《冬夜同冠五灯下兀坐，有怀闽南高云客》，可见吴氏与周亮工过从甚密，交情甚笃。吴宗信则作有《重阳前，潘鲁南太守约同移觞因树屋，陪司农公醉菊二首》《菊影中看司农公作诗二首》《九月十九日古人亦以为重阳，赋呈司农公》《冬夜有怀侯官高云客，次韵》等。其中《菊影中看司农公作诗二首》（其一）："未敢悲摇落，来增忧患情。宵深看菊影，人静听诗声。《周易》明西伯，楚词赋屈平。彼苍终自晓，风雨不须争。"① 不仅尽心抚慰周亮工，并坚信其品格坚贞，其冤亦终将大白。《九月十九日古人亦以为重阳，赋呈司农公》："请室虽零落，看来可考祥。花寒今十日，酒冷古重阳。羁客形容壮，党人姓字香。一钱留得在，犹自胜空囊。"② 其中名句"花寒今十日，酒冷古重阳"不仅现场为周亮工击节称赏，后亦曾被王士禛误为周亮工佳句而击节叹赏之。

顺治十七年（1660），周、吴二人仍过从甚密，赋诗唱和十分频繁。吴宗信作有《人日雪霁，赋呈司农公，公时著〈书影〉》《二月晦，纪事呈司农公》等；周亮工有《人日雪霁，冠五传芝麓和予诗至，冠五语予：从驴背上读龚先生诗，欢喜欲坠》《寒食前一日，若士、寿格、冠五风雨集因树屋，念老夫数日人世，酒酣耳热，略述生平。时予所著〈书影〉初成，故诸君子诗中及之》《重五有感同冠五作，时得纪伯紫、卓初荔闽南书》《庚子重九前四日，板屋欲雨，同姚仲潜、吴冠五诸君子共拈刘随州'藜杖懒迎征骑客，菊花能醉去官人'为韵，得十四首》《重九后二日，园次、仲潜过慰，用去字，同冠五赋》等作。其中"去岁吴仲子，眠余因树屋。风雨此重阳，日日咏黄菊"说的就是吴宗信陪伴其度过重阳节的情事。据周在浚（周亮工长子）《年谱》云："己亥（1659）四十八岁，刑部讯未结，公乃结庐于白云司，日赋诗著书其中，颜之曰'因

---

① （清）吴宗信：《履心集》卷一，载《南开大学图书馆藏稀见清人别集丛刊》第 4 册，广西师范大学出版社 2010 年版，第 357—358 页。

② （清）吴宗信：《履心集》卷一，载《南开大学图书馆藏稀见清人别集丛刊》第 4 册，广西师范大学出版社 2010 年版，第 358 页。

树屋',有《北雪诗》《因树屋书影》诸集。时狱事方急,亲友星散,独白岳吴宗信冠五时左右公,故集中与冠五唱和独多。"① 对吴宗信等友人携酒的过慰,身披患难而系于狱中的周亮工为其真情、素心所感而吟道:"去留情无吝,患难易为真。草草具壶觞,欢然各有陈……素心三五友,慰我旦夕身。旷世犹相感,况此同时人。"②

康熙元年(1662)十月,大难不死的周亮工复起授青州海防道,次年初,吴宗信尝随其赴青州任。吴氏康熙二年(1663)春所作《寄怀汪舟次》一诗,自注云:"予随栎公之青齐任,舟次(汪楫)置酒鼓棹,送至淮阴,尽醉而别。"③ 康熙三年(1664),吴宗信与周在浚、高阜等一同再至青州,与周亮工会④。周亮工有《真意亭同冠五、介兹赋》⑤。

康熙五年(1666)五月,周亮工擢江南江安督粮道,九月已还家至白下。其后吴宗信于是年冬,欲返家乡,挥别白下友人,其《丙午冬白下留别诸同人》云:"齐云咫尺间,四载一还山"。周亮工《送冠五还黄山》云:"出处吾全误,相怜到尔稀。开楼同读画,听雨共忘饥。忽忽催征雁,凄凄判客衣。骑驴成独往,老泪不能挥。"又云:"岁晚怅分携,凄凄客思迷。人能还白岳,酒颇忆青齐。败帙摇僮背,寒心定马蹄。过时应念我,老境夕阳低。"⑥ 深情地表达对冠五离去的依依不舍。

康熙八年(1669)十月,周亮工再次被劾下狱,在南京候审期间,吴宗信常陪伴其左右。康熙九年(1670)春,吴宗信《庚戌谷雨日,司农公集诸同人恕老堂,时牡丹初放,拈得初字》。亮工亦自言:"向之故为好语欢颜引弟暂喜者,间为予歌,然实不能歌。两吴君,远度歌《清

---

① (清)周亮工:《赖古堂集·附录》,上海古籍出版社1979年版,第915页。

② (清)周亮工:《赖古堂集·附录》,上海古籍出版社1979年版,第137页。

③ (清)吴宗信:《履心集》卷一,载《南开大学图书馆藏稀见清人别集丛刊》第4册,广西师范大学出版社2010年版,第365页。

④ 汪楫《悔斋集》(按体编次)有五言律诗《送高康生、吴冠五、周雪客、园客之青州》(四首)。

⑤ 周亮工曾在青州署府建真意亭,康熙三年(1664)于此处大会当地文士,谓之"真意亭雅集"。

⑥ (清)周亮工:《赖古堂集》卷六,上海古籍出版社1979年版,第318页。

秋露》，冠五歌《大江东》，其声呜呜，不耐愁人听。"① 吴宏（远度）与吴宗信尝为其放歌娱乐，欢颜相慰之。正如："方君育盛跂谓：'司农（周亮工）在江南复蒙吏议，冠五攒眉灼艾，两年如一日。'"②

康熙十年（1671）春，吴宗信别归，周亮工《冠五归，临歧黯然，不能出一语送之，别十日，得三诗却寄》。四月初七，亮工六十岁生日，吴宗信赋诗为之祝寿，有《烟云过眼堂酌酒六章，奉祝司农公六十》之作。是年秋，周亮工曾独自游历吴越，作有《独游吴越，留别次德、冠五、介兹》，而吴氏亦作《送司农公浙游，兼寄戴茂齐》。

康熙十一年（1672）春，周、吴二人尝与扬州友人集会，《壬子春正渡江，汪长玉、舟次招同程穆倩、汪秋涧、孙豹人、吴野人、冠五、仁趾集玉持堂》（《赖古堂集》卷七）。是年端午节后，吴宗信即将告别周亮工，北上京师。亮工深有感慨，作《冠五与予素心晨夕，无周星之别，壬子重五后二日，冠五将北上，此行乃不知再见何时，予老矣，患难数年，泪未一下，念两日冠五将别我去，通夕不寐，五鼓成此，放笔之余，不禁潸然泣数行下。冠五至都门，幸出示浚儿，使知老夫独特处也》："经年迷雾里，我友指朝昏。只立心谁许，旁观目共存。贫行难著意，老别更消魂。便语单游子，衰亲正倚门。"③ 流露出对吴氏的感激与不舍。吴冠五于是时作有《赴豫藩金方伯之召，司农公大集骆叔夜、姜武孙、黄俞邰、张僧持、冯幼将、王安节、倪闇公、周鹿峰、家介兹诗酒作饯，感赋》等。此后，周亮工于是年六月二十三日卒于南京，事后不足一月，吴宗信闻讣，赋诗追悼之，《七月二十日忽传周司农公于六月二十三日捐馆舍，计予别时，止月余，何遽至此，辗转终宵，哭不成声》（其一）："无可相徵心屡动，挑灯细绎送行诗。兰亭散后悲任昉，琴响绝余泣子期。十五年中方乍别，一千里外竟成歧。传来消息终疑惑，独对黄昏鬓

---

① （清）周亮工：《与何匡山书》，载《赖古堂集》卷十九，上海古籍出版社 1979 年版，第 748—749 页。

② （清）钱仪吉：《跋周栎园侍郎自书狱中诗册》，转引自《周亮工全集》第 18 册，凤凰出版社 2008 年版，第 277 页。

③ （清）周亮工：《赖古堂集》卷六，上海古籍出版社 1979 年版，第 332 页。

欲丝。"① 诗中回顾了与周亮工自顺治十五年（1658）至康熙十一年（1672）以来，长达十五年的友谊，流露知音已绝、雅集难再的深沉悲痛。至此，周、吴二人之间的交谊方告结束。其后，逢周亮工下葬之期，吴宗信因不能亲自到场送葬而深感愧疚，也流露对生死之交不在的痛惜，《接南音，知会葬司农公在即，予不能届期执绋，凄心负疚，作浩浩歌》："江南河南，相去千里。欲行不得行，欲泣不得泣。结念凄心，废寝废食。嗟嗟奚以自立。"又："于今安得范张，生死交情不仓皇。"②

若细绎之，不难发现，周、吴二人皆标举"真诗"，以诗为陶写性灵之具，独抒胸臆，故其酬答唱和之作，少了一份应酬、游戏之意，体现更多的是情感之真挚、交谊之深厚。可以说，周、吴二人的诗歌创作正是对其"有真性情，而后有真诗"的共同诗学薪向的践行。

在周、吴二人交游过程中，值得注意的是，吴宗信对周亮工诗集的编订颇有贡献。其一，四卷本《赖古堂诗集》。据周亮工顺治十七年（1660）自撰《赖古堂诗集序》云："黄山吴冠五独左右公难数年，辑公诗四卷，付其弟亮节、子在浚镌之秣陵，然非公志也。文十卷，冠五云当附此集行。"③ 可知，吴宗信在京师陪伴正在请室患难中的周亮工外，还尝于顺治十七年（1660）春编辑周诗，授亮工弟亮节、长子在浚刊刻于南京，即为四卷本的《赖古堂诗集》。其二，《北雪诗》。周亮工《〈北雪〉小引》："戊戌（1658）北上诗，颜以《北雪》。"④ 周亮工尝因几遭不测，遂以《北雪诗》全帙托归吴宗信，以期流传。其在顺治十六年（1659）所作《书诗册后，与吴冠五》如下。

予所为《北雪诗》，凡二百五十七首，皆与冠五一灯半几中共成者。予性不耐深湛之思，每诗辄先成，又多躁动，或半成，或得句，

---

① （清）吴宗信：《履心集》卷一，载《南开大学图书馆藏稀见清人别集丛刊》第4册，广西师范大学出版社2010年版，第370页。

② （清）吴宗信：《履心集》卷一，载《南开大学图书馆藏稀见清人别集丛刊》第4册，广西师范大学出版社2010年版，第371页。

③ （清）周亮工：《赖古堂集》卷十三，上海古籍出版社1979年版，第531页。

④ （清）周亮工：《赖古堂集》卷十三，第790页。

无不遽示之冠五。冠五论诗颇严，虽甚昵予，未尝一字恕予。于予诗大谬不然者，既显为指摘，间有弗协者，虽唯唯未尝吐之口角，予辄于形色间有以窥之，觉此应是句乙，此应是字乙，举以询之，无不暗合，遽为更易。当则冠五发大噱，不则形色间又有以示予，予又未尝姑置之，以负冠五之教我也。记初冬时，予与冠五夜坐为诗。漏下数十刻。北地早寒，十指木强，小奚不得寐，辄絮絮露怨言。予两人求著饮不得，又畏小奚絮絮，不敢呼之起。冠五自往通炉煤，南人故不得生煤法，愈通愈灭。予复往经画，两人手口俱墨，然后得饮。饮已，复呜呜吟弗止。或至心伤，则相对泣。虞人觉，辄互拭面。尝对卧薄板上，已解衣卧，忽联句成，两人拥败絮，从口吻中湿不聿，露臂争书，薄板跃起，短烛扑灭，一笑而止。颂系中，日夜烦甲士卫。疑冠五者曰："此亦党籍中人耶？不则，何自苦乃尔？"见予两人日夜近笔墨，又疑此辈欲上帝书白冤，不则，札子陈当事？不则，欲陈乞故人？不知吾两人呜呜吟者，非《义乌行》，即《寒鸦歌》《老仆叹》耳。冤臣旦夕即齿剑死，既书《北雪》全帙归冠五，期冠五有以传我。复思集中所得句，有经冠五数示之形色而后成者，因另书此以付冠五。或传与否，皆冠五事，无与于冤臣。第念此帙皆与冠五寒霜枯雪、丛荆茂棘中所作，则合视之，分视之，均足系冠五思，不知他日冠五何以读此也。[①]

周亮工逝世后，周、吴二人的好友汪懋麟《题吴冠五所藏栎园司农〈北雪诗〉册子二首》（其二）云："昔伴西曹歌《北雪》，今从北郭哭西州。故人死去残诗在，开卷如何不泪流。"[②] 吴宗信与周亮工四卷本《赖古堂诗集》《北雪诗》的密切关系，后辈学者钱仪吉（1783—1850）亦可证明之。其《跋周栎园侍郎自书狱中诗册》："右为周栎园先生在诏狱中所书《北雪诗》，摘句以贻其友吴君冠五者也……其后跋语数十家，多在

① （清）周亮工：《赖古堂集》卷二十一，上海古籍出版社1979年版，第806—808页。
② （清）汪懋麟：《百尺梧桐阁集》卷十二，载《清代诗文集汇编》编纂委员会编《清代诗文集汇编》第151册，上海古籍出版社2010年版，第460页。

狱解以后，称道冠五友谊之隆备矣……先生《赖古堂集》二十四卷，后人所刻别有诗集单行本四卷，则冠五手定者，予皆有之。"① 《北雪诗》后同周亮工所作的其他诗集《偶遂堂近诗》等一起汇刻入《赖古堂集》，今未有单行本流传。此外，周吴二人拥絮赋诗之事亦成为一时佳话，广为传颂，载录于王晫《今世说·雅量》。

三　周、吴交谊之延续

康熙二十三年（1684）冬，周亮工下世后的第十三年，吴宗信仍与周在建（字榕客，周亮工第四子）一同回忆与其父共渡患难的往事，《冬夜，同榕客谈司农公患难中事，漏下三十刻，索酒，各酌巨觞，分韵二首》云："功高不赏反成愆，魂梦犹惊忆昔年。四十网悬闽海上，百千幡举帝京前。死生相拯多家破，恩怨攸分少瓦全。天党程公书未奏，可怜沧海变桑年。"又："凄凉往事语偏骄，谁向长空驾雪桥。知己临歧曾击筑，报仇无路且吹箫。清宵魂魄如花落，白雪肝肠待酒浇。想到当年因树屋，严城鼓角夜迢迢。"② 表达了对周氏生平遭遇的愤懑不平及世事苍茫的深挚感慨和无奈。

吴宗信与周氏有通家之好，周亮工的近亲们在其死后延续着与吴宗信的友谊。其弟周亮节，侄周在梁，子周在浚、在延、在建、在都，从孙周振举等皆与吴宗信相交，且结下了深厚的情谊。弟周亮节（1632—1670），字元泰，号靖公，多以号行，有《醉耕堂集》。侄周在梁，字园客，亮节子。吴宗信尝有书信与之，《与靖公》《与周园客》（《藏弆集》卷三）。长子周在浚（1640—约1700），字雪客，号梨庄、遗谷，康熙二十三年（1684）官太原府经历，有《梨庄集》《梨庄词》等。康熙十二年（1673）客于扬州时，作《两同心·客广陵十日，不得见吴冠五，作此欲寄，用山谷韵并效其体》："梦隔遥岑，尔我交深……应料尔、忙中

---

① （清）钱仪吉：《衍石斋纪事续稿》卷六，转引自《周亮工全集》第 18 册，第 276—277 页。

② （清）吴宗信：《履心集》卷二，载《南开大学图书馆藏稀见清人别集丛刊》第 4 册，广西师范大学出版社 2010 年版，第 389—390 页。

挥泪，煞强我暗地伤心。"① 可见二人交情甚笃。又《满江红·题吴冠五小照》："玉貌先生，数人物，今时第一。记当日，武林解绶，燕京浪迹。诸比千金肝胆热，身如一叶声名藉。问胡为，偏独嗜寒家，真奇癖。因树屋，胸怀激。川观阁，忘归息。便交分生死，情犹如昔。驴背传诗欢坠地，土床联句争翻席。欲留君，斯像纪君恩，镌金石。"② 可见，周在浚不仅对吴宗信的气节推崇备至，更感念其左右其父患难数年的恩情。第三子周在延（1653—1725 后），字龙客，一字津客，有《摄山园诗集》等。《送吴冠五至历城》云："白云缥缈唱骊歌，朔雁迎帆渡大河。自昔吴公天下少，至今名士济南多。探奇莫负劳山约，观礼应先阙里过。齐鲁当年故友在，烦君问讯近如何？"③ 可见其与吴氏之交情颇笃。周在建（1655—1722 后），字榕客，号西田，亮工第四子，历官淮安知府、广川别驾、桐川刺史等，有《近思堂诗》《顾曲亭词》。与吴氏赠和颇频，如《用前韵，留别螺隐》《和螺隐九月初八夜与燕客对饮见怀之作》《和螺隐花下看余醉书韵》等。周在都（1655—1710 后），字燕客，亮工第五子，历官济南别驾、扬州司马等，有《桑干草》《响山楼稿》《餐云书屋稿》《雪舫吟》等。在都官于山东时，吴氏尝客居其署数年之久，多与之赋诗唱和。如《九日，同冠五马上口占》《宋人以十九日为重阳，同冠五赋得'共醉重阳节'，即用为首句，限韵三章》。周亮工从孙周振举，字汇祁，号北冈，康熙三十三年（1694）进士，历官盱眙令、舒城令。其与宗信弟宗偁、子尊周亦相交，尝序《履心集》云："白岳冠五吴先生生平所存诗稿得四卷……时不禁泫然流涕曰：'此余家世交也。'……先生始受知于先伯祖司农公与先大人辈深友善，最后始与余善。余忝后进末，钦先生之德范，实以父执事之，而先生则视予为友，不啻昔人忘年交

① （清）周在浚：《梨庄词》，载《全清词·顺康卷》第 14 册，中华书局 2002 年版，第 7902 页。

② （清）周在浚：《梨庄词》，载《全清词·顺康卷》第 14 册，中华书局 2002 年版，第 7904 页。

③ （清）沈德潜：《清诗别裁集》卷二十六，第 1052 页。

也。"① 吴宗信与亮工诸子唱和怀赠之篇亦颇多，如《贺新凉·忆江上送雪客，今且四阅月，彼尚未归，予复远游，人生聚散，能无慨然，次秋水轩唱和韵一阕》《雨沮，下榻汝南湾，与雪客夜话，再次前韵》《和雪客寄怀诗，次来韵》《寄柬雪客，再次前韵》《得梨庄见怀诗，次韵奉答二首》《壬申元日有怀周梨庄》《读雪客寄燕客诗，次韵》《和榕客留别燕客诗，次韵一首》《九月十八日夜，同别驾对酌，有怀榕客》《送榕客南归》《赋得暮雨寒鸦集，同榕客各分韵十首》《寄怀周龙客》《寄怀周榕客》《寄怀周燕客、云客》② 等。

由此不难发现，周亮工与吴宗信的交谊并未随着周氏的离世而陨灭，而是得到较好的延续和保留。在周亮工下世后的二十多年间，周氏子弟不仅多以诗歌与吴宗信酬赠唱和，还在生活上予以照拂。可以说，他们之间的莫逆交谊，正是祥符周氏家风、家学一个亲切的缩影和注脚。

结　语

周亮工佚文《履心集原序》的发现，为我们研究周亮工的诗学观、交游和吴宗信诗歌及其行实提供了新的文献资料，弥足珍贵。纵观周、吴二人生平之交游，一方面，吴宗信在周亮工患难踬踣之际，相伴数年，不离不弃，实属难得。周亮工终其一生视他为患难知己，对之赞誉有加，云："先生烈肝侠胆，名早藉藉公卿间，识与弗识皆曰天下义士。"（《履心集原序》）由此，吴氏"侠义"之名流播于士林，颇获好评。诗坛职志龚鼎孳十分感佩其急人之难的高行，且深感自愧不如，云："冠五之人，栎老之诗，俱足千古，足以愧世之朋友，力能援人而袖手闭目，不一动心，与夫世人见小小利害，不啻如毛发蚖虱，而方寸瞀乱，耳目无主者矣……然吾之愧冠五者，既不能解左骖以赎越石父，又不能晨夕橐饘呼酒，比于寒鸦义乌，飞鸣故人之侧，徒令千载而下，想冠五之通煤助茗，

---

① （清）吴宗信：《履心集》，载《南开大学图书馆藏稀见清人别集丛刊》第 4 册，广西师范大学出版社 2010 年版，第 341 页。

② 周在青（1663—?），字云客，周亮工第六子。

拥絮灭烛，为诗话中一段最酸楚奇创之本事，则予又今之君子之罪人矣。"① 又"太仓十子"之一的王昊对吴宗信急公近义、"以友生为性命"的品行赞赏不已，其《醉耕堂中歌赠吴冠五》："今春曾读司农诗，延州名士深予思。王修能狗孔北海，死生涕泪为双垂……多君慷慨谊干云，所见犹为过所闻。最爱酒情如仆射，更奇许致似参军。把臂论心洵吾友，湖海元龙世希有。意气宁滇愧黑头，功名未肯随黄口。"② 另一方面，吴宗信不仅是周亮工的患难之交，更是他的文学知己，二人一同谈诗论文，切磋诗艺，集中互相送赠唱和之篇颇多。吴宗信受周亮工诗学观的影响，独抒胸臆，务去陈言，创为"真诗"，不仅赢得周氏赞许，更在清初诗歌史上占有一席之地。此外，吴宗信还对周亮工《北雪诗》《赖古堂诗集》（四卷本）二集的成书做出较大贡献。周、吴二人友情绵延十数年，即使亮工下世之后，周氏后人仍在续写着这段莫逆交谊，不失为清初文坛的一段佳话。

作者简介：

王明霞，女，南京师范大学文学院博士研究生。主要研究方向为明清文学与文献、诗词学。

---

① （清）龚鼎孳：《吴冠五诗序》，见《定山堂古文小品》卷上，载《续修四库全书》第1403册，上海古籍出版社2002年版，第316—317页。

② （清）王昊：《醉耕堂中歌赠吴冠五》，见《硕园诗稿》卷二十一，载《清代诗文集汇编》编纂委员会编《清代诗文集汇编》第102册，上海古籍出版2010年版，第129页。

西庐藏书知见录

王洪军

摘　要：明遗民张隽不仅著述繁多，藏书也较为丰富，其"手录者千余卷"，是江南地区有名望的藏书家。由于参与南浔庄氏《明史》修订，庄氏《明史》案发之后，张隽家产被籍没，藏书散佚。诸私家藏书目录屡见之记载，公共图书馆也不乏张隽藏书。可考见的张隽藏书，包括宋元刻本，张隽手抄本，尚有十余部之多。

关键词：张隽　藏书　松元刻本

张隽辑录鸿篇巨制的《古今经传序略》，必然要有殷富的藏书作为基础和保障。同邑好友潘柽章次弟潘耒为张隽作传便曰"楼居积书甚富，手录者千余卷"①，故叶昌炽以藏书家名之，《藏书纪事诗》列有"张隽文通"条："参阅名登野史亭，谤书酷甚腐迁刑。空王难赎多生劫，碧血湖堤走鬼磷。"② 叶昌炽对张隽参予庄氏修史一事颇有微词，认为《明史辑略》就是谤书，孔子之后六经多次经历劫难，书籍的劫难难以避免。张隽无端参与史案，致使自己跳湖自杀，并不值得，但是对于张隽作为藏书家的一面还是持肯定态度的。《藏书纪事诗》指明，陆心源皕宋楼所藏有的明钞本《春秋纂言》每册都有藏书章"张隽之印"，孙星衍平津馆藏钤有"张隽一字文通"藏书章的《唐鉴》二十四卷，瞿镛铁琴铜剑楼

---

① （清）傅以礼辑：《庄氏史案本末》卷上，清周氏勉熹堂抄本。
② 叶昌炽：《藏书纪事诗》，上海古籍出版社 1989 年版，第 374 页。

藏有《朱庆余诗集》一卷，卷首有"张隽之印""字文通"藏书章。王欣夫《补正》云，元刊本《顺斋先生闲居丛稿》也曾为张隽旧藏。郑伟章作《文献家通考》①，列举了以上诸书，同时亦有增列，涵芬楼有其《近思录》十四卷，以及黄丕烈藏张隽致金俊明手札数通。张隽不仅有丰富的藏书，为了辑录《古今经传序略》，还在不断地征序购书，且成为其遗民生活的一部分。《石船诗稿》第三集有《丁始瞻以〈和靖师说〉见饷》二首七绝，诗曰："由来近取是仁方，收敛须知味最长。得力一生参也鲁，遗编炯炯挹余光。""师门零落朽株如，垂老吴山自索居。独有扁舟王震泽，来从乱后订遗书。"在水网密布的震泽地区，扁舟独挈，搜求遗逸，成为张隽生活的常态。庄氏修史案发后，张隽家赀籍没，藏书星散，其人也是湮没不彰，其藏书能够流传到今天，是张隽的幸运，也是书籍的幸运。

一　宋元刻本

在明代，尤其是在明末清初，精美的宋元刻本已经非常稀见了，所以，旧本书多为读书人宝藏，我们已经无法知道张隽藏有多少宋元旧本，但是从流传至今天的张隽藏书来看，实际数量应该相当丰富，兹以论述。

（一）李群玉《群玉诗集》、李中《碧云集》

《古今经传序略》补己集依次收录孟宾于《碧云集序》、李群玉《进诗表》，很明显，这两本书是同一时间看到并将序与表录入的。《石船诗稿》第三集有诗《得大小李集》，记载的就是此事。诗曰："曾未移家上碧萝，高轩何地惧相过。十年枉负寒流句，剩把新编对雪哦。""垂死逢君剧论诗，下床投杖骇尝医。于今此道须桑扁，满面风霜更有谁。"作为一个藏书家，家藏宋板书是很正常的事。四百多年后，张隽收藏的唐李群玉《群玉诗集》、李中《碧云集》收藏在了傅斯年图书馆，成为镇馆之宝。

---

① 郑伟章：《文献家通考》，中华书局1999年版，第9页。

《傅斯年图书馆善本古籍题跋辑录》有如下记载。

  《李群玉诗集》三卷、《后集》五卷，（唐）李群玉撰。南宋临安府陈宅书籍铺刻本，清季振宜藏记，清道光三年黄丕烈手书题跋，清光绪三十二年、民国七年邓邦述手书题记，民国元年翁斌孙、傅增湘手书题记，民国十七年柳诒徵阅记。钤宋本、玉兰堂、竹坞、辛夷馆印、春草堂印、梅溪精舍、江左、乾学、徐健庵、张隽之印、一字文通、揭州季氏、御史振宜之印、吾道在沧洲、季振宜藏书、季振宜印、季沧苇图书记、沧苇、冯新之印、良常冯静观藏书、良常冯氏汲古斋藏书、安麓村藏书印、安岐之印、黄丕烈印、复翁、荛夫、荛翁、百宋一廛、碧云群玉之居、三松过眼、双泅、平江黄氏藏书、嘉兴忻虞卿氏三十年精力所聚、徒吾所好、三李盦、披玉云斋、群碧居士、群碧翁、群碧楼印、邦述、正闇收藏、群碧楼、群碧廎、宋刻本、一笏斋、放情山水之间等印记。[①]

该书又有如下记录。

  《碧云集》三卷二册，（唐）李中撰。南宋临安府陈宅书籍铺刊本，清季振宜藏记，清道光三年黄丕烈手书题跋，道光七年屠钟、民国元年翁斌孙、九年及十一年邓邦述手书题记，民国十七年柳诒徵阅记。钤宋本、玉兰堂、竹坞、辛夷馆印、铁研斋、春草堂印、乾学、徐建（笔者注：应为健）庵、张隽之印、一字文通、沧苇、揭州季氏、御史振宜之印、季振宜印、季沧苇图书记、季振宜藏书、沧苇、冯新之印、复初、良常冯静观藏书、良常冯氏汲古斋藏书、安麓邨藏书印、安岐之印、黄丕烈、黄丕烈印、荛夫、复翁、屠钟、三松过眼、平江黄氏藏书、碧云群玉之居、林下闲人、从吾所好、三李盦、披玉云斋、群碧居士、群碧廎、群碧楼、群碧楼印、宋刻

---

 ① 汤蔓媛纂辑：《傅斯年图书馆善本古籍题跋辑录》第一册，"中研院"史语所2008年版，第182—183页。

本、翁斌孙印等印记。①

以上所云"张隽之印""一字文通"是张隽的藏书章，故知张隽收藏过此书。丁延峰《古籍文献丛考》② 著录了二书的款式，与以上记载合观，虽未见其书，然而，二宋本书的版本情形大体可知。

唐李群玉撰《李群玉诗集》三卷、《后集》五卷，清黄丕烈跋，民国傅增湘、邓邦述、翁斌孙跋，民国柳诒征题记。宋临安府陈解元宅书籍铺刻本，二册。第二册《荐处士·群玉状》末有牌记云"安府棚前睦亲坊南陈书籍铺刊"，卷五末又有牌记"临安府棚北大街睦亲坊南陈解元宅书籍铺刊行"。十行，每行十八字，左右双边，白口或花口，单鱼尾。宋讳缺笔至"廓"字。文征明、张隽、徐乾学、季振宜、安岐、冯新、冯静观、沂虞卿、黄丕烈、邓邦述旧藏。今藏傅斯年图书馆。

《碧云集》三卷，南唐李中撰。清黄丕烈跋，清屠钟题款，民国翁斌孙、柳诒征题款，民国邓邦述跋。宋临安府陈宅书籍铺刻本，二册。目录后牌记云"临安府棚北睦亲坊南陈宅书籍铺印行"。十行，每行十八字，左右双边，白口，单鱼尾，间有双鱼尾。刻工有何佑、虞才、黄坚等。宋讳缺笔至"廓"字。文征明、张隽、徐乾学、季振宜、安岐、冯新、冯静观、沂虞卿、黄丕烈、邓邦述旧藏。今藏傅斯年图书馆。

黄丕烈跋曰："余得此书在昆山考棚，为癸未春。兹二集卷首各标墨书一行云：'癸巳九月浔寓收。'窃思此书必发见于癸，又皆在流寓时，何巧乃尔？且余家读书成名者，每在癸年生人。"③ 癸巳年是顺治十年（1653），张隽最少是到过南浔的，或者有全家迁往南浔的举动，这一点可以在董说的诗文集里找到佐证。

《丰草庵诗文集》卷六《红蕉编》是董说于顺治十年（1653）的诗作，其中有诗《闻非翁卜居浔上复用前韵》曰："一事猜君野计疏，樵船

---

① 汤蔓媛纂辑：《傅斯年图书馆善本古籍题跋辑录》第一册，"中研院"史语所 2008 年版，第 185 页。

② 丁延峰：《古籍文献丛考》，黄山书社 2012 年版，第 123 页。

③ （清）黄丕烈：《黄丕烈藏书题跋集》上，余鸣鸿、占旭东点校，上海古籍出版社 2015 年版，第 439 页。

迭架载图书。应怜山水苕溪好，得见移家画里如。蟹舍朱颜枫叶醉，松窗绿发雪晴梳。木兰制楫丝编缆，相望柴门凿小渠。"① 又有诗《非翁拟迁浔上诗以促之》曰："苕溪古愚公，诗笔例高秀。先生冰雪文，翠与晴峰斗。杯擎西坞茶，花种秋篱豆。余将觅渔路，敲门问奇籀。"② 这一年张隽到过南浔，购得宋本书大小李诗集，即李群玉《群玉诗集》、李中《碧云集》，诗以纪之，并且在书上留下了题跋。七十年后，黄丕烈收得此宋板书，发出如上感慨。

（二）棚刻本《朱庆余诗集》

乾嘉时期的藏书大家黄丕烈《士礼居题跋记》卷五，详细记有宋棚刻本《朱庆余诗集》的相关文字，兹录如下。

> 《朱庆余诗集》□卷，宋刻本。泰兴季振宜沧苇氏珍藏（在卷末）。此唐人《朱庆余诗集》，目录五叶，诗三十四叶，宋刻之极精者，余以番钱十元易诸五柳居……嘉庆癸亥闰二月荛翁记。

> 余所藏钞本有二，一为旧钞本，而崇祯年间叶奕校者；一为柳大中钞本，而为毛豹孙藏者。叶所据校，谓出于柳氏原本，悉用朱笔校正，然余以柳氏原本核之，实多不合，未知叶之红笔又何据也。柳本有何义门手校字……荛翁。③

黄氏的题跋颇为详细，可惜未提及藏书印章，版本源流无从可知。黄氏出示给金石大家瞿中溶赏玩，后者再次题跋，始知其为张隽旧藏。瞿氏跋如下。

---

① （清）董说：《丰草庵诗集》，载红蕉编《清代诗文集汇编》第71辑，上海古籍出版社2010年版，第57页。

② （清）董说：《丰草庵诗集》，载红蕉编《清代诗文集汇编》第71辑，上海古籍出版社2010年版，第70页。

③ （清）黄丕烈：《士礼居题藏书跋记》卷五，周少川点校，书目文献出版社1989年版，第217—218页。

张文通似是吴江人，复社中名彦也。余家藏其手札数通，乃与
金孝章者。癸未三月晦日，莪翁出宋刻《朱庆余诗集》相赏，见卷
首有文通图记，因附识册尾，亦足为是书珍重也。茝生瞿中溶观。①

黄丕烈晚年为还借贷，将士礼居藏书售卖，多为汪士钟艺芸书舍购
得。艺芸书舍藏书流出后，又为常熟瞿镛铁琴铜剑楼及山东聊城杨以增
海源阁所购去。所以，《铁琴铜剑楼藏书目录》卷十九载："《朱庆余诗
集》一卷，宋刊本。此南宋书棚本，卷末有'临安府睦亲坊陈宅经籍铺
印'一行。案席刻《唐百家诗》亦有是集，行款相同，而校勘字句此本
实异……末有'泰兴季振宜沧苇氏珍藏'一行，当是侍御手书书。卷首
有'张隽之印''字文通''季振宜藏书''乾学徐健庵'诸朱记。末又
有'玉兰堂''铁研斋''梅溪精舍''辛夷馆印''扬州季氏''御史振
宜之印'诸朱记。"② 瞿氏著录了该书的大部分藏书章，书籍流传脉络因
此而清晰。

《朱庆余诗集》现藏国家图书馆，书中又多了黄氏、汪氏、瞿氏的藏
书章，如"士礼居""莪夫""汪印士钟""汪印振勋""古里瞿氏""铁
琴铜剑楼"等等。此书无序跋，故不见于《古今经传序略》。

（三）宋万卷堂刻本《礼记》

国家图书馆出版社《中华再造善本》影印宋余仁仲万卷堂家塾刻本
《礼记注》，一函三册二十卷。此书原刊本藏国家图书馆。《北京图书馆古
籍善本书目》记载："《礼记》二十卷，汉郑玄注，唐陆德明音义，宋余
仁仲万卷堂家塾刻本，周叔弢跋，三册，十一行十九字，小字双行二十
七字或二十八字，细黑口，左右双边，有耳。"③ 而《中国版刻图录》记
载得颇为详细。

---

① （清）黄丕烈：《士礼居题藏书跋记》卷五，周少川点校，第218页。
② （清）瞿镛：《铁琴铜剑楼藏书目录》卷十九，中华书局1990年版，第289—290页。
③ 北京图书馆编：《北京图书馆古籍善本书目·经部》，书目文献出版社1987年版，第
74页。

《礼记注》，汉郑玄注，唐陆德明音义，宋余仁仲万卷堂家塾刻本。建阳，图版一七三、一七四。匡高 17.8 厘米，广 12 厘米，十一行，行十九字，注文双行，行二十七字，细黑口，左右双边，耳记篇名。宋讳阙笔至慎字。各卷后有"余氏刊于万卷堂""余仁仲刊于家塾""仁仲比校讫"各一行。余仁仲刻《九经》，除《公羊传》有嘉庆间汪氏问礼堂翻版，《谷梁传》有《古逸丛书》外，仅存此经。此书传世有二帙，一即此本；一为天禄琳琅旧藏残本，现藏上海图书馆。①

该书卷一、卷三、卷五、卷七、卷九、卷十二、卷十五、卷十八首页钤有"张隽之印"白文方形藏书章，可说明是张隽的藏书。康熙二年（1663），张隽与三子被杀于杭州之碧教坊，藏书流出不知所踪。书中周叔弢跋文说明了购书的经过。

宋余仁仲万卷堂刊《礼记》二十卷，递藏金元玉、安桂坡、张文通家。丙子夏，从元和陆氏散归上海来青阁，书店悬值奇昂，无敢问鼎者。辛巳秋，王君欣夫自沪来告，此书已贬值为沪币两万五六千金，问有意收之否？余急驰函欣夫，许以二万金，未几得报，则先为某估以一万两千金买去。此中消息固不难知，中心益怏怏不能平，而自叹古缘之悭也。旋调知此书为王富晋所得，函招之，久不至。越岁壬午春，王某自沪返北京，过天津，始携以见示，字画流美，纸墨精良，洵宋刻上驷，索价之高，更逾于来青阁。余时绌于为生，方斥去明板书百数十部，尽归陈一甫丈，既得钱，乃不遑复计衣食，急持与王某成议，惟恐弗及，值当沪币约五万金。昔人割庄易《汉书》之举，或尚不足以方余痴，而支硎山人"钱物可得，书不可得，虽费，当弗校"之言，实可谓先获我心。余氏所刊《礼记》，《天禄琳琅》亦著录一部，为汲古阁旧藏，有"宋本""甲"印，今不知流落何所。此书旧装精雅，元明以后收藏印记，或亦久

---

① 北京图书馆编：《中国版刻图录》，文物出版社 1960 年版，第 178 页。

贡天府，储为副本。晚近颁赐臣工，始归陆氏。此固臆测之言，了无左证，若询之陆氏子孙，当不难得其究竟也。壬午三月二十四日雨后记。弢翁。①

1952 年，周叔弢将所藏善本书籍悉数捐赠国家，包括宋万卷堂刻本《礼记注》，故藏国家图书馆。

（四）宋绍定刊本《童蒙训》

张隽《石船诗稿》第四集《借书与真长辱赐和篇重答》有三首诗，其二曰："寿朴流传仅此书，都家金荃较谁知。今人只说江西派，文献渊源正赖渠。"（张隽自注：吕氏《童蒙训》，予所藏宋刻，有莫氏寿朴堂及都玄敬收藏记）真长是张隽好友韦元介的字，又字全祉，同被庄氏史狱。二人经常往来借观图籍，有诗歌唱和以纪其事。

《童蒙训》，又称《吕氏童蒙训》，共三卷，宋吕本中撰。吕本中（1084—1145），原名大中，字居仁，世称东莱先生，寿州人。初授承务郎。宣和六年（1124），为枢密院编修，迁职方员外郎。高宗绍兴六年（1136），召赐进士出身，历官中书舍人、权直学士院。因忤秦桧罢官。著有《春秋集解》《紫微诗话》《东莱先生诗集》《江西诗社宗派图》等。

《童蒙训》为吕氏家塾训课之作，目的颂扬先祖，训诫后人，以冀宗族血脉绵长。"其书初刊于长沙，又刊于龙溪，讹舛颇甚。嘉定乙亥，婺州守邱寿隽重校刊之，有楼昉所为跋。后绍定己丑，眉山李埴守郡，得本于提刑吕祖烈，复锓木于玉山堂。"② 张隽藏宋本，有莫氏寿朴堂及都玄敬藏书印记，即便没有张隽的藏书章，也能够依此而知为张隽旧藏。

清杨绍和《楹书隅录》卷三记载："宋本《童蒙训》三卷二册一函。每半叶十行，行二十字。卷末题款云：'绍定己丑，郡守眉山李埴得此本于详刑使者东莱吕公祖烈，因锓木于玉山堂，以惠后学。'卷首末有'莫氏寿朴堂记''都氏元敬''南濠居士''张篌之印''黄复之印'各印。

---

① 《文献》丛刊编辑部编：《文献》，书目文献出版社 1980 年版，第 231 页。

② （清）永瑢：《四库全书总目》卷九十二，中华书局 1965 年版，第 779 页。

是书明时有覆本，行式无异，然较之原刻，则东施效颦矣。宜自胜朝以来，已为吴中莫、都诸名家鉴赏也。"①"张疾之印"为"张隽之印"讹误。

张元济《景印〈国藏善本丛刊〉第一辑提要》有如下记载。

> 《童蒙训》三卷，国立北平图书馆藏宋刻本。宋吕本中撰。历述师友遗闻，多格言至论，宋时重之。卷末有题记四行，文曰："绍定己丑，郡守眉山李埴得此本于详刑使者东莱吕公祖烈，因镂木于玉山堂，以惠后学。"知乃绍定重刻本。都玄敬藏书，后归海源阁。明时有覆本，行式无异，然较之原刻，则东施效瞟矣。②

寿朴堂在松陵绮川，明洪武时户部侍郎莫礼作。莫礼，字士敬。洪武二十年（1387），以税户人材征授户部员外郎，秩满超擢本部右侍郎，转左侍郎。二十六年（1393），坐蓝玉案被诛。

王行《半轩集》卷四有《寿朴堂记》，吴宽《家藏集》卷五十二有《跋方正学寿朴堂文》，沈周《石田诗选》卷三有《莫氏寿朴堂》诗。莫氏系吴兴望族，明初已经在此繁衍二百多年，寿朴堂在士林中颇有声望，藏书丰富。

都穆（1459—1525），字玄敬，吴县人。弘治十二年（1499年）己未进士。历官工部主事、礼部郎中，加太仆少卿。著有《周易考异》《史补类抄》《金薤琳琅》《南濠诗略》《南濠诗话》等。

宋绍定刊本《童蒙训》经莫氏寿朴堂以及都穆收藏后，被张隽购得。明史案后，西庐藏书流出，清末为海源阁收藏。此本现藏于国家图书馆。

（五）元刊本《闲居丛稿》

"顺治十三年十一月，（张隽）尝自跋所得朱睦㮮旧藏元刊本《闲居

---

① （清）杨绍和：《楹书隅录》卷三，载《清人书目题跋丛刊》（三），中华书局1990年版，第479页。

② 张元济：《张元济全集》第十卷，商务印书馆2010年版，第299页。

丛稿》。"① 郑伟章《文献家通考》作如是说。张隽《古今经传序略》补
壬集收录《顺斋蒲先生文集序》，文后张隽加小字按语，曰："右件予得
自钱生，云周恭肃家旧物。褚墨完好，间有缺叶，已抄补。感其得失之
故，为著其序。"② 原来此书是周恭肃家旧藏，郑伟章的记载显然有误。
周用（1476—1547），字行之，吴江人，弘治十五年（1502）进士，历官
至吏部尚书。卒谥恭肃。著有《周恭肃集》十六卷。上海图书馆藏元至
正十年（1350）刊本《闲居丛稿》（十二册，二十六卷，附录一卷），即
张隽所言《顺斋蒲先生文集》，蒲道源的弟子黄溍为之序。该书总目录下
有张隽题款一行，曰："丙申十一月得之钱生，云周恭肃公家旧物。"卷
一首页小题之下，钤有"张隽之印"朱文藏书章，可知系张隽藏书。因
名涉南浔庄氏明史撰修一案，康熙二年（1663），张隽被清廷腰斩，卒年
六十二岁，故丙申年当为顺治十三年（1656），而不是沈津所认为的康熙
五十五年（丙申，1716）③，沈氏所云时间，已经是张隽被杀六十年之后
了。沈津又说："细检《丛稿》，卷三第五页；卷七第十五、十六页；卷
十四第廿三、廿四、廿九、三十、三十二、三十五、三十六页；卷十六
之第三页；卷十七之第十三、十四页；卷十八之第七、八、十七、十八
页；卷廿一第九页配清抄本。卷十三第五、六页；卷十四第一、二页为
皮纸，当为明代补版。"④ 这个判断是正确的，其与张隽所说"间有缺叶，
已抄补"相合，而《古今经传序略》的记载与原书跋语的记载是相吻
合的。

　　1935 年，近代上海藏书家周越然披阅《闲居丛稿》，兴之所至，写下
如下内容。

　　　　吾家所藏元刊中，以《闲居丛稿》为最精，因纸印皆佳也。纸
　　薄而韧，中有麻丝花纹，据云明洪武三年后，即无此物。印则清楚
　　异常，如卷十二《乐府》末一首之第二字。《强村丛书》中缺文，余

---

①　郑伟章：《文献家通考》，中华书局 1999 年版，第 9 页。
②　（清）张隽：《古今经传序略》补壬集，清稿本。
③　沈津：《书城抱翠录》，上海社会科学院出版社 1996 年版，第 225 页。
④　沈津：《书城抱翠录》，第 225 页。

本中则有一明晰之"居"字。据此已足见余本之为元刊元印矣。

《闲居丛稿》二十六卷，元蒲道源撰，蒲机类编，薛懿校正，入清《四库》集部别集类二十，《提要》称其文"雍容不迫，浅显不支"，正论也。道源字得之，号顺斋。

余家藏之元本《闲居丛稿》，每半叶九行，每行十四字，白口，上下鱼尾均下向，左右双栏，前有元至正十年黄溍序，后有哀辞及墓志文。收藏有"张隽之印"一印。目录首叶有隽手跋云："丙申十一月，得之钱生，云周恭肃公家藏旧物。"周恭肃即周用，明吴江人，字行之，弘治进士，仕至吏部尚书，端亮有节概，卒谥恭肃。①

1957 年，周越然"言言斋"藏书中最有价值的精品——元明刻本133 册捐赠给上海图书馆，其中包括元刊《闲居丛稿》，珍藏至今。

二 明代刻本

（一）宣德本《周易参同契发挥》

沙元炳《宣德本〈周易参同契发挥〉题辞》云："《周易参同契发挥》三卷，《释疑》一卷，宋俞琰著。此书明时有二刻，一正德本，依元至大三年（1310）嗣天师张与材本重雕；一即此本也……此本各家罕有著录，惟《邵亭见知书目》有之，称为善本……书首有墨笔题'庚寅得之泉石居'，下钤'张隽之卸'朱白文方印，'一字文通'朱文方印。上卷尾叶有墨笔题'康熙壬午如月得之叶季迪'，下钤'陈之鼎印'白文方印，'铉斋'朱文方印，'念祖堂藏书印'朱文长印。每卷又有'金石山房'朱文方印。《释疑》尾叶有墨笔题'嘉庆丙子梦觉生观于云山草堂'……此本为世稀有，完美无缺。全书用朱笔点勘，盖出文通手笔，尤足珍也。"②

---

① 周越然：《言言斋古籍丛谈》，周炳辉辑，周退密校，辽宁教育出版社 2001 年版，第240 页。

② （清）沙元炳：《志颐堂诗文集》，载《近代中国史料丛刊续编》本，文海出版社 1977 年版，第 1111—1114 页。

沙元炳（1864—1927），字健庵，如皋人。光绪二十年（1894）进士，授翰林院编修。戊戌变法后，辞官回乡，改书斋"四印堂"为"志熙堂"，致力于兴办实业、创建学校。编纂《如皋县志》，著《志熙堂诗文集》十八卷。宣德本《周易参同契发挥》为沙元炳所目验，当为其藏书。

该书墨笔题曰"庚寅得之泉石居"，"泉石居"是张隽好友章美的书房或园林。章美，字子充，号拙生，吴县人。诸生，著名复社。崇祯中，以荐授永城知县。刘城《章子充芙蓉编诗序》："吴门章美，字子充，同人咸庄事之，执经问字者户屦满，非徒谓其文章巨丽也。其人熟习周邵之书，不言而躬行，独与二三同志，汲汲乎纂承前绪，所为诗若文，淡厚雄杰，极作者之致，然推所繇来，皆有其本矣。"[①] 张隽就是章美二三好友之一。《石船诗稿》第三集有诗《己丑十月望日，同章拙生集泉石居，观袁学宪恨菊旧题，亦是日也。盖去今百十五年矣，怅然感赋》："偶然同昔醉，菊下静琴张。数岁怜余日，看题惜断行。宾翰依近渚，别桨犯晨霜。约束新来梦，惟应堕尔傍。"己丑年系顺治六年（1649），其后张隽应该经常往返于泉石居收书，又诗《寓泉石居所收书各以小诗志之》，每首诗后记录了自己所收书。

曾因康节语，希觐伯冲书。诸例惟师说，渊然访学初。（陆伯冲《春秋纂例》）

先立其大者，文章简易中。岂因著奇节，诗语似卢仝。（节孝先生《徐仲车集》）

惟正正不正，不欲速乃速。三复公斯言，二篇端可读。（杨诚斋《易传》）

斯世乃毒气，斯人固天生。渡江犹有赋，白璧累渊明。（《刘静修集》）

茧丝六子后，用志亦奇哉。如何通往复，仅许一方回。（鲍鲁斋

① （清）刘城：《峄桐文集》卷二，载《四库禁毁书丛刊》集部第 121 辑，北京出版社 1997 年版，第 396 页。

《天原发微》）

付授当年意，谆谆未晦词。何人深愧恨，遗墨重追思。（《刘病翁先生集》）

张隽于泉石居所收之书，在《古今经传序略》中皆可以找到印证。需要说明的是，刘因字静修，一作敬修；朱熹的老师病翁刘子翚集为《屏山集》。兹仅录相关序文目录如下。

甲之余	春秋集传纂例序	陆淳	唐
丙之余	易传自序	杨万里	宋
己集	天原发微序	戴表元	元
壬集	节孝先生文集序	王夬亨	宋
壬集	附跋诸公与徐仲车诗简	杨时	宋
壬集	屏山集序	胡宪	宋
壬集	跋屏山集	朱熹	宋
补壬	读刘敬修集	邵宝	
补壬	重刊刘敬修先生文集序	崔鹏	

而己丑次年就是庚寅年，即顺治七年（1650），张隽在泉石居收得宣德本《周易参同契发挥》并为之校勘。

（二）弘治九年刻本《中州集》

《自庄严堪善本书影·集部》下，刊有明刻本《中州集》书影，附文曰："《中州集》十卷，金元好问辑。明弘治九年（1496）李瀚刻本。十二册。十一行二十一字，黑口，四周双边。框高 18.6 厘米，宽 12.6 厘米。有'元本'、'北海曹氏蕙雪楼宝藏图书印'、'张隽之印'、'曾在周叔弢处'等藏印。"① 显然这又是一部保存至今的张隽曾经藏有的典籍。

---

① 周一良主编：《自庄严堪善本书影》下，国家图书馆出版社 2010 年版，第 1509 页。

（三）弘治刻本《东莱先生音注唐鉴》

孙星衍《平津馆鉴藏书籍记》记载："《东莱先生音注唐鉴》廿四卷，题承议郎行秘书省著作佐郎骑都尉赐绯鱼袋臣范祖禹撰，朝奉郎行秘书省著作佐郎兼国史院编修官兼权礼部郎官臣吕祖谦注。前有范祖禹《唐鉴序》，元佑元年（1086）《进唐鉴表》，又同时《上太皇太后表》，唐传世纪年图二，明宏治十年（1497）白昂《重刊唐鉴序》。范氏原书本十二卷，晁氏《读书志》作廿卷，疑十二之误。此本作廿四卷，又不知分于何时。黑口，板每叶十八行，行十八字。收藏有'黄复之印'白文方印，'习夫氏'白文方印，'张隽之印'朱白文方印，'一字文通'白文方印。"① 张隽所藏有《东莱先生音注唐鉴》是弘治十年（1497）刻本，陆心源《皕宋楼藏书志》收藏此书，称弘治本。瞿镛《铁琴铜剑楼藏书目录》卷十二著录："《东莱先生音注唐鉴》二十四卷，明刊本。"曰："明弘治间常州杨伯川刻，有邑人白昂、鼓城吕镗二序。"② 也就是说，张隽所藏有白昂《重刊唐鉴序》，瞿氏藏有"邑人白昂、鼓城吕镗二序"，这里出现了些微的不同，或者是著录马虎所致。

《古今经传序略》庚集依次收录：石介《唐鉴序》，范祖禹《唐鉴序》《进唐鉴表》《上太皇太后表》，弘治十年（1497）吕镗《刊唐鉴序》，无白昂序。张隽辑录序跋的《唐鉴》版本与傅增湘《藏园群书题记》所记版本一致："《东莱先生音注唐鉴》二十四卷，宋吕祖谦撰。明弘治十年刊本，九行十八字，注双行同，黑口，四周双阑……卷一后题四行，文曰：'大明弘治十年六月日，赐进士出身奉训大夫刑部员外郎徐纮校正，前纂修儒士朱昱重校，缮书秀才陈立甫。'"③

吕镗《刊唐鉴序》曰："同年徐秋官朝文，尝手校是编，出以示予，欲为刻梓以传，于是乃属郡士朱懋阳重为校勘。温媪既分，鲁鱼是正。复介缮书者，用楷法入版而锓之。"④ 徐纮，字朝文，武进人。弘治三年

---

① 孙星衍：《平津馆鉴藏书籍记·补遗》，商务印书馆 1936 年版，第 67 页。
② （清）瞿镛：《铁琴铜剑楼藏书目录》卷十二，中华书局 1990 年版，第 189 页。
③ 傅增湘：《藏园群书经眼录》卷六，中华书局 1983 年版，第 512 页。
④ 吕镗：《刊唐鉴序》，载《古今经传序略》庚集，清稿本。

（1490）进士，授刑部主事，累官按察司佥事，升云南按察司副。朱昱，字懋阳，号约斋，武进人。博综群集，勤于著述，尤长于诗。校雠考订颇为精审，纂《常州府志续集》八卷、《重修三原志》十六卷。吕镗序中之徐朝文、朱懋阳，就是傅增湘所记之徐纮、朱昱，故曰二书版本是相同的。

（四）崇祯九年张隽刻本《近思录》

《古今经传序略》补戊集，录金俊明《小学后序》，曰："吾友张子文通、董子子舒师古正谊君子也，每欲刻《小学》《近思》二书行世。十年前，文通已刻《近思》，更乱，板失，流通绝少，窃共惋惜。今子舒复募刻《小学》，用展夙怀，文通实佐厥成。"此序作于丙申年夏五月，即清顺治十三年（1656）五月。十年前，即顺治三年（1646），张隽曾刻《近思录》。金俊明是张隽的好友，喜好抄书成癖。由序文可知，张隽在顺治三年（1646）左右，版刻《近思录》，而此序系张隽亲手辑入《古今经传序略》，此事大致不误。

国家图书馆藏张隽刻本《近思录》却是崇祯九年（1636），距离顺治十三年，相差了二十年，而不是十年。此刻本《近思录》，半页九行，行十二字，左右双边，白口，单鱼尾。有朱彝尊序、吕祖谦跋，正德己卯（1519）汪伟跋。卷一末刻有"崇祯丙子岁冬月吴江后学张隽天食重刻"，卷二末为"吴江后学沈学闵孝甫、乌程后学严瀎淳之、董应宸临女、丁傅元汝器、丁傅相汝命仝较刻"。全书的重刻、校刻者为张隽、丁傅元、丁傅相、吴上、郑凤、陆士裕、沈德元、严曾煌等。卷二至卷十一末题有"双亮轩识"。书中钤有"金俊明印""孝章""金侃之印""一字文通""韵秋""志在春秋""长洲林镇""别字夏庵""深柳读书堂""涵芬楼""海盐张元济经收"等藏印章。书中还钤有带有本人特点的左阳文右阴文"张隽之印"藏书章，显然是张隽的藏书。张元济《涵芬楼烬余书录》著录，云："《近思录》十四卷，宋朱熹、吕祖谦撰。明正德刊本，四册。金孝章校，张文通旧藏。"①涵芬楼曾经藏有此书，并且躲过了丙丁之劫，实乃幸甚。

---

① 张元济：《张元济全集》第八卷，第307页。

检阅张隽《古今经传序略》，丙集录有朱熹《近思录序》、吕祖谦《近思录序》，补丙之余集有陈淳《书李推近思录跋后》，补戊集有张岳《刻近思录序》、高攀龙《重锲近思录序》、林俊《续近思录序》，而无正德己卯（1519）汪伟跋，补癸集录有汪伟《重雕唐文粹序》。在《近思录》的版本中，尚有张岳、高攀龙刻本。高攀龙本《近思录》十四卷①，邵懿辰曾经浏览。张岳本《近思录》，诸家文献均未提及，可谓《古今经传序略》的一大贡献。程水龙《〈近思录〉版本与传播研究》② 对《近思录》版本论之颇详，可以参考。

三　抄本

（一）董说抄本《石湖居士诗集》

顺治八年辛卯（1651），董说以《即事用前韵》为题做了二首诗，其二曰："一轴湘帘尽日垂，卖书人到暂开篱。药栏砌学萁枰路，海燕声如蛮语诗。种树诀寻樵艇问，蠹花虫唤小童窥。石湖旧本谁分与，砑纸先抄杂兴词。"③ 董说在这一年抄写了三十四卷本的《石湖居士集》，首先抄写的是"杂兴词"，也就是《四时田园杂兴》组诗。次年，举秋相赠于张隽。张隽作诗以纪其事。《啸翁手钞见饷》："石湖诗句直千纯，夹漈经言重一麟。奇癖累人真自笑，异书分我愧君频。初离香案题封湿，旋拂银钩乙注新。辱没未嫌尘土涴，从今插架不羞贫。"（《石船诗稿》第三集）董说与张隽的好友西溪客——吴楚闻知此事，以诗相询，张隽又作《柬敬夫》诗以答："一雨能教十日疏，更相问讯石湖书。荔香北客谁堪委，酒伴南邻似不如。懒到真时忘栉沐，事犹多处费爬梳。近来海外征奇籍，却使虺离笑石渠。"（《石船诗稿》第三集），显然，董说赠书在友朋中引起了关注，成为读书人的雅事。

傅增湘订补莫友芝《邵亭知见傅本书目》"《石湖居士集》三十四

---

①　邵懿辰：《增订四库简明目录标注》卷九，上海古籍出版社 1959 年版，第 390 页。

②　程水龙：《〈近思录〉版本与传播研究》，上海古籍出版社 2008 年版，第 44—45 页。

③　（清）董说：《丰草庵诗集》西台编，载《清代诗文集汇编》编纂委员会编《清代诗文集汇编》第 71 辑，上海古籍出版社 2010 年版，第 29 页。

卷，宋范成大撰"条云："清顺治九年董说写本，十行二十一字。卷首有'壬辰若雨写赠'六字。钤张隽印记。"① 而傅增湘《董若雨钞本石湖居士集跋》记载得颇为详细："余既于沪市收得明写本，为仁和王氏所藏，复于津市更觏此本，纸色黄鼬，字迹潦草，有数卷兼作行书者，其中更多空阙之字，意其必据旧刊重写，故断烂之处悉仍其旧，而又克期蒇事，迫遽不及工书也。半叶十行，行二十一字，与沪市明钞本正同。卷中有朱墨点校之笔。卷首有'壬辰若雨写赠'六字，下钤张隽之印。"② 傅增湘以为"克期蒇事，迫遽不及工书也"，似乎不存在这样的事情。该书是董说主动写就，然后赠与张隽的。董说写本《石湖居士集》藏北京图书馆。

壬辰年为顺治九年（1651），张隽、董说、达翁等故国遗民曾经集体抄书，这样的情况持续了二三年。张隽《题君达手钞〈刘后村集〉》曰："集五十卷，林虞斋序。壬辰，予从韩仲弓氏借抄，始一二卷，仲弓悯予惫，遂以全秩归之。丰草又从予借抄。甲午乙未，与达翁同寓，凡予所得《吕氏童蒙训》《胡子知言》《双峰纪闻》等书，无不手写。又助予写《诚斋》《东莱》二集，及《晞发》《白石》诸编。"③ 丰草是董说众多字号中的一个，仲弓即韩昌箕的字。这里为我们透露了大量的书籍信息，顺治九年（1652），韩昌箕将其所藏刘克庄的《后村集》五十卷，林希逸为之序，全书赠给了张隽。顺治十一（1654）、十二年（1655），张隽又抄写了吕本中《吕氏童蒙训》，胡宏《胡子知言》《双峰纪闻》，在达翁帮助下抄写了杨万里《诚斋集》、吕祖谦《东莱集》、谢皋羽《晞发集》以及《白石》编。

林希逸《后村居士集序》见于《古今经传序略》己集，己集还录有储巏《晞发集序》。楼昉《吕氏童蒙训后序》载补丙集，丙集有张栻《胡子知言序》，吴儆、真德秀、程敏政《知言跋》。需要说明的是，《古今经传序略》不见杨万里《诚斋集》、吕祖谦《东莱集》序或跋，丙之

---

① （清）莫友芝：《藏园订补郘亭知见传本书目》（三），傅增湘订补，中华书局2009年版，第1216页。

② 傅增湘：《藏园群书题记》卷十四，上海古籍出版社1989年版，第737页。

③ （清）张隽：《西庐文集》卷一，载《清代诗文集汇编》编纂委员会编《清代诗文集汇编》第19辑，上海古籍出版社2010年版，第7页。

余集收录杨万里《易传自序》，丙集收录了吕祖谦《左氏博议序》《近思录序》。

双峰系饶鲁（1193—1264）之号，字伯舆，又字仲元，余干（今江西万年）人。从黄幹游，为朱熹的再传弟子。浸淫理学，为时所重，建朋来馆，复筑石洞书院，聚徒讲学，曾"历主白鹿、濂溪、建安、东湖、西涧、临汝诸书堂"。景定元年（1260），授迪功郎，为饶州府学教授。七十二岁卒，门人私谥曰文元。著有《五经讲义》《语孟纪闻》《庸学纂述》《庸学十二图》《春秋节传》《饶氏遗书》《太极三图》《张氏西铭图》《近思录解》等等。张隽所得《双峰纪闻》当为《语孟纪闻》。而《白石集》非姜夔之《白石集》，而是指林景熙的《白石樵唱》。《古今经传序略》已集，录有如下文章，可资考证。

后村居士集序	林希逸
注白石樵唱序	章祖程
书白石樵唱注	郑僖
胡汲古乐府序	林景熙
宋景元诗集序	林景熙
王修竹诗集序	林景熙
马静山诗集序	林景熙
顾近仁诗集序	林景熙

张隽在目录上的文章编排次序，恰好说明，在抄录林希逸《后村居士集序》时，尚有林景熙的著作可以辑录序跋，也就有了章祖程《注白石樵唱序》、郑僖《书白石樵唱注》的出现，以及林景熙诸序文的录入。而张隽以理学名家，而诗文集中无有关诗余的写作以及论述，整部《古今经传序略》未录有任何词集序跋。所以说，张隽《白石》编当为林景熙的《白石樵唱》，该唱和集附入《霁山集》。

（二）《春秋纂言》

陆心源《皕宋楼藏书志》卷九记载："《春秋纂言》十二卷，《总例》

五卷，明抄本。张隽旧藏。元吴澄学。属辞比事，春秋教也。昔唐啖助、赵匡集《春秋》传，门人陆淳又类聚事辞成《纂例》十卷，今澄既采撷诸家之言，各丽于经，乃分所异，合所同，仿《纂例》为《总例》七篇。初一天道，次二人纪，次三嘉礼，次四宾礼，次五军礼，次六凶礼，次七吉礼，例之纲七，例之目八十有八。凡《春秋》之例，礼失者书，出礼则入于法，故曰刑书也。事寔辞文善恶毕见，圣人何容心哉！盖浑浑如天道焉。呜呼！其义微矣。而执谦自谓之窃取，区区末学，庸谓可得与闻乎。临川吴澄序。"① 书中应有张隽藏书章，所以陆心源才曰"张隽旧藏"。

《四库全书总目》著录两淮盐政采进本《春秋纂言》十二卷《总例》一卷，与张隽所抄不合。曰："明嘉靖中，嘉兴府知府蒋若愚尝为锓木，湛若水序之，岁久散佚，世罕传本。王士禛《居易录》自云：'未见其书'，又云：'朱检讨曾见之吴郡陆医其清家'，是朱彝尊《经义考》之注'存'亦仅一靓。此本为两淮所采进。殆即传写陆氏本欤！久微而著，固亦可宝之笈矣。"② 该书流传绝少，从全祖望的记载也可以看出这一点："今秋，从书贾得吴草庐《春秋纂言》，是书海内不可多购，以玉峰徐氏之力，求之无有，而某得之，不敢自秘，请以公诸同好。"③

瞿镛《铁琴铜剑楼藏书目录》藏元刊本"《春秋纂言》十二卷《总例》七卷"，此系最早的刊本。张隽抄本《总例》五卷。《四库全书》采进本《总例》一卷，是陆刊本的传写本。只有张金吾《爱日精庐藏书志》卷五著录与张隽本同，且是抄本，疑即为张隽旧藏。1906 年陆心源之子陆树藩将大量藏书卖给日本岩崎氏静嘉堂文库，张隽所藏《春秋纂言》亦在列。《日本藏先秦两汉文献研究汉籍书目》记载："《春秋纂言》十二卷《总例》五卷，元吴澄撰。静嘉堂文库藏明人写本、明刊本。"④

---

① （清）陆心源：《皕宋楼藏书志》卷九，载《清人书目题跋丛刊》，中华书局 1990 年版，第 102—103 页。
② （清）永瑢：《四库全书总目》卷二十八，第 225 页。
③ （清）全祖望：《鲒埼亭集外编·奉九沙先生论刻〈南雷全集〉书》卷四十四，商务印书馆 1936 年版，第 1336 页。
④ 刘毓庆、张小敏：《日本藏先秦两汉文献研究汉籍书目》，三晋出版社 2012 年版，第 149 页。

《古今经传序略》丁集录有吴澄《春秋纂言总例序》。

（三）《霁山集》

张隽《石船诗稿》第三集有《钞〈霁山集〉》长诗一首。

> 神禹所经地，蹄迹纷间之。白日当昼晦，魍魉纵横驰。凭枭亦群鸣，萤火徒见欺。负负诸老翁，口枯说民彝。三月吊无君，十年得公诗。六义有遗音，江山助悲吹。缠绵梦中作，独立天西垂。贞弦异杂响，直木无曲枝。笔削嗟凤德，神功及渺弥。悠悠后死心，于此着根基。惜哉笺注者，书法多昌披。柴市乃赐死，至元更义熙。不激冰雪胸，但赏琼琚辞。阳阿得谢子，名教四手持。廉顽而立懦，是为百世师。寄语长寐者，大运终不移。

而《石船诗稿》第四集载有《借书与真长辱赐和篇重答》三诗，其一曰："独抱遗编托岁终，比来好事又君同。枉教和草时时寄，怕捻新题是梦中。"张隽自注道："《霁山集》。真长哀其与予往来诗，署曰《和草》，见寄。"两首诗都提到了同一本书，对同一个人褒扬有加，这是不正常的，一定有其内在的原因。

《霁山集》，南宋末林景熙著。景熙（1242—1310），字德阳，一作德旸，号霁山，平阳人。咸淳七年（1271）进士。授泉州教官，历礼部架阁，转从政郎。宋亡不仕，隐居教授生徒，学者称"霁山先生"。著有《白石稿》十卷，《白石樵唱》六卷。元统二年（1334），昆山章祖程为其诗作笺注，文集散失。明天顺七年（1463）吕洪在章注基础上搜集遗文，编成《霁山先生集》五卷。《古今经传序略》壬集载吕洪《斋山先生文集序》，言之颇详。按此经历，可谓是普通的一代遗民罢了。

在明代儒林，有一个流传颇广的故事。元人盗挖南宋皇帝陵寝，骸骨散于四野，林景熙或曰唐珏偷葬宋帝遗骨，植冬青树以为志。谢皋羽作《冬青树引》，悲哭呼号，凄惨动人，故士林重之。元陶宗仪《南村辍耕录》卷四载此事，谢翱《晞发集》卷十载彭玮《谢翱冬青引谶》述之。元人王逢《梧溪集》卷五《〈白塔行〉引》也记载了此事。作为易代之际的遗民，张隽对林景熙大加关注是可以理解的。在《古今经传序略》己集，张隽收录了林景熙《霁山集》中的多篇序跋，按目录文章依次为《胡汲古乐府序》《宋景元诗集序》《王修竹诗集序》《马静山诗集序》《顾近仁诗集序》，庚集有《季汉正义序》，壬集有《二薛先生文集序》等，其表彰先贤的目的，于此可见一斑。

陆心源《皕宋楼藏书志》卷九十三记："《霁山先生诗文集》五卷，明抄本。宋林景熙撰。方逢辰序，章祖程序，郑僖序至元二年。"① 疑即为张隽抄本。此本不见于《静嘉堂秘籍志》。

（四）《艾轩集》

张隽《石船诗稿》第三集尚有《钞〈艾轩集〉》诗四首。

圣门终是欲裁狂，瀄瀄红泉沂水香。太白曼卿何似者，不能一置竹炉旁。

蠡泽湖边桧树青，故人相酌可中亭。一枝横出南夫子，犹有孳音没洞庭。

隔墙相唤又过桥，此乐人间也合消。怪得怜儿赵彦远，状元不喜喜同寮。

草衣再世接单传，早使文公叹绝弦。想见后来奔放甚，只应换骨得诗仙。

林光朝（1114—1178），字谦之，兴化军莆田人。隆兴元年（1163）进士，官广西提点刑狱，加直宝谟阁，召拜国子祭酒。后以集英殿学士出知婺州。光朝专注于圣贤之学，动必以礼。南渡后，以伊洛之学倡东南，自光朝始，故被称为"南夫子"。卒谥文节。著有《艾轩集》九卷、《奏札》二十卷、《易解》一卷等。

《四库全书总目》载："《艾轩集》九卷《附录》一卷，江苏巡抚采

---

① （清）陆心源：《皕宋楼藏书志》卷九十三，载《清人书目题跋丛刊》，中华书局1990年版，第1054页。

进本。宋林光朝撰……没后，其族孙同叔，哀其遗文为十卷，陈宓序之。后其外孙方之泰，搜求遗逸，辑为二十卷，刻于鄱阳，刘克庄序之。至明代宋刊已佚，仅存钞本。正德辛巳，光朝乡人郑岳，择其尤者九卷，附以《遗事》一卷，题曰《艾轩文选》，是为今本。所谓十卷、二十卷者，今皆不可见。王士禛《居易录》称，尝从黄虞稷借观其全集，憾未钞录，未审即此本否也？"① 《艾轩集》无论是抄本，还是刊本，十集与二十集皆已经不存，在干嘉时期不存，已经是事实。

张隽所抄录《艾轩集》是鄱阳刊二十卷本，在《古今经传序略》壬集所录依次为：林希逸《鄱阳刊艾轩集序》、刘克庄《艾轩先生集序》，在附入刘克庄两篇序文，即《纲山集后序》《乐轩集序》，之后又补入十卷本《艾轩文集》之陈宓序，题为《艾轩文集旧序》。此也可证张隽对濂洛关闽之学的深切关注。

张隽是藏书家，也是孺子师，喜抄书，也喜欢抄书送人。张隽《为纪子抄王文宪四书点本跋》便曰："自予得王文宪四书点本，凡手抄数过，喜借人抄，亦喜抄以与人，然同味者鲜矣。"如无力刊刻，抄书是广聚藏书的重要手段。从张隽诗文中，我们还可知道其藏有下列图书，如抄本《朱子诗抄》，还有最迟是顺治刊本的《曾子》《庄子》《史记》《汉书》《汉纪》《世说新语》，宋吴缜《新唐书纠缪》，宋赵彦肃《复斋易说》，白居易《白太傅集》，刘后村《南岳集》，高槎轩《缶鸣集》，孙蕡《西庵集》，董说《丰草庵诗文集》《诗集传》《朱子遗书》，陈师道《后山丛谈》，李衡《乐庵录》，俞成《萤雪丛说》，罗钦顺《困知记》，刘宗周《证人谱》，伊世珍《琅环记》等书籍。

作者简介：

王洪军，男，哈尔滨师范大学教授、博士生导师。主要从事先秦两汉经学与文学以及中国古典文献学的研究。

---

① （清）永瑢:《四库全书总目》卷一百五十九，第 1368 页。

沈德潜佚序辑考[*]

蓝　青

摘　要：沈德潜是清乾隆前期重要的诗坛领袖，一生著述宏富。凤凰出版社本《沈德潜全集》是目前所见收录沈德潜作品最为完备的整理本，嘉惠学林，功莫善焉。然而，沈德潜一生交游广泛，所作的题赠诗文颇多，仍有不少作品散落集外。今新辑得沈德潜佚序六篇，这些序文对沈德潜的生平、交游及文学理论研究均具有一定的价值。

关键词：沈德潜　佚序　辑考

沈德潜（1673—1769），字确士，后更字归愚，江苏长洲人。清乾隆元年（1736）荐举博学鸿词科，乾隆四年（1739）进士，官至内阁学士兼礼部侍郎。沈德潜是乾隆前期重要的诗学家，倡导"格调说"，并编选《唐诗别裁集》《古诗源》等诗歌范本，成为海内风从的诗坛领袖。2011年，人民文学出版社出版了潘务正、李言校点的《沈德潜诗文集》（全四册），^① 该书以乾隆间刻教忠堂本《沈归愚诗文全集》为底本，并参校《归愚诗钞》《归愚诗钞余集》等多种沈德潜诗文集，嘉惠学林。2021

　＊ 基金项目：本文系国家社科基金重大项目"全清诗歌总集文献整理与研究"（18ZDA254）的阶段性成果。

　① （清）沈德潜：《沈德潜诗文集》，潘务正、李言校点，人民文学出版社 2011 年版。

年，凤凰出版社出版了贺严校点的《沈德潜全集》（全十五册）①，该书将各版本的沈德潜作品集皆纳入其间，并收录了《杜诗偶评》《唐宋八大家文读本》等诗文选本，还从各种别集、总集、地方志中辑录佚文佚诗八十余篇，成为迄今为止收录沈德潜作品最完备的整理本。然而，沈德潜一生经历丰富，交游广泛，所作酬赠诗文颇多，仍有不少篇什散佚他处。② 尤其是沈德潜为他人作品集所作的序文中，往往蕴含着丰富的文学思想。笔者近来觅得沈德潜佚序六篇，这些序文均未被沈德潜著作整理本收录，亦未见其他著述征引。今抄录标点如下，略加考释，以期对沈德潜生平、交游及文学理论研究有所助益。

1. 香雪诗钞序

古者太史乘輶轩，采间里之歌谣，以上献于天府。盖以诗之为教，长言而咏叹，敦厚而温柔，足以见风俗之奢俭贞淫与政治之盛衰得失。《记》曰："治世之音安以乐，其政和。"故《楚茨》《良耜》诸诗皆仕而有田禄者与农人躬亲稼穑，勤勉咨嗟，即《北山》之诗人感怀于失养，而和平悱恻，蔼然有忠君爱国之思。故孔门论诗以兴观群怨为旨，而极之于事父事君。然则诗之益人，微之发于性情，而大之通于家国，岂浅鲜乎哉？今圣天子稽古右文，简侍从之臣，崇经术之士，明堂清庙，雅颂之音斐然，而士之任簿书、膺民社、风尘鞅掌，抚字为劳，则有不暇为此者。新安曹生震亭，余戊辰主试礼闱所得士也。当对策后御试保和殿，得其应制玉壶冰诗，知其为宿学。及谒余邸舍，出《香雪诗钞》一集，请序于余，蕴藉恬和，无矜躁气，余益知其沉潜肆力于古者有年，而叹其晚而始遇

---

① （清）沈德潜：《沈德潜全集》，贺严整理，凤凰出版社2021年版。

② 近年来，有学者陆续发现了沈德潜的一些佚作，如朱泽宝《沈德潜佚文考释》（《古籍整理研究学刊》2015年第2期）、朱泽宝《沈德潜佚文辑存》（《南京师范大学文学院学报》2017年第3期）、侯倩《沈德潜集外诗文辑录》（《宁波大学学报》2017年第6期）、林春虹《沈德潜佚序辑考》（《文献》2018年第2期）、耿锐《沈德潜佚文五则辑考》[《中国诗歌研究（第十六辑）》]、王建勇《沈德潜集外诗文七则辑考》[《中国诗学研究（第十七辑）》]等，为沈德潜研究提供了新的资料。

也。虽然，孔子云"君子学道则爱人"，昔韦苏州所至，焚香扫地，故其为诗冲融淡远，渐近自然。今震亭登第后，奉简命出宰楚之崇阳。崇阳为古下隽地，张乖厓之遗爱在焉。其山水奇峭，林壑郁然，吾愿震亭以其敦厚温柔之意，恺悌而宜民，为朝廷牧养元元之劝农桑，兴学校，化荆蛮之俗，而成文献之邦，将《楚茨》《良耜》之雅音可复见于今日。况震亭奉北堂于官舍，绘为鹤琴养母图，则无复《北山》诗人失养之忧形于篇什，暇则与缙绅人士讴吟景物，润色太平，将弦歌学道之风，可以继韦州之雅韵矣，余也能无厚望欤。予自荷圣恩，由馆垣陟卿贰，今老矣，乞休田里，角巾白袷，与农夫野老击壤唱歌，夸在朝之恩遇，而且扁舟渡严濑，过新安，访丹鼎轩台，遍历仙灵窟宅，惜乎震亭远宦，未及从予游也。倘异日者震亭循良报最，或访予于灵岩邓尉间，登缥缈之峰，入硎窦之洞，与之叙畴昔，话旧游，从容论古作者之渊源焉，是又余之深幸也夫。

时乾隆庚午秋赐进士出身礼部右侍郎内阁学士通家生归愚沈德潜撰

按：此序作于乾隆十五年（1750），见曹学诗《香雪诗钞》卷首（国家图书馆藏清乾隆间延古楼黄云景刻本）。卷首另有慎郡王胤禧序。曹学诗（1697—1773），字以南，号震亭，安徽歙县人。康熙五十年（1711）补学官弟子员，雍正七年（1729）举于乡，乾隆十三年（1748）进士，历任麻城、崇阳知县，均政绩昭著。著有《香雪诗钞》二卷、《香雪文钞》十二卷。乾隆十三年（1748），沈德潜充会试副考官，曹学诗即其门下士。乾隆十五年（1750）秋，曹学诗来吴谒沈德潜，以《香雪诗钞》见示求序，时沈德潜辞官归里，期待能与曹氏同游，"叙畴昔，话旧游，从容论古作者之渊源"。乾隆十六年（1751）秋，曹学诗复来吴谒沈德潜，以《香雪文钞》见示求序，沈德潜亦欣然为撰序，再次惋惜"震亭远宦，未暇从予游也"[1]。两人交谊之厚，于此可见一斑。沈德潜以儒

---

① 朱泽宝：《沈德潜佚文考释》，《古籍整理研究学刊》2015年第2期。

家诗教为本，主张诗歌要起到"厚人伦、明得失、昭法戒"① 的教化作用。但他毕竟生活在康乾时期，一方面，清王朝逐渐走上盛世；另一方面，文字狱愈演愈烈。如果说沈德潜早年科场不利，生活贫困，曾接触人世活患，尚有一些以微词通讽谕的诗歌，如《制府来》《刈麦行》等，而晚年官运亨通，诗作也变得雍容典雅，平庸无奇，成为典型的台阁体。此序作于乾隆十五年（1750），正值沈德潜休致归里，谨遵圣命享受林泉之乐，该年七月曾著万寿诗册进呈，获赐御制七律一章，中有"起我七言真借尔，嘉卿一念不忘君""为语余年勤爱护，来看吴会共论文"②，可见其颇蒙恩宠。序文中沈德潜虽提倡诗歌的政教精神，但他所强调的显然是将诗歌作为点缀盛世的工具，而不是对社会政治的干预精神。值得一提的是序中对韦应物诗的推崇。韦应物虽历经安史之乱，但颇具盛世情怀，其诗一再追忆歌颂盛世恢宏气象，充满对盛唐的眷恋与热爱。沈德潜对曹学诗以"继韦州之雅韵"相期，显然在于对盛世清明广大之音的期许。序中沈德潜还直言"乞休田里，角巾白袷，与农夫野老击壤唱歌，夸在朝之恩遇"，可见此时沈氏眼中的诗歌已不再有讽谏之用，而成为歌功颂圣的工具，这也是其诗遭后世诟病的一个重要因素。

2. 刘山人雠诵堂遗诗序

德州田中翰无慢出武定府刘山人《雠诵堂诗》授予，曰："此先少司农所赏识也。今山人遗世久，恐无表章之者，渐就湮没，子其为我序之。"读之，思抽有绪，神游无端，字字生新，语必独造。虽襞绩重重，而能自运锦机，摆落凡近，可谓诗人也已。尝思山左风会济南，自边华泉、李沧溟，诗篇格律，并出唐贤。至我朝，王阮亭司寇含英咀华，典远谐则，依然前代遗矩。独卢德水崛起天、崇间，出入于东坡、放翁，卓然别开面目。至山姜司农，洸漾滂濞，诘屈排奡，守法而不拘成法，虽与阮亭司寇并雄文坛，而能各不相

① （清）沈德潜编著：《沈德潜全集》第 3 册，贺严整理，凤凰出版社 2021 年版，第 436 页。

② （清）沈德潜：《沈德潜诗文集》第 4 册，潘务正、李言校点，第 2126 页。

肖，故应为时大宗。山人，司农所赏识也。方其偃仰蓬蒿，似有候虫吟唱之意。迨司农招至京师，相与纵观古今，谈讨源流，不欲使之为一乡之士，而山人果能奋励越俗，扩充故我，酝酿既久，渐出清新，究其成就，竟得分山姜一体也。地居济南，而诗格宗法转在德水二公，可谓各行其志者矣。独是世风翻薄，文章艺殖，间有因其人已成名，而其后思从而掩之，掩之不得，至从而短之，且有著为论说以相訾謷者，而山人于知己之感，如李观察筠巢、张太史志尹，其人辄一一形诸歌咏，以志不忘，而况司农之亲近薰习，使之得成为诗人者耶。宜于既殁之后，长歌当哭，愁怆悲怀，同于古人之车过腹痛者也。予爱山人之诗，并重山人之人，故序之以应中翰之请。山人名佐沛，字汉辅，一字介臣。有志节，食贫不苟。生平著述文目共十五种，今所存者，吾特见此焚余四卷云。

按：此序见沈世铨修、李勖纂《（光绪）惠民县志》卷二十七（清光绪十二年（1886）刻本）。刘佐沛，字汉辅，一字介臣，山东武定人，明末兵部侍郎、蓟辽总督刘策玄孙。幼年丧父，家境贫寒，从先世焚余书中觅得半部《文选》，遂以发蒙。工诗赋，性嗜书，"贫不能购，辄贷于人，且读且抄，虽爨烟不给，而雒诵声彻户外"①。虽未能考取功名，但深受山左诗坛大家田雯（1635—1704）赏识，也就是沈德潜序中所言山姜司农。田雯将其招至京师，纵观古今，谈讨源流，刘佐沛诗愈加进益。康熙四十一年（1702），田雯解任归里，复招其来德州，"上下古今，俾扬扢于山姜书屋中，老槐灯火，风雨一窗"②。田雯之孙田同之（1677—1749）亦获益良多，其序刘佐沛诗集曰："余于此获汉辅之益为不少，而汉辅之诗亦愈工。"刘佐沛殁后，同里李寿潇梓其遗诗四卷（今佚），嘱田同之作序。田同之为撰《雒诵堂遗诗序》，称赞其诗"雅以醇，

---

① （清）田同之：《雒诵堂遗诗序》，见《二学亭文涘》卷一，载《清代诗文集汇编》编纂委员会编《清代诗文集汇编》第239册，上海古籍出版社2010年版，第432页。

② （清）田同之：《雒诵堂遗诗序》，见《二学亭文涘》卷一，载《清代诗文集汇编》编纂委员会编《清代诗文集汇编》第239册，上海古籍出版社2010年版，第432页。

闶而不肆，合宋元来作者之长，仍无庚汉魏六朝三唐之轨"①。田同之又
托沈德潜撰序，沈德潜与刘佐沛并无交往，此序纯系应挚友田同之之请
而作。叙述作者所在地诗坛沿革、指出诗学渊源与特色，是沈德潜为他
人撰序的惯用手法，《王直夫诗序》《筼园稿序》《荔厓诗钞序》《吾友于
斋诗序》等皆属此类。此序亦不例外，刘佐沛系济南府人，故该序细数
山左诗坛历史沿革，指明刘佐沛的诗学渊源。此序行文简洁流畅，虽为
应酬之作，但准确地概括了山左诗坛风会变迁，颇值得参考。

3. 夷门诗钞序

论诗者必求有合于风人之旨，谓其温厚和平，足法后世也。然
次以时代，限以乡域，则所言者又人人殊而正变分焉。要惟修词撍
情，远去鄙悖，乃为可经耳。天台侯彝门以诗鸣，其言曰："吾文
者，诗之系表。而诗者，文之外篇。"故其诗半于文，而同党之左右
剑佩者，且疑为两事焉。盖时下秀才厌苦实学，而心力半耗磨于举
子业中，斤斤焉思中有司之程度，一得当则愈趋愈下，为一切甜软
圆美以图好听，而诗特其间岁为之。昔陆务观每饭课一诗，而近代
王新城言"仆作一律，必静一日乃完稿"。嗟乎！夫心思不用则不
灵，心思不细则不静。夷门之于诗，殆兼有此两义者耶。夷门兴发
访友，一日即轻千里之驾，身不挟一书箧，而对客挥毫，翻水成文，
有如凤构，所谓快意累累，意尽便止。其为诗亦称是，是其天性也。
然非其学有原本，欲强袭而貌取之，能乎？记余与夷门初遇于金陵，
叹其天才磊落，气谊绝人。与论古今之事理，风发泉涌，娓娓不倦，
使余日闻所未闻。盖其生长天台，笃学嗜古，于六经、子史、百家
之书无所不窥，据沧海之上洋，揽赤城之玮丽，嘘噏日月，吞吐烟
霞，以抒发其心灵手腕之奇。余每得其片言，未尝不拊掌叫绝也。
间又窥其用意之所在，焚香默坐，有如老禅，而月朗天空，萧然自
得，一切世味不足以汩之，其气骨之高奇，又岂世之粗心锐气、噲

---

① （清）田同之：《雒诵堂遗诗序》，见《二学亭文洨》卷一，载《清代诗文集汇编》编
纂委员会编《清代诗文集汇编》第239册，上海古籍出版社2010年版，第432页。

噲于名利者可同日语耶。顾每一出游，寸笺四发，清流奔走，人见其喜任事而好多口，所至之处，翰墨辐凑，艳其才者如农祈水旱，夷门皆有以塞其请，间有攒眉应之者，而喜怒不形于色。或疑其小处未免糊涂，而不知其经理世务，条分缕析，莫不有成竹于胸中，而又非昧没而杂者之所能为也。今以其稿多流散于他人之手，而甲辰失书之后，副本全亡，一时酬应之作，稿多不存，存者夷门亦不自喜。兹帙乃其门人沈东胶所收，先后皆失诠次，而以余知作者最深，俾序之。余把读再四，其词多慷慨勃窣，有古作者风，而其情之芊绵温丽，则《九歌》《九辩》之遗也，乌有愧于《大雅》哉？且诗亦为其可传耳。夫子建索露，公干锥角，前人不无遗议，而至今诵曹、刘者不衰。论者且谓其发源有自也，亦何憾于夷门哉。乃以余已往所知见者而序之如此。

按：此序见侯嘉繙《夷门诗钞》卷首（临海市图书馆藏清道光九年（1829）钞本）。卷首另有王道题辞，末有郭协寅跋。侯嘉繙（1697—1746），字元经，号夷门，晚号碧浪溪白眉叟，浙江临海人。与齐召南、秦锡淳同称台州"三杰"。康熙五十六年（1717）选贡，乾隆元年（1736）应博学鸿词试，为制府程某所抑，考职得上元县丞。历任金山、江宁、溧阳县丞。后镇江太守黄永年聘阅试卷，不幸坠厕而死。袁枚为撰墓志铭，称其"诗文迅疾，始于笔染，终于纸尽，挥霍睥睨，瞬息百变"[1]。尤善书法，不拘绳尺，异于常体，袁枚称其作书"十指雨下，字迹旁行斜上，如长河坚冰，风裂成文，莫知条理，而天趣可爱"[2]。侯嘉繙著作颇富，雍正二年（1724）失书后，副墨全亡。后门人沈东胶汇集其作，编为《夷门诗钞》十四卷，嘱沈德潜作序。沈德潜与侯嘉繙相识于金陵，虽对侯氏才学颇为叹赏，但二人诗学旨趣不尽相同。侯嘉繙诗

---

① （清）袁枚：《侯夷门墓志铭》，载《袁枚全集》第2集，江苏古籍出版社1993年版，第99页。

② （清）袁枚：《侯夷门墓志铭》，载《袁枚全集》第2集，江苏古籍出版社1993年版，第99页。

集中虽有"深情绵邈，幽致动人"者，但更多"奇峭突屼"之音。① 正如袁枚所言，"穷劫野曲，可解不解，而俶诡独绝""奇字奥句，不能读也"②。沈德潜虽对侯嘉繙诗才不吝美词，但无疑更推崇温厚和平之响。序文起首即云"温厚和平，足法后世"，并称赞侯嘉繙诗"多慷慨勃窣，有古作者风，而其情之芊绵温丽，则《九歌》《九辩》之遗"，却将侯氏最具代表性的奇崛怪异诗风视为白璧微瑕，正如"子建索露，公干锥角，前人不无遗议，而至今诵曹、刘者不衰"，可见沈德潜对温厚和平的坚持。

4. 石壁山房二集序

　　曩在都门，含山王子令梴示予《石壁山房文初集》，叹其殚闻洽见，细大不捐，反覆驰骋，而能自折乎衷，异于世之肇悦绣组以为工者。既已序而归之，今春复以二集邮寄。读之，益叹其学之广、文之工，洵乎其志在不朽者也。夫不朽之一在乎立言，而言之所由立，乎探求原本。猎六朝之艳采，而割裂补缀以出之，则失之靡；撷诸子之幽渺，而恍惚离奇以出之，则失之诡。不然徒事波澜跌宕，按之而中无所有，既无关于性命精微，亦无裨于政治得失，何贵乎立言也。令梴之文，原本六经，不苟同异；折衷三史，必核是非。举笔濡墨，苟不切于心性伦常、风俗教化之大端，不作也。故集中说、解、考、辩等件，必求诸实；书、序、记、传等件，必要于典。发人所未尝发，言人所不能言，可以阐明理学，可以辅益经济。无艳采而新，不幽渺而奇，不专尚波澜跌宕，而揖让俯仰，从容合度，令梴之文进乎道矣。而要其能进乎道者，皆乎日之笃学为之。盖令梴无他嗜好，一与典籍相依。作令石门，政通人安之暇，寂守简编，以一己之心印合古人之心。去华而崇实，抉精而弃粗，融洽贯穿，洋洋洒洒，而一归于明体达用。其言卓然自立，觉前者仅称其异于

　　① （清）陶元藻辑：《全浙诗话（外一种）》，蒋寅点校，浙江古籍出版社 2017 年版，第1238 页。

　　② （清）袁枚：《侯夷门墓志铭》，载《袁枚全集》第 2 集，江苏古籍出版社 1993 年版，第 99 页。

肇悦绣组者之为，犹浅之乎视令橇者也。令橇今主梧冈书院，昔汉桓公雅，《尚书》教授颍川门徒数百；宋欧阳永叔知颍州，以风雅倡导邑人化之。今令橇出其所学以训迪诸生，吾知颍上之士皆变为读书好古，而蒸蒸然日进于此。桓、欧诸贤，不得擅美于前矣。

乾隆壬午夏五长洲学弟沈德潜题时年九十

按：此序作于乾隆二十七年（1762），见于王善櫼《石壁山房二集》卷首（复旦大学图书馆藏清乾隆间刻本）。王善櫼，字令橇，安徽含山人。乾隆十九年（1754）以举人知石门县，击强暴，扶孤弱，深得民心。沈德潜与王善櫼结识于乾隆十七年（1752），是年二月王善櫼携文集《石壁山房初稿》进京拜访沈德潜，沈氏对其文甚为欣赏，不仅为作序（见《归愚文钞余集》卷一），并期待为其二集撰序。乾隆二十七年（1762）春，《石壁山房二集》完成，王善櫼应前约将其寄与沈德潜求序。沈德潜于文延续了唐宋古文家及理学家"文以载道"的思想，将道德功用视为文章的根本，提倡明体达用，反对浮华空洞、柔靡巧伪的文风，此序文强调为文要"探求原本""切于心性伦常、风俗教化之大端"，正体现了这一观点。

5. 陵阳山人诗钞序

诗必有所从入，为汉魏，为六朝，为三唐。迨功愈深而格愈变，尽泯其从入之迹，自成一子，学乃大成。而其中得力，亦作者自喻之也。苕溪姜子笠堂，克荷门业，推擅声律，以诗鸣于时。今辑其《陵阳居士诗钞》，问序于予。予读其古诗，有悲壮语、遥深语，似倣越石、嗣宗；其风格遒秀，疑希踪"二谢"；或辞旨浑融，才思雄放，则又为杜、为韩；至其律体，幽静者合王、孟，高华者仿刘、柳，抑何其从入之正耶？及阅自叙，知始工近体，取法三唐，继乃窥汉魏六朝，举诸大家诵习揣摩，积年成卷，此笠堂之自志其得力也。而笠堂又虚怀善受，更恐泥古者愚，时复取证今贤。其所交结，多半老苍，于越则傅太史玉笥、诸宫赞草庐、厉征君樊榭，同里则茅君湘客、姚君玉裁、潘君散畦辈，切劘研讨，随手涂窜。扁舟来吴，访青崚山人暨予于灵岩，访莱周君于皮墅。爱古如此之深，聚益又如此其切，诗欲不工，其可得乎？独是以笠堂之才，而徒使凭今吊古，支离落寞，宜其有"十年犹短褐，一赋阻长扬"之叹。然造物怜才，必不令沉沦草泽。他日甘泉侍从，予将取其卷阿诸什，老眼摩挲，而三复之，其造诣所至，更不知何若也。

　　　　乾隆乙酉秋抄长洲沈德潜题于清旷楼时年九十有三

　　按：此序作于乾隆三十年（1765），见姜宸熙《陵阳山人诗钞》卷首（国家图书馆藏清乾隆五十二年（1787）刻本）。卷首另有潘矞、傅王露、诸锦、沈廷芳序及姜宸熙自序。题目为笔者所拟。姜宸熙，字检芝，一字笠堂，号陵阳山人，浙江归安人，诸生。少称神童，夙负诗名，壮岁南历闽粤，北游燕赵，终不遇而殁。姜宸熙喜交游，与傅王露、诸锦、厉鹗、盛锦等文坛名士多有往来唱和。著有《陵阳山人诗钞》八卷。姜宸熙自称于诗"取法三唐，继乃渐窥六朝汉魏"[1]，其诗歌特色正与沈德潜所标榜的复古诗学相合，故为沈氏激赏。沈德潜在序中不仅准确地归纳了姜宸熙各体诗歌之特色，亦简要而清晰地阐述了其所提倡的诗学路径，即既要师法古人，又要在此基础上镕铸变化，泯灭痕迹。沈德潜曾在《汪文升先生诗文集序》中批评诗坛的两种弊病："一在求同古人，一在求异古人。求同者循涂轨，传声色，如优孟之拟孙叔、胡宽之营新丰；又其甚者，等于婴儿学语，惟惧弗类，而已之真性不存，此袭焉而失者也。求异者征引拗僻，造作梗涩，句读不分，声律不谐，穷其伎俩，求为樊绍述、卢仝、马异、刘叉诸人而止，此矫焉而复失者也。"[2] 学界往往着眼于沈德潜提倡学古，很容易忽略其对融化为新的强调。沈德潜认为学习古人虽是必要的阶段，但最终目的是要脱离古人，自成一体。这种学诗路径颇类似严羽所宣扬的由熟参以臻妙悟，以及李攀龙论古乐府时提出的"拟议以成其变化"[3]。沈德潜在《说诗晬语》中亦有相似的论

---

　　①（清）姜宸熙：《自序》，《陵阳山人诗钞》卷首，清乾隆五十二年刻本。

　　②（清）沈德潜：《沈德潜全集》第3册，贺严整理，凤凰出版社2021年版，第437—438页。

　　③（明）李攀龙：《李攀龙集》，齐鲁书社1993年版，第1页。

述："诗不学古，谓之野体。然泥古而不能通变，犹学书者但讲临摹，分寸不失，而己之神理不存也。"[①] 此与序文起首所述学诗路径颇为类似，但后者更具体明晰，颇值得参考。

6. 梅轩诗草序

唐初杜审言自高其才，欲令屈、宋作衙官，虽属诗人狂言，然其志既高，其诗自可传也。魏子梅轩负清俊才，艰于遇合，厕身在衙官之列，而追逐前人，乃在屈、宋。生平好游历，由晋入秦，由秦入蜀，由蜀入燕，经齐鲁而南，观瀛海，抵吴淞，所过名山大川，各有题咏，与地之名流互结缟带交，倡酬为乐。其诗不矜诡奇，不尚饾饤，而激昂慷慨，温厚缠绵，兼而有之，上可以希风审言，远得乎屈、宋之流风余韵也。或者谓诗人必身为达官，珥笔殿廷，作为雅颂，以道扬功德，如张燕公、苏许公、权文公，斯可以传世行远，否则歌吟啸呼，喑呜窈窕，只若草木荣华之飘风，鸟兽好音之过耳而已。信斯言也，毋乃陋甚。唐之崔斯立，县佐也，而以哦松传。孟东野，溧阳尉也，与韩文公并传。明代蔡九逵羽，孔目也。文衡山征明，待诏也。葛震甫一龙，经历也。今其诗具在。操选政者，孰能遗弃，使其不传？然则人特患诗之不工，不患诗之不传也。又王宠雅宜以贡士终，其兄守为都御史，弟之名转高于兄。今梅轩令弟衡如已成进士，梅轩益加奋勉焉，自不使雅宜独擅其名已。

乾隆丁亥仲秋长洲沈德潜题时年九十有五

按：此序作于乾隆三十二年（1767），见魏国卿《梅轩诗钞》卷首（国家图书馆藏清乾隆间刻本）。卷首另有王鸣盛序。魏国卿，字锡命，号梅轩，山西汾阳人。生而倜傥，博学工诗。好游览，所至皆以诗纪游。为沈德潜、王鸣盛所激赏，"由是诗名籍甚汾晋间"[②]。历官松江府经历、

① （清）沈德潜：《沈德潜全集》第 4 册，贺严整理，凤凰出版社 2021 年版，第 80 页。

② 《（光绪）汾阳县志》卷八，（清）方家驹、庆文修，（清）王员外纂，载《中国地方志集成·山西府县志辑》第 26 册，凤凰出版社 2005 年版，第 181 页。

华亭县丞，乾隆三十三年（1768）调金匮望亭司巡检。后弃官归家，晚年一意治诗，诗名益噪。著有《秦游杂咏》《都门客兴》《闲情漫草》《软红寄傲》《江左长吟》，编为《梅轩诗钞》一卷，共存诗一百五十余首。其诗不名一体，慷慨激昂、缠绵悱恻兼而有之。沈德潜与魏国卿并无多少往来，此序显然带有为应酬而作的意味。但文章引杜审言、崔斯立、孟郊、蔡羽、文征明等作例，内容充实，叙述生动，体现出沈德潜博古通今、善于征引的写作艺术。沈德潜向来尚雅正，忌诡奇，提倡温柔敦厚，作此序时已九十五岁高龄，依然秉持其一贯思想。

作者简介：

蓝青，女，山东大学文学院副研究员。主要从事明清文学研究。